Über dieses Buch

Zusammen mit seinem Stiefsohn Lloyd Osbourne saß Stevenson (1850–1894) in einer mondhellen Südseenacht an Bord des Schoners ›Equator‹, sinnierte über eine kürzlich gehörte Skandalgeschichte und spann sie aus. Mit dem Buch, das beide schließlich gemeinsam schrieben, erleben wir eine Überraschung, einen ganz »neuen« Stevenson: einen Realisten, der auf den Spuren von Charles Dikkens und Wilkie Collins die aufregende Lebensgeschichte eines jungen Mannes erzählt. Ob Pariser Bohème, kalifornische Geschäftswelt, Segler- oder Betrügermilieu mit Mord und Totschlag: den Leser erwartet eine spannende Lektüre.

Wie kommt man schnell zu Geld? Mit Opiumschmuggel? Mit dem Ausschlachten von Wracks? Mit Erpressung? Um dem auf den Grund zu gehen, tut sich Loudon Dodd, dem das Pariser Künstlerleben zu brotlos wird, mit dem draufgängerischen Geschäftsmann Jim Pinkerton zusammen und kehrt nach Kalifornien zurück. Eines Tages kommt es zu einer mysteriösen Versteigerung: Es geht um ein Wrack auf einer verlassenen Südseeinsel, und die beiden steigern lebhaft mit, denn es wird Opium auf dem Schiff vermutet! Unter abenteuerlichen Bedingungen und im Wettlauf gegen die Uhr gelingt es ihnen, den nötigen Kredit aufzutreiben, einen Schoner zu chartern und die ersten »Ausschlachter« des Wracks zu sein. Opium findet sich kaum, dafür aber gibt es neue Hinweise auf unheimliche Ereignisse …

›The Wrecker‹ wurde 1891 auf Samoa vollendet. Nun ist der Roman, den Jorge Luis Borges für Stevensons »unbekanntestes, aber vielleicht bestes« Werk hielt, zum erstenmal vollständig ins Deutsche übersetzt.

Literatur · Philosophie · Wissenschaft

Robert Louis Stevenson
und
Lloyd Osbourne

Der Ausschlachter
(The Wrecker)

Ein Criminalroman

Deutscher Taschenbuch Verlag

Erste vollständige Übersetzung.
Aus dem Englischen übertragen
und mit einem Nachwort versehen
von Hanna Neves.

Titel der Originalausgabe:
The Wrecker (1892)

Von Robert Louis Stevenson
sind im Deutschen Taschenbuch Verlag erschienen:

Der seltsame Fall des Dr. Jekyll und Mr. Hyde (2294)
In der Südsee (24042)

Originalausgabe
Dezember 1994
Deutscher Taschenbuch Verlag GmbH & Co. KG,
München

Umschlagtypographie: Celestino Piatti
Umschlagbild: M. F. Corné
Satz: IBV Satz- und Datentechnik, Berlin
Druck und Bindung: C. H. Beck'sche Buchdruckerei,
Nördlingen
Printed in Germany · ISBN 3-423-02343-0

PROLOG

Auf den Marquesas

Es war an einem Winternachmittag gegen drei Uhr in Tai-o-hae, dem französischen Hauptort und Einlaufhafen der Marquesas. Der Passat blies stark und böig; tosend brach die Brandung gegen den kiesigen Strand; und der Fünfzig-Tonnen-Kriegsschoner, der Frankreichs Flagge und auch Frankreichs Einfluß auf den Inseln der Kannibalen-Gruppe zeigte, schlingerte in seiner Vertäuung unter Prison Hill. Tief und schwarz hingen die Wolken über dem Amphitheater der Berge; am Vormittag war Regen gefallen, echter Tropenregen, ein gewaltiger Wasserguß; und die finstergrüne Braue der Berge war noch mit den Silberfäden vieler Wildbäche gesäumt.

Auf diesen heißen und gesunden Inseln ist der Winter nicht mehr als ein Wort. Der Regen hatte die Einwohner von Tai-o-hae weder erfrischt, noch konnte der Wind sie beleben: in einiger Entfernung, an dem einen Ende der Insel, beaufsichtigte der Kommandant zwar ein paar Veränderungen im Garten der Residenz hinter Prison Hill; und die Gärtner, alles Sträflinge, hatten keine Wahl als zu gehorchen. Sonst aber schlummerte man und hielt Siesta: Vaeheku, die eingeborene Königin, in ihrem schmucken Haus unter den rauschenden Palmen; der Kommissar aus Tahiti in seiner beflaggten offiziellen Residenz; die Kaufleute in ihren menschenleeren Läden; und selbst der Club-Diener im Club, dem der Kopf nach vorne auf die Bartheke gefallen war, schlummerte unter einer großen Weltkarte und vielen Visitenkarten von Marineoffizieren. Auf der ganzen Länge der einzigen Küstenstraße mit ihren verstreuten, zur See gerichteten Bretterhäusern, dem willkommenen Palmenschatten und dem grünen Dschungel der *puraos* war keine einzige sich regende Gestalt zu sehen. Nur am Ende des zerbröckelnden Piers, der früher einmal (in den einträglicheren Tagen der Amerikanischen Rebellion) unter John Harts Baumwolle geächzt hatte, hätte ein aufmerksamer Beobachter auf einen Haufen Bauholz hingestreckt den berühmten Tätowierten Weißen erspähen können, die lebende Sehenswürdigkeit von Tai-o-hae.

Offenen Auges starrte er auf die Bucht. Er sah die Berge zur Einfahrt hin abfallen und in Klippen auseinanderbrechen; die Brandung weiß um die beiden Wächterinseln schäumen; und dazwischen, auf dem schmalen Bogen blauen Horizonts, die geisterhaften, zinnenbewehrten Berggipfel von Ua-pu. Aber das vertraute Bild drang nicht in sein Bewußtsein; auf der Zickzackwanderung an der Grenze zwischen Schlaf und Wachen servierte ihm sein Gedächtnis zerrissene Fragmente der Vergangenheit: braune Gesichter und weiße, von Kapitän und Matrose, König und Häuptling stiegen vor seinem inneren Auge auf und verschwanden wieder; er dachte an frühere Reisen, das Sichten des Küstenstreifens im Morgengrauen; noch einmal hörte er die Trommeln dröhnen für ein menschenfresserisches Fest; vielleicht stieg auch die Gestalt jener Inselprinzessin vor ihm auf, um derentwillen er seinen Körper den grausamen Händen der Tätowierer überantwortet hatte, um derentwillen er jetzt am Pier-Ende von Tai-o-hae auf dem Bauholz hockte, als Europäer eine sehr merkwürdige Figur. Oder vielleicht bedrängten ihn von noch weiter zurück Klänge und Gerüche aus England und aus seiner Kindheit: das fröhliche Läuten der Kathedralenglocken, der Nebel über dem Vorgebirge, das Lied des Flusses auf dem Wehr.

Das Wasser an der Mündung der Bucht ist tief; man kann um beide Wächterinseln ein Schiff steuern, nah genug, um mit einem Stück Zwieback den Fels zu treffen.

Und so geschah es, daß der Tätowierte Mann aus Dösen und Träumen in Munterkeit und Leben gerissen wurde, und zwar durch das Auftauchen eines flatternden Klüvers über der westlichen Insel. Zwei weitere Vorsegel folgten; und bevor der Tätowierte Mann noch auf die Beine kam, war bereits ein Marssegel-Schoner von an die hundert Tonnen um die Wächterinsel gekommen, luvte an und segelte jetzt am Wind die Bucht herauf.

Die schlafende Stadt erwachte wie durch Zauber. Von allen Seiten tauchten Eingeborene auf und begrüßten einander mit dem magischen Ruf: »Ehippy« = Schiff; die Königin trat hinaus auf die Veranda und beschattete ihre Augen mit einer Hand, die ein wahres Wunderwerk der Tätowierkunst war; der Kommandant enteilte seinen zahmen Sträflingen und rannte in die Residenz nach seinem Fernglas; der Hafenmeister, der gleichzeitig auch der Gefängnisdirektor war, kam eilends Prison Hill herabgelaufen; die siebzehn braunen Kanaken und der französische Bootsmann, die die Besatzung des Kriegsschoners bildeten, drängten sich auf dem Vorderdeck; und die verschiedenen Engländer, Amerikaner, Deutschen, Polen, Korsen und Schotten – die Händler und die Schreiber von Tai-o-hae – ließen ihre Arbeit liegen und stehen und versammelten sich, als folgten sie einem ungeschriebenen Gesetz, auf der Straße vor dem Club.

So schnell kam dieses Dutzend Weiße hier zusammen, so kurz sind die Entfernungen in Tai-o-hae, daß man bereits Vermutungen bezüglich Nationalität und Absichten des fremden Schiffes anstellte, bevor dieses noch gewendet hatte, um zu ankern. Einen Moment später wurden am großen Flaggenknopf bereits die englischen Farben gehißt.

»Hab' euch doch gesagt, das ist ein Johnny Bull – das sieht man ja schon an den Vorsegeln«, brummte ein alter Seebär, der noch immer berechtigt war (falls er irgendwo einen Eigner auftrieb, dem seine Geschichte nicht bekannt war), wieder einmal ein Achterdeck zu schmükken und ein weiteres Schiff zu verlieren.

»Aber das sind amerikanische Linien«, warf der schlaue schottische Ingenieur aus der Kneipe ein; »also meiner Meinung nach ist das eine Yacht.«

»Genau«, bekräftigte der Seebär, »eine Yacht! Seht euch doch die Hebevorrichtungen an und das Beiboot auf dem Heck.«

»Eine Yacht, daß ich nicht lache!« widersprach eine Glasgower Stimme. »Und was ist mit dem roten Flaggenstock? Eine Yacht, haha! Das wär' ja noch schöner!«

»Jedenfalls kannst du deinen Laden schließen, Tom«, bemerkte ein vornehmer Deutscher. »Guten Tag, mein Prinz!« fügte er hinzu, als ein dunkelhäutiger, intelligenter Eingeborener auf einem hübschen Braunen vorübergaloppierte. »Möchten Sie ein Glas Bier trinken?«

Aber Prinz Stanislas Moanatini, das einzige einigermaßen geschäftige menschliche Wesen auf der ganzen Insel, ritt ungestüm davon, um sich den Erdrutsch von heute morgen auf der Bergstraße anzusehen: die Sonne ging bald unter; die Nacht brach herein; und wenn er den Gefahren, die Dunkelheit und Abgründe bargen, und der Angst vor den Toten, die im Dschungel spukten, aus dem Weg gehen wollte, dann mußte er die gastfreundliche Einladung diesmal leider abschlagen. Und selbst wenn er hätte absteigen wollen, so ergab sich jetzt, daß man betreffs der anzubietenden Erfrischungen in einiger Verlegenheit war.

»Bier!« rief die Glasgower Stimme. »So was gibt's bei uns nicht; ich sag' euch, im ganzen Club haben wir nur acht Flaschen! Es ist aber das erste Mal, daß ich in diesem Hafen die britischen Farben sehe! Der Mann, der unter ihnen fährt, hat ein Recht auf dieses Bier!«

Der Vorschlag erschien der Zuhörerschaft zwar recht und billig, allerdings keineswegs erfreulich; denn schon das bloße Wort »Bier« weckte im Club seit längerem nichts als Betrübnis, und die Abende vergingen in schmerzlichen Berechnungen.

»Da kommt Havens«, sagte jemand, als wäre ihm ein neues Gesprächsthema willkommen. »Was denken Sie von diesem Schiff, Havens?«

»Ich denke nicht«, erwiderte Havens, ein großer, kühl und bedächtig wirkender Engländer, in makelloses Segeltuch gekleidet, und zündete sich ohne Eile eine Zigarette an, »sondern ich weiß. Das Schiff ist aus Auckland, von Donald und Edenborough an mich konsigniert. Ich begebe mich jetzt an Bord.«

»Und was ist das für ein Schiff?« fragte der alte Seebär.

»Keine Ahnung«, gab Havens zurück. »Sie haben wohl irgendein Trampschiff gechartert.«

Mit diesen Worten schlenderte er gelassen davon und nahm bald auf dem Heck eines von johlenden Kanaken bemannten Walbootes Platz, und zwar so, daß ihn nicht der kleinste Wassertropfen treffen konnte; gab mit leiser Dinner-Stimme seine Kommandos und glitt elegant längsseits des Schoners.

Ein von Wind und Wetter gegerbter Kapitän empfing ihn an der Gangway.

»Ich nehme an, Sie sind an uns konsigniert«, erklärte er diesem. »Ich bin Mr. Havens.«

»Stimmt, Sir«, erwiderte der Kapitän und schüttelte ihm die Hand. »Der Eigner, Mr. Dodd, erwartet Sie unten. Vorsicht, das Haus ist frisch gestrichen.«

Havens schritt über den Laufgang und stieg die Leiter in den Salon hinab.

»Mr. Dodd, nehme ich an«, sprach er, an einen eher kleinen, bärtigen Gentleman gewandt, der am Tische saß und schrieb. »Eh«, rief er, »ist das nicht Loudon Dodd?«

»Ich selbst, mein guter Mann«, versetzte Mr. Dodd und sprang mit geselliger Bereitwilligkeit auf. »Ich hatte schon gehofft, daß du es bist, als ich deinen Namen in den Papieren fand. Na, du hast dich nicht verändert; immer noch derselbe wackere, rosige alte Brite.«

»Das Kompliment kann ich nicht erwidern; denn du siehst ja inzwischen selbst aus wie einer von uns«, gab Havens zurück.

»Ich garantiere dir, ich habe mich nicht geändert«, erwiderte Dodd. »Das rote Tischtuch oben am Flaggenknopf ist nicht meine Fahne; es ist die meines Partners. Der ist nicht tot – er schläft nur. Das ist er«, fügte er hinzu und deutete auf eine Büste – eine der zahlreichen überraschenden Dekorationen dieser ungewöhnlichen Kajüte.

Havens betrachtete sie höflich. »Eine schöne Büste«, sagte er; »und ein sehr gutaussehender Bursche.«

»Ja, das ist ein guter Mann«, erklärte Dodd. »Er ist mein Boss. Es ist alles sein Geld.«

»Und offenbar nicht knapp bei Kasse«, bemerkte der andere und sah sich mit steigender Verwunderung in der Kajüte um.

»Sein Geld, mein Geschmack«, sagte Dodd. »Die schwarze Nußholz-Bibliothek ist alt-englisch; die Bücher gehören mir – hauptsächlich französische Renaissance. Du solltest sehen, wie die Strandläufer dahinschmelzen, wenn sie sich hier nach einer Abwechslung von den Romanen der Strand-Bibliotheken umsehen. Die Spiegel sind echte Venezianer; dort im Eck, das ist ein gutes Stück. Die Klecksereien an den Wänden sind von mir – und ihm; das geknetete Zeug ist meins.«

»Geknetetes Zeug? Was ist das?« fragte Havens.

»Diese Bronzen«, erwiderte Dodd. »Ich begann mein Leben ja als Bildhauer.«

»Ja; daran erinnere ich mich vage«, sagte der andere. »Ich glaube, du erwähntest auch einmal, du hättest dich für kalifornische Immobilien interessiert.«

»So weit bin ich sicher nicht gegangen«, versetzte Dodd. »Interessiert? Das nicht. Verwickelt, vielleicht. Ich bin ein geborener Künstler; interessiert war ich immer nur an Kunst und an nichts anderem. Wenn ich diesen alten Schoner morgen auflaufen lasse«, fuhr er fort, »dann geh' ich's nochmal von vorne an, das versprech' ich.«

»Versichert?« erkundigte sich Havens.

»Klar«, antwortete Dodd. »In Frisco gibt's einen Narren, der uns versichert, allerdings auch bei unseren Gewinnen wütet wie der Wolf unter der Herde; aber eines Tages zahlen wir's ihm heim.«

»Also, mit der Fracht hat's ja wohl seine Richtigkeit«, bemerkte Havens.

»Das denke ich schon!« erwiderte Dodd. »Sollen wir die Papiere durchsehen?«

»Dafür haben wir morgen den ganzen Tag Zeit«, sagte Havens; »jetzt wirst du im Club erwartet. *C'est l'heure de l'absinthe*. Und nachher dinierst du natürlich mit mir, Loudon.«

Mr. Dodd bedeutete sein Einverständnis; zog seinen weißen Rock an, nicht ohne einige Schwierigkeiten, denn er war ein Mann in den besten Jahren, dem nichts abging; kämmte Kinn- und Schnurrbart vor einem der venezianischen Spiegel; griff nach einem breiten Filzhut und schritt dann voran durch den Handelsraum ins Mitteldeck.

Längsseit wartete das Beiboot – ein elegantes Modell, mit Kissen und polierten Hartholzbeschlägen.

»Du steuerst«, bemerkte Loudon. »Du kennst den besten Platz zum Anlegen.«

»Ich pflege keines anderen Mannes Boot zu steuern«, erwiderte Havens.

»Nimm's als das meines Partners, und der Fall ist erledigt«, erklärte Dodd und ließ sich lässig die Bordwand hinunter.

Havens folgte und nahm ohne weiteren Protest das Steuerreep. »Ich kann mir bei Gott nicht vorstellen, wie sich das bezahlt macht«, sagte er dann. »Meiner Meinung nach ist euer Schiff zunächst schon viel zu groß für dieses Geschäft; und dann hast du auch noch so viel Stil geladen.«

»Wer spricht von Sich-bezahlt-machen?« gab Loudon zurück. »Als Kaufmann gab ich mich nie aus. Mein Partner scheint zufrieden; und das Geld ist seins, wie ich dir sagte – mein Beitrag besteht nur im Mangel an Geschäftssinn.«

Havens machte noch einen Versuch: »Ich nehme an, dir liegt die Lebensweise?«

»So ist es«, gab Loudon zu. »Es scheint seltsam, doch so ist es.«

Noch während sie an Bord waren, war die Sonne untergegangen; die Sonnenuntergangs-Kanone (eine Büchse) wurde vom Kriegsschoner abgefeuert und die Flagge eingeholt. In tiefer Dämmerung gingen sie an Land; und der *Cercle International* (wie der Club offiziell und sehr passend hieß) fing an, von seinen niedrigen Veranden aus im Lichte vieler Lampen zu erstrahlen. Die besten der vierundzwanzig Stunden eines Tages brachen an; die scheußliche, giftige Tagfliege von Nukahiva ließ in ihren Aktivitäten langsam nach; die Landbrise kam in erfrischenden Schüben; und die Herren des Clubs versammelten sich zur Stunde des Absinth. Mr. Loudon wurde nun allen vorgestellt: dem Kommandanten selbst, dem Mann, mit dem er eben am Billardtisch kämpfte – einem Handelsmann von der nächsten Insel, Ehrenmitglied des Clubs, ehemals Tischlergeselle an Bord eines Yankee-Kriegsschiffs –, dem Hafendoktor, dem Brigadier der Gendarmerie, dem Opiumfarmer und allen Weißen, die die Wechselfälle des Handels oder die Zufälle von Schiffbruch und Desertion an den Strand von Tai-o-hae gespült hatten; von allen wurde er (denn er war ein Mann von angenehmem Äußeren, einnehmenden Manieren und fließender Konversation, sei's auf Französisch oder Englisch) höchst freundlich aufgenommen; und fand sich binnen kurzem, eine der letzten der acht Bierflaschen auf einem Tisch an seinem Ellenbogen, als eher stiller Mittelpunkt einer redseligen Gruppe auf der Veranda.

In der Südsee folgt jedes Gespräch dem immergleichen Muster; der Pazifik ist ein weiter Ozean und dennoch eine kleine Welt; nie spricht man lang, ohne den Namen von Bully Hayes zu hören, einem maritimen Helden, dessen

Abenteuer und verdientes Ende Europa kaltließen; der Handel wird gestreift, Kopra, Schildpatt, vielleicht Baumwolle und Schwämme; aber ganz nebenbei und amateurhaft, als hätte keiner großes Interesse; dazwischen immer wieder Namen von Schonern und ihren Kapitänen, so zahlreich wie ein Schwarm Eintagsfliegen; Neuigkeiten vom jüngsten Schiffbruch werden gemütlich ausgetauscht und besprochen. Dem Fremden erscheint diese Konversation zunächst nicht sehr brillant; aber bald hört er sich ein; und hat er sich etwa ein Jahr in dieser Inselwelt bewegt, und ist er einer bestimmten Anzahl dieser Schoner selbst begegnet, so daß der Name jedes Kapitäns eine Gestalt in Pyjamas oder weißem Segeltuch vor ihm erstehen läßt, und hat er sich an eine gewisse Laxheit der Moral (gleichsam zur Erinnerung an Mr. Hayes) einmal gewöhnt, wenn es um Schmuggeln, Schiffe-Versenken, Baratterie, Piraterie, den Sklavenhandel und andere verwandte Felder menschlicher Aktivitäten geht, dann findet er Polynesien mindestens ebenso unterhaltend oder lehrreich wie Pall Mall oder Paris.

Mr. Loudon Dodd, wiewohl neu auf der Gruppe der Marquesas, war selbst ein alter, mit allen Wassern gewaschener Handelsherr; kannte die Schiffe und die Kapitäne; hatte, auf anderen Inseln, die ersten Schritte von Karrieren miterlebt, von deren Gipfelpunkten er hier erfuhr, oder *(vice versa)* von weiter südlich das Ende von Geschichten mitgebracht, die hier in Tai-o-hae begonnen hatten. Unter anderen interessanten Dingen, wie etwa der Ankunft einiger Neulinge in der Südsee, hatte er auch einen Schiffbruch zu verkünden. Die *John T. Richards* hatte, wie es schien, das Schicksal anderer Inselschoner geteilt.

»Dickinson ließ sie auf Palmerston Island auflaufen«, erklärte Dodd.

»Wer waren die Eigner?« erkundigte sich einer von den Clubherren.

»Ach, die übliche Gesellschaft!« gab Loudon zurück – »Capsicum & Co.«

Lächeln und ein verständnisvoller Blick machten darauf die Runde; und vielleicht verlieh Loudon dem allgemeinen Gefühl Ausdruck, als er sagte: »Wenn wir schon von guten Geschäften reden – da kenne ich nichts Besseres als einen Schoner, einen fähigen Kapitän und ein gutes, verläßliches Riff.«

»Gute Geschäfte! So was gibt's doch gar nicht!« rief darauf der Mann aus Glasgow. »Keiner macht Geld außer den Missionaren – hol's der – –!«

»Würde ich nicht sagen«, darauf ein anderer. »Bei Opium ist schon was drin.«

»Ein Glückspilz ist, wer auf eine verbotene Perlen-Insel stößt, im, sagen wir, vierten Jahr«, bemerkte ein dritter, »die ganze Lagune still und heimlich ausräumt, und dann auf und davon, bevor die Franzosen Wind bekommen.«

»Ein großes Nugget Gold ist keine üble Sache«, bemerkte ein Deutscher mit fürchterlicher Aussprache.

»Wracks sind auch nicht zu verachten«, sagte Havens; »schaut euch den Mann in Honolulu an und das Schiff, das auf Waikiki-Riff gestrandet ist; ein *kona* blies, und das nicht schwach; und das Schiff brach auf, kaum war's auf Grund gelaufen. Der Mann von Lloyd's verkaufte es innerhalb einer Stunde; und bevor es finster wurde und der Schoner ernsthaft auseinanderbrach, hatte der Käufer schon sein Nest gemacht. Noch drei Stunden Tageslicht, und er hätte sich aus dem Geschäftsleben zurückziehen können. So baute er sich immerhin ein Haus in der Beretania Street und benannte es nach diesem Schiff.«

»Ja, manchmal läßt sich mit Wracks was holen«, bekräftigte die Stimme aus Glasgow, »aber nicht oft.«

»Die allgemeine Regel ist, daß sich kaum irgendwo was holen läßt«, erklärte Havens.

»Sehr richtig, und das ist eine christliche Tatsache«, rief ein anderer. »Was ich möchte, ist ein Geheimnis; und dann einen Reichen an der richtigen Stelle packen, bis er quiekt.«

»Sie wissen aber doch, daß das nicht der feinen englischen Art entspricht«, bemerkte dazu Havens.

»Ist doch mir egal; mir wär's schon recht«, rief der Mann aus Glasgow unbeirrt. »Teuflisch daran ist nur, daß man an einem Platz wie der Südsee so ein Geheimnis gar nicht findet: nur in London und Paris.«

»McGibbon hat wahrscheinlich wieder einen seiner Groschenromane gelesen«, bemerkte ein anderer Clubherr.

»*Aurora Floyd* hat er gelesen«, bestätigte ein anderer.

»Na, und wenn schon!« brüllte McGibbon. »Ist doch alles wahr! Seht euch die Zeitungen an! Das kommt nur von eurer vermaledeiten Ignoranz, daß ihr euch drüber lustig macht! Ich sage euch, das ist genausogut ein Geschäft wie Schiffsversicherungen, nur verd– – viel ehrlicher!«

Die unerwartete Schärfe dieser Bemerkungen lockte Loudon (der ein Mann des Friedens war) aus der Reserve. »Es ist schon merkwürdig«, warf er ein, »aber ich habe eigentlich alle diese Arten des Gelderwerbs selbst praktiziert.«

»Je ein Nugget selbst gefunden?« fragte der Deutsche begierig.

»Nein. Es gibt sonst wenig Dummheiten, die ich mir nicht leistete«, gab Loudon zurück, »aber auf die Goldgräberei habe ich verzichtet. Irgendeinen letzten Rest Vernunft hat schließlich jeder.«

»Na, dann –« warf ein anderer ein, »haben Sie je Opium geschmuggelt?«

»Hab' ich«, erklärte Loudon.

»Und war Marie darin?«

»In jeder Hinsicht«, antwortete Loudon.

»Und ein Wrack haben Sie auch gekauft?« fragte ein anderer.

»Ja, mein Herr«, gab Loudon zurück.

»Zahlte es sich aus?« wollte der Fragende wissen.

»Das war eine besondre Art von Wrack«, erwiderte

Loudon. »Ich weiß nicht, ob ich ganz allgemein diesen Geschäftszweig wirklich empfehlen kann.«

»Ist es denn aufgebrochen?« fragte ein anderer.

»Es war eher so, daß ich zusammengebrochen bin«, erklärte Loudon. »Kopf nicht groß genug.«

»Hast du's je mit Erpressung versucht?« wollte jetzt Havens wissen.

»So wahr du mich hier sitzen siehst!« bestätigte Dodd.

»Ein gutes Geschäft?«

»Also, weißt du, ich bin eben kein Glückspilz«, erklärte Loudon. »Eigentlich hätte es ein gutes Geschäft sein müssen.«

»Sie hatten ein Geheimnis?« fragte der Mann aus Glasgow.

»So groß wie der ganze Staat Texas.«

»War denn der andere nicht reich?«

»Er war nicht gerade Jay Gould, aber ich denke schon, daß er diese Inseln kaufen könnte, wenn er wollte.«

»Na, warum ging's denn dann schief? Hatten Sie ihn nicht fest genug in der Hand?«

»Doch – es dauerte zwar, aber dann hatte ich ihn im Eck; dann aber –«

»Was dann?«

»Dann ging die ganze Spekulation zu Bruch. Ich wurde sein Busenfreund.«

»Das gibt's doch gar nicht!«

»Dem graute wohl vor gar nichts, meinen Sie?« fragte Dodd freundlich. »Ja, das stimmt; er hat ein weites Herz.«

»Loudon, wenn du anfängst, Blödsinn zu verzapfen«, warf Havens ein, »dann gehen wir jetzt zu mir dinieren.«

Die Nacht draußen war erfüllt vom Tosen der Brandung. Hie und da glühte ein Licht im grünen Dickicht. Eingeborene Frauen kamen zu zweit und zu dritt aus der Dunkelheit, lächelten den beiden Weißen zu und machten ihnen Augen, lockten sie vielleicht ein wenig an mit ihrem perlenden Gelächter, gingen vorbei und sättigten die Luft mit dem starken Duft von Palmöl und Jasminblüten.

Vom Club zu Mr. Havens' Wohnung waren es nur ein paar Schritte, die jedem Bewohner Europas wie Schritte durch ein Märchenland erscheinen mußten. Wäre ein solcher unseren beiden Freunden in das Haus mit den breiten Veranden gefolgt, hätte Platz genommen in dem kühlen, holzvergitterten Raum, wo der Wein auf dem von Lampen erhellten Tischtuch leuchtete; hätte von dem exotischen Essen gekostet – dem rohen Fisch, der Brotfrucht, den gekochten Bananen, dem gebratenen Schwein, dem unvergleichlichen *miti* als Beilage, und jenem König der Delikatessen, dem Palmherzsalat; hätte er dazwischen immer wieder eine bestimmte anmutige junge eingeborene Dame in einem Sackkleid gesehen und gehört, die einmal aus der Tür spähte, dann drinnen mit unsichtbaren dienstbaren Geistern schimpfte, die zu schüchtern schien für ein Mitglied der Familie und doch zu hoheitsvoll, um etwas anderes zu sein; und hätte man diesen Menschen dann durch den Raum zurück nach Upper Tooting befördert, oder dorthin, wo er sonst seinen Manen huldigte, so hätte er wohl gesagt: »Ich hatte einen Traum –«, sich in seinem Lehnstuhl am Kamin aufgesetzt und die Augen gerieben. »Ich träumte von einem Ort – der kein anderer sein kann als der Himmel.« Aber Dodd und seinem Gastgeber waren die Lieblichkeit der tropischen Nacht und die Köstlichkeiten eines Inseldinners vertraut; und sie machten sich ans Essen wie Männer mit einem rechtschaffenen Hunger und begannen dann zu plaudern wie Männer, die ein Spur gelangweilt sind.

Man sprach über die Szene im Club.

»So viel Unsinn hab' ich dich noch nie sagen hören, Loudon«, bemerkte der Gastgeber.

»Nun, ich spürte Schwefel in der Luft, daher redete ich um des Redens willen«, gab der andere zurück. »Aber Unsinn war es keineswegs.«

»Willst du sagen, daß das alles wahr ist?« rief Havens – »das mit dem Opium und dem Wrack und der Erpressung und dem Mann, der dein Freund wurde?«

»Alles bis zum letzten Wort«, erwiderte Loudon.

»Du bist offenbar herumgekommen in der Welt«, bemerkte darauf der andere.

»Ja, es ist eine merkwürdige Geschichte«, sagte sein Freund. »Wenn du meinst, sie würde dir gefallen, kann ich sie dir ja erzählen.«

Hier folgt die Geschichte von Loudon Dodd, nicht, wie er sie seinem Freund erzählte, sondern so, wie er sie später aufschrieb.

DIE GESCHICHTE

Kapitel I

Eine solide kaufmännische Ausbildung

Die Geschichte beginnt mit der Beschreibung meines armen Vaters. Es gab nie einen besseren Mann, noch einen, der besser aussah, noch einen (wie ich glaube) unglücklicheren – er hatte Unglück mit seinen Geschäften, mit seinen Vergnügungen, mit der Wahl seines Wohnortes und (so leid es mir auch tut) mit seinem Sohn. Sein Leben hatte er als Landvermesser begonnen, sich später mit Immobilien befaßt, dann mit vielen anderen Geschäften, und galt bald als einer der gewieftesten Männer des Staates Muskegon. »Dodd hat einen guten Riecher«, pflegten die Leute zu sagen; aber ich war nie so recht von seinen Fähigkeiten überzeugt. Seine glückliche Hand zumindest stand lange außer Zweifel; sein Fleiß dagegen immer. Er stellte sich dem täglichen Schlachtfeld des Geldscheffelns mit einer Art schmerzlicher Loyalität, wie ein Märtyrer; stand früh auf, aß schnell, kam zerschlagen und erschöpft nach Hause, selbst von Erfolgen; gönnte sich kein Vergnügen, falls seine Natur dazu überhaupt fähig war, was ich mich manchmal fragte; und investierte bei irgendeinem Deal in Weizen oder Aluminium, der seinem Wesen nach nicht viel besser war als Straßenräuberei, wahre Schätze an Gewissenhaftigkeit und Selbstverleugnung.

Unglücklicherweise gab – und gibt – es für mich im Leben nur eins: die Kunst; alles andere war mir egal. Meine Vorstellung vom Sinn des Lebens bestand darin, die Welt mit schönen Dingen zu bereichern und dabei auch selbst möglichst angenehm zu leben. Ich glaube nicht, daß ich den zweiten Teil je erwähnte, wobei dies der einzige ist, den auszuführen mir gelang; aber mein Vater hatte dies Versäumnis wohl gespürt, denn er verurteilte den ganzen Plan als Disziplinlosigkeit und Selbstsucht.

»Na schön«, rief ich darauf einmal verzweifelt, »und was ist mit deinem Leben? Du willst immer nur Geld, Geld, Geld, und noch dazu von anderen Leuten.«

Er seufzte bitter (wie es seine Art war) und schüttelte seinen armen Kopf über mich. »Ach, Loudon, Loudon!« sagte er, »ihr Jungen haltet euch wohl für sehr klug. Aber so sehr du dich auch daran stößt, ein Mann muß in dieser Welt arbeiten. Man ist entweder ein ehrlicher Mann oder ein Dieb, Loudon.«

Du siehst also selbst, wie sinnlos es war, mit meinem Vater zu debattieren. Die Verzweiflung, die mich nach solchen Gesprächen oft erfaßte, war noch dazu verschärft und verschlimmert durch Gewissensbisse; denn ich wurde manchmal frech, doch er blieb immer gütig; ich kämpfte schließlich für mich selbst, für Freiheit und Vergnügen, er allein für das, was er für mein Bestes hielt. Und nie gab er die Hoffnung auf. »Loudon, du hast einen guten Kern«, pflegte er zu sagen; »du bist aus dem rechten Holz geschnitzt. Blut ist kein Wasser, aus dir wird noch etwas werden. Ich habe keine Angst, daß mein Junge mir je Schande macht; mich kränkt nur, daß er manchmal Unsinn redet.« Und dann klopfte er mir auf die Schulter oder auf die Hand, auf eine beinah mütterliche Art, die an einem so starken und schönen Mann sehr rührend war.

Kaum war ich mit der High School fertig, verfrachtete er mich auf die Muskegon Commercial Academy. Du als Ausländer wirst Schwierigkeiten haben, mir die Eigenart dieser Bildungsstätte überhaupt abzunehmen. Noch bevor ich beginne, versichere ich dir, daß ich wirklich keine Witze mache. Den Ort gab es wirklich, gibt es vielleicht noch heute: wir in unserem Staate waren stolz darauf, wie auf etwas besonders Zivilisiertes, des neunzehnten Jahrhunderts Würdiges; und als mein Vater mich zu den Waggons brachte, sah er mich ohne Zweifel bereits auf dem direkten Weg ins Weiße Haus und das Neue Jerusalem.

»Loudon«, sagte er, »ich biete dir jetzt eine Chance, wie sie Julius Caesar seinem Sohn nicht bieten konnte – die Chance, das Leben zu sehen, wie es ist, bevor du allen Ernstes selber an der Reihe bist. Vermeide unüberlegte Spekulationen, versuche, dich wie ein Gentleman zu benehmen; und wenn du meinen Rat willst, so beschränke dich auf sichere, konservative Anlagen in Eisenbahnen. Brotgetreide ist verführerisch, doch sehr gefährlich; in deinem Alter würde ich die Finger davon lassen; aber in anderen Waren könntest du ja vorsichtig dein Glück versuchen. Setz deinen Stolz darein, deine Bücher immer auf dem laufenden zu halten, und wirf schlechtem Geld nie gutes nach. Und nun, mein guter Junge, gib mir einen Abschiedskuß; und vergiß nie, daß du ein einziges Kind bist und dein Papa deine Karriere mit liebevoller Aufmerksamkeit verfolgt.«

Das Commercial College war ein ansehnliches, geräumiges Etablissement, sehr hübsch in einem Wald gelegen; die Luft gesund, das Essen köstlich, das Schulgeld hoch. Elektrische Drähte verbanden es (in den Worten des Prospekts) mit »den verschiedenen Weltzentren«. Der Leseraum war bestens ausgestattet mit »wirtschaftlichen Organen«. Geredet wurde wie in der Wall Street; und die Schüler (zwischen fünfzig und hundert junge Männer) verbrachten ihre Zeit hauptsächlich damit, einander um nominelle Summen in den sogenannten »College-Papieren« übers Ohr zu hauen oder es zu versuchen. Am Vormittag hatten wir auch Unterricht, in Deutsch, Französisch, Buchhaltung und ähnlich reputablen Gegenständen; aber der größte Teil des Tages und der Mittelpunkt unserer Ausbildung lag in der Börse, wo wir lernten, um Waren und um Wertpapiere zu pokern. Da kein einziger der Mitspieler über einen einzigen Scheffel Weizen oder Wertpapiere im Wert eines einzigen Dollars verfügte, war ein echtes Geschäft natürlich von Haus aus ganz unmöglich. Es war, ganz unverbrämt und unverschämt, das reine Glücksspiel, und sonst nichts. Genau das, was jede echte wirtschaftliche Unternehmung behindert und zerstört, wurde uns hier mit allen theatralischen Effekten beigebracht. Unser Zerrbild eines Marktes wurde von den wirklichen Märkten draußen beherrscht, damit wir lernten, mit den Zufällen von Kurs und Preisen umzugehen. Wir mußten Buch führen, und unsere Hauptbücher wurden zu Monatsende vom Direktor oder seinen Assistenten überprüft. Um die Würze der Wahrscheinlichkeit hinzuzufügen, hatten die »College-Papiere« (wie Pokerchips) einen tatsächlichen Marktwert. Sie wurden für jeden Schüler zum Preis von einem Cent pro Dollar von fürsorglichen Eltern oder Vormündern gekauft. Nach Beendigung seiner Erziehung verkaufte der gleiche Schüler alles, was er an Papieren noch hatte, zum gleichen Preis dem College; und auch mitten im »Studium« machte manch erfolgreicher Spekulant einen Teil seiner Papiere oft zu Geld und lud von dem Erlös dann heimlich zum Dinner in eins der Nachbardörfer. Kurz und gut, sollte es je eine schlechtere Erziehung gegeben haben, dann vielleicht in jener Akademie, wo Oliver Charlie Bates begegnete.

Als ich zum ersten Mal den Börsensaal betrat, um mir von einem Hilfslehrer mein Pult zeigen zu lassen, war ich von dem Lärm und Durcheinander wie betäubt. Schwarze Tafeln am anderen Ende des Gebäudes waren mit Zahlen übersät, die immer wieder ausgetauscht wurden. Immer wenn eine neue Zahlenkolonne erschien, fluteten die Schüler hin und her und brüllten laut auf in gewaltigem, für mich ganz sinnlosem Geschrei; sprangen gleichzeitig auf Pulte und auf Bänke, deuteten mit Armen und mit Köpfen und kritzelten hastig in Notizbücher. Mir schien, als hätte ich noch nie etwas so Abstoßendes gesehen; und wenn ich mir vor Augen hielt, daß der ganze Handel eine Illusion war und das gesamte Geld auf diesem Markt kaum gereicht hätte, um ein Paar Eislaufschuhe zu kaufen, war ich zuerst verblüfft; doch nicht für lange. Kaum nämlich hatte ich mir ins Gedächtnis gerufen, wie erwachsene Männer und Frauen von beträchtlichem Vermögen oft über einen Halb-Penny-Punkt in Wut geraten, als ich schon (nunmehr mit größerem Verständnis für meine Mitschüler) meine Verblüffung in Bausch und Bogen auf den Hilfslehrer übertrug, der – der Ärmste! – ganz vergessen hatte, mich zu meinem Pult zu bringen, und mitten in dem wirren Durcheinander selbstvergessen und wie verzaubert dastand.

»Schauen Sie, schauen Sie!« brüllte er in mein Ohr. »Ein fallender Markt! Seit gestern hausen hier die Bären!«

»Das kann doch nicht von Bedeutung sein«, erwiderte ich, konnte mich jedoch kaum verständlich machen, denn ich war es nicht gewöhnt, ein solches Babel zu überschreien, »da doch alles nur zum Spaß ist.«

»Zugegeben«, sagte er; »und Sie dürfen nie vergessen, daß der wahre Gewinn in der Buchführung liegt. Ich baue darauf, Dodd, Ihnen bald zu Ihren Büchern gratulieren zu können. Sie steigen mit zehntausend Dollar in College-Papieren ein, eine sehr großzügige Summe, die für die gesamte Dauer Ihrer Ausbildung reichen sollte, wenn Sie sich an sichere, konservative Geschäfte halten... Hallo, was ist das?« unterbrach er sich, schon wieder unwiderstehlich angezogen von den Zahlen auf den Tafeln. »Sieben, vier, drei! Dodd, Sie sind ein Glückspilz: das ist der lebhafteste Aufschwung, den wir in dieser Saison hatten. Wenn man sich vorstellt, daß genau das gleiche jetzt in New York, Chicago, St. Louis und anderen rivalisierenden Geschäftszentren vor sich geht! Für zwei Cents würde ich selbst gern eine kleine Spekulation mit den Jungen wagen«, rief er, sich die Hände reibend; »wenn's nicht gegen die Regeln wäre.«

»Was würden Sie tun, Sir?« fragte ich.

»Tun?« schrie er mit glitzernden Augen. »Kaufen, kaufen mit allem, was ich habe!«

»Wäre das denn ein sicheres, konservatives Geschäft?« erkundigte ich mich, unschuldsvoll wie ein Lamm.

In seinem Blick lagen Dolche. »Sehen Sie den aschblonden Mann mit Brille?« fragte er, als wolle er das Thema wechseln. »Das ist Billson, unser prominentester Student. Wir bauen voller Zuversicht auf Billsons Zukunft. Sie könnten gar nichts Besseres tun, Dodd, als in seine Fußstapfen zu treten.«

Wenig später überließ mich der Hilfslehrer an meinem Pult mir selbst, inmitten des ständig steigenden Tumults, der immer rascher kommenden und gehenden Zahlen auf dem schwarzen Brett, der vom Gebrüll der Spekulanten wie ein Pandämonium erdröhnenden Halle. Der Junge neben mir brachte eben sein Hauptbuch auf Vordermann, d.h. er rechnete seine Verluste von heute morgen zusammen, wie ich später herausfand; von dieser unerquicklichen Aufgabe ließ er sich durch den Anblick eines neuen Gesichts gern ablenken.

»Hallo, Neuling«, sagte er, »wie heißt du? Was? Der Sohn von Big Head Dodd? Was ist dein Kapital? Zehntausend? Na, da hast du einen tollen Vorsprung! Was mußt du doch für eine weiche Birne haben, daß du deine Bücher auch nur anrührst!«

Ich fragte ihn, was ich sonst tun konnte, da die Bücher doch jeden Monat überprüft werden sollten.

»Aber ich bitte dich, du Tölpel, so nimm dir doch einen Kanzlisten!« rief er. »Einen von unseren Habenichtsen – die sind ja zu sonst nichts anderem nutz. Als erfolgreicher Spekulant brauchst du in dieser alten Bude nie auch nur einen Strich zu tun.«

Der Lärm war inzwischen derart, daß man sein eigenes Wort nicht mehr verstand; und mein neuer Freund erklärte, es sei ganz sicher einer gestürzt, er müsse sofort die neuesten Nachrichten erfahren und würde mir bei seiner Rückkehr einen Kanzlisten mitbringen; damit knöpfte er sich den Rock zu und stürzte sich ins zuckende Gewühl. Es stellte sich heraus, daß er recht gehabt hatte: tatsächlich war jemand gefallen; ein Fürst war gestürzt in Israel; ein Monopol in Speck den Mächtigen zum Stolperstein geworden; und der Kanzlist, den man mir brachte, auf daß er meine Bücher führe und mir jegliche Arbeit abnehme, und das um tausend Dollar im Monat in College-Papieren (zehn Dollar in der Währung der Vereinigten Staaten), und sich an meiner Statt fortbilde – dieser Kanzlist war kein Geringerer als der prominente Billson, in dessen Fußstapfen zu treten man mir geraten hatte. Der arme Junge war sehr unglücklich. Es ist dies das einzig Gute, was ich über Muskegon Commercial College sagen kann, daß wir nämlich alle, selbst die kleinen Fische, das Erreichen der Zahlungsunfähigkeit als tiefe Demütigung empfanden; und der Zusammenbruch eines Handelsfürsten wie Billson, der in den Tagen seines Glanzes ganz hoch oben schwamm, war natürlich ein besonders tiefer Fall. Aber die Faszination des Scheins besiegte selbst die Bitternis jüngstvergangener Schande; und mein Kanzlist nahm meine Anordnungen entgegen und stürzte sich sofort höflich und bescheiden in seine neuen Pflichten.

Dies waren meine ersten Eindrücke an dieser absurden Bildungsstätte; und sie waren offen gestanden weit davon entfernt, mir zu mißfallen. Solang ich reich war, würden meine Abende und meine Nachmittage mir gehören; der Kanzlist mußte meine Buchführung machen, der Kanzlist konnte sich auf der Börse ins Getümmel stürzen; und ich mich der Landschaftsmalerei und Balzacs Romanen zuwenden, was damals meine beiden Hauptinteressen waren. Es ging also vor allem darum, reich zu bleiben; oder, in anderen Worten, eine sichere, konservative Geschäftslinie zu verfolgen. Nach dieser Linie suche ich noch immer; und ich glaube, in dieser unvollkommenen Welt käme man ihr am nächsten durch jene Spekulation, wie man sie Kindern manchmal boshaft vorschlägt, und zwar vermittels dieser Formel: »Kopf – ich gewinne, Adler – du verlierst.« Eingedenk der Abschiedsworte meines Vaters wandte ich meine Aufmerksamkeit schüchtern den Eisenbahnen zu; und hielt etwa einen Monat lang die Stellung einer ruhmlosen Sicherheit, handelte um kleine Beträge in den leblosesten Papieren und ertrug dabei (so gut ich konnte) die Verachtung meines angeheuerten Kanzlisten. Eines Tages wagte ich mich versuchsweise ein bißchen weiter vor und verkaufte in der sicheren Erwartung, daß sie weiter fallen würden, für mehrere tausend Dollar Pan-Handle-Vorzugsaktien (wenn ich mich recht erinnere). Kaum hatte ich diesen Schritt getan, als irgendwelche Spinner in New York anfingen, den Markt hochzutreiben; Pan-Handle stieg wie ein Luftballon; und innerhalb einer halben Stunde sah ich meine Stellung stark erschüttert. Doch Blut ist kein Wasser, wie mein Vater sagte; tapfer hielt ich meine Linie und verkaufte den ganzen Nachmittag lang dieses höllische Papier, das den ganzen Nachmittag lang in den Himmel kletterte. Ich nehme an, daß ich damals – eine schwankende Nußschale – vor den Bug Jay Goulds geschwemmt wurde; und tatsächlich meine ich mich zu erinnern, daß diese Grille des Marktes sich später als erster Schachzug in einem riesigen Geschäft erwies. Am selben Abend stand der Name H. Loudon Dodd immerhin auf der Titelseite unserer College-Gazette, und ich und Billson (der wieder einmal von vorne anfangen mußte) wetteiferten um denselben Posten als Kanzlist. Das Neue ist immer das Interessantere. Im Moment machte mein Zusammenbruch das größere Aufsehen; und so erhielt denn ich den Posten. Du siehst also, daß es selbst in Muskegon Commercial College etwas zu lernen gab.

Mich selber scherte es äußerst wenig, ob ich bei einem so läppischen, so komplexen und so langweiligen Spiel verlor oder gewann; doch meinem Vater mußte ich nun schlechte Nachrichten übermitteln, und dafür bemühte ich meine ganze Redekunst. Ich erklärte ihm (wahrheitsgemäß), daß die erfolgreichen Jungen hier gar nichts lernten; wenn er also meine Ausbildung im Auge hatte, sollte er sich über meinen Bankrott freuen. Des weiteren äußerte ich die (nicht sehr folgerichtige) Bitte, er möge mich noch einmal finanziell auf die Beine stellen, und versprach, mich an sichere Geschäfte in den verläßlichen Eisenbahnen zu halten. Und zuletzt (mitgerissen vom eigenen Redefluß) versicherte ich ihm, ich sei für Geschäfte ganz und gar nicht geeignet, und beschwor ihn, mich von dieser Stätte meiner Qualen fortzunehmen und nach Paris gehen zu lassen, um dort Kunst zu studieren. Er antwortete kurz, gütig, traurig, und erklärte, die Ferien stünden vor der Tür, dann würden wir über alles miteinander reden.

Zum gegebenen Zeitpunkt erwartete er mich am Bahnhof, und ich war erschüttert, wie alt er plötzlich aussah. Sein einziger Gedanke schien, mich zu trösten und mein (wie er meinte) verlorenes Selbstvertrauen wieder aufzubauen. Ich dürfe mich nicht entmutigen lassen; die besten Männer hätten am Anfang oft Bankrott gemacht. Ich erklärte ihm, ich hätte einfach keinen Kopf fürs Geschäft, worauf sich sein gütiges Gesicht allerdings verfinsterte. »So etwas darfst du nicht sagen, Loudon«, erwiderte er; »nie werde ich glauben, daß mein Sohn ein Feigling ist.«

»Aber ich mag es nicht«, beschwor ich ihn. »Es interessiert mich einfach nicht, nur Kunst interessiert mich. Ich weiß, daß ich es in der Kunst zu etwas bringen kann« – und dann erinnerte ich ihn daran, daß ein erfolgreicher Maler Riesensummen einnimmt; daß sich ein Bild von Meissonier um Tausende Dollar verkauft.

»Und glaubst du wirklich, Loudon«, versetzte er, »daß ein Mann, der imstande ist, ein Tausend-Dollar-Bild zu malen, nicht auch Mumm genug hat, sich an der Börse durchzusetzen? Glaube mir: dieser Mason (von dem du sprachst) oder unser eigener amerikanischer Bierstadt – wenn du die beiden morgen in die Weizenbörse stelltest, dann würden sie schon zeigen, was in ihnen steckt. Komm, Loudon, mein Lieber; der Himmel weiß, daß ich nichts will als dein Bestes, und daher schlag ich dir einen Handel vor. Im nächsten Semester stelle ich dich mit zehntausend Dollar wieder auf die Beine; zeig, daß du ein

Mann bist, und verdopple dein Kapital, und wenn du dann noch immer nach Paris gehen willst (aber ich weiß, daß das nicht der Fall sein wird), dann laß' ich dich gehen. Aber dich weglaufen lassen wie einen geprügelten Hund, dazu bin ich zu stolz.«

Mein Herz hüpfte bei diesem Vorschlag, dann aber sank es wieder. Es schien mir leichter, aus dem Stand einen Meissonier zu malen, als auf dieser Schein-Börse zehntausend Dollar zu verdienen. Auch leuchtete mir beim besten Willen nicht ein, wie jemand durch einen solchen Test seine Begabung zum Maler zeigen sollte. Ich äußerte sogar meine diesbezüglichen Zweifel.

Mein Vater seufzte tief auf. »Du vergißt, mein Lieber«, sagte er, »daß ich das eine wohl beurteilen kann, das andere aber nicht. Du könntest das Genie von Bierstadt selbst haben, ohne daß ich daraus klüger würde.«

»Und außerdem«, fuhr ich fort, »ist es wirklich nicht fair. Die anderen Jungen bekommen immer Unterstützung von ihren Leuten, die ihnen telegraphieren und Tips geben. Wie zum Beispiel Jim Costello, der ohne ein Wort von seinem Vater in New York nie einen Finger rührt. Und siehst du denn nicht ein, daß eben, wenn irgend jemand gewinnen soll, ein anderer verlieren muß?«

»Gut, ich schicke dir Tips«, rief mein Vater mit ungewohnter Munterkeit; »ich wußte nicht, daß das erlaubt ist. Ich telegraphiere dir in der Bürochiffre, und wir machen daraus eine Art Geschäftspartnerschaft, Loudon: – Dodd und Sohn, was?« Und er klopfte mir auf die Schultern und wiederholte mit gutherziger Begeisterung: »Dodd und Sohn, Dodd und Sohn.«

Wenn mein Vater mir Tips geben würde und das Commercial College eine Art Vorstufe für Paris sein sollte, dann konnte ich meiner Zukunft ins Gesicht blikken. Auch der alte Knabe freute sich so über unsere Verbindung bei dieser Narretei, daß er sofort ungeheuer auflebte. Und so geschah es, daß die, die sich im Bahnhof wie zwei Taubstumme begegnet waren, sich mit Feriengesichtern zu Tisch begaben.

Und jetzt muß ich eine neue Gestalt einführen, die zwar nie ein Wort geäußert noch je einen Finger gerührt, aber dennoch mein ganzes weiteres Leben bestimmt hat. Du hast die Staaten ja bereist, also hast du wahrscheinlich ihren Kopf gesehen, zum Teil vergoldet und eigenartig kanneliert, unter Bäumen aus der weiten Ebene aufsteigend; denn diese neue Gestalt ist keine andere als das Staatskapitol von Muskegon, damals im Stadium der Planung. Mein Vater hatte sich aus einer Mischung von Patriotismus und Profitgier, beides vollkommen aufrichtig, dem Projekt mit Haut und Haar verschrieben. Er saß in allen Ausschüssen, hatte eine große Summe Geldes gezeichnet und konnte bei fast allen Auftragsvergaben ein Wort mitreden. Verschiedene Bewerber hatten ihre Pläne eingereicht; zum Zeitpunkt meiner Rückkehr vom College steckte mein Vater bis zum Hals in ihrer Durchsicht; und da die Idee seinen Geist zur Gänze in Beschlag genommen hatte, war der erste Abend noch nicht vergangen, als er mich schon in seine Überlegungen einweihte. Hier war endlich ein Thema, in das ich mich mit vergnügtem Eifer stürzen konnte. Die Architektur war mir zwar neu; aber es war doch auch eine Kunst; und für alle Künste hatte ich von Natur aus einen klassischen Geschmack und eine heftige Neigung und auch jene Bereitschaft zu hingebungsvollem Bemühen, die irgendein Idiot mit Genie gleichzusetzen sich bemüßigt fühlte. Hals über Kopf warf ich mich in meines Vaters Werk, arbeitete alle Pläne durch und hielt ihre Vorzüge und ihre Schwächen fest, fraß mich durch entsprechende Fachbücher, machte mir die Spannungslehre zu eigen, studierte die gegenwärtigen Preise aller Materialien und (mit einem Wort) »drehte« die ganze Angelegenheit derart glänzend, daß, als die Pläne zur Entscheidung reif waren, allgemein verlautete, Big Head Dodd habe frische Lorbeeren geerntet. Seine Argumente erwiesen sich als siegreich, seine Vorschläge wurden vom

Komitee angenommen, ich aber hatte die anonyme Befriedigung zu wissen, daß Argumente und Vorschläge ganz auf meinem Mist gewachsen waren. In der darauf folgenden Umarbeitung der Pläne war mein Anteil noch größer; denn ich entwarf und goß mit eigener Hand ein Heißluftgitter für die Amtsstuben, welches das Glück oder Verdienst hatte, akzeptiert zu werden. Meine Ausdauer und Geschicklichkeit in dieser Sache überraschte und begeisterte meinen Vater, und ich glaube – wenn ich es auch nicht sagen sollte, denn Eigenlob stinkt –, daß es allein an mir liegt, wenn heute das Kapitol von Muskegon nicht der Schandfleck meines Heimatstaates ist.

Bei meiner Rückkehr ins Commercial College war ich also durchaus guter Dinge und meine anfänglichen Operationen auch von erfreulichem Erfolg gekrönt. Mein Vater schrieb und telegraphierte mir unablässig. »Die Entscheidungen mußt du selber treffen, Loudon«, schrieb er gerne. »Alles, was du von mir hören wirst, sind nur die Zahlen; was du auch tust, tust du auf eigene Verantwortung, und was du auch gewinnst, wird allein deinem Unternehmungsgeist und deiner Umsicht zuzuschreiben sein.« Dessenungeachtet waren seine Wünsche immer ganz klar zu erkennen, und ich selbst klug genug, mich genau danach zu richten. Schon nach einem Monat hatte ich mit siebzehn- oder achtzehntausend Dollar in College-Papieren die Nase weit voran. Doch da stolperte ich in eine der Fallen unseres Systems. Das Papier besaß (wie ich schon erklärte) einen realen Wert von einem Prozent und konnte gegen echtes Geld verkauft und gekauft werden. Erfolglose Spekulanten verkauften daher ständig Kleider, Bücher, Banjos, Manschettenknöpfe, um ihre Schulden zu bezahlen; die erfolgreichen dagegen erlagen oft der Versuchung, einen Teil ihres Gewinns zu Geld zu machen und zu verprassen. Ich brauchte damals ziemlich dringend Malzeug im Wert von dreißig Dollar, denn ich ging immer in den Wald zeichnen; mein Monatswechsel war bereits ausgegeben; ich hatte mich (von meinem Vater angestiftet) daran gewöhnt, in der Börse einen Ort zu sehen, wo das Geld herumlag und man sich nur danach zu bükken brauchte; und so löste ich in einer üblen Stunde dreitausend Dollar in College-Papieren ein und kaufte mir davon eine Staffelei.

Es war ein Mittwoch morgen, als die Dinge eintrafen und mich in den siebenten Himmel der Glückseligkeit versetzten. Mein Vater (denn ich kann kaum sagen, ich sei's selbst gewesen) versuchte zu diesem Zeitpunkt ein »Stellagegeschäft« in Weizen zwischen Chicago und New York; die so bezeichnete Operation ist, wie du ja weißt, eine der verlockendsten und zugleich unsichersten auf dem Schachbrett der Finanzen. Am Donnerstag begann das Glück sich gegen die Kalkulationen meines Vaters zu wenden; und Freitag abend stand mein Name zum zweiten Mal als der eines Zahlungsunfähigen an den Tafeln. Das war ein harter Schlag: meinen Vater hätte er auf jeden Fall getroffen; denn so sehr man die Unfähigkeit eines einzigen Sohns betrauern mag, so leidet man doch unter der eigenen noch stärker. Aber der Teufel wollte es, daß in unserem bitteren Kelch der Niederlage nur ein Ingrediens wirklich vergiftet war. Er hatte mein Konto ganz genau verfolgt; vermißte jetzt dreitausend Dollar in Papieren; und seiner Meinung nach hatte ich dreißig Dollar in realer Währung einfach gestohlen. Das war vielleicht eine extreme Auffassung; aber in gewisser Hinsicht doch gerecht; und mein Vater ging (in meinen Augen) zwar Geschäften nach, die ihrem Wesen nach alles andere als ehrlich waren, verhielt sich jedoch in den Details als Ehrenmann vom Scheitel bis zur Sohle. Ich erhielt einen gekränkten Brief von ihm, gütig und würdevoll; aber dieses ganze restliche unselige Semester, während ich als Kanzlist arbeitete und mein Gewand und meine Skizzen verkaufte, um mich in sinnlosen Spekulationen zu versuchen, und mein Traum von Paris gänzlich zerrann, tröstete mich kein freundliches Wort, half mir kein Rat oder Tip von meinem Vater.

Dabei dachte er die ganze Zeit sicher kaum an anderes als seinen Sohn und was er mit ihm tun sollte. Ich glaube, er war wirklich bestürzt über das, was er für meine moralische Laxheit hielt, und rang sich vielleicht zu der Einsicht durch, es wäre gut, mich vor Versuchung zu bewahren; überdies hatte der Architekt des Kapitols in den höchsten Tönen von meinen Entwürfen gesprochen; und während er also noch mit sich rang, trat Fortuna plötzlich auf den Plan, und das Kapitol des Staates Muskegon griff in mein Schicksal ein.

»Loudon«, sagte mein Vater, als er mir am Bahnhof mit einem Lächeln im Gesicht entgegentrat, »wenn du nach Paris gehen würdest, wie lange würde es dauern, bis du ein erfahrener Bildhauer bist?«

»Was meinst du damit, Vater?« rief ich. »Wieso ein erfahrener?«

»Ein Mann, den man mit den höchsten Stilrichtungen betraut«, antwortete er, »dem Nackten zum Beispiel; und dem Patriotischen und dem Allegorischen.«

»Drei Jahre vielleicht«, entgegnete ich.

»Hältst du Paris für notwendig?« fragte er. »Es gibt große Möglichkeiten in unserem eigenen Land; und dieser Mann Prodgers scheint doch auch ein sehr kluger Bildhauer, obgleich ich annehme, daß er zu hoch steht, um Unterricht zu erteilen.«

»Paris allein kommt in Frage«, versicherte ich ihm.

»Ja, ja, ich meine selbst, daß es viel besser klingt«, gab er zu. »Ein junger Mann, in unserem Staate geboren, Sohn eines der ersten Bürger, Studien unter den erfahrensten Meistern in Paris«, fügte er genüßlich hinzu.

»Aber mein guter Papa, wovon sprichst du eigentlich?« fiel ich ihm ins Wort. »Nicht im Schlaf wär' mir je eingefallen, Bildhauer zu werden.«

»Also, die Sache ist die«, erklärte er. »Ich habe den Auftrag für die Skulpturen auf unserem neuen Kapitol übernommen; zuerst nur als Geschäft, aber dann fiel mir ein, es wäre besser, wenn es in der Familie bliebe. Es trifft sich mit deinen Wünschen; eine Menge Geld ist dabei zu holen; und patriotisch ist die Sache auch. Du brauchst also nur ja zu sagen, dann gehst du nach Paris und kommst in drei Jahren zurück, um das Kapitol unseres Heimatstaates zu dekorieren. Es ist eine große Chance für dich, Loudon; und ich sage dir etwas – zu jedem Dollar, den du verdienst, lege ich aus meiner Tasche noch einen dazu. Aber je früher du fährst und je härter du arbeitest, um so besser; denn wenn das erste halbe Dutzend Statuen dem Geschmack des Publikums in Muskegon nicht zusagt, gibt's Probleme.«

Kapitel II

Wein aus dem Roussillon

Die Familie meiner Mutter lebte in Schottland, es schien daher nur recht und billig, daß ich auf meiner Reise pariswärts meinem Onkel Adam Loudon, einem reichen Lebensmittelhändler im Ruhestand, in Edinburgh einen Besuch abstattete. Er war sehr steif und sehr ironisch; ernährte mich vorzüglich, beherbergte mich königlich und schien es sich Prozent um Prozent von mir zurückzuholen in geheimer Belustigung, wobei seine Brillengläser funkelten und seine Mundwinkel zuckten. Ursache dieser kaum verhohlenen, ganz ungemeinen Heiterkeit war (soweit ich das beurteilen konnte) einfach die Tatsache, daß ich Amerikaner war. »Ahhhh«, pflegte er zu sagen und zog den Ausruf ins Unendliche, »bei dir zu Hause, stelle ich mir vor, ist das wahrscheinlich so und so.« Worauf die ganze Gruppe meiner Vettern und Basen in ein begeistertes Kichern fiel. Wiederholte Reaktionen dieser Art liegen, wie ich annehme, dem zugrunde, was man als den ›Großartigen Amerikanischen Witz‹ bezeichnet; und ich weiß noch, daß ich mich zu der Behauptung verstieg, meine Freunde gingen in den Sommermonaten alle nackt, und die Zweite Methodistische Episkopal-Kirche in Muskegon sei mit Skalpen dekoriert. Viel Erfolg hatte ich mit diesen Phantastereien eigentlich nicht; sie riefen kaum größere Überraschung hervor als der Umstand, daß mein Vater Republikaner war, oder daß ich in der Schule gelernt hatte, das Wort *colour* ohne *u* zu schreiben. Hätte ich ihnen erzählt (was schließlich der Wahrheit entsprach), daß mein Vater jährlich eine beträchtliche Summe dafür bezahlt hatte, um mich in einer Spielhölle ausbilden zu lassen, so hätte dies das Gekicher und Gegrinse dieser gräßlichen Familie ja noch entschuldigt.

Ich kann nicht leugnen, daß ich mich manchmal versucht fühlte, meinem Onkel Adam einen Schlag zu versetzen; und es wäre auch sicher bald zum Bruch gekommen, hätten sie nicht mir zu Ehren ein festliches Dinner gegeben. Bei diesem Anlaß erkannte ich (zu meiner größten Überraschung), daß sie die Quälereien, denen sie mich unterwarfen, nur im Familienkreise pflegten, ja daß sie beinahe als Zärtlichkeit zu werten waren. Fremden wurde ich voll Achtung vorgestellt; und die Erwähnung »meines amerikanischen Schwagers, James K. Dodd, der Mann der armen Jeannie, der bekannte Millionär aus Muskegon« zielte durchaus darauf ab, das Herz eines stolzen Sohnes schwellen zu lassen.

Ein bejahrter Gehilfe meines Großvaters, ein angenehmer, einfacher Mensch mit einer Vorliebe für Whisky, wurde mir zunächst als Führer durch die Stadt beigegeben. Mit diesem harmlosen, nicht sehr aristokratischen Gefährten besuchte ich Arthur's Seat und den Calton Hill, hörte die Kapelle in den Princes Street Gardens spielen, bewunderte die königlichen Insignien und Rizzios Blut und verliebte mich in die große Burg hoch oben auf dem Fels, die unzähligen Kirchtürme, die herrschaftlichen Bauten, die weiten Ausblicke und die engen, belebten Gassen der alten Stadt, wo meine Vorfahren in den Tagen vor Columbus gelebt hatten und gestorben waren.

Aber es gab eine weitere Sehenswürdigkeit, die mich noch viel mehr interessierte – mein Großvater, Alexander Loudon. Dieser alte Herr war seinerzeit Steinmetz gewesen und hatte sich hochgearbeitet, mehr, wie ich glaube, durch Gewieftheit als durch besonderes Verdienst. In Erscheinung, Sprache und Benehmen trug er weithin sichtbar die Zeichen seiner Herkunft, und diese bedeuteten Galle und Wermut für meinen Onkel Adam. Seine Nägel trugen trotz ängstlichster Überwachung häufig Trauer; das Gewand hing verdrückt und faltig an ihm wie der Sonntagsrock an einem Bauernknecht; er sprach einen wenig gebildeten, breiten Dialekt; selbst im besten Falle, selbst wenn man ihn dazu brachte, seinen Mund zu halten, genügte seine Anwesenheit in einer Ecke des Salons, daß er mit seiner im Freien runzelig gewordenen Haut, dem schütteren Haar, den abgearbeiteten Händen und seinem schlau vergnügten Gesichtsausdruck unsere ganze Bande als das entlarvte, was sie war: eine neureiche Familie. Da mochte meine Tante noch so zucken und meine Cousinen schäumen: von dem unübersehbaren physischen Faktum des Steinmetzmeisters im Kamineck war nicht loszukommen.

Wenigstens diesen einen Vorteil hat man als Amerikaner: Es wäre mir nie in den Sinn gekommen, mich meines Großvaters zu schämen, und der alte Herr merkte den Unterschied sehr schnell. Er hielt meine Mutter in zärtlichem Angedenken, verglich sie täglich mit meinem Onkel Adam, den er verabscheute bis fast zur Raserei; und daß ich ihn so gut behandelte, erklärte er für ererbt von seiner Lieblingstochter. Auf unseren Spaziergängen, die bald zur täglichen Gewohnheit wurden, schlich er sich oft (nach dem ausdrücklichen Hinweis darauf, die Sache sei vor »Aadam« streng geheimzuhalten) in eines seiner altvertrauten Wirtshäuser und stellte mich dort (wenn er Glück hatte und ein paar alte Kumpane vorfand) mit unüberhörbarem Stolz den Anwesenden vor, nicht ohne versteckten Seitenhieb auf seine übrige Nachkommenschaft. »Das ist der Bub von meiner Jeannie«, pflegte er zu sagen. »Der ist in Ordnung, der Bursche – der schon.« Ziel und Zweck unserer Ausflüge war aber nicht die Besichtigung berühmter Bauwerke oder der Besuch bekannter Aussichtspunkte; vielmehr besuchten wir reihenweise mickrige Siedlungen in den Vorstädten, die der alte Herr zum höheren Ruhm seines Namens nicht nur selbst erbaut, sondern allzu oft auch selbst entworfen und geplant hatte. Ein gräßlicherer Anblick war mir kaum je begegnet: die Ziegel in den Wänden schienen zu erröten, die Schiefer auf den Dächern vor Scham zu erblassen; aber ich hütete mich, diese Eindrücke dem vor Alter krummen Schöpfer an meiner Seite zu enthüllen; und wenn er meine Aufmerksamkeit auf irgendeine neuerliche Monstrosität lenkte – etwa mit der Bemerkung: »Hier, das war so eine Idee von mir: billig und geschmackvoll, und überall sehr beliebt; bald hat man mir's geklaut, und bei Glasgow gibt's ganze Gegenden mit diesem gotischen Schnörkel und dem Sockel –«, dann sprach ich hastig und wohlerzogen meine Bewunderung aus und erkundigte mich (was ihm offenbar ganz besonderes Vergnügen bereitete) bei jedem dieser Schnörkel nach den Kosten. Man kann sich vorstellen, daß das Kapitol von Muskegon bald häufiges und beliebtes Gesprächsthema war; ich zeichnete ihm alle Pläne aus dem Gedächtnis auf; und er entwarf mit Hilfe eines schmalen Büchleins voller Zahlen und Tabellen, das (wenn ich mich nicht irre) auf den Namen Molesworth hörte und das er ständig mit sich führte, Kostenvoranschläge und imaginäre Angebote für die verschiedenen Bauaufträge. Unsere Baumeister in Muskegon nannte er einen Haufen von habgierigen Kormoranen; und dieses Thema, das uns beide faszinierte, bildete zusammen mit meiner Bewandertheit in architektonischen Ausdrücken, der Spannungslehre und den Materialkosten in den Staaten ein starkes Band zwischen einem sonst höchst ungleichen Paar und führte dazu, daß mein

Großvater mich emphatisch zu einem »wirklich und wahrhaftig sehr gescheiten Kind« ernannte. Und so spielte, wie du bald erkennen wirst, das Kapitol meines heimatlichen Staates zum zweiten Mal eine bedeutende Rolle in der Lenkung meines Lebensstroms.

Als ich Edinburgh verließ, hatte ich allerdings keine Ahnung, daß ich soeben einen ganz ausgezeichneten Handel für mich selbst getätigt hatte, sondern war ungemein erleichtert, diesem steifen, leblosen Haushalt zu entkommen und statt dessen endlich in die regenbogenfarbene Stadt Paris einzutauchen. Jedermann hat seine eigenen romantischen Ideen; die meinigen drehten sich ausschließlich um die Ausübung der Kunst, das Leben der Studenten im Quartier Latin und die Welt von Paris, wie sie jener rußige Hexenmeister, der Autor der *Comédie Humaine,* zeichnet. Ich war nicht enttäuscht – nichts hätte mich enttäuschen können; denn ich sah die Fakten nicht, sondern hatte sie bereits fix und fertig mitgebracht. Z. Marcas lebte Tür an Tür mit mir in meinem schäbigen, übelriechenden Hotel in der Rue Racine; ich speiste in meinem unappetitlichen Restaurant mit Lousteau und Rastignac; wenn mich einmal an einer Straßenkreuzung eine Karriole mit zwei Pferden beinah überfahren hätte, dann wäre der Kutscher Maxime de Trailles gewesen. Ich speiste, sagte ich, in einem schäbigen Wirtshaus und wohnte in einem schäbigen Hotel; doch nicht aus Not, sondern aus Sentiment. Mein Vater schickte mir einen großzügigen Monatswechsel, und ich hätte (hätte ich das gewollt) im Quartier de l'Etoile leben und täglich mit der Kutsche in mein Studio fahren können. Doch dann hätte mein Leben allen romantischen Glanz verloren: dann wäre ich einfach nur Loudon Dodd gewesen; so aber war ich ein Student aus dem Quartier Latin, Murgers Nachfolger, erlebte in Fleisch und Blut und Wirklichkeit eine jener romantischen Geschichten, die ich in den Wäldern von Muskegon gelesen und noch einmal gelesen und in meine Träume eingeschlossen hatte.

Wir waren damals im Quartier Latin alle ein bißchen Murger-süchtig. Das Stück *La Vie de Bohème* lief eben im Odéon, es lief schon endlos lange – für Paris – und rief die Legende wieder frisch ins Gedächtnis. Und die Folge davon war, daß in jeder Dachkammer des Quartiers auch privat mehr oder weniger die gleiche Geschichte in Szene gesetzt wurde, und ein gutes Drittel aller Studenten trat ganz bewußt als Rodolphe oder als Schaunard auf, zu ihrer eigenen unsäglichen Befriedigung. Manche von uns gingen dabei sehr weit, und manche noch weiter. So blickte ich (zum Beispiel) voll quälenden Neides auf einen bestimmten unter meinen Landsleuten, der ein Studio in der Rue Monsieur le Prince hatte, Stiefel trug, das lange Haar in einem Netz, und in dieser Aufmachung in das scheußlichste Speisehaus des Quartiers zu wandern pflegte, gefolgt von einem korsischen Modell, seiner Geliebten, diese wieder in der Aufmachung ihrer Herkunft und Profession. Es bedarf einer gewissen Seelengröße, die Narrheit derart auf die Spitze zu treiben; ich meinerseits mußte mich damit begnügen, recht nachdrücklich so zu tun, als sei ich arm, indem ich auf der Straße ein Hauskäppchen trug und in einer Reihe von erfolglosen Abenteuern jenem ausgestorbenen Säugetier nachjagte: der Grisette. Das unangenehmste daran war das Essen und das Trinken. Ich bin von Natur ein Feinschmecker und Weinkenner und -genießer; und nur meine echte Leidenschaft für die Romantik ließ mich den Schlangenfraß ertragen, den man mir vorsetzte, und die rote Tinte von Bercy, mit der ich das Zeug hinunterspülte. Hin und wieder nach einem harten Tag im Studio, wo ich mich fleißig und keinesfalls erfolglos meiner Arbeit widmete, wurde ich von einer Welle des Ekels einfach überwältigt; dann stahl ich mich von meinen Stammlokalen und Gefährten fort und entschädigte mich für Wochen voller Askese und Selbstverleugnung mit edlen Weinen und köstlichen Gerichten; setzte mich einmal auf eine Terrasse, dann wieder in eine kleine Laube, stützte den Band eines meiner Lieblingsautoren aufgeschlagen vor mir auf und sah hinein und wieder auf – und blieb so sitzen, bis in der Dämmerung die Lichter der Stadt aufleuchteten, und freute mich meiner Lage; und schlenderte schließlich den Fluß entlang nach Hause, unter Mond oder Sternen, in einem Himmel von Poesie und Verdauung.

Eine solche Schwelgerei bescherte mir im Laufe meines zweiten Jahres ein Abenteuer, das ich erzählen muß: Eigentlich ist das der Punkt, auf den ich schon längst hinauswill, denn dadurch machte ich die Bekanntschaft von Jim Pinkerton. Ich nahm an einem Oktobertag Platz, um allein zu dinieren; es war einer jener Tage, wo die herbstlich roten Blätter fallen und über die Boulevards rascheln und die Seele des empfindsamen Mannes in etwa gleichem Maße zu Traurigkeit und menschlicher Gesellschaft neigt. Das Restaurant war nichts Besonderes, besaß aber einen vorzüglichen Keller und eine lange, gedruckte Weinkarte. Diese studierte ich eben mit dem doppelten Eifer eines Mannes, der den Wein liebt, aber ebenso die schönen Namen, als mein Auge (ziemlich am Ende der Karte) auf den nicht sehr berühmten oder bekannten Namen »Roussillon« fiel. Das war ein Wein, den ich noch nie getrunken hatte, ich bestellte also eine Flasche, die mir bestens mundete, und sobald ich ihren Inhalt entsprechend gewürdigt hatte, bestellte ich (meiner Gewohnheit folgend) ein abschließendes Viertel. Der Roussillon war aber nur in Bouteillen verfügbar. »Na schön«, erklärte ich, »dann noch eine Flasche.« Die Tische in diesem Speisehaus stehen eng beisammen; und das nächste, was ich weiß, war, daß ich eine ziemlich laute Konversation mit meinen unmittelbaren Nachbarn führte. Doch schweifte meine Aufmerksamkeit offenbar bald ins Weite; denn ich erinnere mich genau, wie ich mich in dem Raume umsah und jeder Stuhl zu mir gedreht und jedes Gesicht mir lächelnd zugewandt erschien. Ich weiß sogar noch, was ich in diesem Moment sagte; aber selbst nach zwanzig Jahren glimmt ein Funke Scham noch in der Asche; und ich gebe deiner Vorstellungskraft nur den Hinweis, daß die Muse, die mich ritt, die patriotische war. Es war mein Plan gewesen, mich in Begleitung einiger dieser neuen Freunde in ein anderes Lokal zum Kaffee zu begeben; doch kaum stand ich am Bürgersteig, fand ich mich plötzlich mutterseelenallein. Der Umstand überraschte mich nicht sehr – und tut's jetzt noch viel weniger; immerhin verdroß es mich, als ich wenig später erkannte, daß ich offenbar in einen Pavillon gewandert war. Jetzt fragte ich mich, ob die zweite Flasche vielleicht doch etwas viel für mich gewesen war, und beschloß darauf, mich mit Kaffee und Brandy wieder zu ernüchtern. Im Café de la Source, wohin ich mich zwecks Stärkung nun begab, war der Springbrunnen in Betrieb, und (was mich äußerst überraschte) die Mühle und die verschiedenen mechanischen Figuren auf der steinernen Einfassung waren offenbar frisch gestrichen und repariert und vollführten die bezauberndsten Tänze und Luftsprünge. Das Café war ungemein heiß und hell, jedes Detail überdeutlich, von den Gesichtern der Gäste bis zu den Überschriften der Zeitungen auf den Tischen, und der ganze Raum schwang hin und her wie eine Hängematte, eine Bewegung, die mir viel Vergnügen bereitete. Eine Weile war ich so entzückt von allen diesen Dingen, daß ich dachte, ich würde ihrer nie überdrüssig; dann befiel mich plötzlich eine grundlose Traurigkeit; und dann kam ich mit derselben Schnelligkeit und Spontaneität zu dem Schluß, daß ich betrunken war und am besten schnell zu Bett gehen sollte. Zu meinem Hotel waren es nur ein oder zwei Schritte. Ich ließ mir vom Portier eine brennende Kerze reichen und stieg die vier Stockwerke zu meinem Zimmer hinauf. Es ließ sich zwar nicht leugnen, daß ich betrunken war, gleichzeitig konnte ich aber ganz scharf und praktisch denken. Ich hatte nur die eine einzige Sorge – morgen früh rechtzeitig zur Arbeit zu kommen; und als ich merkte, daß die Uhr auf meinem Kamin stehengeblieben war, beschloß ich, noch einmal hinunterzugehen und dem Portier Anweisungen zu geben. Ich ließ die Tür offen und die Kerze brennen, damit sie mir auf meinem Rückweg leuchte, und machte mich auf den Weg. Das Haus war völlig finster; da es aber in jeder Etage nur drei Türen gab, konnte man sich nicht verirren, und ich brauchte nichts tun als die Stiegen hinuntergehen, bis ich das Nachtlicht des Portiers erblickte. Ich zählte vier Etagen: kein Portier. Es war natürlich möglich, daß ich mich verzählt hatte; also ging ich noch eine Treppe hinunter, noch eine und noch eine, und zählte dabei immer weiter, bis ich die lächerliche Zahl von neun Etagen erreicht hatte. Nun, es war also ganz klar, daß ich irgendwie die Loge des Portiers passiert hatte, ohne sie zu bemerken; inzwischen befand ich mich, vorsichtig gerechnet, mindestens fünf Stockwerke tief unter der Straße, eingetaucht in die Eingeweide von Mutter Erde. Daß mein Hotel demgemäß auf Katakomben ruhte, war eine Entdeckung von beträchtlichem Interesse; und wäre ich nicht in dieser rein sachlichen, geschäftsmäßigen Gemütsverfassung gewesen, so hätte ich dieses unterirdische Reich vielleicht die ganze Nacht erforscht. Aber ich durfte um keinen Preis am nächsten Morgen zu spät aufstehen, und zu diesem Zwecke war es unerläßlich, den Portier zu finden. Ich machte also kehrt und stieg, mit großer Sorgfalt zählend, wieder aufwärts in Richtung Straßenniveau. Fünf, sechs, sieben Treppen stieg ich, doch noch immer kein Portier. Langsam hatte ich genug von der ganzen Angelegenheit; überlegte, daß mein Zimmer nicht mehr weit sein konnte, und beschloß, zu Bett zu gehen. Acht, neun, zehn, elf, zwölf, dreizehn Treppen stieg ich hinan; und meine offene Tür schien mir nun ebenso verloren wie der Portier in seiner schwebenden Kabine. Das Haus hatte aber doch an seiner höchsten Stelle nur sechs Etagen, woraus (bei vorsichtigster Berechnung) hervorging, daß ich mich bereits zwei Etagen über dem Dach befand. Meine ursprüngliche Erheiterung wich nun einer nicht unnatürlichen Gereiztheit. »Mein Zimmer hat gefälligst hier zu sein«, erklärte ich und trat mit ausgebreiteten Armen auf die Türe zu.

Doch da war keine Türe, aber auch keine Wand; an ihrer Stelle gähnte vor mir ein dunkler Gang, in den ich längere Zeit hineinschritt, ohne auf den geringsten Widerstand zu stoßen. Und das in einem Haus, dessen größte Fläche gerade eben drei kleine Räume faßte, einen kleinen Treppenabsatz und das Treppenhaus! Das ganze war doch vollkommen absurd; und es wird dich die Mitteilung nicht überraschen, daß ich jetzt ernstlich die Geduld verlor. An diesem Punkt fiel mir der Widerschein von Licht auf dem Boden auf, meine ausgestreckte Hand packte den Griff einer Türklinke, ich öffnete und betrat ohne weitere Umstände einen Raum. Darinnen war eine junge Dame; sie ging eben zu Bett, und ihre Toilette war weit fortgeschritten, oder umgekehrt, wenn dir das lieber ist.

»Ich hoffe, Sie werden mein Eindringen verzeihen«, sagte ich; »aber mein Zimmer ist Nr. 12, und irgend etwas ist schiefgegangen mit diesem verwünschten Haus.«

Sie blickte mich kurz an und sagte dann: »Wenn Sie bitte einen Moment draußen warten, dann führe ich Sie hin.«

Und so ward die Sache mit vorzüglicher Haltung auf beiden Seiten geregelt. Ich wartete eine Weile vor ihrer Tür. Dann trat sie in einem Morgenrock zu mir, nahm meine Hand, führte mich eine weitere Treppe hinauf, was jetzt bereits die dritte Etage über dem Dach bedeutete, und brachte mich in mein eigenes Zimmer, wo ich (ziemlich erschöpft von dieser außerordentlichen Wanderung) ins Bett sank und einschlummerte wie ein Kind.

Ich habe dir die Geschichte so ruhig erzählt, wie sie mir im Augenblick des Erlebens erschien; doch als ich am nächsten Tag erwachte und mein Gedächtnis in den Zeugenstand rief, da konnte ich mir nicht verhehlen, daß sich da einige recht unwahrscheinliche Stellen fanden. Nach dem Studio stand mir dann doch nicht so recht der Sinn, statt dessen ging ich in den Jardin de Luxembourg, um mich dort unter den Spatzen und Statuen und fallenden Blättern zu beruhigen und meinen Kopf zu klären. Ich habe diesen Park immer sehr geliebt. Man sitzt an einem öffentlichen Ort aus Geschichte und Fiktion. Barras und Fouché blickten einst aus diesen Fenstern. Lousteau und de Banville (der eine so real wie der andere) schmiedeten auf diesen Bänken ihre Verse. Draußen hinter den Gittern eilt und quirlt die Stadt vorbei, und drinnen und rund um dich rauschen Bäume, stoßen Kinder und Spatzen ihre kleinen Schreie aus, und die Statuen schauen immer allem zu. Hier also saß ich auf einem Stuhl gegenüber dem Eingang zur Galerie und ging daran, die Vorfälle der gestrigen Nacht zu entwirren und (wenn möglich) Wahrheit von Fiktion zu trennen.

Bei Tageslicht war das Haus wieder, so wie immer, nur sechs Etagen hoch gewesen. Ich konnte bei all meiner architektonischen Erfahrung in seiner Höhe keinen Raum finden für diese endlos langen Treppenhäuser, noch in dem Abstand zwischen seinen Mauern Raum für diesen langen Gang, den ich des Nachts durchwandert hatte. Aber es gab da eine noch größere Schwierigkeit. Irgendwo hatte ich den Aphorismus gelesen, es könne alles falsch gegen sich selbst sein, mit Ausnahme der menschlichen Natur. Ein Haus konnte sich verlängern oder verbreitern – oder so erscheinen in den Augen eines Gentleman, der wohl diniert hatte. Das Meer mochte eintrocknen, die Felsen in der Sonne schmelzen, die Sterne vom Himmel fallen wie Äpfel im Herbst; daran wäre nichts, was den Philosophen verstörte. Aber der Fall der jungen Dame stand doch auf einem anderen Fundament. Mädchen waren nicht gut genug, oder nicht gut auf diese Art, oder aber überhaupt zu gut; ich war bereit, jede dieser Ansichten zu akzeptieren: alles deutete auf den gleichen Schluß, den ich damit schon beinah erreichte, als mir ein frisches Argument einfiel, das sich sofort selbst bestätigte... Ich konnte mich an jedes Wort, das wir gesagt hatten, genau erinnern; und ich hatte auf Englisch gesprochen und sie auf Englisch geantwortet. Dann war das Ganze eindeutig eine Illusion: Katakomben, Treppenhäuser, mildtätige Damen, alles war nichts anderes als der Stoff von Träumen.

Eben war ich zu diesem Schluß gelangt, als ein Windstoß durch den herbstlichen Park fegte; tote Blätter prasselten herab, und über meinem Kopf wirbelte, dicht wie Schneegestöber, unter viel Gepfeife ein Trupp Spatzen. Diese liebliche Geschäftigkeit war die Sache eines Augenblicks, aber sie riß mich aus meiner Versunkenheit wie ein jäher Anruf. Ich setzte mich rasch auf, und dabei fielen meine Augen auf die Gestalt einer Dame in braunem Jakkett, die einen Malkasten trug. An ihrer Seite schritt ein Mann, vielleicht ein paar Jahre älter als ich selbst, mit einer Staffelei unter dem Arm; ihrer Richtung und ihrem Gepäck nach zu schließen, befanden sie sich auf dem Wege in die Galerie, wo die Dame zweifelsohne etwas kopierte. Du kannst dir meine Überraschung vorstellen, als ich in ihr die Heldin meines Abenteuers erkannte. Und um die Sache gänzlich außer Frage zu stellen, begegneten sich unsere Blicke, sie erkannte, daß ich sie erkannte, dachte an die Toilette, in der ich sie zuletzt gesehen, und blickte darauf zu Boden, und zwar mit einer ganz leisen Spur von Verwirrung.

Noch heute könnte ich dir nicht sagen, ob sie hübsch oder häßlich war; aber sie hatte sich mit so viel Vernunft betragen, ich dagegen als der reinste Esel, so daß ich sofort vom heftigen Wunsch erfaßt wurde, ihr in besserem Lichte zu erscheinen. Der junge Mann an ihrer Seite war möglicherweise ihr Bruder; Brüder sind oft vorschnell, schließlich gestattet ihnen ihre Rolle, schon in vergleichsweise jungen Jahren mit der Würde des Mannes aufzutreten; daher kam mir der Gedanke, es wäre vielleicht klug, etwa zu erwartenden Komplikationen durch eine Entschuldigung vorzubeugen.

In diesem Sinne bewegte ich mich in Richtung des Eingangs zum Museum und hatte kaum Position bezogen, als der junge Mann wieder herauskam. Und hier geschah's, daß ich Aug' in Auge meinem dritten Schicksal gegenüberstand; denn mein Leben wurde ganz und gar von diesen drei Elementen geformt: meinem Vater, dem Kapitol von Muskegon und meinem Freund Jim Pinkerton. Was nun die junge Dame betrifft, die mich in diesem Augenblick ausschließlich beschäftigte, so sollte ich nach diesem Tage nie wieder von ihr hören: ein ausgezeichneter Beleg für dieses Blinde-Kuh-Spiel, das wir Leben nennen.

Kapitel III

Auftritt Mr. Pinkerton

Der Fremde war, wie ich schon sagte, einige Jahre älter als ich selbst; dazu von ansehnlicher Gestalt, lebhaftem Gesicht, einem herzlichen spontanen Benehmen und grauen Augen, die so beweglich waren wie die eines Vogels.

»Dürfte ich Sie einen Moment sprechen?« fragte ich.

»Mein lieber Herr«, erwiderte er, »ich habe keine Ahnung, worüber Sie mit mir sprechen möchten, aber es können von mir aus auch hundert Momente sein.«

»Sie haben soeben eine junge Dame verlassen«, fuhr ich fort, »der gegenüber ich (völlig unbeabsichtigt) den Anschein von Aufdringlichkeit erwecken mußte. Sie selbst zu sprechen, würde ihre Verlegenheit nur erneuern, ich ergreife daher die Gelegenheit, um nicht nur meine Entschuldigung, sondern auch meinen Respekt auszudrükken, und dies gegenüber einem Vertreter meines eigenen Geschlechts, der ihr Freund ist, ja vielleicht« – und mit einer Verbeugung fügte ich hinzu – »ihr natürlicher Beschützer ist.«

»Sie sind ein Landsmann von mir! Wußt' ich's doch!« rief er; »das sieht man ja schon an Ihrem Feingefühl gegenüber einer Dame. Das ist auch nur recht und billig. Ich wurde ihr vor einigen Tagen abends beim Tee vorgestellt, in der Wohnung von ein paar Leuten, Freunden von mir; und als ich sie heute morgen zufällig traf, da war's ja wohl meine Pflicht, die Staffelei für sie zu tragen. Mein lieber Herr, wie ist Ihr Name?«

Ich war enttäuscht, daß er so wenig Beziehung zu meiner jungen Dame hatte; und wäre das Anknüpfen der Bekanntschaft nicht von mir ausgegangen, so wäre ich versucht gewesen, mich zurückzuziehen. Gleichzeitig lag im Aug' des Fremden etwas, was mich fesselte.

»Mein Name«, erklärte ich, »ist Loudon Dodd; ich studiere hier Bildhauerei und komme aus Muskegon.«

»Oh, Bildhauerei?« rief er, als hätte er das wirklich zuallerletzt vermutet. »Ich heiße Jim Pinkerton; es freut mich wirklich sehr, Sie kennenzulernen.«

»Pinkerton!« rief ich jetzt meinerseits überrascht aus. »Doch nicht Broken-Stool Pinkerton?«

Das gab er mit einem jungenhaft vergnügten Lachen zu; und wirklich wäre jeder junge Mann im Quartier stolz gewesen auf einen Beinamen, den er auf so ritterliche Art erworben hatte.

Um diesen Namen zu erklären, muß ich abschweifen und ein Kapitel der Sittengeschichte des neunzehnten Jahrhunderts aufschlagen, das auch um seiner selbst willen der Erwähnung wert ist. In einigen Studios war es damals Brauch, neue Studenten auf barbarische, ja obszöne Weise zu schikanieren. Zwei knapp aufeinanderfolgende Vorfälle dieser Art bewirkten einen Fortschritt der Zivilisation vermittels (wie so oft) einer vorübergehenden Anleihe bei den Sitten der Wilden. Beim ersten ging es um das Eintreffen eines kleinen Gentleman aus Armenien. Er hatte einen Fez auf dem Kopf und (womit niemand rechnete) einen Dolch in der Tasche. Die Schikanen begannen in gewohntem Stil, fielen aber, vielleicht im Hinblick auf den Kopfschmuck des Opfers, diesmal vielleicht noch wüster aus als sonst. Zunächst ertrug er es mit beneidenswerter Gelassenheit; doch als einer der Studenten sich eine unentschuldbare Freiheit herausnahm, zog er sein Messer und rannte es dem Spaßvogel ganz unvermittelt in den Bauch. Dieser Jüngling mußte, wie ich mit Freuden berichte, darauf mehrere Monate lang das Bett hüten, bis er seine Studien wieder aufnehmen konnte. Der zweite Vorfall war jener, dem Pinkerton sein Ansehen verdankte. In einem übervollen Studio wurden an einem zitternden Debütanten eben einige wirklich schmutzige Brutalitäten praktiziert, als ein großer, bleicher junger Mann plötzlich von seinem Stuhl aufsprang und (ohne die geringste Einleitung oder Erklärung) schrie: »Alle Engländer und Amerikaner räumen jetzt die Bude auf!« Unsere Rasse ist brutal, aber nicht schmutzig; und keiner der Unsrigen verschloß sich diesem Aufruf. Jeder angelsächsische Student packte seinen Hocker; im nächsten Augenblick war das Studio voll blutender Gecken, die Franzosen drängten in wirrem Haufen zur Tür, das verdutzte Opfer wurde befreit. In diesem Kampf bedeckten sich beide englischsprechenden Nationen mit Ruhm; aber ich bin stolz darauf, daß der Urheber des ganzen Amerikaner war, noch dazu ein patriotischer Amerikaner, nämlich derselbe, der später bei einer Aufführung von ›L'Oncle Sam‹ am Boden einer Loge festgehalten werden mußte und dabei in Abständen schluchzte: »My country, o my country!«; während ein anderer (eben Pinkerton, mein neuer Bekannter) damals beim eigentlichen Kampfe die beste Figur gemacht haben soll. Mit einem einzigen Schlag hatte er seinen eigenen Hocker zerbrochen und den größten seiner Widersacher rücklings durch eine, wie wir es nannten, »Pflicht-Aktstudie« geschickt. Wie man hörte, erschien kurz darauf dieser gefallene Krieger in Fortsetzung seiner Flucht auf dem Boulevard, immer noch gerahmt von der durchbrochenen Leinwand.

Man kann sich sicher vorstellen, wieviel Aufsehen dieser Zwischenfall im Studentenviertel hervorrief und wie erfreut ich war, die Bekanntschaft eines so berühmten Landsmannes zu machen. Es ergab sich, daß ich vor Ablauf dieses Vormittags noch mehr von der Don-Quijotehaften Seite seiner Natur kennenlernen sollte; denn als wir weiter gemeinsam dahinschlenderten, fand ich mich plötzlich unweit des Studios eines jungen Franzosen, dessen Arbeit anzusehen ich versprochen hatte, und so nahm ich, wie's im Quartier so Brauch war, Pinkerton mit mir hinauf. Einige meiner Kollegen aus dieser Zeit waren ziemlich widerwärtige Burschen. Die erwachsenen Adepten der Kunst in Paris konnte ich fast immer bewundern und respektieren; aber viele von denen, die sozusagen noch in die Lehre gingen, waren traurige Gestalten, so daß ich mich oft verwundert fragte, woher eigentlich die Maler kamen und wohin die Rohlinge von Studenten eigentlich verschwanden. Ein ähnliches Geheimnis hängt über den Zwischenstadien der medizinischen Profession und hat wohl schon den oberflächlichsten Beobachter zum Nachdenken gereizt. Der Grobian, den ich jetzt mit Pinkerton besuchen ging, war jedenfalls einer der größten Wüstlinge des Quartiers. Uns zu Ehren führte er einen riesigen »Schinken« (wie wir Derartiges nannten) des Heiligen Stephan vor, der in Rot gebadet auf dem Bauch in einem fast leeren Behälter lag, während eine Schar von Hebräern in Blau, Grün und Gelb ihn bewarf – mit Rosinenbrötchen, wie es schien; und während wir auf dieses Opus starrten, bewirtete uns sein Schöpfer mit einem Stück seiner jüngsten Biographie, wovon ihm der Mund noch überging und das ihn seiner Meinung nach in vorteilhaftem Lichte zeigte. Ich war einer jener kosmopolitischen Amerikaner, die die Welt (zu Hause ebenso wie unterwegs) so nehmen, wie sie sie finden, und deren liebste Rolle die des Zuschauers ist; doch selbst ich mußte mit Ekel kämpfen, als ich plötzlich heftiges Zupfen an meinem Ärmel spürte.

»Hat er gesagt, er habe sie die Treppen hinuntergeworfen?« fragte Pinkerton, bleich wie St. Stephan.

»Ja«, erwiderte ich, »seine entlassene Geliebte; und dann bewarf er sie mit Steinen. Ich glaube, das gab ihm die Anregung für sein Bild. Er äußerte gerade die jämmerliche Entschuldigung, sie sei alt genug gewesen, um seine Mutter zu sein.«

Etwas wie ein Schluchzen brach aus Pinkerton. »Sagen Sie ihm«, keuchte er – »ich kann diese Sprache nicht sprechen, aber ich verstehe sie ein bißchen; ich hatte nie eine richtige Erziehung – sagen Sie ihm, er kriegt jetzt von mir eine auf den Schädel!«

»Um Gottes willen, das kommt nicht in Frage!« rief ich. »Diese Dinge begreifen sie hier nicht.« Und dabei versuchte ich, ihn hinauszudrängen.

»Sagen Sie ihm zuerst, was ich von ihm halte«, protestierte er. »Lassen Sie uns ihm sagen, welchen Eindruck er auf die unschuldige Seele eines Amerikaners gemacht hat!«

»Überlassen Sie das nur mir«, sagte ich und schubste Pinkerton energisch aus der Tür.

»Was hat er?« wollte der Student wissen.

»Monsieur ist schlecht geworden, weil er zu lang Ihr Geschmier angeschaut hat«, gab ich zur Antwort und wandte mich – nicht gerade sehr würdevoll – auf Pinkertons Spuren zur Flucht.

»Was haben Sie ihm gesagt?« fragte Pinkerton.

»Das einzige, was er versteht«, war meine Antwort.

Nach dieser Szene, der Selbstverständlichkeit, mit der ich meinen neuen Bekannten hinausgeworfen hatte, und der Hast, mit der ich ihm gefolgt war, blieb mir wohl nichts anderes übrig, als ihn zum Mittagessen einzuladen. Ich weiß nicht mehr, wie der Ort hieß, wohin ich ihn führte; es war nicht so übel, immerhin am anderen Ende des Luxembourg, mit einem Garten dahinter, wo wir uns schnell einander gegenübersetzten und einer in des anderen Lebensgeschichte und Charakter vergruben wie Terrier auf Hasenjagd, nach dem uralten Brauch der Jugend.

Pinkertons Eltern stammten aus der alten Heimat; ganz nebenbei ergab sich, daß auch er dort geboren war, ein Umstand, der ihm offenbar nicht viel bedeutete. Ob er von zu Hause fortgelaufen war oder ob sein Vater ihn hinauswarf, fand ich nie heraus; jedenfalls sah er sich mit etwa zwölf Jahren auf sich allein gestellt. Ein reisender Blechphotograph pflückte ihn an einem Wegrand in New Jersey wie eine Butte aus dem Hagebuttenhaag; faßte Zuneigung zu dem Straßenbengel; nahm ihn mit auf seine Wanderschaft; lehrte ihn alles, was er selber wußte – nämlich Blech-Photographien zu machen und an der Heiligen Schrift zu zweifeln; und starb endlich an einer Straßenecke in Ohio. »Er war ein tolles Exemplar«, rief Pinkerton; »ich wünschte, Sie hätten ihn sehen können, Mr. Dodd. Er hatte etwas Großmütiges an sich, das mich immer an die Patriarchen erinnerte.« Beim Tod seines zufälligen Beschützers erbte der Junge die Ausrüstung und führte das Geschäft weiter. »Das war ein Leben, bei dem ich hätte bleiben können, Mr. Dodd!« rief er. »Ich kenne alle prachtvollen Szenerien dieses wunderbaren Kontinents, der uns durch Geburt als Erbe zufiel. Ich wünschte, Sie könnten meine Sammlung von Blechphotographien sehen; ich wünschte, ich hätte sie hier. Ich machte sie zu meinem eigenen Vergnügen und zur Erinnerung; sie zeigen die Natur in ihren großartigsten wie in ihren zärtlichsten Augenblicken.« Auf seiner Wanderschaft durch die westlichen Staaten und Territorien machte der Junge nicht nur Blechphotographien, sondern verschaffte sich auch Bücher, gute, schlechte und mittelmäßige, populäre und abstruse, von den Romanen Sylvanus Cobbs bis zu Euklids ›Elementen‹, und ich fand zu meiner (in beiden Fällen gleich großen) Überraschung, daß er sich durch beides durchgekämpft hatte: er schlang alles in sich hinein, die Menschen, die Produkte und das Land, mit überdurchschnittlicher Beobachtungsgabe und einem ebensolchen Gedächtnis; und dabei schuf er sich eine eigene Sammlung von großmütigem, weitherzigem, halbintellektuellem Unsinn, in dem er die natürliche Denkweise und die ganze Pflicht des geborenen Amerikaners zu erkennen vermeinte. Von reinem Geiste zu sein, patriotisch gesinnt, Kultur und Geld mit beiden Händen und dem nämlichen irrationalen Eifer an sich zu raffen – das schienen mir die wichtigsten Punkte seiner Glaubenslehre. Später (natürlich nicht bei dieser ersten Gelegenheit) fragte ich ihn manchmal, warum; und er hatte sofort eine Antwort parat: »Um den Typ zu schaffen!« rief er dann. »Das ist unser aller Aufgabe; wir sind alle verpflichtet, den amerikanischen Menschentyp zu entwickeln! Loudon, hier liegt die Hoffnung der Welt! Wenn wir versagen, versagen wie diese alten feudalen Monarchien, was bleibt?«

Der Handel mit Blechphotographien wurde dem Ehrgeiz des Jungen bald zu eng; man konnte nicht expandieren, erklärte er; es war nichts wirklich Modernes! Und in einer plötzlichen Kehrtwendung wurde er Eisenbahn-Makler. Ich habe nie genau verstanden, worum es bei diesem Gewerbe eigentlich ging; im Prinzip aber offenbar darum, die Eisenbahnen um die Fahrtkosten zu betrügen. »Ich stürzte mich hinein mit Haut und Haar; gönnte mir weder Essen noch Schlaf, wenn ich arbeitete; und die erfahrensten Kenner gaben zu, daß ich die Sache innerhalb eines Monats vollkommen durchschaut und in weniger als einem Jahr das ganze System revolutioniert hatte«, erklärte er. »Und es ist auch wirklich interessant. Es macht Spaß, einen Passanten herauszuklauben, sich über seinen Charakter und Geschmack klar zu werden, aus dem Laden zu sausen und ihn mit einem fliegenden Angebot für genau den Ort zu überraschen, wo er hinfahren will. Ich glaube nicht, daß es auf dem ganzen Kontinent je einen Kopfjäger gab, der sich weniger oft irrte. Aber für mich war das nur ein Durchgangsstadium. Ich legte jeden Dollar beiseite; denn ich blickte in die Zukunft. Ich wußte, was ich wollte – Reichtum, Bildung, ein schönes Heim und eine züchtige, gebildete Dame als Gemahlin; denn, Mr. Dodd« – und das mit einem Schrei aus der Tiefe des Herzens – »jeder Mann hat die Pflicht, über seinem Stand zu heiraten: ist die Frau dem Mann nicht überlegen, dann verurteile ich das als reine Sinnlichkeit. Jedenfalls war das meine Vorstellung. Und dafür hab' ich gespart – und genug auch noch! Aber ich weiß schon, daß es nicht jedem gegeben ist – weit davon entfernt! –, das zu tun, was ich tat: die am besten gehende Agentur in ganz St. Jo, wo ich die Dollars eimerweise scheffelte, zu schließen, ohne einen Freund noch ein Wort Französisch nach Paris zu gehen und das eigene Kapital dafür auszugeben, Kunst zu lernen.«

»War das ein lang gehegter Wunsch?« fragte ich ihn, »oder ein plötzlicher Einfall?«

»Weder noch, Mr. Dodd«, gestand er. »Natürlich hatte ich auf meinen Reisen in Blechphotographie gelernt, mich an den Werken des Herrn zu erbauen und zu freuen. Aber darum ging's nicht. Ich sagte nur eben zu mir: was ist es, wonach mein Land und meine Zeit am meisten schreit? Mehr Kultur und mehr Kunst, sagte ich mir; also nahm ich den besten Ort dafür, sparte Geld und kam hierher, um mir zu holen, was ich brauche.«

Die ganze Einstellung dieses jungen Mannes rührte und beschämte mich. Er hatte in seiner kleinen Zehe mehr Feuer als ich in meinem ganzen Kadaver; er war bis zum Bersten angefüllt mit männlichen Tugenden; Hingabe und Tapferkeit glühten in ihm; und wenn auch seine künstlerische Berufung (für jemand mit meinen hochgestochenen Prinzipien) nicht ganz so überzeugend schien, wer konnte denn voraussagen, was von einem so vollblütigen, so von tierischer und intellektueller Energie getriebenen Geschöpf nicht alles zu erwarten wäre? Als er nun vorschlug, ich sollte mit ihm kommen und seine Arbeiten ansehen (obligate Stufe in jeder Quartier-Latin-Freundschaft), folgte ich ihm voll Hoffnung und Interesse.

Er hauste sparsam im Dachgeschoß eines hohen Hauses in der Nähe des Observatoriums, in einem kahlen Raum, spärlich möbliert mit seinen eigenen Reisekoffern und seinen eigenen erbarmungswürdigen Studien. Kein Mann reißt sich weniger als ich selbst um unangenehme Pflichten; es gibt vielleicht nur ein Thema, bei dem ich einem Menschen nicht schmeicheln kann, ohne zu erröten; aber was dies betrifft, nämlich alles, was mit Kunst zusammenhängt, da bin ich von altrömischer Wahrhaftigkeit. Ein- oder zweimal schritt ich seine Wände wortlos ab und suchte jeden Winkel ab nach einem Funken von Verdienst; währenddessen folgte er mir dicht auf den Fersen, las mit verstohlenen Blicken auf meinem Gesicht sein Urteil, legte mir in unverhüllter Ängstlichkeit eine weitere Studie zur Begutachtung vor und (nachdem sie wortlos bewertet und für mangelhaft befunden ward) brachte sie mit einer offenen Geste der Verzweiflung schnell wieder weg. Als ich mit einem zweiten Rundgang fertig war, waren wir beide außerordentlich bedrückt.

»Oh!« stöhnte er, das lange Schweigen brechend, »es ist ganz unnötig, daß Sie etwas sagen!«

»Soll ich ganz offen mit Ihnen sein? Ich glaube, Sie verschwenden Ihre Zeit«, sagte ich.

»Sehen Sie denn gar keine Begabung?« fragte er, genarrt von neu erwachter Hoffnung, und wandte mir ein verdächtig glänzendes Auge zu. »Auch nicht in diesem Stilleben hier, mit der Melone? Ein Kollege hielt es für ganz gut.«

Die Melone gründlich zu untersuchen war wohl das mindeste, was ich tun konnte; nach beendeter Aufgabe konnte ich jedoch nur meinen Kopf schütteln. »Es tut mir aufrichtig leid, Pinkerton«, sagte ich, »aber ich kann Ihnen nicht raten, noch länger dabeizubleiben.«

Aber er schien seine Fassung schon wiedergewonnen zu haben, schnellte von seiner Enttäuschung schon wieder hoch wie ein Mann aus Gummi. »Tja«, erklärte er fest, »ich könnte nicht sagen, daß ich überrascht wäre. Aber den Kurs mache ich zu Ende und engagiere mich dabei mit Leib und Seele. Glauben Sie nur nicht, daß diese Zeit für mich verloren ist. Es ist doch alles Kultur; vielleicht verschafft es mir eine Stellung bei einem der illustrierten Magazine; abgesehen davon kann ich ja Händler werden«, erklärte er und äußerte diesen ungeheuerlichen Vorschlag, der ganz für sich schon das Quartier Latin zu Staub und

Asche werden lassen konnte, in völliger Gelassenheit. »Außerdem ist das eben auch Erfahrung«, fuhr er fort, »und mir scheint, man neigt dazu, die Erfahrung zu unterschätzen, sowohl als – unterm Strich – Gewinn wie auch als Investition. Macht nichts. Damit bin ich fertig. Aber um das zu sagen, was Sie sagten, haben Sie Mut bewiesen, und das werde ich nie vergessen. Hier ist meine Hand, Mr. Dodd. Ich bin Ihnen nicht ebenbürtig an Kultur oder Talent –«

»Das können Sie überhaupt nicht wissen«, fiel ich ihm ins Wort. »Ich habe Ihre Arbeiten gesehen, Sie aber noch nicht die meinen.«

»Nein, hab' ich nicht«, rief er, »also gehen wir, ich möchte sie sofort sehen! Aber ich weiß, daß Sie weit über mir stehen. Ich fühle es hier.«

Um die Wahrheit zu sagen, schämte ich mich fast, ihn in mein Studio zu führen – meine Arbeit war, ganz unabhängig von ihrem absoluten Stellenwert, doch so unvergleichlich besser als die seine. Aber er hatte sich schon wieder völlig gefangen und war allerbester Laune; und überraschte mich unterwegs nicht wenig mit seinem sorglosen Geplauder und seinen neuen Projekten. Schließlich fing ich an zu begreifen, wie die Dinge lagen: dies hier war nicht etwa ein Künstler, den man um die Ausübung seiner einzigen Kunst gebracht hatte; sondern nur ein Geschäftsmann von sehr ausgedehnten Interessen, der eben (wenn auch etwas plötzlich) erfahren hatte, daß von zwanzig Investitionen eine schiefgegangen war.

Und im übrigen suchte er (obwohl ich nicht den leisesten Verdacht hegte) bereits Trost bei einer anderen der Musen und tröstete sich selber bei der Vorstellung, er würde sich für meine Aufrichtigkeit revanchieren, unsere Freundschaft zementieren und (mit ein und demselben Schlag) in meinem Urteil über seine Talente wieder Aufwind bekommen. Mehrere Male hatte er bereits – und zwar immer, wenn ich auf mich selbst zu sprechen kam – einen Schreibblock gezückt und ein paar Notizen darauf gekritzelt; und als wir jetzt das Studio betraten, erblickte ich das Ding wieder in seiner Hand, und der Bleistift hing in seinem Mund, während er seinen Blick rund um die ganze ungemütliche Behausung schweifen ließ.

»Wollen Sie denn eine Skizze davon machen?« konnte ich nicht umhin zu fragen, während ich den Genius von Muskegon enthüllte.

»Ah, das ist mein Geheimnis«, entgegnete er. »Kümmern Sie sich nicht drum. Es kann auch eine Maus dem Löwen helfen.«

Er umschritt meine Statue und ließ sich den Entwurf von mir erklären. Ich hatte Muskegon als junge, fast kindliche Mutter dargestellt, mit leicht indianischen Zügen; der Säugling auf ihren Knien hatte Flügel, Symbol für unsere himmelstürmende Zukunft; und ihr Sitz war eine Mischung aus griechischen, römischen und gotischen Skulpturfragmenten, zur Erinnerung an die älteren Welten, von denen wir unsere Abstammung herleiten.

»Und wie sind Sie selbst damit zufrieden, Mr. Dodd?« erkundigte er sich, sobald ich ihm die wichtigsten Züge meines Entwurfs erklärt hatte.

»Nun«, erwiderte ich, »die anderen Kollegen sind offenbar der Meinung, daß es für einen Anfänger eine recht gute Frauensperson ist. Ich finde sie eigentlich selber nicht so übel. Hier ist der beste Punkt; von hier aus baut es sich am besten auf. Nein, ich finde schon, daß es bestimmte Verdienste hat«, gestand ich, »aber ich möchte noch Besseres leisten.«

»Ah, das ist die wahre Einstellung!« rief Pinkerton. »Das ist ein Wort nach meinem Herzen!«, und er kritzelte wieder auf seinen Block.

»Was um alles in der Welt ist denn mit Ihnen los?« wollte ich wissen. »Das ist doch im Englischen ein ganz alltäglicher Ausdruck!«

»Besser und besser!« gluckste Pinkerton. »Der Genius, der sich seiner selbst nicht bewußt ist. Gott, das macht sich aber wirklich großartig!«, und wieder kritzelte er.

»Wenn Sie nicht bald Ruhe geben«, erklärte ich, »dann schließe ich jetzt dieses Amüsierlokal.« Und damit drohte ich, den Genius wieder zu verhüllen.

»Nein, nein«, bat er, »nicht gar so eilig. Geben Sie mir ein oder zwei Punkte. Zeigen Sie mir, was besonders gut dran ist.«

»Mir wäre es lieber, Sie würden das allein herausfinden«, entgegnete ich.

»Das Problem ist«, warf er ein, »daß ich mich nie mit Bildhauerei befaßt habe, außer daß ich sie bewundere, wie jeder, der eine Seele hat. Also seien Sie doch nett und erklären Sie mir, was Sie daran mögen, was Sie damit beabsichtigt haben und worin jetzt das besondere Verdienst liegt. Dabei kann ich etwas lernen.«

»Sehen Sie, bei der Bildhauerei kommt es vor allem auf die Masse an. Es ist schließlich auch eine Art Architektur«, begann ich und hielt eine Vorlesung über diesen Zweig der Kunst, mit illustrierenden Beispielen aus meinem eigenen Meisterwerk vor unseren Augen; wenn du nichts dagegen hast – aber auch wenn du etwas dagegen hast –, lasse ich diesen Teil hiermit unter den Tisch fallen. Pinkerton lauschte mit feurigem Interesse, befragte mich mit einer gewissen unverbildeten Klugheit und machte sich dabei immer weiter Notizen und riß immer wieder frische Blätter von seinem Block. Mich inspirierte es geradezu, daß da jemand alles, was ich sagte, mitschrieb wie die Worte des Professors in der Vorlesung; und da ich noch keinerlei Erfahrung mit der Presse hatte, konnte ich auch nicht wissen, daß alles ganz falsch aufgeschrieben wurde. Aus dem gleichen Grund (so unglaublich dies bei einem Amerikaner auch scheinen mag) kam ich auch nicht im Schlaf auf die Idee, mein Vortrag könne mit einer Sauce aus zeilenschinderischem Getratsche aufgetischt werden; und ich selbst, meine Person, meine künstlerische Arbeit kunstgerecht tranchiert als Festessen für die Leser eines Sonntagsblattes. Die Nacht bedeckte den Genius von Muskegon, bevor meine theoretische Redseligkeit ein Ende fand, doch trennte ich mich von meinem neuen Freund ohne eine Verabredung für den nächsten Tag.

Ich war bei dieser ersten Begegnung von meinem Landsmann wirklich sehr angetan und fuhr auch bei weiterer Bekanntschaft fort, ihn – zu etwa gleichen Teilen – interessant, amüsant und anziehend zu finden. Ich könnte nicht sagen, daß er Fehler hätte, nicht nur, weil mein Mund von Dankbarkeit versiegelt ist, sondern auch, weil die, die er allerdings besitzt, nur von seiner Erziehung kamen, und man sah, daß er sie kultiviert und verbessert hatte, ganz als wären's Tugenden. Trotz alledem kann ich nicht leugnen, daß er sich immer wieder als schwieriger Freund erwies, und die Schwierigkeiten begannen bald.

Es geschah vielleicht vierzehn Tage später, daß ich das Geheimnis des Schreibblocks erriet. Mein Guter schrieb, wie sich herausstellte, Briefe für eine Zeitung im Westen und hatte einen davon zum Teil mit der Beschreibung meiner Wenigkeit gefüllt. Ich wies ihn darauf hin, daß er kein Recht hatte, das zu tun, ohne mich um Erlaubnis zu fragen.

»Aber darauf hatte ich doch gerade gehofft!« rief er aus. »Ich dachte mir schon, daß Sie nicht bemerkten, was ich tat; es schien mir nur zu schön, um wahr zu sein.«

»Aber mein Bester, Sie hätten mich wirklich warnen sollen«, hielt ich ihm vor.

»Ich weiß, das hält man für die feine englische Art«, gab er zu; »aber unter Freunden, und wenn ich Ihnen damit doch nur einen Dienst erweisen wollte, dachte ich, da käme es nicht darauf an. Ich wollte Sie damit gern (wenn möglich) überraschen; daß Sie aufwachen, wie Lord Byron, und finden, daß alle Zeitungen voll von Ihnen sind. Geben Sie zu, das war ein natürlicher Gedanke. Und niemand prahlt gern schon im vorhinein, wenn er einem anderen einen Gefallen erweist.«

»Aber Himmel und Erde! Wie kommen Sie darauf, ich könnte das für einen Gefallen halten?« rief ich.

Sofort versank er in Verzweiflung. »Sie halten es also für eine Freiheit von mir«, sagte er; »das sehe ich. Lieber hätte ich mir die Hand abgehackt. Ich würde es noch zurückrufen, aber dafür ist's zu spät; jetzt ist es schon gedruckt. Und ich schrieb's doch mit so viel Stolz und Freude!«

Jetzt mußte ich also überlegen, wie ich ihn trösten sollte. »Ach, es wird schon in Ordnung sein«, beruhigte ich ihn. »Ich weiß, daß Sie es gut meinten, und sicher haben Sie den Artikel auch mit Geschmack geschrieben.«

»Darauf können Sie Gift nehmen«, rief er. »Der St. Jo *Sunday Herald* ist eine saubere, tolle, echte 1 a-Zeitung. Die Idee für diese Serie stammt von mir ganz allein; ich interviewte den Redakteur und legte ihm das Ganze einfach vor; das Frische daran beeindruckte ihn, ich verließ die Redaktion mit dem Vertrag in der Tasche, und meinen ersten Pariser Brief schrieb ich noch am selben Abend in St. Jo. Der Redakteur warf nur einen kurzen Blick auf die Überschriften. ›Sie sind der Mann für uns‹, sagte er dann.«

Ich war nicht gerade sehr beruhigt von dieser szenischen Beschreibung jener Art von Literatur, in der ich meinen ersten Auftritt haben sollte; sagte aber nichts weiter, sondern übte meine Seele in Geduld, bis der Tag kam, da ich ein Exemplar einer Zeitung erhielt, mit dem Vermerk in einer Ecke: »Mit Kompliment von J.P.« Ich öffnete das Blatt voll schauriger Vorgefühle; und da, eingezwängt zwischen der Beschreibung eines Boxkampfes und einem spöttischen Artikel über Fußpflege – man stelle sich einmal vor: Fußpflege, behandelt mit lüsternem Grinsen! – stieß ich auf eineinhalb Spalten, in denen ich und meine arme Statue sich verewigt fanden. Wie der Redakteur beim ersten Brief, warf auch ich zunächst nur einen Blick auf die Überschriften und hatte bereits mehr als genug.

Fortsetzung von Pinkertons gepfeffertem Geplauder

Kunstjünger in Paris
Muskegons säulengeschmücktes
Kapitol

Sohn von Millionär Dodd, Patriot und Künstler:
Er will noch besseres leisten!

Beim Überfliegen des eigentlichen Textes fing mein Blick ein paar tödliche Ausdrücke auf: »eher fleischige Figur«, »offenes, intellektuelles Lächeln«, »das Genie, das sich seiner selbst nicht bewußt ist«. »Nun, Mr. Dodd«, fuhr der Reporter fort, »was wäre Ihrer Meinung nach eine typisch amerikanische Qualität in der Bildhauerei?« Zugegeben, die Frage war gestellt worden! Und leider mußte ich auch zugeben, daß ich sie beantwortet hatte. Und hier stand nun meine Antwort, oder jedenfalls ein merkwürdiges Haschee aus meinen Worten, der kalten Öffentlichkeit gedruckt zum Spotte preisgegeben. Ich dankte Gott, daß meine französischen Mit-Studenten des Englischen nicht mächtig waren; aber wenn ich an die Briten dachte, an Myner (zum Beispiel) oder die Stennises –, dann wäre ich am liebsten über Pinkerton hergefallen und hätte ihn verprügelt.

Um meine Gedanken (wenn überhaupt möglich) von diesem Schicksalsschlage abzulenken, nahm ich einen Brief meines Vaters vor, der mit derselben Post gekommen war. Der Umschlag enthielt einen Zeitungsausschnitt, und mein Blick fiel schon wieder auf: »Sohn von Millionär Dodd – eher fleischige Figur«, und den Rest dieses empörenden Unsinns. Was würde mein Vater darüber denken? fragte ich mich und öffnete seinen Brief. »Mein liebster Junge«, begann es, »ich schicke Dir einen Ausschnitt, der mir sehr gefiel, aus einer angesehenen Zeitung aus St. Joseph. Endlich ist es Dir offenbar gelungen, in die erste Reihe zu treten; und es bereitet mir ein dankbares Vergnügen, wenn ich bedenke, wie wenige junge Leute

Deines Alters ganz allein zwei Spalten in der Zeitung füllen können. Ich wünschte nur, Deine liebe Mutter wäre noch hier, um über meine Schulter mitlesen zu können; aber wir wollen hoffen, daß sie meine dankbaren Gefühle an einem bessren Orte teilt. Natürlich habe ich auch Deinem Großvater und Onkel in Edinburgh ein Exemplar gesandt; Du kannst also das beigeschlossene behalten. Dieser Jim Pinkerton scheint eine nützliche Bekanntschaft zu sein; er hat offenbar Talent; und es ist überhaupt eine wertvolle allgemeine Regel, sich mit der Presse gutzustellen.«

Ich hoffe, man wird es mir dereinst zugute halten; aber kaum hatte ich diese so rührend dummen Worte gelesen, als mein Zorn auf Pinkerton in Dankbarkeit unterging. Von allen Umständen meines bisherigen Lebens – meine Geburt allein vielleicht ausgenommen – hatte keiner meinem armen Vater so viel Vergnügen bereitet wie dieser Artikel im *Sunday Herald*. Was war ich doch dann für ein Narr, daß ich mich darüber beklagte! Wenn ich damit doch endlich einmal, und sei es um den Preis eines Errötens, einen Bruchteil meiner Dankesschuld zurückbezahlen konnte. Daher nahm ich beim nächsten Zusammentreffen mit Pinkerton die Sache von der heiteren Seite: mein Vater hatte sich gefreut und den Artikel für sehr gut gehalten, erzählte ich ihm; ich meinerseits fände keinen Gefallen an öffentlicher Bekanntheit; meiner Meinung nach ging nicht der Künstler selbst das Publikum etwas an, sondern nur seine Kunst; und so bezeugte ich ihm zwar gern, daß er das Ganze mit sehr viel Geschick behandelt habe, möchte ihn aber um den Gefallen bitten, so etwas nie wieder zu tun.

»Ich verstehe«, erwiderte er, am Boden zerstört. »Ich habe Sie verletzt. Loudon, Sie können mich nicht täuschen. Es ist einfach ein Mangel an Takt, und das ist unheilbar.« Er setzte sich hin und stützte den Kopf in die Hand. »Wissen Sie, ich hatte eben keine Möglichkeiten, mich zu bilden, als ich jung war«, fügte er hinzu.

»Aber ich bitte Sie, mein Lieber«, rief ich. »Nur wenn Sie wieder einmal etwas für mich tun wollen, dann erwähnen Sie bitte lediglich meine Arbeit; lassen Sie doch meine jämmerliche Person aus dem Spiel und meine noch viel jämmerlichere Konversation; und vor allem«, fügte ich hinzu, mit einem Schauder, den ich nicht unterdrücken konnte, »schreiben Sie doch nicht auch noch, wie ich etwas sagte! Da ist zum Beispiel diese Phrase: ›Mit einem stolzen, heiteren Lächeln‹. Wen interessiert's denn, ob ich lächelte oder nicht?«

»O nein, Loudon, hier sind Sie aber wirklich auf dem Holzweg«, fiel er ein. »Genau das ist es, was die Leute wollen; das ist das Verdienst daran, der literarische Wert. Das macht ihnen die Szene plastisch; dadurch kann der bescheidenste Mitbürger den Nachmittag genauso genießen wie damals ich. Stellen Sie sich doch vor, was es mir bedeutet hätte, als ich mit meinen Blechphotographien das Land durchwanderte, da eineinhalb Spalten voll echter, kultivierter Konversation zu lesen – einen Künstler in seinem Studio im Ausland von seiner Kunst sprechen zu hören – und zu wissen, wie er dabei aussah, und wie der Raum aussah, und was er zum Frühstück aß; und mir zu sagen, während ich an einem Bache saß und Bohnen aus der Dose aß, daß, wenn alles gutging, ungefähr das gleiche früher oder später auch mir beschieden wäre: nein wirklich, Loudon, das wäre so gewesen wie ein Blick durchs Schlüsselloch ins Paradies!«

»Na gut, wenn es anderen so viel Freude macht«, gab ich zu, »dann müssen die Betroffenen eben stumm leiden. Aber denken Sie halt auch an sie!«

Letzten Endes lief alles darauf hinaus, daß der Journalist und ich einander noch näher kamen als zuvor. Wenn ich überhaupt etwas von der menschlichen Natur verstehe – und dieses Wenn ist keine leere Phrase, sondern steht für ehrlichen Zweifel –, dann hätte keine Reihe von Wohltaten, ja nicht einmal geteilte Gefahr unsere Freundschaft so schnell besiegeln und bestärken können wie dieser umgangene Streit, dieser tiefgehende Unterschied in Geschmack und Bildung, nunmehr akzeptiert und beiderseits gebilligt.

Kapitel IV

In dem ich das Auf und Ab des Glücks erfahre

Ob es von meiner Ausbildung und wiederholten Zahlungsunfähigkeit im Commercial College kam oder durch direkte Vererbung vom alten Loudon, dem Edinburgher Steinmetzmeister, es läßt sich jedenfalls die Tatsache nicht bestreiten, daß ich sparsam war. Wenn ich mich selbst unvoreingenommen betrachte, dann halte ich das sogar für meine einzige männliche Tugend. In meinen ersten beiden Jahren in Paris achtete ich nicht nur darauf, mit meinem Monatswechsel immer auszukommen, ich sammelte sogar beträchtliche Ersparnisse in der Bank. Du wirst sagen, daß das angesichts meiner Maskerade als armer Student nicht schwer war; trotzdem wäre mir auch das Gegenteil ganz leicht gelungen. Es ist eher ein Wunder, daß ich dabei blieb; und am Anfang des dritten Jahres, oder kurz nach meiner Bekanntschaft mit Pinkerton, geschah etwas, das diesen meinen Kurs als höchst weise erwies. Der Zahltag kam, doch mit ihm kein Wechsel. Ein Beschwerdebrief wurde abgeschickt, und blieb, zum allerersten Mal in meinem Leben, unbeantwortet. Ein Telegramm hatte mehr Wirkung; es brachte mir zumindest das Versprechen auf Erwiderung. »Antwort demnächst«, telegraphierte mein Vater; aber auf seinen Brief mußte ich lange warten. Ich war verblüfft, zornig, schließlich beunruhigt; doch dank meiner bisherigen Sparsamkeit kann ich nicht sagen, daß ich je wirklich in Verlegenheit geriet. Verlegenheit, Aufregung, Verzweiflung waren für meinen unglücklichen Vater daheim in Muskegon; er war es, der gegen alle Hoffnung um Leben und Fortüne kämpfte, der nach einem Tag voller erfolgloser Versuche und Unternehmungen am Abend heimkehrte, um den letzten böse fordernden Brief von seinem einzigen Kind, den zu beantworten ihm der Mut fehlte, zu lesen und vielleicht darüber zu weinen.

Mit fast dreimonatiger Verspätung, als meine Ersparnisse schon fast dahingeschmolzen waren, erhielt ich endlich den gewohnten Wechsel und dazu einen Brief.

»Mein bester Junge«, stand darin, »ich glaube, ich habe unter dem bangen Druck der Geschäfte Deine Briefe und sogar Deinen Wechsel eine Weile übersehen. Du mußt aber versuchen, Deinem armen alten Papa zu vergeben, denn er hat eine schwere Zeit hinter sich; und jetzt, da es vorbei ist, will der Arzt, daß ich meine Flinte packe und in die Adirondacks auf Erholung fahre. Aber mach Dir keine Sorgen, denn ich bin nicht krank, sondern nur überarbeitet und erschöpft. Viele unserer führenden Unternehmer sind eingegangen: John T. M'Brady hat sich mit einem Koffer voller Schmiergelder nach Kanada abgesetzt; Billy Sandwith, Charlie Downs, Joe Kaiser und viele andere führende Männer unserer Stadt haben ins Gras gebissen. Doch Big Head Dodd hat dem Sturm wieder einmal getrotzt, und ich glaube, ich habe alles so gedeichselt, daß wir bis zum Herbst reicher sein werden als je zuvor.

Ich möchte Dir, mein Lieber, jetzt einen Vorschlag unterbreiten. Du schreibst, daß Du mit Deiner ersten Statue schon sehr weit bist; geh beherzt ans Werk und vollende sie, und wenn Dein Lehrer – ich kann mir leider nie merken, wie er sich schreibt – mir schriftlich garantiert, daß sie dem üblichen Verkaufsniveau entspricht, dann bekommst Du von mir zehntausend Dollar, die Du ausgeben kannst, wie Du willst, entweder zu Hause oder in Paris. Da aber, wie Du sagst, die Arbeitsmöglichkeiten in dieser Stadt um so viel besser sind, wäre es vielleicht am besten, Du kauftest oder bautest Dir dort ein kleines Haus;

und auf einmal, hast Du nicht gesehen, kommt Dein Papa auf ein Mittagessen vorbei. Am liebsten würde ich jetzt schon kommen, denn ich werde langsam alt und sehne mich nach meinem lieben Jungen; aber es gibt hier noch ein paar Unternehmungen, die ich betreuen und überwachen muß. Sag Deinem Freund Mr. Pinkerton, daß ich seine Briefe jede Woche lese; und obgleich ich in letzter Zeit vergeblich nach dem Namen meines Loudon Ausschau hielt, erfahre ich dort immerhin etwas über sein Leben in dieser merkwürdigen alten Welt, beschrieben von einer begabten Feder.«

Das war ein Brief, den kein junger Mann in Einsamkeit verdauen konnte. Er markierte einen jener Wendepunkte, da man einem Menschen sein Herz ausschütten muß; und der Konfident, den ich mir dafür erwählte, war kein anderer als Jim Pinkerton. Vielleicht trug auch der Inhalt des väterlichen Briefs zu meiner Entscheidung bei, doch das nehme ich kaum an, denn unsere Vertrautheit war bereits weit fortgeschritten. Ich hatte eine echte, lebhafte Zuneigung zu meinem Landsmanne gefaßt; lachte über ihn, wies ihn zurecht, liebte ihn. Er dagegen erwies mir eine fast hündische Bewunderung, bestaunte mich aus der Ferne als einen, der alle diese »Möglichkeiten« genossen hatte, die er für sich selbst so sehr begehrte. Er folgte mir auf den Fersen; lachte bereitwillig zu jeder meiner Pointen; unsere Freunde gaben ihm den Spitznamen »Der Gefolgsmann«. In dieser heimtückischen Gestalt kündigte sich mir die Knechtschaft an.

Pinkerton und ich lasen die famosen Nachrichten von vorne nach hinten und retour; er, das schwöre ich, mit ebenso großem, doch viel wortreicherem Vergnügen. Die Statue war beinah fertig: ein paar Tage Arbeit reichten, sie für die öffentliche Ausstellung herzurichten; der Meister ward befragt; er gab seine Zustimmung; und ein wolkenloser Maimorgen sah uns in meinem Studio für die Stunde der Prüfung versammelt. Der Meister trug seine vielfarbige Rosette; er erschien in Begleitung von zweien meiner französischen Studienkollegen – Freunde von mir, und beide heute angesehene Bildhauer in Paris. »Korporal John« (wie wir ihn nannten) gab ausnahmsweise einmal seine gewohnte Arbeit und Zurückhaltung auf, die ihm seither die Achtung der Welt eintrugen, und verließ für einen Vormittag die Staffelei, um einem aufgeregten Landsmann beizustehen. Mein lieber alter Romney war auf meinen ganz besondren Wunsch dabei; denn wer, der ihn kannte, hätte ein Vergnügen, das er nicht teilte, voll genossen, oder eine Demütigung nicht leichter getragen, wenn er dabei war, um zu trösten? Die Partie wurde ergänzt durch John Myner, den Engländer; durch die Brüder Stennis – Stennis-*aîné* und Stennis-*frère*, unter welchen Bezeichnungen ihre Konten in Barbizon geführt wurden –, ein Paar verrückter Schotten; und durch den unvermeidlichen Jim, weiß wie ein Laken, durchnäßt vom Schweiß der Angst.

Ich sah wahrscheinlich selbst nicht viel besser aus, als ich den Genius von Muskegon enthüllte. Der Meister schritt ernst einmal rundherum; dann lächelte er.

»It is already not so bad«, sagte er in dem spaßigen Englisch, auf das er so stolz war. *»No, already not so bad.«*

Wir stießen alle einen Seufzer der Erleichterung aus; und Korporal John (als der bedeutendste der anwesenden Junioren) erklärte ihm, das sei für ein öffentliches Gebäude gedacht, eine Art von Präfektur.

»Hé! Quoi?« rief er, ins Französische verfallend. *»Was erzählt ihr mir da? Oh, in America«*, fügte er nach hastig gelieferter weiterer Information hinzu. *»That is anozer sing. O véry good, véry good.«*

Die Idee der gewünschten Garantieerklärung mußte man ihm im Lichte eines Scherzes schmackhaft machen – als Einfall eines Nabobs, der kaum zivilisierter war als die Rothäute von »Fénnimore Cooperr«; es brauchte eine Kombination unser aller Talente, eine Formulierung zu finden, die für beide Seiten annehmbar war. Schließlich wurde sie gefunden: Korporal John verfaßte sie in seiner unleserlichen Schrift, der Meister sanktionierte sie mit Namen und Unterschrift, ich steckte sie – zusammen mit den beiden vorbereiteten Briefen aus meiner Tasche – in einen Umschlag, und während wir anderen auf den Boulevard frühstücken gingen, wurde Pinkerton in eine Kutsche gesetzt und zur Post geschickt.

Das Frühstück ward bei Lavenue bestellt, wohin man ungescheut selbst den Meister laden durfte; die Tafel im Garten gedeckt; das Menü von mir selbst gewählt; zur Weinfrage ein Kriegsrat abgehalten, der die glücklichsten Ergebnisse erbrachte; und kaum legte der Meister sein schmerzhaftes Englisch ab, sprudelte die Unterhaltung schnell und feurig. Es gab aber auch ein paar Unterbrechungen in Gestalt von Toasts. Man mußte auf die Gesundheit unseres Meisters trinken, worauf er mit einer wohlgesetzten kurzen Rede antwortete, voll von hübschen Anspielungen auf meine Zukunft und auf die Vereinigten Staaten; dann folgte meine Gesundheit; dann mußten wir nicht nur auf die Gesundheit meines Vaters trinken, sondern ihm auch *stante pede* einen ausführlichen Bericht per Kabelgramm zukommen lassen – eine Extravaganz, die den Meister gänzlich aus der Fassung brachte. Korporal John zu seinem Vertrauten wählend (wahrscheinlich deshalb, nehme ich an, weil er als Künstler schon zu gut war, um außer dem Namen nach noch als Amerikaner zu gelten), faßte er seine Verblüffung in der einen, häufig wiederholten Formel zusammen – *»C'est barbare!«* Von diesen Zeremonien der Freundschaft abgesehen, redeten wir, redeten über Kunst, und redeten so, wie dies nur Künstler können. Hier in der Südsee redet man die meiste Zeit von Schonern; im Quartier redeten wir über Kunst mit dem gleichen nimmermüden Interesse und vielleicht demselben Resultat.

Es dauerte nicht lang, dann ging der Meister fort; Korporal John (schon so etwas wie ein junger Meister) folgte ihm auf den Fersen; und das Fußvolk fühlte sich durch ihren Aufbruch ganz natürlich irgendwie befreit. Jetzt waren wir unter uns; die Flasche kreiste, die Unterhaltung floß dahin. Ich glaube, ich höre noch die Stennis-Brüder mit ihren weitschweifigen Tiraden; Dijon, mein wohlbeleibter französischer Musenbruder, ließ Pointen fallen, so wohlgeformt wie er selbst; und ein anderer (Fremdsprachen waren nicht seine Stärke) schob sich hitzig in den Fluß der Rede mit einem »*Je trove que pore oon sontimong de delicacy, Corot*...«, oder »*Pour moi Corot est le plou*...«; doch da sein kleines Floß des Französischen sofort Schiffbruch erlitt, kletterte er schweigend sogleich wieder ans Ufer. Er konnte immerhin verstehen; aber für Pinkerton mußten zu seiner Unterhaltung der Lärm, der Wein, die Sonne, der Schatten der Blätter und der esoterische Glanz genügen, bei einem ausländischen Fest dabeizusein, die einzig verfügbaren Mittel seiner Unterhaltung.

Gegen halb zwölf hatten wir uns zu Tisch gesetzt; es war wohl gegen zwei, als aufgrund eines Arguments, das sich auf ein bestimmtes Bild bezog, eine Übersiedlung unseres Gremiums in den Louvre vorgeschlagen wurde. Ich bezahlte die Rechnung, und im nächsten Moment trabten wir durch die Rue de Rennes. Es war glühend heiß; Paris glitzerte in diesem oberflächlichen Leuchten, das dem gutgelaunten Menschen so wunderbar, dem Traurigen so bedrückend ist; der Wein sang mir in den Ohren und erhellte meinen Blick. Die Bilder, die wir diesen Nachmittag betrachteten, als wir schnell und wortreich durch die unsterblichen Galerien eilten, erscheinen mir im Rückblick als die schönsten von allen; die Kommentare, die wir dazu tauschten, als die feinste, höchste Kunstkritik, heiter oder ernst.

Erst beim Verlassen des Museums trat ein Unterschied der nationalen Charaktere zutage, der unsere Gesellschaft aufspaltete. Dijon schlug vor, sich ins Café zurückzuziehen und dort den Nachmittag beim Biere zu beschließen; Stennis der Ältere, von dieser Vorstellung empört, war für eine Landpartie, einen Wald, wenn möglich, und einen längeren Spaziergang. Sofort begeisterten sich alle Englischsprachigen an der Idee körperlicher Betätigung; selbst mir, meiner sitzenden Lebensweise wegen oft geneckt, erschien die Vorstellung von ländlicher Luft und Ruhe unwiderstehlich reizvoll. Nach einschlägigen Erkundigungen stellte sich heraus, daß wir gerade genug Zeit hatten, um eine Mietdroschke zu nehmen und einen Schnellzug nach Fontainebleau zu erreichen. Außer den Kleidern, die wir am Leibe trugen, waren wir alle gänzlich ohne jene Dinge, die man (mit gezierter Ungenauigkeit) persönliche Habseligkeiten nennt; und es wurde ernstlich die Frage aufgeworfen, ob man nicht Zeit hätte, unterwegs zu Haus vorbeizuschauen und einen Ranzen vollzupacken? Doch die Stennis-Brüder verwahrten sich gegen so viel Verweichlichung. Die beiden waren, wie sich zeigte, vor einer Woche erst aus London angekommen, mit nichts als ihren Zahnbürsten und ihren Mänteln. Kein Gepäck – das war das Geheimnis der Existenz. Zugegeben, das war teuer; denn jedesmal, wenn man sich kämmen wollte, mußte man den Barbier bezahlen, und jedesmal, wenn man die Wäsche wechselte, mußte man ein Hemd kaufen und das alte wegwerfen; aber alles war besser (behaupteten diese jungen Gentlemen), als der Provianttasche versklavt zu sein. »Man muß sich von allen materiellen Bindungen frei machen; das ist die wahre Männlichkeit (so die Gebrüder Stennis); solange man noch an irgend etwas hängt – an Haus, Schirm oder Portmanteau –, so lange würgt einen immer noch die Nabelschnur.« Diese Theorie hatte etwas Verführerisches, dem wir fast alle erlagen. Die beiden Franzosen allerdings zogen sich schmollend zu ihrem Bock zurück; und Romney, zu arm, um aus eigenen Mitteln an dem Ausflug teilzunehmen, und zu stolz, um zu borgen, war sang- und klanglos plötzlich fort. Der Rest der Gruppe verteilte sich auf den Sitzen einer Kutsche; das Pferd mußte angetrieben werden (wie's so Sitte ist bei Pferden) durch einen Bescheid an die Tasche unseres Kutschers; in letzter Minute erreichten wir den Zug; und in weniger als eineinhalb Stunden atmeten wir schon tief die süße Luft des Waldes ein und schritten stramm den Berg hinauf vom Finanzamt Fontainebleau in Richtung Barbizon. Daß die Anführer unserer Gesellschaft die Entfernung in einundfünfzig und einer halben Minute bewältigten, ist (glaube ich) einer der historischen Höhepunkte der Kolonie; aber es wird dich vielleicht kaum überraschen, wenn du erfährst, daß ich die Nachhut bildete. Myner, ein philosophisch angehauchter Brite, leistete mir bei meinem zurückhaltenden Tempo gern Gesellschaft; die Pracht des Sonnenuntergangs, das Längerwerden der Schatten, der unvergleichliche Duft und die Inspiration der Wälder stimmten mich immer stärker auf ein Dahinwandern in Schweigen ein, dem sich auch mein Gefährte immer weniger entziehen konnte; und ich weiß noch, daß er, als er endlich sprach, mich aus tiefster Versunkenheit riß.

»Ihr Vater scheint ein ziemlich anständiges altes Haus zu sein«, sagte er. »Warum kommt er nie zu Besuch?« Darauf fiel mir gleich ein Dutzend Gründe ein, und ich hatte auch noch mehr auf Lager; aber Myner, gefürchtet und bewundert wegen seiner Scharfsichtigkeit, fixierte mich plötzlich mit seinem Augenglas und fragte: »Haben Sie ihn je gedrängt?«

Das Blut schoß mir ins Gesicht. Nein; ich hatte ihn nie gedrängt; nicht einmal ermutigt hatte ich ihn je zu kommen. Ich war stolz auf ihn; stolz auf sein gutes Aussehen, auf seine gütige, freundliche Art, auf die Freude, die er zeigte, wenn andere glücklich waren; stolz auch (ein kleinlicher Stolz vielleicht) auf seinen großen Reichtum und seine verwirrende Freigebigkeit. Und dennoch wäre er mir bei meinem Leben in Paris im Weg gewesen, und vieles daran hätte er nicht gebilligt. Ich hatte Angst gehabt, man würde seine unschuldigen Bemerkungen über Kunst verlachen; ich hatte mir gesagt – und es zum Teil wohl selbst geglaubt –, daß er gar nicht kommen wollte; ich war (und bin's noch immer) überzeugt, er wäre außerhalb von

Muskegon gar nicht glücklich; kurz, ich hatte tausend Gründe, gute und schlechte, die aber alle keinen Strich an der Tatsache ändern konnten, daß ich es selbst wußte: Er hatte nur auf eine Einladung von mir gewartet.

»Myner, ich danke Ihnen«, sagte ich; »Sie sind ein viel besserer Mensch, als ich je dachte. Ich schreibe noch heute abend.«

»Ach, Sie sind selbst ein ganz anständiger Kerl«, gab Myner zurück, leichthin, vielleicht noch trockener als sonst, doch (wie ich voll Dankbarkeit bemerkte) ohne die geringste Spur seiner sonstigen Ironie.

Ja, das waren schöne Tage, bei denen ich für immer verweilen könnte. Schön war auch die Zeit, die darauf folgte, da Pinkerton und ich Paris und seine Vororte unsicher machten, Häuser für mich besichtigten und Preise verglichen, oder von Antiquitätenhändlern staubbedeckt und mit chinesischen Götzen und messingnen Wärmeflaschen beladen nach Haus zurückkehrten. Zu meiner Überraschung kannte sich Pinkerton mit diesen Läden wie auch den gegenwärtigen Preisen bestens aus; es stellte sich heraus, daß er sein Kapital in Bildern und Kuriositäten für die Staaten investierte, und die oberflächliche Gründlichkeit dieses Menschen zeigte sich in dem Umstand, daß er zwar nie ein echter Kenner sein würde, dafür aber bereits so etwas wie ein Experte war. Die Dinge selbst ließen ihn eigentlich ziemlich kalt; aber sie mit Geschick zu kaufen und wieder zu verkaufen bereitete ihm eine ganz eigene Freude.

Mit solchen Unternehmungen ging die Zeit dahin, bis ich wieder mit einer Antwort von meinem Vater rechnen konnte. Zwei Posttage folgten aufeinander, brachten aber nichts. Mit dem dritten empfing ich einen langen, beinahe zusammenhangslosen Brief voll Reue, Aufmunterung, Trost und Verzweiflung. Diesem herzzerreißenden Dokument, das ich, nachdem ich es gelesen hatte, aus Pietät sofort verbrannte, entnahm ich, daß die Luftblase des väterlichen Reichtums geplatzt, mein Vater selbst ohne einen Heller und krank war; und daß ich nicht nur keine zehntausend Dollar erwarten durfte, um sie in jugendlichem Übermute zu vergeuden, sondern ebensowenig die vierteljährliche Überweisung, von der ich lebte. Mein Fall war sicher traurig; aber ich war doch vernünftig genug, um meine Pflicht zu erkennen, und besaß genug Anstand, um sie auch zu tun. Ich verkaufte meine Nippes und Kuriositäten, d.h. ich schickte Pinkerton, sie zu verkaufen; und er hatte vorher so günstig eingekauft und brachte sie jetzt ebenfalls so günstig an den Mann, daß der Verlust nicht der Rede wert war. Mit dem, was mir vom letzten Wechsel noch geblieben war, belief sich die Summe auf nicht weniger als fünftausend Francs. Fünfhundert behielt ich für meinen eigenen unmittelbaren Bedarf; den Rest schickte ich innerhalb einer Woche meinem Vater in Muskegon, wo das Geld gerade noch zurecht kam, um damit seine Begräbniskosten zu decken.

Die Nachricht von seinem Tod überraschte mich kaum und traf mich auch nicht hart. Ich konnte mir meinen Vater als armen Mann nicht vorstellen. Zu lange hatte er ein Leben großzügigster, gedankenlosester Verschwendung geführt, um die Veränderung zu ertragen; so trauerte ich zwar um meiner selbst willen, konnte mich aber für meinen Vater freuen, daß ihm der weitere Kampf erspart geblieben war. Ich trauerte, sagte ich, um meiner selbst willen; und ich darf wohl sagen, daß zur gleichen Zeit viele Tausende mit geringerem Grunde trauerten. Ich hatte meinen Vater verloren; ich hatte meinen Wechsel verloren; mein ganzes Hab und Gut (einschließlich dessen, was mir von Muskegon zurückgeschickt worden war) belief sich kaum auf ein paar tausend Francs; und zur Krönung meines Unglücks hatte nun auch der Statuenvertrag die Hand gewechselt. Der neue Generalunternehmer hatte selbst einen Sohn oder einen Neffen; und mir wurde mit geschäftsmäßiger Direktheit bedeutet, ich solle mir einen anderen Markt für meine Schweine suchen. Inzwischen hatte ich mein Zimmer aufgegeben und schlief auf einem

Rollbett in einer Ecke meines Studios, wo ich mich jeden Abend in den Schlummer las, und wenn ich am Morgen erwachte, fiel mein erster Blick unweigerlich auf die jetzt ganz nutzlose Masse des Genius von Muskegon. Arme steinerne Dame! Geboren, um unter der vergoldeten Kuppel des neuen Kapitols auf einem Thron zu sitzen – wohin ging nun ihre Reise? Zu welch niedrigen Zwecken würde sie wohl zuletzt aufgebrochen werden wie ein seeuntüchtiges Schiff? Und was stand ihrem vom Unglück geschlagenen Schöpfer nun bevor, der mit seinen tausend Francs an der Schwelle des härtesten Lebens stand, das man sich denken kann, nämlich das des freundlosen Bildhauers?

Es war dies ein Thema, das ich und Pinkerton jetzt oft und hitzig debattierten. Seiner Meinung nach sollte ich meinen Beruf unverzüglich an den Nagel hängen. »Gib ihn auf, hier und jetzt«, sagte er. »Komm mit mir zurück nach Hause, und werfen wir uns mit Leib und Seele aufs Geschäft. Ich bringe das Kapital ein, du die Kultur. Dodd und Pinkerton – ich sah noch nie einen Namen, der besser geklungen hätte; und du weißt gar nicht, Loudon, wieviel von einem Namen abhängt.« Ich gab meinerseits gern zu, daß ein Bildhauer jedenfalls eines von drei Dingen haben müsse – Kapital, Einfluß, oder eine Energie, die man nurmehr als höllisch bezeichnen könnte. Die beiden ersteren hatte ich nun verloren; auf letztere besaß ich nie den leisesten Anspruch; und dennoch fehlte mir die Feigheit (oder vielleicht war's Mut), meiner Karriere kampflos den Rükken zuzuwenden. Außerdem erklärte ich Pinkerton, daß meine Chancen in der Bildhauerei zwar vielleicht schlecht, im Geschäft aber, für das ich jedenfalls weder Geschick noch Geschmack mitbrachte, ganz sicher noch viel schlechter stünden. Aber so wahr ich hier sitze, er war der reinste Abklatsch meines Vaters; versicherte mir, aus mir spreche nur die Unwissenheit; jeder intelligente und kultivierte Mensch sei doch für den Erfolg bestimmt; daß ich außerdem etwas von der Begabung meines Vaters geerbt haben müsse; und daß ich jedenfalls im Commercial College für eine Karriere in der Wirtschaft ausgebildet worden sei.

»Pinkerton«, wandte ich ein, »kannst du denn nicht verstehen, daß ich, solange ich dort war, mich nie auch nur im geringsten für das vermaledeite Zeug interessiert habe? Das ganze Geschäftliche war in meinen Augen Gift.«

»Das gibt es nicht«, schrie er dann; »das ist einfach nicht möglich; du kannst nicht mittendrin leben und nicht seinen Zauber spüren; mit der ganzen Poesie in deiner Seele mußt du's einfach sehen! Loudon«, fuhr er beschwörend fort, »du machst mich verrückt. Du erwartest von einem, daß man sich über den Sonnenuntergang zerfranst, sich aber keinen Kreuzer schert um einen Platz, wo Vermögen erkämpft, am selben Tag gewonnen und verloren werden; oder um eine Karriere, die darin besteht, das Leben zu studieren, bis man es im kleinen Finger hat, jede kleinste Ritze zu erspähen, wo man einen Finger hinein- und einen Dollar herausbringen kann, und dort mittendrin zu stehen – mit einem Fuß in der Pleite, dem anderen auf einem geborgten Dollar, und rund um dich dreht sich das ganze wie ein Mühlenrad – und du rechst die Jetons herein und trotzt Fortuna und dem Geschick.«

Auf dieses Hohelied des Schachers antwortete ich mit dem Hohenlied der Kunst (was ja auch eher zusammenpaßt): erinnerte ihn an jene Beispiele von unerschütterlicher Ausdauer in Armut und Elend, die als beispielhaft für Apollos Rolle gilt; erwähnte zuerst Millet, dann jene vielen Freunde und Kameraden, die diesen angenehmen Gebirgspfad durchs Leben gewählt hatten und jetzt tapfer unter Felsen und Dornenranken aufwärts stiegen, hoffnungsvoll und arm wie Kirchenmäuse.

»Pinkerton, du wirst es nie verstehen«, sagte ich dann. »Du siehst auf das Ergebnis, du willst immer den Profit deiner Bemühungen: und deshalb wirst du auch nie malen lernen, und würdest du so alt wie Methusalem. Das Ergebnis selbst ist nur Chimäre: des Künstlers Auge wendet sich nach innen; sein Ziel ist ein Gemütszustand. Sieh dir doch einmal Romney an. Er hat die wahre Natur des Künstlers. Er besitzt keinen roten Heller; doch bötest du ihm morgen das Kommando über eine Armee oder die Präsidentschaft der Vereinigten Staaten, er würd's nicht nehmen, und das weißt du ganz genau.«

»Das glaub' ich dir«, rief Pinkerton und raufte sich die Haare; »aber ich versteh's nicht; beim besten Willen kann ich nicht begreifen, was es sonst ist, das er will; ich fürchte, mir sind solche Ansichten einfach zu hoch. Das liegt natürlich daran, daß ich in meiner Jugend keine Möglichkeiten hatte; aber, Loudon, ich bin eben so ein Wurm, daß mir das einfach dumm erscheint. Tatsache ist«, setzte er mit einem Lächeln hinzu, »daß ich auf den Gemütszustand pfeife, wenn ich mir nicht auch anständige Mahlzeiten leisten kann; und du kannst mir nicht ausreden, daß es Pflicht eines jeden Mannes ist, reich zu sterben, wenn's nur irgendwie geht.«

»Wozu?« fragte ich ihn einmal.

»Ach, ich weiß nicht«, versetzte er. »Aber warum in drei Teufels Namen sollte jemand Bildhauer werden wollen, wenn wir schon davon sprechen? Ich würde selbst auch gern Bilder hauen. Aber was ich gar nicht begreife, das ist, daß du nichts anderes tun willst. Das deutet doch auf eine Verarmung des Charakters.«

Ob er mich nun verstehen konnte oder nicht – und mich hat es seither so herumgetrieben, daß ich nicht mehr weiß, ob ich mich selbst verstehe –, er erkannte jedenfalls bald, daß es mir bitterernst war; und nach etwa zehn Tagen Debattierens ließ er das Thema fallen und erklärte, er verschwende hier sein Kapital und müsse nun sofort nach Hause fahren. Ohne Zweifel hätte er schon längst nach Hause fahren sollen und war nur um meinet- und meines Unglücks willen länger als geplant geblieben; doch so ungerecht ist der Mensch, daß was mich hätte rühren sollen meine Verärgerung nur verstärkte. Seine Abreise mißfiel mir, ich fühlte mich im Stich gelassen; das sagte ich nicht laut, doch sah man's mir sicher an; und eine gewisse Niedergeschlagenheit in seinem Ausdruck und Verhalten ließ mich glauben, daß er sich selbst Vorwürfe machte. Gewiß ist, daß wir in der Zeit seiner Reisevorbereitungen uns deutlich weniger sahen – ein Umstand, an den ich mich nur mit Scham erinnere. Am letzten Tag lud er mich zum Dinner in ein Restaurant, das ich, wie er wußte, früher oft besucht und erst in letzter Zeit aus Sparsamkeit gemieden hatte. Er schien mir recht gedrückt; ich selbst war traurig und gleichzeitig gereizt; und das Mahl verging ohne rechte Unterhaltung.

»Also, Loudon«, sagte er mit sichtbarer Anstrengung, als der Kaffee vor uns stand und wir die Pfeifen anzündeten, »du wirst nie verstehen können, wieviel Dankbarkeit und Loyalität ich dir entgegenbringe. Du weißt nicht, was für ein Glück es ist, gefördert zu werden von einem Mann, der auf dem Gipfelpunkt der Zivilisation steht; du kannst dir nicht vorstellen, wie mich dieses Erlebnis geläutert, wie es meinen Geist erhoben hat; und ich möchte dir sagen, daß ich, wenn nötig, vor deiner Türe sterben würde wie ein Hund.«

Ich weiß nicht mehr, was ich darauf sagen wollte, aber er schnitt mir das Wort ab.

»Laß mich ausreden!« rief er. »Ich verehre dich um deiner rückhaltlosen Hingabe an die Kunst willen; mir ist das zu hoch, aber auch in meiner Natur, Loudon, gibt es eine poetische Ader, die darauf reagiert. Ich möchte, daß du deinen Traum verwirklichst, und ich will dir dabei helfen.«

»Pinkerton, was ist denn das jetzt für ein Unsinn?« unterbrach ich ihn.

»Nein, werd nicht böse, Loudon; das ist ein ganz simples Geschäft«, erwiderte er; »das geschieht jeden Tag; es ist sogar ganz normal. Wovon leben alle diese Burschen hier in Paris, wie Henderson, Sumner, Long? – Es ist immer die gleiche Geschichte: auf der einen Seite ein junger

Mann, voll bis oben hin von künstlerischem Genie, auf der anderen ein Geschäftsmann, der nicht weiß, wohin mit seinen Dollars …«

»Aber du Narr, du bist doch arm wie eine Ratte«, rief ich.

»Warte nur, bis ich meine Eisen im Feuer habe!« gab Pinkerton zurück. »Eines Tages bin ich sicher reich; und ich sage dir, ich habe nicht vor, dabei zu verkümmern. Hier ist dein erster Wechsel; nimm ihn an aus der Hand eines Freundes; ich bin ein Mensch, dem Freundschaft ebenso heilig ist wie dir selbst. Es sind nur hundert Francs; die wirst du jeden Monat kriegen, aber sobald meine Geschäfte expandieren, erhöhen wir's auf eine passendere Summe. Und es ist keineswegs eine bloße Gefälligkeit; laß mich nur deine Statuen auf dem amerikanischen Markt vertreiben, dann ist das für mich eines der besten Geschäfte meines Lebens.«

Ich brauchte sehr lange, und es kostete uns beide viele dankbare und schmerzliche Gefühle, bis es mir endlich gelang, sein Angebot zurückzuweisen und es in eine Flasche eines ganz besonderen Weines umzuwandeln. Endlich ließ er ganz plötzlich das Thema fallen, sagte noch: »Macht nichts; das hätten wir erledigt«; kam auch nicht mehr darauf zurück, obwohl wir den Rest des Tages miteinander verbrachten und ich ihn bei seiner Abreise bis zur Tür des Warteraums von St. Lazare begleitete. Dann fühlte ich mich merkwürdig einsam; eine Stimme sagte mir, daß ich nicht nur den Rat des Weisen, sondern auch die helfende Hand des Freundes zurückgewiesen hatte; und als ich auf dem Weg nach Hause die große, glitzernde Stadt durchquerte, maß ich sie zum ersten Male mit dem Aug' des Widersachers.

Kapitel V

In welchem ich in Paris am Hungertuche nage

Hungern wird in keiner Weltgegend als angenehm empfunden; aber ich glaube, man ist sich darüber einig, daß kein Ort weniger dazu geeignet ist als die Stadt Paris. Das Leben erscheint hier so ganz besonders heiter, es hat so viel von einem einzigen riesigen Biergarten, die Häuser sind so schmuck, die Theater so zahlreich, selbst die Fahrzeuge bewegen sich so flott dahin, daß ein Mann, der an seelischem Kummer oder körperlichem Schmerze leidet, hier immer auf sich selbst zurückgeworfen wird. In seinen eigenen Augen erscheint er als der einzige ernsthafte Mensch in einer Welt gräßlichster Unwirklichkeit; Menschen strömen schwatzend aus einem Café, stehen Schlange vor einer Bühnentür, sonntägliche Kutschen voller zweitklassiger Vergnügungs-Sucher, die aufgedonnerten Damen des Trottoirs, die Pracht in den Schaufenstern der Juweliere – alle diese vertrauten Bilder tragen dazu bei, sein eigenes Unglück, Mangel und Vereinsamung zu verhöhnen. Gleichzeitig aber fühlt er sich, ist er nur im geringsten nach meinem Muster angelegt, vielleicht von einer kindischen Befriedigung getragen. »Das endlich ist das Leben«, sagt er sich dann; »das ist jetzt das Echte; die Schwimmblasen, denen ich mich anvertraute, sind endlich leer, mein eigenes Gewicht hängt ab vom Ozean allein; meinen eigenen Anstrengungen verdanke ich Erfolg oder Untergang; endlich erlebe ich in Wirklichkeit, worüber ich im Falle von Lousteau oder Lucien, von Rodolphe oder Schaunard mit so viel Begeisterung las.«

Die einzelnen Stufen meines Elends kann ich nicht im einzelnen erzählen. Gewöhnlich war, was wir »Kredite« nannten (obwohl keiner je dabei ans Zurückzahlen dachte), gang und gäbe unter den Studenten, und manch einer hat jahrelang davon gelebt. Doch mein Unglück überfiel mich zu einem ungünstigen Zeitpunkt. Viele meiner Freunde waren fort; andere selbst in mißlicher Lage. Romney (zum Beispiel) war so weit, daß er in Holzschuhen durch Paris stapfte, und sein einziger Anzug war (trotz strategisch angebrachter Sicherheitsnadeln) schon derart schäbig, daß die Behörden des Luxembourg verlangten, man möge ihn aus der Galerie entfernen. Auch Dijon ging auf den Socken, entwarf für einen Händler Wanduhren und Wandarme für die Gasbeleuchtung; das höchste, was er für mich tun konnte, war, mir eine Ecke in seinem Studio einzuräumen, wo ich arbeiten konnte. Mein eigenes Studio hatte ich (wie man sich leicht vorstellen kann) inzwischen verloren; und anläßlich der Vertreibung ward denn auch der Genius von Muskegon endlich von seinem Schöpfer separiert. Wer eine Statue in Lebensgröße bei sich behalten will, muß ein Studio besitzen, oder eine Galerie, oder zumindest freien Zutritt zu einem Hinterhof. Er kann sie nicht wie einen Ranzen im Fond einer Droschke mit sich führen, noch in einer Dachkammer von drei mal fünf Metern mit einer derart raumverdrängenden Gefährtin hausen. Zunächst hatte ich daran gedacht, sie bei meiner Abreise einfach stehenzulassen. Dort, am Ort ihrer Geburt, mochte sie, wie mir schien, meinem Nachfolger vielleicht als Muse dienen. Doch der Besitzer, mit dem ich leider noch gestritten hatte, nahm die Gelegenheit wahr, um unangenehm zu werden, und befahl mir, mein Eigentum zu entfernen. Für einen Mann in einer solchen Zwickmühle wie der meinen war die Miete eines Lastwagens ein ernstes Problem; doch hätte ich selbst dies gemeistert, hätte ich nur gewußt, wohin mit dem gemieteten Lastwagen. Hysterisches Gelächter bemächtigte sich meiner, als ich (in der Phantasie) mich selbst, den Kutscher und den Genius von Muskegon sah, wie wir öffentlich im Angesicht von ganz Paris dastanden ohne die Spur eines Ziels; vielleicht auf dem Weg zum nächsten Abfallhaufen, um dort unter dem Müll der Stadt das geliebte Kind meiner Phantasie zu begraben. Aus diesem Äußersten errettete mich ein zeitgerechtes Angebot; und für dreißig Francs trennte ich mich vom Genius von Muskegon. Wo sie jetzt steht, unter welchem Namen man sie bewundert oder kritisiert, das sagt uns die Geschichte nicht; aber ich stelle mir gern vor, daß sie das Gebüsch irgendeines vorstädtischen Teegartens schmückt, wo Verkäuferinnen auf Ausgang ihre Hüte auf die Mutter hängen und ihre Verehrer (als rührenden Versuch der Galanterie) im geflügelten Kinde den Liebesgott zu erblicken glauben.

In einer bestimmten Fuhrmannskneipe am äußeren Boulevard gab man mir Kredit für meine Mittagsmahlzeit. Abendessen brauchte ich, so wurde angenommen, keins, da ich ja Nacht für Nacht an der köstlichen Tafel irgendwelcher reicher Anverwandter zu dinieren pflegte. Sehr schlau eingefädelt war diese Vereinbarung aber nicht. Meine Geschichte war vielleicht anfangs, als meine Kleider noch in annehmbarem Zustand waren, glaubhaft; doch mußte sie mehr als zweifelhaft erscheinen, sobald mein Rock an den Rändern ausfranste und meine Schuhe anfingen, auf dem Fußboden des Restaurants vernehmlich zu quietschen und zu quaken. Überdies entsprach die Versorgung mit nur einer Mahlzeit pro Tag zwar vorzüglich dem Zustand meiner Finanzen, doch mein Magen hatte damit keine Freude. Es war dieses Wirtshaus ein Ort, den ich früher oft zu Forschungszwecken aufgesucht hatte, um das Leben von Studenten kennenzulernen, die weniger glücklich waren als ich selbst; nie hatte ich es in diesen Tagen ohne Abscheu betreten, nie ohne Ekel verlassen. Es war interessant, mit welcher Gier ich mich jetzt zu Tische setzte, mit welcher Befriedigung ich mich erhob und wie ich die Stunden zählte, die mich von der Rückkehr zu einer solchen Tafel trennten. Doch Hunger ist ein großer Zauberer; und sobald ich mein ganzes Bargeld aufgebraucht hatte und mir nicht mehr mit Schalen voll Schokolade oder dicken Brocken Brot den Magen füllen konnte, war ich gänzlich von diesem Speisehaus abhängig, bis auf seltene, lang ersehnte, lang erinnerte Glücksfälle. Dijon (zum Beispiel) erhielt vielleicht einmal Bezahlung für seine Lohnarbeit, oder aber ein alter Freund kam durch Paris; und dann wurde ich eingeladen zu einer Mahlzeit nach meinem eigenen Herzen und erhielt einen Quartier-Latin-Kredit, der vierzehn Tage für Tabak und einen Morgenkaffee reichte. Letzteren könnte man ja vielleicht für das wichtigere halten. Man könnte vielleicht auch meinen, daß ein Leben so nahe am Rande wahrer Hungersnot die Empfindlichkeit meines Gaumens etwas abstumpfte. Doch das Gegenteil ist wahr: je armseliger ein Mensch sich nährt, desto mehr giert er nach Köstlichkeiten. Der allerletzte Rest meiner gesamten Barschaft, es waren etwa dreißig Francs, wurde in vollem Bewußtsein auf ein einziges Dinner verschwendet; und wenn ich allein war, verbrachte ich einen Großteil meiner Zeit damit, mir imaginäre Festessen in allen Einzelheiten auszumalen.

Da traf mich ein Hoffnungsstrahl – ein Auftrag für die Büste eines reichen Südstaatlers. Er war freigebig, immer gut aufgelegt und voller Scherze; hielt mich während unserer Sitzungen bei bester Laune, und wenn sie vorüber waren, entführte er mich zum Dinner und zu den Sehenswürdigkeiten von Paris. Ich speiste bestens; setzte Fett an; die Büste war dem allgemeinen Urteil nach ihrem Original sehr ähnlich, und ich gestehe, ich hielt meine Zukunft für gesichert. Doch als das Opus fertig war und ich es über den Atlantik schickte, erfuhr ich nicht einmal, ob es je angekommen war. Der Schicksalsschlag warf mich zu Boden; und ich wäre liegengeblieben und nie mehr aufgestanden, wäre nicht die Ehre meines Landes mit im Spiel gewesen. Denn Dijon nutzte die Gelegenheit im europäischen Stil; klärte mich (zum ersten Mal) über die amerikanischen Gepflogenheiten auf: daß das Land ein Banditennest wäre, ohne den geringsten Hauch von Recht und Ordnung, wo man Schulden nur mit dem Gewehr eintreiben könnte. »Die ganze Welt weiß das«, sagte er etwa; »nur du allein, *mon petit Loudon*, nur du allein weißt darüber nicht Bescheid. Die Richter des Obersten Gerichtshofs bekämpften einander in Cincinnati erst kürzlich mit Stiletten. Du solltest das kleine Buch eines meiner Freunde lesen: *Le Touriste dans le Far-West*. Dort kannst du das alles in gutem Französisch sehen.« Von derartigen Anschuldigungen zu guter Letzt empört, unternahm ich's, ihm das Gegenteil zu beweisen, und legte die Angelegenheit in die Hände des Rechtsanwalts meines verstorbenen Vaters. Von ihm erfuhr ich nach entsprechender Wartezeit befriedigt, daß mein Schuldner in Key West am Gelbfieber gestorben sei und seine Angelegenheiten in einiger Verwirrung hinterlassen habe. Sein Name tut nichts zur Sache; denn obgleich er mich mit grausamer Gleichgültigkeit behandelte, ist es doch wahrscheinlich, daß er schließlich bezahlt hätte.

Bald darauf markierte eine zunächst kaum merkliche Veränderung in meiner Aufnahme in der Fuhrmannskneipe eine neue Phase meines Abstiegs. Am ersten Tag sagte ich mir, es sei nur Einbildung; am nächsten bekräftigte sich der Verdacht; am dritten blieb ich in Panik fort, und das bedeutete achtundvierzig Stunden Fasten. Das war ein Akt größter Unvernunft; denn der Schuldner, der sich versteckt, fällt um so stärker auf, und den Mittagsgast, der eine Mahlzeit ausläßt, beschuldigt man gleich der Treulosigkeit. Am vierten Tag kehrte ich daher zurück, innerlich zitternd. Der Wirt sah mich gleich beim Eintreten schief an; die Kellnerinnen (seine Töchter) übersahen meine Bestellungen und rümpften über die affektierte Herzlichkeit meiner Begrüßungen die Nase; und, letztlich und am deutlichsten, als ich nach einer *suisse* rief (wie man sie allen anderen Gästen brachte), hieß es, es gebe keine mehr. Damit war klar, daß ich am Ende meiner Möglichkeiten angelangt war; ein Brett nur trennte mich von nackter Not und dieses fühlte ich jetzt schwanken. Ich verbrachte eine schlaflose Nacht und begab mich am Morgen *stante pede* zu Myners Studio. Dies war ein Schritt, den ich lang überlegt und lang verworfen hatte;

denn ich war mit dem Engländer keineswegs intim befreundet; zwar hatte er Geld wie Heu, das war bekannt, doch weder sein Verhalten noch sein Ruf boten Bettlern die geringste Ermutigung.

Ich fand ihn bei der Arbeit an einem Bild, das ich guten Gewissens loben konnte; er trug den gewöhnlichen Tweedanzug, einfach, aber ziemlich neu, in höchst peinlichem Gegensatz zu meiner eigenen abgewetzten, verwahrlosten Bekleidung. Während unserer Unterhaltung glitten seine Augen ständig zwischen seinem Werk und dem fetten Modell hin und her, welches im Naturzustand am anderen Ende seines Studios saß, einen Arm verführerisch über dem Kopf erhoben. Schon unter den günstigsten Umständen war meine Mission hier schwer genug: doch zwischen Myner, in seine Kunst vertieft, und der weißen, fetten, nackten Weibsperson in dieser lächerlichen Haltung fand ich sie einfach unmöglich. Wieder und wieder versuchte ich, mich dem Punkt zu nähern, wieder und wieder brachte ich nichts anderes heraus als Lobsprüche auf das Bild; und erst als das Modell sich eine Pause gönnte, in der sie das Gespräch in ihre Hände nahm und uns (mit leiser, weicher Stimme) mit Einzelheiten über ihres Mannes Wohlstand ergötzte, sodann über das Abschweifen ihrer Schwester vom Pfad der Tugend lamentierte und über das daraus folgende Wüten ihres Vaters, eines Bauern mit strengen Grundsätzen in der Nähe von Châlons sur Marne – erst als dies an uns vorübergegangen war und ich schon wieder einmal meine Gurgel zum Angriff freigeräuspert hatte und noch einmal in eine nichtssagende Bemerkung über das Bild verfallen war – da brachte Myner selbst mich plötzlich und energisch auf den Punkt.

»Sie sind doch nicht hergekommen, um diesen Blödsinn zu verzapfen«, sagte er.

»Nein«, erwiderte ich stockend; »ich kam, um Geld zu borgen.«

Er malte eine Weile schweigend weiter.

»Würden Sie sagen, daß wir je sehr befreundet waren?« fragte er dann.

»Danke«, erklärte ich. »Ich habe verstanden«, und tat, als wollte ich fort, innerlich kochend vor Wut.

»Wenn Sie wollen, können Sie natürlich gehen«, fuhr Myner fort; »aber ich würde Ihnen raten, hierzubleiben und die Sache auszureden.«

»Was ist da weiter noch zu sagen?« rief ich. »Sie wollen mich doch nicht hierbehalten, nur um mich weiter sinnlos zu demütigen?«

»Hören Sie, Dodd, Sie sollten versuchen, sich etwas zu beherrschen«, sagte er. »Dieses Gespräch haben Sie gesucht, nicht ich; und falls Sie meinen, es sei mir sehr angenehm, dann sind Sie auf dem Holzweg; und falls Sie annehmen, ich gäbe Ihnen Geld, ohne Ihre Aussichten genau zu kennen, dann halten Sie mich für einen Narren. Überdies«, fügte er hinzu, »wenn Sie es genau betrachten, dann haben Sie das Schlimmste ja schon hinter sich; Sie haben Ihre Bitte vorgetragen und haben allen Grund zur Annahme, ich würde sie Ihnen abschlagen. Ich mache Ihnen keine falschen Hoffnungen, aber es könnte sich für Sie doch lohnen, wenn ich mir mein eignes Urteil bilden kann.«

Dergestalt – hätte ich bald gesagt – ermutigt, stolperte ich durch meine Geschichte; berichtete von meinem Kredit in jener Fuhrmannskneipe, der aber wahrscheinlich sich dem Ende näherte; daß Dijon mir eine Ecke in seinem Studio überließ, wo ich mich an Ornamenten versuchte, Figuren für Uhren, die Zeit mit der Sichel, Leda und der Schwan, Musketiere für Kerzenhalter und andere Kitschfiguren, die (bis heute) noch nie auch nur die geringste Anerkennung gefunden hatten.

»Und Ihr Zimmer?« fragte Myner.

»Oh, mein Zimmer ist in Ordnung, glaube ich«, gab ich zur Antwort. »Das ist bei einer sehr netten alten Dame, die die Miete nicht einmal erwähnt.«

»Ich sehe nicht ein, warum sie dafür bestraft werden

sollte, daß sie eine so nette alte Dame ist«, bemerkte Myner.

»Was wollen Sie damit sagen?« rief ich.

»Damit will ich folgendes sagen«, erklärte er. »Die Franzosen gewähren einander immer und überall Kredit; sie finden, daß es sich auf lange Frist gesehen bezahlt macht, denn sonst würden sie wohl damit aufhören; aber ich sehe nicht, was wir damit zu tun haben; ich kann nicht finden, daß es anständig von uns Angelsachsen ist, von ihrer Großzügigkeit zu profitieren und dann über den Kanal oder (wie ihr Yankees) über den Atlantik zu verschwinden.«

»Aber ich habe doch gar nicht vor zu verschwinden«, warf ich ein.

»Genau«, erwiderte er. »Und sollten Sie das nicht? Hier liegt das Problem. Mir will scheinen, als mangle es Ihnen an Verständnis für die Besitzer von einfachen Speisehäusern. Ihrem eigenen Bericht zufolge finden Sie keinerlei Verdienstmöglichkeit; je länger Sie bleiben, um so mehr verliert die liebe alte Dame, bei der Sie wohnen. Ich mache Ihnen nun einen Vorschlag: Wenn Sie einverstanden sind, zahle ich Ihnen die Überfahrt nach New York, außerdem Eisenbahnfahrkarte und sonstige Ausgaben bis Muskegon (wenn ich den Namen richtig sage), wo Ihr Vater lebte, wo er gewiß noch Freunde hat und wo Sie sicherlich einen Einstieg finden können. Ich erwarte keine Dankbarkeit, denn Sie halten mich erklärterweise für ein Ekel; aber ich möchte Sie doch bitten, mir die Summe zurückzuzahlen, sobald es Ihnen möglich ist. In jedem Falle ist das alles, was ich tun kann. Es wäre vielleicht anders, wenn ich Sie für ein Genie hielte, Dodd; doch ich tu's nicht, und Ihnen rate ich das gleiche.«

»Also ich glaube nicht, daß das jetzt notwendig war«, sagte ich.

»Doch, das meine ich schon«, gab er zurück, unerschütterlich wie immer. »Mir scheint es ein wichtiger Aspekt; und außerdem, wenn Sie mich um Geld bitten, und das ohne jede Sicherheit, dann behandeln Sie mich mit der Freizügigkeit eines Freundes, und man könnte glauben, das dürfte ich auch. Aber die Frage ist: nehmen Sie an?«

»Nein, danke«, erwiderte ich; »ich habe noch einen anderen Pfeil im Köcher.«

»Schön«, versetzte Myner. »Wenn er nur anständig ist.«

»Anständig? Anständig?« rief ich. »Wollen Sie damit sagen, daß Sie meine Anständigkeit in Zweifel ziehen?«

»Gut, wenn Sie's ärgert, tu' ich's nicht«, versetzte er. »Sie halten Anständigkeit offenbar für so einfach wie Blinde Kuh: ich nicht. Es ist ein Unterschied in der Definition.«

Von diesem höchst irritierenden Gespräch, währenddessen Myner nie zu malen aufgehört hatte, begab ich mich geradewegs ins Studio meines alten Meisters. Nur eine Karte blieb mir noch, und die war ich jetzt auszuspielen entschlossen: Ich mußte die Rolle des Gentleman ablegen und den Frack ausziehen und mich der Kunst im Gewand des Handwerkers nähern.

»*Tiens*, der kleine Dodd!« rief der Meister; doch dann fiel sein Blick auf meine abgewetzte Kleidung, und ich glaubte zu sehen, wie sich sein Gesicht verdunkelte.

Ich trug mein Ersuchen auf Englisch vor; denn ich wußte, wenn er überhaupt auf irgend etwas stolz war, dann auf seine Beherrschung unserer Inselsprache. »Meister«, sagte ich, »nehmen Sie mich wieder in Ihr Studio auf? Aber diesmal als Handwerker.«

»I sought your fazér was immensely reech«, erwiderte er.

Darauf erklärte ich ihm, ich wäre jetzt eine Waise ohne einen Heller.

Er schüttelte den Kopf. »Vor meiner Türe warten bessere Handwerker«, erklärte er; »sehr viel bessere Handwerker.«

»Aber Sie hielten doch etwas von meiner Arbeit, Sir«, beschwor ich ihn.

»Etwas, etwas – ja!« rief er; »genug für den Sohn eines reichen Mannes – nicht genug für eine Waise. Ich dachte schon, daß Sie lernen könnten, Künstler zu sein; ich hatte nie erwartet, daß sie genug lernen würden für einen Handwerker.«

Auf einer bestimmten Bank auf dem äußeren Boulevard, nicht weit vom Grab Napoleons, auf einer Bank, die damals von einem verkrüppelten Baum beschattet war und Aussicht auf eine schlammige Straße und eine nackte Wand bot, nahm ich Platz und haderte mit meinem Elend. Das Wetter war unfreundlich und finster; in drei Tagen hatte ich ein einziges Mal gegessen; ich besaß keinen Tabak; meine Schuhe waren durchweicht, meine Hosen in Kot erstarrt; meine Stimmung und die Umstände von Zeit und Ort paßten aufs schaurigste zusammen. Hier waren zwei Männer, die beide mit Respekt von meiner Arbeit gesprochen hatten, solange ich reich war und mir nichts fehlte; jetzt, da ich arm war und es mir an allem fehlte, sagte der eine »kein Genie«, der andere »nicht genug für eine Waise«; der erste bot mir die Überfahrt an, als wäre ich ein mittelloser Auswanderer, der zweite verweigerte mir den Tageslohn der Steinmetze – eine direkte Sprache, die mein leerer Magen gut verstand. Sie waren in der Vergangenheit nicht unehrlich gewesen; sie hatten mir auch heute ihre Meinung grad heraus gesagt: die Änderung der Umstände hatte ein neues Kriterium eingeführt: das war alles.

Doch auch wenn ich meine beiden Hiobströster nicht der Unehrlichkeit zeihen wollte: für unfehlbar hielt ich sie keineswegs. Immer schon waren Künstler geschmäht, verachtet, nicht verstanden worden und hatten es erlebt, daß sie am Ende triumphierten. Wie alt war denn Corot, bevor er die Ader seines eigenen kostbaren Metalls entdeckte? Wann war je ein junger Mann mehr verlacht worden als Balzac, der Gott meiner Verehrung? Und um nach einem noch kühneren Vorbild zu greifen, mußte ich nur meinen Kopf wenden, dorthin, wo der goldne *Dome des*

Invalides vor tintenschwarzen Wolkenbergen glänzte, und an die Geschichte dessen denken, der da schlief: angefangen mit dem Tag, da ein junger, namenloser Artillerist verlacht und von kecken Dämchen Gestiefelter Kater genannt wurde; weiter zu den Tagen so vieler Kronen und so vieler Siege, und so vieler Hunderter Kanonenrohre, und so vieler Tausender kriegerischer Hufe, die über die Landstraßen eines staunenden Europa achtzig Meilen vor der Großen Armee einhergaloppierten? Nach Hause fahren, aufgeben, mich als Versager zu bekennen, als ehrgeizigen Versager, erst Rakete, dann Stock! Ich, Loudon Dodd, der jede andere Beschäftigung voll Verachtung von sich wies, im *Sunday Herald* von Saint Joseph einst als Patriot und Künstler gefeiert, zurückgeschickt in meine Heimatstadt Muskegon wie eine unterwegs beschädigte Fracht, die Bekannten meines Vaters abklappernd, Hut in der Hand, um eine Stelle als Büroreiniger bettelnd! Nein, bei Napoleon! Bei dem von mir erwählten Berufe wollt' ich sterben; und die beiden, die mich heute so verhöhnten, würden mir meinen Erfolg noch neiden, oder aber Tränen nutzloser Reue hinter meinem Armensarge weinen.

Nun war mein Mut zwar unerschüttert, das brachte mich aber keiner Mahlzeit näher. Mein Speisehaus war gar nicht weit von hier am Ende einer verkrusteten Droschkenzeile, an den Küsten eines breiten Platzes voller Schlamm, und wirkte (auf meine Phantasie) in zweideutiger Weise einladend. Vieleicht ließ man mich ein, vielleicht konnte ich mir dort einmal noch den Magen füllen; andererseits war dem Schlag vielleicht gerade heut' zu fallen bestimmt, und ich sollte unterm Gejohle des Pöbels ein für allemal vertrieben werden. Klugheit gebot mir, den Versuch zu wagen, ich wußt' es; doch ich hatte im Laufe dieses einen Vormittags schon so viel Demütigung erfahren, daß ich lieber verhungerte, als eine weitere auf mich zu nehmen. Für die Zukunft mangelte es mir nicht an Mut, nicht im geringsten, doch für heute war mein Vorrat zu Ende; Mut genug für den eigentlichen Kampf, doch keinen Funken mehr davon für das vorausgehende Scharmützel einer Mahlzeit in der Fuhrmannskneipe. Ich blieb also weiter auf der Bank sitzen, nicht weit von Napoleons Asche, einmal schläfrig, dann wieder ganz munter, einmal in völliger Denkunfähigkeit, nur im Bewußtsein eines animalischen Genusses an der Ruhe; dann wieder denkend, planend, mit beispielloser Klarheit erinnernd, mir Hirngespinste von plötzlicher Wohlhabenheit vorgaukelnd und voll Gusto imaginäre Mahlzeiten bestellend und verzehrend: dabei muß ich denn eingeschlafen sein.

Es war schon fast dunkel, als mich ein kalter Regenschauer plötzlich zu meinem leeren Magen zurückbrachte und ich fröstelnd auf die Füße sprang. Einen Augenblick blieb ich unschlüssig stehen: die ganze Prozession meiner Überlegungen und Träume zog von neuem durch mein Gehirn; wieder fühlte ich mich verlockt, angezogen wie mit Seilen vom Bild der Fuhrmannskneipe, und wieder scheute ich vor der Möglichkeit einer Beleidigung zurück. »*Qui dort dîne*«, sagte ich mir und schlug wankenden Schritts den Heimweg ein, durch regennasse Straßen, wo die Lampen und die Auslagen nunmehr zu leuchten begannen; im Gehen noch immer imaginäre Mahlzeiten vor dem inneren Aug' beschwörend.

»Ah, Monsieur Dodd«, sagte der Portier, »es ist ein eingeschriebener Brief für Sie gekommen. Der *facteur* bringt ihn morgen noch einmal vorbei.«

Ein eingeschriebener Brief für mich, der ich schon so lang keinen bekommen? Was der enthalten mochte, ahnte ich nicht im entferntesten; verlor aber auch mit Ahnungen keine Zeit; viel weniger noch mit bewußt unanständigem Planen: die Lügen flossen aus mir wie eine natürliche Ausscheidung.

»Oh«, entgegnete ich, »endlich mein Monatswechsel! Zu dumm, daß ich ihn verpaßte! Könnten Sie mir bis morgen hundert Francs borgen?«

Bis zu diesem Moment hatte ich beim Portier noch keinen Pumpversuch gemacht; der eingeschriebene Brief war außerdem meine Garantie; er gab mir also, was er hatte – drei Napoleons und ein paar Francs in Silber. Nachlässig steckte ich das Geld ein, schäkerte noch ein bißchen herum, bewegte mich gemütlich zur Tür; doch dann rannte ich (so schnell mich meine zitternden Beine trugen) ums Eck ins Café de Cluny. Französische Kellner sind geschwind und flink; mir waren sie nicht flink genug; und kaum hatte ich so viel Anstand, den Mann den Wein auf den Tisch und die Butter zum Brot stellen zu lassen, als mein Mund und mein Glas schon voll waren. Herrliches Brot aus dem Café de Cluny, herrliches erstes Glas eines alten Pomard, das zu meinen nassen Füßen prickelte, unbeschreibliche erste Olive, vom Hors d'œuvre schnell gepflückt – ich glaube, wenn's ans Sterben geht und die Lampe langsam schwächer scheint, selbst dann werde ich mich noch an euren Geschmack erinnern. Über dem Rest dieses Mahls und dem Rest des Abends liegen dichte Wolkenschwaden: Schwaden von Burgunder vielleicht; oder eher von Hunger und folgender Sättigung.

Ganz deutlich erinnere ich mich dagegen an Scham und Verzweiflung des nächsten Morgens, als mir zu Bewußtsein kam, was ich getan, wie ich den armen, ehrlichen Portier beschwindelt hatte; und, als wär' dies nicht genug, damit auch meine Schiffe verbrannt und den Bankrott nach Hause geholt hatte in meine letzte Zuflucht, meine Dachkammer. Der Portier würde sein Geld erwarten; ich konnte es ihm nicht zurückzahlen; das gab einen Skandal im Haus; und die Ursache dieses Skandals, das wußte ich nur allzu gut, die würde die Koffer packen müssen. »Was wollen Sie damit sagen, daß Sie meine Anständigkeit in Zweifel ziehen?« hatte ich gestern erst Myner an den Kopf geworfen. Ach, dieser Tag zuvor! Der Tag vor Waterloo, der Tag vor der Sintflut; der Tag zuvor, an dem ich das Dach über meinem Kopf, meine Zukunft, meine Selbstachtung verkauft hatte, um ein Abendessen im Café de Cluny!

Mitten unter diesen Lamentationen kam der berühmte eingeschriebene Brief an meine Tür und brachte Heilung unter seinem Siegel. Er trug den Poststempel von San Francisco, wo Pinkerton bereits bis zum Hals in den vielfältigsten Geschäften stak: er erneuerte das Angebot einer Zuwendung, wobei die verbesserte geschäftliche Lage ihm eine Erhöhung auf zweihundert Francs im Monat gestattete; und für den Fall, daß ich mich in momentaner Verlegenheit befände, lag gleich ein erster Scheck auf vierzig Dollar bei. Es gibt tausend ausgezeichnete Gründe, warum ein Mann in dieser Zeit des Auf-eigenen-Beinen-Stehens jede Abhängigkeit von einem anderen von sich weisen sollte; aber die zahlreichsten und sinnvollsten Überlegungen beugen sich vor einer Notwendigkeit, so streng wie der meinen; und die Banken hatten noch kaum auf, da war mein Scheck bereits kassiert.

Es war Anfang Dezember, als ich mich selbst dergestalt in die Sklaverei verkaufte; und sechs lange Monate zog ich eine immer länger werdende Kette aus Dankbarkeit und Unbehagen hinter mir her. Auf Kosten weiterer Schulden gelang es mir, mich selbst mitsamt dem Genius von Muskegon zu übertreffen, und zwar in Gestalt eines kleinen, aber höchst patriotischen Bannerträgers für den Salon; wo er tatsächlich angenommen wurde, die ganze Zeit der Ausstellung hindurch stand, ohne im geringsten aufzufallen, und von wo er zu mir ebenso patriotisch wie zuvor wieder zurückkam. Darauf warf ich mich mit Leib und Seele (wie Pinkerton gesagt hätte) auf Uhren und auf Kerzenleuchter; doch selbst als sich Dijon in seiner unendlichen Gutmütigkeit und ebenso grenzenlosen Verachtung für alle derartige Lohnarbeit bereit erklärte, diese Dinge unterschiedslos mit den seinen zu vertreiben, pickten die Händler unweigerlich meine Erzeugnisse heraus und verwarfen sie, und sie kehrten immer wieder zu mir zurück, genauso wie der Bannerträger, der nun, an der Spitze beinahe schon eines Regimentes minderer Idole, in dem keineswegs geräumigen Studio meines Freundes zum Stein des Anstoßes verkam. Dijon und ich saßen oft stundenlang da und starrten auf diese Götzenkompanie: ernst, keck, klassisch, Louis Quinze – alles war vorhanden, von Jeanne d'Arc in ihrer Rüstung bis zu Leda mit dem Schwan; ach, und möge Gott mir vergeben als einem Mann, der es doch besser wissen mußte – auch das Humoristische durfte nicht fehlen. Wir saßen da und starrten, sage ich; wir kritisierten, wir drehten die Figuren hin und her; selbst bei genauester Betrachtung sahen sie aus wie richtige Statuetten; und dennoch wollte niemand sie geschenkt!

Eitelkeit stirbt schwer; in manchen hartnäckigen Fällen überlebt sie selbst den Mann; doch etwa im sechsten Monat, da ich Pinkerton schon an die zweihundert Dollar schuldete und noch einmal halb so viel in ganz Paris verstreute Schulden hatte, erwachte ich eines Morgens mit dem Gefühl scheußlicher Bedrückung und fand mich plötzlich ganz allein: meine Eitelkeit hatte im Lauf der Nacht ihr Leben ausgehaucht. Ich wagte nicht, noch tiefer in den Sumpf zu dringen; sah keine Hoffnung mehr in meinen armen Statuen; gab mich endlich selbst geschlagen; setzte mich im Nachthemd an mein Fenster, von wo ich einen Blick auf die Baumwipfel am Eck des Boulevards werfen und die Musik des frühmorgendlichen Verkehrs hören konnte, und schrieb mein Lebewohl an Paris, die Kunst, mein ganzes bisheriges Leben, mein ganzes vergangenes Selbst. »Ich gebe auf«, schrieb ich. »Wenn der nächste Zuschuß kommt, fahre ich geradewegs gen Westen, wo du mit mir tun kannst, was du willst.«

Man muß sich vorstellen, daß Pinkerton mich gewissermaßen von Anfang an gedrängt hatte zu kommen; indem er seine Isolierung unter neuen Bekannten beschrieb, »von denen keiner deine Kultur besitzt«, wie er schrieb; indem er mich in so warmen Worten seiner Freundschaft versicherte, daß es mir oft peinlich war, wie ärmlich mein Echo darauf klang; indem er herausstrich, wie sehr er der Hilfe bedurfte, und doch im nächsten Moment meine Standhaftigkeit pries und mich drängte, in Paris zu bleiben. »Vergiß nur nicht, Loudon«, schrieb er, »wenn du jemals doch genug bekommen solltest, daß es hier jede Menge Betätigung für dich gibt – anständige, harte, gut bezahlte Arbeit bei der Entwicklung der Ressourcen dieses so gut wie jungfräulichen Staates. Und ich muß wohl nicht betonen, welches Vergnügen es für mich bedeutete, könnten wir uns dem *Schulter an Schulter* stellen.« Ich wundere mich (im Rückblick), daß ich diesem Drängen so lang standhalten und das Geld meines Freundes in einer Weise ausgeben konnte, die er, wie ich wußte, gar nicht billigte. Doch als mir die Erkenntnis meiner Lage endlich zu Bewußtsein kam, da wenigstens voll und ganz; und ich beschloß, nicht nur für die Zukunft seinem Rat zu folgen, sondern auch für seine Verluste in der Vergangenheit geradezustehen. An diesem Punkte fiel mir nämlich ein, daß auch ich nicht gänzlich ohne Rückhalt war, und ich nahm mir deshalb vor, jegliche Demütigung auf mich zu nehmen und der Familie Loudon in ihrer historischen Stadt die Stirn zu bieten.

Und so verabschiedete ich mich auf französisch, was zwar nie sehr würdevoll ist, in meinem Falle aber ungewöhnlich einfach war. Da ich kaum mehr ein Paar tragbare Schuhe mein eigen nannte, fiel's mir nicht schwer, mein ganzes sogenanntes Hab und Gut ganz einfach stehenzulassen. Dijon erbte Jeanne d'Arc, den Bannerträger und die Musketiere; er war auch dabei, als ich einen neuen Portmanteau kaufte und recht spärlich füllte; und an der Tür des Kofferladens nahm ich von ihm Abschied, denn meine letzten Stunden in Paris wollte ich allein verbringen. Allein (und zu einem viel höheren Betrag, als meine Finanzen eigentlich gestatteten) unterhielt ich mich mit meinem Dinner; allein kaufte ich mir eine Fahrkarte im Saint Lazare; ganz allein, wenn auch in einem Abteil voll mit Menschen, betrachtete ich den Mond über der Seine mit ihren büscheligen Inseln, über Rouen mit seinen Kirchtürmen, über den Schiffen im Hafen von Dieppe. Als das erste Morgenlicht mich aus unruhigem Schlummer hinauf an Deck rief, erblickte ich die Morgendämmerung zunächst mit Freude; sah voll Vergnügen die grünen Küsten Englands aus dem rosigen Nebel steigen; sog voll Genuß die salzige Luft in meine Nasenlöcher; doch dann fiel mir alles wieder ein; daß ich nicht länger Künstler war, nicht länger mein wahres Selbst; daß ich alles hinter mir ließ, was mir lieb und teuer war, und heimkehrte zu allem, was ich verabscheute, ein Sklave der Schuld und Dankbarkeit, ein öffentlicher, gebrandmarkter Versager.

Es ist kein Wunder, wenn ich von diesem Bild des eigenen Unglücks und Versagens mich voll Erleichterung Pinkerton zuwandte, der, wie ich wußte, auf mich wartete, mit unerschütterlicher Zuneigung, mich mit einer Hochachtung betrachtend, die ich nie verdient hatte, die daher auch nie zu verlieren ich wohl hoffen durfte. Die Ungleichheit unserer Beziehung fiel mir schwer aufs Herz. Ich hätte wirklich völlig stumpf sein müssen, hätte ich die Geschichte dieser Freundschaft ohne Scham betrachten können – ich, der ich dabei so wenig gegeben und so viel angenommen und gewonnen hatte. In London hatte ich jetzt einen ganzen Tag vor mir, und so beschloß ich, zumindest in Worten die Balance etwas auszugleichen. In einer Ecke eines öffentlichen Lokals sitzend, ein Blatt Papier nach dem anderen bestellend, schrieb ich mir alles von der Seele: tiefe Dankbarkeit, Reue über die Vergangenheit, Vorsätze für die Zukunft. Bisher, so gestand ich ihm, hätte ich aus reinem Eigennutz gehandelt, wäre selbstsüchtig gewesen gegenüber meinem Vater und meinem Freund, hätte wohl ihre Hilfe angenommen, ihnen aber (was doch alles war, was sie verlangten) die armselige Entschädigung meiner Gesellschaft und Gegenwart versagt.

Wunderbar sind die Tröstungen der Literatur! Kaum war dieser Brief geschrieben und zur Post gebracht, glühte auch schon das Bewußtsein meiner Tugend in meinen Adern wie köstlicher alter Wein.

Kapitel VI

In welchem ich gen Westen ziehe

Am nächsten Morgen stand ich gerade rechtzeitig vor meines Onkels Tür, um mich mit der Familie zum Frühstück hinzusetzen. Mehr als drei Jahre waren in diesem unbeweglichen Haushalt fast ohne jegliche Veränderung vergangen, seit ich zum ersten Mal hier saß, ein junges amerikanisches Greenhorn, verwirrt angesichts unbekannter Leckerbissen wie geräuchertem Schellfisch, gesalzenem Räucherlachs, Brötchen und Hammelschinken, und mir vergeblich den Kopf darüber zerbrochen hatte, was sich wohl unter der Teehaube verbarg. Falls sich überhaupt irgend etwas geändert hatte, dann höchstens dies, daß ich in der Achtung der Familie offenbar gestiegen war. Kaum hatte man entsprechend pietätvoll meines Vaters Tod gedacht, unter feierlicher Streckung schottischer Oberlippen und viel weiblichen Kopfnickens, stürzte sich die Gesellschaft (Gott möge mir verzeihen) unverzüglich auf das erfreulichere Thema meiner Erfolge. Sie hatten sich ja so gefreut, so viel Gutes über mich zu hören; ich war beinahe schon ein großer Mann; und wo war denn nun die schöne Figur des Genius von Dingsda? »Sie haben ihn nicht mit? Nicht hier? Wirklich nicht?« zirpte die munterste meiner Kusinen und schüttelte fragend ihren Lockenkopf; als hätte ich ihn mit mir in der Droschke bringen sollen, oder vielleicht irgendwo an mir versteckt wie eine Geburtstagsüberraschung. Im Schoße dieser Familie, die vom tropischen Unsinn des Westens keinerlei Begriff besaß, nahm man den *Sunday Herald* und den armen blökenden Pinkerton ganz offenbar für bare Münze. Man hätte sich nichts, aber auch schon gar nichts einfallen lassen können, was mich mehr bedrückt hätte; und ich weiß noch genau, daß ich dieses ganze Frühstück hindurch mich wie ein geprügelter Schuljunge fühlte.

Nachdem Mahlzeit und Familiengebet glücklich überstanden waren, bat ich meinen Onkel, mir ein Gespräch über den »Stand meiner Angelegenheiten« zu gewähren. Beim Klang dieser ominösen Worte zog sich das Gesicht des guten Mannes auffallend in die Länge; und als mein Großvater, nachdem man ihm meine Bitte wiederholt hatte (er hörte nicht mehr gar so gut), seine Absicht verkündete, bei dem Gespräch dabeizusein, da konnte ich nicht umhin zu bemerken, daß Onkel Adams Kummer zu momentaner Gereiztheit aufflackerte. An der Oberfläche war jedoch nichts als die übliche grimmige Jovialität; und so begaben wir uns alle drei nach nebenan in die Bibliothek, eine düstere Bühne für ein deprimierendes Geschäft. Mein Großvater stopfte eine Tonpfeife und nahm dann, zittrig rauchend, in der feuerlosen Kaminecke Platz; und obgleich der Morgen kalt und finster war, stand das Fenster hinter ihm halb offen, war die Jalousie halb zugezogen; es ist mir unmöglich zu beschreiben, wie wenig er an diesen Ort paßte – er sah aus wie einer, der nach einem Schiffbruch hier gestrandet war. Onkel Adam bezog am Geschäftstisch in der Mitte des Raumes Posten; wertvolle Bücherreihen blickten herab auf diesen Ort der Folter; aus dem Garten hörte ich Spatzen zirpen und aus dem Salon über unseren Köpfen mein munteres Kusinchen, das bereits in die Tasten des Klavieres schlug und sich in einen ätzenden Sangesstrom ergoß.

Unter solchen Umständen nun war's, daß ich, in aller Kürze und mit einem gewissen knabenhaften Trotz, und ohne dabei je den Blick vom Boden zu erheben, meine Verwandten über die Lage meiner Finanzen ins Bild setzte: die Summe meiner Schuld an Pinkerton; die Aussichtslosigkeit, mich von der Bildhauerei zu ernähren; die Karriere, die in den Staaten auf mich wartete; und wie ich, weitere Abhängigkeit von einem Fremden scheuend, es für besser hielte, meinen Fall der Familie zu unterbreiten.

»Ich bedaure nur, daß du nicht unverzüglich zu mir kamst«, erklärte Onkel Adam. »Ich nehme mir die Freiheit zu bemerken, dies wäre schicklicher gewesen.«

»Das finde ich auch, Onkel Adam«, erwiderte ich. »Ich bitte dich jedoch zu bedenken, daß ich nicht wissen konnte, wie du meine Bitte aufnehmen würdest.«

»Ich hoffe doch, ich würde meinem eignen Fleisch und Blut niemals den Rücken kehren«, entgegnete er mit Nachdruck; der meinem ängstlichen Ohre aber mehr nach Gereiztheit als nach Fürsorge klang. »Ich könnte nie vergessen, daß du meiner Schwester Sohn bist. Das betrachte ich als meine klare Pflicht und Schuldigkeit. Also habe ich keine andere Wahl, als die gesamten Verbindlichkeiten deiner Lage zu übernehmen.«

Mir blieb nichts anderes übrig, als »Ich danke dir!« zu murmeln.

»Je nun«, fuhr er fort, »es ist, als hätte es die Vorsehung so gefügt, daß du zum rechten Zeitpunkt kommst. In meiner alten Firma würde eben eine Stelle frei; sie nennen sich jetzt Italienische Kolonialwarenhandlung«, sprach er weiter und betrachtete mich dabei mit einem Funken von Belustigung. »Du kannst dich also glücklich schätzen; zu meiner Zeit waren wir nur Krämer. Ich selbst bringe dich morgen hin.«

»Warte einen Augenblick, Onkel Adam«, fiel ich ihm ins Wort. »Das ist es nicht, worum ich dich gebeten habe. Ich bitte dich, Pinkerton, der ein armer Mann ist, zu bezahlen. Ich bitte dich, meine Schulden für mich zu bezahlen, nicht aber mein Leben oder einen Teil desselben in die Hand zu nehmen.«

»Wenn ich jetzt hart wäre, könnte ich dich daran erinnern, daß Bettler nicht wählerisch sein können«, erwiderte mein Onkel; »bisher war dein Leben ja in deiner eignen Hand, und man sieht, was du daraus gemacht hast: Daher mußt du jetzt annehmen, was Ältere und (was immer du davon halten magst) Weisere für dich beschließen. Alle diese Pläne deines Freundes (über den ich übrigens keinerlei Informationen besitze), dieses Gerede über Möglichkeiten im Wilden Westen, das interessiert mich einfach nicht. Es kommt ja überhaupt nicht in Frage, daß du in Verfolgung irgendwelcher Hirngespinste quer über den ganzen Kontinent strolchst. Bei dieser Anstellung, die ich dir glücklicherweise anbieten kann und die manch gut ausgebildeter junger Mann gierig ergreifen würde, erhältst du anfangs achtzehn Shilling in der Woche.«

»Achtzehn Shilling in der Woche!« rief ich. »Mein armer Freund gab mir für nichts mehr als das!«

»Und soviel ich weiß, ist es eben dieser arme Freund, dem du sein Geld zurückzahlen möchtest?« bemerkte mein Onkel, mit dem Gesichtsausdruck eines, der das Recht auf seiner Seite weiß.

»Aaadam!« sagte mein Großvater.

»Ich bedaure Ihre Anwesenheit bei dieser Sache«, sprach Onkel Adam, sich eher unterwürfig an den Steinmetzmeister wendend; »muß Sie aber daran erinnern, daß dies auf Ihren eigenen Wunsch geschah.«

»Aadam!« wiederholte der alte Mann.

»Nun, Sir, ich höre«, sagte mein Onkel.

Mein Großvater tat schweigend ein oder zwei Züge aus seiner Pfeife; und dann: »Du machst eine jämmerliche Figur, Aadam«, sprach er.

Mein Onkel zuckte unter dieser Beleidigung sichtlich zusammen. »Ich bedaure es, daß Sie so denken«, erklärte er, »und bedaure es noch mehr, daß dies in Loudons Gegenwart geschieht.«

»Weiß schon, Aadam, weiß schon«, gab der Alte trokken zurück; »und das Merkwürdige dran ist: es schert mich nicht. Hör her, mein Junge«, fuhr er fort, zu mir gewandt. »Ich bin dein Großvater, oder nicht? Hör nicht auf das, was Aadam sagt. Keine Angst, ich schau auf dich. Ich bin reich.«

»Vater«, erklärte Onkel Adam, »ich bitte um ein Wort mit Ihnen unter vier Augen.«

Ich stand auf, um hinauszugehen.

»Setz dich auf deine vier Buchstaben«, rief mein Großvater wie wild. »Wenn Aadam was zu sagen hat, dann soll er. Ich bin's, der hier das Geld hat; und deshalb, hol's der Kuckuck, geschieht, was ich will.«

Dergestalt stiefväterlich ermutigt, hatte mein Onkel offenbar nichts mehr zu sagen: Zweimal aufgefordert, doch »den Mund aufzumachen, damit dann Ruhe ist«, lehnte er zweimal störrisch ab; und ich darf hier einflechten, daß er etwa an diesem Zeitpunkt unserer Konferenz anfing, mir leid zu tun.

»Also hör zu, Sohn meiner Jeannie!« nahm mein Großvater den Faden wieder auf. »Keine Angst, ich stell' dich auf die Beine. Deine Mutter war mir immer die liebste, denn mit Aadam hab' ich mich nie verstanden. Du selbst gefällst mir auch; du hast das Herz auf dem rechten Fleck und eine vernünftige Vorstellung vom Bauen; du warst schon in Frankreich, wo sie, wie man hört, von Stucco wirklich was verstehen. Ein hervorragendes Zeug für den Plafond, der Stucco! Und auch zum Verkleiden gut zu gebrauchen; glaub' nicht, daß irgendein Baumeister in ganz Schottland mehr Stuck verwendet hat als ich. Aber wie ich schon sagte, wenn du bei diesem Handwerk bleibst, dann kannst du mit dem Kapital, das du von mir bekommst, einmal so reich werden wie ich selber. Schau, du hättest ja auf jeden Fall dein Teil bekommen, wenn ich nicht mehr bin; aber so wie's aussieht, brauchst du's jetzt; na gut, dann kriegst du eben weniger, das ist nur recht und billig.«

Onkel Adam räusperte sich. »Das ist sehr anständig von Ihnen, Vater«, erklärte er; »und ich bin überzeugt, daß Loudon meine Meinung teilt. Sehr anständig, und, wie Sie sagen, recht und billig; aber gestatten Sie mir zu sagen, man hielte es besser fest, schwarz auf weiß?«

Die Feindschaft, die immer zwischen diesen beiden Männern glomm, wäre nach diesem unpassenden Einwurf fast in hellen Flammen aufgelodert. Der Steinmetz wandte sich seinem Sprößling mit einer derart herabgezogenen Oberlippe zu, daß er mich, ich konnte mir nicht helfen, wirklich an einen Affen erinnerte. Eine Weile starrte er ihn in unheilschwangerem Schweigen an; und dann: »Hol Gregg!« rief er.

Die Wirkung dieser Worte war unverkennbar. »Der ist gewiß schon im Kontor«, stammelte mein Onkel.

»Hol Gregg!« wiederholte mein Großvater.

»Ich sage Ihnen, der wird schon im Kontor sein«, wiederholte Adam störrisch.

»Und ich sage dir, der raucht seine Pfeife«, bestand der alte Mann.

»Wie Sie wünschen«, rief mein Onkel und sprang bereitwillig auf die Füße, als hätte er plötzlich seine Meinung geändert, »ich gehe ihn selber holen.«

»Nichts da!« rief mein Großvater. »Du wirst auf deinen vier Buchstaben sitzen bleiben!«

»Und wie zum Teufel soll ich ihn dann holen?« wandte mein Onkel ein, mit nicht ganz unbegreiflicher Verdrießlichkeit.

Mein Großvater (der darauf natürlich keine Antwort wußte) grinste seinen Sohn mit der Bosheit eines Schuljungen an; dann läutete er die Glocke.

»Nimm den Gartenschlüssel«, sagte Onkel Adam zum Bedienten; »geh hinüber in den Garten, und wenn Mr. Gregg, der Anwalt, da ist (meistens sitzt er unter dem roten Hagedorn), dann richte ihm ein Kompliment vom alten Mr. Loudon aus, und ob er für einen Augenblick bei uns erscheinen würde?«

»Mr. Gregg, der Anwalt!« Jetzt verstand ich (worüber ich zuvor gerätselt hatte), worauf mein Großvater hinauswollte und was meinen armen Onkel so verstörte: es schien also, als hinge des Steinmetzmeisters Testament an einem seidnen Faden.

»Hört mir zu, Großvater«, sagte ich, »das wollte ich wirklich nicht. Ich brauche nicht mehr als einen Kredit von (sagen wir) zweihundert Pfund. Für meine Zukunft kann ich selbst sorgen; ich habe Aussichten und Möglichkeiten, gute Freunde in den Staaten...«

Der alte Mann schnitt mir das Wort mit einer Geste ab. »Ich bin's, der hier redet«, sagte er kurz angebunden; und so warteten wir in dreistimmigem Schweigen auf das Erscheinen unseres Anwalts. Endlich kam er, von der Dienerin hereingeleitet – ein bebrillter, trockener, aber nicht unsympathisch wirkender Mann.

»Gregg, hör zu«, rief mein Großvater. »Nur eine Frage. Was hat Aadam mit meinem Testament zu tun?«

»Das begreife ich nicht ganz«, versetzte der Anwalt verblüfft.

»Was hat er damit zu tun?« wiederholte der Mann und ließ die Faust auf die Lehne seines Stuhles niedersausen. »Gehört mein Geld mir, oder gehört es Aadam? Kann Aadam sich einmischen?«

»Ah, ich verstehe«, erwiderte Mr. Gregg. »Aber gewiß nicht. Aus Anlaß ihrer Verheiratung wurde Ihren beiden Kindern eine bestimmte Summe ausbezahlt und als rechtmäßige Mitgift anerkannt. Diesen Umstand haben sie doch nicht vergessen, Mr. Loudon?«

»So daß ich, wenn's mir beliebt«, schloß mein Großvater, jedes einzelne Wort heraushämmernd, »jeden Heller, den ich besitze, dem Großmochunn vererben kann?« – wahrscheinlich meinte er den Großmogul.

»Ganz ohne Zweifel«, erwiderte Gregg mit leisem Lächeln.

»Aadam, hast's gehört?« fragte mein Großvater.

»Gestatten Sie mir die Bemerkung, Vater, daß ich's nicht zu hören brauchte«, versetzte mein Onkel.

»Na gut«, erklärte mein Großvater. »Du und Jeannies Bub, ihr könnt jetzt spazierengehen. Ich und Gregg haben Geschäfte.«

Sobald ich allein mit Onkel Adam draußen in der Halle war, wandte ich mich an ihn, den Tod im Herzen. »Onkel Adam«, sagte ich, »Sie verstehen sicher besser, als ich sagen kann, wie schrecklich peinlich mir das alles ist.«

»Ja, auch ich bedaure, daß du deinen Großvater in so übler Laune sehen mußtest«, erwiderte dieser außerordentliche Mann. »Aber laß dir deine Meinung über ihn davon nicht trüben. Er ist ein Mann von echtem Schrot und Korn, ein wahrhaft außerordentlicher Charakter; und ich befürchte nicht, daß er nicht fürstlich für dich sorgen will.«

Seine vorbildliche Gefaßtheit war mir unerreichbar: das Haus wurde mir zu eng, ich brachte es auch nicht übers Herz, eine Rückkehr zu versprechen; also erklärte sich mein Onkel entgegenkommenderweise damit einverstanden, daß ich in etwa einer Stunde im Kontor des Anwalts vorsprechen sollte; Onkel Adam würde ihn (beim Verlassen der Bibliothek) abfangen und über die Vereinbarung ins Bild setzen. Ich glaube nicht, daß es je eine verkehrtere Lage gab: Man hätte meinen können, ich sei's, der die Zurückweisung erfuhr, und der unerschütterliche Adam ein großmütiger Eroberer, der auf die Ausnützung seines Vorteils verzichtete.

Es war sonnenklar: ich sollte ausgestattet werden; in welchem Ausmaß und zu welchen Bedingungen, das konnte ich mir jetzt eine Stunde lang ausmalen – auf meinem Weg durch die breiten, menschenleeren Straßen der Neustadt, Rat suchend bei den öffentlichen Statuen von Georg IV und William Pitt, meinen Geist verfeinernd anhand der Bilder in einem Musikgeschäft, meine Bekanntschaft mit dem Edinburgher Ostwind erneuernd. Am Ende dieser Stunde begab ich mich in Mr. Greggs Kontor, wo man mir mit ein paar passenden Worten einen Scheck über zweitausend Pfund sowie einen kleinen Stoß von Architekturbüchern überreichte.

»Mr. Loudon bittet mich hinzuzufügen«, fuhr der Anwalt nach einem Blick auf ein Blatt mit Notizen fort, »daß diese Bände für den Baumeister zwar sehr wertvoll sind, Sie aber darauf achten mögen, Ihre Originalität nicht zu verlieren. Ebenso läßt er Ihnen sagen, Sie möchten sich von der Spannungslehre nicht erdrücken lassen – so seine Worte, und daß Portlandzement mit ausreichend Sand dazu es noch sehr weit bringen wird.«

Ich lächelte und erwiderte, daß ich das durchaus glauben könne.

»Ich wohnte einmal in einem der Häuser meines tüchtigen Klienten«, bemerkte der Anwalt; »und fühlte mich in diesem Fall versucht zu denken, Portlandzement habe es weit genug gebracht.«

»Unter diesen Umständen, Sir«, versetzte ich, »nehmen Sie die Information vielleicht mit Erleichterung auf, daß ich keineswegs die Absicht habe, Baumeister zu werden.«

Darauf mußte er lachen; und da nun das Eis gebrochen war, konnte ich ihn auch fragen, wie ich mich jetzt verhalten sollte. Er bestand darauf, ich müsse noch einmal in das Haus zurückkehren, zumindest für ein Mittagessen und einen meiner Spaziergänge mit Mr. Loudon. »Für den Abend versehe ich Sie gern mit einer Entschuldigung, wenn es recht ist«, sagte er, »indem ich Sie zu einem Junggesellendinner mit mir selbst einlade. Aber das Mittagessen und der Spaziergang sind unvermeidlich. Mr. Loudon ist ein alter Mann und Ihnen, wie ich glaube, wirklich zugetan; er würde sich ganz natürlich kränken, wenn es jetzt so aussähe, als gingen Sie ihm aus dem Weg; und was Mr. Adam angeht, wissen Sie, da halte ich Ihre Feinfühligkeit für ganz unangebracht... Und nun, Mr. Dodd, was wollen Sie tun mit diesem Geld?«

Je nun – das war die Frage. Mit zweitausend Pfund – fünfzigtausend Francs – könnte ich nach Paris und zur Kunst zurückkehren, als Prinz und Millionär ins sparsame Quartier Latin. Ich glaube, ich war in einer Ecke meines Bewußtseins doch vernünftig genug, froh zu sein, daß ich den Brief aus London abgesandt hatte: aber ich weiß auch, daß ich mit dem größeren und schlimmeren Rest meines Bewußtseins diesen vorschnellen Akt bitter bereute. In einem Punkt jedoch waren sämtliche vielfältigen Züge meiner Person ganz einer Meinung: da der Brief nun einmal abgeschickt war, hatte ich keine andere Wahl, als ihm zu folgen. Dementsprechend wurde nun das Geld in zwei ungleiche Hälften geteilt: Für die erste stellte mir Mr. Gregg einen Wechsel auf den Namen von Dijon aus, um meine Verpflichtungen in Paris zu begleichen; für die zweite, da ich für die Kosten meiner Reise bereits ausreichend Bargeld besaß, beschaffte er mir Wechsel auf eine Bank in San Francisco.

Meine Geschäfte in Edinburgh beschloß ich – um nicht von einem sehr angenehmen Dinner mit dem Anwalt noch von den Schrecknissen des Familiendinners zu sprechen – in Form eines Ausflugs mit dem Steinmetz, der mich diesmal weder in einen Vorort noch zu einem Werk seiner alten Hände, sondern aus einem natürlichen und passenden Impuls heraus zu jenem viel dauerhafteren Heim führte, das er für seinen Staub gewählt hatte. Dieses lag in einem Friedhof, der durch einen merkwürdigen Zufall von den Mauern eines Gefängnisses umgeben war; überdies am Rande einer Felsklippe, von älteren Gedenksteinen dicht bestanden, grün von Efeu und Rasen. Der Ostwind (der mir für den alten Mann zu rauh schien) wühlte beständig in den Zweigen, die im Schatten der dünnen schottischen Sommersonne tanzten.

»Ich wollte, daß du dir den Ort ansiehst«, sagte er. »Dort ist der Stein; *Euphemia Ross*: das war die gute Alte, deine Großmutter – murks! Stimmt nicht; sie war meine erste; von ihr hatte ich keine Kinder; – die deinige ist die zweite, *Mary Murray, geboren 1819, gestorben 1850*: Ja ja, das ist sie – alles in allem ein feines, einfaches, anständiges Weib. *Alexander Loudon, geboren siebzehnhundertzweiundneunzig, gestorben* – und dann ein Loch in der Ballade: das bin ich. Alexander ist mein Name. Man rief mich Ecky, als ich noch ein Bub war. He, Ecky! Du bist schon ein schrecklicher alter Mann!«

Ein zweites, traurigeres Friedhofserlebnis bot sich mir an meinem nächsten Landungsort, der Stadt Muskegon, sehenswert durch die Kuppel des neuen Kapitols, verborgen hinter viel Gerüst. Es war am späten Nachmittag, als ich ankam, und es regnete; und als ich durch die breiten

Straßen wanderte, deren Namen ich nicht kannte – und doppelt, dreifach, ja vierfach die Reihen der Pferdedroschken an mir vorüberklingelten – und hundertfach die Telephon- und Telegraphendrähte den Himmel über meinem Kopf zerschnitten – und riesenhafte, starrende Häuser, grell und düster, mich zu beiden Seiten flankierten –, da trieb mir der Gedanke an die Rue Racine, ja selbst der an meine Fuhrmannskneipe Tränen in die Augen. Das ganze monotone Babel war seit meiner Abreise derart gewachsen – oder sollte ich besser sagen: angeschwollen –, daß ich beständig nach dem Wege fragen mußte, und selbst der Friedhof war brandneu. Der Tod hatte allerdings reiche Ernte gehalten; die Gräber waren zahlreich, und ich mußte mir zwischen überladenen Grabkapellen von Millionären und den einfachen schwarzen Kreuzen ungarischer Arbeiter im Regen meinen Weg suchen, bis Zufall oder Instinkt mich zu jenem Orte führten, wo mein Vater lag. Der Stein war (wie ich schon wußte) »Von Freunden und Bewunderern« errichtet; nun konnte ich also ihren Geschmack in Denkmälern betrachten; von ihrem literarischen Geschmack hatte ich, wie ich glaubte, eine ausreichende Vorstellung, so daß ich davon Abstand nahm, näher zu treten und die Inschrift zu studieren. Aber der Name stand in größeren Buchstaben da und starrte mich an – *James K. Dodd.* Was für ein merkwürdig Ding ist doch ein Name, dachte ich; wie haftet er dem Menschen an, gibt immer ein falsches Bild von ihm und überlebt ihn schließlich; und in einer Mischung aus Reue und bitterer Erheiterung fiel mir ein, daß ich nie gewußt hatte, und nun wohl nie mehr erfahren würde, wofür das K eigentlich stand. King, Kilter, Kay, Kaiser, dachte ich und ging eine zufällige Reihe von Namen durch, verfiel in lächerlicher Rechtschreibung auf Kornelius und hätte beinah laut herausgelacht. Nie war ich kindischerer Laune; vielleicht (obgleich die tieferen Stimmen meiner Seele wie erloschen schienen) weil ich noch nie so ergriffen war. Doch bei diesen letzten unpassenden Possen meiner Nerven floh ich in panischem Reueanfall vom Friedhof.

Meine übrigen Erlebnisse in Muskegon waren kaum weniger düster, da ich trotz allem noch einige Tage hängenblieb und meines Vaters Freunde aufsuchte. Aus Pietät gegen ihn blieb ich dort; doch die Mühe hätte ich mir sparen können. Die Erinnerung an ihn war fast schon tot. Man hieß mich zwar um seinetwillen willkommen und sprach um meinetwillen eine Weile lang recht angestrengt über des Hingeschiedenen Tugenden. Seine früheren Gefährten beschworen, so lange ich da war, seine geschäftlichen Talente oder seine Großzügigkeit gegenüber der Gemeinschaft; doch kaum wandte ich den Rücken, hatten sie ihn vergessen. Mein Vater hatte mich geliebt; ich hatte ihn allein gelassen, allein im Leben, allein im Tode unter lauter Gleichgültigen; und als ich jetzt zurückkam, fand ich ihn tot, begraben und vergessen. Zwecklose Reue verwandelte sich in frische Vorsätze: es gab noch eine andere arme Seele, die mich liebte: Pinkerton. Zweimal durfte ich mir denselben Fehler nicht zuschulden kommen lassen.

So hatte ich vielleicht eine Woche vertan und meinen Freund auch nicht von der Verzögerung verständigt. Als ich nun in Council Bluffs in einen anderen Zug umstieg, fiel mir ein Mann am Ende des Waggons auf, der mit einem Telegramm in der Hand nach einem Manne fragte »mit dem Namen *London* Dodd?« Mir schien die Ähnlichkeit ausreichend, ich holte mir die Depesche und sah, daß sie von Pinkerton kam: »An welchem Tag kommst du? Furchtbar wichtig.« Sofort schickte ich ihm eine Antwort mit Tag und Stunde, und bereits in Ogden erwartete mich eine neuerliche Depesche: »Das reicht. Unbeschreibliche Erleichterung. Erwarte dich in Sacramento.« In der Pariser Zeit hatte ich einen Spitznamen für Pinkerton: »Der Unbezähmbare« nannte ich ihn in manch bittrer Stunde; und dieser Name kam mir wieder auf die Lippen. Was um des Himmels willen führte er denn jetzt im Schilde?

Welch neuen Kelch braute mein wohlwollendes Monster denn für seinen Frankenstein? In welch neues Imbroglio setzte ich wohl an der Küste des Pazifik meinen Fuß? Mein Vertrauen in den Mann war vollkommen, mein Mißtrauen perfekt. Ich wußte, daß er es nie böse meinte; war aber zugleich überzeugt, er würde es (in meinem Sinne) nie richtig machen.

Ich nehme an, daß diese vagen Vorahnungen die ohnehin düstere Reiseroute nicht erhellten: Nebraska, Wyoming, Utah, Nevada schnitten mir ihre Grimassen und schienen mich immer wieder an mein zweites Heimatland zurückzuverweisen: das Quartier Latin. Doch als wir die Gipfel der Sierra endlich überquerten, und der Zug nach so viel Stampfen und Keuchen endlich sich der Talfahrt hingab – als ich die Weite des fruchtbaren Landes sich von den Wäldern und den blauen Bergen seewärts dehnen sah, die unendliche Weite wogender Getreidefelder, die üppigen Bäume, die sich in der fröhlichen Brise wiegten, die Landburschen, die mit Feigen und Pfirsichen den Zug bestürmten, und die Schaffner, diese sehr dunklen Hüter unseres Zuges, die sichtlich die Veränderung genossen – da stieg meine Seele empor wie ein Ballon; die Sorge fiel von ihrem Podest auf meinen Schultern; und als ich in der Menge in Sacramento Pinkerton erspähte, da dachte ich an nichts als ihm zu winken und zuzurufen und ihm die Hand zu schütteln als das, was er war – mein teuerster Freund.

»O Loudon!« rief er. »Mann, wie hab' ich mich nach dir gesehnt! Und du bist keine Stunde zu früh gekommen. Du bist hier bekannt und wirst erwartet; ich hab' dich schon aufgebaut; für morgen abend bist du für eine Vorlesung gebucht: *Studentenleben in Paris, ernst und heiter*; zwölfhundert Sitze sind bereits verkauft. Nein, Mann, wie dünn du aussiehst! Hier, versuch einen Tropfen davon.« Und damit brachte er eine Flasche zum Vorschein, darauf in schreienden Buchstaben stand PINKERTON'S DREIZEHN STERN KALIFORNIA BRANDY, GARANTIERT GANZ.

»Gott steh mir bei!« sagte ich, nach einem ersten

Schluck von dieser feurigen Flüssigkeit blinzelnd und nach Atem ringend. »Und was soll GARANTIERT GANZ bedeuten?«

»Aber Loudon! Das müßtest du doch wissen!« rief Pinkerton. »Das ist echtes Kupferkessel-Englisch; du siehst es drüben auf allen Wirtshäusern aus der guten alten Zeit.«

»Aber wenn ich mich nicht irre, bedeutet es GARANTIERT GANZ was anderes«, wandte ich ein, »und bezieht sich auf die Häuser selbst, und nicht die dort verkauften Getränke.«

»Das ist sehr gut möglich«, erwiderte Jim, ohne mit der Wimper zu zucken. »Aber jedenfalls zieht es; ich kann dir sagen, es hat diesen Geist hochgebracht: der geht jetzt dutzendweise in der Kiste. Übrigens, ich hoffe, du hast nichts dagegen; ich habe ganz San Francisco mit deinem Porträt pflastern lassen, vergrößert von der Visitenkarte: *H. Loudon Dodd, der Americo-Parisienne Bildhauer.* Hier ist ein Abzug der kleinen Flugblätter, die Poster sind genauso, aber in Rot und Blau, und die Buchstaben vierzehn zu eins.«

Ein Blick aufs Flugblatt, und mir schwindelte. Aber wozu reden? Warum Pinkerton die verschlungenen Greuel von »Americo-Parisienne« zu erklären suchen? Schon kurz darauf sprach er davon als von einem »ziemlich gelungenen Ausdruck; gibt die beiden Seiten auf einen Blick: den Vortrag wollte ich genau in dieser Richtung haben.« Selbst als wir San Francisco erreichten und ich mich aufgrund des körperlichen Schocks angesichts meines Konterfeis auf allen Straßen recht verdrießlich äußerte, verstand er den Grund meiner Ablehnung nicht im entferntesten.

»Hätte ich nur gewußt, daß du die rote Schrift nicht magst!« war das beste, was er beizutragen hatte. »Aber du hast ganz recht: ein klares Schwarz ist sicher besser, man sieht es auch viel weiter. Das einzige, was mich kränkt, ist das Porträt: ich gebe zu, ich hielt's für glänzend. Es tut mir ehrlich und aus ganzem Herzen leid, mein Lieber. Ich sehe jetzt, daß du mit Recht was Besseres erwarten durftest;

aber Loudon, ich tat es in der besten Absicht; und die Presse ist jedenfalls begeistert.«

In diesem Moment – wir glitten gerade durch grüne Binsensümpfe – stürzte ich mich direkt auf den Kernpunkt. »Aber Pinkerton«, schrie ich, »dieser Vortrag ist die verrückteste deiner Verrücktheiten. Wie kann ich denn in dreißig Stunden einen Vortrag vorbereiten?«

»Alles erledigt, Loudon!« rief er triumphierend. »Alles fertig. Verlaß dich drauf, daß ich ein Geschäft durchziehen kann. Du findest alles, schön getippt, zu Haus auf meinem Schreibtisch. Ich setzte das größte Talent von San Francisco darauf an: Harry Miller, den hellsten Pressemann der Stadt.«

Und so plapperte er dahin, meinen bescheidenen Einwänden entrückt, seine komplizierten Geschäftsverbindungen anpreisend, neue Bekanntschaften beschwörend, und dabei immer wieder verkündend, wie sehr ihn danach dränge, mich irgendeinem »tüchtigen, großartigen, mit allen Wassern gewaschenen Burschen« vorzustellen, vor dem mir schon in der Vorstellung schauderte.

Doch mitgefangen, mitgehangen: und das im Hinblick auf Pinkerton, auf das Porträt, auf den getippten Vortrag. Ein Versprechen nahm ich ihm aber ab – daß er nie wieder ohne mein Wissen über mich verfügen würde; doch als ich sah, wie sehr dieses Verlangen den Unbezähmbaren verwirrte, ja bedrückte, erfaßte mich selbst darüber Reue; und in allem anderen ließ ich mich widerspruchslos an seine Karrenräder binden. Der Unbezähmbare, sagte ich? Der Unwiderstehliche käme der Wahrheit näher.

Sehen hätte man mich jedenfalls müssen, als ich mich zu Harry Millers Vortrag setzte. Das war ein hintersinnig zweideutiger Hund, dieser Harry Miller; seine galante Art, das Obszöne geschickt zu umschiffen, rief (in meinem Fall) physische Übelkeit hervor; über Grisetten und hungernde Genies konnte er sentimental, ja melodramatisch werden. Ich entdeckte, daß er sich meiner Korrespondenz mit Pinkerton bedient hatte: hier und da fand ich, in gräßlicher Verballhornung, eines meiner eigenen Abenteuer wiedergegeben, meine eigenen Gefühle widergespiegelt und so übertrieben, daß ich sie nur errötend wiedererkannte. Doch will ich nicht ungerecht erscheinen: Harry Miller hatte eine Art von Talent, ja fast Genie; alle Versuche, seinen Ton etwas zu dämpfen, erwiesen sich als fruchtlos, der Harry-Millerismus als unausrottbar. Ja, das Monster hatte eine Art von Stil, oder Mangel an Stil, so daß einige mildere Passagen, die ich einschieben wollte, furchtbar störend klangen und die allgemeine Wirkung (falls das noch möglich war) herabsetzten und schwächten.

Zu einer frühen Stunde des bewußten Abends hätte man mich im Restaurant zum Poodle Dog mit meinem Agenten – wie Pinkerton sich begeistert selbst bezeichnete – dinieren sehen können. Sodann führte er mich zur Halle wie den Ochsen zum Schlachthof, und dort fand ich mich im Angesicht des versammelten San Francisco mutterseelenallein, mit keinen anderen Verbündeten als dem Tisch, einem Glas Wasser und einem Berg von getippten Seiten, die Stellvertreter Harry Millers und meiner selbst. Ich las den Vortrag ab; den Mist auswendig zu lernen, dazu hatte es mir nicht nur an Zeit, sondern auch am Willen gefehlt – las ihn gehetzt, schüchtern, sichtlich verlegen. Gelegentlich erhaschte ich einen etwas intelligenteren Blick aus dem Auditorium, dann wieder stieß ich im Manuskript auf etwas besonders Launiges von Harry Miller, das Herz fiel mir in die Hose, und ich stotterte. Das Publikum gähnte, wurde unruhig, murmelte, brummte, brach schließlich in einzelne Rufe wie »Lauter!« und »Man kann nichts verstehen!« aus. Darauf verlegte ich mich aufs Überspringen, landete aber dank meiner Unvertrautheit mit dem Terrain fast immer mitten in einem ganz unverständlichen neuen Absatz. Doch diese Ungeschicklichkeiten wurden – und das betrachtete ich als wahrhaft ominös – ganz ohne Lachen aufgenommen. Inzwischen fürchtete ich bereits das Schlimmste, ja sogar persönliche

Angriffe, als mir plötzlich das Humoristische der Situation aufging. Am liebsten hätte ich laut herausgelacht; und bei der nächsten Aufforderung, lauter zu sprechen, betrachtete ich mein Publikum zum ersten Mal mit einem Lächeln. »Bitte sehr«, erklärte ich, »ich will's versuchen; obgleich ich nicht annehme, daß das irgend jemand wirklich hören will, und übrigens wüßte ich auch nicht, wozu.« Darauf lachten Publikum und Vortragender gemeinsam, bis uns die Tränen herunterliefen; lärmender, wiederholter Applaus dankte mir für mein Extempore. Nur wenig später landete ich einen noch größeren Hit, als ich drei Seiten überblätterte und dazu sagte: »Sie sehen, ich lasse aus, soviel ich kann« – was die Wertschätzung meiner Person ins Ungemessene steigerte; und als ich endlich von der Bühne abtrat, da folgten mir noch lange Lachen, Fußgetrommel, Rufen und Hüteschwenken.

Pinkerton saß im Künstlerzimmer und kritzelte fieberhaft in sein Notizbuch. Als er mich hereinkommen sah, sprang er auf, und ich beschwöre es: Tränen liefen ihm über die Wangen.

»Mein lieber guter Junge«, rief er, »ich werde mir nie verzeihen, und auch du kannst mir nie verzeihen. Aber sei's drum: es war gut gemeint. Und wie tapfer du dich gehalten hast! Ich hatte schon Angst, wir würden das Geld am Ausgang retournieren müssen.«

»Anständiger wär's auf jeden Fall gewesen«, sagte ich.

Die Presseleute folgten mir, allen voran Harry Miller; und zu meinem Erstaunen erwiesen sie sich im großen und ganzen als gar nicht so üble Burschen. Ihr Ruf war schlechter, als sie verdienten, und selbst Harry Miller schien fast ein Gentleman. Ich ließ Austern und Champagner auffahren – denn die Einnahmen waren glänzend – und war in meiner nervösen Anspannung offenbar so witzig, daß die Tischgesellschaft sich vor Lachen krümmte. Nie im Leben war ich so voller Einfälle wie bei der Beschreibung meiner Nachtwache über Harry Millers Opus, oder der Skala von Gefühlen im Angesichte meines

Publikums. Die Burschen schworen, ich sei ein tolles Haus und der Fürst unter den Vortragenden; und – eine so wundervolle Institution ist die populäre Presse – hättest du am nächsten Tag die Kritiken in allen Zeitungen gesehen, du hättest meinen müssen, mein abendlicher Vortrag sei nichts anderes gewesen als ein uneingeschränkter Erfolg.

In allerbester Laune kam ich an diesem Abend heim, doch der unselige Pinkerton litt für uns beide.

»Oh, Loudon«, sagte er, »nie kann ich mir verzeihen. Als ich sah, daß du auf diesem Vortrag so gar nicht einstiegst, da hätte ich ihn selber halten sollen!«

Kapitel VII

Eisen im Feuer

Opes Strepitumque

Die Nahrung des Körpers unterscheidet sich kaum für den Narren und den Weisen, den Spatz und den Elefanten; und ähnliche chemische Elemente, in unterschiedlicher Verkleidung, ernähren alle Sterblichen. Schon ein kurzes Studium Pinkertons in seiner neuen Umgebung überzeugte mich von einer verwandten Wahrheit über jene andere, geistige Verdauung, mit welcher wir, wie man es nennt, dem Leben »Vergnügen für unser Geld« abgewinnen. Im selben Geiste, in dem ein Schuljunge tief in Mayne Reid mit der Spielzeugpistole in der Hand durch imaginäre Wälder schleicht, eilte Pinkerton durch die Kearney Street seinen Geschäften nach, spielte in seinen eigenen Augen eine hochdramatische Rolle auf der Bühne des Lebens und wähnte sich stundenlang im Glück, wenn er zufällig einen Millionär am Ärmel streifte. Seine Romanze war die Realität; er sonnte sich in seiner Tüchtigkeit; er schwelgte in Geschäften. Man stelle sich einen Mann vor, der an der Koromandelküste eine Galeone ausgräbt; sein flotter Schoner schaukelt leicht getakelt auf den Wellen, während er selbst im Schein der Flammen eines hellauflodernden Scheiterhaufens aus dem Wrackholz am schaumumtosten Strande eimerweise Barren zählt: an materieller Beute wäre dieser Mann vielleicht reicher; doch sein Profit an Romantik nicht höher als jener Pinkertons, wenn er in seinem kahlen Kontor den wöchentlichen Bilanzbogen erstellte. Jeden Dollar Gewinn sah er als einer geheimnisvollen Tiefe entrissen; jedes neue Unternehmen war wie ein Tauchersprung; und wenn er seine kühne Hand in den innersten Nerv des Geldmarkts stieß, so rüttelte er, seinem Gefühl nach, voll Entzücken an den Säulen der Existenz, trieb Menschen in fernen Ländern (wie durch einen Schlachtruf) in die Arbeit und brachte das Gold in den Schubladen der Millionäre zum Zucken.

Das volle Ausmaß seiner Spekulationen konnte ich nie ergründen; aber es gab fünf getrennte Unternehmungen, die er eingestand und wie ein Banner vor sich hertrug. Der *Dreizehn Stern Kalifornia Brandy, Garantiert Ganz* (ein ziemlich schauriges Gebräu) erfüllte einen Großteil seines Denkens und war stets im Blick der Öffentlichkeit vermittels eines sehr beredsamen, aber irreführenden Traktats: *Warum französischen Cognac trinken? Ein Ratschlag für den Weisen.* Er führte – für den Unerfahrenen und den Einfallslosen – ein Kontor für Reklame, Beratung, Design und stellte die Verbindung zu Druckern und Plakatklebern her; der phantasielose Kurzwarenhändler kam zu ihm um Ideen, der gewiefte Theateragent wegen seiner lokalen Kenntnisse; doch samt und sonders verließen sie den Ort mit einem Exemplar seines Traktats: *Wie, Wann und Wo, oder das Vademecum der Reklame.* Dann hatte er jeden Samstag nachmittag und abend einen Dampfer gechartert, der gegen Bezahlung von fünf Dollar pro Mann und Nase Interessenten mit Angeln und Köder versah und sie für sechs Stunden zum Fischen außerhalb der Heads brachte. Angeblich gab es Menschen (ohne Zweifel erfahrene Angler), die dabei einen Profit erzielten. Gelegentlich kaufte er auch Wracks und ausrangierte Schiffe; diese letzteren (auf welche Weise, blieb mir schleierhaft) fanden unter irgendeinem Alias wieder ihren Weg zur See und durchpflügten – unter den Farben von Bolivien oder Nicaragua – weiter im Triumph die Wogen. Und schließlich war da noch eine bestimmte landwirtschaftliche Maschine, prächtig anzusehen in scharlachrot- und blauem Lack, die (wie es schien) einen »seit langem dringenden Bedarf« stillte; seine Beteiligung daran betrug etwa ein Zehntel.

Soweit die Oberfläche oder Vorderseite seiner geschäftlichen Interessen. »On the outside«, wie er es nannte, war er verschiedentlichst auf undurchsichtige Weise beschäftigt. Kein Dollar schlummerte in seinem Besitz; vielmehr hielt er alle gleichzeitig am Fliegen, wie ein Zauberer seine Orangen. Kaum war ich in seine Geschäfte eingestiegen, zeigte er mir meine eigenen Einkünfte nur einen Moment, dann zerstreute er sie wieder, wie jene trügerischen Geldgeschenke in der Kindheit, die nur kurz vor einem aufleuchten und dann in der Missionsbüchse versinken. Glückstrahlend erhob er sich oft von seinem wöchentlichen Bilanzblatt, klopfte mir auf die Schulter und bezeichnete sich als den Gewinner gargantuesker Summen; doch in seiner Tasche befand sich nicht einmal ein Vierteldollar für einen Drink.

»Was um Himmels willen hast du mit dem Geld getan?« fragte ich dann.

»Zurück in die Mühle; alles wieder investiert!« rief er mit unendlicher Begeisterung. Investition, das war sein Zauberwort. Spekulation, wie er's nannte, war ihm unerträglich. »Finger weg von Aktien, Loudon«, pflegte er zu sagen; »nur solide Geschäfte und nichts anderes.« Dabei hätte wahrscheinlich der abgebrühteste Börsenspekulant manche Investitionen Pinkertons gescheut wie der Teufel das Weihwasser! Eine dieser Investitionen, die aufzuspüren mir gelang und die ich hier als Beispiel anführe, bestand in einer Beteiligung von einem Siebentel an Charter eines unter einem Unstern stehenden Schoners in Richtung Mexiko, der auf der Hinfahrt Waffen, auf der Rückfahrt Zigarren schmuggeln sollte. Das dicke Ende dieser Unternehmung, mit Schiffbruch, Beschlagnahme und einem Prozeß gegen die Versicherung, war zu schmerzlich, um sich länger damit abzugeben. »Es war eben ein Mißerfolg«, weiter wollte sich mein Freund dazu nicht äußern; doch meine Beobachtungen sagten mir, daß das Gebäude seiner Unternehmungen wankte. Im übrigen bekam ich von dieser Transaktion nur durch Zufall Wind; denn nach einer Weile hielt Pinkerton sich sehr zurück, mich in seine Geschäftsgeheimnisse einzuweihen: den Grund dafür wirst du gleich hören.

Das Kontor, das ruhender Mittelpunkt so vieler rotierender Dollars war (oder hätte sein sollen), stand im Herzen der City: ein hoher, geräumiger Raum, mit vielen Tafelglasfenstern. In einer Vitrine aus poliertem Rotholz bot sich ein Regiment von rund zweihundert Flaschen mit auffallendem Etikett dem Blick. Gefüllt waren sie alle mit Pinkertons Dreizehn-Stern-Gesöff, vom anderen Ende des Zimmers allerdings hätte nur ein Experte sie von der gleichen Anzahl Flaschen Courvoisier unterscheiden können. Ich pflegte meinen Freund mit dieser Ähnlichkeit zu necken und eine Neuausgabe des Traktats vorzuschlagen, mit folgendem verbesserten Titel: *Warum französischen Cognac trinken, wenn wir für Sie dieselben Etiketten aufkleben?* Die Türen dieser Vitrine drehten sich den ganzen Tag in ihren Angeln; und betrat ein Mensch je das Kontor, der die Vorzüge des Artikels noch nicht kannte, so entkam er uns nicht ohne eine solche Flasche. Als ich einmal gegen diese Verschwendung protestierte, rief Pinkerton: »Mein guter Loudon, du verstehst noch immer rein gar nichts von Geschäften! Der Gestehungspreis des Alkohols ist praktisch null. Ich könnte beim besten Willen keine billigere Reklame finden.« An einem Seitensäulchen der Vitrine lehnte ein bunter Schirm, aufbewahrt als Reliquie. Als nämlich Pinkerton den *Dreizehn Stern* auf den Markt werfen wollte, war eben die feuchte Jahreszeit im Anzug. Er war noch unbekannt und fast mittellos und wartete auf den ersten Regenschauer, worauf es wie auf ein Signal in allen größeren Straßen von seinen Agenten, Verkäufern von Reklame, zu wimmeln begann; und vom zur Fähre fliehenden Geschäftsmann bis zur auf ihre Droschke wartenden Dame stellte sich ganz San Francisco unter Schirme mit der merkwürdigen Aufschrift: *Sind Sie naß? Probieren Sie Dreizehn Stern.* »Es war ein Mammutboom«, erklärte Pinkerton und seufzte in genüßlicher Erinnerung. »Weit und breit kein andrer Schirm zu sehen. Ich stand an diesem Fenster hier, Loudon, und genoß den Anblick; und ich sage dir, ich fühlte mich wie Vanderbilt.« Und dieser geschickten Ausnützung des lokalen Klimas verdankte er nicht nur den Großteil des Verkaufs des Dreizehn Stern, sondern auch den gesamten Umsatz seiner Reklameagentur.

Der große Schreibtisch (um mit der Beschreibung des Kontors fortzufahren) stand etwa in der Mitte, knietief in Stößen von Flugblättern und Plakaten, von *Warum französischen Cognac trinken?* und dem *Vademecum der Reklame.* Flankiert wurde das Ganze auf einer Seite von zwei Tippmamsellen, auf der anderen von einem Modell der landwirtschaftlichen Maschine. Die Wände, soweit nicht unter Telephonboxen und zwei Photographien verborgen, wovon die eine das Wrack der *James l. Moody* an einer wild zerklüfteten Küste, das andere den mit Freizeitanglern vollbesetzten Samstagsdampfer darstellte, verschwanden beinahe unter bunt gerahmten Ölgemälden. Viele davon stammten noch aus dem Quartier Latin, und ich muß Pinkerton zugute halten, daß keines davon ausgesprochen schlecht, einige sogar hervorragend waren. Sie gingen langsam weg, aber gegen stattliche Summen; und ihre Plätze nahmen nach und nach die Werke hiesiger Künstler ein. Zu einer meiner hauptsächlichen Pflichten gehörte es, diese letzteren zu besprechen und zu kritisieren. Einige waren zwar scheußlich, aber doch verkäuflich. Das sagte ich auch; und sah mich im nächsten Moment, ein jämmerlicher Abtrünniger, im falschen Lager Waffen tragen. Von nun an sollte ich Bilder nicht mit dem Aug' des Künstlers, sondern dem des Händlers ansehen und betrachten; und der Strom, der mich von allem trennte, was ich liebte, wurde immer breiter.

»Hör zu, Loudon«, hatte Pinkerton am Morgen nach meinem Vortrag erklärt, »jetzt werfen wir uns Schulter an Schulter in die Schlacht. Das ist's, was ich immer wollte: zwei Köpfe und vier Arme – und jetzt hab' ich sie. Du wirst sehen, es ist das gleiche wie die Kunst – alles Beobachtung und Phantasie; aber mehr Bewegung. Warte nur, bald fühlst auch du den Zauber!«

Doch da konnte ich lange warten. Vielleicht mangelte es mir an einem Sinnesorgan; denn unsere gesamte Existenz erschien mir als öde Hetze; doch der Ort, an dem wir uns so hetzten, hätte eigentlich ›Ort des Gähnens‹ heißen sollen. Ich schlief in einer kleinen Kammer hinter dem Kontor, Pinkerton im Kontor selbst, ausgestreckt auf einem ausziehbaren Sofa, das gelegentlich zusammenbrach; noch stärker bedrohte seinen Schlummer eine Weckeruhr. Aufgescheucht von dieser infernalischen Maschine erhoben wir uns zeitig, gingen frühstücken und kehrten gegen neun zu dem zurück, was Pinkerton Geschäft, ich Raserei nannte. Berge von Briefen mußten geöffnet, gelesen und beantwortet werden; einige durch mich, an einem Nebenschreibtisch sitzend, am Tage meiner Ankunft aufgestellt; andere von meinem energiegeladenen Freund, der den klingelnden Schreibmaschinen diktierte und dabei im Raum auf und ab lief wie ein gefangener Löwe. Berge von feuchten Fahnen mußten durchgesehen und mit blauem Stifte ausgezeichnet werden – »Rustika« – »Sechs-Zoll-Kapitälchen« – »hier fettgedruckt« – oder manchmal auch heftigere Kommentare, zum Beispiel folgenden, den Pinkerton an den Rand einer Reklame für Hustensirup schrieb: »Alles rauswerfen. Habt ihr noch nie eine Anzeige gedruckt? In einer halben Stunde bin ich da.« Hauptbuch und Auftragsbücher hatten wir immer bei uns. Das also war der Kern unserer Beschäftigung, und das ging ja noch; aber der bei weitem größere Teil unserer Zeit wurde von Besuchern verschlungen, ohne Zweifel lauter tüchtigen, großartigen, mit allen Wasser gewaschenen Burschen, die ich aber leider gar nicht amüsant fand. Einige waren ganz offensichtlich nicht so recht bei Trost und mußten stundenlang bearbeitet werden, bevor sie die winzigste Entscheidung trafen, worauf sie das Kontor zwar verließen, aber (oft schon nach zehn Minuten) wieder erschienen, um alles zurückzunehmen. Andere traten in ungeheurer Eile und Betriebsamkeit auf, doch meiner Beobachtung nach war das hauptsächlich Show. Die landwirtschaftliche Maschine etwa, die sich in Gang setzen ließ, wirkte auf diese Geschäftigen wie Fliegenlack. Ich sah sie oft mit leerem Blick fünf Minuten lang die Kurbel drehen und (was hier niemanden beeindruckte) Geschäftsinteresse heucheln: »Gute Sache das, wie, Pinkerton? Viel verkauft? Ha! Könnte man vielleicht zwecks Reklame für mein Produkt einsetzen?« – wobei es sich etwa um Toilettenseife handelte. Andere (noch schlimmere) entführten uns in einen Saloon an der Ecke, wo wir am Rand der Theke zuerst um die Cocktails und dann (nachdem diese bezahlt waren) um Dollars würfeln mußten. Es war unglaublich, wie sehr diese Leute dem Würfelspiel verfallen waren: in einem bestimmten Club, wo ich einmal in der Eigenschaft als »mein Partner, Mr. Dodd« dinierte, kam die Würfelschachtel mit dem Wein auf den Tisch, als bescheidener Ersatz für geistreiche Unterhaltung.

Von allen unseren Besuchern sicherlich der liebste war mir Kaiser Norton; schon die Erwähnung seines Namens erinnert mich daran, daß ich den Menschen von San Francisco bisher kaum gerecht wurde. In welcher anderen Stadt hätte man einen harmlosen Irren, der sich selbst für den Kaiser beider Amerikas hielt, so ermutigt und verhätschelt? Wo sonst hätten die Menschen auf der Straße den Wahn des armen Narren respektiert? Wo sonst hätten Bankiers und Kaufleute seine Besuche geduldet, seine Schecks eingelöst und sich seinen bescheidenen Steuervorschreibungen gebeugt? Wo sonst hätte man ihn Schulfeste besuchen und dabei sogar als Redner auftreten lassen? Wo sonst auf Gottes grüner Erde hätte man ihn in jedem von ihm gewählten Restaurant die Speisekarte durchprobieren und ihn dann ungeschoren davonziehen lassen? Es hieß, er sei ein heikler Kunde, der, wenn ihm etwas nicht zusagte, mit Einstellung seiner Besuche drohte; und das glaube ich, denn sein Gesicht trug eindeutig einen gastronomischen Ausdruck. Pinkerton hatte von diesem Monarchen einen Kabinettsposten erhalten; ich habe die Ernennungsurkunde gesehen, wobei ich mich vor allem über die Gutmütigkeit des Druckers wunderte, der sie anfertigte; ich glaube, mein Freund stand dem Außen- oder aber dem Erziehungsministerium vor; welchem, tat wirklich nichts zur Sache, denn die Abgabe war in jedem Amt die gleiche. Es geschah schon ziemlich bald, daß ich Jim in Ausübung seines öffentlichen Amts erlebte. Seine Majestät betraten das Kontor – eine rundliche, eher schlaffe Gestalt mit dem Gesicht eines Gentleman, unsagbar traurig und absurd durch den gewaltigen Säbel an seiner Seite und die Pfauenfeder in seinem Hut.

»Ich bin hier, um Sie zu erinnern, Mr. Pinkerton, daß Sie mit Ihren Abgaben etwas im Rückstand sind«, erklärte er voll altmodischer, pompöser Höflichkeit.

»Schön, Eure Majestät, um wieviel geht's denn?« fragte Jim; um nach Nennung der Summe (meist waren es zwei oder drei Dollar) anstandslos zu zahlen und noch einen Bonus in Gestalt eines Dreizehn Stern draufzugeben.

»Es ist mir stets ein Vergnügen, die einheimische Industrie zu fördern«, verkündete Norton der Erste. »San

Francisco ist von edler Gesinnung gegenüber seinem Kaiser; und so ist es von allen meinen Ländereien mir denn auch die liebste.«

»Weißt du«, sagte ich, als er fort war, »der gefällt mir besser als alle anderen zusammen.«

»Es ist tatsächlich eine Art Auszeichnung«, gab Jim zu. »Ich glaube, es war das Ding mit den Regenschirmen, das ihn anzog.«

Abseits der Öffentlichkeit wurden wir aber auch durch Notiz von seiten anderer und höher gestellter Herrschaften ausgezeichnet. An manchen Tagen trug Jim einen Ausdruck von ungewöhnlicher Tüchtigkeit und Entschlossenheit zur Schau, faßte sich kürzer, wie jemand, der unter Zeitdruck steht, und nahm immer wieder Ausdrücke in den Mund wie »Longhurst sagte mir heute morgen«, oder »das habe ich von Longhurst selbst«. Und es war kein Wunder, dachte ich dann, daß Pinkerton zu Beratungen mit den Titanen zugezogen wurde; denn Erfindungsreichtum und Gewandtheit dieses Menschen waren ohne Beispiel. Am Anfang unserer geschäftlichen Verbindung, als er mich noch ohne Rückhalt konsultierte, im Raum auf und ab schritt, Projekte machte, Kosten berechnete, hypothetische Beteiligungen erweiterte, imaginäres Kapital verdreifachte, und seine »Maschine« (um ein nützliches altes Wort neu zu beleben) mit vollem Dampf voraus arbeitete, da konnte ich nie entscheiden, was stärker war: mein Respekt oder meine Belustigung. Aber diese guten Stunden sollten bald ein Ende haben.

»Ja ja, schlau ist das gewiß«, bemerkte ich einmal. »Aber Pinkerton, hältst du es auch für anständig?«

»Du glaubst, das ist nicht anständig!« rief Pinkerton klagend. »Ach du mein Gott, daß ich einen solchen Ausdruck je von deinen Lippen hören mußte!«

Angesichts seiner Empörung plagiierte ich Myner, ohne zu erröten. »Du hältst Anständigkeit offenbar für so einfach wie Blinde Kuh«, sagte ich. »Aber das ist eine viel empfindlichere Sache: so empfindlich wie jede Kunst.«

»Ach so! Wenn's nur das ist!« rief er in völliger Erleichterung aus. »Das ist Haarspalterei!«

»Eines weiß ich jedenfalls genau: daß das, was du vorschlägst, nicht anständig ist«, gab ich zurück.

»Schön, dann kein Wort mehr. Die Sache ist erledigt«, erwiderte er.

Und so hatte ich meine Meinung fast kampflos durchgesetzt. Doch das Problem war, daß derartige Meinungsverschiedenheiten immer häufiger wurden, bis wir anfingen, einander voll Mißtrauen zu betrachten. Wenn es etwas gab, worauf Pinkerton stolz war, dann seine weiße Weste; und wenn es etwas gab, worauf er nicht verzichten konnte, dann meine gute Meinung von ihm; wenn nun, wie bei diesen verzwickten Geschäften, beides auf dem Spiele stand, dann fühlte sich der Mann wie aufs Rad geflochten. Aber wenn man bedenkt, wieviel ich ihm schuldete, wie zuwider die Position des Besserwissers ist, und daß ja auch ich mich von diesen zweifelhaften Operationen nährte und Fett ansetzte, so wird man verstehen, daß auch meine Lage nicht viel angenehmer war. Hätte ich mehr Kampfgeist besessen oder mehr Prinzipientreue, so wären die Dinge sicherlich noch viel weiter gediehen. Aber ich war selbst kleinlich genug, um lieber von dem, was man mir nicht unter die Nase rieb, zu profitieren, als einen Streit vom Zaun zu brechen; und Pinkerton war durchtrieben genug, um sich meine Schwäche zunutze zu machen; und so war's für uns beide eine Erleichterung, als er anfing, seine Unternehmungen mit dezentem Schweigen zu verhüllen.

Bei unserer letzten Auseinandersetzung, die eine ganz unerwartete Folge zeitigen sollte, ging es um die neuerliche Instandsetzung ausrangierter Schiffe. Er hatte ein jämmerliches Wrack gekauft und erschien händereibend, um mir mitzuteilen, es sei schon wieder – unter neuem Namen – zwecks Reparatur auf der Helling. Als ich das erste Mal von dieser Branche hörte, verstand ich so gut wie nichts; doch zahlreiche Gespräche hatten meinen Witz geschärft, daher runzelte ich jetzt die Stirn.

»Pinkerton, damit will ich nichts zu tun haben«, erklärte ich.

Wie ein Angeschossener fuhr er hoch. »Was kommt als nächstes!« rief er. »Was ist denn überhaupt mit dir los? Du bist ja gegen alles, was Profit verspricht.«

»Dieses Schiff wurde vom Lloyd's-Vertreter ausrangiert«, sagte ich.

»Aber ich sage dir doch, es ist ein Geschäft. Das Schiff ist in hervorragendem Zustand; es fehlt ihm so gut wie gar nichts, bis auf den Kielgang und den Achtersteven. Ich sage dir doch, Lloyd's ist genauso eine Interessengruppe wie alles andere; nur eben eine englische Gruppe, davon läßt du dich täuschen. Wär's amerikanisch, du würdest den ganzen Tag darüber schimpfen. Anglomanie ist das, nichts anderes als akute Anglomanie«, schloß er mit steigender Verärgerung.

»Ich will kein Geld damit verdienen, daß ich Menschenleben aufs Spiel setze«, lautete mein Ultimatum.

»Großer Cäsar! Ist denn nicht jede Spekulation ein Risiko? Setzt nicht auch der anständigste Schiffseigner das Leben seiner Mannschaft aufs Spiel? Und Bergarbeit – ist das vielleicht nicht gefährlich? Oder schau dir die Aufzugswirtschaft an – na, da ist Gefahr dabei, so viel du willst! Hab' ich nicht auch etwas riskiert, als ich das Wrack kaufte? Es hätte doch auch ganz hinüber sein können – und wo bliebe ich dann? Loudon«, rief er, »ich sag' dir die Wahrheit: du bist zu edel für diese Welt.«

»Ich verurteile dich mit deinen eigenen Worten«, versetzte ich darauf. »›Der anständigste Schiffseigner‹, sagtest du. Laß uns bitte nur mehr Geschäfte der anständigsten Sorte machen.«

Der Schuß saß, der Unbezähmbare war still; und ich nutzte die Gelegenheit und feuerte eine Breitseite anderer Art ab. Er hatte sich gänzlich dem Geldraffen verschrieben, warf ich ihm vor; träumte von nichts anderem mehr als Dollars. Wo waren alle seine großmütigen, fortschrittlichen Gefühle? Wo seine Kultur? fragte ich. Und wo der Amerikanische Typ?

»Das stimmt, Loudon«, rief er, rannte im Zimmer auf und ab und raufte sich die Haare. »Du hast vollkommen recht. Ich bin materialisiert. Ach, was für ein Eingeständnis, wie weit ist es mit mir gekommen! Materialisiert! Ich! Loudon, das muß ein Ende haben. Du hast dich als loyaler Freund erwiesen; gib mir deine Hand! – Du hast mich wieder einmal gerettet. Ich muß etwas tun, um die geistige Seite anzuregen; irgendwas Verzweifeltes; etwas studieren, etwas Trockenes und Zähes. Was soll es sein? Theologie? Algebra? Was ist Algebra?«

»Jedenfalls trocken und zäh genug«, erwiderte ich, »$a^2 + 2ab + b^2$.«

»Aber anregend?« fragte er.

Soviel ich wisse, schon, erklärte ich; und außerdem gelte es als gutes Stärkungsmittel für den Typ.

»Gut, dann ist es das, was ich brauche. Ich studiere Algebra«, schloß er.

Am nächsten Tag erfuhr er über Vermittlung einer seiner Tippmamsellen von einer jungen Dame, einer gewissen Mamie McBride, die willens und bereit war, ihn auf diesen mageren Wiesen zu leiten und zu führen; ihre Umstände waren dürftig, ihr Honorar dementsprechend bescheiden, so daß er und Mamie sich bald auf zwei Lektionen pro Woche einigten. Er fing mit beispielloser Geschwindigkeit Feuer; konnte sich von der symbolischen Kunst offenbar nicht mehr losreißen; die eine Stunde erstreckte sich über den gesamten Abend; und die beiden ursprünglichen Lektionen verdoppelten sich bald auf vier, und dann auf fünf. Ich bat ihn, sich vor weiblichen Umgarnungen in acht zu nehmen. »Ehe du dich's versiehst, hast du dich in die Algebraistin verliebt«, warnte ich.

»Sag das nicht einmal im Scherz«, rief er. »Sie ist eine Dame, die ich anbete. Ich könnte sie ebensowenig berühren wie einen Geist. Loudon, ich glaube, eine Frau mit reinerem Herzen hat Gott nie erschaffen.«

Was mir zu leidenschaftlich klang, als daß es mich beruhigt hätte.

Inzwischen hatte ich mit meinem Freund immer wieder über ein anderes Problem gesprochen. »Ich bin das fünfte Rad«, wiederholte ich des öfteren. »Für den Nutzen, den ich hier habe, könnte ich genausogut in Senegambia sitzen. Die Briefe, die du mich beantworten läßt, könnte auch ein Säugling in der Wiege schreiben. Pinkerton, ich sage dir klipp und klar: entweder du findest eine ordentliche Beschäftigung für mich, oder ich muß anfangen, mir selbst eine zu suchen.«

Das sagte ich mit einem Auge in die übliche Richtung gewandt, nämlich zur Kunst; nicht im Traum konnte ich ahnen, was sich die Vorsehung statt dessen mit mir erlauben sollte.

»Loudon, ich hab's«, sagte Pinkerton eines schönen Tages. »Die Idee kam mir in den Potrero-Wagen. Es stellte sich heraus, daß ich nichts zum Schreiben hatte, ich borgte mir also was vom Schaffner und rechnete auf dem ganzen Weg in die Stadt. Also das ist jetzt endlich das Wahre; jetzt hast du endlich deine Show. Alle deine Talente und Begabungen kommen dabei zum Tragen. Hier ist das Muster für ein Plakat, sieh's dir nur kurz an. ›Sonne, Ozon und Musik! PINKERTON'S HEBDOMADARE PICKNICKS!‹ Das ist gut, ›hebdomadar‹, das sticht ins Auge, wenn's auch schwer zu sagen ist. Ich schrieb mir das Wort auf, als ich neulich im Wörterbuch nachsehen mußte, wie man hexagonal schreibt. ›Schau schau, du bist ein Spitzenwort‹, sagte ich. ›Bevor du noch viel älter wirst, setze ich dich in einer Type, so lang wie du selbst.‹ Und siehst du, hier haben wir's. Fünf Dollar pro Kopf, und Damen frei. ›MONSTER OLIO DER ATTRAKTIONEN‹. Wie findest du das? ›Freies Picknick im Grünen. Tanz auf dem weichen Rasen. In den milden Abendstunden wieder daheim. Manager und ehrenamtlicher

Organisator H. Loudon Dodd, Esq., der bekannte Connaisseur.‹ «

Merkwürdig, wie ein Mensch von Scylla zu Charybdis läuft! Mir lag so viel an der Eliminierung eines einzigen Epithetons, daß ich den Rest der Ankündigung und alles, was dazugehörte, ohne Widerspruch hinunterschluckte. Und so geschah es, daß der Ausdruck »der bekannte Connoisseur« unterblieb; daß jedoch H. Loudon Dodd Manager und ehrenamtlicher Organisator von Pinkerton's Hebdomadaren Picknicks wurde, auf allgemeines Verlangen bald verkürzt zu »Dromedar«.

Jeden Sonntag morgen gegen acht Uhr konnte mich ab da ein bewunderndes Publikum am Pier beobachten. Amtstracht und Insignien der Opferhandlung bestanden in einem schwarzen Frack mit Rosette, die Taschen mit Zuckerwerk und billigen Zigarren vollgestopft; hellblauen Hosen, einem seidenen Hut, der wie ein Reflektor wirkte, und einem polierten Stab. Ein stattlicher Dampfer schützte mich, gurgelnd und pulsierend, an einer Seite, an Bug und Heck flatterten Fahnen, einerseits das Dromedar, andererseits Patriotismus symbolisierend. Meine zweite Flanke deckte die Fahrkartenkasse, in den starken Händen eines vertrauenswürdigen Charakters von schottischem Bekenntnis, rosettengeschmückt wie sein Chef, eine Zigarre rauchend, um des Tages festlichen Charakter zu betonen. Gegen halb neun hatte ich mich überzeugt, daß mit dem freien Picknick alles seine Ordnung hatte, zündete mir daraufhin selbst eine Zigarre an und wartete auf die Klänge der »Pionier-Kapelle«. Lang mußte ich nie warten – es waren Deutsche und daher pünktlich; schon ein paar Minuten nach halb hörte ich sie die Straße herunter dröhnen, mit einem langen militärischen Trommelwirbel, und vor der Kapelle hüpfte ein gutes Dutzend freiwilliger Harlekine mit Mützen aus Bärenfell und Schürzen aus Wildleder, gewaltige Äxte schwingend. Die Kapelle war natürlich von uns bezahlt; aber die Passion der Menschen von San Francisco für öffentliche Maskerade ist so stark, daß die Harlekine (wie ich sagte) alle ganz freiwillig kamen, aus reiner Liebe zur Sache den Clown machten und uns nichts kosteten als ihr Picknick.

Die Musiker formierten sich im Bug meines Dampfers und intonierten eine flotte Polka; die Harlekine bezogen ihre Wachposten entlang der Gangway und am Schalter; und schon fiel auch das Publikum bei uns ein, in Gruppen von Vater, Mutter und Kindern, in Gestalt von Liebespaaren oder einzelnen jungen Männern; in Droschkenladungen trafen sie ein, vier- bis sechshundert alles in allem, mit starker deutscher Schlagseite, und alle so fidel wie Kinder. Kaum waren sie an Bord gebracht und auch die unvermeidlichen paar Nachzügler unter dem Gejohle der Menge eingeladen, wurde die Trossen abgeworfen, und wir stachen in die Bucht.

Und nun wirf bitte einen Blick auf den Ehrenamtlichen Begleiter in der Stunde seiner Pflicht und Glorie: wie ich in der Menge zirkuliere, Gelächter und Leutseligkeit ausstrahlend, freigebig mit Zuckerwerk und Zigarren. Linkischen Mädchen sage ich harmlose Neckereien, schüchternen Jünglingen teile ich mit, dies sei ein Schiff nur für Verheiratete, wer geistesabwesend ins Leere blickt, den frage ich schelmisch, ob er vielleicht an sein Liebchen denke, dem Paterfamilias biete ich eine Zigarre an, Mamas Jüngster macht mich mit seiner Schönheit sprachlos, dennoch erkundige ich mich neugierig nach seinem Alter und versichere der Mutter scherzhaft, daß er noch vor ihr ein Mann sein wird; oder manchmal verleitet mich ein vernünftiger Gesichtsausdruck zu der Frage, ob sie nicht einen netten Ort an der Küste von Saucelito oder San Rafael wüßte, denn die Szene unseres Picknicks ist angeblich vorher immer ungewiß. Doch schon im nächsten Moment treibe ich wieder meinen Scherz mit den jungen Damen, mir folgt eine Kielwelle von Gelächter oder beifällige Bemerkungen wie: »Ist dieser Mr. Dodd nicht ein lustiger Herr?« oder »Oh, ich finde ihn wirklich zuuu nett!«

Kaum ist eine Stunde auf diese heitere Art vergangen,

mache ich mich von neuem auf die Runde, diesmal mit einem Beutel voll bunter Karten, alle mit Sicherheitsnadeln versehen und mit deutlich lesbarer Aufschrift: »Alt-Deutschland«, »California«, »Wahre Liebe«, »Alte Knakker«, »La Belle France«, »Die Grüne Insel«, »Schlaraffenland«, »Washington«, »Blue Jay«, »Rotkehlchen« – je zwanzig an der Zahl, denn wenn's ans Essen geht, sitzen wir zu zwanzigst. Diese Karten werden mit dem sorgfältigsten Takt verteilt – dies ist in Wirklichkeit der heikelste Teil meiner Mission –, nach außen hin aber sieht es wie zufällig aus, alles geht in Jubel und Trubel unter; und bald darauf erblickt man die Karten bereits auf Mützen und auf Häubchen, und mit größter Herzlichkeit rufen einander völlig fremde Menschen bei »dem Namen ihrer Mannschaft« – denn so nennen wir mit viel Witz die Gruppen –, und das Deck erschallt von Rufen wie: »Alle Blue Jays SOS – hierher zu mir!« oder: »Nein so etwas, bin ich denn ganz allein auf diesem vermaledeiten Schiff? Gibt's denn keine Kalifornier mehr?«

Inzwischen nähern wir uns bereits dem vereinbarten Ort, und ich betrete, von allen scharf beobachtet, die Brücke.

»Kapitän«, verkünde ich mit heller, klarer, weithin schallender Stimme, »die meisten von unserer Gesellschaft möchten in die kleine Bucht hinter One-Tree-Point.«

»Klar, Mr. Dodd«, darauf herzlich der alte Seebär; »mir soll's gleich sein. Ich bin mir nicht ganz sicher, welche Bucht Sie meinen; bleiben Sie nur da und lotsen Sie mich.«

Das tu ich denn auch, indem ich mit meinem Stab die Richtung weise. Ich spiele den Lotsen, zum unbeschreiblichen Gaudium der Picknick-Partie; denn ich bin (warum es leugnen?) der populäre Mann. An der Mündung eines grünen Tals unter Pinien und Sequoias, von einem Bach durchflossen, verlangsamen wir unsere Fahrt. Der Anker rasselt herunter; die Boote werden zu Wasser gelassen, zwei davon schon voll bepackt mit Stoff für eine improvisierte Bar; die Pionier-Kapelle, begleitet von den prächtigen Harlekinen, füllt das nächste und bewegt sich unter den verführerischen Klängen von *Buffalo Gals, won't you come out to-night?* küstenwärts. Es ist Teil unseres Programms, daß einer der Harlekine im Laufe dieser Einschiffung aus purer Ungeschicklichkeit eine Axt-Attrappe ins Wasser fallen läßt: worauf sich unser Picknick-Volk vor Heiterkeit nicht mehr zu fassen weiß. Einmal wollte die Attrappe nicht untergehen, was die Gesellschaft beinahe übel aufgenommen hätte.

Innerhalb von zehn bis zwanzig Minuten sind die Boote wieder längsseits, die ›Mannschaften‹ werden gruppenweise an Deck aufgestellt, und das Picknick geht an Land, wo es von der Kapelle und der improvisierten Bar bereits erwartet wird. Dann kommen die Picknickkörbe, die am Strand ausgeladen und von einer Kompanie strammer Narren mit geschulterten Äxten bewacht werden. Hier nun lasse ich mich nieder und nehme, Notizbuch in der Hand, unter einem Banner mit der Aufschrift »Picknickkörbe bitte hier abholen!« Platz. Jeder Korb enthält die komplette Ausstattung für zwanzig Personen, kalten Proviant, Gläser, Messer, Gabeln und Löffel; auf der Innenseite des Deckels befindet sich ein beschwörender Appell aus der Feder Pinkertons, man möge doch bitte mit Gläsern und Besteck vorsichtig umgehen. Bier, Wein und Limonade fließen an der Bar bereits in Strömen, die verschiedenen Zwanziger-Mannschaften stapfen in den Wald, Flaschen unterm Arm, Körbe auf Stangen festgezurrt. Bis ein Uhr wird jetzt getafelt und gezecht, gruppenweise in bescheidener Abgeschiedenheit, aber alle in Hörweite der Blasmusik. Von eins bis vier wird auf dem Gras getanzt; die Bar macht ein tolles Geschäft, und der Ehrenamtliche Begleiter, der sich ohnehin bereits die Beine ausgerissen hat, um in besonders leblose »Mannschaften« Leben zu bringen, muß jetzt unermüdlich mit den häßlichsten Damen tanzen. Um vier erschallt die Fanfare: und eine halbe Stunde darauf sind wir alle wieder an

Bord, Pioniere, Wellblechbar, leere Flaschen, die Familien mit Kind und Kegel, während der Ehrenamtliche Begleiter, endlich frei, in der Kabine des Kapitäns über einem Brandy-Soda und einem Buch zusammensinkt. Endlich frei, sage ich, aber es bleibt ihm noch die überschwengliche Verabschiedung am Pier und dann die nüchterne Reise hinauf zu Pinkertons Kontor, mit den Tageseinnahmen in einem Beutel, begleitet von zwei Polizisten.

Was ich hier beschrieben habe, war der normale Verlauf. Aber wir wandten uns auch durch speziellere Veranstaltungen an den Geschmack von San Francisco. »Ein groß Freß- und Suffgelag«, groß angekündigt auf Handzetteln mit den Worten »Höret, höret« und hauptsächlich von Rittern, Mönchen und Knappen besucht, ertrank beinahe in einem Regenguß und kehrte als eine der traurigsten Prozessionen, die ich je gesehen, in die Stadt zurück. In erfreulichem Gegensatz dazu gestaltete sich unser schottisches Picknick, die »Versammlung der Clans«, einer unserer größten Erfolge. So viele milchweiße Knie auf einem Fleck hatten noch nie zuvor das Licht der Öffentlichkeit erblickt, und nach den vorherrschenden »Royal Stewart« und den vielen Adlerfedern zu urteilen, waren wir eine sehr hochgeborene Gesellschaft. Ich selbst besann mich der schottischen Linie meiner Vorfahren und erntete als Clansmann viel Applaus. Nur ein kleines Wölkchen zeigte sich am Himmel dieses Festtags: ich hatte, in Form von *The Rob Roy MacGregor O'Blend, Warranted Old and Vatted*, einen beachtlichen Vorrat des Nationalgetränks eingeladen; und der Geist, den ich beschwor, muß sehr stark gewesen sein, denn zwischen vier und halb fünf kamen wir bei der Aufgabe, die reglosen Gestalten verschiedener Häuptlinge und Clanchefs an Bord zu schaffen, gehörig ins Schwitzen.

Zu einer unserer gewöhnlichen Festivitäten kam Pinkerton in Person, allerdings inkognito, seine Algebraistin am Arme, und brachte Witz und Leben in seine ›Mannschaft‹. Miss Mamie erwies sich als eine recht nett anzusehende Maus, mit großen, wasserhellen Augen und einer Flut der korrektesten Ausdrücke, die mir je auf menschlicher Lippe begegnet waren. Da Pinkerton sein Inkognito strikt wahrte, hatte ich kaum Gelegenheit, die Dame näher kennenzulernen; erfuhr jedoch im nachhinein, sie hielte mich für »den witzigsten Gentleman, der ihr je begegnete«. ›Der Herr schenke dir eine bessere Vorstellung von Witz!‹ dachte ich; kann aber nicht verhehlen, daß dies der allgemeine Eindruck war. Einer meiner Witze machte sogar die Runde in ganz San Francisco, und ich begegnete ihm anonym und verballhornt in Saloon-Bars. Schließlich gelang's mir kaum noch, unerkannt zu bleiben: wo ich ging, folgte mir Gemurmel; ganz besonders in den ärmeren Gegenden. »Wer ist das?« fragte etwa einer, worauf ein anderer rief: »Den kennst du nicht? Das ist Dromedar-Dodd!«, oder voll Verachtung: »Du kennst Mr. Dodd von den Picknicks nicht? Das darf doch nicht wahr sein!« – und wirklich glaube ich, es konnte sich nur um einen Einsiedler handeln; denn unsere Picknicks waren vielleicht ein bißchen gewöhnlich, aber so heiter und unschuldig wie das Goldene Zeitalter. Ich bin überzeugt, daß nirgendwo die Menschen sich so gern und so vorzüglich vergnügten wie hier; und trotz der Sorgen meines Amtes war auch ich oft glücklich, mit dabei zu sein.

Das Ganze hatte eigentlich nur zwei unangenehme Seiten. Die erste war mein Schrecken vor den linkischen Mädchen, deren ich mich aber (von Amts wegen) nicht erwehren durfte. Die andere war vielleicht nicht ganz so arg, aber dafür viel demütigender. In meiner Jugend, an meiner Mutter Knie, wie ein Mann vielleicht sagen könnte, hatte ich die kaum beneidenswerte Fähigkeit gewonnen (und seither nie mehr verlieren können), *Just before the Battle* zu singen. Ich habe eine fadendünne Stimme, selbst meine besten Töne werden von jeder Dinner-Konversation ganz leicht geschluckt, das obere Register könnte man überhaupt als höhere Form des Schweigens bezeichnen; Fachleute erklären mir überdies, ich singe zu tief; und auch wenn ich der beste Sänger dieser Welt wäre, wäre *Just before the Battle* nicht eben das Lied, das ich mit dem Geschmack des reifen Mannes freiwillig singen würde. Doch allen diesen Erwägungen zum Trotz ritt mich – nachdem ich bei einem besonders öden Picknick bereits alle anderen Möglichkeiten, mein Publikum zu unterhalten, erschöpft hatte – der Teufel, und ich gab aus Verzweiflung mein einziges Lied zum besten. Von Stund an war mein Unglück besiegelt. Denn entweder hatten wir einen chronischen Passagier (den ich aber nie entdekken konnte), oder aber Holz und Eisen des Dampfers hatten die Tradition in sich aufgesogen. Jedenfalls ging bei jedem Picknick unweigerlich von Mund zu Mund die Kunde, Mr. Dodd sei ein Sänger; Mr. Dodd könne *Just before the Battle* singen; und zuletzt, daß jetzt der Augenblick gekommen sei, wo Mr. Dodd *Just before the Battle* singen würde; so daß die Sache schließlich ebenso zum festen Programmpunkt wurde wie die Axt-Attrappe, die ins Wasser fiel; und so mußt du dir nun vorstellen, wie ich Sonntag für Sonntag mein jämmerliches Lied von mir gab und, kaum hatte ich geendet, mit großzügigem Applaus bedacht wurde. Daß man von mir ebenso unweigerlich eine Draufgabe verlangte, beweist, daß die menschliche Natur doch nicht ganz schlecht ist.

Doch ich verdiente gut, selbst den Gesang mit eingerechnet. An einem durchschnittlichen Sonntag konnten Pinkerton und ich uns fünfhundert Dollar teilen. Außerdem trugen mir die Picknicks, wenn auch indirekt, einen ganz unerwarteten Gewinn ein. Das war am Ende der Saison, nach der »Großen Abschieds-Kostümgala«. Von den Körben hatten viele stark gelitten; man hielt es daher für klüger, Lagerraum zu sparen, sie zu veräußern und bei Neubeginn der Kampagne einen neuen Vorrat einzukaufen. Unter meinen Käufern war ein Arbeiter namens Speedy, den ich nach mehreren unbeantworteten Briefen nun selbst zu Haus aufsuchen mußte, meinen Kopf darüber schüttelnd, daß ich mich wieder einmal auf der anderen Seite fand und gegenüber dem Schuldner eines anderen den Gläubiger spielen mußte. Speedy befand sich im kriegerischen Stadium der Furcht. Er konnte nicht zahlen. Die Körbe hatte er offenbar schon weiterverkauft, und er erklärte mir herausfordernd, ich möge ihn ruhig zugrunde richten. Ich verlor nicht gern mein eigenes Geld; ich haßte es, Pinkertons aufs Spiel zu setzen; und das Benehmen meines Schuldners empörte mich.

»Wissen Sie auch, Mr. Speedy, daß ich Sie dafür ins Arbeitshaus bringen kann?« sagte ich, bereit, ihm eine Lektion zu erteilen.

Das unheilschwangere Wort ward auch im nächsten Raum vernommen. Eine stattliche, frische, mütterliche Irin stürzte im selben Moment heraus und beschwor mich im Namen aller Heiligen. »Aber gehen Sie, das Herz hätten Sie nicht, so was zu tun, Mr. Dodd, den doch alle kennen als so einen netten Herrn! Was Sie für ein liebes Gesicht haben, ganz wie mein eigner Bruder, der schon tot und in der Grube ist. Wahr ist's, daß er getrunken hat. Er hat ja eine Fahne, daß es eine Schande ist. Aber es ist wirklich nichts im Haus außer den Möbeln und den Aktien. Diese Aktien kriegen Sie halt, gelt? Die haben mich einmal ein Schweinegeld gekostet, aber nach allem, was man hört, sind sie jetzt keine alte Tabakspfeife wert.« Dergestalt beschworen und wegen meines strengen Auftretens beschämt, ließ ich mir eine ziemliche Menge sogenannter Spekulationspapiere aufdrängen, auf welche diese ausgezeichnete, wenn auch etwas unlogische Weibsperson ihr schwer verdientes Geld verschwendet hatte. Man konnte nicht behaupten, daß das meine Lage verbesserte, aber der Schritt beruhigte immerhin die Frau; andererseits war's für mich auch kein großes Risiko, denn die fraglichen Aktien (ich werde sie die Catamount-Silber-Anteile nennen) waren schon vor einiger Zeit in den Keller gefallen und lagen dort jetzt völlig regungslos, wenn sie nicht gelegentlich von bankrotten Spekulanten ein bißchen herumgetreten wurden, so wie anderer Papiermüll auch.

Ein oder zwei Monate darauf entnahm ich den Börsennachrichten, Catamount habe einen Sprung getan; bis zum Nachmittag waren sie schon eine schöne Summe wert; ich erkundigte mich und erfuhr, man habe in einem geschlossenen Gang eine Bonanza gefunden und erwarte von dem betreffenden Bergwerk jetzt wahre Wunderdinge. Dem Philosophen fällt vielleicht auf, daß Bonanzas immer nur in geschlossenen Gängen gefunden werden und die Aktien unmittelbar zuvor immer auf dem Gefrierpunkt sind! Es war das reinste Wunder, daß die Speedys aufs richtige Pferd gesetzt und daran festgehalten hatten; auch dem Syndikat waren sie entwischt; nur noch ein Weilchen, dann wäre Mrs. Speedy in Samt und Seide gegangen, wäre ich nicht gekommen, um sie zu schröpfen. Ich konnte es natürlich vor mir selbst nicht verantworten, von ihrem Unglück zu profitieren, und bot ihnen daher die Rückgabe an. Das Haus stand vor Aufregung Kopf; die Nachbarn (selbst lauter Börsenspekulanten) waren gekommen, um zu kondolieren; und Mrs. Speedy ließ inmitten einer mitfühlenden Gruppe ihren Tränen freien Lauf. »Fünfzehn Jahre lang sind wir dabei geblieben«, schluchzte sie eben, als ich eintrat, »haben den Kindern keine Milch gegönnt, ich schäme mich, es zu sagen! Nur um dreckige Abgaben zu zahlen! Und jetzt, meine Lieben, jetzt sollte ich eine Dame sein und in meiner Kutsche fahren, wenn alles seine Richtigkeit hätte; die Pest wünsche ich ihm an den Hals, diesem Dodd! Gleich als er mir unter die Augen kam, da wußt' ich schon, der Teufel war im Haus.«

Genau zu diesen Worten vollzog sich mein Eintritt und war dramatisch genug, aber nichts im Vergleich zu dem, was folgte. Denn als bekannt wurde, daß ich gekommen war, um das verlorene Vermögen zurückzuerstatten, und Mrs. Speedy (nach herzhaftem Schluchzen an meinem Busen) dies von sich gewiesen hatte, und als Mr. Speedy (eigens zu diesem Zweck von einem Camp der Großen Armee der Republik herbeizitiert) sich ebenfalls weigerte, und nachdem ich darauf bestanden hatte, und dann sie darauf bestanden hatten, und die Nachbarn applaudiert und abwechselnd beide Parteien unterstützt hatten; und als zu guter Letzt vereinbart wurde, daß wir die Aktien gemeinsam halten und den Ertrag in drei Dritteln teilen wollten – eins für mich, eins für Mr. Speedy, eins für die Frau Gemahlin –, da überlasse ich es dir, dir die Begeisterung auszumalen, die jetzt in der kleinen, kahlen Wohnung herrschte, mit der Nähmaschine in der einen und den schlafenden Kindern in der anderen Ecke und Bildern von Garfield und der Schlacht von Gettysburg an den gelben Wänden. Ein Fan ließ Portwein bringen, den wir vermischt mit unseren Tränen tranken.

»Ich trinke auf Ihre Gesundheit, mein Lieber«, schluchzte Mrs. Speedy, gerührt vor allem von meiner Galanterie in der Frage des dritten Drittels; »und ich bin sicher, wir trinken alle auf seine Gesundheit – Mr. Dodd von den Picknicks, ein Kavalier und Gentleman; und ich bete darum, mein Lieber, der liebe Gott möge Sie lange gesund und glücklich erhalten!«

Am Ende stieg ich am besten aus; denn ich verkaufte mein Drittel, als es fünftausend Dollar wert war, während die Speedys als wahre Abenteurer daran festhielten, bis das Syndikat den Prozeß umkehrte und sie sich glücklich schätzen durften, noch ein Viertel dieser Summe einzustreichen. Aber das war ohnehin gehüpft wie gesprungen; denn der Großteil dieses Geldes wurde (um mit Pinkerton zu sprechen) wieder reinvestiert; und als ich Mrs. Speedy das nächste Mal begegnete, war sie vom Erlös dieses Verkaufs zwar noch immer prachtvoll gekleidet, zerfloß aber schon wieder in Tränen über die jüngste Katastrophe. »Bei uns ist schon wieder Ebbe, mein Schatz! Das ganze Geld, das wir hatten, und die Nähmaschine und Jims Uniform war alles auf Golden West gezeichnet; und die Schlangen haben eine Neubewertung durchgesetzt.«

Zu Jahresende hatte ich folgende Bilanz:

Eingenommen:	
durch Catamount-Silber-Minen	$ 5.000
durch die Picknicks	$ 3.000
durch den Vortrag	$ 600
durch Gewinn und Verlust auf Kapital in Pinkertons Unternehmungen	$ 1.350
	$ 9.950
dazu der Rest der großväterlichen Schenkung	$ 8.500
	$ 18.450
andererseits ausgegeben	$ 4.000
somit verblieben mir	$ 14.450

Ein Ergebnis, das ich – und das sage ich, ohne mich zu schämen – mit Dankbarkeit und Stolz betrachtete. Achttausend Dollar davon (als Eroberungen jüngsten Datums) flüssig und auf der Bank tatsächlich vorhanden; der Rest wirbelte außer Sicht und Reichweite (außer im Spiegel eines Bilanzblattes) im Banne des Zauberers Pinkerton durch die Weltgeschichte. *Meine* Dollars segelten vor der Küste Mexikos und trotzten den Gefahren der Tiefe und der Küstenwache; schepperten auf den Theken von Saloonbars in Tombstone in Arizona; leuchteten in Pharao-Zelten von Goldgräbern; so heftig wirbelten sie herum, wenn der Meister seine Kurbel drehte, daß die Phantasie bei ihren ausgedehnten Reisen nicht mehr mithalten konnte. Aber hier, dort, allüberall konnte ich mir sagen, es sei alles mein, und konnte – was noch überzeugender war – substantielle Dividenden einstreichen. Mein Vermögen nannte ich es; und es stellte auch, in Dollars oder selbst in britischen Pfunden, eine ansehnliche Summe dar; in französischen Francs ausgedrückt sogar ein tatsächliches Vermögen. Aber vielleicht habe ich die Katze aus dem Sack gelassen; vielleicht siehst auch du bereits, wohin sich meine Hoffnungen richteten, und beginnst, mir meine Wankelmütigkeit vorzuwerfen. Da muß ich aber zuerst meine guten Gründe dafür erwähnen, und auch die Veränderung, die Pinkerton erfaßt hatte.

Etwa eine Woche nach dem Picknick, zu dem er Mamie geleitet hatte, bekannte er mir den Stand seiner Gefühle. Nach dem, was ich an Bord des Dampfers beobachtet hatte, wo Mamie ihn mit ihren wasserhellen Augen anzubeten schien, sprach ich dem schüchternen Liebhaber Mut zu; und schon am nächsten Abend nahm er mich mit, damit ich seiner Verlobten meine Aufwartung mache.

»Du mußt ihr deine Freundschaft schenken, Loudon, so wie du sie mir immer geschenkt hast«, sagte er pathetisch.

»Indem ich unangenehme Dinge sage? Ich bezweifle, daß das der Weg ist, einer jungen Dame Gunst zu gewinnen«, warf ich ein; »denn durch diese Picknicks werde ich ja langsam ein Mann mit Erfahrung.«

»Ja, du machst dich dabei wirklich glänzend; ich kann nicht sagen, wie sehr ich dich bewundere«, rief er. »Nicht, daß sie das jemals brauchen würde; sie hatte ja jede Chance. Gott allein weiß, womit ich sie verdient habe! O Mann, was für eine Verantwortung das ist für einen Burschen wie mich, ungehobelt, wie ich bin, und auch nicht immer ganz ehrlich.«

»Kopf hoch, alter Junge«, sagte ich.

Doch als wir Mamies Pension erreichten, standen ihm die Tränen in den Augen, als er mich vorstellte. »Hier ist Loudon, Mamie«, waren seine Worte. »Ich möchte, daß du ihn ins Herz schließt; er hat einen wunderbaren Charakter.«

»Sie sind mir längst kein Fremder mehr, Mr. Dodd«, richtete sie huldvoll das Wort an mich. »James wird nie müde, das Loblied Ihrer Güte zu singen.«

»Meine liebe Dame«, sagte ich, »wenn Sie unseren Freund ein bißchen besser kennen, werden Sie wissen, wieviel davon auf das Konto seines guten Herzens geht. Meine Güte bestand nur darin, daß ich ihm gestattete, mich zu nähren und zu kleiden und sich für mich abzurakkern. Daß ich heute noch am Leben bin, verdanke ich ihm; kein Mensch hat einen besseren Freund. Sie müssen gut für ihn sorgen«, fügte ich hinzu und legte ihm die Hand auf die Schulter, »und ihn in Ordnung halten, denn das hat er nötig.«

Pinkerton war von dieser Rede sehr berührt, und Mamie offenbar leider auch. Ich gebe zu, daß es ein taktloser Auftritt war. »Wenn Sie unseren Freund ein bißchen besser kennen« war keine glückliche Wortwahl, und selbst in jenes »Ordnung halten, denn das hat er nötig« könnte man eine Beleidigung hineinlesen; aber voll Zuversicht auf einen Freispruch unterbreite ich dir die Frage: war mein Ton dabei »gönnerhaft herablassend«? Dies war das Urteil der Dame, aber die Schuld daran lag weder ganz bei ihr noch ganz bei mir; ich kann mir vorstellen, daß Pinkerton der Armen bereits die Ohren derart über mich vollgesungen hatte, daß sie mich auch dann gehaßt hätte, wäre ich mit Apollos Leier aufgetreten.

Hier waren also bereits zwei Wegweiser nach Paris: Jim würde bald heiraten und bedurfte daher meiner Gesellschaft nicht mehr so sehr. Ich hatte der Braut nicht gefallen und sollte mich daher besser entfernen. Eines späten Abends eröffnete ich meinem Freund meine Idee. Es war ein großer Tag für mich gewesen; ich hatte eben die fünftausend Catamount-Dollar auf die Bank gebracht; und da Jim sich weigerte, die Aktien auch nur anzurühren, gehörten Risiko wie Gewinn ausschließlich mir, und ich feierte die Sache eben mit Stout und Kräckern. Als allererstes erklärte ich ihm, er brauche, falls ihm meine Pläne Schmerz oder die leiseste Sorge in bezug auf seine Geschäfte verursachten, nur ein Wort zu sagen, dann würde er nie wieder von meinem Vorschlag hören. Er war der treueste und beste Freund, den ich je gehabt hatte oder je haben würde; und es müßte mit dem Teufel zugehen, würde ich ihm etwas abschlagen, was er seiner Überzeugung nach wollte und brauchte. Andererseits lag mir viel an dieser Überzeugung; denn mein Leben zerrann mir unter den Fingern. Ich fühlte mich wie ein Verbannter; alle meine eigentlichen Interessen zogen mich fort. Außerdem wollte ich ihn daran erinnern, daß er am Vorabend seiner Ehe stand und neue Pflichten übernehmen würde und daß unser so außerordentlich enges Verhältnis seiner Frau vielleicht sogar mißfiele. »O nein, Loudon, ich fühle, daß du dich da irrst«, warf er warm ein, »sie schätzt dich wirklich sehr.« Um so besser, fuhr ich fort; und wies dann darauf hin, daß unsere Trennung ja nicht für lange wäre; daß er, liefen die Geschäfte so weiter wie bisher, in zwei Jahren schon mit einem Vermögen zu mir stoßen könne, das in den Staaten zwar nicht groß, in Frankreich aber wirklich ansehnlich wäre; daß wir unsere Mittel zusammenlegen und ein Haus in Paris für den Winter und ein zweites in der Nähe von Fontainebleau für den Sommer haben könnten, wo wir so glücklich wie zwei Schneekönige dahinleben und kleine Pinkertons aufziehen könnten, als praktische, künstlerische Handwerker, fern von der Geldgier des Westens. »Also laß mich ziehen«, schloß ich; »nicht als Deserteur, sondern als Vorhut, den Marsch der Pinkertons in die Zukunft zu führen.«

So beschwatzte und beschwor ich ihn und blieb selbst nicht ungerührt; mein Freund saß mir gegenüber, das Kinn in die Hand gestützt, und schwieg (bis auf den einen Einwurf). »Ich habe damit gerechnet, Loudon«, sagte er, als ich geendet hatte. »Es tut mir weh, und das ist eine Tatsache – ich bin so elend selbstsüchtig. Und für die Picknicks ist das wohl der Todesstoß; es wäre sinnlos abzustreiten, daß du deren Herz und Seele bist, mit deinem Stab und deinem gentlemanhaften Benehmen und Witz und Humor und Galanterie und dieser gehobenen gesellschaftlichen Atmosphäre, die du ausstrahlst. Nichtsdestoweniger hast du recht, und du sollst fahren. Du kannst mit vierzig Dollar die Woche rechnen; und wenn Depew City – eines der Natur-Zentren dieses Staates – auch nur im mindesten so rauskommt, wie ich's erwarte, dann kommst du leicht auf das Doppelte. Aber vierzig Dollar sind's auf jeden Fall; wenn ich daran denke, daß du vor zwei Jahren fast am Bettelstab warst!«

»Nicht nur fast«, erwiderte ich.

»Ja, die herzlosen Menschen ließen dich verhungern, aber heute freut es mich!« rief Jim. »Die triumphale Rückkehr ist es, was mich freut! Denk an den Meister, denk an den eiskalten Myner! Warte nur noch, bis der Depew-City-Boom zu rollen beginnt, dann wirst du gehen; und in zwei Jahren auf den Tag genau schüttle ich dir in Paris die Hand, mit Mamie an meinem Arm, Gott segne sie!«

In dieser Tonart redeten wir bis tief in die Nacht. Ich selbst war so glücklich in meiner neu gefundenen Freiheit, und Pinkerton so stolz auf meinen Triumph, so glücklich über mein Glück, erfüllt von so viel herzlicher Freude über das kleine Frauchen seiner Wahl, und das ganze Zimmer so voller Luftschlösser und Sommerhäuschen in Fontainebleau, daß es kein Wunder war, wenn der Schlaf unsere Lider floh und es auf der Kontoruhr bereits drei geschlagen hatte, als Pinkerton endlich den Mechanismus seines Ausklappsofas in Betrieb nahm.

Kapitel VIII

Gesichter an der Hafenmole

Man hält es für ganz selbstverständlich, das Leben zu betrachten, als wär's zweigeteilt wie Schlaf und Wachen: die Bereiche von Geschäft und Erholung streng getrennt. Die geschäftliche Seite meines Lebens in San Francisco ward hiemit behandelt, jetzt folgt das Kapitel Unterhaltung; und man wird sehen, daß beide Seiten in etwa den gleichen Anteil an der Geschichte des Ausschlachters tragen – eines Gentlemans, mit dessen Auftritt bald zu rechnen ist.

Meine verschiedenen Beschäftigungen ließen mir immer noch an die sechs Nachmittage und zwei oder drei Abende pro Woche zur eigenen Verfügung: ein Umstand, der mir um so angenehmer war, da ich als Fremder eine besonders pittoreske Stadt betreten hatte. Vom Amateur-Pariser, wie ich mich einst selbst nannte, wurde (oder verfiel) ich zu einem voyeuristischem Strand-Flaneur, einem Herumtreiber am Hafen, einem Besucher lichtscheuer Gegenden, einem Freund exzentrischer Charaktere. Ich besuchte chinesische und mexikanische Spielhöllen, deutsche Geheimgesellschaften, Seemannspensionen, Spelunken jeglicher Schattierung des Verruchten und Gefährlichen. Ich sah schmierige Mexikanerhände, wegen Schwindelns mit einem Messer an den Tisch genagelt, Seeleute, die man (wenn das Blutgeld hoch stand) mitten auf der Straße zusammengeschlagen und bewußtlos an Bord von Schiffen geschleppt hatte, denen es an Besatzung fehlte; ich sah, wie sich nach einem Schußwechsel der Rauch (und die Gesellschaft) vor den Türen der Saloons verzog. Ich hörte eiskalte Polacken über die beste Methode debattieren, San Francisco bis auf die Grundfesten niederzubrennen; aufgebrachte Arbeiter und Arbeiterinnen auf den Galerien des Sand Lots brüllen und kreischen und Kearney selbst seine Subskription für den Galgen eröffnen: hörte, wie er die Fabrikanten aufzählte, die ihn mit ihren baumelnden Leibern schmücken sollten, und wie er einer hingerissenen Menge das Unterstützungstelegramm eines Mitglieds der Legislative dieses Staats vorlas: doch alle diese Vorbereitungen für einen proletarischen Krieg wurden (in einem einzigen Augenblick) allein vom Ruf und Ruhm des Mr. Coleman weggeblasen und zerstört. Dieser Löwe der Vigilanten brauchte sich nur einmal aufzuraffen und die Mähne zu schütteln, und schon war der kreischende Pöbel verstummt. Ich konnte nicht anders als mir den Kopf zerbrechen über diesen seltsamen Mann, der hier als privater Geschäftsmann ein ganz unauffälliges Leben führte, und dennoch zitterte vor ihm eine ganze Stadt; und wenn ich in meiner Eigenschaft als Zuschauer vielleicht enttäuscht war, daß alles so ruhmlos endete, ohne einen einzigen abgefeuerten Schuß, ohne daß ein einziger Millionär gehängt wurde, so sah doch der Philosoph in mir klar, daß diese Szene in Wahrheit doch viel pittoresker war. In tausend Städten und verschiedenen Epochen hätte sich mir Gelegenheit geboten, die Feigheit und Metzeleien bei Straßenkämpfen zu beobachten; doch wo sonst, wenn nicht hier und jetzt, hätte ich den Anblick Colemans (des Gelegenheitsdespoten) genießen können, wie er in einem ruhigen Stadtviertel nachdenklich hügelan schritt, wiegenden Gangs wie ein Matrose, und sich dabei leicht auf die massigen Schenkel schlug?

Minora canamus. Diese historische Gestalt stapft schweigend durch eine Ecke meines Gedächtnisses, wenn ich an San Francisco denke; der Rest ist Nippes, Erinnerungen eines umherziehenden Zeichners. Vor allem die Slums hatten es mir angetan. *Little Italy* war vor mir nie sicher; dort schaute ich durch die Fenster in den kleinen Tavernen, die aus Genua oder Neapel importiert schienen, mit ihren Makkaroni und Chiantiflaschen und Garibaldi-Porträts und kolorierten politischen Karikaturen; oder ich verwickelte mich in eine hitzige Debatte mit einem beohrringten Fischer in der Bucht über die Absichten von »Mr. Auustria« und »Mr. Ruuuschia«. Ich war auch oft zu beobachten (wenn sich jemand die Mühe gemacht hätte, mich zu beobachten) in der entvölkerten, steil hügelan gebauten Einsamkeit von *Little Mexico* mit seinen phantastischen Holzhäusern, endlosen, ebenso phantastischen hölzernen Stiegen, gefährlich bröckelnden Bergziegenpfaden im Sand. Chinatown zog mich durch tausend Exzentrizitäten an und hielt mich fest; ich bekam nie genug von seiner vieldeutigen, vielrassischen Atmosphäre, wie ein lebendig gewordenes Museum; nie konnte ich mich genug wundern über die seltsamen, nekromantisch aussehenden

Gemüse, die dort in den normalen amerikanischen Auslagen zum Verkauf angeboten wurden; über die offenen Tempeltüren und den Duft der Räucherstäbe, der heraus in die amerikanische Luft strömte; über die Drachen von orientalischer Gestalt, die sich in westlichen Telegraphendrähten verfingen; die Gebete auf Papier, die der Passat jagte und im westlichen Rinnstein verstreute. Ich war ein häufiger Wanderer am North Beach, wo ich auf die Straits starrte, auf die riesigen Kap-Horner, die hier vorbei auf hohe See krochen, und das angrenzende Tamalpais. Von dort trat ich meinen Rückweg an und besuchte unterwegs vielleicht jenen seltsamen, schmutzstarrenden Schuppen mit einem Fußboden aus gestampfter Erde, an den Wänden überall Käfige mit wilden Tieren und Vögeln, wo an einer baufälligen Theke unter dem Geschrei der Affen und dem scharfen Geruch nach Menagerie von einem Wirt, der kaum weniger verdreckt als seine Tiere war, vierzigprozentiger Whisky ausgeschenkt wurde. Doch auch Nob Hill entging mir nicht, selbst eine Art von Slum, da hier nur Millionäre wohnen. Dort oben hausen sie auf ihrer Hügelkuppe, hoch über dem Geschrei der Menschen, und der Passat streicht durch die leeren Straßen zwischen ihren Palästen.

Aber San Francisco hat viele Gesichter. Es ist nicht nur die interessanteste Stadt der ganzen Union, nicht nur der größte Schmelztiegel der Rassen und edlen Metalle. San Francisco bewacht auch das Tor zum Pazifik, es ist der Hafen in eine andere Welt und eine frühere Epoche menschlicher Geschichte. Nirgends sonst kannst du so viele große Segler sehen, die hier aus China, aus Sydney, aus Indien, von rund ums Kap Horn zusammenkommen; und dort, zwischen den Hochsee-Giganten kaum beachtet, kreist eine andere Art von Gefährt auf dem Wasser: der Insel-Schoner, tief im Wasser liegend, mit hohen Masten und eleganten Linien, getakelt und gebaut wie eine Yacht, bemannt mit braunhäutigen, freundlichen, sanftäugigen eingeborenen Matrosen, bestückt mit großen

Doppelender-Booten, die eine Mär von den lärmenden Stränden ihrer Heimat erzählen. Diese Schoner stehlen sich hinaus und wieder herein, unbeachtet von der Welt, ja selbst der Presse, bis auf eine Zeile im Zollbericht: »Schoner Soundso für Yap und Südseeinseln« – sie stehlen sich fort mit wenig aufregender Fracht: Lachs in Dosen, Gin, Ballen bunten Baumwollstoffes, Damenhüten, Waterbury-Uhren, und kehren nach etwa einem Jahr zurück, bis obenhin zu den Traufen des Hauses beladen mit Kopra, oder tief schlingernd unter Schildpatt oder Perlaustern. Für mich, den Amateur-Pariser, war dieser Insel-Verkehr, ja selbst die Insel-Welt jenseits der Grenzen der Neugier, von den Grenzen des Wissens nicht zu reden. Da stand ich, an der äußersten Küste des Westens und des Heute. Siebzehnhundert Jahre zuvor und siebentausend Meilen weiter östlich stand vielleicht ein Legionär auf dem Wall des Antoninus und blickte nordwärts zu den Bergen der Pikten. Abgesehen vom Unterschied in Zeit und Raum war ich, von den Klippen auf den breiten Pazifik blickend, doch dieses Mannes Erbe und Gleichnis: beide standen wir am Rand des Römischen Reiches (oder, wie wir's jetzt nennen, der westlichen Zivilisation), beide starrten wir hinaus ins un-romanisierte Gebiet. Aber ich war wie blind. Ich blickte rückwärts, ein wohlwollendes Auge gen Paris gewandt; und es brauchte eine Reihe von miteinander verschränkten Zufällen, um meine Gleichgültigkeit in Interesse, ja Sehnsucht zu verwandeln, die zu befriedigen ich mir nie hätte träumen lassen.

Der erste dieser Zufälle verschaffte mir die Bekanntschaft eines in San Francisco recht bekannten Mannes, der auch über die Grenzen der Stadt hinaus berühmt und von vielen Liebhabern eines guten Englisch geschätzt war. Ich hatte einen neuen Slum entdeckt, einen Ort voll unsicherer sandiger Klippen, tiefer Einschnitte, einsamer alter Häuser und Sackgassen. Der Ort war bereits umzingelt. Ohne Unterbrechung fädelten sich die Lichtschnüre der Straßenlaternen hindurch. Von allen Seiten hörte man den grollenden Verkehr der nahgerückten Stadt. Ohne allen Zweifel ist heute nichts mehr davon übrig; damals aber barg dieser Ort innerhalb enger Grenzen einen verzauberten Frieden, und (vor allem am Morgen, als ich meistens hinging) eine beinah ländliche Abgeschiedenheit. Auf einem steilen Sandhügel thronten dort auf äußerst instabilen Fundamenten ein paar Häuser, jedes mit kleinem Garten, und alle (wie ich annehmen muß) bewohnt. Dorthin schlich ich mich gern über einen bröckeligen Pfad und setzte mich dann vor den letzten Häusern nieder, um zu zeichnen. Schon am ersten Tag sah ich, daß ich beobachtet wurde, und zwar aus einem Fenster im Erdgeschoß, von einem noch recht jungen, gutaussehenden Mann mit hoher Stirn und lebhaftem, sympathischem Gesichtsausdruck. Am zweiten Tage war's, da wir noch weit und breit die einzigen Gestalten in der Landschaft waren, nur natürlich, daß wir einander zunickten. Am dritten brach er aus seiner Verschanzung aus, lobte meine Zeichnung und führte mich mit der spontanen Herzlichkeit des Künstlers in seine Wohnung, wo ich mich mitten in einem Museum seltsamster Objekte fand – Paddel und Schlaghölzer und Körbe, roh behauene Steinfiguren, Schmuck aus aufgefädelten Perlen, Kokosschüsseln, schneeweiße Kokosfedern – Beweis und Beispiel einer anderen Erde, eines anderes Klimas, einer anderen Rasse und einer anderen (wenn auch roheren) Kultur. Auch bildeten diese Objekte einen passenden Kommentar zu den Gesprächsthemen meines neuen Bekannten. Ohne Zweifel hast du sein Buch gelesen. Du weißt also schon, wie er in seinem Leben auf den Inseln trampte und hungerte und doch so viel Lebensgewinn einstrich: und da ich ihm nun, nach Monaten im Kontor und bei den Picknicks, von Künstler zu Künstler begegnete, kannst du dir sicher vorstellen, mit welchem Zauber er für mich sprach, mit wieviel Vergnügen ich ihm zuhörte. In diesen Gesprächen, die wir beide sehnlichst zu wiederholen wünschten, hörte ich zum ersten Mal die Namen dieser Inseln, verfiel ich zum ersten Male ihrem Bann; und von einem der ersten

Treffen kehrte ich (als Glücklicher) mit *Omoo* unter einem Arm und den Abenteuern meines Freundes unter dem anderen nach Haus zurück.

Das zweite Erlebnis war dramatischer und hatte außerdem direkten Bezug auf meine Zukunft. Eines Tages stand ich unweit eines Bootslandeplatzes unter Telegraph Hill. Ein großes Barkschiff von vielleicht achtzehnhundert Tonnen kam auf dem Weg zum Hafen dem Kap ungewöhnlich nahe; ich folgte ihm mit träge unaufmerksamen Blicken, als mir plötzlich zwei Männer auffielen, die übers Bollwerk eilten, in ein Küstenboot sprangen, dem Bootsmann mit Gewalt die Ruder entrissen und auf den Landeplatz zuhielten, wo ich stand. In erstaunlich kurzer Zeit kamen sie die Stufen heraufgeeilt; und ich konnte sehen, daß beide für einfache Matrosen viel zu gut gekleidet waren – der erste war sogar elegant zu nennen; und beide, besonders aber der erste, schienen mir unter dem Einfluß einer heftigen Erregung.

»Nächstes Polizeirevier?« rief der Anführer.

»Hier lang«, sagte ich und heftete mich an ihre Seite. »Was ist geschehen? Welches Schiff ist das?«

»Das ist die *Gleaner*«, antwortete er. »Ich bin Erster Offizier, der Herr hier ist der Dritte; und wir müssen noch vor der Mannschaft unsere Aussage machen, sonst sperren sie uns vielleicht noch mit dem Kapitän zusammen ein; und das wäre nicht die richtige Kabine für mich. Ich bin schon mit hartgesottenen Burschen gesegelt und habe Stöcke fliegen sehen wie Sand im Sturm – aber dem Alten hier konnte keiner das Wasser reichen. Vom Hook bis zu den Farallones ließ er nicht locker; der letzte Mann wurde erst vor sechzehn Stunden über Bord geworfen. Postschiffratten waren unsere Männer, keiner hätte gezögert, den anderen mit dem Sandsack zu erschlagen; aber selbst die schauten nicht mehr so frisch aus der Wäsche, als der Kapitän mit seinem Zielschießen anfing.«

»Na, der ist erledigt«, bemerkte der andere. »Der fährt nie wieder zur See.«

»Du ermüdest mich«, gab sein Boß zurück. »Wenn er in einem Stück an Land kommt und in den nächsten zehn Minuten nicht gelyncht wird, dann fehlt ihm gar nichts. Die Eigner haben ein längeres Gedächtnis als die Öffentlichkeit; die halten zu ihm; so einen nützlichen Kapitän finden sie nicht jeden Tag im Jahr.«

»Ja, als Kapitän ist er ein toller Hecht, da dran ist gar kein Zweifel«, bestätigte der andere entschieden. »Also ich glaube nicht, daß auf den letzten drei Fahrten irgendwer an Bord der *Gleaner* seine Heuer ausbezahlt bekam.«

»Keine Heuer?« rief ich aus, denn ich war damals in Seefahrtsdingen noch ein Neuling.

»Nicht für die Mannschaft vor dem Mast«, bestätigte der Maat. »Die Männer seilten sich ab; war eben nicht der leichte Job, den sie vielleicht erwartet hatten. Die *Gleaner* ist auch nicht das erste Schiff, das keine Heuer ausbezahlt.«

Ich konnte unmöglich übersehen, daß unser Tempo inzwischen immer langsamer wurde; und so habe ich mich denn seither oft gefragt, ob der hastige Start nicht für die Galerie allein gedacht war. Denn als wir endlich das Revier erreichten und die Offiziere ihre Aussage machten und berichteten, in welch haarsträubender Weise fünf Mann zwischen Sandy Hook und San Francisco ermordet wurden, einige in rasender Wut, andere in kalter Brutalität – als dann endlich die Polizisten ausgeschickt wurden, da war's zu spät, ganz wie erwartet. Bevor wir eintrafen, war der Metzger schon aufs Dock geschlüpft, verlor sich in der Menge und fand im Haus eines Bekannten Zuflucht; und auf dem Schiff selbst befanden sich nur mehr seine Opfer. Gut für ihn, daß er so schnell gehandelt hatte. Denn als sich unter den Menschen im Hafen herumsprach, was passiert war, als das letzte Opfer ins Spital getragen, als jene, die (wie durch ein Wunder) dieser schwimmenden Ruine entkommen waren, durch die Menge wanderten und ihre Wunden zeigten, da nahm die Erregung, die sich dieses Teils der Stadt bemächtigte, gänzlich ungewohnte Ausmaße an. Männer vergossen öffentlich ihre Tränen; Inhaber von Absteigen, seit langem an Brutalität gewöhnt, und ganz besonders an Brutalität gegenüber Matrosen, schüttelten ihre Fäuste gegen den Himmel: wäre man des Kapitäns der *Gleaner* habhaft geworden, es wäre ihm wohl nicht gut bekommen. In derselben Nacht (so weiß es das Gerücht) wurde er in einem Faß über die Bucht geschmuggelt: dies war bereits das zweite Schiff, das ihm das Arbeitshaus und den Galgen eingetragen hätte; aber dennoch befehligt er zur Zeit, wie man hört, wieder ein Schiff auf dem Westlichen Ozean.

Wie ich schon sagte, war ich mir nie ganz sicher, ob Mr. Nares (der Maat) nicht beabsichtigte, seinen Vorgesetzten entwischen zu lassen. Es hätte ihm, der der Loyalität gegenüber dem Gesetz stets den Vorzug gab, ähnlich gesehen; es paßte zu seinen Vorurteilen, die immer auf der Seite der Achterwache waren. Doch das bleibt Vermutung. Als ich ihn später besser kennenlernte, war er über diesen Punkt nie sehr gesprächig, und das betraf die ganze Reise mit der *Gleaner*. Ohne Zweifel hatte er für seine Zurückhaltung gute Gründe. Schon auf unserem Gang zum Polizeirevier debattierte er immer wieder mit Johnson, dem Dritten Offizier, ob er sich, neben der Anzeige gegen den Kapitän, nicht auch selbst stellen sollte. Schließlich entschied er sich dagegen, und zwar deshalb, weil »wahrscheinlich ohnehin nichts dabei herausschauen würde, und selbst wenn es Stunk gäbe, hätte er genügend gute Freunde in San Francisco«. Und tatsächlich schaute nichts dabei heraus; obwohl das Ergebnis offenbar recht knapp war, denn Mr. Nares ging sofort darauf auf Tauchstation und war kaum weniger gut versteckt als sein Kapitän.

Johnson dagegen begegnete ich oft. Nie fand ich heraus, wo seine Wiege stand; und obwohl er sich selbst als Amerikaner ausgab, wurde dieser Anspruch weder durch sein Englisch noch seine Bildung unterstützt. Aller Wahrscheinlichkeit nach stammte er aus Skandinavien und hatte sich lange Zeit auf den Vorderdecks englischer und amerikanischer Schiffe gerben lassen. Es ist möglich, daß er – wie so viele seiner Rasse in ähnlicher Stellung – seine Muttersprache bereits ganz vergessen hatte. Zumindest dem Geiste nach war er ent-nationalisiert; dachte nur in Englisch – wenn man es so nennen kann; und obwohl von Natur einer der sanftesten, gütigsten, kindisch humorvollsten Menschen, hatte er so lange unter der grausamen Disziplin der See gelebt, daß seine Erzählungen (oft unter Gekicher vorgetragen) mir häufig einen Schauer über den Rücken jagten. Dem Aussehen nach war er groß, schlank, mit kühnen, fast adeligen Gesichtszügen, dunkelhaarig, ebenmäßig gebräunt: ein Bild von einem Seemann. In einem Stuhl sitzend, hätte man ihn für einen Baron oder hohen Militär gehalten; doch brauchte er nur aufzustehen, und es war Fips der Matrose, der wie ein Krebs auf einen zurollte, und nur die Lippen aufzumachen, und es war Fips der Matrose, der seinen ungrammatischen Unsinn vor sich hinknödelte. Er war (abgesehen von anderen Weltgegenden) viel zwischen den Inseln herumgesegelt und verkündete nun nach einer Kap-Horn-Passage mit Schneestürmen und blanken Eisdecken seine Absicht, »eine Runde bei den Kanaken zu drehen«. Ich dachte also, ich würde ihn bald verlieren; doch nach den ungeschriebenen Gesetzen der Matrosen mußte er zuerst noch seine Heuer durchbringen. »Na, dann wollen wir mal diese Stadt auf den Kopf stellen«, lautete seine metaphorische Ankündigung; denn gewiß hat noch kein Mann je sein Geld auf friedlichere Weise durchgebracht: Er verbrachte fast den ganzen Tag in dem kleinen Extrazimmer hinter Black Tom's Bar, umgeben von einem Kreis alter Bekannter, alle aus der Südsee, alle Freunde eines langen Garns, einer kurzen Pfeife und einer Runde voller Gläser.

Black Tom's bot nach vorne hin den Anblick einer viertklassigen Hafenbar, frequentiert von Kanaka-Matrosen, Schmutz, schwarzem Priemtabak, üblen Zigarren, noch üblerem Gin und Gitarren und Banjos im letzten Stadium. Der Inhaber, ein kraftvoller Farbiger, war Wirt,

Lokalpolitiker, Anführer einer Brigade von »Lämmern« oder »Schlägern«, vor denen die Parteibosse und der Bürgermeister angeblich schon zitterten, wenn sie nur ihre Schlagstöcke hoben; und (was auch nichts schadete) ein aktiver und verläßlicher Matrosenschacherer. Das Vorderzimmer war daher laut, verrufen, ja nicht einmal sicher. Ich habe Saloonbars mit noch üblerer Kundschaft gekannt, aber mit weniger Skandalen; denn Tom war oft selbst betrunken; und es war klar, daß die »Lämmer« ein höchst nützlicher Verein waren, sonst wäre das Etablissement wohl längst geschlossen worden. Ich weiß noch, wie ich eines Tages kurz vor einer Wahl einen blinden Mann sah, sehr gut gekleidet, der zur Theke gebracht wurde und dort in langer Konsultation mit dem Neger verharrte. Das Paar paßte derart schlecht zusammen, und die Scheu, mit der die anderen Säufer sich zurückzogen und die beiden ungestört ließen, war so auffällig, daß ich mich fragend an meinen Nachbarn wandte. Er erklärte mir, der Blinde sei ein allseits bekannter Parteiführer, von manchen »König von San Francisco« genannt, am besten aber vielleicht bekannt unter seinem malerischen chinesischen Spitznamen »Blinder Weißer Teufel«. »Die ›Lämmer‹ haben offenbar wieder was Ordentliches ausgefressen«, fügte mein Informant hinzu. Ich habe hier eine Skizze des Blinden Weißen Teufels, wie er an der Theke lehnt; und auf der nächsten Seite, zur gleichen Stund' entstanden, ein schnell hingeworfenes Porträt von Black Tom, der einen Haufen Kunden mit einer langen Smith & Wesson in Schach hält: zu solchen Höhen und Tiefen stiegen und fielen wir in den vorderen Räumen der Saloonbar.

Inzwischen tagte in den hinteren Räumlichkeiten der kleine, informelle Südseeclub und redete über eine andere Welt und sicherlich ein anderes Jahrhundert. Alte Schoner-Kapitäne waren das, alte Südsee-Händler, Köche, Maate: edlere Gestalten, geläutert durch ihren Aufenthalt unter einer sanfteren Rasse; ganze Männer überdies, nicht durch Lesen, sondern durch merk-würdige Erfahrung; ganze Tage lang konnte ich ihrem Garn mit stets gleichbleibendem Vergnügen lauschen. Alle hatten sie etwas Poetisches an sich; denn der Strandläufer ist, Rohlinge ausgenommen, der arme Verwandte des Künstlers. Selbst durch Johnsons unartikulierte Aussprüche wie »O nein, in diesen Kanaken ist keine Bosheit nicht«, oder »O ja, das ist doch wirklich allemal eine saubere Insel, bergig bis runter; da hätte ich bleiben sollen, von dort hätt' ich nie fortgehen dürfen« – leuchtete ein gewisser Gusto der Hochschätzung; und einige von den anderen waren Meistererzähler. Aus ihren langen Geschichten, ihren Stegreif-Beschreibungen von Menschen und Landschaft fügten sich in meinem Kopf die Inseln und das Leben auf diesen Inseln zu einem Bild zusammen: abfallende Steilküsten, spitze Berggipfel, tiefe Schatten hängender Wälder, nie endende Brandung über dem Riff, nie endender Frieden in der Lagune; Sonne, Mond und Sterne von königlicher Klarheit; vor diesem Hintergrunde Männer, noch kaum vom Sündenfall tangiert, und Frauen, die lieblicher als Eva waren; der Fluch der Erbsünde zurückgenommen, das Bett bereitet für den Fremden, alles Leben begleitet von Musik, der Gast willkommen, das Boot in lebhafter Fahrt, die lange Nacht verzaubert durch Poesie und Chorgesang. Man muß ein erfolgloser Künstler gewesen sein; auf den Straßen von Paris gehungert haben; einem Geschäftsbetrieb wie jenem Pinkertons unterjocht gewesen sein, um die Sehnsucht nachzufühlen, die jetzt manchmal von mir Besitz ergriff. Die rauhe, rüpelhafte Stadt San Francisco, das wirbelnde Kontor, wo mein Freund Jim zwischen zehn und vier wie ein gefangener Löwe hin und her schritt, selbst (manchmal) die Erinnerung an Paris verblaßte im Vergleich damit. Manch einer hätte schon nach weniger Versuchung alles hingeworfen, um seine Vision zu verwirklichen; aber ich war von Natur kein Abenteurer und kein Draufgänger: Um mich von allen früheren Wegen abzulenken und auf Kreuzfahrt durch die

Inseln des Paradieses zu senden, da brauchte es eine Kraft von außerhalb; das Schicksal selbst mußte den Keil ansetzen; und es hielt denn auch bereits, mir gänzlich unbewußt, das Werkzeug in der messingnen Hand.

Ich saß eines Nachmittags in der Ecke eines großen, mit viel Glas und Silber ausgestatteten Saloons, an einem Ellbogen ein kostenloses Mittagessen, am anderen eine »züchtige Nackte« aus dem Pinsel eines örtlichen Talents; als unter Fußgetrampel und jähem Stimmengewirr die Schwingtüren plötzlich weit aufflogen und der Platz wie im Sturm genommen wurde. Die Menge, die so hereinströmte (fast lauter Seeleute, und alle ungemein aufgeregt), hatte eine Art Kern oder allgemeinen Mittelpunkt des Interesses, den die anderen nur umgaben und ankündigten, wie Kinder in der Alten Welt den Kasperlspieler umgeben; und wie ein Buschfeuer verbreitete sich in der Bar das Gerücht, diese Männer seien Kapitän Trent und die Überlebenden des britischen Schiffes *Flying Scud*, von einem britischen Kriegsschiff auf Midway aufgelesen, heute morgen in der Bucht von San Francisco angekommen und jetzt geradewegs von den erforderlichen Deklarationen kommend. Ich hatte eine gute Sicht auf sie: vier gebräunte Männer, typische Seeleute, die, von einem guten Dutzend Neugieriger umgeben, mit Gläsern in der Hand an der Theke standen. Der eine war ein Kanake – der Koch, wie man mir sagte; einer trug einen Käfig mit einem Kanarienvogel, der gelegentlich in dünnes Trillern ausbrach; einer trug den linken Arm in der Schlinge und sah aus wie ein Gentleman, aber nicht gesund, so, als wäre die Verwundung schlimm gewesen und er hätte sich noch nicht davon erholt; und der Kapitän selbst – ein rotgesichtiger, blauäugiger, untersetzter Mann von etwa fünfundvierzig Jahren – trug einen Verband auf der rechten Hand. Der Vorfall machte mir Eindruck; besonders überraschte es mich, daß Kapitän, Koch und Vorderdeckmänner gemeinsam Straßen und Saloon unsicher machten; und wie immer, wenn mir etwas Eindruck machte, holte ich mein

Skizzenbuch heraus und fing an, die vier Schiffbrüchigen heimlich zu porträtieren. Die Umstehenden begünstigten mein Unternehmen und hielten mir den Blick zum anderen Ende des Raumes frei; und so war ich imstande, als heimlicher Beobachter mit immer größerer Genauigkeit Gesicht und Verhalten von Kapitän Trent zu studieren.

Erwärmt vom Whisky, ermutigt durch das Interesse der Umstehenden, gab dieser Gentleman nun die Geschichte seines Unglücks zum besten. Nur Fetzen drangen an mein Ohr: wie »das Schiff auf Steuerbordbug vollief«, und wie »es plötzlich aus Nor'-Nor'-West heraufkam«, und »da lagen wir auf dem Trockenen«. Manchmal wandte er sich an einen seiner Männer – »So war's doch, oder, Jack?« – und dann antwortete der Angesprochene: »Jawohl, so war's, Kapitän Trent.« Zu guter Letzt sicherte er sich eine neue Woge öffentlichen Mitgefühls, indem er erklärte: »Gott verdamme alle diese Admiralitätskarten, das sage ich euch!« Den nickenden Köpfen und dem beifälligen Gemurmel, das darauf folgte, entnahm ich, daß Kapitän Trent jetzt in der öffentlichen Meinung als Gentleman und tüchtiger Navigator gepunktet hatte; und da zu etwa diesem Zeitpunkt meine Skizze der vier Männer und des Kanarienvogels fertig war, und alle wirklich sehr ähnlich (besonders der Kanarienvogel), klappte ich mein Buch zusammen und entfernte mich aus dem Saloon.

Wie hätte ich wissen können, daß ich gerade den Ersten Akt und die Erste Szene des Dramas meines Lebens verließ und dennoch blieb die Szene, oder vielmehr das Gesicht des Kapitäns noch länger in meiner Erinnerung haften. Ich war, wie ich sagte, kein Prophet; aber ich war etwas anderes: ein Beobachter; und es gab etwas, das ich klar erkannte: wann nämlich ein Mann Angst hatte. Kapitän Trent von der britischen Brigg *Flying Scud* war aalglatt gewesen, zungenfertig, laut; aber in seinen blauen Augen sah ich die Kälte, in seinen Gesichtszügen die Erregung eines anhaltenden Schreckens. Zitterte er um sein Patent? Nach meinem Urteil war es eine lebhaftere Angst, die in dem Mark des Mannes bebte, als er sich dem Drink zuwandte. War das das Ergebnis des jüngsten Schocks, hatte er das Unglück, das seiner Brigg zugestoßen war, noch nicht verkraftet? Ich dachte an einen Freund, der in ein Eisenbahnunglück verwickelt gewesen war und danach noch einen ganzen Monat zitterte und zuckte; und obgleich Kapitän Trent von der *Flying Scud* gar nicht das Aussehen eines nervösen Menschen hatte, so sagte ich mir doch in halbherziger Überzeugung, es wäre dies hier wohl ein ähnlicher Fall.

Kapitel IX

Das Wrack der »Flying Scud«

Am nächsten Morgen fand ich Pinkerton, der vor mir aufgestanden war, an unserem gewöhnlichen Frühstückstische sitzend, tief in die Lektüre eines Blattes vertieft, das ich den *Daily Occidental* nennen will. Es war dies ein Blatt (ist es vielleicht noch), das unter seinen westlichen Brüdern ganz allein stand; alle anderen waren bis hinab zur kleinsten Meldung entstellt von Balkenüberschriften, Großbuchstaben, Alliterationen, großspurigen Falschmeldungen und dem protzigen, pittoresken, jämmerlichen Pathos der Harry Millers: der *Occidental* schien als einziges Blatt weit und breit aus der Feder eines unaufregenden, vernünftigen, christlichen Gentleman zu stammen, dem es vor allem um die Verbreitung von Wissen ging. Doch neben diesem Verdienst, das es mir teuer machte, war es auch das in geschäftlichen Angelegenheiten am besten informierte Blatt, weshalb es Pinkerton am Herzen lag.

»Loudon«, sagte er und blickte von der Zeitung hoch, »du meinst manchmal, ich hätte zu viele Eisen im Feuer.

Aber ich finde eben, wenn man einen Dollar liegen sieht, hebt man ihn auf! Und hier bin ich nun über einen ganzen Haufen Dollars gestolpert, die auf einem Riff mitten im Pazifik liegen.«

»Ich bitte dich, Jim, du Racker!« rief ich; »haben wir denn nicht Depew City, einen von Gottes schönsten grünen Plätzen dieses Staates? Haben wir –«

»Hör dir das an«, unterbrach mich Jim. »Das Ganze hat keinen Stil; diesen *Occidental*-Reportern fehlt's an Temperament; aber die Fakten werden schon stimmen. Und er fing an vorzulesen:

WRACK DER BRITISCHEN BRIGG »FLYING SCUD«

H.B.M.S. *Tempest*, gestern im Hafen eingetroffen, bringt Kapitän Trent und vier Mann der britischen Brigg *Flying Scud* an Land, am 12. Februar auf Midway gestrandet und durch göttliche Fügung schon am nächsten Tag gerettet. Die *Flying Scud* hatte 200 Tonnen Ladung, registriert in London, seit fast zwei Jahren auf Trampfahrt. Kapitän Trent verließ Hong Kong am 8. Dez., mit Ziel auf diesen Hafen, mit Reis und einer kleinen gemischten Fracht aus Seiden, Tees und China-Waren, das Ganze geschätzt auf £ 10.000, voll durch Versicherung gedeckt. Das Logbuch zeigt viel Schönwetter, mit leichten Brisen, Kalmen und Böen. Auf lat. 28 N., long. 177 W. hielt Kapitän Trent, da sein Wasser verdarb, auf Midway zu – irregeführt durch Hoyts North Pazifik Directory, das eine Kohlenstation auf der Insel verzeichnete. Die Insel erwies sich als Sandbank, umgeben von einem größtenteils unter Wasser befindlichen Korallenriff. Vögel waren zahlreich vorhanden, in der Lagune gab es guten Fisch, aber kein Feuerholz; und das Wasser, nach dem man graben mußte, war brackig. Vorm Nordende der größeren Bank fand er in fünfzehn Faden Tiefe guten Ankergrund; der Grund war sandig, mit Korallenflecken. Hier wurde er sieben Tage lang durch Windstille festgehalten; die Mannschaft litt inzwischen sehr unter dem Wasser, das jetzt gänzlich brakkig wurde; und erst am Abend des 12. kam leichter Wind auf, böig aus N.N.O. Trotz der vorgerückten Stunde beschloß Kapitän Trent, sofort den Anker zu lichten, und versuchte die Ausfahrt. Während das Schiff auf die Durchfahrt zuhielt, schlief der Wind plötzlich ein, drehte sich dann stürmisch nach N und sogar N.N.W. und trieb die Brigg etwa zwanzig Minuten vor sechs Uhr auf Sand. John Wallen aus Finnland und Charles Holdorsen aus Schweden ertranken längsseits bei dem Versuch, ein Boot zu Wasser zu lassen, da beide nicht schwimmen konnten, der Sturm schwerer wurde und der Lärm der Brandung alles übertönte. Gleichzeitig wurde John Brown, einem weiteren Mannschaftsmitglied, durch fallende Sparren der Arm gebrochen. Kapitän Trent teilte dem Reporter des *Occidental* weiter mit, daß die Brigg zuerst Bug voran heftig aufschlug, auf Korallen, wie er vermutet; dann glitt sie über das Hindernis und liegt jetzt im Sand, den Bug weit unten und Schlagseite nach Steuerbord. Beim ersten Aufschlag war sie wohl beschädigt worden, denn im Bugraum drang viel Wasser ein. Der Reis ist vermutlich nicht mehr zu gebrauchen; aber der wertvollere Teil der Ladung befindet sich glücklicherweise im Achterraum. Kapitän Trent bereitete eben sein Langboot auf die Seefahrt vor, als das schicksalhafte Eintreffen der *Tempest* in Befolgung von Befehlen der Admiralität, auf ihrem Kurs die Inseln nach Schiffbrüchigen abzusuchen, den tapferen Kapitän vor weiterer Gefahr errettete. Es ist kaum notwendig hinzuzufügen, daß sowohl die Offiziere wie auch die Mannschaft des unglücklichen Schiffs die Gastfreundschaft an Bord des Kriegsschiffs in den höchsten Tönen preisen. Wir drucken eine Liste der Überlebenden: Jacob Trent, Kapitän aus Hull, England; Elias Goddedaal, Maat, geboren in Christiansand, Schweden; Ah Wing, Koch, geboren in Sana, China; John Brown, geboren in Glasgow, Schottland; John Hardy, geboren in London, England. Die *Flying Scud* ist zehn Jahre alt und wird heute morgen verkauft, wie sie liegt und steht, auf Order der Vertretung von Llyod's, in öffentlicher Versteigerung zugunsten der Versicherer. Die Auktion findet um zehn Uhr in der Handelsbörse statt.

Weitere Einzelheiten. – Am späteren Nachmittag sprach der Reporter des *Occidental* mit Lieutenant Sebright, Erstem Offizier der H.B.M.S. *Tempest*, im Palace Hotel. Der tüchtige Offizier stand unter Zeitdruck, bestätigte jedoch den Bericht von Kapitän Trent in allen Einzelheiten. Er fügte hinzu, die *Flying Scud* befinde sich an einem hervorragenden Liegeplatz und könne, ausgenommen den höchst unwahrscheinlichen Fall eines schweren Sturms aus N.W., bis zum nächsten Winter durchhalten.«

»Du wirst nie etwas von Literatur verstehen«, rief ich, als Jim geendet hatte. »Das ist ein gutes, ehrliches Stück Prosa, das die Geschichte klar und deutlich erzählt. Ich sehe nur einen Fehler: der Koch ist kein Chinese, sondern ein Kanake, aus Hawaii, wie ich glaube.«

»Wieso, woher weißt du das denn?« rief Jim.

»Ich sah die ganze Gruppe gestern in einem Saloon«, erwiderte ich. »Und ich hörte die Geschichte – mehr oder weniger – von Kapitän Trent selbst, der mir sehr durstig und sehr nervös vorkam.«

»Das tut aber nichts zur Sache«, rief Pinkerton. »Die Frage ist, was mit den Dollars passiert, die dort auf dem Riff liegen.«

»Ist Profit drin?« fragte ich.

»So viel wie in einem Zuckerring«, rief Pinkerton. »Hast du nicht gehört, was dieser britische Offizier über den sicheren Liegeplatz sagt? Und daß die Fracht auf zehntausend geschätzt wird? Schoner werden einem zur Zeit nachgeworfen; um zweihundertfünfzig pro Monat kann ich sie mir aussuchen; und was schaut dabei heraus? Wenn ich mich nicht irre, kommen wir auf dreihundert Prozent!«

»Du vergißt«, warf ich ein, »daß der Kapitän selbst sagt, der Reis sei beschädigt.«

»Das ist ein Einwand, ja, ich weiß«, gab Jim zu. »Aber der Reis ist ohnehin die langsame Ware; er zählt eigentlich nur als Ballast; mich interessieren vor allem die Tees und die Seiden. Was wir jetzt herausfinden müssen, sind die Mengenverhältnisse, und ein Blick in den Frachtbrief wird das klären. Mit Lloyd's hab' ich schon telephoniert, der Kapitän wird mich dort in einer Stunde treffen, und dann beziehe ich auf dieser Brigg Posten, als hätt' ich sie gebaut. Du kannst dir ja gar nicht vorstellen, was so ein Wrack sonst noch alles hergibt – Kupfer, Blei, Takelwerk, Anker, Ketten, sogar das Geschirr, Loudon!«

»Du scheinst mir nur ein Detail zu vergessen«, sagte ich. »Bevor du dieses Wrack ausschlachten kannst, mußt du es kaufen, und wieviel wird es kosten?«

»Einhundert Dollar«, erwiderte Jim, prompt wie ein Automat.

»Wie zum Teufel hast du das erraten?« rief ich.

»Ich rate nicht; ich weiß es«, antwortete die Wirtschaftsmacht. »Mein bester Junge, ich bin vielleicht ein Tölpel, was die Literatur betrifft, aber du bleibst ein Rumpelstilzchen im Geschäft. Wie ist es mir deiner Meinung nach gelungen, die *James L. Moody* um zweihundertundfünfzig zu kaufen, wo doch schon ihre Boote allein das Vierfache wert waren? Weil mein Name als erster auf der Liste stand. Nun, und dort steht er heute wieder; mir steht es zu, ein Angebot zu stellen, und ich nenne eine kleine Summe wegen der Entfernung; aber gleichgültig, welche Summe ich nenne: das ist dann der Preis.«

»Klingt ziemlich geheimnisvoll«, sagte ich. »Findet diese öffentliche Auktion denn in einem unterirdischen Gewölbe statt? Könnte ein einfacher Bürger – ich zum Beispiel – auch hingehen und zusehen?«

»Alles geht öffentlich und ehrlich vor sich«, rief Jim empört. »Kommen kann jeder, nur bietet keiner gegen uns, und wenn er's tut, dann wird er ausgesperrt. Einer hat's versucht, und einmal war genug. Wir haben den Betrieb in der Hand; wir haben die Verbindungen; wir können uns höhere Gebote leisten als jeder Außenseiter; im Ring befinden sich zwei Millionen Dollar; und wir schrecken vor nichts zurück. Oder stell dir vor, jemand kauft über unseren Kopf – ich sage dir, Loudon, er müßte annehmen, diese Stadt ist übergeschnappt; der könnte in der ganzen Stadt ebensowenig ein Geschäft durchziehen wie ich tanzen kann; Schoner, Taucher, Seeleute – alles, was er braucht – die Preise würden in die Höhe sausen und ihn erschlagen.«

»Aber wie bist du hineingekommen?« fragte ich. »Du warst doch zunächst auch ein Außenseiter wie jeder andere, nehme ich an?«

»Ich hab' mir diese Sache vorgeknöpft und sie studiert, Loudon«, gab er zurück. »Es faszinierte mich; es war so romantisch – und dann erkannte ich, daß dabei Marie zu holen war; und ich betrachtete das Ding so lang von allen Seiten, bis keiner mir mehr neunmalklug kommen konnte. Niemand wußte, daß ich ein Auge auf Wracks geworfen hatte, bis ich eines schönen Morgens Douglas B. Longhurst in seiner Höhle aufsuchte, ihm alle Fakten und Zahlen präsentierte und ihn geradeheraus fragte: ›Möchten Sie mich in Ihrem Ring? Oder soll ich einen neuen gründen?‹ Er brauchte eine halbe Stunde, und als ich zurückkam, sagte er: ›Pink‹, sagte er, ›ich habe Ihren Namen eingetragen.‹ Das erste Mal, da ich an der Spitze stand, ging's um den *Moody*-Dreh; jetzt um die *Flying Scud*.«

Worauf Pinkerton nach einem Blick auf seine Uhr einen Ausruf ausstieß, sich hastig mit mir an den Türen der Handelsbörse verabredete und von hinnen floh, um Frachtbriefe zu prüfen und den Skipper auszufragen. Ich rauchte langsam meine Zigarette zu Ende, und zwar mit dem Genuß eines Mannes, der viele Picknicks hinter sich hat; und überlegte, daß von allen Formen der Jagd nach dem Dollar diese Sache mit dem Wrack meinen Vorstellungen am ehesten entgegenkam. Sogar noch auf dem Weg in die Stadt, in der Kälte und im Getümmel der altbekannten Hauptgeschäftsstraßen von San Francisco, fühlte ich mich heimgesucht von einer Vision dieses Wracks, so fern unter einer starken Sonne brütend, von einer Wolke aus Seevögeln beschattet; und schon jetzt – und aus keinem besseren Grund – neigte sich mein Herz dem Abenteuer zu. Wenn nicht ich selbst, dann etwas von dem Meinen, zumindest jemand, der in meinen Diensten stand, sollte zu dieser vom Ozean umtosten Nadelspitze reisen und in die verlassene Kabine steigen.

Pinkerton traf mich zur vereinbarten Zeit, mit schmalen Lippen und in geraderer Haltung als sonst üblich, wie jemand, der sich großer Entschlüsse bewußt ist.

»Nun?« fragte ich.

»Nun«, antwortete er, »es könnte besser sein, es könnte aber auch schlechter sein. Dieser Kapitän Trent ist ein ungemein anständiger Kerl – einer unter tausend. Sobald er sah, daß ich Interesse hatte, redete er ganz offen über den Reis. Seiner Berechnung nach sind vielleicht dreißig Sack zu retten, und das mit Glück. Aber der Frachtbrief klang viel besser. Etwa fünftausend Dollar des gesamten Wertes sind in Seiden und Tees und Nuß-Ölen, und das alles im Heckstoreraum, und so sicher, als wär's in Kearney Street. Die Brigg wurde vor einem Jahr erst neu gekupfert. Dann gibt es weit über hundertfünfzig Faden Kette. Es ist keine Bonanza, aber Marie ist drin; und wir gehen es an.«

Inzwischen war es kurz vor zehn, und wir begaben uns sofort an den Ort der Auktion. Die *Flying Scud*, so wichtig für uns beide, schien nur einen sehr geringen Anteil der öffentlichen Aufmerksamkeit zu erregen. Der Auktionator war von vielleicht einem Dutzend Zuschauern umringt, meist großen, kräftigen Gestalten, gebaut wie der typische Westler: lange Beine, breite Schultern und (nach dem Geschmack des einfachen Mannes) mit überflüssiger Finesse gekleidet. Es herrschte eine johlende, großspurige Kameraderie, Spitznamen und Wetten flogen durch die Luft. »Die Jungens« (wie sie sich selbst wohl nannten) benahmen sich äußerst jungenhaft; und es war klar, daß sie zum Gaudium hier waren, nicht aber des Geschäftes wegen. Etwas weiter hinten, und sicherlich in größtem Gegensatz zu diesen Herren, konnte ich die Gestalt meines alten Bekannten Kapitän Trent entdecken, der gekommen war (wie's wohl jeder Kapitän getan hätte), um zum letzten Mal von seinem alten Schiff zu hören. Seit gestern hatte er sich neu ausstaffiert, mit schwarzen Gewändern von der Stange, die nicht so recht saßen; aus der linken Brusttasche ragte ein Zipfelchen eines seidenen Taschentuchs, die rechte untere Tasche quoll über von Papieren. Pinkerton hatte diesen Mann gerade über den grünen Klee gelobt. Gewiß war er sehr offen gewesen – und ich sah ihn mir noch einmal an, um (wenn möglich) in seinem Gesicht die Ehrlichkeit zu lesen. Das Gesicht war rot und breit und aufgeregt und (wie mir schien) falsch. Der ganze Mann wirkte auf mich wie krank von einer unbekannten Angst; und während er dastand und wartete, ohne sich meiner Beobachtung bewußt zu sein, knirschte er mit den Zähnen, starrte stirnrunzelnd zu Boden oder blickte schnell, scharf und verängstigt auf alle, die vorübergingen. Ich starrte den Mann noch immer wie gebannt an, als die Versteigerung begann.

Einleitende Worte wurden geleiert, inzwischen trieben die Jungens weiter ihre respektlosen Scherze; dann stellte sich etwas mehr Aufmerksamkeit ein, und der Auktionator spielte zwei oder drei Minuten lang auf des Rattenfängers Flöte. Feine Brigg – neues Kupfer – wertvolle Beschläge – drei hervorragende Boote – erlesene Fracht – was der Auktionator eine wirklich sichere Investition nennen würde; ja, meine Herren, er würde noch weiter gehen und sogar eine Zahl nennen: er würde nicht zögern (dieser kühne Auktionator), den Wert des Wracks in eine Zahl zu fassen; und seiner Meinung nach, mit hin und her und diesem und jenem, könne der Käufer durchaus damit rechnen, als Profit eine Summe einzustreichen, die dem geschätzten Wert der Fracht entsprach; oder, meine Herren, mit anderen Worten: eine Summe von zehntausend Dollar. Bei dieser bescheidenen Schätzung ertönte genau aus dem Dach unmittelbar über dem Kopf des Sprechers (wahrscheinlich, wie ich annehme, vermittels der bauchrednerischen Begabung eines Zuschauers) ein helles: »Kikerikiiii!«, worauf alle lachten und selbst der Auktionator humorvoll beipflichtete.

»Nun also, meine Herren, was sollen wir sagen«, nahm der Auktionator den Faden wieder auf und wandte sich dabei eindeutig an Pinkerton – »welche Summe wollen wir für diese einmalige Gelegenheit nennen?«

»Einhundert Dollar«, sprach Pinkerton.

»Einhundert Dollar von Mr. Pinkerton«, wiederholte der Auktionator, »einhundert Dollar. Ist kein anderer Herr bereit, mitzubieten? Einhundert Dollar, nur einhundert Dollar...«

Der Auktionator leierte in diesem Ton dahin; ich für mein Teil beobachtete mit einer Mischung aus Mitgefühl und Erstaunen die ungeschminkte Erregung von Kapitän Trent, als wir alle durch ein weiteres Gebot hochgeschreckt wurden.

»Und fünfzig«, sagte eine scharfe Stimme.

Pinkerton, der Auktionator und die Jungens, die auch alle über den Ring Bescheid wußten, meinten alle, ihren Ohren nicht trauen zu dürfen.

»Ich bitte um Pardon«, sagte der Auktionator. »Hat jemand geboten?«

»Und fünfzig«, wiederholte die Stimme, die ich jetzt zu ihrem Ursprung zurückverfolgen konnte, nämlich zu den Lippen eines kleinen, unansehnlichen menschlichen Fetzenbündels. Die Haut des Sprechers war grau und voller Pickel; er redete in einer Art gebrochenem Singsang mit viel Variation der Tonhöhen; seine Gesten schienen mir (wie bei der Krankheit, die man Veitstanz nennt) nur unvollkommen unter seiner Kontrolle; er war schäbig gekleidet; sein Verhalten drückte so etwas aus wie getretenen Hochmut, als sei er zwar stolz darauf, das zu tun, was er tat, und zu sein, wo er war, und erwarte doch jeden

Moment, entlarvt und hinausgeworfen zu werden. Ich dachte, ich hätte noch nie einen Charakter so aus einem Guß gesehen; aber der Typus war mir neu, nie hatte ich eine Parallele dazu erlebt; er brachte mich ganz instinktiv auf Balzac und die unteren Regionen der Comédie Humaine.

Pinkerton schenkte dem Eindringling einen kurzen Blick, der nichts weniger als freundlich war, riß ein Blatt aus seinem Notizblock, kritzelte darauf mit Bleistift eine Zeile, wandte sich um, winkte einen Botenjungen zu sich und flüsterte: »An Longhurst.« Im nächsten Moment war der Junge schon verschwunden, und Pinkerton wandte sich wieder dem Auktionator zu.

»Zweihundert Dollar«, erklärte Jim.

»Und fünfzig«, sagte der Feind.

»Das kann ja noch lebhaft werden«, flüsterte ich Pinkerton zu.

»Ja. Die kleine Bestie meint's ernst«, gab mein Freund zurück. »Na schön, dann wird er eben eine Lektion bekommen. Warte, bis ich mit Longhurst gesprochen habe. Dreihundert«, fügte er laut hinzu.

»Und fünfzig«, kam das Echo.

Etwa an diesem Punkt fiel mein Blick auf Kapitän Trent. Die Röte in seinem Gesicht hatte sich noch vertieft; der neue Rock stand ganz weit offen, das neue Seidentaschentuch war in lebhaftem Betrieb, und das Auge des Mannes, ein klares Matrosenblau, war vor Aufregung ganz glasig. Er litt noch immer unter seiner Furcht, aber jetzt (wenn ich ein Gesicht lesen konnte) leuchtete darunter auch ein Funke Hoffnung.

»Jim«, flüsterte ich, »sieh dir Trent an. Ich wette, was du willst, daß er damit gerechnet hat.«

»Stimmt«, kam die Antwort, »da geht was vor, was ich nicht deuten kann.« Und er erneuerte sein Gebot.

Die Summe war bei etwa tausend angelangt, als ich in den Gesichtern mir gegenüber las, daß irgend etwas los war; über meine Schulter sah ich einen auffallend großen, jovialen, gutaussehenden Mann nach vorne schlendern und dem Auktionator ein Zeichen machen.

»Ein Wort, Mr. Borden«, sagte er; und dann zu Jim: »Na, Pink, wie hoch stehen wir denn schon?«

Pinkerton nannte ihm die Summe. »Ich hab' bis jetzt auf meine eigene Kappe geboten, Mr. Longhurst«, fügte er hinzu und wurde dabei rot. »Das hielt ich so für richtig.«

»Damit hatten Sie auch völlig recht«, sagte Mr. Longhurst und klopfte ihm freundlich auf die Schulter wie ein wohlwollender Onkel. »Schön, Sie können jetzt zurücktreten, wir machen selbst weiter. Sie können bis auf fünftausend gehen; wenn er mehr bietet, dann – wohl bekomm's ihm.«

»Übrigens, wer ist das denn?« fragte Pinkerton. »Der sieht ziemlich verkommen aus.«

»Ich habe Billy geschickt, daß er's herausfindet.« In diesem Moment erhielt Mr. Longhurst aus den Händen eines der teuren jungen Herren ein gefaltetes Papier. Es wurde weitergereicht, bis es auch zu mir kam, und ich las: »Harry D. Bellairs, Rechtsanwalt; hat Clara Varden verteidigt; zweimal beinahe aus der Kammer ausgeschlossen.«

»Nein, also das verblüfft mich!« bemerkte Mr. Longhurst. »Wer kann so einen Winkeladvokaten aufstellen? Niemand mit Geld, soviel ist klar. Na, wie wär's, wenn Sie's mit einem großen Bluff versuchten? Ich an Ihrer Stelle würde es tun, Pink. Also, bye-bye! Ihr Partner, Mr. Dodd? Freut mich sehr, Ihre Bekanntschaft zu machen, Sir.« Und damit zog sich der große Mann zurück.

»Na, was sagst du zu Douglas B.?« flüsterte Pinkerton und blickte ihm ehrfürchtig nach. »Ein Meter neunzig an Bildung und Benehmen.«

Während dieses Interviews war die Auktion stillgestanden, denn allen – Auktionator, Zuschauern und sogar Bellairs – war völlig klar, daß Mr. Longhurst hier das Sagen hatte und Jim nur sein Sprachrohr war. Doch jetzt, da der Olympische Jupiter gegangen war, glaubte Mr. Borden, strenger sein zu müssen.

»Nun, was ist denn, Mr. Pinkerton? Kein Gebot?« schnappte er.

Und Pinkerton, zum großen Bluff entschlossen, erwiderte: »Zweitausend Dollar.«

Bellairs bewahrte seine Fassung. »Und fünfzig«, sagte er. Aber unter den Zuschauern gab es Gemurmel, und was noch wichtiger war: Kapitän Trent war erbleicht und rang sichtlich nach Luft.

»Laß nicht locker, Jim«, drängte ich. »Trent wird schwach.«

»Dreitausend«, sagte Jim.

»Und fünfzig«, sagte Bellairs.

Dann kehrte das Bieten zu den Hunderter- und Fünfzigerschritten zurück; aber ich hatte in der Zwischenzeit zwei Schlüsse ziehen können. Zunächst einmal hatte Bellairs sein letztes Gebot mit dem Lächeln der befriedigten Eitelkeit gemacht; und ich konnte sehen, daß sich die Person im Ruhm einer ungewöhnlichen Stellung sonnte und sich ihres letztendlichen Erfolgs ganz sicher war. Und zweitens hatte Trent bei dem Tausender-Sprung wieder die Farbe gewechselt, und seine Erleichterung über das Fünfziger-Echo war deutlich sichtbar und nicht vorgetäuscht. Hier stellte sich also ein Problem: beide hatten wahrscheinlich die gleichen Interessen, waren aber in die Ziele des anderen nicht eingeweiht. Doch das war nicht alles. Ein paar Gebote später begegnete mein Blick ganz zufällig dem von Kapitän Trent, und seiner, vor Erregung glitzernd, wurde augenblicklich und, wie ich glaubte, schuldbewußt abgewandt. Er wollte sein Interesse also verbergen? Wie Jim gesagt hatte: da ging irgend etwas vor, was wir nicht deuten konnten. Hier gab es zwei Männer, so seltsam vereint, so seltsam getrennt, beide felsenfest entschlossen, das Wrack nicht in unsere Hände fallen zu lassen, und sei die Summe noch so hoch.

War das Wrack mehr wert, als wir dachten? In meinem

Hirn entstand eine jähe Hitze, die Gebote näherten sich Longhursts Limit von fünftausend; noch eine Minute, und alles wäre zu spät. Schnell riß ich ein Blatt von meinem Skizzenblock, und beflügelt (nehme ich an) von eitler Zuversicht und Glauben in meine Entscheidungs- und Beobachtungsgabe, traf ich die einzige verrückte Entscheidung meines Lebens. *»Wenn du weiter gehen möchtest«*, schrieb ich, *»dann zähle auf mich mit allem, was ich habe.«*

Jim las, wandte sich um und betrachtete mich mit weit aufgerissenen Augen; dann leuchtete es in seinem Blick auf, er wandte sich wieder dem Auktionator zu und sagte: »Fünftausendeinhundert Dollar.«

»Und fünfzig«, parierte der monotone Bellairs.

Jetzt kritzelte Pinkerton wieder. *»Was könnte es sein?«* und ich antwortete ihm schriftlich: *»Keine Ahnung; aber da ist etwas. Schau dir Bellairs an; der geht bis zu zehntausend, das wette ich.«*

Und er ging so weit, und wir folgten. Schon lange vorher hatte es sich herumgesprochen, daß hier eine große Schlacht im Gange war. Wir waren jetzt von einer Menschenmenge umgeben, die voll Verwunderung zusah; und als Pinkerton zehntausend Dollar bot (den Wert des Cargos im besten Falle, angenommen, alles wäre schon hier in der Bucht von San Francisco), und als Bellairs, von einem Ohr zum anderen grinsend vor Freude, derart im Mittelpunkt der Aufmerksamkeit zu stehen, seine Antwort »Und fünfzig!« hervorgestoßen hatte, da wurde die Verwunderung zu Erregung.

»Zehntausendeinhundert«, sagte Jim; und während er noch sprach, machte er eine plötzliche Geste mit der Hand, sein Gesichtsausdruck veränderte sich, und ich konnte sehen, daß er das Geheimnis erraten hatte – oder jedenfalls glaubte, es erraten zu haben. Mit einer Hand, die zitterte wie die eines Telegraphen-Operateurs, kritzelte er eine weitere Botschaft in sein Notizbuch.

»Chinesisches Schiff«, war da zu lesen; und dann in gro-

ßen, zittrigen Buchstaben, mit einem Schnörkel, der weit über den Rand lief: »OPIUM!«

Na klar, dachte ich: das mußte das Geheimnis sein. Ich wußte, daß kaum je ein Schiff einen chinesischen Hafen verließ, ohne irgendwo, vielleicht hinter einem Schott oder in einem schlau ausgehöhlten Balken, ein Nest des wertvollen Gifts zu befördern. Zweifellos gab es einen solchen Schatz auch auf der *Flying Scud.* Wieviel war er wert? Wir wußten es nicht, wir tappten im dunkeln; aber Trent wußte es, und Bellairs wußte es auch; wir konnten nur beobachten und danach entscheiden.

Weder Pinkerton noch ich selbst waren jetzt noch ganz zurechnungsfähig. Pinkerton war außer sich, seine Augen leuchteten wie Lampen. Ich zitterte an allen Gliedern. In den Augen irgendeines Fremden, der (sagen wir) etwa beim fünfzehnten Tausend dazugestoßen wäre, hätten wir eine schlechtere Figur gemacht als Bellairs selbst. Aber wir ließen nicht locker; und die Menge beobachtete uns, manchmal schweigend, dann wieder mit summendem Geflüster.

Bei siebzehntausend waren wir angelangt, als Douglas B. Longhurst sich bis in die erste Reihe der Gesichter uns gegenüber drängte und gegen Jim mehrmals deutlich den Kopf schüttelte. Jims Antwort darauf war eine Botschaft, die aus zwei Worten bestand: »Meine Harke!« Als der große Mann das gelesen hatte, schüttelte er warnend einen Finger und brach auf, mit, wie ich meinte, sorgenvollem Gesichtsausdruck.

Zwar wußte Mr. Longhurst nichts über Bellairs, aber der schmierige Anwalt wußte alles über den Boß der Ausschlachter. Er hatte ihn erwartungsvoll den Ring betreten sehen; als er fort war und die Gebote dennoch weitergingen, zeigte er ebenso deutlich Überraschung und Enttäuschung. »Hallo!« dachte er ganz offensichtlich, »dann kämpfe ich hier gar nicht gegen den Ring?« und beschloß, die Sache zu beschleunigen.

»Achtzehntausend«, sagte er.

»Und fünfzig«, echote Jim, seinem Gegner in nichts nachstehend.

»Zwanzigtausend«, von Bellairs.

»Und fünfzig«, von Jim, mit leisem nervösem Kichern.

Dann kehrten sie wieder zu ihrem alten Trott zurück, nur sagte Bellairs diesmal die Hunderter an und Jim die Fünfziger. Aber inzwischen hatte sich unsere Idee unterm Volk herumgesprochen. Ich konnte das Wort »Opium« von Mund zu Mund gehen hören; und den Blicken, die uns trafen, las ich ab, daß man annahm, wir hätten private Informationen. Und hier ereignete sich ein Zwischenfall, wie er für San Francisco typisch war. Knapp hinter mir stand schon seit einer Weile ein rundlicher älterer Gentleman mit freundlichen Augen, sympathisch angegrautem Haar und frischem, einnehmendem Gesicht. Aus heiterem Himmel trat er als dritter Bewerber auf, trieb den Preis der *Flying Scud* mit vier fetten Geboten von je tausend weiter in die Höhe, trat dann plötzlich vom Schlachtfeld ab und war wieder (wie zuvor) ein schweigend interessierter Zuschauer.

Schon seit Mr. Longhursts zweckloser Intervention schien Bellairs unruhig; und nach diesem neuerlichen Angriff fing nun auch er an, zwischen den Geboten zu kritzeln. Ich nahm natürlich an, das würde an Kapitän Trent gehen; doch als er fertig war, sich umwandte und hinter sich in die Menge blickte, da schien er zu meiner unbeschreiblichen Verblüffung die Anwesenheit des Kapitäns gar nicht zu bemerken.

»Botenjunge, Botenjunge!« hörte ich ihn sagen. »Ruf mir einer einen Botenjungen!«

Endlich bequemte sich jemand, aber es war nicht der Kapitän.

»Er schickt um Instruktionen«, schrieb ich Pinkerton.

»Um Geld«, schrieb er zurück. *»Soll ich zum Schlag ausholen? Ich glaube, jetzt sind wir soweit.«*

Ich nickte.

»Dreißigtausend«, sagte Pinkerton, mit einem Sprung von fast dreitausend Dollar.

Ich las Zweifel in Bellairs' Augen; dann aber plötzliche Entschlossenheit. »Fünfunddreißigtausend«, sagte er.

»Vierzigtausend«, sprach Pinkerton.

Es gab eine lange Pause, in der Bellairs Gesicht verschlossen war wie ein Buch; und dann, und nicht zu früh für den drohenden Hammer, erklärte er: »Vierzigtausend und fünf Dollar.«

Pinkerton und ich tauschten beredte Blicke. Wir waren völlig einer Meinung. Bellairs hatte einen Bluff versucht; jetzt erkannte er seinen Irrtum, bot, um Zeit zu gewinnen, und versuchte, die Auktion bis zur Rückkehr des Botenjungen hinauszuziehen.

»Fünfundvierzigtausend Dollar«, sagte Pinkerton; seine Stimme klang wie die eines Gespenstes und zitterte vor Erregung.

»Fünfundvierzigtausend und fünf Dollar«, gab Bellairs zurück.

»Fünfzigtausend«, sagte Pinkerton.

»Verzeihen Sie, Mr. Pinkerton. Habe ich ein Gebot von Ihnen gehört?« fragte der Auktionator.

»Ich – ich habe Schwierigkeiten beim Sprechen«, keuchte Jim. »Fünfzigtausend, Mr. Borden.«

Bellairs sprang auf. »Auktionator«, rief er, »ich muß Sie bitten, mir drei Sekunden am Telephon zu gestatten. Ich vertrete in dieser Angelegenheit eine bestimmte Partei, der ich eben geschrieben habe –«

»Das geht mich überhaupt nichts an«, erklärte der Auktionator brutal. »Ich bin hier, um dieses Wrack zu verkaufen. Bieten Sie mehr als fünfzigtausend?«

»Ich habe die Ehre, Ihnen zu erklären, Sir«, sagte Bellairs mit einem jämmerlichen Versuch, seine Würde zu bewahren. »Fünfzigtausend war die Summe, die mein Auftraggeber nannte; doch wenn Sie mir nur erlauben, zwei Sekunden am Telephon –«

»Ach, Unsinn!« rief der Auktionator. »Wenn Sie nicht weiter bieten, schlage ich es Mr. Pinkerton zu.«

»Ich warne Sie«, rief der Rechtsanwalt plötzlich schrill. »Überlegen Sie sich genau, was Sie tun. Ihre Aufgabe ist es, das Wrack für die Versicherung zu verkaufen – und nicht zum Vorteil von Mr. Douglas Longhurst. Diese Auktion wurde bereits einmal in unzulässiger Weise unterbrochen, um dieser Person eine Besprechung mit ihren Strohmännern zu ermöglichen. Dies gab bereits zu Gerede Anlaß.«

»Da hat sich aber niemand beschwert«, erwiderte der Auktionator, sichtlich aus der Fassung gebracht. »Sie hätten sich sofort beschweren sollen.«

»Ich bin nicht hier, um diese Auktion zu leiten«, schnappte Bellairs; »dafür werde ich nicht bezahlt.«

»Nun, ich schon, wissen Sie«, gab der Auktionator mit wiederhergestellter Frechheit zurück und nahm seinen alten Singsang wieder auf. »Ein weiteres Gebot über fünfzigtausend Dollar? Kein höheres Gebot? Niemand bietet mehr, meine Herren? Das Wrack der *Flying Scud* um fünfzigtausend Dollar zum ersten – zum zweiten – und zum dritten!«

»Mein Gott, Jim, können wir das bezahlen?« rief ich, als der Schlag des Hammers mich wie aus einem Traum hochscheuchte.

»Wir müssen es aufbringen«, erwiderte er, weiß wie ein Laken. »Es wird ein höllischer Kampf, Loudon. Wir werden den Kredit bekommen, glaube ich; aber ich werde mich sputen müssen. Schreib mir einen Scheck auf dein Zeug aus. Wir treffen uns in einer Stunde im Occidental.«

Ich stellte an einem Tisch meinen Scheck aus, aber meine Unterschrift hätte ich sicher selbst nicht erkannt. Jim war im nächsten Moment fort; Trent war schon früher verschwunden; nur Bellairs war noch da und wechselte Injurien mit dem Auktionator; und siehe da! als ich mir einen Weg aus der Börse bahnte, wer lief mir da mit voller Wucht in die Arme, wenn nicht der Botenjunge?

Mit einem derart knappen Vorsprung wurden wir die Eigentümer der *Flying Scud*.

Kapitel X

In welchem die Mannschaft verschwindet

Am Ausgang der Börse fand ich mich plötzlich neben jenem kleinen älteren Herrn wieder, der in der großen Schlacht einen so kurzen, aber wirksamen Auftritt gehabt hatte.

»Ich gratuliere, Mr. Dodd«, sagte er. »Sie und Ihr Freund haben sich tapfer geschlagen.«

»Ihrem Eingreifen zum Trotz«, erwiderte ich, »trotz Ihrer Tausender-Sprünge, trotz Ihrer Einladung an alle Spekulanten in ganz San Francisco, herzukommen und mitzumischen.«

»Oh, das war vorübergehende Geistesverwirrung«, gab er zurück; »und ich danke den höheren Mächten, daß ich noch ein freier Mann bin. Gehen Sie in diese Richtung, Mr. Dodd? Ich begleite Sie. Es ist erfreulich für einen alten Kauz wie mich, junges Blut im Ring zu sehen; ich habe es zu meiner Zeit hier selbst ziemlich bunt getrieben, als die Stadt noch viel kleiner und ich viel jünger war. Ja ja, ich kenne Sie, Mr. Dodd. Vom Sehen kenne ich Sie sogar sehr gut, Sie und Ihre Gefolgschaft, die Burschen in den Kilts, wie? Verzeihen Sie. Zu meinem Unglück besitze ich nämlich eine kleine Hütte an der Küste von Saucelito. Ich würde mich freuen, Sie einmal an einem Sonntag bei mir begrüßen zu dürfen – aber ohne die Burschen in Kilts, nicht wahr; ich verspreche Ihnen eine Flasche Wein und die beste Sammlung arktischer Reisen in den Staaten.

Morgan ist mein Name – Richter Morgan – Waliser und Neunundvierziger.«

»Oh, wenn Sie ein Pionier sind«, rief ich, »kommen Sie zu mir, und ich überreiche Ihnen eine Axt!«

»Sie werden Ihre Äxte alle selber brauchen, nehme ich an«, gab er zurück und sah mich dabei rasch von der Seite an. »Falls Sie keine privaten Informationen haben, werden Sie Ihr Wrack ziemlich gewaltsam auseinandernehmen müssen, bevor Sie es finden, dieses – Opium, wie Sie's nennen?«

»Nun, entweder gibt es Opium, oder aber wir sind vollkommen verrückt«, antwortete ich. »Aber ich versichere Ihnen, daß wir keine privaten Informationen haben. Wir gingen an die Sache (so wie wahrscheinlich auch Sie) als Beobachter 'ran.«

»Als Beobachter, Sir?« fragte der Richter.

»Ich darf sagen, das ist mein Beruf – oder war's jedenfalls«, sagte ich.

»Aha – und was hielten Sie von Bellairs?« fragte er.

»Ziemlich wenig«, gab ich zurück.

»Ich darf Ihnen sagen«, fuhr der Richter fort, »daß die Beauftragung einer solchen Kreatur in meinen Augen gänzlich unerklärlich ist. Ich kannte ihn; er kennt mich auch; er hat oft von mir bei Gericht gehört; und ich versichere Ihnen, der Mann ist total verkommen; kein einziger Dollar ist bei ihm sicher; und hier finden wir ihn mit Vollmacht über fünfzigtausend. Ich kann mir nicht vorstellen, wer ihm derart vertraut, aber ich bin überzeugt, der Mann war nicht aus San Francisco.«

»Jemand im Auftrag der Eigner, nehme ich an«, sagte ich.

»Das ganz gewiß nicht!« rief der Richter. »Eigner in London sind nicht zuständig, wenn es um Opiumschmuggel zwischen Hong Kong und San Francisco geht. Eher würde ich annehmen, daß sie als allerletzte davon hören – bis das Schiff beschlagnahmt wird. Nein; ich dachte vielmehr an den Kapitän. Aber woher hätte er das

Geld? Besonders, wo er doch für den Kauf des Zeugs in China so viel ausgelegt haben muß. Außer er handelte im Auftrag eines Geschäftsmannes aus San Francisco; doch in diesem Fall – und hier sind wir zurück am Anfang – hätte man sich nicht Bellairs' bedient.«

»Ich glaube, ich kann Ihnen versichern, daß es nicht der Kapitän war«, erklärte ich; »denn er und Bellairs kennen einander nicht.«

»War das denn nicht der Kapitän, der Mann mit dem roten Gesicht und dem bunten Taschentuch? Mir schien er Bellairs' Auftritt mit brennendem Interesse zu verfolgen«, warf Mr. Morgan ein.

»Vollkommen richtig«, sagte ich; »Trent ist ungeheuer interessiert; wahrscheinlich kannte er Bellairs, sicher wußte er, wozu er da war; aber ich lege meine Hand dafür ins Feuer, daß Bellairs Trent nicht kannte.«

»Eine weitere Ungereimtheit«, bemerkte der Richter. »Nun, wir haben einen unterhaltsamen Vormittag verbracht. Aber hören Sie auf einen alten Anwalt und sehen Sie zu, daß Sie so schnell wie möglich nach Midway kommen. Es steht ein großer Topf voll Geld auf dem Tisch, und Bellairs & Co sind nicht die Leute, die vor Kleinigkeiten zurückschrecken.«

Mit diesem abschließenden Rat schüttelte Richter Morgan mir die Hand und entfernte sich durch die Montgomery Street, während ich das Occidental Hotel betrat, auf dessen Eingangsstufen wir die Unterhaltung geführt hatten. Ich war den Angestellten gut bekannt, und sobald sich herumsprach, daß ich auf Pinkerton und Lunch wartete, wurde mir ein Sitzplatz hinter der Theke angeboten. Hier wollte ich in einem stillen Winkel nach so stürmischen Erlebnissen wieder zu mir selber kommen – doch wer kam da hereingeeilt und flog (nach ein paar Worten mit einem Angestellten) zu einer Telephonkabine, wenn nicht Henry D. Bellairs persönlich? Nenn' es, wie du willst, aber der Impuls war unwiderstehlich; ich erhob mich und nahm Rücken an Rücken mit dem Manne Platz.

Vielleicht kann es als Entschuldigung gelten, daß ich diese unschuldige Form des Horchens oft zum Spaß mit Fremden ausprobiert hatte. Ich wüßte tatsächlich nichts, was von der Intelligenz eines Menschen ein bescheideneres Bild böte, als (auf solche Weise) nur eine Seite des Gesprächs mitzuverfolgen.

»Zentrale«, sagte der Anwalt, »2241 und 584 B – Wer ist das? Richtig –– Mr. Bellairs –– Occidental; an dem anderen Ort sind die Kabel durcheinander – Ja, etwa drei Minuten – Ja! Ja – Ihre Summe, so leid es mir tut – Nein – ich hatte keine Vollmacht – Nicht mehr und nicht weniger – das mußte ich natürlich annehmen – Oh, Pinkerton, Montana Block – Ja –– Ja –– Sehr wohl, Sir – Wie Sie wollen, Sir – Trennen Sie 584 B.«

Bellairs wandte sich zum Gehen; als er mich erblickte, warf er die Hände in die Luft und wand und drehte sich, als hätte er Angst vor einem körperlichen Angriff. »Ach, Sie sind's!« rief er; und dann, etwas erleichtert, »Mr. Pinkertons Partner, wie ich annehme? Freut mich, Sie zu sehen, Sir – und meinen Glückwunsch zu Ihrem Erfolg.« Und damit rauschte er ab, sich im Vorbeigehen mit übertriebener Höflichkeit verbeugend.

Und jetzt packte mich der Übermut. Es war sonnenklar, daß Bellairs eben mit seinem Auftraggeber gesprochen hatte; ich kannte die Nummer, wenn auch nicht den Namen; wenn ich sofort zurückrief, dann war es sehr wahrscheinlich, daß er den Anruf selbst beantwortete; warum sollte ich mich nicht (stimmlich) in die Gegenwart dieser geheimnisvollen Person begeben und mich für mein Geld amüsieren? Ich drückte auf die Klingel.

»Zentrale«, sagte ich, »verbinden Sie noch einmal 2241 und 584 B.«

Ein Phantom aus der Zentrale wiederholte die Nummer; es folgte eine Pause, und dann drang eine dünne Stimme an mein Ohr: »Zwei zwei vier eins« – eine Stimme im typisch englischen Singsang – die Stimme eines Gentleman. »Sind das wieder Sie, Mr. Bellairs?«

zirpte die Stimme. »Ich sage Ihnen doch, es hat keinen Sinn. Sind Sie das, Mr. Bellairs? Wer ist dran?«

»Ich möchte Ihnen eine einzige Frage stellen«, sagte ich höflich. »Warum wollen Sie die *Flying Scud* kaufen?«

Keine Antwort. Das Telephon vibrierte und summte, als wollte es die zahlreichen Gespräche einer großen Stadt in Miniaturausgabe liefern; aber die Stimme von 2241 war still. Einmal, zweimal stellte ich meine Frage; aber die dünne, singende englische Stimme meldete sich nicht mehr. War der Mann denn geflohen? Geflohen vor einer impertinenten Frage? Das schien mir recht unnormal; oder aber nach dem Grundsatz gehandelt, daß der Verbrecher auch dann flieht, wenn niemand ihn verfolgt. Ich nahm mir die Telephonliste vor und schlug die Nummer auf: »2241, Mrs. Keane, wohnhaft 942 Mission Street.« Sonst konnte ich im Moment nichts tun – außer zu diesem Haus hinfahren und meine impertinente Frage von Angesicht zu Angesicht wiederholen.

Doch als ich mich wieder zu meinem Sitz im Winkel begab, wurde mir ein neues Element des Unsicheren, Geheimnisvollen, vielleicht Gefährlichen an unserem Abenteuer bewußt; und in der Galerie in meinem Kopf hing jetzt ein neues Bild neben dem Bild des Wracks unter einem Baldachin aus Seevögeln und Kapitän Trent, wie er sich die rote Stirne wischte: das Bild eines Mannes mit einem Telephonhörer am Ohr, der auf eine einzige, leise gestellte Frage hin plötzlich so weiß wie Asche wird.

Aus diesen Überlegungen riß mich das Schlagen einer Uhr. Eine Stunde und fast zwanzig Minuten waren vergangen, seit Pinkerton nach dem Gelde ausgezogen war; er war jetzt zwanzig Minuten verspätet; und für mich, der ich seine unersättliche Geschäftsbegeisterung so gut kannte und seine eiserne Pünktlichkeit so oft bewundert hatte, sprach dieser Umstand Bände. Die zwanzig Minuten dehnten sich zu einer Stunde; die Stunde war schon fast in eine zweite Stunde übergegangen; und ich saß immer noch in meinem Winkel oder schritt auf dem Marmorfußboden der Halle auf und ab, gequält von wahrhaft gräßlicher Angst und Reue. Die Stunde des Mittagessens war schon fast vorbei, als mir einfiel, daß ich noch nicht gegessen hatte. Der Himmel weiß, daß mir nicht nach Essen war; aber sicher war noch viel zu tun – es war notwendig, daß ich bei Kräften blieb, selbst wenn's nur darum gehen sollte, die immer wahrscheinlicheren schlechten Nachrichten zu verdauen; und nachdem ich am Empfang eine Nachricht für Pinkerton hinterlassen hatte, setzte ich mich zu Tisch und bestellte Suppe, Austern und eine Flasche Champagner.

Ich saß noch gar nicht lang, da kam mein Freund zurück. Er sah blaß und alt aus, wollte nichts von Essen hören, sondern bestellte statt dessen Tee.

»Ich nehme an, alles ist aus?« sagte ich mit einem scheußlich flauen Gefühl im Magen.

»Nein«, erwiderte er; »ich hab's geschafft, Loudon; aber es war knapp. Ich hätte in ganz Frisco keinen weiteren Cent auftreiben können. Den Leuten gefällt die Sache nicht; sogar Longhurst zeigte mir die kalte Schulter und sagte, er könne das Geld nicht aus dem Hut zaubern.«

»Na und – wen stört das?« sagte ich. »Das war doch alles, was wir wollten, nicht?«

»Loudon, ich sage dir, ich mußte dieses Geld mit Blut bezahlen«, rief mein Freund in düsterer Erregung. »Und es ist alles auf neunzig Tage befristet; ich konnte keinen weiteren Tag herausreißen – keinen einzigen Tag. Wenn wir die Sache tatsächlich angehen, Loudon, dann mußt du selbst dahin gehen und dafür sorgen, daß die Fetzen fliegen. Ich bleibe natürlich – ich muß bleiben und den Problemen in der Stadt die Stirn bieten; aber ich sage dir, am liebsten würde ich selbst fahren. Ich würde diesen fetten Schweinen von Seeleuten schon zeigen, was eine Harke ist; ich wäre schon durch das ganze Wrack und am anderen Ende wieder draußen, bevor die sich auf Deck gehievt hätten! Aber du wirst tun, was du kannst, Loudon; ich verlasse mich auf dich. Vom Kommando ›Los!‹ an mußt du ganz Feuer, Mumm und Schneid sein. Wenn dieser Schoner und die Marie an Bord nicht in drei Monaten hier sind, gehen wir HOPS – Schluß, aus, erledigt.«

»Ich schwöre, ich werde mein Bestes tun, Jim; ich werde Tag und Nacht arbeiten«, versprach ich. »Es ist meine Schuld, daß du in diesem Schlamassel sitzt, und ich hole dich wieder raus, oder ich bringe mich um. Aber was hast du da gesagt? ›Wenn wir die Sache tatsächlich angehen?‹ Haben wir denn eine Wahl?«

»Dazu komme ich noch«, versetzte Jim. »Nicht, daß ich an der Investition zweifle. Mach dir deshalb keine Vorwürfe; du hast einen wunderbaren, goldrichtigen Geschäftsinstinkt bewiesen. Ich wußte immer, daß das in dir steckt – und jetzt ist es endlich rausgekommen. Das kleine Biest von Rechtsanwalt wußte sicher genau, was es tat; und er wäre liebend gern höher hinaufgegangen. Nein, in der Sache steckt Profit; das ist es nicht; es sind diese Wechsel auf neunzig Tage und die Belastung des Kredits, denn ich rannte von Pontius zu Pilatus, um zu borgen, zu betteln und zu bestechen, damit ich borgen durfte. Ich glaube nicht, daß es noch einen Mann in ganz Frisco gibt«, rief er mit einem plötzlichen Ausbruch von Selbstbewunderung, »der diese letzten zehntausend aufgebracht hätte! – Dann ist da noch was. Ich hatte gehofft, du könntest mit dem Opium quer durch die Inseln fahren, was sicherer und profitabler wäre. Aber mit unserem Drei-Monats-Limit mußt du direkt nach Honolulu, dann weiter mit dem Dampfer, und von Bord aus verkaufen. Ich werde versuchen, dort für dich was einzurichten; muß mit einem Mann in Verbindung treten, der sich in dieser Richtung auskennt. Halte die Augen weit nach ihm offen, sobald du zu den Inseln kommst; denn es ist durchaus drin, daß er auf See in einem Walboot oder einer Dampfbarkasse auftaucht und dir die Dollars mit an Bord bringt.«

Es zeigt, wie sehr ich während meines Aufenthalts in San Francisco moralisch verkommen war, daß ich selbst jetzt, wo unser gesamtes Vermögen auf dem Spiele stand, eine Karriere als Schmuggler einfach hinnahm, und noch dazu als Opiumschmuggler. Doch ich tat's und tat es schweigend; ohne Einwände, wenn auch nicht ohne Gewissensbisse.

»Und was ist«, sagte ich, »wenn das Opium so gut versteckt ist, daß wir es nicht in die Finger kriegen?«

»Dann bleibst du dort, bis die Brigg nichts mehr als Brennholz ist, und bleibst und spaltest das Brennholz noch einmal mit dem Taschenmesser«, rief Pinkerton. »Das Zeug ist da; das wissen wir; und es muß gefunden werden. Aber das ist nur eines unserer Eisen im Feuer – obwohl ich dir sagen muß, daß ich mich Kopf voran hineingestürzt habe, als ging's um unseren letzten Dollar: Das erste, was ich nämlich tat, bevor ich noch einen einzigen Cent auftrieb – diese andere Idee hatte ich schon im Kopf –, das erste, was ich tat, war, mir einen Schoner zu sichern. Es ist die *Norah Creina*, vierundsechzig Tonnen, groß genug für unseren Zweck, da der Reis ja hin ist – und das schnellste Fahrzeug ihrer Tonnage in ganz San Francisco. Gegen einen Bonus von zweihundert und einer monatlichen Chartergebühr von drei habe ich sie für mich allein; Heuer und Vorräte, sagen wir: weitere vierhundert; ein Tropfen auf dem heißen Stein. Vor rund zwei Stunden haben sie angefangen, die Ladung rauszuwerfen (sie war zum Teil beladen); und etwa zur gleichen Zeit erhielt John Smith Order für den Proviant. Das nenne ich ein flottes Geschäft.«

»Ganz ohne Zweifel«, pflichtete ich ihm bei. »Aber was ist mit der anderen Idee?«

»Also, hier ist sie«, erklärte Jim. »Du stimmst mir zu, daß Bellairs noch höher gegangen wäre?«

Ich sah, worauf er hinauswollte. »Ja – und warum sollte er nicht?« sagte ich. »Ist das die Richtung?«

»Das ist die Richtung, Loudon Dodd«, bekräftigte Jim. »Falls Bellairs und sein Auftraggeber den Wunsch haben sollten, mir mehr zu bieten, dann bin ich ihr Mann.«

Ein plötzlicher Einfall, eine plötzliche Furcht schoß mir durch den Kopf. Was, wenn ich recht hatte? Wenn mein kindischer Jux den Auftraggeber vertrieben und damit unsere Chance zerstört hatte? Scham verschloß mir den Mund; instinktiv verlegte ich mich auf Zurückhaltung; und so setzte ich die Unterhaltung fort, ohne ein Wort über mein Zusammentreffen mit Bellairs oder die Adresse in der Mission Street.

»Sicher wurden die Fünfzigtausend zunächst einmal als ungefähre runde Summe angegeben«, sagte ich, »oder wenigstens war Bellairs dieser Meinung. Andererseits war es vielleicht das Limit; und um die Ausgaben zu dekken, die wir für Geld und Schoner bereits hatten – ich will dir keineswegs einen Vorwurf machen; ich sehe ein, wie wichtig es war, für jeden Fall gerüstet zu sein – aber zur Deckung bräuchten wir natürlich einen ziemlich großen Vorschuß.«

»Bellairs wird bis sechzigtausend gehen; setzt man den Hebel richtig an, dann tippe ich sogar auf hunderttausend«, erwiderte Pinkerton. »Sieh dir doch an, wie die Versteigerung gegen Ende hin verlief.«

»Was Bellairs anlangt, habe ich auch diesen Eindruck«, gab ich zu. »Nur – was ich sagen möchte, ist, daß vielleicht Bellairs selbst im Irrtum war; daß das, was er für eine ungefähre Summe hielt, vielleicht das Äußerste war, wohin er gehen durfte.«

»Tja, Loudon, wenn das so ist«, versetzte Jim, todernst in Miene und Stimme, »wenn das so ist, dann soll er die *Flying Scud* um fünfzigtausend haben, und ich wünsche ihm viel Vergnügen damit! Der Verlust ist mir lieber.«

»Wirklich, Jim? Sitzen wir tatsächlich derart in der Tinte?«

»Wir haben unsere Hand weiter rausgestreckt, als wir sie wieder einziehen können«, versetzte er darauf. »Mann, verstehst du, diese fünfzigtausend Dollar kosten uns, bis alles vorbei ist, gut und gern an die siebzig! Ja, es kommen über zehn Prozent Zinsen im Monat dabei raus; aber mehr konnte ich nicht herausschlagen, und es gibt hier keinen, der so viel erreicht hätte wie ich. Es war ein Wunder, Loudon. Ich muß mich wirklich selbst bewundern. Loudon, vielleicht schaffen wir's tatsächlich! Mit deiner Energie und deinem Charme kannst du, wenn es wirklich hart auf hart geht, den Schoner so führen wie eines deiner Picknicks; vielleicht haben wir Glück. Und, o Mann! wenn wir das durchziehen, was wird das für eine großartige Sache! Was für eine Reklame! Was für eine Schnurre zum Erzählen, unser ganzes Leben lang! Aber trotzdem«, unterbrach er sich plötzlich, »müssen wir den sichereren Weg zuerst versuchen. Auf geht's zum Rechtsverdreher!«

In meinem Inneren spielte sich erneut ein Kampf ab, ob ich nicht vielleicht jetzt meine Kenntnis der Adresse in der Mission Street eingestehen sollte. Aber ich hatte den günstigen Moment verpaßt. Jetzt hatte ich nicht nur die ursprüngliche Entdeckung zu gestehen, sondern auch die noch viel peinlichere Tatsache meiner späteren Verheimlichung. Außerdem schien es mir allen Ernstes passender, an den Auftraggeber über seinen Anwalt heranzutreten; gleichzeitig bedrückte mich die Überzeugung, daß wir bereits zu spät kamen, daß der Mann vielleicht schon seit zwei Stunden fort war. Wieder hielt ich also den Mund; und nachdem wir uns telephonisch versichert hatten, daß er zu Hause war, machten wir uns auf den Weg zum Kontor des Rechtsanwalts.

Die endlosen Straßen amerikanischer Städte durchlaufen von einem Ende bis zum anderen die merkwürdigsten Schichten und Abstufungen von Glanz und Elend, erstrecken sich unter demselben Namen zwischen gewaltigen Lagerhäusern, Diebsspelunken und -tavernen, Rasen und Parkanlagen großer Villen. In San Francisco werden diese Kontraste durch die beträchtlichen Höhenunterschiede und die von so vielen Seiten hereinreichende See verstärkt. Die Straße, die wir jetzt anpeilten, nahm irgendwo in der Nähe des Lone Mountain-Friedhofs zwischen staubigen Sanddünen ihren Anfang; lief eine Weile über den windigen Olymp von Nob Hill oder zog sich entlang seiner Grenze hin; passierte unmittelbar darauf eine Reihe von kleinen, auffallend bunten Häusern, die dem Auge des Beobachters jene bezeichnende Eigenheit boten, daß sie auf den großen Messingschildern auf kleinen, grellbunten Türen nichts anderes als Mädchen-Vornamen trugen – Norah oder Lily oder Florence; durchquerte China Town, wo sie zweifellos von Opiumhöhlen untergraben und die Häuserblöcke nach der Art eines Hasenbaues von Hunderten von Türen und Gängen und Galerien durchbrochen waren; genoß an der Kreuzung mit der Kearney-Street einen Moment größter Öffentlichkeit und schlängelte sich zwischen Lasterhöhlen und Lagerhäusern hinunter bis zum Hafen und ins Gebiet der Wasserratten. Auf dieser letzten, schmutzstarrenden und menschenleeren Stufe ihrer Karriere, wo die Stille nur vom Geratter der Lastkarren durchbrochen wurde, fanden wir ein Haus mit einem gewissen Anspruch auf Vornehmheit, geschmückt mit einer rustikalen Außenstiege. Eine Stiegensäule trug in vergoldeten Lettern auf schwarzem Grund die Aufschrift: »Harry D. Bellairs, Rechtsanwalt. Auskünfte 9 – 6.« Ging man die Stiegen hinauf, so fand man auf dem Balkon eine offene Tür mit der weiteren Aufschrift: »Mr. Bellairs ist anwesend.«

»Was sollen wir denn jetzt tun?« fragte ich.

»Wir gehen einfach hinein«, gab Jim zurück und ließ dem Wort die Tat folgen.

Der Raum, den wir betraten, war sauber, aber außerordentlich kahl. An einer Wand stand ein altmodischer Sekretär, davor ein Stuhl; in einer Ecke ein Bücherbord mit einem halben Dutzend juristischer Folianten; davon abgesehen kann ich mich an kein einziges weiteres Möbelstück erinnern. Daraus ließ sich jedenfalls ein Schluß ziehen: Mr. Bellairs pflegte seine Klienten stehen zu lassen, während er selbst saß. Am anderen Ende verband eine zweite Tür, kaschiert mit einem Vorhang aus rotem Fries, diesen Raum mit dem Inneren des Hauses. Von dort gelang es uns auch nach einigem Husten und Füßescharren, den Winkeladvokaten hervorzulocken; furchtsam lugte er heraus, als fürchte er einen tätlichen Angriff, doch als er seine Gäste erkannte, befiel ihn etwas, was ich geradezu als Höflichkeitskrampf bezeichnen möchte.

»Mr. Pinkerton und Partner!« rief er. »Ich gehe sogleich und hole Ihnen Stühle.«

»Kommt nicht in Frage«, sagte Jim. »Keine Zeit. Stehe lieber. Mr. Bellairs, wir sind geschäftlich hier. Heute morgen kaufte ich, wie Sie wissen, das Wrack der *Flying Scud.*«

Der Anwalt nickte.

»Und zwar«, fuhr mein Freund fort, »um eine Summe, die zur Ladung und den Umständen, wie sie sich darbieten, in gar keinem Verhältnis steht.«

»Und jetzt bereuen Sie's und wären Ihre Beute gern wieder los? Damit habe ich gerechnet«, erwiderte der Anwalt. »Ich möchte Ihnen nicht verhehlen, daß mein Klient verärgert war, daß ich so hoch hinaufging. Ich glaube, wir waren beide zu sehr erregt, Mr. Pinkerton: Rivalität, der Geist des Wettbewerbs. Aber ich möchte ganz offen sein – ich weiß, wann ich es mit Gentlemen zu tun habe –, ich bin so gut wie sicher, daß mein Klient, wenn Sie mir die Sache anvertrauen, Ihnen die Sache abnimmt, und zwar so, daß Sie –« und er studierte unsere Gesichter mit eiskalt bohrender Berechnung – »nichts verlieren«, endete er schrill.

Und hier verblüffte mich Pinkerton.

»Das ist mir etwas zu dünn«, sagte er. »Ich habe das Wrack. Ich weiß, daß Zaster dabei zu holen ist, und ich beabsichtige, es zu behalten. Was ich brauche, ist ein Hinweis, um mir sinnlose Ausgaben zu ersparen, und dafür bin ich bereit zu bezahlen, bar auf die Hand. Was Sie sich jetzt zu überlegen haben, ist folgendes: Verhandle ich mit Ihnen, oder direkt mit Ihrem Prinzipal? Wenn Sie bereit sind, mir die Fakten hier und jetzt mitzuteilen, dann nennen Sie Ihre Summe. Nur eins!« fügte Jim hinzu und hielt einen Finger in die Höhe, »wenn ich sage ›bar auf die

Hand‹, dann heißt das, zahlbar nach Rückkehr des Schiffs, falls die Information stimmt. Ich kaufe nicht die Katze im Sack.«

Ich hatte gesehen, wie das Gesicht des Anwalts einen Moment lang aufleuchtete, nur um beim Klang von Jims Bedingung wieder traurig in sich zusammenzufallen. »Ich muß annehmen, daß Sie über das Wrack mehr wissen als ich«, erwiderte er. »Ich weiß nur, daß mir gesagt wurde, ich solle das Ding kaufen; daß ich's versuchte und daß es mir mißlang.«

»Was mir an Ihnen so gefällt, Mr. Bellairs, das ist, daß Sie keine Zeit verlieren«, sagte Jim. »Also: Namen und Adresse Ihres Klienten.«

»Wenn ich's mir überlege«, entgegnete der Anwalt mit unbeschreiblich verschlagenem Gesichtsausdruck, »dann finde ich eigentlich, daß ich zur Weitergabe dieses Namens nicht berechtigt bin. Ich werde ihn gern für Sie befragen, wenn Sie mir entsprechende Anweisungen geben; aber seine Adresse erfahren Sie von mir nicht.«

»Bitte sehr«, äußerte Jim und setzte seinen Hut auf. »Ein ziemlich gewagter Schritt, nicht?« (Zwischen jedem Satz machte er eine ominöse Pause.) »Wollen Sie sich's nicht doch noch überlegen? Kommen Sie, kommen Sie – wieviel soll's denn sein!«

»Mr. Pinkerton, Sir!« rief der Anwalt empört; und sogar ich befürchtete, Jim habe sich in seinem Mann geirrt und sei diesmal zu weit gegangen.

»Sie haben zur Zeit für Geld keine Verwendung?« fragte Jim. »Also hören Sie zu, Mr. Bellairs: wir sind beide vielbeschäftigte Männer, daher nenne ich Ihnen jetzt sofort mein äußerstes Angebot –«

»Laß das, Pinkerton«, unterbrach ich ihn. »Ich weiß die Adresse: 924 Mission Street.«

Ich weiß nicht, wer daraufhin mehr nach Luft schnappte: Pinkerton oder Bellairs.

»Warum zum Kuckuck hast du das nicht gesagt, Loudon?« rief mein Freund.

»Weil du nicht danach gefragt hast«, erwiderte ich, unter seinem verstörten Blick bis unter die Haarwurzeln errötend.

Bellairs war's, der das Schweigen brach und mir entgegenkommenderweise mitteilte, was ich noch wissen wollte. »Da Sie Mr. Dicksons Adresse bereits kennen«, sagte er – und man sah ihm an, daß er uns möglichst schnell loswerden wollte –, »möchte ich Ihre Zeit nicht länger beanspruchen.«

Ich weiß nicht, wie es Pinkerton ging, aber ich hatte den Tod im Herzen, als wir das Netz dieser schmierigen Spinne verließen und die Außenstiege hinunterkletterten. Mein ganzes Inneres war angespannt, ich wartete nur noch auf Jims Frage, um, den Tränen nahe, mit einem vollen Geständnis herauszuplatzen. Doch Jim fragte nicht.

»Wir müssen zusehen, daß wir fortkommen«, sagte er und rannte in Richtung des nächsten Droschkenstandes los. »Nur keine Zeit verlieren. Du hast gesehen, wie ich meine Linie änderte. Dem Schmierfink zahle ich doch keine Provision.«

Wieder erwartete ich eine Anspielung auf meine Vertuschung; wieder wurde ich enttäuscht. Es war eindeutig, daß Jim das Thema scheute, und mir war, als ob ich ihn dafür beinahe haßte. Als wir in der Droschke saßen und in Richtung Mission Street fuhren, konnte ich die Spannung nicht länger ertragen.

»Du fragst mich gar nicht wegen der Adresse«, sagte ich.

»Nein«, gab er schnell und schüchtern zurück. »Was war los? Ich würd's gern wissen.«

Der schüchterne Ton seiner Frage traf mich wie ein Schlag; meine Wut stieg ins Unermeßliche. »Ich muß dich bitten, mich nicht zu fragen«, sagte ich. »Es ist etwas, das ich nicht erklären kann.«

Kaum waren diese dummen Worte draußen, hätte ich auch schon Welten darum gegeben, sie zurückzurufen: um wieviel mehr noch, als Pinkerton, meine Hand tätschelnd, erwiderte: »Schon gut, lieber Junge; kein Wort mehr; ist erledigt. Ich bin überzeugt, daß alles in Ordnung ist.« Jetzt noch einmal darauf zurückzukommen, dazu fehlte mir der Mut; aber ich schwor mir innerlich, in Zukunft für diese verrückte Spekulation mein Äußerstes zu geben und mich lieber in Stücke zu reißen, bevor Jim auch nur einen Dollar verlor.

Kaum bei der Adresse angekommen, mußte ich mich sofort anderen Fragen widmen.

»Mr. Dickson? Der ist fort«, erklärte die Hauswirtin.

»Wohin?«

»Das kann ich Ihnen wirklich nicht sagen«, antwortete sie. »Er war mir völlig unbekannt.«

»Ließ er sein Gepäck abholen, Ma'am?« fragte Pinkerton.

»Er hatte keins«, war die Antwort. »Er kam gestern abend und ging heute wieder, nur mit einem kleinen Reisesack.«

»Wann ging er?« fragte ich.

»So gegen Mittag«, erwiderte die Hauswirtin. »Jemand verlangte ihn am Telephon; und ich nehme an, er bekam irgendwelche Nachrichten, denn sofort darauf ging er, obwohl er die Zimmer für eine Woche gebucht hatte. Er schien ziemlich betroffen: ich glaube, es war ein Todesfall.«

Das Herz fiel mir in die Hose; mein idiotischer Scherz hatte ihn vielleicht wirklich fortgetrieben; ich fragte mich: Warum? und verlor mich einen Augenblick lang in einem Abgrund unhaltbarer Hypothesen.

»Wie sah er aus, Ma'am?« fragte Pinkerton eben, als ich aus meiner Versenkung wieder auftauchte.

»Ein glattrasierter Mann«, erklärte die Frau und ließ sich zu keiner genaueren Beschreibung mehr bewegen.

»Halten Sie beim nächsten Drugstore«, sagte Pinkerton zum Kutscher; dort angelangt, trat sofort das Telephon in Aktion und übermittelte folgende Anfrage an das Kontor der Pacific Mail Dampfschiffcompanie – das war noch in den Tagen, bevor Spreckels auf der Bildfläche erschien: »Wann landet der nächste China-Dampfer in Honolulu?«

»Die *City of Pekin* hat heute um halb zwei im Hafen abgelegt«, kam die Antwort.

»Ein klarer Fall von Flucht«, sagte Jim. »Der hat Leine gezogen, oder ich will Müller heißen. Er ist fort, um uns in Midway zu empfangen.«

Da war ich mir nicht so ganz sicher; es gab bestimmte Aspekte dieses Falles, die Pinkerton nicht kannte – die Angst des Kapitäns zum Beispiel –, die mich anders denken ließen; und die Vorstellung, ich hätte Mr. Dickson in die Flucht geschlagen, ruhte zwar auf dürftigem Fundament, blieb aber trotzdem hartnäckig in meinem Geiste haften. »Sollten wir uns nicht die Passagiersliste ansehen?« fragte ich.

»Dickson ist so ein verdammt häufiger Name«, versetzte Jim; »und dann würde er doch wahrscheinlich unter falschem Namen reisen.«

Das bescherte mir eine neuerliche Intuition. Das Negativ einer Straßenszene, unbewußt aufgenommen, während ich in andere Gedanken versunken war, stieg deutlich in meiner Erinnerung hoch: der Blick von Bellairs' Tür, als wir herunterkamen, auf eine schlammige Straße, vorüberratternde Lastkarren, verschlungene Telegraphendrähte, ein Chinesen-Junge mit einem Korb auf dem Kopf und (fast genau gegenüber) eine Gemischtwarenhandlung mit dem Namen Dickson in großen, vergoldeten Lettern.

»Ja«, sagte ich, »du hast recht; natürlich würde er unter falschem Namen reisen. Meiner Meinung nach war Dickson ohnehin nicht sein richtiger Name; ich glaube, er holte ihn sich von einer Gemischtwarenhandlung gegenüber Bellairs' Wohnung.«

»Kann gut sein«, sagte Jim und blieb mit gerunzelten Brauen auf dem Gehsteig stehen.

»Nun, was kommt als nächstes?« fragte ich.

»Das naheliegendste wär's, das mit dem Schoner voranzutreiben«, erwiderte er. »Aber ich bin nicht sicher. Ich telephonierte mit dem Kapitän und erklärte, er müsse sich Hals über Kopf dranmachen; er antwortete wie ein Mann; und ich nehme an, er tut sein Bestes. Loudon, ich finde, wir sollten Trent eine Chance geben. Trent war dabei; er war bis zum Hals mittendrin; auch wenn er nicht kaufen konnte, gibt er uns vielleicht doch einen vernünftigen Tip.«

»Der Meinung bin ich auch«, sagte ich. »Und wo finden wir ihn?«

»Auf dem britischen Konsulat natürlich«, sagte Jim. »Und das ist der zweite Grund, warum wir ihn zuerst drannehmen. Den Schoner können wir den ganzen Abend lang herrichten; aber wenn das Konsulat zu ist, ist es zu.«

Auf dem Konsulat erfuhren wir, Kapitän Trent sei im What-Cheer-House abgestiegen (wie der klassische Ausdruck wohl lautet). Also begaben wir uns zu diesem großen, nicht gerade aristokratischen Quartier und wandten uns an einen massigen Angestellten, der an einem Zahnstocher kauend vor sich hin starrte.

»Kapitän Jacob Trent?«

»Weg«, sagte der Angestellte.

»Wohin?« fragte Pinkerton.

»Weiß nicht«, erwiderte der Mann.

»Wann?« fragte ich.

»Keine Ahnung«, sprach der Mann und bot uns darauf mit der Selbstverständlichkeit eines Monarchen den Anblick seines breiten Rückens.

Ich möchte mir gar nicht ausmalen, was als nächstes passieren hätte können, denn Pinkertons ständig steigende Erregung hatte jetzt einen gefährlichen Höhepunkt erreicht; aber durch das Dazwischentreten eines zweiten Angestellten kam es gottlob nicht zum Äußersten.

»Nein so was! Mr. Dodd!« rief dieser und kam nach vorn zur Theke. »Wie schön, Sie zu sehen, Sir! Was kann ich für Sie tun?«

Was tragen tugendhafte Handlungen doch für Früchte!

Hier war ein junger Mann, vor dessen erfreuten Ohren ich bei irgendeinem Picknick einmal *Just before the battle, Mother* gesungen hatte; und nun kam er mir an diesem Knotenpunkte meines Lebens (wie ein *deus ex machina*) zu Hilfe.

»Kapitän Trent vom Wrack? O ja, Mr. Dodd; er ging gegen zwölf; er und ein zweiter von der Mannschaft. Der Kanake fuhr schon früher mit der *City of Pekin*; das weiß ich, denn ich ließ seine Kiste abholen. Kapitän Trents Gepäck? Ich werde mich erkundigen, Mr. Dodd. Ja, sie waren alle hier. Hier sehen Sie die Namen im Register; vielleicht möchten Sie sie ansehen, während ich mich nach dem Gepäck erkundige?«

Ich zog das Buch zu mir und betrachtete die vier Namen, die alle in der gleichen Schrift geschrieben waren, in einer großen, ziemlich ungelenken Schrift: Trent, Brown, Hardy und (statt Ah Sing) Jos. Amalu.

»Pinkerton«, platzte ich heraus, »hast du den *Occidental* in der Tasche?«

»Immer dabei«, gab Pinkerton zurück und zog das Papier heraus.

Ich blätterte bis zum Bericht über das Wrack. »Hier«, sagte ich; »hier ist der Name. ›Elias Goddedaal, Maat‹. Warum begegnet uns dieser Elias Goddedaal nie?«

»Stimmt«, bestätigte Jim. »War er mit den anderen zusammen im Saloon, als du sie sahst?«

»Das kann ich mir nicht vorstellen«, erwiderte ich. »Es waren nur vier, aber keiner darunter, der sich wie ein Maat benahm.«

In diesem Moment kehrte der Angestellte mit seinem Bericht zurück.

»Der Kapitän kam mit einem Fuhrwerk vorgefahren, und er und der Mann luden drei Kisten und einen großen Seesack ein. Unser Portier half ihnen dabei, aber das Fuhrwerk kutschierten sie selbst. Der Portier nimmt an, sie seien in die Stadt gefahren. Das war ungefähr um ein Uhr.«

»Zeit genug für die *City of Pekin*«, bemerkte Jim.

»Wie viele von ihnen wohnten hier?« erkundigte ich mich.

»Drei, Sir, und der Kanake«, versetzte der Angestellte. »Über den dritten kann ich nichts in Erfahrung bringen, aber fort ist er jedenfalls auch.«

»Mr. Goddedaal, der Maat, war also nicht hier?« fragte ich.

»Nein, Mr. Dodd, nur die, die Sie hier sehen«, antwortete der Mann.

»Und Sie hörten auch nie, wo er sei?«

»Nein. Haben Sie einen bestimmten Grund, warum Sie diese Männer finden wollen, Mr. Dodd?«

»Dieser Herr hier und ich haben das Wrack gekauft«, erklärte ich; »wir hätten gern einige Auskünfte gehabt, es ist wirklich sehr ärgerlich, daß sie schon alle abgereist sind.«

Nach und nach hatte sich eine neugierige Gruppe um uns gebildet, denn das Wrack stand noch immer im Mittelpunkt des Interesses; nach meinen letzten Worten mischte sich plötzlich einer der Umstehenden, ein rauher Seebär, ein und sagte:

»Der Maat wird schon noch da sein«, erklärte er. »Der war gar nicht gut beisammen, blieb auch immer im Krankenrevier der *Tempest*; das habe ich jedenfalls gehört.«

Jim packte mich am Ärmel. »Zurück zum Konsulat«, sagte er.

Doch auch im Konsulat war über Mr. Goddedaal nichts bekannt. Der Arzt der *Tempest* hatte bestätigt, daß er sehr krank war. Goddedaal hatte seine Papiere eingeschickt, war aber nie persönlich vor den Behörden erschienen.

»Haben Sie eine Telephonleitung zur *Tempest* legen lassen?« fragte Pinkerton.

»Jawohl, erst gestern«, antwortete der Mann.

»Würden Sie so nett sein und dort fragen, oder mich fragen lassen? Es liegt uns sehr viel daran, Mr. Goddedaal zu finden.«

»Bitte sehr«, erwiderte der Beamte und wandte sich zum Telephon. »Ich bedaure«, erklärte er kurz darauf, »Mr. Goddedaal hat das Schiff bereits verlassen, und niemand weiß, wo er ist.«

»Zahlen Sie dem Mann die Heimreise?« fragte ich aus einer plötzlichen Eingebung heraus.

»Wenn es gewünscht wird«, erwiderte der Mann; »manchmal wird es nicht gewünscht. Aber wir zahlten heute morgen dem Kanaken die Heimreise nach Honolulu; und nach Kapitän Trents Worten zu schließen, nehme ich an, daß die übrigen gemeinsam heimfahren.«

»Das heißt, Sie haben ihnen die Reise noch nicht bezahlt?« fragte ich.

»Noch nicht.«

»Und Sie wären sicher sehr überrascht, wenn ich Ihnen sage, daß sie schon alle fort sind?«

»Oh, ich würde annehmen, daß Sie sich irren«, entgegnete er.

»Es ist aber so.«

»Ich bin sicher, Sie irren sich«, wiederholte er.

»Darf ich Ihr Telephon einen Moment benutzen?« fragte Pinkerton; und kaum hatte er die Erlaubnis, hörte ich ihn die Druckerei anrufen, die üblicherweise unsere Reklamedrucke erledigte. Weiteres hörte ich nicht; denn plötzlich fiel mir wieder die große, ungelenke Schrift im Register des What-Cheer-House ein, und ich ersuchte den Konsulatsbeamten, mir ein Muster von Kapitän Trents Schrift zu zeigen. Worauf ich erfuhr, der Kapitän könne nicht schreiben, da er sich kurz vor dem Verlust der Brigg die Hand aufgeschnitten hätte; daher habe Mr. Goddedaal den letzten Teil des Logbuchs schreiben müssen, Trent selbst habe immer nur mit der Linken unterschrieben. Kaum hatte ich das gehört, war auch Pinkerton fertig.

»Mehr können wir im Moment nicht tun. Auf zum Schoner«, erklärte er; »aber bis morgen abend habe ich Goddedaal, oder ich will nicht Pinkerton heißen.«

»Wie willst du das anstellen?« fragte ich.

»Das siehst du noch, bevor du schlafen gehst«, versetzte Pinkerton. »Und jetzt, nach diesem vielen Hin und Her und dem Hotelmenschen und dieser Laus Bellairs verspreche ich mir vom Anblick des Schoners Erleichterung und Trost. Dort läuft sicher alles wie am Schnürchen.«

Doch als wir am Kai ankamen, rührte sich dort gar nichts, und abgesehen vom Rauch aus der Kombüse gab es auf der *Norah Creina* keinerlei Lebenszeichen. Pinkerton erbleichte, und sein Mund verzerrte sich, als er an Bord sprang.

»Wo ist der Kapitän dieses ---?« sagte er und ließ den Satz unvollendet, denn er fand offenbar für seine Vorstellungen kein ausreichend kräftiges Epitheton.

Ich konnte nicht sehen, wen oder was er angeredet hatte; zur Antwort erschien jedoch ein Kopf, wahrscheinlich der des Kochs, in der Kombüsentür.

»In der Kabine, beim Abendessen«, gab dieser, genüßlich kauend, zur Antwort.

»Ist die Ladung draußen?«

»Nein, Sir.«

»Nichts davon?«

»Doch, etwas schon. Ich schätze, an den Rest gehen wir dann morgen ran.«

»Ich schätze, da geht vorher noch einiges zu Bruch«, versetzte Pinkerton und eilte in die Kabine.

Hier fanden wir einen fetten, dunklen, schweigsamen Mann ernst vor einem ausgiebigen Mahle sitzen. Bei unserem Eintritt blickte er auf; und als Pinkerton ihn mit zusammengepreßten Lippen, verschränkten Armen, den Hut auf dem Kopf, schweigend musterte, da machte sich in seinem gemütlichen Vollmondgesicht eine Mischung aus Ärger und Verblüffung breit.

»So so«, sagte Jim. »Das ist es, was Sie unter höchster Eile verstehen?«

»Wer sind Sie?« rief der Kapitän.

»Ich? Ich bin Pinkerton!« gab Jim zurück, als sei der Name ein Talisman.

»Sie sind nicht sehr höflich, wer immer Sie auch sein mögen«, war die Antwort. Eine bestimmte Wirkung war jedoch erreicht, denn er rappelte sich hoch und sagte hastig: »Schauen Sie, Mr. Pinkerton, ein Mann muß schließlich auch einen Bissen essen.«

»Wo ist Ihr Maat?« fuhr Pinkerton ihn an.

»Auf Landgang«, gab der andere zurück.

»Auf Landgang, aha!« höhnte Pinkerton. »Also gut, ich werde Ihnen sagen, was Sie sind: Sie sind ein Versager; und wenn ich nicht Angst hätte, mir die Schuhe dreckig zu machen, würde ich Sie samt Ihrem Abendessen in dieses Dock treten.«

»Dann sage ich Ihnen auch etwas«, versetzte der Kapitän, dunkelrot anlaufend. »Für einen Mann wie Sie würde ich dieses Schiff nicht segeln, und wenn Sie vor mir auf die Knie fielen. Ich hatte bisher nur mit Gentlemen zu tun.«

»Ich kann Ihnen jedenfalls die Namen von ein paar Gentlemen aufzählen, mit denen Sie nie mehr zu tun haben werden, und das ist einmal die ganze Longhurst-Gruppe«, gab Jim zurück. »Ich werde Ihnen in dieser Ecke die Pfeife ausmachen, mein Freund. Da, packen Sie Ihren Mist, so schnell Sie schauen können, und nehmen Sie Ihr Ungeziefer mit. Ich bringe noch heut' abend einen Kapitän her, der sein Handwerk versteht, und ein paar echte Seeleute als Mannschaft.«

»Ich gehe, wann es mir paßt, und das ist morgen früh«, rief uns der Kapitän nach, als wir wieder an Land gingen.

»Irgend etwas stimmt heute nicht mit der Welt; ich glaub', das Unterste hat sich zuoberst gekehrt!« klagte Pinkerton. »Bellairs, und dann der Mensch im Hotel, und jetzt dieser Versager! Und woher soll ich einen Kapitän nehmen, Loudon, wo Longhurst schon vor einer Stunde heimgegangen ist und die Burschen in alle Richtungen verstreut?«

»Ich weiß was«, erklärte ich. »Spring auf!« Und dann zum Kutscher: »Kennen Sie Black Tom's?«

Dorthin ratterten wir also; schritten eilends durch die

Bar und fanden (wie ich gehofft hatte) Johnson im Genusse seines Clublebens. Der Tisch war gegen eine Wand geschoben; in einer Ecke saß ein Südseehändler und gab auf seiner Mundharmonika Musik zum besten; und in der Mitte des Raumes tapsten Johnson und ein zweiter Seemann im Tanze, die Arme um des anderen Taille geschlungen. Im Zimmer war es kalt, aber auch stickig; eine Gasflamme, der die Tänzer mit ihren Köpfen immer wieder gefährlich nahe kamen, verbreitete liebloses Licht; die Mundharmonika klang schrill und jämmerlich; und die Gesichter aller Beteiligten trugen einen fast kirchlichen Ernst zur Schau. Es wäre natürlich höchst taktlos gewesen, diese feierliche Lustbarkeit zu unterbrechen; also schlichen wir zu Stühlen, geradeso wie verspätete Besucher eines Konzerts, und warteten geduldig auf das Ende. Endlich hörte der Musiker aus plötzlichem Luftmangel mitten in einem Takt zu spielen auf. Mit dem Ende des letzten Tones kamen auch die Tänzer zum Stillstand, schwankten noch einen Augenblick in der Umarmung, dann lösten sie die Hände voneinander und blickten beifallheischend in die Runde.

»Sehr gut getanzt!« sagte jemand; aber das Kompliment war den beiden Stars offenbar nicht stark genug, deshalb (des Sprichwortes nicht eingedenk) bemühten sie sich in eigener Person um ihren Ruhm.

»Ha!« erklärte Johnson. »Vielleicht bin ich kein guter Seemann, aber tanzen kann ich!«

Und sein gewesener Partner fügte in rührender Selbstgewißheit hinzu: »Mein Fuß ist so leicht wie eine Feder.«

Da ich nun sah, woher der Wind wehte, wird man mir glauben, daß ich ein paar Lobesworte anbrachte, bevor ich mit Johnson auf den Gang trat; Johnson, derart weichgeklopft, erfuhr alles, was er nach meiner Schätzung über unsere Lage wissen mußte, und ich beschwor ihn, sollte er die Aufgabe nicht selber übernehmen, uns einen geeigneten Mann zu finden.

»Ich!« rief er. »Da kann ich ebensogut eine Höllenfahrt versuchen!«

»Ich dachte, Sie sind Maat«, erwiderte ich.

»Das bin ich auch«, kicherte Johnson, »und anders werden Sie mich heutzutage auf keinem Schiff erwischen. Aber ich sage Ihnen was: ich glaube, ich kann Ihnen Arty Nares verschaffen. Sie kennen Arty; ein erstklassiger Kapitän, und was Stil betrifft, ein toller Hecht.« Dann erklärte er mir, daß Mr. Nares, dem in sechs Monaten, wenn sich die Lage beruhigt hatte, ein schönes Schiff versprochen war, inzwischen sehr zurückgezogen lebte und für eine kleine Luftveränderung sicher zu gewinnen war.

Ich rief Pinkerton heraus und berichtete ihm. »Nares!« rief er, sobald ich den Namen erwähnte. »Ich wäre schon froh über einen Mann, der Nares' Hosen angehabt hat! Dem kann als Hochseeschiffer keiner in ganz San Francisco das Wasser reichen – der bezieht im Dienst wie auch außer Dienst seine Dividenden.« Diese nachhaltige Unterstützung gewann alle für den Vorschlag; Johnson versprach, Nares morgen früh um sechs zu uns zu bringen; und Black Tom, den wir zu den Beratungen hinzuzogen, versprach uns für die gleiche Stunde vier tüchtige Seemänner und garantierte für ihre Nüchternheit (und das erschien uns denn doch übertrieben) auch noch.

Die Straßen waren bereits voll erleuchtet, als wir Black Tom's verließen: Straße auf Straße funkelte im Licht von Gas oder Elektrizität, Zeile auf Zeile kletterten ferne Lichtschnüre steile Hügel ins Gewölb' der Finsternis hinan; und auf der anderen Seite, dort, wo die Wasser der Bucht unsichtbar zitterten, markierten hundert schwankende Laternen die Position von hundert Schiffen. Der Meeresdunst stand hoch am Himmel; weiter unten, auf dem Niveau von Leben und menschlichen Geschäften, war es kalt und klar. In schweigendem Einverständnis bezahlten wir die Droschke und gingen Arm in Arm in den »Poodle Dog« zum Abendessen.

An einer der ersten Reklamewände fiel mir auf, daß ein

Zettelankleber am Werke war: ein bißchen spät für diese Tätigkeit. Ich hielt Pinkerton fest, bis das Blatt ganz ausgerollt war – und das war's, was ich las:

Zweihundert Dollar Belohnung.
Offiziere und Mannschaft des

Wracks der Brigg »Flying Scud«

melden sich
persönlich oder brieflich
im Kontor von James Pinkerton, Montana Block,
bis morgen mittag, Dienstag, den 12., und erhalten
zweihundert Dollar Belohnung

»Das ist deine Idee, Pinkerton!« rief ich.

»Ja. Die haben keine Zeit verloren, das muß ich schon sagen – nicht wie der Versager«, erklärte er. »Aber weißt du, Loudon, das ist bei weitem nicht alles. Das Beste an meiner Idee ist folgendes: wir wissen, daß unser Mann krank ist; daher haben wir jedem Krankenhaus, jedem Arzt und jedem Drugstore in ganz San Francisco ein Exemplar dieses Plakats geschickt.«

Auf Grund unserer sonstigen Tätigkeiten konnte Pinkerton Derartiges natürlich sehr viel billiger machen als andere; nichstdestoweniger war ich über die Ausgabe entsetzt und sagte das auch.

»Was spielen ein paar Dollar denn jetzt schon für eine Rolle?« gab Pinkerton gedrückt zur Antwort. »Interessant wird's erst in drei Monaten, Loudon.«

Schweigend schritten wir weiter, nicht ohne ein mulmiges Gefühl. Auch im »Poodle Dog« widmeten wir uns dem Essen mit geringem Appetit und noch geringerer Redseligkeit; und erst, als Pinkerton vom dritten Glas Champagner erwärmt war, räusperte er sich und blickte mich beschwörend an.

»Loudon«, sagte er, »es ging da um etwas, worüber du

nicht mehr sprechen wolltest. Ich möchte es auch nur ganz indirekt: Es war nicht« – die Stimme versagte ihm – »es war doch nicht, weil du unzufrieden mit mir warst?« schloß er mit unsicherer Stimme.

»Pinkerton!« rief ich.

»Nein, nein, laß mich ausreden«, redete er schnell weiter. »Laß mich zuerst reden. Ich verehre und bewundere dein Zartgefühl, wenn ich auch selbst nicht dazu imstande bin; und ich kann mir sehr gut vorstellen, daß du lieber sterben würdest, als darüber zu sprechen, und trotzdem vielleicht enttäuscht bist. Ich dachte zuerst auch, ich hätte es besser machen müssen. Aber als ich sah, wie knapp das Geld in dieser Stadt ist, und als ein Mann wie Douglas B. Longhurst – ein Neunundvierziger, der Mann, der die illegalen Siedler von San Diablo in einem Maisfeld fünf Stunden lang in Schach hielt – über dieser Operation den Mumm verlor, ich sage dir, Loudon, da begann ich zu verzweifeln; und – vielleicht habe ich Fehler gemacht, es gibt sicher Tausende, die es besser hätten machen können – aber ich gebe dir meine Hand darauf, ich tat mein Bestes.«

»Mein armer Jim«, sagte ich, »als ob ich je an dir gezweifelt hätte! Als ob ich nicht wüßte, daß du wahre Wunder gewirkt hast! Den ganzen Tag schon habe ich deine Energie und deine Einfälle bewundert. Und zu dieser Angelegenheit –«

»Nein, Loudon, nichts mehr, kein Wort mehr! Ich will es nicht hören«, rief Jim.

»Also, um die Wahrheit zu sagen, ich will es dir auch nicht sagen«, erwiderte ich; »denn es ist etwas, dessen ich mich schäme.«

»Du schämst dich, Loudon? Nein, sag das bitte nicht. Sag so etwas nicht einmal im Scherz!« protestierte Pinkerton.

»Tust du denn nie etwas, dessen du dich nachher schämst?« erkundigte ich mich.

»Nein«, erwiderte er, die Augen rollend. »Warum?

Hinterher tut mir manchmal etwas leid, wenn es anders ausgeht, als ich hoffte. Aber ich verstehe nicht, warum ich mich dafür schämen sollte.«

Ich saß eine Weile still und bewunderte meinen Freund für die Einfachheit seines Charakters. Dann seufzte ich. »Weißt du, Jim, was mir am meisten leid tut?« sagte ich. »So wie's jetzt aussieht, kann ich nicht dein Trauzeuge sein.«

»Mein Trauzeuge!« wiederholte er und seufzte gleichfalls. »Wozu brauche ich einen Trauzeugen? Schluß ist's mit der Heirat. Ich gehe noch heute abend zu ihr hin und sag's ihr. Ich glaube, das ist's, was mich schon den ganzen Tag so quält. Ich habe das Gefühl, ich hätte (nachdem ich doch verlobt bin) mich nicht so Hals über Kopf ins Abenteuer stürzen dürfen.«

»Aber Jim, ich war die Ursache, du mußt mir die Schuld daran geben«, sagte ich.

»Aber keine Rede!« rief er. »Ich war genau so begierig wie du selbst, nur schaltete ich am Anfang nicht so schnell. Nein – das habe ich allein mir zu verdanken; aber es tut weh.«

Während also Jim seinen schmerzlichen Gang antrat, kehrte ich allein ins Kontor zurück, zündete das Gas an und setzte mich hin, um über die Ereignisse dieses bedeutenden Tages nachzudenken; über die merkwürdigen Züge dieser Geschichte, die sich bis jetzt gezeigt hatten: verschwundene Personen, Ängste, große Summen Geldes; und über die gefährliche, schwierige, undankbare Aufgabe, die in unmittelbarer Zukunft auf mich wartete.

Betrachten wir derartige Dinge im Rückblick, so ist es schwer, nicht schon für damals einen Teil jenes Wissens in Anspruch zu nehmen, das wir doch heute erst besitzen. Aber ich kann sagen, ohne zu lügen, daß ich in dieser Nacht von fieberhaftem Mißtrauen und Neugier erfaßt wurde; mir den Kopf über Lösungen zerbrach, die ich sogleich verwarf als nicht zu den Fakten passend; und in dem Geheimnis, von dem ich mich umgeben fand, eine köstliche Anregung meines Mutes, aber auch den nötigen, lindernden und heilenden Trank für mein Gewissen sah. Damit will ich nicht sagen, daß ich mich, wäre alles glatt gegangen, vielleicht zurückgezogen hätte. Schmuggeln ist eines der übelsten Verbrechen, denn dabei berauben wir ein ganzes Land *pro rata* und bereichern uns daher in jedem Fall auf Kosten der Armen; Opiumschmuggel ist eines der schwersten Vergehen überhaupt, nicht so sehr dem Mord verwandt als vielmehr dem Massaker. Alle diese Punkte waren mir klar bewußt; meine Sympathien standen bewaffnet auf gegen meine Interessen; und wäre nicht Jim mit dabei gewesen, dann hätte ich mir beinah mit Befriedigung mein Scheitern ausgemalt. Doch Jim, sein ganzes Vermögen und seine Heirat hingen an meinem Erfolg; und die Interessen meines Freundes standen mir näher als die Interessen aller Insulaner der gesamten Südsee zusammen. Vielleicht hältst du das für eine kleinliche, private Moral; aber es ist die meine, und die beste, die ich habe; und ich bin nicht halb so beschämt darüber, mich überhaupt auf dieses Abenteuer eingelassen zu haben, wie stolz darauf (so lange es dauerte, und um meines Freundes willen), früh aufgewesen zu sein und spät im Bett, mich vor keiner Arbeit gedrückt und Gefahren genommen zu haben, wie sie kamen; und dies eine Mal in meinem Leben hatte ich mich wie ein ganzer Mann verhalten. Ich gebe zu, daß mir ein anderes Betätigungsfeld besser zugesagt hätte; daher war ich für das erlösende Element des Mysteriösen um so dankbarer. Ohne dieses wäre ich wohl auch nicht faul gewesen und hätte vielleicht das gleiche erreicht; doch sicher nicht mit so viel Leidenschaft. Was mich in dieser Nacht mit ungeduldiger Gier nach dem Meer, der Insel und dem Wrack erfüllte, war die Hoffnung, ich würde dort die Antwort auf hundert Fragen finden und erfahren, warum Kapitän Trent in der Börse sein rotes Gesicht gefächelt und warum Mr. Dickson in der Pension in der Mission Street vor dem Telephon geflohen war.

Kapitel XI

In welchem Jim und ich unterschiedliche Wege gehen

Ich war unglücklich, als ich die Augen schloß; und unglücklich schlug ich sie am nächsten Morgen auf, mit dem verschwommenen Gefühl einer noch unausgesprochenen Katastrophe, zerschlagen und schwindlig. Ich muß eine Weile reglos und in dumpfem Elend dagelegen sein, bevor wiederholtes Klopfen an der Tür in mein Bewußtsein drang. Mit dieser Wahrnehmung flossen allerdings meine fünf Sinne sofort in ihre gewohnten Bahnen, und alles fiel mir wieder ein: die Versteigerung, das Wrack, Goddedaal, Nares, Johnson und Black Tom, die gestrigen Aufregungen und die zahllosen Termine, die uns heut' erwarteten. Die Vorstellung belebte mich wie eine Trompete in der Stunde der Schlacht. Im Nu sprang ich aus dem Bett, eilte durch das Kontor, wo Pinkerton im Tiefschlaf auf dem ausziehbaren Sofa lag, und stellte mich im Nachtgewand in die Tür, um unsere Besucher zu empfangen.

Johnson trat als lächelnder Türsteher auf. Etwas hinter ihm stand Kapitän Nares, den Sonntagshut leicht in die Stirn geschoben, eine glühende Zigarre zwischen den Lippen, und bekräftigte unsere frühere Bekanntschaft durch ein kurzes Nicken. Hinter Nares stand auf den obersten Treppenstufen eine Traube von Matrosen, die neue Mannschaft der *Norah Creina*, und polierte die Wand mit Ellbogen und Rücken. Diese überließ ich draußen ihren eigenen Gedanken, aber unsere beiden Offiziere führte ich sofort ins Kontor, wo ich Jim an den Schultern packte und langsam wachrüttelte. Er fuhr hoch, offensichtlich noch nicht ganz da, und starrte auf den neuen Kapitän.

»Jim«, erklärte ich, »das ist Kapitän Nares. Kapitän – Mr. Pinkerton.«

Nares wiederholte sein knappes Nicken, sagte aber auch jetzt nichts; mir schien, als würde er uns beide scharf beobachten.

»Oh!« rief Jim, »Sie sind also Kapitän Nares? Guten Morgen, Kapitän Nares. Ich freue mich sehr, Sie kennenzulernen. Ich habe schon viel von Ihnen gehört.«

Zog man die Umstände des Augenblicks in Betracht, so war das vielleicht keine sehr herzliche Begrüßung. Nares' Antwort darauf war jedenfalls ein Grunzen.

»Also, Kapitän«, fuhr Jim fort, »Sie wissen ungefähr, worum es geht? Sie bringen die *Norah Creina* zur Insel Midway, brechen dort ein Wrack auf, laufen Honolulu an, und dann zurück in diesen Hafen. Haben wir uns verstanden?«

»Nun ja«, knurrte Nares mit der gleichen kühlen Zurückhaltung, »aus einem bestimmten Grund, den Sie, schätze ich, kennen, kommt mir die Fahrt jetzt recht gelegen; aber den einen oder anderen Punkt müssen wir noch klären. Wir müssen reden, Mr. Pinkerton. Aber ob ich fahre oder nicht, irgend jemand fährt; also besser keine Zeit verlieren; schreiben Sie Mr. Johnson ein paar Zeilen, schicken Sie ihn mit den Männern hinunter in den Hafen und lassen Sie sie die Takelage überholen. Die Schweine sehen nüchtern aus«, fügte er mit einem Ausdruck des Ekels hinzu, »und brauchen Arbeit, damit sie's bleiben.«

Man einigte sich darauf; Nares sah seinen Untergebenen verschwinden und atmete sichtlich auf.

»So, jetzt sind wir allein und können reden«, erklärte er. »Worum geht's dabei? Die Sache ist ja bekannt geworden wie Barnums Museum, und über Ihr Plakat zerreißt sich die ganze Küste den Mund; das ist für mich keine Empfehlung, denn ich meide für den Moment das Licht der Öffentlichkeit; und überhaupt, bevor ich das Schiff übernehme, muß ich wissen, was dahintersteckt.«

Daraufhin rollte Pinkerton die ganze Geschichte vor ihm auf, begann mit geschäftsmäßiger Präzision und arbeitete sich während seines Vortrags zum Siedepunkt erzählerischer Begeisterung hoch. Nares saß da und rauchte, Hut auf dem Kopf, und begleitete jede neue Wendung der Geschichte mit einem stirnrunzelnden Nicken. Doch seine hellblauen Augen verrieten ihn; er fing sichtlich Feuer.

»Sie sehen also selbst«, schloß Pinkerton, »aller Wahrscheinlichkeit nach hat sich Trent nach Honolulu abgesetzt, und es wird keinen großen Teil der fünzigtausend Dollar kosten, einen flotten Schoner zu chartern und damit auf Midway zu fahren. Und da brauche ich einen Mann!« rief Jim mit ansteckender Energie. »Das Wrack gehört mir; ich habe dafür eine anständige Summe auf den Tisch geblättert; und wenn man darum kämpfen muß, dann darf sich niemand zieren. Wenn Sie in neunzig Tagen nicht zurück sind, dann, das sage ich Ihnen offen, mache ich einen Bankrott, wie ihn diese Küste noch nicht gesehen hat; für mich und Mr. Dodd geht es um Leben oder Tod. Kann leicht sein, daß es auf dieser Insel zum Kampf Mann gegen Mann kommt; doch als ich gestern abend Ihren Namen hörte – und noch verdammt viel mehr, als ich heute morgen sehen konnte, was für Augen Sie im Kopfe haben –, da sagte ich mir: Nares ist gut genug für mich!«

»Ich schätze«, bemerkte Nares und betrachtete die Asche seiner Zigarre, »je schneller ich den Schoner außerhalb der Farallones habe, um so lieber ist's Ihnen.«

»Sie sind der Mann meiner Träume!« brüllte Jim und hüpfte auf dem Bett auf und ab. »In Ihrem ganzen Körper stecken keine fünf Prozent Betrug!«

»Moment mal«, warf Nares ein. »Da ist noch ein Punkt. Ich hörte was von einem Frachtaufseher.«

»Das ist Mr. Dodd hier, mein Partner«, erwiderte Jim.

»Das seh' ich nicht«, versetzte der Kapitän trocken. »Ein Kapitän reicht für jedes Schiff, wo ich an Bord bin.«

»Bitte fangen Sie nicht an, mich zu enttäuschen«, sagte Pinkerton; »denn jetzt reden Sie ohne Überlegung. Ich gebe Ihnen doch nicht die Geschäftsbücher meiner Firma in die Hand, oder? Schätze nicht. Und das hier ist nicht nur eine Seereise, es ist auch ein geschäftliches Unternehmen, und das liegt in den Händen meines Partners. Sie segeln dieses Schiff, Sie leiten das Aufbrechen des Wracks und halten die Männer auf Trab, und damit dürften Sie doch ausgelastet sein. Nur damit wir uns in diesem Punkt verstehen: es hat zur Zufriedenheit von Mr. Dodd zu geschehen; denn Mr. Dodd ist derjenige, der zahlt.«

»Ich pflege zur Zufriedenheit meiner Auftraggeber zu arbeiten«, erwiderte Nares und lief dunkelrot an.

»Und das werden Sie auch hier!« rief Pinkerton. »Ich verstehe Sie vollkommen! Sie sind vielleicht von außen etwas stachelig, aber ehrlich durch und durch.«

»Die Position muß aber ganz klar sein«, gab Nares zurück, vielleicht eine Spur nachgiebiger. »Meine Position, meine ich. Als Navigator allein lasse ich mich nicht anheuern; daß ich überhaupt einen Fuß auf diesen Moskito-Schoner setze, das liegt schon weit genug von meinem Wege ab.«

»Na gut, ich sage Ihnen«, versetzte Jim mit einem unbeschreiblichen Zwinkern, »wir einigen uns über den Ballast und machen eine Barkentine draus.«

Nares lachte kurz; der taktlose Pinkerton hatte wieder einmal einen Sieg in Taktgefühl davongetragen. »Dann ist da noch ein Punkt«, erklärte der Kapitän und ging stillschweigend über den zuletzt besprochenen hinweg. »Wie steht's mit den Eignern?«

»Ach, die überlassen Sie nur mir; ich gehöre zu Longhursts Männern, müssen Sie wissen«, erklärte Jim mit plötzlich aufflammender Eitelkeit. »Wer für mich gut genug ist, an dem haben auch sie nichts auszusetzen.«

»Wer sind sie?« beharrte Nares.

»M'Intyre & Spittal«, erklärte Jim.

»Na, dann geben Sie mir nur Ihre Karte«, sagte der Kapitän. »Sie brauchen gar nicht selbst zu schreiben; M'Intyre & Spittal habe ich in meiner Westentasche.«

Um die Wette prahlen – ja, das war typisch für Nares und für Pinkerton, die beiden eitelsten Männer, die ich kannte. Dergestalt in seinem eigenen Ansehen bestätigt, erhob sich der Kapitän, bedachte jeden von uns mit seinem knappen Nicken und verließ uns.

»Jim«, rief ich, kaum fiel die Tür hinter ihm zu, »ich mag diesen Mann nicht.«

»Das mußt du aber, Loudon«, versetzte Jim. »Er ist ein typischer amerikanischer Seemann – mutig wie ein Löwe, findig, angesehen bei den Eignern. Er ist ein Mann mit einem Ruf.«

»Ja, für Brutalität auf See«, entgegnete ich.

»Sag, was du willst«, rief Pinkerton, »es ist ein Glücksfall, daß wir ihn bekamen: ich würde ihm jederzeit Mamies Leben anvertrauen.«

»Nun, und da wir schon von Mamie sprechen?« fragte ich.

Jim hielt inne, die Hosen halb hochgezogen. »Sie ist die tapferste kleine Frau, die Gott geschaffen hat!« rief er. »Loudon, gestern nacht wollte ich dich schon wecken, und ich hoffe, du verübelst es mir nicht, daß ich's nicht tat. Ich ging hinein und sah dich schlafen und dachte, daß du wirklich ganz erschöpft warst, und so ließ ich dich. Die Nachricht hielt sich ja bis heute früh; und selbst du, Loudon, konntest es doch nicht ganz so empfinden wie ich selbst.«

»Welche Nachricht?« fragte ich.

»Also, es ist so«, erklärte Jim. »Ich sagte ihr, was los war, und daß ich von der Hochzeit zurücktreten müsse. Bist du denn meiner müde? sagte sie: Gott segne sie! Na, ich erklärte das Ganze also noch einmal von vorne, die Gefahr eines Bankrotts, deine Abwesenheit unvermeidlich, wo ich dich aber unbedingt als Trauzeugen haben will, und so weiter. Wenn du meiner wirklich nicht müde bist, dann sehe ich nur einen Weg, sagt sie. Laß uns doch morgen heiraten, dann kann Mr. Loudon Trauzeuge sein, bevor er noch in See sticht. Genauso hat sie es gesagt, klar und hell, wie eine Figur von Dickens. Es hatte gar keinen Sinn, ihr von Bankrott zu reden. Dann brauchst du mich doch um so mehr, war ihre Antwort. Loudon, ich kann nur beten, daß es mir gelingt, mich ihrer würdig zu erweisen; letzte Nacht, während du schliefst, betete ich neben deinem Bett – für dich, für Mamie und für mich; ich weiß eigentlich nicht, ob ich ans Beten glaube, ich bin eher ein Ingersollianer – aber da überkam mich eine Art von innerer Süße, und ich kann mir nicht helfen, mir schien das wie eine Antwort. Kein Mensch war je so glücklich! Du und ich und Mamie; das ist ein dreifaches Band, Loudon. Wenn einer von euch beiden sterben würde! Und sie mag dich auch so sehr und bewundert deine Manieren und dein distinguiertes Aussehen und ist genauso wild wie ich darauf, dich als Trauzeugen zu haben. Mr. Loudon nennt sie dich; ich finde das so nett! Bis drei Uhr blieb sie auf und nähte sich ein Gewand für unsere Hochzeit; ach, war das schön für mich, Loudon, ihr zuzusehen, wie die Nadel flog und flog, und mir zu sagen: So viel Arbeit, so viel Eile, nur um dich zu heiraten! Ich konnt' es gar nicht glauben; ich kam mir vor wie in einem verdammten Märchen. Der Gedanke an die Zeiten der Blechphotographien machte mich ganz schwindlig; damals war ich so ungebildet, ein Analphabeth fast und so einsam; und jetzt bin ich glücklich wie ein Schneekönig und verstehe beim besten Willen nicht, womit ich das verdiene.«

So schüttete er mit unschuldiger Gesprächigkeit die Fülle seines Herzens vor mir aus; und ich mußte seinen ungeordneten Mitteilungen – hier ein bißchen, da ein bißchen – die Einzelheiten seines neuen Plans entnehmen. Sie wollten tatsächlich noch heute heiraten; das Hochzeitsessen sollte bei Frank's stattfinden; der Abend mit einem Abschiedsbesuch an Bord der *Norah Creina* enden; und dann würden sich unsere Wege trennen, Jim begab sich in sein eheliches Heim, ich mich auf meine Seefahrt. Sollte ich Mamie gegenüber je reserviert gewesen sein, so vergab ich ihr jetzt; so tapfer und so gütig, so liebevoll und so wagemutig war ihr Entschluß. Das Wetter drohte uns mit einem bleiernen Himmel, San Francisco hatte (in meiner

Erfahrung) noch nie so schwarz, so unheimlich, so schäbig und so irr ausgesehen wie jetzt, wie eine vor der Zeit gealterte Stadt; aber während all meines Laufens und Hetzens hin und her durch die Docks oder die überfüllten Straßen, inmitten rohen Lärms und häßlicher Szenen lief mir immer wie eine leise klingende Musik der Gedanke an das Glück meines Freundes durch die Seele.

Es war dies wirklich ein Tag der vielen und widersprüchlichsten Unternehmungen. Kaum hatten wir gefrühstückt, mußte Jim in Heiratsangelegenheiten schon ins Rathaus und zu Frank's laufen und ich zu John Smith wegen unserer Vorräte, und von dort zur *Norah Creina* zur Vereidigung der Seeleute. Jetzt schien der Schoner mir noch kleiner als je zuvor, von allen Seiten überragten große Schiffe ihn bei weitem. Das Boot war ein Alptraum von Unordnung und Chaos; auf dem Kai längsseits stapelten sie so viele Fässer, Kisten, Dosen, Werkzeug, Seilrollen und winzige Behälter mit Dynamit, daß es nicht menschenmöglich schien, das alles an Bord zu verstauen. Johnson war im Mitteldeck, in rotem Hemd und Hosen aus Kattun, seine Augen leuchteten vor Tatkraft. Mit ihm wechselte ich ein oder zwei Worte; dann betrat ich den schmalen Laufgang zwischen Haus und Reling und stieg den Niedergang hinunter in die Hauptkabine, wo der Kapitän und der Hafenbeamte schon beim Weine saßen.

Mit mäßiger Begeisterung starrte ich auf das winzige Loch, das ich nun viele Tage lang mein Zuhause nennen sollte. Steuerbord war eine Kabine für den Kapitän; Backbord zwei muffige Liegen, eine über der anderen, die achteraus gegen einen unappetitlichen Schrank stießen. Die Wände waren gelb und feucht, der Boden schwarz und schmierig; alles erstickte in Abfall aus Stroh, alten Zeitungen, zerbrochenen Transportkisten; im Dienste der Schönheit standen einzig und allein ein Glasgestell, ein Thermometer »mit besten Empfehlungen« – das Reklamegeschenk eines Whiskyhändlers – und eine Hängelampe. Es war nicht vorauszusehen, daß ich schon nach

Verlauf einer Woche diese Kabine als freundlich, hell, luftig, ja sogar geräumig ansehen sollte.

Ich wurde dem Hafenbeamten vorgestellt, dann auch noch einem jungen Freund von ihm, den er (offenbar) einzig zum Zwecke des Zigarrenrauchens mitgebracht hatte; und nachdem wir einander mit einem Glas kalifornischen Portweins zugeprostet hatten, der mir als morgendliches Getränk etwas zu süß und klebrig war, breitete der Beamte seine Papiere auf dem Tisch aus, und man rief die Leute herein. Pflichtgemäß kamen sie angetrottet, betrachteten die Decke oder den Boden, ein Bild schafsmäßiger Verlegenheit, und sahen alle ganz so drein, als hätten sie gern ausgespuckt und wagten es nicht. In bewundernswertem Gegensatz dazu der chinesische Koch, würdevoll, gewandt, ausgezeichnet durch fleckenlose Kleidung: der Hidalgo der Meere.

Ich nehme an, du hattest nie Gelegenheit, der Farce beizuwohnen, die nun folgte. Unsere Schiffahrtsregeln in den Vereinigten Staaten sind (dank dem unvergleichlichen Dana) im Geiste väterlicher Strenge konzipiert und gehen grundsätzlich von der Annahme aus, daß der arme Jack – der Matrose – ein Idiot, die anderen Parteien des Vertrags Schurken und Betrüger sind. Ein langes, wortreiches Papier voller Vorsichtsmaßregeln und Warnungen, eine Matrosen-Bill of Rights mußte jedem Manne nun einzeln vorgelesen werden. Ich genoß den Vorzug, es fünfmal in rascher Aufeinanderfolge zu hören; daher könntest du vielleicht annehmen, ich sei mit seinem Inhalt wohlvertraut. Doch der Hafenbeamte (der ehrenwerte Herr) tut den ganzen Tag lang fast nichts anderes; und wenn wir an den parallelen Fall des respektlosen Kuraten denken, so braucht's uns nicht zu wundern, daß er den Text tempo prestissimo vortrug, in einem einzigen gemurmelten Singsang – so daß selbst ich, mit der geübten Aufmerksamkeit des Gebildeten, nur einen Bruchteil davon verstand – die Matrosen aber gar nichts. Kein Fluchen beim Erteilen von Befehlen, keine feststehenden Messer mit Scheide, die Insel Midway und jeden anderen Hafen auf Befehl des Kapitäns, nicht länger als sechs Kalendermonate, und die Heuer ausbezahlt in diesem Hafen: so ging's dahin, in verblüffenden Formulierungen; so hörte es auf. Und am Ende holte der Hafenbeamte in jedem Fall tief Atem, nahm seine natürliche Stimme wieder an und ging zum Geschäftlichen über. »Hier, mein Mann«, sagte er dann, »Sie heuern hiemit als Vollmatrose zu soundsoviel Dollar an, in amerikanischer Goldmünze. Setzen Sie Ihren Namen hierher, falls Sie einen haben und des Schreibens mächtig sind.« War (nach viel Geschnaube und Geächze) die Unterschrift geleistet, dann hatte der Hafenbeamte noch die Angaben über Aussehen, Größe usw. auf dem Formular einzutragen. Bei den literarischen Portraits, die nun gefragt waren, verließ er sich aber offenbar ganz aufs Temperament, denn ich sah ihn auch nicht einen Blick auf seine Modelle werfen. Dabei unterstützte ihn der Kapitän mit einem fortlaufenden Kommentar: »Haare blau und Augen rot, Nase fünf Fuß sieben Zoll, Gestalt gebrochen« – Witze, sicherlich so alt wie die amerikanische Marine; aber immer wieder gern gehört, wie die ähnlichen Scherze am Billardtisch. Seinen Höhepunkt fand der Humor im Falle des chinesischen Kochs, der unter dem Namen »Ein Lung« vereidigt wurde, wobei sich seine eigenen Proteste mit dem vergnügten Glucksen des Beamten mischten.

»Na, Kapitän«, sagte letzterer, als die Männer fort waren und er seine Papiere schon gebündelt hatte, »Sie sind von Gesetz wegen verpflichtet, eine Vorratskiste und eine Kiste mit Arzneien mitzuführen.«

»Ich schätze, ich weiß das«, sagte Nares.

»Das schätze ich auch«, versetzte der Hafenbeamte und schenkte sich noch etwas Portwein ein.

Doch als er gegangen war, wandte ich mich an Nares wegen des gleichen Themas, denn mir war sehr wohl bewußt, daß wir keines dieser beiden Dinge an Bord führten.

»Na wenn schon«, winkte Nares gelangweilt ab, »dort am Kai stehen sechzig Pfund Kautabak, oder nicht? Und zwanzig Pfund diverse Salze; und ich gehe nie ohne Schmerzpillen in meinem Seesack auf Fahrt.«

In Wirklichkeit waren wir sogar reicher. Der Kapitän hatte die üblichen Seemanns-Vorräte an sogenannten Hausmitteln dabei, womit er sich wie alle Matrosen täglich vollstopfte, dabei aber mit größter Flatterhaftigkeit von »Kennedy's Roter Entdeckung« zu »Kennedy's Weißem« sprang, von »Hood's Sarsaparilla« zu »Mutter Siegel's Syrup«. Überdies fanden sich noch ein paar verschimmelte, halbvolle Flaschen mit unleserlichem Etikett, die Nares manchmal nachdenklich beroch. »Mir scheint, das riecht nach Durchfall-Mittel«, bemerkte er dann. »Wenn ich's nur wüßte, dann würd' ich's ja versuchen.« Aber die Vorratskiste war tatsächlich nur durch die Tafeln Kautabak vertreten, und sonst gar nichts. So werden paternalistische Gesetze gemacht, so werden sie umgangen; und als der Schoner in See stach, war er eigentlich – wie die meisten seiner Nachbarn – für eine Strafe von sechshundert Dollar fällig.

Diese charakteristische Szene, von der ich mich allzu lange festhalten ließ, war nur ein kurzer Augenblick dieses erregten und bewegten Tages. Zwischen Morgengrauen und Abenddämmerung einen Schoner seetüchtig zu rüsten und eine Hochzeit zu improvisieren, dazu gehört heldenhafte Anstrengung. Den ganzen Tag lang rannten Jim und ich, fuhren, lachten, kamen den Tränen nahe, verhedderten uns in ängstlichen Beratungen, wurden (vorbereitete sarkastische Bemerkungen auf den Lippen) zu irgendeinem betrügerischen Putzmacher geschickt, hetzten dazwischen zu unserem Schoner und John Smith und wurden an jeder zweiten Ecke (durch unsere eigenen riesigen Plakate) an die Klemme erinnert, in die wir uns selbst gebracht hatten. Dazwischen fand ich noch genügend Zeit, um bei einem halben Dutzend Juwelieren ins Schaufenster zu starren; und mein Geschenk, mit so viel Hast gewählt, ward huldvoll angenommen. Ich glaube, das war die letzte (wenn auch nicht die geringste) meiner Sorgen, bevor der alte Geistliche, schäbig, aber wohlwollend, aus seinem Haus entführt und zum Kontor gebracht wurde wie ein dressierter Pudel: Und hier in der einfallenden Dämmerung, unter dem kalten Glitzern des Dreizehn Stern in zweihundertfacher Ausführung, neben der grellen Glorie der landwirtschaftlichen Maschine wurden Mamie und Jim vereint. Die Szene hatte etwas Absurdes, aber die Zeremonie war hübsch, bezaubernd, rührend; die Tippmamsellen mit so freundlichen Gesichtern und so netten Blumensträußchen, Mamie so züchtig und verschämt, und Jim – wie soll ich den armen verzückten Jim beschreiben? Er begann damit, daß er den Geistlichen beiseite zog und ans andere Ende des Kontors führte. Was weiß ich, was er dort von sich gab, aber ich glaube, er beharrte auf seiner Unwürdigkeit; denn er weinte, während er sprach; und der alte Geistliche, selbst offenbar tief gerührt, tröstete und ermutigte ihn, und einmal hörte ich ihn laut sagen: »Ich versichere Ihnen, Mr. Pinkerton, es gibt nicht viele, die das von sich behaupten dürfen« – woraus ich schloß, er habe seine Selbstbezichtigungen durch zumindest eine wahrheitsgemäße Behauptung abgemildert. Nach dieser gespenstischen Beratung wandte sich Jim an mich; und obgleich er nicht weiter kam als zu einem explosiven Ausstoßen meines Namens und einem leidenschaftlichen Händedruck, übertrug er damit doch wie durch eine elektrische Ladung etwas von seinen eigenen Gefühlen auch auf seinen Trauzeugen. Endlich stellten wir uns in allgemeiner, aber freudiger Auflösung der feierlichen Handlung. Jim war völlig aus der Fassung; und der Geistliche selbst verriet in Stimme und Benehmen seine Sympathie und schloß mit einer kleinen väterlichen Ansprache, in der er Mamie (die er »meine Liebe« nannte) zur glücklichen Wahl eines hervorragenden Gatten gratulierte und behauptete, er habe kaum je ein interessanteres Paar getraut. An diesem Punkt wurde wie ein herabsinkender Glorienschein *ex machina* die Karte von Douglas B. Longhurst hereingereicht, mit seinen herzlichsten Glückwünschen, und vier Dutzend Perrier-Jouet. Man öffnete eine Flasche, der Geistliche trank auf die Braut, die Brautjungfern zierten sich und kosteten und ich hielt, das Glas in der Hand, eine hochgestimmte bacchantische Rede. Doch der arme Jim durfte nichts trinken. »Rühr das nicht an«, flüsterte ich ihm ins Ohr, »in deinem Zustand wirst du sofort so betrunken wie ein Fiedler.« Und Jim packte meine Hand und schwang sie auf und ab und sagte: »Gott segne dich, Loudon! – Wieder einmal gerettet!«

Unmittelbar darauf folgte das Abendessen und verlief bei Frank's in fast rührseliger Heiterkeit. Und von dort begaben wir uns in einer Droschke mit der Hälfte des Perrier-Jouet – mehr akzeptierte ich nicht – zur *Norah Creina*.

»Was für ein liebes kleines Schiff!« rief Mamie aus, als man ihr unser Miniaturfahrzeug aus der Ferne zeigte. Dann wandte sie sich nach kurzer Pause an den Trauzeugen: »Wie tapfer Sie doch sein müssen, Mr. Dodd!« rief sie, »sich in dieser Nußschale so weit auf den Ozean zu wagen!« Und mir schien, als wäre ich in der Hochschätzung der Dame leicht gestiegen.

Das »liebe kleine Schiff« bot ein schauerliches Bild des Durcheinanders, und seine Besatzung eines von Müdigkeit und schlechter Laune. Aus der Kabine räumte der Koch gerade Dosen in den Heckstoreraum, und die vier Mann reichten sie, verschwitzt und brummig, einer dem anderen vom Mitteldeck aus weiter. Johnson lag, zu drei Vierteln schlafend, über einem Tisch; und der Kapitän auf dem Wandbett in seiner Kabine kaute und paffte grimmig an einer Zigarre.

»Wissen Sie was«, bemerkte er und erhob sich, »Sie werden es noch bereuen, daß Sie gekommen sind. Wenn wir morgen abfahren wollen, können wir jetzt nicht mit der Arbeit aufhören. Ein Schiff, das sich auf Ausfahrt vorbereitet, ist kein Ort für ein geselliges Beisammensein. Sie sind meinen Männern nur im Weg.«

Ich wollte schon etwas Scharfes darauf sagen; doch Jim, der sich mit dieser Art von Mensch auskannte, wie mit fast allem, was in irgendeinem Bezug zu Geschäften stand, beeilte sich, die Wogen mit Öl zu glätten.

»Kapitän«, sprach er, »ich weiß, daß wir hier stören und daß Sie heute nichts zu lachen hatten. Aber wir wollen nichts anderes, als daß Sie ein Glas Wein mit uns trinken, Perrier-Jouet, von Longhurst, anläßlich meiner Hochzeit und Loudons – Mr. Dodds – Abreise.«

»Na, wenn Sie das so sehen«, meinte Nares. »Gegen eine halbe Stunde habe ich nichts. Pause, Leute!« wandte er sich an die Besatzung. »Geht und legt euch eine halbe Stunde aufs Ohr, dann könnt ihr nachher um so fester zupacken. Johnson, vielleicht kannst du der Dame einen Stuhl freimachen.«

Sein Ton war ebenso rauh wie seine Worte; doch als Mamie das sanfte Feuer ihrer Augen auf ihn richtete und ihm erklärte, er sei der erste See-Kapitän, den sie je kennengelernt habe – »natürlich ausgenommen Kapitäne von Dampfschiffen«, wie sie ihre Behauptung einschränkte – und zum Ausdruck brachte, wie sehr sie seinen Mut bewundere; vielleicht auch erkennen ließ (denn ich nehme an, hierin stehen die Künste der Damen jenen der Herren um nichts nach), daß ihr sein gutes Aussehen nicht entging, da begann sich unser Bär kaum merklich zu erweichen; und es war schon fast als Entschuldigung zu werten, als er, wenn auch mit ungeminderter Hitze der Empörung, uns einen kurzen Abriß seiner vielen Ärgernisse gab.

»Ein schönes Durcheinander haben wir gehabt«, erklärte er. »Die Hälfte aller Vorräte war falsch; es kommt der Tag, an dem ich John Smith noch den Hals umdrehe. Dann tauchten zwei Schmierfinken von der Presse auf und wollten mir die Würmer aus der Nase ziehen, bis ich sie mit allem bedrohte, was mir in die Hand fiel; und dann irgendeine missionarische Laus, die für die Überfahrt nach Raiatea oder ähnlich an Bord arbeiten wollte. Ich erklärte ihm, ich würde ihn mit der Spitze meines Stiefels von der

Werft entfernen, worauf er fluchend abzog. Dieses Schiff ist durch seinen Blick beschmutzt!«

Während der Kapitän redete, mit seiner seltsamen, humorvollen, arroganten Knappheit, beobachtete ich Jim, wie er ihn musterte – wie etwas, das zugleich fremdartig und vertraut ist, mit prüfendem Blick, neugierig und wissend zugleich.

»Ein Wort, lieber Junge«, sagte er, zu mir gewandt, nachdem er mich an Deck gezogen hatte: »Dieser Mann«, sagte er, »wird seinen Kurs beibehalten, bis dein Haar weiß wird; aber laß dir nichts anmerken, sag nur ja kein Wort. Ich kenne seine Art; der stirbt eher, bevor er einen Rat annimmt; und wenn du ihn reizt, dann hast du keine Chance mehr. Ich dränge dir nicht oft meinen Rat auf, Loudon; wenn aber doch, dann heißt das, ich weiß wirklich, wovon ich rede.«

Die kleine Party in der Kabine, die nicht gerade vielversprechend angefangen hatte, endete unter dem mildernden Einfluß von Wein und Weib in allerbester Laune und allgemeiner Heiterkeit. Mamie, in ihrem samtenen Gainsborough-Hut und einem Gewand aus weinfarbener Seide, thronte inmitten ihrer rauhen Umgebung und Gefährten wie eine Königin. Von der düsteren Unordnung der Kabine hob sich ihr festlicher Putz leuchtend ab; der teerverschmierte Johnson war der Gegenpol zu ihrer blonden Schönheit; sie strahlte an diesem schäbigen Orte so hell wie ein Stern; bis selbst ich, der sonst nicht zu ihren Bewunderern zählte, einen Funken davon verspürte; und sogar der Kapitän, nicht gerade in Poussier-Laune, mich aufforderte, die Szene mit meinem Bleistift festzuhalten. Es war die letzte Handlung dieses Tages. Doch so sehr ich mich auch bemühte, die halbe Stunde verlängerte sich doch auf über drei Stunden, bis ich fertig war: Mamie in vollem Glanze, die restliche Gesellschaft nur im Umriß, der Künstler selbst von hinten zu sehen, aber klar erkennbar nach dem allgemeinen Urteil. Doch meine größte Sorgfalt hatte ich für Mamie aufgewandt; und bei ihr verbuchte ich denn auch den größten Erfolg.

»Oh!« rief sie, »sehe ich wirklich so aus? Kein Wunder, daß Jim ...« Sie hielt inne. »Das ist wirklich so schön, wie er gut ist!« rief sie: ein Epigramm, das viel Beifall fand, beim Abschiednehmen wiederholt und noch dem enteilenden Paar nachgerufen wurde, als es unter den Gaslampen auf der Werft verschwand.

Und so geschah es, daß unser Abschied unter einer Salve von Gelächter quasi durchgeschmuggelt wurde und vorbei war, ehe ich noch begriff, daß er begann. Die Gestalten entschwanden, die Schritte verhallten entlang der schweigenden Hafenmole; an Bord waren die Männer wieder bei der Arbeit, der Kapitän bei seiner einsamen Zigarre, und nach diesem langen und komplexen Tag der Geschäfte und Gefühle war ich endlich allein und frei. Es war vielleicht vor allem Müdigkeit, was mir das Herz so schwer machte. Ich lehnte mich endlich an das Haus und starrte in den nebligen Himmel oder über die Reling auf den zitternden Widerschein der Lampen, wie ein Mann, der ganz ohne Hoffnung war und die Freistatt des Grabes willkommen hieße. Doch wie ich so stand, fuhr mir plötzlich die *City of Pekin* durch den Kopf, die mit dreizehn Knoten auf Honolulu zuraste, mit dem verhaßten Trent – vielleicht auch dem geheimnisvollen Goddedaal – an Bord; und bei dem Gedanken hüpfte mein Blut und schoß mir durch den ganzen Körper. Mir schien, das war gar keine Jagd; mir schien, wir hatten nicht die kleinste Chance, hier im Hafen an Eisensäulen festgebunden, die kostbaren Momente vertrödelnd über Dosen voller Bohnen. »Sollen sie nur als erste hinkommen!« dachte ich. »Sollen sie nur! Wir kommen auch nicht viel später!« Und von diesem Moment an darf ich mich einen Mann mit Lebenserfahrung nennen: nichts hatte mehr gefehlt als dies, daß ich den Gedanken an Blutvergießen fassen – und nicht zurückweisen sollte.

Es dauerte noch lange, bis die Plackerei in der Kabine

ein Ende nahm und es sich für mich lohnte, zu Bett zu gehen; dann dauerte es noch einmal so lange, bis der Schlaf sich einstellte; und kaum einen Moment später (wie mir schien) brachte mich das Gebrüll der Männer und das Knirschen gespannter Ankertrossen wieder zu Bewußtsein.

Der Schoner legte ab, bevor ich hinauf an Deck kam. In der diesigen Dämmerung des ersten Morgengrauens erblickte ich den Schlepper, der uns mit rotglühendem Feuer und weißem Rauch durch die aufgewühlten Wasser der Bucht schleppte. Auf der einen Seite ragte die erleuchtete Stadt auf ihrer Hügelschar in den Himmel und stand in dem rauhen Nebel wie geschwollen da. Seltsam, sie so verschwenderisch leuchten zu sehen, mit halb verdeckten Lichtschnüren, da die Morgenröte doch schon hell genug war, daß ich bei den Pfeilern eine einsame Gestalt sehen und erkennen konnte.

War es wirklich das Auge, und nicht vielmehr das Herz, das diesen Schatten in der Dämmerung unter den Hafenlampen erkannte? Ich weiß es nicht. Es war jedenfalls Jim; Jim, gekommen für einen letzten Abschiedsblick; und wir konnten gerade eine Abschiedsgeste und einen wortlosen Schrei miteinander wechseln. Das war unser zweiter Abschied, doch jetzt lagen unsere Aufgaben umgekehrt. An mir lag's jetzt, den Argonauten zu spielen, die Dinge anzutreiben, zu planen und zu vollbringen – wenn nötig, um den Preis des Lebens; an ihm, zu Hause zu sitzen, den Kalender zu studieren und zu warten. Und ich erkannte noch etwas, das mir Freude machte: ich erkannte, daß mein Freund nun meine Erziehung vollendet hatte; daß die Romantik des Geschäfts, wenn unsere phantastische Unternehmung diesen Namen verdiente, meine Dilettantennatur doch noch im Innersten angerührt hatte; und als wir am wolkenverhangenen Tamalpais vorbei und durch die röhrenden Engen der Bucht schossen, da sang das Yankee-Blut in meinen Adern vor hochgemuter Spannung.

Außerhalb der Heads erwartete uns als Antwort auf meine Sehnsucht eine frische Brise aus Nordost. Wir hatten keine Zeit verloren. Die Sonne war nicht über dem Horizont, als der Schlepper die Trossen abwarf, uns mit drei Pfiffen salutierte und sich heimwärts in Richtung Küste wandte, die jetzt an ihrem Rand in den ersten Strahlen des Tages zu erglühen begann. Weit und breit war kein andres Schiff zu sehen, als die *Norah Creina* unter vollen Segeln ihre lange, einsame Reise zu unserem Wrack antrat.

Kapitel XII

Die »Norah Creina«

Ich denke immer noch gern an die fröhliche Eintönigkeit einer Pazifikreise, wenn der Passat frisch weht und das Schiff Tag für Tag zügig Fahrt macht. Die Gebirgslandschaft der Passatwolken, die man unter dem wechselnden Einfall des Lichts beobachten (und in meinem Falle malen) kann, wie sie die Sterne verdunkeln, in des Mondes Glorie welken, das scharlachfarbene Abendrot verriegeln, quer vor der Morgenröte als gestaltlose Morgenbank hinsinken oder am Mittag zwischen der blauen Himmelsdecke und dem blauen Meeresboden schneeige Gipfel erheben; die kleine, geschäftige, gemütliche Welt des Schoners mit ihren unvertrauten Szenen, dem Delphinfang vom Bugspriet aus, dem heiligen Krieg gegen die Haie, dem Koch, wie er auf der Hauptluke Brot bäckt; dem Reffen vor einer heftigen Bö, wenn die Männer draußen in den Fußtauen hängen; und dann die Bö selbst, der Stich ins Herz, die geöffneten Schleusen des Himmels; und die Erleichterung, der neugeborene Zauber des Lebens, wenn alles vorbei ist, die Sonne wieder scheint und der besiegte Feind nur mehr ein Flecken am Himmel in Lee ist. Ich erinnere mich so gern daran und würde so gern dieses unvergeßliche, dieses un-erinnerliche Leben zurückholen. Das Gedächtnis mit seiner weisen Schwerfälligkeit im Erinnern des Schmerzes ist aber auch nur ein unvollkommener Registrator lang andauernden Vergnügens; und ein lang anhaltendes Wohlbefinden entwischt (sozusagen durch seine Masse) den kleinlichen Methoden der Erinnerung. Auf der Landkarte unseres Lebens liegt über einem Teil ein rosenfarbener, unentzifferbarer Dunstschleier, und das ist alles.

Doch wenn ich meinen Annalen nur halbwegs trauen darf, dann befand ich mich über eine Sache jedenfalls in glücklicher Gewißheit. Tag für Tag stand in der sonnenvergoldeten Kabine das Thermometer des Whiskyhändlers auf 84° Fahrenheit. Tag für Tag hatte die Luft die immer gleiche, unbeschreibliche Lebendigkeit und Süße, weich und zart, und kühl wie die Wange der Gesundheit. Tag für Tag leuchtete die Sonne; Nacht für Nacht schien uns der Mond, ließen die Sterne ihr glänzendes Regiment aufmarschieren. Ich spürte eine geistige Veränderung, oder vielleicht war's eine molekulare Erneuerung. Ich fühlte mich einfach wohler in meiner Haut. Ich hatte das Klima gefunden, das zu mir paßte, und blickte voll Mitleid auf jene feuchten, winterlichen Zonen zurück, die man fälschlich die gemäßigten nennt.

»Zwei Jahre davon, und eine gemütliche Behausung, da kollert der Kalk aus den Adern, und die Knochen werden wieder jung«, bemerkte der Kapitän; »und dann glaubt man, man kann an keinem anderen Orte mehr glücklich werden. Ein Junge aus meiner Stadt ist hier unten so hängengeblieben, in einem Kohlenschiff, das auf See zu brennen begann. Irgendwo auf den Navigator-Inseln trieb es ihn an Land; und von dort schrieb er mir, er würde diesen Ort nur mehr Füße voran verlassen. Dabei kam er aus besten Verhältnissen, sein Vater besitzt drüben in Neuengland ein paar Küstenschiffe; aber Billy ist der Strand lieber, und die heißen Brötchen frisch vom Brotfruchtbaum.«

Eine innere Stimme sagte mir, daß ich auf Billys Spuren wandelte. Aber wann war das? Unsere Hinfahrt mit der *Norah Creina* lag weit im Norden; vielleicht stammt der Eindruck nur von ein paar besonderen Tagen, die ich unbewußt verlängerte, oder vielleicht wuchs dieses Gefühl in mir auch erst später, auf der Rückfahrt nach Honolulu. Aber eins weiß ich sicher: meine Neigung für die Südsee entstand lange bevor ich die erste Insel sah, die diesen Namen verdiente. Schon die blanke See allein weckte unter diesem Himmel meine Sehnsucht: und wo der Passatwind bläst, da kenne ich kein schöner' Land als eines Schoners Deck.

Abgesehen von der prickelnden Unruhe in bezug auf das Ende der Reise muß ich die Reise selbst zu den schönsten aller Urlaube zählen. Mein körperliches Wohlbefinden war unübertroffen; die Effekte von Himmel und Meer hielten mich und meinen Pinsel auf Trab; auch mangelte es mir nicht an intellektueller Betätigung in anderer Hinsicht, und zwar durch das Studium meines widersprüchlichen Freundes, des Kapitäns. Schon hier, an der Schwelle, nenne ich ihn Freund; doch das ist ein Vorgriff in die fernere Zukunft. Am Anfang war ich allzu sehr entsetzt über das, was ich für seine Barbarei hielt, zu verblüfft über seine schnell wechselnden Stimmungen, und zu oft verägert über seine kleinen Eitelkeiten, um anderes in ihm zu sehen als das Kreuz meines Daseins. Erst nach und nach, in den seltenen Stunden guter Stimmung, vergaß er (und vergaß auch ich) die Schwächen, denen er so leicht erlag, und gewann mir eine Art widerstrebender Zuneigung ab. Und zuletzt fanden alle seine Fehler ihren Platz in einer großmütigeren Sicht: Ich erkannte ihre Funktion, wie Dissonanzen in einem Musikstück; ertrug sie und fand sie pittoresk, so wie wir im wohnlichen Angesicht der Natur den rauchumwölkten Kegel des Vulkans oder das heimtückische Dickicht des Sumpfes ertragen.

Er stammte aus guter Familie in Neuengland und hatte zunächst einmal gute Schulen besucht. Doch sein Temperament war von Haus aus unzähmbar; es ist aber wahrscheinlich, daß der Defekt vererbt und die Schuld an dem Bruch nicht ausschließlich seine war. Jedenfalls lief er davon und ging zur See; erlebte schreckliche Mißhandlungen, was ihn aber eher verhärtet denn vernünftig gemacht haben dürfte; lief noch einmal davon, ging diesmal in einem südamerikanischen Hafen an Land; bewährte sich und machte Geld, obgleich noch ein Kind; fiel unter Diebe und wurde ausgeraubt; erarbeitete sich die Überfahrt zurück in die Staaten und klopfte eines Morgens an die Tür einer alten Dame, deren Obstgarten er oft geplündert hatte. Die Einführung erscheint ungenügend; doch Nares wußte, was er tat. Der Anblick ihres nachbarlichen Räubers, er an der Tür in Fetzen stehend und zitternd, das Außerordentliche seiner Bitte berührte eine weiche Stelle im Herzen der alten Jungfer. »Ich hatte für die alte Dame immer etwas übrig«, sagte Nares, »sogar als sie mich aus dem Obstgarten vertrieb und ihren Fingerhut und ihre alten Locken hinter dem Fenster gegen mich schüttelte, wenn ich vorbeiging; ich dachte immer, sie wäre ein recht nettes altes Mädchen. Na, als sie an diesem Morgen an die Tür kam, da sagte ich es ihr, und daß ich keinen einzigen Kreuzer besaß, und sie nahm mich auf und holte gleich die Torte heraus.« Sie kleidete ihn, unterrichtete ihn, schickte ihn in besserer Ausstattung und Verfassung wieder zur See, hieß ihn nach der Rückkehr von jeder Fahrt willkommen, und als sie starb, vermachte sie ihm alles, was sie besaß. »Sie war ein gutes altes Mädchen«, sagte Nares. »Ich sage Ihnen, Mr. Dodd, es war wirklich komisch, wenn ich und die alte Dame einen Spaziergang im Garten machten, und der alte Mann uns über die Zaunpfähle hinweg wütend anstarrte. Sie wohnte gleich neben meinem Alten, und das war's wohl auch, was mich zu ihr zog. Ich wollte, daß er wußte, daß ich wirklich übel dran war und selbst dann noch lieber zum Teufel ging als zu ihm. Was es für ihn noch schwerer verdaulich machte, war, daß er sich um meinetwillen mit der alten Dame wegen ihres Obstgartens zerstritten hatte: ich schätze, das brachte ihn wirklich auf die Palme. Ja, ich war eine Bestie, als ich jung war. Aber zu der alten Dame verhielt ich mich immer recht anständig.« Seither hatte er sich in seinem Beruf – nicht ohne Rückschläge – emporgearbeitet; das Geld der alten Dame war ihm zugefallen, während er mit der *Gleaner* auf Fahrt war, und so war er jetzt, sobald sich der Rauch nach dieser Angelegenheit verzogen hatte, seines Schiffes sicher. Er ging auf die Dreißig zu: ein fester, tatkräftiger Mann mit blauen Augen, füllig dichtem Haar von einer Farbe wie Werg, das tief in die Stirn wuchs; glatt rasiert und schmal ums Kinn; ein guter Sänger; ein guter Spieler auf dem typischen Meeres-Instrument, dem Akkordeon; ein scharfer Beobachter und guter Argumentierer; ein hervorragender Redner, wenn ihm danach zumute war; und wenn es ihm beliebte, der brutalste Schinder auf allen Meeren.

Wie er mit den Männern umging: sein Sticheln, sein Antreiben, sein ewiges, grundloses Nörgeln, das hätte auf einer Galeere zur Meuterei geführt. Warf der Steuermann nur einmal einen Blick zur Seite: »Du –, –, kleiner hammelgesichtiger Dutchman«, knurrte dann Nares; »ich glaube, du brauchst einen Tritt, damit du auf Kurs bleibst! Du miese Hafenratte, mir machst du nichts vor. Kleb deinen Blick am Kompaß fest, oder du bekommst von mir eine Schiffsführung auf der Spitze meines Stiefels.« Oder vielleicht hielt sich ein Mann noch auf dem Achterdeck auf, wohin er keine Minute zuvor gerufen worden war. »Mr. Daniells, würden Sie die Freundlichkeit haben und von der Großschot wegtreten?« begann der Kapitän dann mit tückischer Leutseligkeit. »Ich danke Ihnen. Und hätten Sie jetzt auch noch die Güte, mir zu sagen, was zum Teufel Sie auf meinem Achterdeck verloren haben? Dreck von Ihrer Sorte will ich hier nicht. Gibt's denn nichts für Sie zu tun? Wo ist der Maat? Sie wollen sicher nicht, daß *ich* eine Arbeit für Sie finde, denn ich finde sicher was, daß Sie zwei Wochen auf dem Rücken liegen.« Derartige Ansprachen, einer vollkommenen Kenntnis des jeweiligen

Adressaten entsprungen, so daß jede gemeine Äußerung wirklich ins Schwarze traf, gab Nares mit derart bedrohlichem Gesichtsausdruck und einem so stechend grausamen Blick von sich, daß seine Untergebenen vor ihm zitterten und verzagten. Allzu oft folgte Gewaltanwendung; allzu oft wurde ich Zeuge gemeinster Angriffe und schäumte darüber innerlich vor Wut; und das Opfer, die Hände durch das Gesetz gebunden, erhob sich von Deck und kroch vorwärts, wie vom Blitz getroffen – mit Gott weiß welch rasenden Rachegefühlen in seinem geschundenen Herzen.

Es scheint seltsam, daß ich zu diesem Tyrannen schließlich Zuneigung faßte. Vielleicht scheint auch seltsam, daß ich danebenstand und seinen Exzessen keinen Einhalt gebot. Aber ich war nicht ganz so grün, mich in aller Öffentlichkeit einzumischen: denn auch ich sah lieber einen oder zwei Mann mißhandelt, als die eine Hälfte unserer Truppe bei einer Meuterei hingeschlachtet und die andere am Galgen. Aber unter vier Augen protestierte ich unaufhörlich.

»Kapitän«, sagte ich einmal zu ihm, an seinen Patriotismus appellierend, der durchaus von echtem Schrot und Korn war, »das ist keine Art und Weise, amerikanische Seeleute zu behandeln. Sie wollen es doch nicht amerikanisch nennen, Menschen zu behandeln, als wären sie Hunde?«

»Amerikaner?« sagte er grimmig. »Nennen Sie denn diese Dutchmen und Levantiner Amerikaner? Ich fahre seit vierzehn Jahren zur See, jede Fahrt bis auf eine unter amerikanischer Flagge, aber ein amerikanischer Backsgast ist mir noch nie begegnet. Ja, so was gab's in der guten alten Zeit, als die Heuer ab Boston noch fünfunddreißig Dollar betrug; und damals wurden Schiffe so behandelt und geführt, wie sich's gehört. Aber das ist alles aus und vorbei; und das einzige, was heutzutage auf amerikanischen Schiffen noch fliegt, sind Belegnägel. Davon wissen Sie nichts; Sie haben überhaupt keine Ahnung. Wie würde es Ihnen gefallen, wenn Sie zur Hundswache an Deck gehen, vierzehn Monate lang, und Ihre Pflicht tun, und das Leben aller anderen von Ihnen abhängt, und doch damit rechnen müssen, daß Ihnen, wenn Sie aus der Kabine treten, jemand ein Messer zwischen die Rippen rennt oder daß Sie im Vorübergehen am Boot eins mit dem Sandsack übergezogen bekommen oder zufällig in den Laderaum stolpern, wenn bei Schönwetter die Luken offen sind? Da vergeht Ihnen das Getue mit brüderlicher Liebe und dem Neuen Jerusalem. Man geht durch die Mühle, und am Ende hat man einen größeren Grant auf jeden alten Seebären, der seinen Teller auf den drei Ozeanen bekleckert, als die Bank von Kalifornien auslösen könnte. Nein; es sieht häßlich aus, aber die einzige Art, ein Schiff zu führen, ist, sich selbst zum Schrecken zu machen.«

»Kommen Sie, Kapitän«, sagte ich, »es gibt überall Grade und Stufen. Sie wissen, daß amerikanische Schiffe einen schlechten Ruf haben; Sie wissen, wenn es nicht der guten Heuer und des guten Essens wegen wäre, würde kein Mann darauf arbeiten, der nicht unbedingt muß; und trotzdem gibt's noch immer welche, die lieber auf einem britischen Schiff anheuern, trotz scheußlichem Fraß und allem.«

»Ah, die Limettensäufer?« sagte er. »Auf den Limettensäufern gibt's auch genug Tritte, schätze ich; bestreite aber nicht, daß manche von ihnen butterweich sind.« Und dabei lächelte er wie jemand, der sich an etwas erinnert. »Hören Sie, das bringt mich auf eine nette Geschichte«, fuhr er fort; »um der Pointe willen will ich mich selbst anschwärzen. Es war 1874, ich fuhr als Maat auf dem britischen Schiff *Maria* von Frisco nach Melbourne. Das war das komischste Schiff, auf das ich je meinen Fuß setzte. Der Fraß war eine Zumutung; es gab nichts, was man hätte in den Mund stecken wollen – bis auf den Limettensaft eben, der aber sicher von der letzten Pressung stammte; beim Anblick des Mannschaftsessens wurde mir speiübel, beim Anblick meines eigenen tat ich mir selber leid. Der Alte war nicht so schlecht, schätze ich; Green war sein Name; ein milder, väterlicher Tolpatsch. Aber die Besatzung, das war der größte Abschaum, den ich je unter mir hatte; und immer, wenn ich ihnen ein bißchen mehr Leben einbläuen wollte, dann hielt der alte Mann zu ihnen! Es war Gilbert und Sullivan auf hoher See; aber Sie dürfen Gift drauf nehmen, daß ich mir von niemandem den Kopf waschen lasse. ›Sie geben mir Ihre Befehle, Kapitän Green‹, sagte ich, ›und Sie werden sehen, daß ich sie befolge; das ist alles, was Sie dazu zu sagen haben. Sie werden sehen, daß ich meine Pflicht tue‹, sagte ich, ›wie, ist allein meine Sache; und der Mann ist noch nicht geboren, der mir Lektionen erteilt.‹ Also, an Bord der *Maria* ging's von Anfang bis zum Ende ganz schön zu. Natürlich brachte mich der Alte auf; genauso natürlich brachte er auch die Mannschaft auf, so daß ich mich buchstäblich durch jede Wache durchkämpfen mußte. Die Mannschaft haßte mich bald dermaßen, daß ich sie, wenn ich an Deck kam, richtig mit den Zähnen knirschen hörte. Endlich kam ich eines Tages dazu, wie ein riesiges Biest von Dutchman dem Schiffsjungen einen Tritt versetzte. Darauf bekam er von mir einen solchen Kinnhaken, daß es ihn flach auf die Bretter legte. Er rappelte sich hoch, ich legte ihn nochmal flach. ›Na‹, sagte ich, ›wenn Sie das Spiel noch weiter treiben wollen, dann brauchen Sie's nur zu sagen, und ich trete Ihnen die Rippen ein wie einer Packkiste.‹ Er war klug genug, den Mund zu halten; lag so friedlich da wie ein Geistlicher bei einem Begräbnis; und man schleppte ihn hinunter, wo er über sein heimatliches Dutchland nachdenken konnte. Eines Nachts gerieten wir auf ca. 25 Grad Süd in ein ziemliches Mistwetter hinein. Ich schätze, wir waren alle eingeschlafen; denn als allererstes bemerkte ich, daß das Fock-Oberbramsegel perdü war. Ich rannte nach vorn, brüllend wie ein Stier; und gerade als ich am Fockmast vorbeikam, schoß mir was genau durch den Unterarm und blieb dort stecken. Ich hob den anderen Arm hoch, und bei George! es war der Fischspeer; die Bestien hatten mich aufgespießt wie einen

Tümmler. ›Käpt'n!‹ rief ich. – ›Was ist?‹ sagt er. – ›Die haben mich gespießt‹, darauf ich. ›Gespießt?‹ sagt er. ›Also damit hab' ich schon lang gerechnet.‹ – ›Bei Gott‹, rief ich, ›dafür will ich ein paar von diesen Bestien erledigen!‹ – ›Hören Sie, Mr. Nares‹, sagt er, ›Sie gehen jetzt besser runter. Wäre ich einer von der Besatzung, dann hätten Sie mehr abgekriegt als das. Und ich will Ihre Ausdrucksweise nicht mehr auf Deck hören. Sie haben mich bereits mein Segel gekostet‹, sagt er; ›und wenn Sie so weitermachen, ziehen die uns noch alle drei Masten.‹ Das verstand also der alte Green unter einer Unterstützung seiner Offiziere. Aber warten Sie noch; der Gipfel kommt erst. Wir kamen pünktlich in Melbourne an, worauf der Alte sagt: ›Mr. Nares, Sie und ich passen nicht zusammen. Sie sind ein erstklassiger Seemann, da gibt's nichts zu sagen; aber Sie sind auch der unangenehmste Mann, mit dem ich je gesegelt bin; und Ihre Sprache und Ihr Verhalten gegenüber der Mannschaft dreht mir den Magen um. Ich schätze, wir trennen uns.‹ Auf die Koje konnte ich verzichten, das können Sie mir glauben; aber so recht paßte mir das Ganze auch wieder nicht; und wenn der Alte seine Art von Stunk machen konnte, dann konnte ich doch mit meiner Art von Stunk parieren. Ich sagte also, ich würde an Land gehen und mich erkundigen, wie die Dinge denn so lägen; das tat ich, fand, ich hätte recht, und kam mit Oberwasser wieder an Bord. – ›Packen Sie Ihre Sachen zusammen, Mr. Nares?‹ sagte der Alte. – ›Nein‹, sage ich; ›ich bin nicht so sicher, daß wir uns vor Frisco trennen; zumindest‹, sage ich, ›sollten Sie eins bedenken: Ich sage der *Maria* liebend gern Auf Wiedersehen, aber ich weiß nicht, ob Sie mir drei Monate im voraus bezahlen wollen.‹ Aber der Alte schnappte sich sofort seine Geldschatulle. ›Mein Sohn‹, sagt er, ›das halte ich für einen glänzenden Handel.‹ Tja, da konnte ich nichts mehr sagen. Da hatte er mich.«

Es war eigenartig, daß ein Mann eine solche Geschichte über sich selbst erzählte; und noch dazu mitten in unserer Diskussion; aber das sah Nares ähnlich. Nie gelang es mir, in unseren Streitgesprächen zu punkten, nie lehnte ich mich mit Berechtigung gegen etwas auf, das er sagte oder tat; und doch – viel später – fand ich es alles in seinem Tagebuch festgehalten und (und hier lag seine besondere Merkwürdigkeit) mir hoch angerechnet. Es war das gleiche mit seinem Vater, den er gehaßt hatte; er beschrieb den alten Burschen so freimütig und glaubwürdig und zugleich so unparteiisch ehrlich, daß man gerührt sein mußte. Nie hab' ich einen Mann gekannt, der so merkwürdig eingerichtet war: Nares besaß einen Verstand von schärfster Unparteilichkeit und Gerechtigkeit, aber auch Nerven, die ständig vor kleinlicher Rachsucht zitterten – und ließ sich ausschließlich von seinen Nerven leiten, nicht aber vom Verstand.

Nicht weniger verwunderlich erschien mir die Art seines Mutes. Es gab auf dieser Welt keinen Tapferern als ihn: er suchte die Gefahr; jede Notsituation (trat sie auch noch so plötzlich auf) belebte ihn wie ein Tonikum. Auf der anderen Seite kannte ich niemanden, der so nervös war, so bedrückt von Eventualitäten; der die Welt im ganzen und das Seemannsleben im besonderen in solch konstant miesepetrigem Bewußtsein der größtmöglichen Gefahren betrachtete. Sein ganzer Mut lag in seinem Blut und war nicht nur kalt, sondern eisig von wohlüberlegtem Risiko. Er ließ beispielsweise unser kleines Boot am Wind bis unter die Reling krängen und hielt in einer Bö so lange Kurs, bis ich uns schon für verloren gab und die Besatzung ganz von selbst auf ihre Posten stürzte. »Na bitte«, sagte er dann, »ich schätze, es ist kein Mann an Bord, der diesmal so lange drangeblieben wäre wie ich; die Idee, daß ich kein Schonerkäpt'n bin, die müssen Sie sich aus dem Kopf schlagen. Ich schätze, ich kann genausogut knapp am Kentern vorbeisegeln wie irgendein anderer Käpt'n dieses Schiffes, sei er nüchtern oder sternhagelvoll.« Aber dann verfiel er in Gemurre, wünschte sich aus dem ganzen Unternehmen fort, verbreitete sich über die Unbilden der Meere, über die speziellen Gefahren der

Schonertakelung, die er verabscheute, über die verschiedenen Möglichkeiten, auf Grund zu gehen, und die namenlose Zahl von Schiffen, die im Laufe der Geschichte hinausgesegelt waren, dem Aug' des Zuschauers entschwanden und nie mehr zurückkamen. »Aber was soll's«, war seine häufige Schlußbemerkung, »ich schätze, es macht nicht viel Unterschied. Ich kann sowieso nicht verstehen, wozu einer überhaupt leben will. Wenn ich in einen fremden Apfelbaum klettern und wieder zwölf Jahre alt sein und so bleiben könnte, und immer nur gestohlene Äpfel essen, ja, dann vielleicht. Aber in diesem ganzen Erwachsensein ist doch kein Sinn – Seemann spielen, Politik, Frömmigkeitsgetue, und der ganze Rest. Sauberes, anständiges Ertrinken ist gut genug für mich.« Man kann sich für eine arme Landratte in einer stürmischen Nacht kein deprimierenderes Gerede vorstellen; und ebenso wenig ein weniger see-männliches Benehmen (jedenfalls nach der allgemeinen Vorstellung vom Seemann, die meist stimmt) als dieses ständige Lamento in der Molltonart.

Aber ich sollte die düstere Beständigkeit des Mannes noch besser kennenlernen, bevor unsere Fahrt zu Ende ging.

Am Morgen des siebzehnten Tages kam ich an Deck und fand den Schoner unter doppeltem Reff, ziemlich wild dahinschießend vor einer schweren See. Ein schnarchender Passat und singende Wanten waren bisher unser Los gewesen. Wir näherten uns bereits der Insel. Meine unterdrückte Erregung begann mich zu überwältigen; und schon seit einiger Zeit war mein einziges Buch das Log zur Geschwindigkeitsmessung, das über der Reling hing, und mein Hauptinteresse die tägliche Beobachtung und unser raupenartiges Vordringen auf der Karte. Mein erster Blick galt dem Kompaß, mein zweiter dem Logbuch, und das war alles, was ich brauchte. Wir hielten unseren Kurs; seit gestern abend neun Uhr hatten wir über acht Knoten gemacht; und ich holte tief und befriedigt

Atem. Und dann griff mir plötzlich das – ich weiß nicht, wie – seltsame, winterliche Aussehen der See ans Herz. Mir fiel auf, daß der Schoner noch viel kleiner als gewöhnlich aussah und die Männer schwiegen und sich sehr aufs Wetter konzentrierten. Nares, offenbar in eher mürrischer Stimmung, bot mir auch nicht den Hauch eines Morgengrußes. Auch er schien das Verhalten des Schiffs mit scharfem Mißtrauen zu beobachten. Noch weniger gefiel mir, daß Johnson selbst am Steuer stand, das er fleißig drehte, oft mit sichtbarer Anstrengung; und wenn die Seen sich hinter uns auftürmten, schwarz und drohend, dann warf er Blicke von tierhafter Geschwindigkeit hinter sich und zog den Nacken zwischen die Schultern, als erwartete er einen Schlag. Diesen Zeichen entnahm ich, daß nicht alles unbedingt zum besten stand; und ich hätte eine gute Handvoll Dollar gegeben für eine offene Antwort auf die Fragen, die ich nicht zu stellen wagte. Hätte ich es aber gewagt, angesichts der deutlichen Sturmzeichen im Gesicht des Kapitäns, ich wäre sicher nur an meine Position als Aufseher erinnert – ein Amt, dessen nie mit viel Wohlwollen gedacht ward – und in recht unverdaulicher Art aufgefordert worden, mich hinunter zu begeben. Was blieb mir also andres übrig, als meine vagen Befürchtungen mit mir selber auszumachen, bis es dem Kapitän gefiel, mir aus freien Stücken reinen Wein einzuschenken. Dies tat er früher, als ich erwartet hatte; nämlich sofort, nachdem der Chinese uns zum Frühstück gerufen hatte und wir uns von Angesicht zu Angesicht an dem schmalen Brett gegenübersaßen.

»Schauen Sie, Mr. Dodd«, begann er und sah mich recht merkwürdig an, »hier erhebt sich eine geschäftliche Frage. Die See ist in den letzten beiden Tagen gestiegen, und jetzt geht sie für meine Bequemlichkeit ein bißchen zu hoch. Das Wetterglas fällt, der Wind brist auf, und ich möchte nicht behaupten, daß da nicht irgendwo Dreck auf uns lauert. Wenn wir beidrehen, müssen wir den Sturm durchstehen und driften vielleicht Gott weiß wohin – auf die French Frigate Shoals zum Beispiel. Wenn ich Kurs halte, erreichen wir morgen nachmittag die Insel und können dort in Lee liegen, wenn wir die Einfahrt nicht finden sollten. Was Sie jetzt überlegen müssen, ist: Geben wir Kapitän Trent die Chance, vor uns dort anzukommen, oder riskieren wir lieber, daß uns etwas zustößt. Ich soll das Schiff ja zu Ihrer Zufriedenheit führen«, fügte er mit höhnischem Grinsen hinzu. »Schön, hier ist eine Frage an den Aufseher.«

»Käpt'n«, erwiderte ich, das Herz auf der Zunge, »Gefahr ist besser als sicheres Versagen.«

»Das ganze Leben besteht nur aus Gefahr, Mr. Dodd«, bemerkte er. »Aber da ist noch eins: Es heißt jetzt oder nie; in einer halben Stunde könnte selbst der Erzengel Gabriel nicht mehr beidrehen, und wenn er eigens dafür die Treppen runterkäme.«

»Okay«, sagte ich, »Kurs halten.«

»Na schön, wir bleiben auf Kurs«, sagte er; stürzte sich aufs Frühstück, beseitigte in einer halben Stunde eine ganze Pastete und wünschte sich innerlich aus ganzem Herzen zurück nach San Francisco.

Als wir wieder an Deck kamen, löste er Johnson am Steuer ab – anscheinend konnten sie von den Männern keinem trauen –, und ich stellte mich in seine Nähe, denn da fühlte ich mich sicherer; und kostete das bange Lustgefühl aus, welches die Szenerie um uns und auch das deutliche Bewußtsein meiner Entscheidung in mir hervorriefen. Die Brise hatte sich bereits verstärkt, und wenn sie über unsere Köpfe pfiff, stieß sie hin und wieder einen langgezogenen, heulenden Ton aus, der mir das Herz bis in die Stiefel trieb. Die See verfolgte uns ohne Gnade, sprang hoch zum Angriff auf die niedrige Reling. Das Achterdeck war überschwemmt, wir mußten die Luken zu den Niedergängen schließen.

»Und das alles, bitte schön, nur wegen Mr. Pinkertons Dollars!« brüllte der Kapitän plötzlich auf. »Wie viele gute Männer sind schon untergegangen, Mr. Dodd, nur wegen solcher Sklaventreiber wie Ihrem Freund. Was schert sie ein Schiff oder zwei? Versichert, schätze ich. Was schert sie das Leben der Matrosen, wenn es um ein paar tausend Dollar geht? Was sie wollen, ist Schnelligkeit zwischen den Häfen und einen verdammten Narren von einem Kapitän, der ein Schiff so treibt wie ich dieses hier. Sie können den Morgen damit verbringen, sich zu fragen, warum ich's tu.«

So schnell die Höflichkeit erlaubte, schlich ich mich zu einem anderen Teil des Schiffs. Das war ganz und gar nicht die Art Rede, die ich mir jetzt wünschte, noch waren mir die dadurch ausgelösten Überlegungen im mindesten willkommen. Hier stand ich, in einiger Lebensgefahr, zugleich Ursache für die Lebensgefahr, in der sieben andere schwebten; genau zu welchem Ende, war ich frei mich selbst zu fragen. Für eine große Menge eines tödlichen Gifts, war die logische Antwort; und wenn alles stimmte, was man sich so erzählte, dachte ich, und mir vor den Schranken des Ewigen Gerichts bald ein Kreuzverhör bevorstand, so würde das meine Popularität bei den Geschworenen nicht heben. »Nun, macht nichts, Jim«, dachte ich. »Ich tu's nur für dich.«

Vor elf wurde das Großsegel zum dritten Mal gerefft; und Johnson füllte die Kabine mit einem Sturmsegel aus schwerem Tuch, setzte sich im Schneidersitz auf den klitschnassen Boden und flickte es hastig zurecht, unterstützt von zwei Mann der Besatzung. Bis zum Dinner wagte ich mich nicht mehr an Deck, sondern blieb schwindlig, wortlos, starr vor Schrecken in der Bankecke hocken. Die erschrockenen Sprünge der armen *Norah Creina*, die wie ein Stück Wild ums nackte Dasein hüpfte, beutelten mich zwischen Tisch und Schlafkojen hin und her. Der Sturm raste wie die Wilde Jagd über unseren Köpfen, ohne Pause, mit lärmendem Getöse verschiedensten Ursprungs: röhrender Wind, ächzendes Balkenwerk, peitschende Schoten, hämmernde Blöcke trugen alle dazu bei; und es kam mir vor, als hörte ich dazwischen einen anderen, durchdringenderen, menschlicheren Ruf, der alles übertönte, wie das Klagen eines Engels; und ich meinte seinen Namen zu wissen, und daß seine Flügel schwarz waren. Kaum war's zu glauben, daß ein Werk von Menschenhand die barbarische Mißhandlung durch die See so lang ertragen konnte, sich – wie der Schoner – von Berghang zu Berghang schleudern ließ, geschlagen und getreten und in Sehne und Gelenk ausgerenkt wie ein Kind auf dem Rad. Keine Planke war in dem Schiff, die nicht um Erbarmen flehte; und da es immer noch zusammenhielt, spürte ich wachsendes Mitgefühl mit seiner Anstrengung, wachsende Bewunderung für seine tapfere Hartnäckigkeit, die mich erheiterte und mich zuweilen meine eigenen Todesängste ganz vergessen ließ. Gott segne jeden Mann, der an diesem winzigen, doch kräftigen Rumpf einen Hammer geschwungen hat! Nicht für Lohn allein hat er gearbeitet, sondern um Menschenleben zu retten.

Den Rest dieses Tages und die ganze folgende Nacht hockte ich in der Ecke oder lag wach in meiner Koje; und erst als der Morgen graute, trieb mich eine neue Phase meiner Angst wieder hinauf an Deck. Schrecklicheres hab' ich nie erlebt. Johnson und Nares lösten einander regelmäßig am Steuer ab und kamen dann herunter. Jeder richtete den Blick als allererstes auf das Barometer, klopfte daran, betrachtete es stirnrunzelnd; denn es fiel ständig weiter. Und dann, wenn Johnson an der Reihe war, holte er sich einen Happen aus dem Schrank, aß im Stehen, auf den Tisch gestützt, bedachte mich mit ein oder zwei Worten in seinem wiehernden Tonfall: daß es »ein verdammtes Prachtexemplar von einer kalten Nacht an Deck war, Mr. Dodd« (mit einem Grinsen); daß »das keine Nacht für Jammerlappen war, das dürfe ich ihm glauben«; wenn das erledigt war, warf er sich in seine Koje und schlief pünktlich seine zwei Stunden herunter. Aber der Kapitän aß und schlief nicht. »Sie da, Mr. Dodd?« sagte er nach dem obligaten Besuch des Barometers.

»Nun, mein Sohn, wir sind hundertundvier Meilen

(oder wieviel es gerade waren) von der Insel, und wir fliegen wie vom bösen Feind gehetzt. Wir haben es morgen gegen vier geschafft, oder auch nicht, je nachdem. Das sind meine Nachrichten. Und jetzt, Mr. Dodd, hab' ich Überstunden für Sie gemacht; Sie können sehen, ich bin todmüde; also gehen Sie nur wieder zurück in Ihre Koje.« Und nach diesem Versuch zur Leutseligkeit schlossen sich seine Zähne wieder fest um die Zigarre, und er verbrachte seine zwei Stunden, indem er durch eine Wolke aus Tabakrauch in die Kabinenlampe starrte und blinzelte. Später hat er mir gesagt, daß er glücklich war, was ich nie vermutet hätte. »Sehen Sie«, sagte er, »der Wind war damals in keiner Weise aufregend; aber die See war wirklich bösartig, dem Schoner mußte man sehr vorsichtig kommen, und das Barometer sagte ganz eindeutig, daß wir uns in der Nähe irgendeiner Schweinerei befanden. Vielleicht liefen wir davon weg, vielleicht liefen wir darauf zu und mitten hinein. Nun, es ist immer etwas Erhabenes an so einer Sache; und das hebt einen Mann in seinem eigenen Selbstgefühl. Wir sind schon merkwürdige Tiere, Mr. Dodd.«

Der Morgen kam mit unheimlicher Helle; die Luft war bedrohlich transparent, der Himmel rein, der Rand des Horizonts hob sich klar und scharf vom Himmel ab. Der Wind und die wilden Seen, gewaltig angeschwollen, hetzten und jagten uns unermüdlich. Ich stand an Deck und erstickte fast vor Angst; ich schien meine Glieder nicht mehr zu beherrschen; meine Knie waren wie aus Löschpapier, wenn das Schiff in ein mörderisches Tal eintauchte; mein Herz setzte aus, wenn ein schwarzer Berg wie eine Lawine neben unserer Gillung niederging und das Wasser, wahrlich mehr als nur Gischt, um meine Knöchel raste wie ein Wildbach. Ich spürte nur den einen starken Wunsch, daß ich mich in größter Angst noch wie ein Mann benehmen, mich anständig verhalten würde, auch wenn's um Leben oder Tod ging: wie der Kapitän sagte, wir sind merkwürdige Tiere. Das Frühstück kam, und ich zwang mich, etwas heißen Tee zu schlucken. Dann mußte ich hinunterstolpern, um die Zeit zu erfahren und mit verquollenen Augen den Chronometer abzulesen, und dabei fragte ich mich die ganze Zeit über, wieviel Wert denn eine Beobachtung in einem Schiff haben konnte, welches (wie unseres) wie ein Geschoß zwischen rasenden Sturzseen dahinraste. Der Vormittag verging in der malmenden Eintönigkeit der Gefahr; jede Drehung des Steuerrads ein verzweifelter, doch notwendiger Schritt – verzweifelt wie eine letzte Hoffnung, notwendig wie der Sprung des Feuerwehrmannes ins brennende Stiegenhaus. Der Mittag kam; der Kapitän nährte sich von seinem Tagwerk, ich davon, ihn zu beobachten; unser Punkt auf der Seekarte wurde mit einer Genauigkeit eingetragen, die mir halb jämmerlich, halb absurd erschien, da das nächste Auge, das diesem Blatt Papier begegnete, leicht das Auge eines forschenden Fisches sein mochte: Es schlug eins, es schlug zwei; der Kapitän hielt sich am Süll des Hauses fest, finster brütend, innerlich rasend; falls ich je Mord im Auge eines Mannes lauern sah, dann in dem seinen. Gott helfe dem Mann, der's gewagt hätte, ihm nicht zu gehorchen.

Ganz plötzlich wandte er sich an den Maat, der eben Dienst am Ruder tat.

»Zwei Strich Backbord voraus«, hörte ich ihn sagen. Dann ging er selbst ans Ruder.

Johnson nickte, wischte sich mit dem feuchten Handrücken die Augen, wartete auf seine Chance, bis das Schiff hügelauf zog, ging zum Großsegel und schwang sich hinauf. Immer weiter hinauf sah ich ihn klettern, bei jedem häßlichen Sprung hielt er sich fest, bei jeder Beruhigung in der Bewegung kletterte er weiter, bis er in den Salingen stand und mit einer Hand über den Augen – mit der anderen umklammerte er den Mast – den südwestlichen Horizont absuchte. Im nächsten Moment glitt er das Achterstag herunter und stand an Deck, und sein Grinsen, Nicken und eine Geste mit dem Finger sagten: »Ja!« Im nächsten Moment war er schwitzend und augenblinzelnd zurück am Ruder, ein Lächeln im erschöpften, triefenden Gesicht, und Haar und die Enden und Zipfel seiner Kleidung schlugen im Sturm um ihn herum.

Nares ging hinunter, holte das Fernglas und suchte damit wortlos den Horizont ab; ich tat's mit unbewaffnetem Auge. Langsam, sehr langsam fing ich an, in der weißen Wasserwüste einen Fleck auszumachen, wo das Weiß noch dichter schien: auch der Himmel darüber war weißlich und verhangen wie im Sturm; und langsam, ganz langsam drang ein Ton an mein Ohr, tiefer und noch schrecklicher als das Brüllen des Sturms – das lange, donnernde Rollen der Brecher. Nares wischte sein Nachtglas am Ärmel trocken, reichte es mir und deutete dabei mit der Hand. Eine endlose Wildnis aus turmhohen Wellen kam und ging und tanzte im Gesichtsfeld des Glases; hie und da ein bleiches Eck Himmel oder die kräftige Linie des Horizonts, zerrissen von hohen Wellenköpfen, und dann plötzlich – doch schon wieder verschwunden mit der Schnelligkeit der Schwalbe, bevor ich es festhalten konnte – ein Blick auf das, wofür wir so weit gekommen und wofür wir so viel bezahlt hatten: Masten und Takelage einer Brigg, auf den Himmel gezeichnet, mit einer Flagge, die vom Großmast flatterte, und den zerfetzten Streifen eines Marssegels, die von der Rahnock schlugen. Immer wieder betrachtete ich nach mühevollem Suchen die Erscheinung. Weit und breit kein Zeichen von Land; das Wrack stand zwischen See und Himmel, das Einsamste, was ich je sah; doch als wir näher kamen, sah ich es beschützt von einer Linie von Brechern, die sich nach beiden Seiten zogen und in der Tat den nächsten Abschnitt des Riffs bezeichneten. Schwere Gischt hing darüber wie Rauch, mehrere hundert Fuß hoch in der Luft; und das Geräusch ihrer aufeinanderfolgenden Explosionen rollte wie eine Kanonade.

In einer halben Stunde waren wir dicht dran; vielleicht ebenso lang segelten wir die mächtige Barriere entlang zur anderen Seite; und schon fing die See an, sich zunächst kaum merklich zu mäßigen, und das Schiff, gleichmäßiger zu segeln. Wir waren in Lee der Insel angelangt, wie ich (der Form halber) diesen Ring aus Schaum, Nebel und Donner nennen will; schütteten ein Reff aus, halsten und peilten die Durchfahrt an.

Kapitel XIII

Die Insel und das Wrack

Alle Mann waren von Freude erfüllt. Sie verriet sich in ihrem Eifer und ihren entspannten Gesichtern: Johnson stand breit lächelnd am Ruder, Nares studierte friedlichen Blickes die Skizzenkarte der Insel, und die Mannschaft stand vorne beisammen, unterhielt sich und deutete mit den Fingern: so offenbar war unsere Errettung, so wunderbar der Zauber von auch nur einem Handbreit Erde, nachdem die Sonne so oft über einer leeren See auf- und untergegangen war. Und einer jener boshaften Zufälle, die einem suggerieren, das Schicksal müsse ein unreifer, grinsender Schuljunge sein, trug noch zu unserer Erleichterung bei, denn kaum hatten wir gehalst, begann der Wind abzuflauen.

Ich selber allerdings tauschte nur die eine Angst gegen die andere aus; kaum hatte mich die eine Furcht verlassen, fiel ich schon in eine andere; kaum durfte ich sicher sein, den angepeilten Hafen zu erreichen, fiel ich auch schon der Überzeugung in die Klauen, Trent sei sicher vor mir gekommen. Ich kletterte in die Takelage, stand auf dem Brett und suchte gespannt den Gürtel aus Korallenriff, die schlagenden Brecher und die davon umschlossene blaue Lagune ab. Die beiden Inseln innerhalb erkannte ich jetzt deutlich – Middle Brooks und Lower Brooks Island, wie die Seekarte sie nannte: zwei niedrige, von Buschwerk bedeckte, rollende Streifen Sand, beide mit glitzernden Stränden, jeder etwa eine Meile oder eineinhalb Meilen lang, von Ost nach West verlaufend, von einem schmalen Wasserstreifen getrennt. Darüber schwebten, schnatterten, kreischten und gellten, zahllos wie Maden, Millionen von flimmernden Seevögeln: weiß und schwarz; die schwarzen bei weitem größer. Mit eigenartigem Flirren schwang sich dieser Kreisel aus geflügelten Lebewesen in der grellen Sonne auf und ab, wirbelte immer wieder durch sich selbst, brach hin und wieder auseinander und zerstreute sich über die ganze Lagune; so daß ich unwiderstehlich an das erinnert wurde, was ich einmal über Spiralnebel gelesen hatte. Eine dünne Wolke lag über dem Riffgebiet und der angrenzenden See – der Staub, so drängte sich mir die Vorstellung auf, von früheren Explosionen. Und etwas weiter weg gab es noch einen Brennpunkt dieser zusammenstürzenden und auseinanderdriftenden Flüge, nämlich dort, wo direkt an der Linie der ohrenbetäubenden Brecher, mit (bis auf das zerrissene Toppsegel) ordentlich eingerollten Segeln und dem vom Großmast knatternden roten Fetzen, welcher Old England auf den Meeren verkündet, die *Flying Scud* lag – das Werk so vieler Hände, Erinnerung im Leben so vieler Menschen, ein Schiff, dessen hohe Spieren sich in den Wassern der entferntesten Meere gespiegelt hatten – hier lag sie, endlich und für immer festgefahren, im ersten Stadium maritimen Verfalls. Auf sie hielt die tapfere *Norah Creina* hart am Wind zu gleich einem Geier: von weither gekommen, um das Fleisch von ihren Knochen zu lösen. Doch so sehr ich mir Mühe gab, ich sah nichts, was auf die Anwesenheit von Menschen oder Menschenwerk hindeutete; dort lag kein Honolulu-Schoner mit einer Ladung bewaffneter Feinde, kein Rauch stieg aus einem Feuer, an dem Kapitän Trent, meiner Vorstellung nach, ein Mahl aus Seevögeln bereitete. Es sah aus, als wären wir doch noch rechtzeitig gekommen, und ich tat einen tiefen Atemzug der Erleichterung.

Kaum war ich zu dieser belebenden Überzeugung gelangt, als die Brecher schon ganz nahe waren, der Lotmann auf seinem Posten und der Kapitän in der Focksaling, um uns zwischen den Korallenklumpen der Lagune durchzulotsen. Alle Umstände sprachen zu unseren Gunsten, das Licht hinter uns, die Sonne tief, der Wind noch frisch und gleichmäßig und die Flut auf dem höchsten Stand. Einen Moment später schossen wir mit Renngeschwindigkeit zwischen zwei Molenköpfen aus Gischt hindurch; das Senkblei wurde ausgelassen, der Kapitän brüllte seine nervösen Anweisungen, der Schoner drehte und wendete sich zwischen den allüberall lauernden Gefahren der Lagune; und um ein Glasen in der ersten Hundewache lagen wir vorm Nordost-Ende von Middle Brooks Island fünf Faden tief vor Anker. Die Segel wurden beschlagen und zugedeckt, die Boote von allem Gerümpel befreit, das sich im Lauf einer Seereise dort anzusiedeln pflegt, der Warpanker an Land geholt, die Decks gesäubert: Arbeit für eine gute Dreiviertelstunde, während der ich auf Deck herumraste wie ein Mann mit starkem Zahnweh. Der Übergang von wilder See zur relativen Reglosigkeit der Lagune hatte meine Nerven in diese merkwürdige Anspannung versetzt: ich konnte weder Hände noch Füße ruhighalten; die Langsamkeit der Männer, die nach unserem erschöpfenden Abenteuer draußen hundemüde waren, reizte mich, als täten sie es mir zufleiß; und das irre Schreien der Seevögel bedrückte mich wie eine Totenklage. Es war mir wie eine Erlösung, als ich mit Nares und zweien von der Mannschaft endlich ins Boot steigen und zur *Flying Scud* rudern konnte.

»Sie sieht irgendwie bedauernswert aus, nicht?« bemerkte der Kapitän und deutete mit dem Kopf auf die Brigg, von der uns noch etwa eine halbe Meile trennte. »Sieht aus, als gefiele ihr der Ankerplatz nicht, als hätte Kapitän Trent sie schlecht behandelt. Los, legt euch in die Riemen, Jungs!« fügte er zu den Männern gewandt hinzu, »dann bekommt ihr heute abend Landurlaub, dürft euch die Miezen ansehen und die Stadt auf den Kopf stellen!«

Wir lachten alle über diesen Scherz, und das Boot schoß noch schneller über die leicht gekräuselte Oberfläche der Lagune. Auf der Werft von San Francisco hätte die *Flying Scud* gar nicht groß gewirkt, aber sie war immerhin etwa dreimal so groß wie die *Norah Creina*, die nun so lange unser Kontinent gewesen war; und als wir längsseits von unten zu ihr emporblickten, beeindruckte sie uns mit ihrer fast berghaften Größe. Sie lag mit dem Bug zum Riff, wo die riesige blaue Mauer der Brandung immer wieder emporstieg und zusammensank; um auf die Steuerbordseite zu gelangen, mußten wir unterm Heck durchfahren. Das Ruder lag hart backbord, und wir konnten die Aufschrift lesen:

FLYING SCUD
HULL

Auf der anderen Seite hing fast am Heckeinschnitt eine Strickleiter etwa einen halben Faden von der Reling herunter, und auf diese Weise gelangten wir hinein.

Das Schiff war innen sehr geräumig, hatte ein Kajütdeck, das etwa drei Fuß über dem Deck aufragte, und gleich hinter dem Fockmast eine kleine Fockkajüte für Mannschaftskojen und Kombüse. Es gab ein Boot oben auf dem Haus, und links und rechts davon je ein zweites, größeres in Halterung auf Deck. Die Brigg war außen und innen mit tropischer Sparsamkeit weiß bemalt; doch später entdeckten wir, daß die Relingstützen, die Reifen der Trinkwassertonnen usw. in grün gehalten waren. Doch als wir zum ersten Mal das Deck betraten, war alles unter dem Mist unzähliger Seevögel verborgen.

Die Vögel selbst kreisten und kreischten inzwischen oben im Takelwerk; und als wir in die Kombüse schauen wollten, trieb uns der Schwall, der uns entgegenstürzte, zurück. Wilde Vögel waren das, mit wüsten Schnäbeln, einige von den größeren so groß wie Adler. Halb begraben unter Matsch und Schmiere, entdeckten wir auf dem Mitteldeck einen unordentlichen Haufen kleiner Fässer; und nach oberflächlicher Reinigung erwiesen diese sich als Wasserhumpen und Viertelfässer mit Rindfleisch irgendeiner kolonialen Firma, zweifellos hier aufgestapelt, bevor die *Tempest* am Horizont erschien und als Trent und seine Mannschaft noch keine bessere Aussicht hatten, als Honolulu in ihren Booten anzusteuern. Sonst gab es an Deck nichts Besonderes, außer dort, wo das lockere Marssegel gegen das Takelwerk geschlagen hatte, so daß dort jetzt ein wirrer Knäuel verschlungener Seile hing und schwankte und im abflauenden Winde pfiff.

Mit einer Scheu, die fast ehrfürchtig war, stiegen Nares und ich den Niedergang hinab. Die Treppe bog einmal um die eigene Achse und spie uns dann vor einem querschiffs liegenden Schott aus, das das Heck in zwei Teile schnitt. Der vordere Teil war eine Art vermischter Laderaum mit einer zweikojigen Abteilung für den Koch und (wie Nares dachte) den zweiten Maat. Im hinteren Teil befand sich in der Mitte die Hauptkajüte, bogenförmig in die Heckbiegung geschmiegt; und backbord die Kabine des Kapitäns und ein Wasserklosett. Da hinein warfen wir nur einen Blick: uns fesselte zunächst die Hauptkajüte. Es war dunkel, denn die Vögel hatten die Dachluke mit ihrem Mist ganz zugedeckt; es roch dumpf und modrig; und ein lauter Fliegenschwarm schwirrte uns ständig ums Gesicht. Da ich sie immer für enge Begleiter des Menschen und seines verdorbenen Fleisches gehalten hatte, fragte ich mich verwundert, wie sie denn zum Midway-Riff gefunden hatten; und war sicher, daß irgendein Schiff sie mitgenommen hatte, und das vor langer Zeit, denn sie hatten sich tausendfach vermehrt. Der Boden war übersät mit einem Durcheinander aus Kleidern, Büchern, nautischen Instrumenten, diversen Zutaten für Putz und Verschönerung und solchem Kram und Plunder, wie's zu erwarten ist, wenn man ein paar Seemannskisten nach langer Fahrt und in plötzlicher Panik ausräumt. Es war seltsam, in dieser düsteren Kabine, die vom nahen Donner der Brecher zitterte und vom Gekreisch der Seevögel durchdröhnt war, alle diese Dinge umzudrehen, die andere Männer begehrt, bezahlt und an ihren warmen Leibern getragen hatten – ausgefranste alte Unterwäsche, Pyjamas von fremdartigem Schnitt, Segeltuch-Anzüge in allen Stadien des Zerfalls, Ölhäute, kurze Seemannsjacken, Parfümflaschen, bestickte Hemden, Jacken aus Rohseide – Kleidung für die Nachtwache auf See oder den Landgang auf der Hotelveranda; und dazwischen wieder Bücher, Zigarren, schrullige Pfeifenköpfe, Tabakspackungen, viele Schlüssel, eine verrostete Pistole, dazu noch ein paar billige Souvenirs – Messing aus Benares, chinesische Krüge und Bilder, Flaschen aus merkwürdigen Muscheln, in Watte verpackt, jede wahrscheinlich für einen Menschen in der Heimat bestimmt – vielleicht in Hull, woher nicht nur Trent stammte, sondern auch sein Schiff.

Von dort wandten wir unsere Aufmerksamkeit dem Tisch zu, der wie zu einer Mahlzeit gedeckt war, mit festem Schiffsgeschirr und Nahrungsresten – ein Topf mit Marmelade, Kaffeereste in den Tassen, dann Essensreste, die nicht mehr zu erkennen waren, Brot, etwas Toast und eine Dose Kondensmilch. Das Tischtuch, ursprünglich rot, war auf der Seite des Kapitäns dunkelbraun gefleckt, offenbar von Kaffee; am anderen Ende zurückgeschlagen, und auf dem nackten Tisch lagen Feder und Tintenfaß. Hocker standen unregelmäßig rund um den Tisch herum, als hätten die Männer nach beendeter Mahlzeit noch hier gesessen und getratscht; und einer der Hocker lag zerbrochen am Boden.

»Schauen Sie! Sie haben das Logbuch nachgeschrieben«, sagte Nares und deutete auf das Tintenfaß. »Wieder einmal im Verzug gewesen, wie üblich. Ich möchte wissen, ob je ein Kapitän sein Schiff verlor, dessen Logbuch auf dem jüngsten Stand war? Meistens muß er auf einmal einen ganzen Monat schreiben, wie Charles Dickens seine Fortsetzungsromane. – So ein Festtagsessen – typisch für die Limettensäufer!« fügte er voll Verachtung hinzu. »Apfelsinenmarmelade – und Toast für den Alten Herrn! Ekelhafte, schlampige Schweine!«

In seiner Kritik an den Abwesenden war etwas, das meine Gefühle verletzte. Ich hatte wirklich gar nichts übrig für Kapitän Trent oder irgendeinen seiner verschwundenen Gang; doch Verlassenheit und Verfall dieser einstmals bewohnte Kabine trafen mich hart: der Tod menschlicher Hände Werk ist melancholisch wie der Tod des Menschen selbst; und ich litt unter dem unfreiwilligen, irrationalen Eindruck des Tragischen in dem, was mich hier umgab.

»Das macht mich krank«, sagte ich. »Gehen wir an Deck, Atem holen.«

Der Kapitän nickte. »Es wirkt so verlassen, nicht?« sagte er. »Aber ich kann nicht hinauf, bis ich nicht die Signalflaggen gefunden habe. Ich möchte ›Verlassen‹ oder so etwas setzen, nur um unser Heim auf der Insel zu verschönern. Kapitän Trent war bis jetzt noch nicht hier, aber er wird doch wohl bald auftauchen; und dann freut's ihn sicher, wenn er auf der Brigg ein Signal sieht.«

»Gibt's keinen offiziellen Ausdruck, den wir verwenden könnten?« fragte ich, von der Idee begeistert. »›Zugunsten der Versicherung verkauft: weitere Auskünfte bei J. Pinkerton, Montana Block, S.F.‹«

»Nun ja«, gab Nares zurück, »irgendein alter Quartiermeister bei der Marine bringt es vielleicht fertig, so etwas zu telegraphieren, wenn Sie ihm einen Tag Zeit und dazu ein Pfund Tabak für den Privatverzehr überlassen. Aber das geht über meine Künste. Ich muß irgend etwas Kurzes, Nettes finden: KB, dringendes Signal, ›Alles zurückholen‹, oder LM, dringend, ›Gegenwärtiger Ankerplatz nicht sicher‹; oder was sagen Sie zu PQH? – ›Sagen Sie meinen Eignern, das Schiff reagiert erstaunlich gut‹.«

»Es ist zwar voreilig«, antwortete ich, »aber Trent könnte man damit sicher ärgern. PQH bitte.«

Die Flaggen fanden sich in Trents Kabine, ordentlich hinter einem beschrifteten Gitter verstaut; Nares wählte, was er brauchte, und kehrte (von mir gefolgt) an Deck zurück, wo die Sonne bereits untergegangen war und die Dämmerung hereinbrach.

»He! Rühr das nicht an, du Narr!« schrie der Kapitän einen der Männer an, der aus dem Trinkwasserfaß trank. »Das Wasser ist faul!«

»Tschuldigung, Sir«, erwiderte der Mann. »Schmeckt ganz o.k.«

»Laß sehen«, gab Nares zurück, nahm den Schöpfer und hielt ihn an die Lippen. »Ja, es ist o.k.«, sagte er. »Muß verfault und dann wieder süß geworden sein. Merkwürdig, nicht, Mr. Dodd? Habe dasselbe aber schon einmal auf einem Kap-Horner erlebt.«

In seiner Stimme lag etwas, das mich bewog, ihm ins Gesicht zu sehen; er stand leicht auf den Zehenspitzen und schaute links und rechts vom Schiff, wie ein Mann, den die Neugier gepackt hat, und sein ganzer Ausdruck deutete auf unterdrückte Erregung.

»Sie glauben doch selbst nicht, was Sie sagen!« brach's aus mir hervor.

»Ach, da bin ich gar nicht sicher«, erwiderte er und legte mir beruhigend eine Hand auf die Schulter. »So was ist schon möglich. Mich stört etwas ganz anderes.«

Nach diesen Worten rief er einen Mann, gab ihm die Signalflaggen, trat selber an die Signalfallen, die unter dem Gewicht der Nationalfarben oben zitterten. Eine Minute später hatte die amerikanische Flagge, die wir im Boot mitgebracht hatten, das englische Rot ersetzt, und vorne flatterte PQH.

»Nun denn«, sagte Nares, der das Entrollen seines Signals mit der altjüngferlichen Betulichkeit des amerikanischen Matrosen beobachtet hatte, »heraus mit den Handspaken, und laßt sehen, wie es mit dem Lagunenwasser steht.«

Die Stangen wurden hineingerammt; im Mitteldeck erhob sich die barbarische Kakophonie der scheppernden Pumpe; und übelriechendes Wasser ergoß sich in Strömen an Deck und schnitt tiefe Rinnen in die Guano-Platten. Nares lehnte sich über die Reling und beobachtete den gleichmäßigen Schwall aus der Bilge, als würde ihn das interessieren.

»Und was ist es denn, das Sie so stört?« fragte ich.

»Das eine werde ich Ihnen gleich sagen«, gab er zurück. »Aber hier ist noch was anderes. Sehen Sie diese Boote da, eines auf dem Haus und zwei auf den Auflagern? Na, wo ist das Boot, das Trent aussetzte, als er die zwei Mann verlor?«

»Hat's wieder an Bord geholt, nehme ich an«, sagte ich.

»Schön – wenn Sie mir nur sagen, warum«, erwiderte der Kapitän.

»Dann war's vielleicht ein anderes Boot«, schlug ich vor.

»Vielleicht führten sie ja noch eins über der Hauptluke, das streite ich nicht ab«, gab Nares zu; »aber zu welchem Zweck, leuchtet mir nicht ein, außer damit der Alte in Mondscheinnächten ausfährt und Akkordeon spielt.«

»Das kann aber doch nicht sehr wichtig sein«, überlegte ich.

»Nein, wahrscheinlich nicht«, sagte er und blickte dabei über die Schulter auf die Mündungen der Abflußröhren.

»Und wie lange sollen wir uns noch damit vergnügen?« fragte ich. »Wir pumpen ja einfach die Lagune leer. Kapitän Trent hat doch selbst gesagt, daß das Schiff sich eingegraben hat und vorn ganz voll ist.«

»Ach, hat er das?« sagte Nares trocken. Und kaum war er fertig, saugten die Pumpen, und saugten noch einmal, und dann warfen die Männer ihre Stangen hin. »Da, was sagen Sie dazu?« fragte er. »Also, ich erklär's Ihnen, Mr. Dodd«, fuhr er fort, die Stimme senkend, ohne seine lässige Haltung gegen die Reling aufzugeben, »dieses Schiff ist ebenso seetüchtig wie die *Norah Creina*. Den Verdacht hatte ich schon, bevor wir an Bord kamen, aber jetzt weiß ich's.«

»Das ist nicht möglich!« rief ich. »Und was denken Sie dann über Trent?«

»Gar nichts denke ich über Trent; ich weiß nicht, ist er ein Lügner, oder nur ein altes Weib; ich stelle nur die Tatsachen fest«, sagte Nares. »Und ich sage Ihnen noch etwas«, fügte er hinzu: »Ich bin schon selbst mit Hochseeschiffen auf Grund gegangen; ich weiß, was ich sage; und ich behaupte, als das Schiff festfuhr und bevor es sich in den Grund bohrte, da hätte man es in sieben oder acht Stunden Arbeit leicht wieder flottgemacht, und jeder Mann, der nur je zwei Jahre zur See fuhr, mußte das erkennen.«

Mir entfuhr ein unartikulierter Ausruf.

Ich blickte mich um; die Dämmerung verschmolz mit der Nacht; eine funkelnde Laterne bezeichnete die Position des Schoners in der Ferne; und unsere Mannschaft, befreit von ihrer Arbeit, stand in einer Gruppe auf dem Mitteldeck, die Gesichter von ihren glimmenden Pfeifen erleuchtet.

»Warum hat Trent sie nicht ausgebuddelt?« fragte der Kapitän. »Warum wollte er sie in San Francisco um diese phantastische Summe zurückkaufen, wenn er sie doch leicht selbst in die Bucht hätte segeln können?«

»Vielleicht erkannte er erst da ihren wahren Wert«, schlug ich vor.

»Ich wünschte, wir würden jetzt ihren wahren Wert kennen«, rief Nares. »Aber ich möchte Sie nicht entmutigen; Sie haben mein Mitgefühl, Mr. Dodd; ich weiß, wie beunruhigend das alles für Sie sein muß; und das Beste, was ich sagen kann, ist: ich habe nicht sehr lang gebraucht, um hier herunter zu kommen, und jetzt, wo ich hier bin, werde ich mich an die Arbeit machen, wie es sich gehört. Nur, damit Sie sich keine Sorgen machen; mit mir haben Sie sicher kein Problem.«

Es lag etwas so freundschaftlich Vertrauenswürdiges in seinen Worten; ich packte seine Hand und schüttelte sie, mit diesem festen, kurzen Griff, der unter Angelsachsen so viel bedeutet.

»Es wird schon alles klappen«, sagte er. »Wir sind recht gute Freunde geworden, Sie und ich; und Sie werden sehen, daß ich deshalb nicht etwa weniger hart arbeite. Und jetzt schauen wir, ob wir was zum Nachtmahl kriegen.«

Nach dem Abendessen ruderten wir mit der müßigen Neugier des Seemanns im hellen Mondlicht an den Strand und landeten auf Middle Brooks. Die Insel war rund herum von flachem Strand gesäumt; in der Mitte wuchs dichtes Buschwerk, die höchsten kaum über fünf Fuß, in dem die Seevögel hausten. Da wollten wir zuerst hindurch; doch es erwies sich, daß es leichter war, Trafalgar Square an einem Tag der Demonstrationen zu überqueren als in dieses Nistwerk schlafender Seevögel einzudringen; Nester fielen auf den Boden, Eier zerbrachen unter unserem Tritt, Flügel schlugen uns ins Gesicht, Schnäbel bedrohten unsere Augen, von dem Geschrei wurde uns ganz wirr im Kopf, und der Tumult verbreitete sich über die ganze Insel und hoch hinauf in die Luft.

»Ich schätze, wir spazieren lieber rund herum am Strand«, sagte Nares nach gelungenem Rückzug.

Die Mannschaft war so eifrig hinter den Vogeleiern her, daß uns keiner folgte. Wir schritten nahe am Wasser über den leise knirschenden Sand; auf einer Seite das Dickicht, aus dem wir vertrieben worden waren; auf der anderen die Oberfläche der Lagune, darauf ein breiter Pfad aus Mondlicht, und dahinter die abwechselnd dunkle, dann wieder aufleuchtende, hoch aufzischende und dann wieder einsinkende Linie der Brecher. Am Strand lagen Wrackteile und anderes Schwemmgut: Scheite von Fichte und Sequoia, nicht weniger als zwei Dschunken-Untermasten, und der Achtersteven eines europäischen Schiffes; das alles betrachteten wir ernst und betroffen, denn es erzählte von den Gefahren der See und dem harten Schicksal der Schiffbrüchigen. In dieser nachdenklichen Stimmung umrundeten wir den größeren Teil der Insel; hatten vom

Südende einen guten Blick auf die Nachbarinsel; schritten die gesamte Westseite im Schatten des Dickichts ab; und traten am entgegengesetzten Ende wieder hinaus ins Mondlicht.

Zu unserer Rechten lag in einer Entfernung von etwa einer halben Meile der Schoner, leicht an seinen Ankern schwojend. Etwa eine halbe Meile weiter unten am Strand, an einer Stelle, die uns das Dickicht noch verbarg, deutete eine Verdichtung des Vogelgetümmels darauf hin, daß die Männer dort in typisch matrosenhafter Gier noch immer Eier sammelten. Und direkt vor uns lag, in einer seichten Sandmulde, ein Boot aufrecht auf dem Trockenen.

Nares kroch in den Schatten des Gebüschs zurück.

»Was zum Teufel ist das?« flüsterte er.

»Trent«, schlug ich vor, mit laut klopfendem Herzen.

»Wir waren verdammte Narren, unbewaffnet an Land zu gehen«, sagte er. »Aber ich muß wissen, woran ich bin.« Im Schatten wirkte sein Gesicht auffallend weiß, und seine Stimme verriet heftige Erregung. Er zog die Bootspfeife aus der Tasche. »Für den Fall, daß ich jemandem aufspielen möchte«, sagte er grimmig, steckte die Pfeife zwischen die Zähne und trat ins offene Mondlicht hinaus; mit raschen Schritten querten wir die Lichtung und blickten uns dabei argwöhnisch um. Doch kein Blatt regte sich; und als wir das Boot erreichten, bot es den überzeugenden Anblick langer Verlassenheit. Es war ein Achtzehn-Fuß-Walboot der üblichen Art, ausgestattet mit Rudern und Ruderpflökken. Zwei oder drei Viertelfässer lagen mittschiffs in der Bilge, eines davon offensichtlich angezapft, denn es stank ganz gräßlich; bei der Untersuchung stellte sich heraus, daß diese Fässer ebenso aus Neuseeland stammten wie das Rindfleisch an Bord des Wracks.

»Also, hier ist das Boot«, sagte ich. »Damit ist eines Ihrer Rätsel wohl geklärt.«

»Hm«, erwiderte er. In der Bilge befand sich etwas Wasser, und er bückte sich und kostete es.

»Frisch«, sagte er. »Nur Regenwasser.«

»Dagegen haben Sie nichts einzuwenden?« fragte ich.

»Nein«, antwortete er.

»Nun, was ist es dann, was Ihnen nicht paßt?« rief ich.

»In einfachem Amerikanisch gesagt: ein Walboot, fünf Eschenruder und ein Faß stinkendes Schweinefleisch.«

»Oder in anderen Worten, das ganze Ding hier?« fragte ich.

»Also, es ist folgendes«, ließ er sich zu Erklärungen herab. »Für ein viertes Boot hab' ich ohnehin keinen Bedarf; aber ein Boot dieser Machart schlägt dem Faß den Boden aus. Ich sage nicht, daß dieser Typ in dieser Gegend nicht normal ist; er ist so normal wie Dreck; die Handelsschiffe führen sie als Brandungsboote. Aber die *Flying Scud*? Ein Hochseetramp, der zwischen großen Häfen fährt, zwischen Calcutta und Rangoon und Frisco und dem Kantonfluß? Nein: das leuchtet mir nicht ein.«

Wir lehnten bei diesen Worten über dem Dollbord des Bootes. Der Kapitän stand dem Bug näher und spielte gedankenverloren mit der schleifenden Fangleine, als er plötzlich zu Stein erstarrte. Er zog die Leine ein, Hand über Hand, und betrachtete ungläubigen Blicks das Ende.

»Ist damit was nicht in Ordnung?« fragte ich.

»Wissen Sie, Mr. Dodd«, sagte er in merkwürdigem Ton, »daß diese Fangleine abgeschnitten ist? Ein Seemann packt das Seil immer am Ende, aber dies hier ist mit kaltem Stahl kurz abgeschnitten. Das kann ich der Mannschaft nicht zumuten«, fügte er hinzu. »Warten Sie, bis ich das plausibler hergerichtet habe.«

»Irgendeine Idee, was das zu bedeuten hat?« fragte ich.

»Es bedeutet jedenfalls eins«, sagte er. »Es bedeutet, Trent hat gelogen. Ich schätze, die Geschichte der *Flying Scud* ist um einiges pittoresker, als er verlauten ließ.«

Eine halbe Stunde später lag das Walboot achterlich der *Norah Creina*; und Nares und ich suchten schweigend und von unseren jüngsten Entdeckungen ziemlich verwirrt unsere Kojen auf.

Kapitel XIV

Die Kabine der »Flying Scud«

Die Morgensonne stand noch unterm Horizont der Morgenbank : der Lagunensee, die kleinen Inseln, die Brecher, die jetzt langsam nachließen, lagen noch klar gezeichnet im roten Dämmerlicht des Tagesanbruchs, als wir wieder das Deck der *Flying Scud* betraten: Nares, ich selbst, der Maat, zwei Mann Besatzung und ein Dutzend leuchtend jungfräulicher Äxte im Krieg gegen diesen massiven Bau. Ich glaube, wir holten alle tief und freudig Atem; so fest verankert ist in jedem Menschen der Instinkt zur Zerstörung, so verführerisch das Interesse an der Jagd. Wir sollten diese Doppelfreude jetzt in höchstem Maß genießen: einerseits die Zerstörung unseres Spielzeugs, andererseits die Schatzsuche-Spiele, denen wir uns vielleicht seit unserer Kindheit nicht mehr hingegeben hatten. Und das Spielzeug, das wir zu Kleinholz machen durften, war ein Hochsee-Schiff; und der verborgene Schatz, nach dem wir suchen mußten, ein gewaltiges Vermögen.

Die Decks wurden abgewaschen, die Hauptluke entfernt und ein Flaschenzug aufgestellt, noch bevor das Boot mit unsrem Frühstück kam. Ich stand dem Wrack bereits mit so viel Mißtrauen gegenüber, daß ein Blick in den Laderaum mich mit großer Erleichterung erfüllte: dieser war voll, oder fast voll, und es war unleugbar Reis, auf chinesische Art klumpenweise in Schilfmatten verpackt. Nach dem Frühstück stürzten sich Johnson und die Besatzung auf die Ladung; während Nares und ich zuerst das Oberlicht einschlugen und eine Windlutze auf Deck aufstellten, bevor wir daran gingen, die Kabinen zu durchsuchen.

Man darf nicht von mir erwarten, daß ich die Arbeit dieses ersten Tages – oder die der folgenden Tage – schön in Ordnung und der Reihe nach beschreibe. Solche Genauigkeit wäre vielleicht mehreren Offizieren und einer Abteilung Männer von einem Kriegsschiff möglich gewesen, begleitet von einem erfahrenen Sekretär mit Kenntnissen in Kurzschrift. Uns zwei einfachen Menschen, die die Arbeit mit der Breitaxt nicht gewöhnt waren, verzehrt von ungeduldiger Gier auf das Ergebnis, verschmilzt die ganze Angelegenheit im Rückblick zu einem Alptraum aus Anstrengung, Hitze, Hast und Verwirrung: Schweiß strömte vom Gesicht wie Regen, das Getrippel der Ratten, die erstickenden Ausdünstungen der Bilge, das Schlagen und Splittern der schwer schuftenden Äxte. Ich werde mich damit begnügen, die Crème unserer Entdeckungen in logischer anstatt in zeitlicher Reihenfolge vorzustellen; obgleich beides praktisch zusammenfiel und wir unsere Durchsuchung der Kabine beendet hatten, bevor wir uns über die Natur der Fracht ganz sicher waren.

Nares und ich begannen unsere Operationen damit, daß wir alle Kleidungsstücke, persönlichen Habseligkeiten, Geschirr, den Teppich, verdorbene Lebensmittel, Fleischdosen, mit einem Wort, alles, was nicht niet- und nagelfest in der Kabine war, so wie es kam durch den Niedergang hinaufwarfen und in einem wüsten Haufen rund um das Ruder schichteten. Dann wandten wir unsere Aufmerksamkeit der Unterkunft des Kapitäns an der Steuerbordseite zu. Aus den Decken machten wir einen Korb und beförderten so Bücher, Instrumente und Kleidung hinauf, um damit unseren wachsenden Müllhaufen an Deck zu füttern; und dann begab sich Nares auf Hände und Knie und fing an, unter dem Bett herumzusuchen. Schachtel auf Schachtel mit Manila-Zigarren belohnten seine Ausdauer. Ich ließ es mir nicht nehmen, die Schachteln sofort aufzureißen, ja sogar die Zigarrenbündel zu guillotinieren; doch umsonst – kein heimliches Opiumversteck ermunterte mich fortzufahren.

»Ich glaube, jetzt hab' ich, was wir suchen!« rief Nares, und ich drehte mich von meinen Durchsuchungen zu ihm und sah, daß er eine schwere Eisenkiste hervorgezogen hatte, die mit Schloß und Kette am Schott befestigt war. Darauf starrte er nun, nicht mit dem Triumph, der sofort meinen eigenen Busen blähte, sondern mit einem beinah albernen Ausdruck der Verblüffung.

»Bei George, wir haben es!« rief ich und wollte meinem Gefährten schon die Hand schütteln; doch er sah meine Geste nicht – oder wollte sie nicht annehmen.

»Sehen wir zuerst nach, was drin ist«, bemerkte er trokken, stellte die Kiste auf die Seite und schlug mit ein paar Axtschlägen das Schloß auf. Ich warf mich neben ihn, während er die Kiste wieder auf ihren Boden stellte und den Deckel hob. Ich kann nicht sagen, was ich erwartet hatte; Diamanten im Wert von Millionen hätten mir vielleicht gefallen; meine Wangen glühten, mein Herz schlug zum Zerspringen; und schau! nichts bot sich meinem Blick als eine Einsetzlade voll von Papieren, säuberlich gebündelt, und ein Scheckbuch der gewöhnlichen Art. Schnell griff ich nach der Lade, um zu sehen, was darunter war; doch da fiel die Hand des Kapitäns auf die meine, schwer und hart.

»Aber, aber, Boss!« rief er nicht unfreundlich, »behandeln wir die Angelegenheit wie Gentlemen – oder wie ein paar Knastbrüder und Strauchdiebe?«

Und damit ging er daran, die Papiere aufzubinden und durchzulesen, mit ernstem Gesicht und, wie mir schien, absichtlich langsam. Mich und meine Ungeduld hatte er ganz offenbar vergessen; denn als er mit der Arbeit fertig war, blieb er nachdenklich sitzen, pfiff ein paar Melodiefetzen, faltete die Papiere zusammen und bündelte sie wie zuvor; und dann, erst dann hob er langsam die Lade.

Ich erblickte eine Zigarrenschachtel, mit einer Angelleine zugebunden, und vier fette Leinensäckchen. Nares schnippte sein Messer heraus, schnitt die Leine durch und öffnete die Schachtel. Sie war etwa zur Hälfte voll mit Sovereigns.

»Und die Säckchen?« flüsterte ich.

Der Kapitän schnitt sie eines nach dem anderen auf, und es ergoß sich eine Flut von gemischten Silbermünzen und schepperte auf dem rostigen Kistenboden. Ohne ein weiteres Wort machte er sich daran, das Gold zu zählen.

»Was ist das?« fragte ich.

»Das ist das Schiffsgeld«, antwortete er, stur weiterzählend.

»Das Schiffsgeld?« wiederholte ich. »Das heißt, das Geld, mit dem Trent trampte und handelte? Und das ist das Scheckbuch seiner Eigner? Und das hat er hiergelassen?«

»Ich schätze, das hat er«, erwiderte Nares verschlossen und schrieb die Goldsumme nieder; und ich war so verschüchtert, daß ich schwieg, bis er mit seiner Aufgabe fertig war.

Ich glaube, wir kamen alles in allem auf dreihundertundachtundsiebzig Pfund Sterling; davon etwa neunzehn Pfund in Silber; dann räumten wir das ganze wieder in die Kiste.

»Und was halten Sie davon?« fragte ich.

»Mr. Dodd«, versetzte er, »Sie sehen etwas von der Merkwürdigkeit dieses Jobs, aber nicht alles. Das Hartgeld stört Sie, aber was mich nervös macht, sind die Papiere. Ist Ihnen bewußt, daß der Herr eines Schiffs über das Geld in seiner Hand frei verfügt, den Männern Vorschüsse zahlt, Fracht und Passage-Geld einnimmt, in jedem Hafen Rechnungen bezahlt? Das alles in der Vertrauensstellung als Vertreter seines Eigners, und die bestätigten Rechnungen bezeugen seine Ehrlichkeit. Ich sage Ihnen, der Kapitän eines Schiffes vergißt eher seine Hosen als diese Rechnungen, die seinen guten Ruf und Namen garantieren. Ich habe es erlebt, daß Männer bei dem Versuch, sie zu retten, ertrunken sind; schlechte Männer noch dazu; aber darin liegt des Schiffers Ehre. Und hier dieser Kapitän Trent – ohne Hast, mit nichts Schlimmerem bedroht als freier Überfahrt in einem britischen Kriegsschiff – hat alles zurückgelassen! Ich möchte mich nicht allzu stark ausdrücken, denn die Tatsachen sind gegen mich, aber die Sache ist einfach unmöglich.«

Bald danach kam unser Dinner, das wir in grimmigem Schweigen an Deck zu uns nahmen; jeder zermarterte sich das Gehirn nach einer Lösung dieser Rätsel. Ich war wirklich so in meine Überlegungen vertieft, daß das Wrack, die Lagune, die kleinen Inseln, die kreischenden Seevögel, selbst das düstere Gesicht des Kapitäns an meinem Ellenbogen gänzlich aus meinem Bewußtsein schwanden. Mein Verstand war wie eine schwarze Tafel, auf welche ich Hypothesen kritzelte und wieder löschte; jede mit meinen Erinnerungsbildern verglich: Ziffern mit Bildern. Im Laufe dieser geistigen Anstrengung rief ich mir in einem Meisterstück des Gedächtnisses die Gesichter der Szene im Saloon zurück und studierte sie; und hier blickte ich plötzlich dem Kanaken in die Augen.

»Es gibt immerhin etwas, das ich zweifelsfrei feststellen kann«, rief ich, schob mein Essen weg und sprang auf. »In der Bar sah ich zusammen mit Kapitän Trent auch einen Kanaken, den Burschen, den Zeitungen und die Schiffspapiere als Chinesen ausgaben. Ich begebe mich jetzt in seine Unterkunft und kläre das.«

»Schön«, sagte Nares. »Ich hänge noch ein bißchen hier rum, Mr. Dodd; ich fühle mich noch etwas schwach und wacklig.«

Die drei Achterkabinen des Schiffs hatten wir gründlich ausgeräumt: das ganze Zeug aus der Hauptkabine und den Unterkünften von Maat und Kapitän lag aufgehäuft beim Ruder; doch in der Vorderkajüte mit den beiden Kojen, wo, wie Nares sagte, wahrscheinlich Maat und Koch gewohnt hatten, hatten wir noch gar nichts angerührt. Dorthin begab ich mich; es war nicht viel drin; am Schott hingen ein paar Photographien, eine davon unanständig; eine einzelne Kiste stand weit offen da und war wie alle, die wir bis jetzt gefunden hatten, zum Teil geplündert worden. Ein ganzer Armvoll Groschenromane war in meinen Augen Beweis, daß Europäer hier gehaust hatten; kein Chinese hätte auch nur einen besessen, und selbst der gebildetste Kanake, den man sich in einer Schiffskombüse vorstellen konnte, hätte sich mit einem einzigen gewiß begnügt. Es war also klar, daß der Koch nicht achtern geschlafen hatte und ich mich anderswo umsehen mußte.

Die Besatzung hatte bereits die Nester zertrampelt und die Vögel aus der Kombüse vertrieben, so daß ich jetzt ungehindert eintrat. Eine Tür war schon von Reis verstopft; der Raum war zum Teil stockfinster, erfüllt von faulem Gestank und ekelhaften Fliegenschwärmen; er war auch in Unordnung verlassen worden, oder aber die Vögel hatten während der Zeit ihrer Untermiete alles durcheinandergebracht; und der Boden war ebenso wie das Deck, bevor wir es geschrubbt hatten, mit klebrigem Dreck verschmiert. In der hintersten Ecke gegen die Wand gelehnt fand ich eine schöne messingbeschlagene Kiste aus Kampferholz, wie sie Matrosen und Chinesen lieben, ja eigentlich jeder, der den Pazifik befährt. Aus dem Äußeren konnte ich keine Schlüsse ziehen; und das Innere war erstaunlicherweise verschlossen. Alle anderen Kisten hatten wir, wie ich schon sagte, offen gefunden, und ihren Inhalt verstreut; das gleiche galt, wie wir später feststellten, auch für die Kojen der Besatzung; nur diese Kiste aus Kampferholz war, eine auffallende Ausnahme, sowohl verschlossen als auch versperrt.

Ich holte mir ein Beil, schlug das läppische chinesische Schloß ohne weiteres auf und fuhr mit der Hand mitten hinein wie ein Zollbeamter. Eine Weile wühlte ich unter Leinen und Baumwollzeug. Dann erregte mich ein Seidenfund, wovon ich mehrere Streifen herauszog, die mit geheimnisvollen Schriftzügen bedeckt waren. Und dieses klärte die Angelegenheit, denn darin erkannte ich jene Bettbehänge, die bei einfacheren Chinesen so beliebt sind. Es fehlte auch nicht an weiterem Beweismaterial – Nachtgewänder von ausgefallenem Schnitt, eine chinesische

Fiedel mit drei Saiten, ein Seidentaschentuch voller Wurzeln und Kräuter, ein hübsches Gerät zum Opiumrauchen und dazu ein großzügiger Vorrat dieser Droge. Ganz klar, der Koch war ein Chinese; doch wenn dem so war, wer war dann Jos. Amalu? Oder hatte Jos. die Kiste gestohlen, bevor er unter falschem Namen und Adresse anheuerte? Möglich war es – in diesem Durcheinander war ja alles möglich; aber nahm ich dies als Lösung, so führte und vergrub es mich nur noch tiefer in den Sumpf. Denn warum war ausgerechnet diese Kiste unbeachtet stehengelassen worden, die anderen aber alle geplündert oder entfernt? Und woher hatte Jos. die zweite Kiste, mit der er (dem Angestellten im What Cheer zufolge) nach Honolulu aufgebrochen war?

»Und wie ist es *Ihnen* ergangen?« erkundigte sich der Kapitän, den ich genüßlich an unseren Müllhaufen gelehnt fand. Und die Betonung des Pronomens, die kräftigere Farbe im Gesicht des Sprechers, die unterdrückte Erregung in seiner Stimme machten mir sofort klar, daß nicht nur ich Entdeckungen zu berichten hatte.

»Ich fand in der Kombüse die Kiste eines Chinesen«, sagte ich, »und John (wenn es einen John hier gab) hat sich nicht die Mühe gemacht, sein Opium mitzunehmen.«

Nares nahm das, wie mir schien, sehr ruhig auf. »So so?« sagte er. »Na, dann werfen Sie einmal einen Blick hier drauf und geben Sie sich geschlagen!« Und mit einem gewaltigen Schlag seiner Handfläche breitete er vor mir auf dem Deck zwei Zeitungen aus. Ich starrte stumpf darauf, gar nicht mehr in Stimmung für eine neuerliche Entdeckung.

»Schauen Sie doch hin, Mr. Dodd!« schrie der Kapitän scharf. »Können Sie denn nicht hinsehen?« Und er fuhr mit einem schmutzigen Daumen die Überschrift entlang. »*Sydney Morning Herald*, 26. November, sehen Sie das nicht?« rief er mit steigender Erregung. »Und ist Ihnen denn nicht klar, Sir, daß dieses Schiff, in dem wir jetzt stehen, keine dreizehn Tage, nachdem diese Zeitung in Neusüdwales erschienen ist, ihre verdammten Anker in China gelichtet hat? Wie kam der *Sydney Morning Herald* in dreizehn Tagen nach Hongkong? Trent ging nicht an Land, sah kein Schiff, bis er hierher kam. Dann bekam er die Zeitung entweder hier oder in Hongkong. Ich überlasse Ihnen die Wahl, mein Sohn!« rief er, und fiel zurück auf den Kleiderhaufen wie ein Mann, der seines Lebens müde ist.

»Wo haben Sie sie gefunden?« fragte ich. »In dem schwarzen Seesack?«

»Schätze ja«, sagte er. »Damit brauchen Sie nicht mehr herumzuspielen. Da ist nichts drinnen außer einem Bleistift und einem abgenutzten Messer.«

Ich schaute dennoch in den Seesack und fand meine Neugier hoch belohnt.

»Jeder nach seinem Vermögen, Käpt'n«, sagte ich. »Sie sind Seemann und haben mir sehr geholfen; aber ich bin Künstler, und gestatten Sie mir, Ihnen mitzuteilen, daß das hier genauso merkwürdig ist wie der Rest. Das Messer ist ein Palettenmesser; der Bleistift ein Winsor und Newton, und noch dazu ein BBB. Ein Palettenmesser und ein BBB auf einer Tramp-Brigg! Es ist gegen die Gesetze der Natur.«

»Es könnte einen Hund zum Kotzen bringen, was?« sagte Nares.

»Ja«, fuhr ich fort; »das hat ein Künstler benutzt: sehen Sie, wie spitz der Bleistift ist – nicht zum Schreiben – kein Mensch könnte damit schreiben. Ein Künstler, und geradewegs von Sydney? Wie ist er hergekommen?«

»Oh, das ist kein Problem«, höhnte Nares. »Sie haben ihm telegraphiert, daß er kommt und diesen Groschenroman illustriert.«

Wir schwiegen eine Weile.

»Käpt'n«, sagte ich endlich, »in dieser Brigg geht was Teuflisches vor. Sie sagen, Sie hätten ein Gutteil Ihres Lebens zur See verbracht. Sie müssen allerhand lichtscheue Geschäfte auf Schiffen kennen und gesehen haben, und von noch mehr gehört. Bitte – was ist das hier? Versicherung? Piraterie? Worum geht es überhaupt? Was um Himmels willen ist das *Ziel*?«

»Mr. Dodd«, gab Nares zurück, »Sie haben recht, ich hab' den größeren Teil meines Lebens zur See verbracht. Und Sie haben auch recht, wenn Sie glauben, daß ich eine ziemliche Reihe von Möglichkeiten kenne, wie ein unehrlicher Kapitän in die eigene Tasche wirtschaften und die Eigner hintergehen kann, und alles in allem vielleicht um neunundneunzig Prozent und dreiviertel zu schlau sein kann für diese Welt. Ja, es gibt eine Menge Möglichkeiten, aber doch auch wieder nicht so viele, wie man vielleicht glaubt; und nicht eine davon hat auch nur das geringste hier mit Trent zu tun. Trent und sein ganzer Schwindel haben nichts mit irgendwas zu tun – da können Sie ein Ei drüberschlagen; diese Geschichte hat keinen Sinn, keinen Zweck und keine Logik; es ist ein viehischer Alptraum. Bilden Sie sich nur nicht ein, ihr Landratten hättet eine richtige Vorstellung von so einem Schiff. Keine Schauspielerin läuft derart im Lichte der Öffentlichkeit herum wie so ein Schiff, wird so viel interviewt, so viel verfolgt, so viel belästigt von allen möglichen Wichtigtuern mit Messingknöpfen. Und so ein Schiff hat viel mehr zu verlieren als eine Schauspielerin; das Schiff ist Kapital, die Schauspielerin nur Charakter – wenn überhaupt das. Die Häfen dieser Welt surren und brummen nur so von Menschen, die darauf lauern, einen Kapitän in die Besserungsanstalt zu treten, wenn er nicht so helle ist wie ein Dollar und so ehrlich wie der Morgenstern; dann gibt es Lloyd's, die in allen Ecken der drei Meere ihre Wachtposten haben, und die Blutsauger von der Versicherung, und die Konsuln, und die Zollwanzen, und die Medicos; eine richtige Vorstellung bekommen Sie nur dann, wenn Sie an eine Landratte denken, die von hundertfünfzig Detektiven verfolgt wird, oder an einen Fremden in einem Dorf in Neuengland.«

»Ja, aber – solang man auf dem Meer ist?« gab ich zurück.

»Sie ermüden mich«, versetzte der Kapitän. »Wozu soll das gut sein – auf dem Meer? Alles muß einmal in einen Hafen einlaufen, oder? Niemand kann für immer und ewig auf dem Wasser bleiben, nicht? – Nein; die *Flying Scud* ist Unsinn; falls es irgendwas bedeutet, dann etwas derart Verwickeltes, daß nicht einmal ein Hirn wie James G. Blaine die Sache aufdröseln könnte; und ich bin dafür, daß wir die Vorräte und Bestände dieser phänomenalen Brigg weiter aufhacken, aufbrechen, durchwühlen, und im übrigen nicht so viel Auflauf machen«, fügte er hinzu, sich erhebend. »Die Groschenroman-Elemente kommen ganz von selber wieder dazu, schätze ich, damit wir bei Stimmung bleiben.«

Doch wie es schien, hatte es für heute mit den Entdekkungen ein Ende; und wir verließen die Brigg gegen Sonnenuntergang, ohne weitere Überraschungen noch Erklärungen. Das Beste an der Kabinen-Ausbeute – Bücher, Instrumente, Papiere, Seiden und Souvenirs – nahmen wir aber in einer Decke mit, um uns damit die Abendstunden zu vertreiben; und als das Nachtmahl vorbei war und der Tisch abgeräumt, und Johnson sich zu einer öden Partie Cribbage zwischen seiner linken und seiner rechten Hand zurückgezogen hatte, legten der Kapitän und ich unsere Decke auf den Boden und setzten uns zusammen hin, um die Beute zu sondieren und zu untersuchen.

Die Bücher weckten als erstes unser Interesse. Für einen Limettensäufer (wie Nares verächtlich formulierte) waren diese ziemlich zahlreich. Verachtung gegenüber der britischen Handelsmarine glüht in der Brust eines jeden Yankee-Handelskapitäns; da dies nicht auf Gegenseitigkeit beruht, kann ich nur annehmen, daß es durch die Wirklichkeit gerechtfertigt wird; jedenfalls scheinen die englischen Matrosen bei weitem nicht so bildungsbeflissen. Um so mehr sprach dies für die Offiziere der *Flying Scud*, die eine richtige Bibliothek besessen hatten, sowohl literarisch wie auch fachlich. Da war einmal Findlay's Seefahrtsverzeichnis für die ganze Welt in fünf Bänden – alle mit zerrissener Bindung, wie üblich bei Findlay, alle vollgekritzelt mit Verbesserungen und Ergänzungen, dann mehrere Navigationshandbücher, ein Signalcode-Verzeichnis und ein Admiralitätsbuch in Orange mit dem Titel *Inseln im Östlichen Pazifik, Vol. III.*, seinem Impressum zufolge die allerneueste Ausgabe, mit Spuren häufiger Konsultation an den Stellen über die French Frigate Shoals, das Harman-, Cure-, Pearl- und Hermes-Riff, die Lisiansky-Insel, die Ozean-Insel und den Ort, wo wir jetzt lagen – Brooks oder Midway. Ein Band mit Macaulays Essays und eine Shakespeare-Volksausgabe führten den Reigen der Belletristik an; der Rest waren Romane: mehrere von Miss Braddon – *Aurora Floyd* natürlich, von der keine Insel im Pazifik verschont blieb, eine Reihe billiger Kriminalromane, *Rob Roy*, Auerbachs *Auf der Höhe* auf deutsch und ein Abstinenzlerpamphlet, geklaut aus einer anglo-indischen Wanderbücherei (nach dem Stempel zu urteilen).

»Der Mann von der Admiralität gibt eine gute Beschreibung von unserer Insel«, bemerkte Nares, der Midway aufgeschlagen hatte. »Die Trostlosigkeit ist abgeschwächt, aber man spürt, er kennt den Ort.«

»Käpt'n«, rief ich, »da haben Sie einen weiteren Punkt in dieser irren Angelegenheit gefunden. Schauen Sie«, fuhr ich aufgeregt fort und zog aus meiner Tasche ein zerknittertes Fragment des *Daily Occidental*, das ich von Jim geerbt hatte: »Irregeführt von Hoyt's Pazifischem Verzeichnis. Wo ist Hoyt?«

»Da werden wir gleich nachsehen«, sagte Nares. »Ich hab' mir dieses Buch eigens für unsere Fahrt besorgt.« Damit holte er es vom Bücherbord in seiner Koje und las den Artikel laut vor. Es hieß klar und deutlich, daß die Pacific Mail Company nicht in Honolulu, sondern hier eine Niederlassung einrichten wolle, und eine Kohlestation bereits bestünde.

»Ich frage mich, woher die Leute für dieses Verzeichnis ihre Informationen holen«, überlegte Nares. »Niemand kann Trent daraufhin einen Vorwurf machen. Dickere Lügen sind mir nie begegnet; das erinnert einen an die Wahlkampagnen für die Präsidentschaft.«

»Alles schön und gut«, sagte ich. »Das ist Ihr Hoyt, ein schönes, großes Exemplar. Aber was ich wissen möchte, ist: wo ist Trents Hoyt?«

»Mitgenommen«, kicherte Nares. »Alles andere ließ er zurück, Rechnungen, Geld, alles übrige; aber irgend etwas mußte er doch mitnehmen, sonst hätte man sich auf der *Tempest* vielleicht gewundert: Gute Idee, sagt er; nehmen wir Hoyt.«

»Und ist Ihnen denn nicht aufgefallen«, fuhr ich fort, »daß alle Hoyts der ganzen Schöpfung Trent nicht hätten irreführen können, da er doch dieses rote Admiralitätsbuch bei der Hand hatte, eine offizielle Publikation, später erschienen, mit besonders ausführlichen Informationen über die Insel Midway?«

»Stimmt!« rief Nares; »und ich wette, der erste Hoyt, den er je zu Gesicht bekam, stand in der Leihbücherei der Kaufmannschaft in San Francisco. Sieht aus, als hätte er die Brigg mit Absicht hergebracht, nicht? Aber das paßt wieder nicht zu dem dampfwalzenhaften Vorgehen bei der Versteigerung. Das ist ja das Problem mit dieser verdammten Brigg; jeder Beliebige kann ein halbes Dutzend Theorien über sechzig oder siebzig Prozent der Sache stricken; aber kaum sind die fertig, hängen schon wieder ein oder zwei lose Fäden vom anderen Ende runter.«

Ich glaube, als nächstes befaßten wir uns mit den Papieren, wovon ein ziemlicher Berg vorhanden war. Ich hatte gehofft, ihnen eine ausführliche Charakterbeschreibung Kapitän Trents zu entnehmen, doch da wurde ich im großen und ganzen enttäuscht. Wir konnten sehen, daß er ein ordentlicher Mann war, denn er hatte alle seine Rechnungen verzeichnet und aufbewahrt. Daß er ein geselliger

Mensch war, aber als Gastgeber zur Sparsamkeit neigte, bezeugten mehrere Papiere. Die Briefe, die wir fanden, stammten – mit einer Ausnahme – von Lieferfirmen. Die Ausnahme, gezeichnet Hannah Trent, war eine dringende Bitte um Geld. »Du weißt ja, was ich für Schicksalsschläge erdulden mußte«, schrieb Hannah, »und wie mich George sitzen ließ. Die Vermieterin hielt ich am Anfang für eine wahre Freundin und echte Dame. Aber inzwischen hat sie gezeigt, was wirklich in ihr steckt; und wenn du dich von dieser meiner letzten Bitte nicht erweichen läßt, dann weiß ich nicht, was wird aus deiner dich treu liebenden –« und dann die Unterschrift. Der Brief war ohne Angabe von Ort und Zeit, und eine innere Stimme sagte mir, daß er wohl auch ohne eine Antwort geblieben war. Im großen und ganzen fanden sich auf dem Schiff recht wenig Briefe; aber in einer Matrosenkiste stießen wir noch auf einen, aus dem ich ein paar Sätze anführen möchte. Er stammte aus einer kleinen Ortschaft irgendwo am Clyde. »Mein gelibter Sonn«, hieß es da, »ich ergreife die feder um dir zu schreiben, das dein libster vatter am 12 Jan. im friden des hern entschlaffen ist. Ich muste im deine pfotografie und die des liben David auf sein Bet legen und bei im sizen. Las uns ale zusamen sein, sagte er, und gab euch alen seinen seegen. O mein liber Jung, warum warst du und David den nicht hir? Er were leichter heimgegangen. Die ganze Nacht sprach er so schön von euch beiden, und wi ir Samstag nachmitag imer strawanzen wart. Sing mir das Lid doch vor, bat er, obwol doch Sabbath war, und ich mußte im Kelvin Grove vorsingen, und er schaute auf seine Fidel, mein liber man. Ich kan den anblick nicht ertragen, nie mer wird er seine Fidel spiln. O mein Lamm, kom heim zu mir, ich bin jezt ganz alein.« Der Rest war sehr religiös und konventionell. Aber ich sah noch nie einen Menschen, der so betroffen war wie Nares, als ich ihm diesen Brief reichte; kaum hatte er ein paar Worte gelesen, warf er ihn hin; es dauerte viellcicht eine Minute, ehe er den Brief wieder aufnahm, und das ganze wiederholte sich ein zweites und ein drittes Mal, bevor er zu Ende kam.

»Rührend, nicht?« sagte ich.

Nares' Antwort war ein gotteslästerlicher Fluch; und es dauerte eine halbe Stunde, bevor er mich einer Erklärung würdigte. »Ich kann Ihnen sagen, was mich an diesem Brief so fertigmacht«, sagte er. »Mein alter Herr spielte auch die Fiedel, furchtbar falsch: eines der Stücke, die er spielte, war *Das Martyrium*, erinnere ich mich – es war wirklich ein Martyrium für mich. Er war ein Schwein von einem Vater, und ich war ein Schwein von einem Sohn; aber plötzlich kam's irgendwie über mich, daß ich diese Fiedel gern noch einmal krächzen hören würde. Ganz natürlich«, fügte er hinzu; »ich schätze, wir sind alle Bestien.«

»Alle Söhne sind so, schätze ich«, antwortete ich. »Ich habe die gleiche Schuld auf meinem Gewissen; darauf können wir uns die Hände reichen.« Was wir (merkwürdig genug, möglicherweise) auch taten.

Unter den Papieren fand sich ein beachtlicher Prozentsatz an Photographien; hauptsächlich von anmutig lächelnden Mädchen oder alten Frauen von der Kaste der Quartiermütter. Doch eine Photographie darunter war der Schlüssel zu einer Entdeckung, die alles bisher Dagewesene krönte.

»Besonders knackig sind sie nicht, was, Mr. Dodd?« fragte Nares, als er sie mir reichte.

»Wer?« fragte ich und nahm sie mechanisch in die Hand, ein Gähnen unterdrückend; denn es war spät, der Tag war anstrengend gewesen, ich sehnte mich nach meinem Bett.

»Trent und Company«, sagte er. »Das ist ein historisches Bild der ganzen Gang.«

Ich hielt sie zum Licht, mit äußerst bescheidener Neugier: ich hatte Kapitän Trent einmal gesehen und keinen Wunsch, ihn noch einmal zu sehen. Es war eine Photographie vom Deck der Brigg, von vorne aufgenommen: alles picobello; die Mannschaft auf dem Mitteldeck, die Offiziere im Heck. Rechts unten stand geschrieben: »Brigg Flying Scud, Rangun«, und ein Datum; und über oder unter jedem Mann stand sorgfältig geschrieben sein Name.

Während ich noch darauf starrte, wurde ich von einem Schock elektrisiert; Schlaf und Müdigkeit hoben sich von meinen Augen wie Nebel im Kanal; und ich sah mit verblüffender Klarheit die photographische Darstellung einer Gruppe gänzlich Unbekannter. »J. Trent, Master«, stand ganz oben auf der Karte über einem ziemlich kleinen, runzeligen Mann mit buschigen Augenbrauen und weißem Vollbart in schwarzer Seemannsjacke und weißen Hosen; eine Blume stak in einem Knopfloch, das bärtige Kinn war vorgereckt, der Mund zusammengepreßt in gewohnter Entschlossenheit. Den Seemann sah man ihm nicht so sehr an wie den Leuteschinder: ein trockener, genauer Mann, der sich vielleicht als Prediger einer strengen Sekte ausgeben könnte; aber wer oder was er auch war – er war jedenfalls nicht der Kapitän Trent von San Francisco. Auch die Mannschaft war mir neu: der Koch eindeutig ein Chinese in seiner unverkennbaren Tracht, auf den Heckstufen für sich allein stehend. Aber mit dem vielleicht größten Interesse wandte ich mich der Gestalt mit der Überschrift »E. Goddedaal, 1. Off.« zu. Er, den ich nie gesehen hatte, könnte ja identisch sein; wäre vielleicht des ganzen Rätsels Schlüssel und Erklärung; und ich erforschte seine Züge mit dem Auge eines Detektivs. Er war groß, offenbar blond wie ein Wikinger, das Haar stand ihm in wirren Locken um den Kopf, von seinen Wangen ragten zwei ungeheure Schnurrbartspitzen wie Hauer irgendeines exotischen Tieres. Zu diesen männlichen Attributen und seiner trotzigen Haltung paßte sein Gesichtsausdruck nur unvollkommen: er war wild, heldenhaft, irgendwie weibisch; und ich fühlte, es hätte mich nicht überrascht, ihn als höchst empfindsam kennenzulernen – und vielleicht weinen zu sehen.

Eine Weile verdaute ich meine Entdeckung für mich allein und überlegte, wie ich sie am besten und mit der größten Dramatik dem Kapitän mitteilen sollte. Dann fiel mir mein Skizzenbuch ein; ich fischte es heraus von dort, wo ich es zusammen mit anderen Habseligkeiten am Fußende meiner Koje aufhob, und blätterte die Skizze von Kapitän Trent und den anderen Überlebenden der britischen Brigg *Flying Scud* in einer Bar in San Francisco auf.

»Nares«, sagte ich, »ich habe Ihnen doch erzählt, wie mir Kapitän Trent in dem Saloon in San Francisco zum ersten Mal begegnete? Wie er mit seinen Männern 'reinkam, einer davon ein Kanake mit einem Kanarienvogel in einem Käfig? Und wie ich ihn später bei der Auktion sah, offenbar zu Tode erschrocken und von der feurigen Versteigerung ebenso überrascht wie alle anderen? Nun«, sagte ich, »hier ist der Mann, den ich dort sah« – damit hielt ich ihm das Bild hin – »hier ist Trent von Frisco, und hier sind die drei von der Mannschaft. Sie werden mich zu Dank verpflichten, wenn Sie einen davon auf der Photographie wiederfinden.«

Nares verglich die beiden Bilder schweigend. »Schön«, sagte er schließlich, »das nenne ich eine Erleichterung: es klärt die Atmosphäre. Nach der doppelten Menge Kisten, die wir fanden, hätten wir uns sowas denken können.«

»Erklärt das irgend etwas?« fragte ich.

»Eigentlich alles«, erwiderte Nares, »bis auf die Versteigerung. Es paßt alles so gut zusammen wie ein Patent-Puzzle, wenn Sie fortlassen, wie diese Leute das Wrack bei der Versteigerung hinauftrieben. Da stehen wir allerdings vor einer Wand. Aber ganz egal, was es ist, Mr. Dodd, es ist jedenfalls nichts Ehrliches.«

»Und sieht wie Piraterie aus«, fügte ich hinzu.

»Oder wie Schuleschwänzen!« rief der Kapitän. »Nein, machen Sie sich nur nichts vor; weder Ihr Kopf noch mein Kopf ist groß genug, um dieser Sache einen Namen zu geben.«

Kapitel XV

Die Fracht der »Flying Scud«

In den Tagen meiner Jugend schwor keiner mehr als ich auf die Idole meiner Generation. Ich war ein Mansardenbohemien; Gimpel auf jenem Leim, den wir Zivilisation nennen; blinder Jünger der plastischen Künste: Stadtratte: und Förderer aller guten Restaurants. Damals hatte ich einen Genossen, eher ein Außenseiter, wenn auch häufig in der Gesellschaft von uns Künstlern; einen Mann, der in unserer kleinen Welt für seine Ritterlichkeit, seine Knikkerbocker, seine trockenen, treffenden Bemerkungen berühmt war. Er beobachtete die langen Mahlzeiten und wachsenden Bäuche der Franzosen, denen ich zugegebenermaßen nacheiferte, und bezichtigte mich, ich sei ein »Kultivateur von Restaurant-Speck«. Und ich glaube, er hatte seinen Finger auf die gefährliche Stelle gelegt; wäre alles mit mir glatt gegangen, dann wäre mein Körper jetzt wahrscheinlich aufgedunsen wie der eines Preis-Ochsen und mein Geist vielleicht so tief gesunken wie der von vielen *Bourgeois* – ich wäre der »implizite« oder »ausschließliche« Künstler. Es war dies ein wahres Wort Pinkertons, das verdienen würde, daß man es in goldenen Lettern über den Eingang jeder Kunstschule schriebe: »Was ich nicht verstehen kann, ist, warum du sonst nichts anderes tun möchtest. Stumpfsinn ist kein Naturprodukt, sondern entsteht durch den Grad der ausschließlichen Vertiefung in eine einzige Beschäftigung; um so stärker, je sitzender, abwechslungsärmer und unrühmlich sicher diese ist. Mehr als die Hälfte eines Menschen bleibt dann ungeübt und unentwickelt; der Rest schwillt an und deformiert sich durch ein Zuviel an Ernährung, Verhirnung und Hitze in geschlossenen Räumen. Und wie oft mußte ich mich über die Frechheit bestimmter Herren wundern, die das menschliche Leben in fast vollkommener Unkenntnis aller seiner notwendigen Elemente und natürlichen Verläufe beschreiben und beurteilen. Wer in Clubs und Studios haust, mag hervorragende Bilder malen oder bezaubernde Romane schreiben. Aber etwas sollte er nie tun: über menschliches Geschick und Schicksal urteilen, denn das ist etwas, wovon er nichts weiß. Sein eigenes Leben ist ein Auswuchs des Augenblicks, dazu verdammt, in den Wechselfällen der Geschichte unterzugehen und zu verschwinden: das ewiggültige Leben des Menschen, in Sonne und Regen und schwerer körperlicher Anstrengung verbracht, liegt auf einer anderen Ebene und hat sich seit Anbeginn kaum verändert.«

Ich wollte, ich hätte alle Schreiber und wohltönenden Künstler meiner Zeit zur Midway-Insel mitnehmen können. Tag für Tag nichts als enttäuschte Hoffnung, Hitze, pausenlose Plage; Nacht für Nacht schmerzende Glieder, zerkratzte Hände, der Geist gnädig verdunkelt durch die Leere physischer Erschöpfung: das war Wesen und Szenerie meines Einsatzes. Dazu die rauhe Sprache und Gesichter meiner Mitstreiter, das blendende Sonnenlicht an Deck, die stinkende Dunkelheit in der Bilge, die schrillen Myriaden von Seevögeln: und über allem das Gefühl gänzlichen Abgeschnittenseins von der Welt und der gegenwärtigen Zeit –; in einer anderen Zeit lebte ich, die mehrere Äonen alt schien; der neue Tag nicht vom Tagblatt angekündigt, sondern von der aufgehenden Sonne; und der Staat, die Kirchen, die menschenerfüllten Reiche, Krieg und Kriegsgerüchte, die Stimmen der Kunst – alles schwieg, wie in den Tagen vor ihrer Erfindung. An diesen Bedingungen meiner neuen Lebenserfahrung, an ihr hätten (wär's nur an mir gelegen) alle meine Mitbrüder und Zeitgenossen teilhaben sollen: für diese kurze Dauer nur die eingefleischten Ideen des Moments vergessen und sich unter dem Auge des Himmels einem einzigen sinnvollen Ziel hingeben.

Von der Natur unserer Aufgabe muß ich dem Leser eine genauere Vorstellung geben. Die Back war vollgeräumt mit Schiffszubehör, der Laderaum fast ganz mit Reis, der Heckstoreraum mit Tees und Seiden. Das alles mußte ausgegraben werden; doch war das der geringste Teil unserer Aufgabe. Der Laderaum war zur Gänze mit Planken ausgelegt; ein Teil, wo vielleicht einmal empfindliche Fracht gelagert war, noch dazu mit Zollbrettern vertäfelt; und zwischen jedem Balken gab es eine zur Bilge hin bewegliche Platte. Das alles konnte ein Versteck sein: auch die Schotten der Kabinen, ja die Spanten des Schiffsrumpfes selber; uns blieb daher nichts andres übrig, als einen Großteil von Innenhaut und Beschlägen des Schiffes zu zertrümmern, und was noch stand zu auskultieren wie ein Arzt bei der Untersuchung einer Lunge. Klang ein Schott oder Balken nur im leisesten hohl oder zweifelhaft, so hoben wir die Axt und hieben auf das Holz ein: eine gewalttätige und – wegen der erheblichen Trockenfäule in diesem Wrack – höchst unangenehme Arbeit. Jeder Abend sah eine tiefere Schneise im Gebein der *Flying Scud* – noch mehr Balken angeschlagen und zersplittert, noch mehr Verplankung abgezogen und weggeworfen –, und jede Nacht sah uns weiter denn je von End' und Ziel des rabiaten Zerstörungswerks entfernt. Bei dieser Serie von Enttäuschungen verließ mein Mut mich nicht, doch meine Stimmung litt; und Nares selbst versank in brummiger Schweigsamkeit. Am Abend nach dem Essen verbrachten wir eine Stunde in der Kabine und wechselten kaum je ein Wort: ich döste manchmal über einem Buch; Nares bohrte mit einem »Yankee-Fiedel« genannten Instrument mürrisch schweigend Löcher in Muscheln. Ein Fremder hätte vielleicht geglaubt, wir seien zerstritten; doch in Wirklichkeit kamen wir in dieser schweigsamen Kameradschaft der Plage einander immer näher.

Zu Beginn unserer Arbeit an dem Wrack war ich höchst verblüfft darüber, daß die Männer aufs leiseste Wort des Kapitäns so bereitwillig reagierten. Ich kann nicht sagen, daß sie ihn gern hatten, kann aber ebensowenig bestreiten, daß sie ihn zutiefst bewunderten. Ein freundliches Wort aus seinem Mund beeindruckte sie unvergleichlich mehr als Schmeicheleien und ein halber Dollar von mir; er brauchte in seiner üblichen finsteren Strenge nur ein wenig nachzulassen, und schon umgab ihn allergrößter Eifer; so daß ich nicht umhin konnte zu denken, seine Theorie von der Führung eines Schiffes, auch wenn er sie manchmal bis zum Exzeß vertrat, ruhte vielleicht doch auf einer vernünftigen Grundlage. Doch selbst Schrecken und Bewunderung gegenüber dem Kapitän ließen gegen Ende nach. Die Mannschaft bekam genug von der hoffnungslosen, erfolglosen Suche und den langen, anstrengenden Arbeitsstunden und fing an zu murren und sich zu drücken. Die Strafe folgte auf dem Fuße, verstärkte aber nur ihr Murren. Mit jedem Tag wurde es schwieriger, sie zu ihrer täglichen Schinderei zu treiben; und innerhalb unserer engen Grenzen blieben wir uns jeden Moment ihres Unwillens bewußt.

Trotz allergrößter Vorsicht war das Ziel unserer Suche allen an Bord bestens bekannt; überdies war auch einiges Wissen über die Ungereimtheiten durchgesickert, die den Kapitän und mich aus dem Konzept brachten. Ich hörte, wie die Männer eingehende Spekulationen über Kapitän Trent austauschten und widerstreitende Theorien aufstellten, wo das Opium denn verborgen wäre; und da sie offenbar uns belauscht hatten, schämte ich mich nicht, nun meinerseits die Ohren zu spitzen und sie, wenn sich die Gelegenheit bot, ebenfalls auszuspionieren. So konnte ich ihre Stimmung beurteilen und herausfinden, wieviel sie vom Geheimnis der *Flying Scud* wirklich wußten. Nachdem ich auf diese Weise einige wirklich meuterische Reden mit anhören mußte, hatte ich eine ausgezeichnete Idee. Des Nachts ließ ich sie in meinem Kopfe reifen und trug sie am Morgen sogleich dem Kapitän vor.

»Wie wär's, wenn ich die Mannschaft ein bißchen antreibe«, fragte ich, »indem ich eine Belohnung aussetze?«

»Wenn Sie glauben, daß Sie so, wie's jetzt läuft, für Ihren Monatslohn genügend aus den Männern 'rausholen –

ich glaub's nicht«, war die Antwort. »Aber wir haben nun mal keine andere Mannschaft, und Sie sind der Aufseher.«

Aus dem Munde des Kapitäns nahm ich dies als rückhaltlose Zustimmung und ließ demgemäß die Crew nach achtern rufen. Nie hatte der Kapitän ein finstereres Gesicht gemacht. Alle mußten annehmen, man habe irgendeine Untat entdeckt, und nun sollte eine gewaltige Strafe verkündet werden.

»Hört her, ihr!« warf er ihnen, auf Deck auf und ab schreitend, über die Schulter zu. »Mr. Dodd hier setzt für den ersten Mann, der in diesem Wrack Opium findet, eine Belohnung aus. Es gibt zwei Arten, einen Esel anzutreiben; beide gut, schätze ich: die eine mit Tritten, die andere mit Karotten. Mr. Dodd will's mit Karotten probieren. Nun, meine Söhne« – und hier blickte er, die Hände auf dem Rücken, der Mannschaft zum ersten Mal voll ins Gesicht – »wenn dieses Opium nicht innerhalb von fünf Tagen daliegt, dann könnt ihr euch von mir die Tritte holen.«

Darauf nickte er dem Erzähler dieser Geschichte zu, der nun fortfuhr: »Hier ist mein Vorschlag, Männer«, sprach ich: »Ich setze einhundertundfünfzig Dollar Belohnung aus. Wenn einer von euch sofort die Hand auf das Zeug legen kann, aus eigenem Verdienst und ganz allein, dann bekommt er die hundertfünfzig auf die Hand. Bringt uns einer von euch auf die Spur, bekommt er hundertundfünfundzwanzig, der Rest ist für den, der das Glück hat und das Zeug tatsächlich findet. Wir wollen es den Pinkerton-Preis nennen, Käpt'n«, setzte ich lächelnd hinzu.

»Nennen wir's lieber den Großen Kombinationspreis«, rief dieser. »Ich lege auch noch was dazu. Hört, Männer, ich erhöhe diesen Jackpot auf zweihundertundfünfzig Dollar, in amerikanischer Goldmünze.«

»Danke Ihnen, Käpt'n Nares«, sagte ich; »das ist schön von Ihnen.«

»Es kommt von Herzen«, gab er zurück.

Das Angebot war nicht umsonst gemacht; kaum hatte

die Mannschaft die Höhe der Belohnung begriffen, kaum hatten sie im Überschwang von Hoffnung und Überraschung untereinander zu tuscheln begonnen, da trat auch schon, mit anmutigen Bewegungen und entschuldigendem Lächeln, der chinesische Koch vor.

»Käpt'n«, begann er, »ich die-ne zwei Jah-le in mexikanische Ma-line; die-ne sechs Jah-le Post-Schiff Steward. Ich weiß viel.«

»Oho!« rief Nares, »du weißt viel, soso? (Der Penner hat den Trick auf den Postschiffen gesehen, schätze ich.) Na, und hast du das nicht etwas früher gewußt, mein Sohn?«

»Ich denke, bald wild kommen Be-lohnung«, erwiderte der Koch, würdevoll lächelnd.

»Wo er recht hat, hat er recht«, gab der Kapitän zu, »und jetzt, wo's Belohnung gibt, jetzt wirst du reden? Na denn, sprich. Wenn du Wahrheit sprichst, bekommst du Belohnung, klar?«

»Ich denke lange«, erwiderte der Chinese. »Bligg hat viele kleine Matt Leis; hat zu viele kleine Matt Leis; sechzig Tonn Matt Leis. Ich denke alle Zeit: vielleicht zu viel Opium in zu viel Matt Leis?«

»Na, Mr. Dodd, was sagen Sie dazu?« fragte der Kapitän. »Vielleicht hat er recht, vielleicht hat er nicht recht. Wahrscheinlich hat er recht: denn wenn nicht, wo sonst sollte das Zeug sein? Andererseits: wenn er nicht recht hat, zerstören wir hundertfünfzig Tonnen guten Reis für nichts und wieder nichts. Das sollte man auch bedenken.«

»Da gibt's nichts zu bedenken«, sagte ich. »Wir müssen der Sache auf den Grund kommen. Der Reis ist nichts; der Reis reißt uns nicht 'raus.«

»Ich nahm an, daß Sie das so sehen würden«, gab Nares zurück.

Und so schickten wir das Boot weg und machten uns an unsere neue Suche.

Der Laderaum war inzwischen schon fast leer; die Matten (vierzig davon wogen eine kurze Tonne) waren auf

Deck gestapelt worden und füllten Mitteldeck und Back des Schiffes. Es war nun unsere Aufgabe, sechstausend Matten aufzuschlitzen und zu untersuchen und so ganz nebenbei einhundertundfünfzig Tonnen eines wertvollen Nahrungsmittels zu zerstören. Und die Begleitumstände unseres Geschäfts waren kaum weniger merkwürdig als das Geschäft selbst. Jeder von uns attackierte, mit einem riesigen Messer bewaffnet, den Haufen von seiner Ecke aus, rannte der nächsten Matte das Messer in den Bauch, wühlte mit den Händen darin herum und goß den Reis auf Deck, wo er einen neuen Haufen bildete, der überquoll, zertrampelt wurde, zunächst in die Speigatten floß und dann aus den Öffnungen quirlte. Über dem Wrack, das sich dergestalt in einen überfließenden Speicher verwandelte, schwärmten die Seevögel zu Myriaden und mit verblüffender Frechheit. Der Anblick von so viel Futter brachte sie ganz aus dem Häuschen; sie betäubten uns mit ihrem schrillen Kreischen, stießen zwischen uns herab, schlugen uns ins Gesicht, rissen uns den Reis zwischen den Fingern weg. Die Männer – deren Hände von diesen Angriffen schon ganz blutig waren – ergriffen daraufhin die Offensive, rannten ihre Messer in die Vögel, zogen sie scharlachrot heraus und stürzten sich dann wieder auf den Reis, ohne die wankenden Geschöpfe zu beachten, die röchelnd zu ihren Füßen verendeten. Wir boten ein seltsames Bild: die schwebenden und herabstoßenden Vögel; die Leiber der Toten, die den Reis mit ihrem Blut färbten; die Speigatten, die Reis erbrachen; die Mannschaft, von Goldgier beflügelt, zerrend, aufschlitzend, laut brüllend: und über allem das hochragende Netz der Takelung und der strahlende Himmel des Pazifik. Alle Mann plagten sich in der Hoffnung auf fünfzig Dollar; und ich auf fünfzigtausend. Kein Wunder, daß wir so roh in Blut und Nahrung wateten.

Es war vielleicht zehn Uhr vormittags, als die Szene eine Unterbrechung erfuhr. Nares, der soeben eine neue Matte aufgestochen hatte, hielt plötzlich eine mit Papier bezogene Blechdose in der Hand, zog sie heraus und warf sie auf Deck zu seinen Füßen.

»Na, wie ist das?« rief er.

Ein Schrei brach aus der Mannschaft: im nächsten Augenblick, im ansteckenden Gefühl des Erfolgs den eigenen Mißerfolg vergessend, brüllten sie dreimal so laut Hurra, daß sich selbst die Seevögel schreckten; und im nächsten drängten sie sich um den Kapitän und warfen sich schon wieder hin und wühlten mit eifersüchtigen Händen in der eben geöffneten Matte. Dose auf Dose lohnte es ihnen, sechs im ganzen; gewickelt, wie schon gesagt, in eine Hülle aus mit chinesischen Schriftzeichen bedrucktem Papier.

Nares wandte sich zu mir und schüttelte mir die Hand. »Ich dachte schon, wir würden diesen Tag nicht mehr erleben«, sagte er. »Ich gratuliere Ihnen, Mr. Dodd, daß Sie's doch noch geschafft haben.«

Die Worte des Kapitäns rührten mich im Innersten; und als Johnson und die Männer sich ebenfalls um mich drängten, um zu gratulieren, da traten mir die Tränen in die Augen.

»Das sind Fünf-Tael-Dosen, mehr als zwei Pfund«, sagte Nares, eine in seiner Hand wiegend. »Sagen wir, zweihundertundfünfzig Dollar pro Matte. Legt euch ins Zeug, Burschen! Wir machen Mr. Dodd noch vor der Dunkelheit zum Millionär.«

Es war verblüffend, mit welcher Raserei wir an die Arbeit gingen. Die Mannschaft hatte jetzt nichts mehr zu erwarten; aber allein die Vorstellung von so viel Geld erfüllte sie mit selbstlosem Eifer. Matten wurden aufgeschlitzt und ausgeräumt, der Reis stand uns am Mitteldeck schon bis zum Knie, der Schweiß rann uns in die Augen und blendete uns, unsere Arme schmerzten, daß es eine Qual war; und dennoch ließ unser Eifer nicht nach. Das Abendessen kam; aber wir waren zu müde zum Essen, zu heiser zum Gespräch; und kaum war die Mahlzeit vorbei, waren wir schon wieder auf den Beinen und wühlten und wateten im Reis. Bis Einbruch der Nacht waren alle Matten durch, und wir blickten dem erstaunlichen Resultat ins Auge.

Denn von allen unerklärlichen Dingen in der Geschichte der *Flying Scud* war hier das unerklärlichste. Von allen sechstausend Matten hatten sich nur zwanzig als »gezuckert« herausgestellt; in jeder fanden wir die gleiche Menge, nämlich etwa zwölf Pfund der Droge; alles in allem zweihundertundvierzig Pfund. Nach der letzten Notierung in San Francisco wurde Opium knapp über zwanzig Dollar das Pfund angeboten; aber in Honolulu, wo der Verkauf illegal war, hatte das Pfund erst vor kurzem bis zu vierzig Dollar eingebracht.

Berücksichtigte man nun also den hohen Honolulu-Preis, dann blieb der Wert des Opiums an Bord der *Flying Scud* immer noch beträchtlich unter zehntausend Dollar; zum Preis in San Francisco waren es knapp fünftausend. Doch fünfzigtausend war der Preis, den Jim und ich dafür gezahlt hatten. Und Bellairs hätte höher gehen wollen! Mir fehlten die Worte, um die Betäubung auszudrücken, in die mich dieses Resultat versetzte.

Man könnte vielleicht behaupten, daß wir noch nicht sicher waren; möglicherweise gab es noch ein weiteres Versteck; und der Leser darf mir glauben, daß ich in meiner Verzweiflung dieses Argument nicht außer acht ließ. Nie ward ein Schiff je gründlicher durchsucht worden; alles auf den Kopf gestellt, nichts unversucht gelassen; Tag für Tag bohrten wir und wühlten wir in den lebenswichtigen Organen der Brigg, trieben in steigender Verzweiflung die Männer mit Versprechungen und Geschenken an; Abend für Abend saßen Nares und ich Aug' in Aug' in unserer engen Kabine und zerbrachen uns die Köpfe nach Möglichkeiten, die wir bisher vielleicht übersehen hatten. Doch schließlich konnte ich mein Seelenheil auf die Gewißheit setzen: in dem gesamten Schiff gab es nichts mehr von Wert außer dem Holz und den Kupfernägeln. So war denn unser Fall jetzt beklagenswert deutlich und klar; wir hatten fünfzigtausend Dollar bezahlt, die Kosten für den Schoner getragen und phantastische Summen für die Zinsen auf Kredite ausgegeben; und wenn alles gutging, nahmen wir vielleicht fünfzehn Prozent der ursprünglichen Ausgabe ein. Wir waren nicht nur Bankrotteure, wir waren komische Bankrotteure: lächerliche Figuren, verdientermaßen Zielscheiben des Witzes auf den Straßen. Ich hoffe, ich trug den Schlag in guter Haltung; ich war schon seit längerem darauf gefaßt gewesen und hatte seit dem Tag, da wir das Opium fanden, das Ergebnis schon vorausgeahnt. Doch der Gedanke an Jim und Mamie quälte mich wie ein körperlicher Schmerz, so sehr, daß ich mich vor menschlicher Rede und Gesellschaft scheute.

In dieser Stimmung war ich, als der Kapitän vorschlug, wir sollten auf der Insel landen. Ich sah, daß er etwas sagen wollte, und fürchtete nur, daß es Trost sein möchte; denn meinen Schmerz konnt' ich gerade noch ertragen, ungeschicktes Mitgefühl aber nicht; doch hatte ich keine Wahl, als seinen Vorschlag anzunehmen.

Eine Weile gingen wir schweigend den Strand entlang. Die Sonne über unseren Köpfen sandte Hitzestrahlen aus; der gleißende Sand, die blendende Lagune quälten unsere Augen; und die Vögel und das Dröhnen der fernen Brecher verbanden sich zu einer wilden Symphonie.

»Ich brauche Ihnen wohl nicht zu sagen, daß das Spiel aus ist?« fragte Nares.

»Nein«, erwiderte ich.

»Ich dachte daran, morgen in See zu stechen«, fuhr er fort.

»Das beste, was Sie tun können«, sagte ich.

»Sagen wir: Honolulu?« fragte er.

»Ja, ja; halten wir uns ans Programm«, rief ich. »Auf nach Honolulu!«

Es folgte ein weiteres Schweigen, dann räusperte sich Nares.

»Wir sind recht gute Freunde geworden, Sie und ich, Mr. Dodd«, nahm er das Gespräch wieder auf. »Wir haben gemeinsam Dinge durchgemacht, die einen Mann auf die Probe stellen. Wir hatten die ärgste Schufterei, dabei Pech und keine Unterstützung, und jetzt sind wir geschlagen und am Boden. Und wir haben durchgehalten, und das ohne uns zu beschweren. Ich sage das nicht, um mich selbst zu loben: denn das ist mein Beruf, dafür werd' ich bezahlt, dazu wurde ich erzogen und ausgebildet. Aber für Sie war das was anderes; für Sie war alles neu; und es hat mir gutgetan zu sehen, wie Sie sich brav gestellt und tapfer zugepackt haben, Tag für Tag. Und wie gut Sie die Enttäuschung verkraftet haben, wo doch jeder weiß, daß Sie angespannt sein müssen bis zum Platzen! Ich möchte Ihnen gern sagen, Mr. Dodd, daß Sie sich bei der ganzen Angelegenheit männlich und couragiert gehalten haben, so daß alle hier Sie mögen und respektieren. Und dann möchte ich Ihnen auch noch sagen, daß mir diese Wrack-Geschichte ebenso nahegeht wie Ihnen; irgendwas würgt mich im Hals, wenn ich dran denke, daß wir jetzt geschlagen sind; und wenn ich glauben könnte, daß Warten etwas nützt, dann bliebe ich auf diesem Riff hier kleben, bis wir verhungern.«

Vergeblich versuchte ich, ihm für diese großmütigen Worte zu danken, er schnitt mir sofort das Wort ab.

»Ich hab' Sie nicht an Land gebracht, daß ich mich loben höre«, unterbrach er mich. »Wir verstehen einander jetzt, das reicht; und ich schätze, Sie können mir vertrauen. Worüber ich noch sprechen wollte, ist viel wichtiger, und wir können uns davor nicht drücken. Was sollen wir denn mit der *Flying Scud* und dem ganzen Groschenroman jetzt anstellen?«

»Das hab' ich mir wirklich noch nicht überlegt«, erwiderte ich. »Aber ich will der Sache auf den Grund gehen; und wenn der falsche Kapitän Trent irgendwo auf dieser Welt zu finden ist, dann treibe ich ihn auf.«

»Dazu brauchen Sie nur den Mund aufzumachen«, sagte Nares; »das wird größtes Aufsehen erregen; es passiert nicht oft, daß den Reportern so eine Geschichte in den Schoß fällt; und ich kann Ihnen sagen, wie's dann weitergeht. Mit Telegraph, Mr. Dodd; es wird in Spalten gedruckt werden, mit Balkenüberschriften, und aufgebauscht, und von den Behörden abgestritten; den falschen Trent trifft's vielleicht in einer Bar in Mexiko, den falschen Goddedaal in einem Slum irgendwo im Baltikum, Hardy und Brown in einer Matrosenspelunke irgendwo bei Greenock. Oh, ganz ohne Zweifel können Sie ein ordentliches Jüngstes Gericht inszenieren; die Frage ist nur, ob Sie das wirklich wollen.«

»Nun«, versetzte ich, »ich will jedenfalls eines nicht: Ich will mich selbst und Pinkerton nicht ins Licht der Öffentlichkeit gezerrt sehen: so moralisch – Opium schmuggeln. Solche verdammten Narren! – Fünfzigtausend zahlen für ein ›totes Pferd‹!«

»Ja, geschäftlich wird es Ihnen sicher schaden«, stimmte der Kapitän zu. »Und es freut mich, daß Sie dieser Ansicht sind; denn mir geht die Geschichte inzwischen auch sehr nahe. Ohne Zweifel ist da irgendeine Schwindelei im Spiel; aber, Justitia segne Sie! wenn wir uns lauthals auf die Truppe stürzen, dann schlüpfen uns die Drahtzieher mit dem Zaster in den Klauen durchs Netz, und Sie bekommen nur ein paar schafsköpfige alte Seebären zu fangen, die keine Ahnung haben, wo bei dieser Geschichte vorne und hinten ist. Ich halte nicht so viel von diesen Handelsfritzen, wie Sie wissen; aber die armen Teufel müssen schließlich dorthin, wohin man sie befiehlt; und wenn Sie jetzt Staub aufwirbeln, dann wette ich zehn zu eins, es dreht Ihnen den Magen um, wenn Sie die Unschuldigen sehen, die alles ausbaden müssen. Was anderes wär's, wenn wir die Operation durchblicken würden; aber das tun wir nicht. Es gibt im Leben eine Menge komischer Winkel; und ich stimme dafür, Sie lassen die verdammte Sache einschlafen.«

»Sie reden, als stünde das in unserer Macht«, warf ich ein.

»Das tut's auch«, sagte er.

»Und was ist mit der Besatzung?« fragte ich. »Die wissen um einiges zuviel; und Sie können Ihnen doch nicht das Maul verbieten.«

»Kann ich das nicht?« gab Nares zurück. »Ich wette, ein Quartiermeister kann's! Die können halb zu sein, wenn sie an Land gehen, dann vollgesoffen bis zum Abend, und am nächsten Morgen können sie auf verschiedenen Hochseeschiffen wieder durch das Golden Gate auslaufen. Ach nein, ich kann ihnen nicht das Maul verbieten? Na, dann kann ich sie zumindest getrennt reden lassen. Kommt eine ganze Besatzung daher und redet, dann hören die Leute zu; aber bei einem einsamen alten Seebären, da ist das doch nur das übliche Seemannsgarn. Und wenigstens brauchen sie nicht vor Ablauf von sechs Monaten zu reden, oder – wenn wir Glück haben und ein Walfänger auslaufbereit ist – von drei Jahren. Und bis dahin, Mr. Dodd, bis dahin ist das eine alte Geschichte.«

»Das nennt man doch schanghaien, oder nicht?« fragte ich. »Ich dachte, das gibt's nur in den Groschenromanen.«

»Ach, die Groschenromane sind schon in Ordnung«, erwiderte der Kapitän. »Denen fehlt gar nichts, außer daß es immer viel dicker kommt als im wirklichen Leben und daß sie von Segelschiffahrt halt nicht allzu viel verstehen.«

»Wir könnten also die Geschichte ganz für uns behalten«, überlegte ich laut.

»Es gibt noch eine Person, die tratschen könnte«, sagte der Kapitän. »Allerdings glaube ich nicht, daß sie noch viel zu erzählen hat.«

»Und wer ist *sie*?« fragte ich.

»Das alte Mädchen hier«, antwortete er und deutete auf das Wrack. »Ich weiß, daß in der Brigg nichts mehr ist; aber irgendwie hab' ich Angst, es könnte jemand anderer – denn das, was man zuletzt erwartet, passiert immer als allererstes –, irgend jemand auf dieser gottverlassnen Insel, wohin doch keiner kommt, an Land gehen, in dieses Wrack tanzen, über dessen Ausschlachtung wir alt geworden sind, sich bücken und genau dasjenige aufheben, was der Schlüssel zur Geschichte ist. Was schert mich das? könnten Sie fragen, und warum werde ich über diesem Verbrechermuseum plötzlich weich? Aber diese Gauner haben Sie und Mr. Pinkerton auf dem Gewissen; die haben mir mit ihren Vexierscherzen das Haar grau gemacht; und das ist alles, was ich über sie weiß – sagen Sie. Ja, und daran liegt es eben. Ich weiß nicht genug; ich weiß nicht, was oben schwimmt; es ist einfach so ein Gemischtwarenladen von Möglichkeiten, daß ich sie nicht alle aufrühren möchte; und daher ersuche ich Sie, mich mit dem alten Mädchen nach einem eigenen Patent verfahren zu lassen.«

»Aber sicher – was Sie wollen«, erwiderte ich, ziemlich unaufmerksam, denn eben schoß mir eine neue Idee durch den Kopf. »Käpt'n«, rief ich, »Sie irren sich; wir können das nicht vertuschen. Es gibt einen Punkt, den Sie vergessen haben.«

»Was ist das?« fragte er.

»Ein falscher Kapitän Trent, ein falscher Goddedaal, eine ganze falsche Mannschaft sind alle auf der Heimreise begriffen«, sagte ich. »Wenn wir richtig vermuten, dann wird keiner von ihnen das Ende seiner Reise erleben. Wollen Sie denn behaupten, daß so etwas nicht auffällt und zu Aufsehen führt?«

»Matrosen«, erwiderte der Kapitän, »nur Matrosen! Wenn sie alle zusammen einen Ort ansteuern würden, dann, ja dann vielleicht; aber sie gehen doch jeder seiner Wege – nach Hull, nach Schweden, an den Clyde, an die Themse. Na, und an jedem Ort, was ist das schon? Nichts Neues. Nur wieder einmal ein Matrose, der vermißt ist; volltrunken, abgesoffen, liegengelassen; das typische Ende des Matrosen.«

Etwas Bitteres in diesem Gedanken und dem Ton des Sprechers traf mich hart. »Hier ist einer, der auch liegengelassen wurde!« rief ich und sprang jäh auf die Füße; denn wir hatten eine Weile lang gesessen. »Ich wünschte, es wäre der andere. Ich kann – es macht mir kein Vergnügen, Jim diese Nachrichten zu bringen.«

»Hören Sie«, sagte Nares mit feinem Taktgefühl, »ich gehöre schon längst an Bord. Johnson ist auf der Brigg und requiriert Segeltuch und sonstiges Zubehör, und auf der *Norah* ist auch noch einiges zu erledigen, bevor wir in See stechen können. Wollen Sie hier auf der Hühnerfarm allein bleiben? Zum Nachtmahl lasse ich Sie holen.«

Den Vorschlag nahm ich mit Freude an. In meinem Zustand war die Einsamkeit selbst mit Sonnenstich oder Sandblindheit nicht zu teuer erkauft; und bald war ich auf dem unseligen Eiland allein. Ich könnte nur schwer beschreiben, was ich dachte – an Jim, an Mamie, an unser verlorenes Vermögen, an meine enttäuschten Hoffnungen, an die düstere Zukunft vor mir: mich erwartete irgendeine mechanische Tätigkeit auf niedrigster Stufe, und dort mußte ich wohl, mißvergnügt und unbemerkt, schuften bis zur Stunde der Erlösung. So tief war ich in Betrübnis versunken, daß ich kaum merkte, wohin ich ging; und der Zufall (oder ein feinerer Sinn, der in uns lebendig ist, doch uns nur führt, wenn das Gehirn außer Kraft gesetzt ist) lenkte meine Schritte zu einem Teil der Insel, wo es nur wenige Vögel gab. Auf verschlungenen Wegen, die ich beim Abstieg nicht mehr finden konnte, gelangte ich auf diese Weise ungehindert auf den höchsten Punkt der Insel. Und hier rief mich eine letzte Entdeckung wieder in die Gegenwart zurück.

Der Punkt, an dem ich stand, war eben und bot eine vorzügliche Aussicht auf die Lagune, das umgürtende Riff, den runden Horizont. In nächster Nähe sah ich die Schwesterinsel, das Wrack, die *Norah Creina* und das Boot der *Norah*, das auf die Küste zuhielt. Denn die Sonne stand schon tief, flammte auf am Rand des Meeres; und an Bord des Schoners drang Rauch aus dem Schornstein der Kombüse.

Meine Entdeckung war zwar aufregend und bedeutungsvoll, doch fehlte mir die Zeit, ihr weiter nachzugehen. Was ich sah, waren die geschwärzten, verkohlten Balken eines Wracks. Allen Anzeichen nach zu schließen, mußte es zu ordentlicher Höhe aufgelodert sein und tagelang gebrannt haben; nach der Stenge eines Masts zu urteilen, der nur halb verkohlt am Rande lag, war das Feuer das Werk von mehr als einem Menschen; und vor meinem inneren Auge stieg sofort eine verlorene Truppe von Schiffbrüchigen auf, unbehaust in diesem hintersten Erdenwinkel, die hier ihrem Signalfeuer Nahrung gaben. Im nächsten Augenblick erreichte mich ein Anruf aus dem Boot; und ich brach durchs Gebüsch und die aufflatternden Seevögel und sagte (hoffentlich für immer) dieser öden Insel Lebewohl.

Kapitel XVI

In welchem ich zum Schmuggler werde und der Kapitän zum Kasuisten

In der letzten Nacht auf Midway fand ich wenig Schlaf; und am nächsten Morgen, nachdem die Sonne aufgegangen war und der Radau des Aufbruchs an Deck begonnen hatte, blieb ich noch lange dösend liegen; und als ich endlich aus dem Niedergang trat, schnellte der Schoner bereits die Durchfahrt entlang in die offene See. Dicht neben uns entrollte sich die lange Zeile der Brecher rund um das Riff mit gewaltigem Getöse; und dahinter sah ich, wie das Wrack eine Rauchspirale in die Morgenluft spie. Die Rauchfahnen trieben schon weit in Lee; Flammen schlugen durch das Oberlicht der Kabine; und die Seevögel flatterten verwirrt über der ganzen Lagune. Während wir uns weiter entfernten, loderte der Brand der *Flying Scud* immer höher; und als wir schon längst keine Spur mehr von der Insel Midway sahen, hing der Rauch noch immer am

Horizont wie der eines fernen Dampfers. Mit dem Verblassen dieser allerletzten Spur versank die *Norah Creina* wieder in der leeren Welt aus Wolken und Wasser, die sie auf der Herreise durchpflügt hatte; und die nächsten Umrisse, die sich vor der Himmelslinie abzeichneten, waren elf Tage später die kahlen Berge von Oahu.

Es war mir seither oft ein tröstlicher Gedanke, daß wir alle verräterischen Spuren auf der *Flying Scud* zerstört hatten; oft auch ein seltsamer, daß der letzte Anblick, das letzte Andenken an das fatale Schiff eine Rauchsäule am Horizont sein sollte. Das Schiff hatte, von mir abgesehen, noch für so viele andere in verschiedenen Stadien ihrer Unternehmungen eine Rolle gespielt: hatte einige in Verwicklungen gezogen, die sie nie erwartet hätten, andere mit unvorstellbarem Schrecken erfüllt. Doch unser Rauch war der letzte, der über der Geschichte aufgewirbelt wurde; und mit seinem Versinken war das Geheimnis der *Flying Scud* nur mehr Privatbesitz.

Im ersten Morgenlicht erblickten wir in geringer Entfernung die Hauptinsel von Hawaii. Wir segelten, so nahe wir's für ratsam hielten, mit einer frischen Brise unter einem wolkenlosen Himmel die Küste entlang und betrachteten im Vorbeifahren die unfruchtbaren Berghänge und die zerzausten Kokospalmen dieses einigermaßen melancholischen Archipels. Gegen vier Uhr nachmittag umrundeten wir Waimanolo Point, die westlichste Landzunge der großen Bucht von Honolulu; waren zwanzig Minuten lang voll zu sehen; fielen dann ab und verbrachten das restliche Tageslicht damit, mit gerefften Segeln auf der Leeseite von Waimanolo herumzukreuzen.

Kurz nach Einbruch der Dunkelheit kreuzten wir noch einmal um den Point und krochen vorsichtig auf die Mündung des Pearl Loch zu, wo Jim und ich das Treffen mit den Schmugglern vereinbart hatten. Die Nacht war zum Glück finster, das Wasser ruhig. Wir zeigten vereinbarungsgemäß kein Licht an Deck: nur eine rote Laterne, die wir von beiden Kränen bis auf zwei Fuß aufs Wasser ließen. Ein Ausguck wurde am Bugsprietende postiert, ein anderer in den Salings; und alle Mann an Bord versammelten sich ganz vorne und hielten Ausschau nach Freund oder Feind. Jetzt war der entscheidende Moment des ganzen Unternehmens; jetzt riskierten wir Freiheit und Kredit; und das für eine Summe, so läppisch klein für einen Mann in meiner bankrotten Situation, daß ich vor Bitterkeit hätte laut auflachen können. Aber das Stück war nun einmal geschrieben, und so mußten wir's zu Ende spielen.

Eine Weile sahen wir nichts als die dunklen gebirgigen Umrisse der Insel, die Fackeln der eingeborenen Fischer, die hier und dort am Gestade flackerten, und genau in der Mitte die Traube aus tapferen Lichtern, mit denen sich die Stadt Honolulu gegen das Meer hin behauptet. Doch plötzlich erschien zwischen uns und der Küste ein rötlicher Stern, der sich schwankend näherte. Das war das erwartete Signal; und wir beeilten uns, das Antwort-Signal zu geben, ließen am Heck ein weißes Licht herunter, löschten die beiden anderen und drehten augenblicklich bei. Der Stern trieb langsam näher; über das Wasser drang das Geräusch von Rudern und Männerstimmen an unser Ohr; und dann rief uns jemand an.

»Ist das Mr. Dodd?«

»Ja«, gab ich zurück. »Ist dort Jim Pinkerton?«

»Nein, Sir«, erwiderte die Stimme. »Aber einer, der zu ihm gehört; er heißt Speedy.«

»Ich bin hier, Mr. Dodd«, fügte Speedy selbst hinzu. »Ich habe Briefe für Sie.«

»In Ordnung«, rief ich. »Meine Herren, kommen Sie an Bord und zeigen Sie mir meine Post.«

Daraufhin kam ein Walboot längsseits, und drei Männer kletterten an Bord: mein alter Freund aus San Francisco, der Börsenspekulant Speedy, ein kleiner runzeliger Mann namens Sharpe, und ein großer, gut genährter, verlebt aussehender Mann namens Fowler. Die beiden letzteren waren (wie ich später erfuhr) häufige Geschäftspartner; Sharpe lieferte das Kapital, und Fowler, der auf den

Inseln eine angesehene Stellung hatte und ein bekannter Mann war, trug Aktivität, Mut und private Beziehungen bei, alles in diesem Fall höchst wünschenswert. Beide schienen sich dieser Sache mit ausgeprägtem Sinn für den romantischen Aspekt zu nähern; ich glaube sogar, daß dies für sie die Hauptsache dabei war, zumindest für Fowler – für den ich schon sehr bald Sympathie empfand. Aber im ersten Moment hatte ich an anderes zu denken als an eine Beurteilung meiner neuen Bekannten; und bevor Speedy noch die Briefe herausgefischt hatte, erfuhr ich schon das volle Ausmaß unseres Unglücks.

»Wir haben ziemlich schlechte Nachrichten für Sie, Mr. Dodd«, sagte Fowler. »Ihre Firma ist bankrott.«

»Jetzt schon!« rief ich.

»Nun, man hielt es allgemein für ein Wunder, daß Pinkerton überhaupt so lang über Wasser blieb«, war die Antwort. »Der Wrack-Handel war zuviel für Ihren Kredit; sicher, Sie hatten da ein großes Geschäft eingefädelt, nur leider mit herzlich wenig Kapital; das mußte natürlich bei der ersten Belastung platzen. Pinkerton hat's glücklich überstanden: sieben Prozent Ausgleichsquote; es gab Bemerkungen, aber nichts, was wirklich schmerzte. Die Presse griff euch mit Samthandschuhen an – ich schätze, Jim hat dort Beziehungen. Blöd daran ist nur, daß die Geschichte der *Flying Scud* zusammen mit dem Rest in die Zeitungen kam; daher sind in Honolulu jetzt alle hellwach; und je schneller wir das Zeug an Land und die Dollars an Bord schaffen, um so besser für alle Beteiligten.«

»Meine Herren«, sagte ich, »Sie müssen mich entschuldigen. Mein Freund, der Kapitän hier, wird ein Glas Champagner mit Ihnen trinken, um Ihre Geduld zu stärken; aber ich selbst bin zu keiner normalen Unterhaltung fähig, solange ich diese Briefe nicht gelesen habe.«

Sie zauderten ein bißchen; und wirklich war die Gefahr einer Verzögerung höchst augenfällig; doch meine sichtbare Verzweiflung, die ich unfähig war zu beherrschen, rührte ihre gutmütige Natur; und so ließ man mich allein an Deck zurück, wo ich im Schein einer Laterne, die hinter der niedrigen Reling verborgen war, mir die folgende herzzerreißende Korrespondenz zu Gemüte führte:

»Mein lieber Loudon«, lautete der erste Brief, »dies wird Dir von Deinem Freund Speedy von der *Catamount* überreicht werden. Sein vertrauenswürdiger Charakter und seine Ergebenheit Dir gegenüber ließen ihn als den besten Mann für unsere Zwecke in Honolulu erscheinen – die Leute an Ort und Stelle sind etwas schwierig zu handhaben. Ein Mann namens Billy Fowler (Du mußt von Billy gehört haben) ist der Boss; er hat seine Finger in der Politik und die Behörden in der Tasche. Ich sehe harte Zeiten in der City kommen, fühle mich aber so fest wie ein Dollar und so stark wie John L. Sullivan. Mit Mamie neben mir und meinem übers Meer jagenden Partner und der Bonanza in unserem Wrack habe ich das Gefühl, ich könnte mit den ägyptischen Pyramiden jonglieren wie ein Zauberer mit Aluminiumbällen. Meine innigsten Gebete folgen Dir, Loudon, damit Du Dich fühlen mögest wie ich – einfach inspiriert ! Meine Füße berühren kaum den Boden; ich schwebe sozusagen. Mamie ist wie Moses und Aaron, die diesen anderen Knaben an den Armen hielten. Sie trägt mich dahin wie ein Pferd samt Kutsche. Ich schlage den Rekord!

Dein treuer Partner
J. PINKERTON«

Nummer zwei war bereits in einem anderen Ton:

»Mein teuerster Loudon – Wie kann ich Dich auf diese furchtbare Nachricht vorbereiten? Ach, sie wird Dich zu Boden werfen. Das Fiat ward verkündet; unsere Firma platzte um genau Viertel vor zwölf. Es war eine Rechnung von Bradley über $ 200, die unsere ausgedehnten Operationen zu Fall und Verbindlichkeiten bis zweihundertfünfzigtausend Dollar ins Rollen brachte. Ach, wie schrecklich und wie peinlich! Und dabei bist Du erst drei Wochen fort! Loudon, mach Deinem Partner keinen Vorwurf: hätten Menschenhände und -hirne ausgereicht, dann hätte ich das ganze noch zusammenhalten können. Aber es zerbröselte ganz einfach; Bradley war der letzte Treffer, aber das ganze Geschäft *zerschmolz*. Ich nenne die Schuldenmasse; ich nehme an, es sind alle angemeldet; denn die Bastarde hatten nur gelauert, die Forderungen gingen so schnell ein wie Kartenbestellungen für eine Vorstellung mit Patti. Den Stand der Aktiva habe ich noch nicht genau, unsere Interessen waren so verzweigt; aber ich sitze Tag und Nacht daran und schätze, wir werden eine anständige Konkursquote geben können. Wenn das Wrack nur halb so viel bringt, wie wir dachten, dann stehen wir hochweiß da. Ich bin so voller Mut und Arbeit wie immer und stehe turmhoch über unseren Problemen. Mamie stützt mich wie die himmlischen Heerscharen. Irgendwie kommt mir vor, als sei nur ich bankrott gegangen, und Du und sie ganz davon verschont. Beeil Dich. Das ist alles, was Du zu tun hast.

Immer Dein
J. PINKERTON

Der dritte Brief klang noch viel schlimmer:

»Mein armer Loudon«, begann er, »ich schufte bis spät in die Nacht hinein, um unsere Angelegenheiten in Ordnung zu bringen; Du würdest nicht glauben, wie umfangreich und komplex sie sind. Douglas B. Longhurst sagte im Scherz, die Arbeit des Konkursverwalters wäre genau auf ihn zugeschnitten. Ich kann nicht leugnen, daß ein paar davon einen spekulativen Anstrich haben. Gott verhüte, daß ein empfindsamer, gebildeter Mensch wie Du jemals mit einem Konkursrichter zu tun haben sollte; diesen Männern wird jegliche Menschenfreundlichkeit ausgetrieben. Ich könnte das alles leichter aushalten, wenn da nicht die Kommentare in der Presse wären. Oft und oft, Loudon, denke ich an deine höchst berechtigte Kritik des Pressesystems. Die haben ein Interview mit mir veröffentlicht, aber nicht im geringsten das, was ich sagte, und mit höhnischen Kommentaren; es würde Dein Blut zum Kochen bringen, es war buchstäblich unmenschlich; ich hätte so was nicht über einen gelben Hund geschrieben, der derart in der Tinte saß wie ich. Mamie zuckte nur zusammen, es war das erste Mal, daß sie diese ganze Katastrophe überhaupt zur Kenntnis nahm. Wie richtig war das alles, was Du vor langer Zeit in Paris gesagt hast, über Angriffe auf die persönliche Erscheinung eines Menschen! Der Bursche behauptete –«

Die folgenden Worte waren durchgestrichen, und mein Freund wandte sich einem anderen Thema zu:

»Von unseren Aktivposten möchte ich gar nicht reden. Sie kommen einfach nicht zum Vorschein. Selbst der *Dreizehn Stern*, so solid wie sonstwas, das hier an der Küste erzeugt wird, geht betteln. Das Wrack wirft auf alles, was wir je berührten, seinen Schatten. Und wozu das Ganze? Ein Wrack, das unsere sämtlichen Schulden aufnehmen könnte, hat Gott noch nicht geschaffen. Mir läßt der Gedanke keine Ruhe, daß Du mich dafür verantwortlich machen könntest; ich weiß nicht, wie verächtlich ich Deine Vorhaltungen behandelte. O Loudon, urteile nicht zu hart über Deinen todunglücklichen Partner. Die nicht ganz blütenweißen Geschäfte sind's, die einen zu Fall bringen. Ich fürchte Deine kompromißlose Ehrlichkeit wie das Auge Gottes. Ich kann mir nur denken, daß einige von meinen Büchern irgendwie durcheinander sind; im übrigen sehe ich meinen Weg nicht so klar, wie ich's gern hätte. Oder aber mein Gehirn hat sich erweicht. Loudon, falls es zu Unannehmlichkeiten kommt, dann kannst Du natürlich darauf vertrauen, daß ich Dich da raushalte. Ich habe ihnen schon beschrieben, wie Du so gar keinen Sinn fürs Geschäft hattest und nie die Bücher sahst. Oh, ich hoffe, ich habe damit das Richtige getan! Ich weiß, ich hab' mir da was herausgenommen; ich weiß, daß Du Dich mit Recht beschweren könntest; aber da wurden eben verschiedene Dinge behauptet. Und dabei, glaube mir, lauter saubere Geschäfte! Nicht einmal Dein empfindliches Gewissen hätte auch nur das geringste daran auszusetzen gehabt, wenn alles gut gegangen wäre. Und weißt Du, die *Flying Scud* war der größte Einsatz von allen, und das war Deine eigene Idee. Mamie sagt, sie könnte Dir nie wieder in die Augen blicken, wenn die Idee von mir gekommen wäre; sie ist so gewissenhaft!

Dein gebrochener
JIM.

Der letzte Brief begann ohne jede Formalität:

»Das ist, geschäftlich gesehen, mein Ende. Ich gebe auf; ich kann nicht mehr. Wahrscheinlich sollte ich froh sein, denn das Konkursgericht haben wir hinter uns. Ich weiß selbst nicht mehr, wie es ging; erinnern kann ich mich gewiß nicht. Wenn es klappt – das Wrack, meine ich –, gehen wir nach Europa und leben von den Zinsen. Nie wieder Arbeit für mich. Ich zittere, wenn mich nur jemand anspricht. Ich habe nie lockergelassen, habe gehofft und gehofft, und gearbeitet und gearbeitet, und alles ist aus dem Lot geraten. Ich möchte auf dem Rücken in einem Garten liegen und Shakespeare und E. P. Roe lesen. Halte das nicht für Feigheit, Loudon. Ich bin ein kranker Mann. Ruhe ist, was ich brauche. Ich habe mein ganzes Leben lang hart gearbeitet; mich nie geschont; um jeden Dollar, den ich gemacht habe, habe ich mir das Hirn zermartert. Ich habe nie etwas Niedriges getan; habe anständig gelebt und den Armen gegeben. Wer hat mehr Anspruch auf Erholung als ich? Und ich will mir jetzt sofort ein ganzes Jahr gönnen; wenn nicht, dann lege ich mich einfach in den Sielen nieder und sterbe an Sorge und Gehirnstörung. Versteh mich richtig. Es ist so. Wenn überhaupt irgend etwas abgefallen ist, dann *gib es Speedy*; daß nur ja die Gläubiger nicht Wind bekommen. Ich half Dir, als Du ganz unten warst; hilf mir jetzt. Mach Dir nichts vor; Du mußt mir jetzt helfen – oder gar nicht. Ich arbeite in einem Büro *und kann nicht richtig buchstabieren*. Mamie arbeitet als Tippfräulein in der Phoenix-Guanobörse in der Stadt. Das

Das Licht ist ganz aus meinem Leben verschwunden. Ich weiß, mein Vorschlag wird Dir nicht gefallen. Aber bedenk bitte nur eines: es bedeutet Leben oder Tod für

JIM PINKERTON.

P.S. Unsere Quote war sieben Prozent. Wahrlich ein Fall ins Bodenlose! Aber gut, jetzt kann man nichts mehr tun; ich möchte nicht jammern. Aber, Loudon, ich möchte leben. Kein Ehrgeiz mehr; nur noch leben will ich. Ich habe so viel, um mir das Leben zu verschönern! Als Büroangestellter bin ich *völlig unfähig*. Ich weiß, ich hätte einen solchen Kontoristen nach vierzig Minuten gefeuert, in *meiner* Zeit. Aber meine Zeit ist vorbei. Du bist meine einzige Stütze. Verlasse nicht Deinen

JIM PINKERTON

Es gab noch eine weitere Nachschrift, einen weiteren Ausbruch von Selbstmitleid und jammervoller Beschwörung; und ein ärztliches Gutachten, keineswegs vielversprechend, lag auch noch bei. Beides übergehe ich mit Schweigen. Ich schäme mich ohnehin schon, so ausführlich gezeigt zu haben, wie die unausgegorenen Tugenden meines Freundes sich in der Prüfung von Krankheit und Mißerfolg in Nichts auflösten; und die Wirkung auf meine Stimmung kann man sich leicht ausmalen. Als ich fertig gelesen hatte, stand ich auf, holte tief Atem und starrte hinaus auf Honolulu. Einen Moment lang schien das Ende der Welt gekommen; im nächsten spürte ich, wie eine unabhängige Energie in mich einschoß. Auf Jim durfte ich mich nicht mehr verlassen; jetzt mußte ich selbst das Ruder in die Hand nehmen. Ich selbst mußte entscheiden und nach meinem eigenen Gutdünken handeln.

Das war leicht gesagt; der Weg aber im ersten Anlauf nirgends zu entdecken. Ich fühlte mich überwältigt von elendem, weibischem Mitgefühl für meinen gebrochenen Freund; sein Aufschrei quälte meine Seele. Ich sah ihn damals und jetzt – damals, so unbesiegbar; jetzt, so tief unten

– und wußte nicht, wie ich sein Verlangen ablehnen, noch wie ich ihm willfahren konnte. Die Erinnerung an meinen Vater, der auf dem gleichen Feld freundlos gefallen war; an sein Denkmal, das sich so ungereimt aus der Ebene erhob; Furcht vor dem Gesetz, ein kalter Luftzug, der mir aus den Toren des Gefängnisses entgegenzuwehen schien, und das imaginäre Klicken der Handschellen riefen mich zu einem anders gearteten Entschluß. Doch dann trat wieder das Jammern meines kranken Partners dazwischen. So stand ich zögernd da, dennoch aber im sicheren Gefühl, daß ich, wüßte ich nur den richtigen Weg, ihn mit Entschiedenheit verfolgen würde.

Dann fiel mir ein, daß ich an Bord einen Freund besaß, und trat an den Niedergang.

»Meine Herren«, sagte ich, »nur noch ein paar Augenblicke: diese aber muß ich Ihnen leider dadurch vergällen, daß ich Ihnen den Gastgeber entreiße. Es ist unerläßlich, daß ich ein oder zwei Worte mit Kapitän Nares wechsle.«

Beide Schmuggler sprangen gleichzeitig auf die Beine, um zu protestieren. Die Sache, erklärten sie, müsse sofort in die Hand genommen werden; sie seien bereits ein genügend großes Risiko eingegangen und müßten entweder sofort abschließen oder gehen.

»Die Wahl, meine Herren, liegt ganz bei Ihnen«, erklärte ich, »und wie ich glaube, das Interesse auch. Ich bin noch nicht sicher, ob ich überhaupt was für Sie habe; selbst wenn, sind hundert Dinge zu bedenken; außerdem versichere ich Ihnen, ich bin ganz und gar nicht dran gewöhnt, mit einer Pistole an der Schläfe zu verhandeln.«

»Das ist alles schön und gut, Mr. Dodd; glauben Sie mir, wir haben nicht die Absicht, Sie zu nötigen«, sagte Fowler; »nur verstehen Sie bitte auch unsere Lage. Sie ist wirklich gefährlich; wir waren nicht die einzigen, die Ihren Schoner vor Waimanolo sahen.«

»Mr. Fowler«, versetzte ich, »ich bin nicht von gestern. Würden Sie mir gestatten, eine Meinung zu äußern, von der ich, wenn auch vielleicht falsch, nicht abzubringen bin? Wenn die Zollbeamten kommen wollten, dann wären sie schon hier. In anderen Worten, jemand hat das Rad geschmiert, und wenn ich raten darf, so heißt er Fowler.«

Beide Männer lachten laut und lang; und als wir ihnen eine weitere Flasche von Longhursts Champagner vorsetzten, ließen sie den Kapitän und mich ohne weiteren Einspruch ziehen.

Ich gab Nares die Briefe zu lesen, und er überflog sie.

»Also, Käpt'n«, sagte ich, »ich möchte eine unvoreingenommene Meinung dazu. Was hat das zu bedeuten?«

»Das steht ja klipp und klar da«, versetzte der Kapitän. »Es bedeutet, daß Sie auf Speedy setzen, ihm alles, was Sie haben, übergeben, und die Klappe halten. Fast wünschte ich, Sie hätten mir das nicht gezeigt«, fügte er müde hinzu. »Wenn man das Münzgeld aus dem Wrack und das Opiumgeld zusammenzählt, kommt ein ganz schöner Haufen raus.«

»Das heißt, gesetzt den Fall, ich tu's?« sagte ich.

»Genau«, sagte er, »gesetzt den Fall, Sie tun's.«

»Und da gibt es Für und Wider«, bemerkte ich.

»Da ist zuerst einmal San Quentin«, sagte der Kapitän; »und nehmen wir an, Sie entgehen der Lattenkammer, so bleibt doch ein schlechter Geschmack im Mund zurück. Die Summe ist hoch genug, aber doch auch nicht überwältigend; und ich schätze, ein Mann kommt sich doch immer klein und schäbig vor, der sich unter einer sechsstelligen Zahl verkauft. Zumindest für mich würde das gelten; an einer Million, da hängt so was Aufregendes, das mich hinreißen könnte; aber alles andere, da würde ich mich beim Aufwachen im Bett irgendwie einsam fühlen. Dann ist da Speedy. Kennen Sie ihn gut?«

»Nein, keineswegs«, sagte ich.

»Na, er könnte natürlich mit dem vollen Pott abhauen, wenn's ihm einfällt«, fuhr der Kapitän fort, »und wenn er's nicht tut, haben Sie an ihm Ihr Leben lang einen Tisch- und Bettgefährten. Ich schätze, mich würde das ermüden. Und dann ist da Mr. Pinkerton, natürlich. Er war Ihnen ein guter Freund, nicht? Stand Ihnen bei durch dick und dünn, usw.? Hat Sie aus dem Schlamassel rausgezogen, oder?«

»Das hat er«, rief ich; »ich kann Ihnen gar nicht sagen, wie viel ich ihm schulde.«

»Ja, das ist eben auch zu bedenken«, sagte der Kapitän. »Ich würde mir an diesem Geld grundsätzlich nicht die Finger verbrennen. Nicht gut genug, wäre mein Wort. Aber selbst Grundsätze gehen unter, wenn es um Freunde geht – von der richtigen Art, meine ich. Dieser Pinkerton hat Angst, und er scheint krank; der Medico gibt für seine Gesundheit offenbar keinen Pfifferling; und Sie müssen sich überlegen, wie's Ihnen gefallen würde, wenn er stirbt. Vergessen Sie nicht, das Risiko bei dieser kleinen Schwindelei, das tragen Sie allein; für Mr. Pinkerton ist kein Risiko dabei. Also, Sie müssen sich das jetzt einmal klipp und klar sagen und dann sehen, wie's Ihnen gefällt: meinem Freund Pinkerton läuft das Neue Jerusalem nach und mir San Quentin. Was nehmen Sie lieber auf sich?«

»Das ist eine ziemlich rohe Art, es auszudrücken«, warf ich ein, »und möglicherweise auch nicht fair. Man muß doch auch noch richtig und falsch bedenken.«

»Kenne die Parteien nicht«, erwiderte Nares; »aber ich komme noch auf sie zu sprechen. Denn mir scheint, als es um Opiumschmuggel ging, da waren Sie gleich dabei?«

»Das war ich«, sagte ich; »und es macht mich krank, daß ich das sagen muß.«

»Aber Sie waren dabei«, fuhr Nares fort, »Kopf voran haben Sie sich hineingestürzt; und ich mußte mir viel Gejammer anhören, daß Sie nicht noch mehr zu schmuggeln hatten. Vielleicht ist Ihr Partner da auch anders geartet als Sie selbst; vielleicht sieht er ja herzlich wenig Unterschied zwischen dem einen und dem andern.«

»Sie wissen ja nicht, wie recht Sie haben: er sieht gar keinen, glaube ich«, rief ich, »und ich sehe zwar einen, könnte aber nicht sagen, wie und was.«

»Das können wir nie«, sprach das Orakel; »Geschmack

ist immer Ansichtssache. Aber der Punkt ist: wie wird Ihr Freund das aufnehmen? Sie verweigern ihm einen Gefallen, setzen sich aber gleichzeitig aufs hohe Roß; Sie enttäuschen ihn, und gleichzeitig geben Sie ihm eins auf die Finger. Das wird nicht gehen, Mr. Dodd; das hält keine Freundschaft aus. Sie müssen so gut sein wie Ihr Freund, oder so schlecht wie Ihr Freund, oder sich allein auf die nächste Geschäftsreise begeben.«

»Das sehe ich nicht!« sagte ich. »Sie kennen Jim nicht!«

»Na, Sie werden es aber sehen«, sagte Nares. »Und hier ist noch was anderes. Dieser Batzen Geld kommt Mr. Pinkerton jetzt gewaltig vor; für ihn bedeutet es vielleicht Gesundheit oder Leben; aber verteilt unter Ihren sämtlichen Gläubigern ist es so viel wie ein Häufchen Bohnen – damit können die nicht einmal ihre Rundfahrten mit dem Mietwagen bezahlen. Und glauben Sie ja nicht, daß man Ihnen je dafür danken wird. Es ist bekannt, daß Sie für die Chance, dieses Wrack auszuschlachten, einen satten Preis bezahlt haben. Sie schlachten aus, Sie kommen heim, und Sie überreichen zehntausend – oder meinetwegen zwanzig –, was Sie, wie Sie zugeben müssen, teilweise durch Schmuggel aufgebracht haben; aber Vorsicht! Billy Fowler bringen Sie natürlich nie dazu, seinen Namen unter eine Empfangsbestätigung zu setzen. Jetzt betrachten Sie den ganzen Handel einmal unvoreingenommen und von außen, dann erkennen Sie, wie sonnenklar das Ganze aussieht. Ihre Zehntausend sind ein Scherz; und die Leute werden sich nur fragen, woher Sie die Frechheit nehmen, ihnen mit einer derart läppischen Summe überhaupt zu kommen! Ganz egal, von welcher Seite Sie es ansehen, Mr. Dodd, Ihr guter Ruf ist im Eimer; wengistens darauf brauchen Sie keine Rücksicht mehr zu nehmen.«

»Sie werden es mir wahrscheinlich kaum abnehmen«, versetzte ich, »aber das empfinde ich als positive Erleichterung.«

»Dann sind Sie jedenfalls aus anderem Holz als ich«, gab Nares zurück. »Und wenn wir schon von mir reden, dann möchte ich nur erwähnen, wo ich stehe. Machen Sie sich um mich keine Sorgen – Sie haben schon genug eigene; und ich bin Freund genug, wenn ein Freund gebraucht wird, daß ich die Augen schließe und dorthin gehe, wo man mir sagt. Nichtsdestoweniger bin auch ich in der Zwickmühle. Meine Eigner müssen sich mit ihrem Chartervertrag dann zu den übrigen gesellen. Hier stehe ich, ihr Vertreter! und muß über die Schiffsseite schauen, während der Bankrotteur mit seinen Aktivposten in Mr. Speedys Hutschachtel an Land geht. Das ist etwas, was ich für James G. Blaine nicht tun würde; doch für Sie würd' ich's tun, Mr. Dodd, und nur bedauern, daß ich nicht mehr tun kann.«

»Käpt'n, ich danke Ihnen; ich habe mich entschlossen«, sagte ich. »Ich wähle den geraden Weg, *ruat coelum!* Bis heut' nacht hab' ich den Sinn dieses Wortes nie verstanden.«

»Ich hoffe, nicht meine Angelegenheit gab dazu den Ausschlag?« fragte der Kapitän.

»Ich kann nicht leugnen, daß sie eine Rolle spielt«, sagte ich. »Ich hoffe, ich hoffe, ich handle nicht als Feigling; ich hoffe, ich könnte für Jim selbst stehlen; aber wenn ich Sie und Speedy auch noch mit hineinziehe, und auch sonst den einen oder anderen, nein, dann muß Jim sterben, und aus. Sobald ich in Frisco bin, werd' ich mich sicher anstrengen und für ihn arbeiten; aber vielleicht hilft das nicht, und ich sehe ihn sterben und trete mich selbst: da kann man eben nichts machen – ich werde es nach diesem Plan durchstehen.«

»Ich sage nicht, daß Sie das Falsche tun«, erwiderte Nares, »und ich lasse mich hängen, wenn ich sicher bin, Sie tun das Richtige. Mir ist es jedenfalls recht. Und schauen Sie – sollten Sie nicht vielleicht unsere Freunde hinauskomplimentieren?« fügte er hinzu; »es hat keinen Sinn, sich um der Gläubiger willen auch noch Risiko und Sorgen des Schmuggels aufzuhalsen.«

»An die Gläubiger denke ich nicht«, sagte ich. »Aber

ich habe diese beiden so lang aufgehalten, daß mir der Mut fehlt, sie jetzt rauszuwerfen.«

Ich glaube, das war tatsächlich der einzige Grund, daß ich mich jetzt auf einen Handel einließ, der gar nicht mehr in meinem Interesse lag, mir aber (wie sich's zufällig ergab) einen fünfzigfachen Gewinn an Unterhaltung eintrug. Fowler und Sharpe waren beide mit allen Wasser gewaschen und allen Salben geschmiert; und sie erwiesen mir gleich von Anfang an die Ehre, mir ihre eigenen Laster zuzutrauen; und bevor wir fertig waren, betrachteten sie mich mit einer Achtung, die an Ehrfurcht grenzte. Diese stolze Stellung erreichte ich durch keine geheimeren Künste, als daß ich die reine Wahrheit sagte und ganz offen meine Gleichgültigkeit gegenüber dem Ergebnis zeigte. Damit habe ich ohne jeden Zweifel die Grundlagen der guten Diplomatie bewiesen, die aber wohl eher als Zustand der Gnade denn als Ergebnis geschicktester Verhandlungen anzusehen ist. Denn die Wahrheit zu sagen, das ist nicht in sich schon diplomatisch, und sich nicht um den Ausgang zu scheren, das ergibt sich ganz ohne eignes Zutun. Als ich zum Beispiel erwähnte, daß ich nur zweihundertfünfzig Pfund der Droge bei mir hätte, wechselten meine Schmuggler bedeutungsvolle Blicke, wie um zu sagen: »Na, das ist endlich ein Gegner, der unserer würdig ist!» Doch als ich ganz lässig fünfunddreißig Dollar für das Pfund vorschlug, als Entgegnung auf die von ihnen angebotenen zwanzig, und dann die Bemerkung anschloß: »Die ganze Sache ist für mich gehupft wie gesprungen, meine Herren. Nehmen Sie's oder lassen Sie's, aber füllen Sie Ihre Gläser!« – da beobachtete ich mit unaussprechlicher Genugtuung, wie Sharpe Fowler warnend anstieß, und Fowler den jovialen Dank, der ihm schon auf der Zunge lag, hinunterschluckte und statt dessen nur lahm erwiderte: »Nein – keinen Wein mehr, bitte, Mr. Dodd!« Doch das war nicht alles: denn als das Geschäft mit fünfzig Dollar das Pfund abgeschlossen wurde – ein guter Schachzug für meine Gläubiger – und unsere Freunde in ihr Walboot stiegen und davonfuhren, da stellte sich heraus, daß sie von der Resonanz über ruhigem Wasser keine Ahnung hatten, und so wurde ich mit Vergnügen Ohrenzeuge folgender Behauptung:

»Tiefes Wässerchen, dieser Dodd«, sagte Sharpe.

Und Fowlers tiefer Baß tönte zurück: »Ich will verdammt sein, wenn ich sein Spiel durchschaue.«

Und so blieben wir wieder einmal allein auf der *Norah Creina*; und die Neuigkeiten dieser Nacht, Pinkertons Lamentationen und der Gedanke an meine eigene brutale Entscheidung, belagerten und bedrängten mich in der Dunkelheit. Sämtlichem Unsinn zufolge, den ich je gelesen hatte, hätte mich das wärmende Bewußtsein meiner Rechtschaffenheit aufbauen sollen. Zum Unglück fühlte ich aber nur eins: daß ich der Angst vor Gefängniszellen und dummen Glotzern meinen kranken Freund geopfert hatte. Und kein noch so fortschrittlicher Moralist hat Feigheit je zu den Dingen gezählt, die ihren Lohn in sich tragen.

Kapitel XVII

Licht vom Kriegsschiff

Im frühen Sonnenlicht des nächsten Tages schaukelten wir an unserer Boje und sahen die Stadt in den Hainen am Fuß des Punch Bowl schimmern und die Masten sich im kleinen Hafen drängen. Eine frische Brise, die sich mit der See erhoben hatte, führte uns im Triumph durch die Gefahren der Passage; und schon bald lagen wir nahe der Landungstreppe vor Anker. Ich weiß noch, daß mir ein häßliches, gehörntes Monstrum von einem modernen Kriegsschiff auf der anderen Seite des Hafens auffiel, aber ich war so tief in Melancholie versunken, daß ich nicht weiter darauf achtete.

Mir stand nicht viel Zeit zur Verfügung. Sharpe und Fowler hatten uns am Abend zuvor in der Überzeugung verlassen, ich sei ein Lügner allerersten Ranges; diese wohlwollende Annahme trieb sie bei erster Gelegenheit zurück an Bord, um einem Menschen ihre Hilfe anzubieten, der gezeigt hatte, wie wenig er sie brauchte, und einem derart achtunggebietenden Charakter ihre Gastfreundschaft angedeihen zu lassen. Ich mußte mich um meine Geschäfte kümmern; ich brauchte Unterstützung und Unterhaltung; ich mochte Fowler – warum, weiß ich nicht; kurz, ich ließ sie gewähren. Von meinen Gläubigern unbehelligt, brachte ich die erste Hälfte des Tages damit zu, unter Sharpes Führung die Lage des Tee- und Seidenmarktes zu erforschen; nahm mit ihm den Lunch ein, und zwar in einem Privatappartement des Hawaiian Hotel, da Sharpe in der Öffentlichkeit als Abstinenzler galt; und wurde gegen vier Uhr nachmittag an Fowler weitergereicht. Dieser Gentleman besaß einen Bungalow am Strand von Waikiki; und dort nötigte man mich in Gesellschaft einiger junger Schnösel aus Honolulu zu einem Bad im Meer, zahllosen Cocktails, Dinner, Hula-Hula und (um den Abend abzurunden) Poker und weiteren geistigen Getränken. In tiefer Nacht an bleiche, angeheiterte Jugendliche Geld zu verlieren, schien mir schon immer ein überbewertetes Vergnügen; doch ich gebe zu, daß ich's in meinem damaligen Gemütszustand geradezu genoß, mein Geld (vielmehr das meiner Gläubiger) ebenso eifrig und erfolgreich hinauszuwerfen, wie ich Fowlers Champagner in mich hineingoß. Am nächsten Morgen erwachte ich mit dumpfem Kopfschmerz und dem durchaus angenehmen Bodensatz der Aufregungen der letzten Nacht. Die jungen Schnösel, viele davon alles andere als nüchtern, hatten die Küche in Besitz genommen und den Chinesen seines Amts enthoben; und da jeder sich mit seinem eigenen Gericht beschäftigte und keiner die geringsten Skrupel hatte, das Werk des Nachbarn zu zerstören, war ich bald überzeugt, daß viele Eier zu Bruche gehen, jedoch nur wenige Omeletts entstehen würden. Zum Glück entdeckte ich einen Krug Milch und ein Stück Brot und konnte damit meinen Hunger stillen. Da Sonntag und ohnehin kein Geschäft zu erledigen war und die Festivitäten bei Fowler am Abend weitergehen sollten, machte ich mich leise auf und davon, um etwas frische Luft und Einsamkeit zu genießen.

Unter dem als *Diamond Head* bekannten erloschenen Krater wandte ich mich in Richtung Meer. Eine Weile lief der Weg im Schatten eines Dickichts von grünen, dornigen Bäumen, in dem vereinzelt Häuser standen. Hier sah ich zu meiner Freude einiges aus dem Leben der Eingeborenen: nackte, großäugige Kinder mitten unter Schweinen; ein schlafender Junge unter einem Baum; ein alter Mann mit Brille, angestrengt in seine hawaiische Bibel vertieft; das etwas verwirrende Bild einer Frau beim Bade in einer Quelle; das gelegentliche Aufblitzen bunter Gewänder im tiefen Schatten der Häuser. Dann entdeckte ich einen Weg, der direkt den Strand entlangführte; im Sande watend, mußte ich nun gegen die ganze Gewalt des Passats ankämpfen: auf der einen Seite die glitzernde, tosende Brandung und die von zahllosen Segeln übersäte Bucht; auf der anderen steile, kahle Felswände und senkrechte Klippen, die zum Krater und in den blauen Himmel ragten. Trotz der Gesellschaft der dahinschießenden Schiffe befiel mich an diesem Orte ein Gefühl von Einsamkeit. Mir fiel wieder ein, was ich am vergangnen Abend beim Dinner gehört hatte: von einer Höhle hoch oben im Inneren des Vulkans; einem Orte, nur im Schein der Fackeln zu erreichen; einer Schatzkammer voll von Gebeinen von Priestern und Kriegern, erfüllt vom Getöse eines unsichtbaren Flusses, der sich seinen Weg zum Meer durch Ritzen im Gestein bahnte. Bei diesem Gedanken ging mir plötzlich auf, daß die Bungalows und die Fowlers, die lebendige, geschäftige Stadt und die vielen Schiffe erst von gestern stammten; und daß zuvor bereits viele Jahrhunderte hindurch das obskure Leben der Eingeborenen mit seinem

Glanz und seinem Ruhm, seinen Freuden, Qualen und Verbrechen gleich dem Fluß im Inneren des Berges an diesem vom Meer umgürteten Orte ungesehen dahinströmte. Chaldäa schien nicht älter, die Pyramiden von Ägypten nicht abstruser; und ich hörte die Zeit, voranschreitend im Rhythmus von Trommeln und Trampeln der Eroberungszüge längst vergangener Tage, und sah mich selbst als Geschöpf einer Stunde. Über dem Bankrott von Pinkerton und Dodd, Montana Block, San Francisco und den Gewissensnöten des Juniorpartners lächelte der Geist der Ewigkeit.

Zu dieser philosophisch schwermütigen Stimmung trugen meine Ausschweifungen der letzten Nacht zweifellos bei; denn nicht nur die Tugend ist zuweilen ihr eigener Lohn; doch war mein Trübsinn immerhin von mir gewichen. Und während ich noch meine Versunkenheit genoß, tauchte nach einer Biegung des Strandes der Leuchtturm vor mir auf, mit Wärterhaus und Fahnenmast unmittelbar am Rande einer Klippe thronend. Das Haus war neu, sauber und nackt und dem Passat ungeschützt ausgeliefert. In lauten Stößen umtoste es der Wind; die dem Meere zugewandten Fenster klapperten ohne Gnade; das Brechen der Brandung verstärkte das Getöse; und meine Schritte auf der schmalen Veranda blieben von denen, die sich im Haus befanden, ungehört.

Es waren zwei, die ich so durch mein Erscheinen überraschte: der Leuchtturmwärter, mit ergrautem Bart, scharfen Seemannsaugen und jenem typischen Gesichtsausdruck, der von einem einsamen Leben kommt; und ein Besucher, ein älterer, redseliger Mann in der adretten Tropenuniform der britischen Kriegsmarine, der am Tisch saß und eine Zigarre rauchte. Man hieß mich herzlich willkommen, und bald lauschte ich amüsiert den Erzählungen des alten Seebären.

»Nein, wäre ich nicht als Engländer geboren«, war einer seiner Sprüche, »verdammt noch mal! Dann wär' ich schon lieber als Franzmann auf die Welt gekommen! Ich möchte eine andere Nation sehen, die würdig ist, ihnen die Schuhe zu putzen.« Kurz darauf trug er seine innenpolitischen Ansichten mit derselben Schärfe vor. »Lieber wäre ich ein wildes Tier als so ein Liberaler«, sagte er. »Banner schwenken und ähnliche Scherze! Da hat ein Schwein noch mehr Verstand. Sehen Sie sich doch unseren ersten Maschinisten an – angeblich trug er ein Banner in seinen eigenen Händen: ›Gladstone lebe hoch!‹ nehme ich an, oder: ›Nieder mit der Aristokratie!‹ Welchen Schaden richtet denn die Aristokratie schon an? Zeigt mir ein Land ohne Aristokratie, das etwas taugt! Nicht die Staaten; dort ist ja die Korruption zu Hause! Ich kannte einen Mann – ein guter Mann, einer der Unsrigen –, er war Signalquartiermeister auf der *Wyandotte*. Der gestand mir, er hätte es nie so weit gebracht, hätte er nicht mit den Burschen mitgemischt – genau das waren seine Worte. Nun, wir alle hier sind britische Untertanen…«, fuhr er fort.

»Bedaure, ich bin Amerikaner«, bemerkte ich entschuldigend.

Das brachte ihn offenbar ein wenig aus der Fassung, doch er fing sich schnell wieder; und mit jenem Taktgefühl, das auch vor Gebildeteren als ihm nicht haltmacht, erwies er mir postwendend das übliche britische Kompliment. »Was Sie nicht sagen!« rief er. »Also, ich gebe Ihnen mein Ehrenwort, das hätte ich nie erraten. Niemand würde Ihnen das anmerken«, sagte er, als ginge es um ein starkes alkoholisches Getränk.

Ich dankte ihm, wie ich das in dieser Situation bei seinen Landsleuten immer mache: vielleicht nicht so sehr für das Kompliment gegen mich selbst und mein armes Land, sondern eher für die Offenbarung (die für mich immer wieder neu ist) britannischen Eigendünkels und Takts. Er aber war von meiner Dankbarkeit derart gerührt, daß er noch ein Wort des Lobes für die amerikanische Methode des Segelschnürens aussprach. »Sie sind uns im Segelschnüren weit voraus«, erklärte er. »Das können Sie guten Gewissens sagen.«

»Danke«, erwiderte ich. »Das werde ich sicher tun.«

Auf diese Art kamen wir hervorragend miteinander aus; und als ich mich erhob, um zu Fowlers Bungalow zurückzukehren, sprang er sofort auf und bot mir das Vergnügen seiner Gesellschaft für den Rückweg an. Ich glaube, ich nahm den Vorschlag bereitwillig auf; denn dieser Mensch (der offensichtlich einzigartig war oder eine ausgestorbene Gattung wie den Dodo zu vertreten schien) unterhielt mich königlich. Als er jedoch seine Mütze hervorholte, entdeckte ich, daß mich mehr erwartete als Unterhaltung; denn auf dem Band konnte ich die Inschrift lesen: »H.M.S. Tempest«.

»Sagen Sie«, begann ich, als wir uns verabschiedet hatten und den Pfad vom Leuchtturm hinunterkletterten, »war das nicht Ihr Schiff, das die Männer an Bord der *Flying Scud* auflas?«

»Das können Sie laut sagen«, antwortete er. »Und es war verdammtes Glück für die Flying-Scuds. Ein gottverlassener Ort, diese Insel Midway.«

»Ich komme grad von dort«, sagte ich. »Ich war's, der das Wrack kaufte.«

»Wie bitte?« rief der Seemann. »Der Gentleman im weißen Schoner?«

»Eben dieser«, erwiderte ich.

Mein Freund salutierte, als würden wir einander jetzt zum ersten Mal formell vorgestellt.

»Klarerweise«, fuhr ich fort, »beschäftigt mich diese Geschichte sehr; es wäre schön, wenn Sie mir alles über die Rettung dieser Männer erzählen würden, was Sie darüber wissen.«

»Es war so«, begann er. »Wir hatten Order, Midway anzulaufen und nach Schiffbrüchigen zu sehen, und hatten schon am Tag zuvor die Strecke fast hinter uns gebracht. Die ganze Nacht fuhren wir mit halber Kraft, damit wir etwa bis Mittag ankommen würden; denn der alte Tootles – Verzeihung, Sir, der Kapitän – hatte vor diesem Ort bei Nacht gehörigen Respekt. Um dieses Midway herum gibt's dreckige, bösartige Strömungen; Sie werden's wissen, denn Sie waren ja dort; und eine davon muß uns erwischt haben. Jedenfalls, etwa um sechs Glasen, als wir eigentlich noch meilenweit entfernt sein sollten, sieht einer ein Segel, und siehe da, da waren die Spieren einer vollgetakelten Brigg! Wir näherten uns ihr schnell, und bald auch der Insel dahinter; wir sahen, daß sie auf Grund gelaufen war, zu einer Seite geneigt, und die Notflagge war gehißt. Die Brandung schlug hoch gegen das Riff, deshalb ankerten wir weiter draußen und schickten zwei Boote rüber. Ich selbst fuhr in keinem, sondern blieb nur stehen und sah zu; aber sie wirkten alle sehr verängstigt, als hätten ihnen die Hühner das Brot weggefressen. Einer flennte und rang dabei die Hände; klitschnaß kam er an Bord, wie eine Wochenbettschwester. Dieser Trent, der war der erste, die Hand in einem blutigen Lappen. Ich stand so nahe dran wie jetzt hier neben Ihnen; und sah, daß er vollkommen außer sich war – ich hörte seine verflixten Lungen rasseln, als er die Leiter runterkam. Ja, ja, das war schon ein verängstigter Haufe, aber wer sollt's ihnen auch verdenken! Der hinter Trent kam, das war dann der Maat.«

»Goddedaal!« rief ich.

»Na, der Name stand ihm gut«, gluckste der Seemann, der den Namen wahrscheinlich mit einem bekannten Fluch verwechselte. »Wirklich ein passender Name; nur hieß er gar nicht so. Er war ein geborener Gentleman, Sir, der in Maskerade daherkam. Einer unserer Offiziere, dem er von zu Haus bekannt war, erkennt ihn wieder, geht auf ihn zu, streckt ihm die Hand hin und sagt: ›Hallo, Norrie, alter Knabe‹, sagt er. Der andere war noch an Bord gegangen, als wäre nichts geschehen; nicht im geringsten aus der Fassung – daran erkennt man die gute Kinderstube, Sir! Nun, kaum hört er seinen wahren Namen, wird er weiß wie eine Wand, starrt Mr. Sebright an, als sähe er einen Geist, und (ich gebe Ihnen mein Ehrenwort) dreht sich um und sackt ohnmächtig zu Boden. ›Bringt ihn hinunter in meine Koje‹, sagt Sebright. ›Das ist der arme alte Norrie Carthew‹, sagt er.«

»Und was – was für eine Art von Herr war dieser Mr. Carthew?« stieß ich hervor.

»Der Steward von der Offiziersmesse erzählte mir, er stamme aus einer der besten Familien Englands«, war die Antwort meines Freundes. »In Eton und Harrow erzogen; vielleicht sogar ein Baronet!«

»Nein, ich meine, wie sah er aus?« korrigierte ich ihn.

»So wie Sie oder ich«, erwiderte er, ohne zu zögern. »Nichts Besonderes. Ich hätte ihn nicht für einen Gentleman gehalten. Andererseits habe ich ihn auch nie in sauberem Zustand gesehen.«

»Wie denn das?« rief ich. »O ja, jetzt erinnere ich mich: Er war ja auf der ganzen Überfahrt nach Frisco krank, nicht wahr?«

»Krank, oder traurig, oder was«, erwiderte mein Informant. »Ich glaube, er wollte einfach nicht unter Menschen. Er blieb für sich allein. Der Steward, der ihm seine Mahlzeiten brachte, erzählte mir, er nähme fast nichts zu sich; und in Frisco wurde er in aller Stille an Land gebracht. Anscheinend ist folgendes passiert: Sein Bruder, der den Besitz geerbt hatte, wurde krank und starb. Dieser hier hat irgendwas angestellt, die alten Herrschaften zu Hause waren sauer, und keiner wußte, wo er war. Und er rackerte sich ab auf einem Handelsschiff, erlitt bei Midway Schiffbruch und packte gerade seine Siebensachen für eine lange Reise in einem offenen Boot. Da kommt er an Bord unseres Schiffes, und, bei Gott, auf einmal ist er Großgrundbesitzer und sitzt morgen schon vielleicht im Parlament! Da ist es doch nur zu verständlich, daß er sich versteckt. Das würden Sie und ich an seiner Stelle auch tun.«

»Na klar«, erwiderte ich. »Aber von den anderen haben Sie mehr gesehen?«

»Sicher«, sagte er. »Nette Burschen, soweit ich sehen konnte. Da gab es einen gewissen Hardy: er stammte aus den Kolonien und hatte in seinem Leben einen Haufen Geld durchgebracht. Dieser Hardy war ein vernünftiger Kerl; einmal war er ganz oben gewesen, dann ging's wieder hinunter, und er nahm alles, wie es kam. Der hatte das Herz am rechten Fleck; war gebildet; konnte Französisch – und Latein, glaube ich, so gut wie ein Eingeborener! Ich mochte diesen Hardy; gut aussehen tat er auch noch.«

»Haben Sie viel über das Unglück geredet?« fragte ich.

»Da gab's nicht viel zu reden, schätz' ich«, antwortete der Seemann. »Es stand ja alles in den Zeitungen. Hardy redete meistens über den Zaster, den er durchgebracht hatte; trieb sich mit Buchmachern, Jockeys, Boxern, Schauspielern und ähnlichem Gesindel 'rum«, fügte dieser rechtschaffene Mann hinzu. »Aber irgendwo hier hab' ich mein Pferd geankert; und mit Verlaub mach' ich mich auf den Weg.«

»Einen Augenblick noch«, sagte ich. »Ist Mr. Sebright an Bord?«

»Nein, Sir, er ist heute an Land gegangen«, sagte der Seemann. »Ich habe für ihn eine Tasche zum Hotel gebracht.«

Damit trennten wir uns. Kurz darauf ritt mein Freund an mir vorbei, auf einem gemieteten Gaul, der seinen Kavalier zu verachten schien; und ich blieb in einer Staubwolke zurück, wirbelnder Gedanken Beute. Denn nun stand ich, so schien es zumindest, unmittelbar an der Schwelle der Geheimnisse. Ich kannte den Namen des Mannes Dickson – sein Name war Carthew. Ich wußte, woher das Geld stammte, das bei der Versteigerung gegen uns stand – es war ein Teil von Carthews Erbschaft; und in meiner Galerie der Illustrationen zur Geschichte des Wracks hing nun ein weiteres Bild; wahrscheinlich das dramatischste der ganzen Sammlung. Es zeigte mir das Deck eines Kriegsschiffes in jenem abgelegenen Teil des großen Ozeans, die neugierigen Blicke der Offiziere und Matrosen auf einen Mann gerichtet; einen gebildeten Mann aus gutem Hause, der unter falschem Namen auf einem Handelsschiff gesegelt und nun aus höchster Gefahr errettet worden war, niedergestreckt wie ein Ochse durch nichts anderes als den Klang seines eignen Namens. Das erinnerte mich zwangsläufig an meine eigenen Erfahrungen am Telephon des Occidental. Der Held mit drei Namen, Dickson, Goddedaal und Carthew, mußte der Besitzer eines ruhelosen oder schwer beladenen Gewissens sein; und diese Vorstellung brachte mich auf die an Bord der *Flying Scud* gefundene Photographie; genau so ein Mann, schloß ich, wäre zu derartigen Ausbrüchen und Krisen fähig; und neigte immer mehr zur Überzeugung, Goddedaal (oder Carthew) sei der Schlüssel zum Geheimnis.

Eines war klar: Solange die *Tempest* in Reichweite war, mußte ich Sebright und den Doktor kennenlernen. Mit diesem Ziel vor Augen verabschiedete ich mich von Fowler, kehrte nach Honolulu zurück und verbrachte den Rest des Tages untätig auf den kühlen Veranden des Hotels. Knapp vor neun Uhr am Abend ward ich schließlich belohnt.

»Hier ist der Gentleman, nach dem Sie fragten«, sagte der Portier.

Vor mir stand ein Mann in Tweed, in unvergleichlich hochnäsiger Haltung; seinen Gehstock trug er mit vornehmer Lässigkeit. Aufgrund des Namens hätte ich eine Art Wikinger oder jugendlichen Gebieter über Schlacht und Sturm erwartet; und war um so enttäuschter und nicht wenig beunruhigt, als ich mich diesem zugeknöpften Wesen gegenübersah.

»Wenn ich nicht irre, habe ich das Vergnügen, mit Lieutenant Sebright selbst zu sprechen«, sagte ich, auf ihn zutretend.

»Äh, ja«, antwortete der Held, »aber, äh! *Ich* kenne Sie nicht, oder?« (Er sprach in jeder Hinsicht wie Lord Foppington in dem alten Stück – ein Beweis für den unveränderlichen Charakter menschlicher Affektiertheit. Doch es widerstrebt mir, seinen näselnden Dialekt hier wiederzugeben.)

»Ich tat diesen Schritt mit der Absicht, mich Ihnen vorzustellen«, sagte ich gänzlich unbeeindruckt (denn Unverschämtheit weckt in mir ihresgleichen – wahrscheinlich mein einziger martialischer Wesenszug). »Wir beide haben ein gemeinsames Interesse, das *mir* wenigstens sehr nahegeht; und ich glaube mich in der Lage, einem Ihrer Freunde helfen zu können – oder ihm zumindest höchst willkommene Informationen zukommen zu lassen.«

Der letzte Satz galt nur der Beruhigung meines eigenen Gewissens: ich konnte mir nicht einmal selbst vormachen, daß ich die Macht oder den Willen hätte, Mr. Carthew einen Gefallen zu erweisen; war aber sicher, er würde es gerne hören, daß die *Flying Scud* verbrannt war.

»Ich weiß nicht – ich – ich verstehe nicht«, stammelte mein Opfer. »Ich habe keine Freunde in Honolulu, müssen Sie wissen.«

»Der Freund, von dem ich spreche, ist Engländer«, erwiderte ich. »Es ist Mr. Carthew, den Sie in Midway aufgelesen haben. Meine Gesellschaft hat das Wrack gekauft; ich befinde mich auf dem Rückweg von seiner Ausschlachtung; und um meine Absicht völlig klarzustellen – ich habe eine wichtige Mitteilung zu machen und muß Sie daher um Mr. Carthews Anschrift bitten.«

Man wird erkennen, wie bald ich jegliche Hoffnung aufgab, das Interesse dieses britischen Eisbären zu wekken. Dieser wiederum war angesichts meiner Hartnäckigkeit ganz offensichtlich wie auf Kohlen; ihn plagte, wie mir schien, die Angst, ich könnte mich als unliebsame Bekanntschaft entpuppen. Ich diagnostizierte ihn als scheues, einfältiges, eitles, abweisendes Tier, das sich nicht wehren konnte – eine Art Schnecke ohne Haus; und folgerte daraus, und nicht zu Unrecht, daß er allem zustimmen würde, was unser Gespräch so schnell wie möglich zu einem Abschluß brachte. Einen Augenblick später war er schon geflohen, mir ein Blatt Papier hinterlassend, auf dem geschrieben stand:

Norris Carthew,
Stallbridge-le-Carthew,
Dorset.

Ich hätte Triumph schreien sollen, denn das Schlachtfeld und ein Teil der Beute waren in meinem Besitz verblieben. Die Wahrheit aber ist, daß mein seelisches Leiden während dieser Konfrontation dem des Mr. Sebright ebenbürtig war; ich war zu weiteren Feindseligkeiten unfähig; bekannte, daß die Kriegsmarine von Old England (für mich) so unbesiegbar war wie eh und je; schob jeden weiteren Gedanken an den Doktor weit von mir und stellte mich darauf ein, ihrer altehrwürdigen Flagge in Zukunft nur mehr aus sicherer Entfernung zu salutieren. Dies war meine Absicht, als ich mich zur Ruh begab; und meine erste Erfahrung am nächsten Morgen verstärkte diesen Vorsatz zur Gewißheit. Ich hatte nämlich das Vergnügen, meinem schönen Feind auf seinem Weg an Bord zu begegnen; und er beehrte mich mit einem derart scheußlich trockenen Nicken, daß mein Geduldsfaden endgültig riß und ich (der Taktik Nelsons eingedenk) dies Nicken weder bemerkte noch erwiderte.

Man stelle sich mein Erstaunen vor, als ich eine halbe Stunde später von der *Tempest* eine Einladung erhielt.

»Sehr geehrter Herr«, stand da geschrieben, »wir alle sind am Wrack der Flying Scud natürlich sehr interessiert, und kaum hatte ich erwähnt, daß ich das Vergnügen hatte, Ihre Bekanntschaft zu machen, verliehen alle ihrem Wunsche Ausdruck, Sie an Bord zu bitten, um mit uns zu speisen. Es wäre uns allen eine große Freude, Sie heute abend zum Dinner oder, sollten Sie schon anderweitige Verpflichtungen haben, heute oder morgen zum Lunch als unseren Gast an Bord zu sehen.« Es folgten Angaben der Essenszeiten, und der Brief schloß mit dem Namen »J. Lascelles Sebright« unter der unbestreitbaren Versicherung, er sei in aller Ergebenheit der meine.

»Nein, Mr. Lascelles Sebright«, sagte ich mir, »das sind

Sie nicht, aber langsam beginne ich zu glauben, daß Sie (wie die Dame in dem Lied) einem anderen angehören. Sie haben Ihr Abenteuer erwähnt, mein Freund; man hat Ihnen den Kopf gewaschen; Sie erhielten Ihre Instruktionen; dieses Schreiben wurde Ihnen diktiert; ich an Bord gebeten (und zwar Ihren melancholischen Einwänden zum Trotz!), nicht um die Männer kennenzulernen, nicht um über die *Flying Scud* zu sprechen, sondern um von einem seziert zu werden, der sich für Carthew interessiert: vom Doktor, wenn wir wetten wollen. Und zweitens möchte ich darauf wetten, dies alles rührt nur von Ihrer leichtfertigen Preisgabe der Adresse her.« Ich setzte mich unverzüglich an die Beantwortung der Einladung und entschied mich für den ehest möglichen Zeitpunkt; und zur vereinbarten Stunde lieferte mich eine recht furchterregend aussehende Bootsmannschaft der *Norah Creina* unter den Geschützen der *Tempest* ab.

In der Offiziersmesse schien man über mein Erscheinen sehr erfreut; die Offizierskollegen von Sebright zeigten, im Gegensatz zu diesem selbst, ein geradezu kindisches Interesse an meiner Reise; man sprach viel über die *Flying Scud*; wie sie gestrandet war und wie ich auf sie gestoßen war; über das Wetter, den Ankerplatz und die Strömungen um die Insel Midway. Niemand schien es zu genieren, als auch der Name Carthew mehrmals fiel; man erzählte vom ähnlichen Fall des Earls von Aberdeen, der als Maat an Bord eines Yankee-Schoners starb. Wenn sie mir nicht viel von dem Mann selbst erzählten, so lag's wohl daran, daß sie nicht viel zu erzählen hatten, sich nur dafür interessierten, wie er erkannt ward, und ihn wegen seiner langen Unpäßlichkeit bemitleideten. Nie hatte ich den Eindruck, daß man diesem Thema auswich; und es war klar, daß die Offiziere keineswegs etwas zu verbergen suchten, sondern einfach nichts zu verbergen hatten.

Soweit schien also alles ganz natürlich, und dennoch machte mir der Doktor Sorgen. Er war ein großer, derber Mann von über fünfzig, bereits ergraut, mit einem unruhigen Mund und buschigen Augenbrauen: Er sprach nur selten, doch dann heiter; und sein gewaltiges, schüttelndes, doch lautloses Gelächter war sehr ansteckend. Mir entging nicht, daß er in der Offiziersmesse zwar den Platz des Spötters innehatte, ihn aber doch auch alle mochten; und ich vergewisserte mich, daß er mich heimlich beobachtete. Selbstverständlich stand ich ihm darin nicht nach. Hatte Carthew Krankheit vorgetäuscht – und alles deutete in diese Richtung –, dann war dies der Mann, der alles – oder zumindest sehr viel – wußte. Seine kräftigen, lauteren Züge überzeugten mich zunehmend und stillschweigend von seiner vollen Kenntnis der Dinge. Das war nicht der Mund, das waren nicht die Augen eines Mannes, der in Unwissenheit handeln würde oder den man an der Nase herumführen könnte. Allerdings war es auch nicht das Gesicht eines Mannes, den angesichts eines Verbrechers Skrupel quälen würden; ich spürte einen Hauch von Brutus, ja sogar von Volksgericht. Kurz, für die Rolle, die ich ihm in meinen Theorien zugedacht, schien er der zuletzt geeignete Charakter; und ich fühlte mich zwischen Verwunderung und Neugier hin- und hergerissen.

Lunch war vorbei, und man schlug vor, sich ins Rauchzimmer zu begeben, als ich (einer plötzlichen Eingebung folgend) alle Brücken hinter mir abbrach, eine Unpäßlichkeit vorschützte und den Doktor um eine Konsultation ersuchte.

»Meinem Körper fehlt rein gar nichts, Dr. Urquart«, sagte ich, sobald wir allein waren.

Er summte etwas, sein Mund arbeitete, er sah mich mit seinen grauen Augen unverwandt an, schien jedoch entschlossen, nichts zu sagen.

»Ich möchte mit Ihnen über die *Flying Scud* und Mr. Carthew sprechen«, fuhr ich fort. »Kommen Sie: das haben Sie gewiß erwartet. Ich bin sicher, daß Sie alles wissen; Sie sind klug und rechnen wohl damit, daß auch ich viel weiß. Wie stehen wir beide zueinander? Und wie ist meine Position gegenüber Mr. Carthew?«

»Ich verstehe Sie nicht ganz«, antwortete er nach einer Pause; und dann, nach einer weiteren: »Es ist die Absicht, nach der ich frage, Mr. Dodd.«

»Die Absicht hinter meinen Nachforschungen?« fragte ich.

Er nickte.

»Ich glaube, wir mißverstehen uns«, sagte ich. »Absichten zu erfahren, das eben ist es, weswegen ich gekommen bin. Ich kaufte die *Flying Scud* zu einem ruinösen Preis, der von Mr. Carthew durch einen Agenten hochgetrieben wurde; und die Folge davon ist, daß ich bankrott bin. Doch fand ich auch kein Vermögen in dem Wrack, so stieß ich doch auf unzweideutige Beweise für unsauberes Spiel. Stellen Sie sich meine Lage vor: Durch diesen Mann, den ich nie sah, bin ich ruiniert; ich hätte gute Gründe dafür, Revanche oder Wiedergutmachung zu fordern; und ich glaube, Sie werden mir zugestehen, daß ich die Mittel habe, beides zu erreichen.«

Er zeigte keine Reaktion auf diese Herausforderung.

»Können Sie denn nicht verstehen«, fuhr ich fort, »in welcher Absicht ich zu einem komme, der mit Sicherheit das Geheimnis kennt, und diesen aufrichtig und geradeheraus frage: Wie ist meine Position gegenüber Mr. Carthew?«

»Ich muß Sie bitten, etwas deutlicher zu werden«, sagte er.

»Sie sind mir keine große Hilfe«, erwiderte ich. »Doch schauen wir, ob Sie mich verstehen können: Mein Gewissen ist nicht besonders fein gesponnen; doch immerhin hab' ich eins. Nun, es gibt verschiedene Grade von unsauberem Spiel, und gegen manche habe ich keine besonderen Einwände. Und was Mr. Carthew betrifft, so bin ich der letzte, der einen Vorteil ihm gegenüber nicht nützen würde; außerdem bin ich sehr neugierig. Andererseits finde ich keinen Geschmack daran, jemanden zu verfolgen; und ich bitte Sie, mir zu glauben, daß ich keinesfalls ein Mann bin, der Schlimmes noch schlimmer machen oder einen Unglücklichen noch weiter quälen möchte.«

»Ja, ich glaube, ich verstehe«, sagte er. »Nehmen wir an, ich gäbe Ihnen mein Wort, daß es für alles, was auch geschehen ist, gute Gründe – schwerwiegende Gründe – ja, sogar äußerst schwerwiegende Gründe gegeben hat?«

»Es würde seine Wirkung auf mich nicht verfehlen, Doktor«, erwiderte ich.

»Ich möchte noch weiter gehen«, fuhr er fort. »Nehmen wir an, ich wäre dabeigewesen, oder Sie wären dabeigewesen: nachdem etwas Bestimmtes vorgefallen war, ist es schwer zu sagen, was wir getan hätten – was wir überhaupt hätten tun können – wir selbst nämlich. Oder nehmen Sie mich. Ich will offen zu Ihnen sein und zugeben, daß ich die Fakten kenne. Sie wissen ziemlich genau, wie ich aus diesem Wissen heraus handelte. Darf ich Sie nun bitten, von der Art meines Handelns auf dieses Wissen selbst zu schließen, welches mit Ihnen zu teilen ich aber weder Auftrag noch Befugnis habe?«

Ich bin nicht imstande, die männliche Überzeugung und unparteiische Bestimmtheit von Dr. Urquarts Rede wiederzugeben: für jene, die ihn nicht selbst hörten, mag es so aussehen, als hätte er mich mit Rätseln gefüttert; mir selbst, der ich ihn hörte, schien es, als hätte ich eine Belehrung und ein Kompliment erhalten.

»Ich danke Ihnen«, sagte ich. »Ich fühle, daß Sie mir soviel wie möglich sagten – und mehr, als ich das Recht hatte zu erbitten. Ich nehme dies als Zeichen des Vertrauens, dessen ich mich würdig zu erweisen trachte. Ich hoffe, Sir, ich darf Sie als meinen Freund betrachten.«

Er wich meinem Freundschaftsangebot mit dem eher unwirschen Vorschlag aus, uns wieder zu den anderen zu gesellen; doch einen Augenblick später bemühte er sich, seine Schroffheit wieder abzumildern. Denn als wir den Rauchsalon betraten, legte er mit freundlicher Vertrautheit seine Hand auf meine Schulter.

»Ich habe Mr. Dodd«, sagte er, »gerade ein Glas Madeira verschrieben.«

Ich bin Dr. Urquart nie wieder begegnet; doch er hat sich selbst so deutlich in mein Gedächtnis geschrieben, daß ich glaube, ihn noch immer vor mir zu sehen. Und in der Tat hatte ich allen Grund, mich an diesen Mann seiner Worte wegen zu erinnern. Es war schon schwer genug, eine Theorie aufzustellen, die zu den rätselhaften Umständen der *Flying Scud* paßte; doch eine, die den Hauptdarsteller von jeder Schuld reinwusch – eine Person, die sich noch dazu der Wertschätzung oder zumindest des Mitgefühls eines Mannes wie Dr. Urquart erfreuen durfte –, überstieg mein Vorstellungsvermögen. Hier jedenfalls war ich mit meinen Entdeckungen am Ende; und erfuhr nichts mehr, bis ich alles erfuhr und meinem Leser alle Beweise vorliegen. Ist er klüger, als ich es war? Oder gibt er's, wie ich, auf?

Kapitel XVIII

Kreuzverhör und krumme Antworten

Ich habe harte Worte über San Francisco gesagt; man darf sie aber nicht ganz wörtlich nehmen (es ist ja auch nicht anzunehmen, daß die Israeliten dem Land der Pharaonen Gerechtigkeit widerfahren ließen); und bei meiner Rückkehr nahm die Stadt wahrhaftig Rache an mir. Nie zuvor hatte sie ein hübscheres Antlitz gezeigt; die Sonne strahlte, es wehte eine leichte Brise, die Menschen trugen Blumen in den Knopflöchern und ein Lächeln im Gesicht; und auf meinem Weg zu Jims Arbeitsstätte, das Herz bedrückt von ziemlich schweren Sorgen, fühlte ich mich selbst wie ein düsterer Fleck auf der Heiterkeit rundum.

Mein Ziel lag in einer Nebenstraße, in einem schäbigen,

heruntergekommenen Gebäude; »The Franklin H. Dodge Steam Printing Company« stand draußen angeschrieben, und in auffallend frischeren Lettern, wie um auf die erst kürzlich erfolgte Änderung hinzuweisen, die Parole: »Nur weiße Arbeiter«. Im Kontor, in einer staubigen Nische, saß Jim einsam an einem Tisch. Eine herzzerreißende Veränderung kam in seiner Kleidung, seinem Aussehen und seiner Haltung zum Ausdruck; er wirkte krank und vernachlässigt; er, der sich einst so voller Freude auf sein Tagwerk gestürzt hatte wie ein Pferd auf die Weide, saß nun da und starrte auf eine Zahlenkolonne, kaute lustlos an seiner Feder, seufzte zuweilen tief auf – ein Bild der Unzulänglichkeit und Unaufmerksamkeit. Er war tief in einen schmerzlichen Traum versunken; weder sah noch hörte er mich; und ich stand da und beobachtete ihn unbemerkt. Ganz plötzlich überkam mich ohnmächtiges Erbarmen. Die Reue traf mich wie ein Hieb über den Kopf. Wie ich Nares vorausgesagt hatte, stand ich da und hätte mich am liebsten selbst geohrfeigt. Hier war ich nun wieder heimgekehrt, meine Ehre gerettet; da war mein Freund und brauchte Ruhe, Pflege und eine ausgiebige Mahlzeit; und ich fragte mich mit Falstaff: »Was steckt in dem Wort Ehre? Was ist diese Ehre?« Und wie Falstaff sagte ich mir, sie sei Luft.

»Jim!« sagte ich.

»Loudon!« stieß er hervor, sprang vom Sessel hoch und blieb zitternd stehen.

Im nächsten Augenblick schon war das Eis gebrochen, und wir lagen einander in den Armen.

»Mein armer alter Freund!« rief ich.

»Gott sei Dank, daß du endlich wieder da bist!« schluchzte er und klopfte mir unentwegt auf die Schulter.

»Ich habe keine guten Nachrichten für dich, Jim!« sagte ich.

»Du bist gekommen – das ist die gute Nachricht, die ich brauche«, erwiderte er. »Oh, wie hab' ich mich nach dir gesehnt, Loudon!«

»Ich konnte nicht tun, was du mir geschrieben hast«, sagte ich mit gesenkter Stimme. »Die Gläubiger haben alles. Ich konnte es nicht tun.«

»Sch!« gab Jim zurück. »Ich war nicht bei Sinnen, als ich dir das schrieb. Ich hätte Mamie nie mehr in die Augen sehen können, hätten wir's getan. Oh, Loudon, was für ein Geschenk diese Frau doch ist! Du glaubst, du weißt etwas vom Leben, dabei weißt du einfach gar nichts. Es ist die *Güte* dieser Frau – wirklich, eine Offenbarung!«

»Das ist schön«, sagte ich. »So gefällst du mir, Jim.«

»Die *Flying Scud* war also ein Schwindel«, fuhr er fort. »Ich habe deinen Brief nicht ganz verstanden, doch das las ich jedenfalls heraus.«

»Schwindel ist ein mildes Wort dafür«, sagte ich. »Die Gläubiger werden uns nie abnehmen, daß wir solche Dummköpfe waren. Dabei fällt mir ein«, fuhr ich fort, erfreut über den gelungenen Übergang, »wie steht's mit dem Bankrott?«

»Sei froh, daß du nicht dabei warst«, antwortete Jim kopfschüttelnd; »sei froh, daß du die Zeitungen nicht gesehen hast. Der *Occidental* nannte mich einen fünftklassigen Straßenmakler mit Wasser im Gehirn; eine andere Zeitung behauptete, ich sei ein Laubfrosch, der sich mit Longhurst auf eine Wiese gedrängt und dort so lang aufgeblasen hatte, bis er platzte. Das ist hart für einen Mann in den Flitterwochen; genauso redeten sie über mein Aussehen, meine Kleidung und darüber, wie ich schwitzte. Doch ich halt' mich an die *Flying Scud*. Wie lief das ganze übrigens? Mir kommt vor, ich habe die Geschichte noch immer nicht ganz verstanden, Loudon.«

»Warum zum Teufel hast du's nicht verstanden!« sage ich zu mir selbst; und dann laut: »Wie du siehst, hatte keiner von uns Glück. Ich konnte gerade die laufenden Ausgaben decken; und du bist sofort eingegangen. Wieso waren wir denn so schnell bankrott?«

»Ja, darüber müssen wir uns noch ausführlich unterhalten«, sagte Jim, das Gespräch abbrechend. »Ich muß wohl zurück zu meinen Büchern; und ich schätze, du solltest besser gleich zu Mamie. Sie ist bei den Speedys und erwartet dich voll Ungeduld. Du bist für sie wie ein geliebter Bruder, Loudon.«

Mir war alles recht, was mir erlaubte, die Stunde der Erklärung hinauszuschieben und das Thema *Flying Scud* (und sei's nur für ein paar Augenblicke) zu vermeiden. Ich eilte also in die Bush Street. Mrs. Speedy, höchst erfreut über die Rückkehr ihres Ehegemahls, begrüßte mich begeistert. »Nein, wie gut Sie nur aussehen, Mr. Dodd, mein Lieber«, hatte sie die Güte zu bemerken. »Nein, so ein Wunder, daß die schwarzen *Wahinis* von den Inseln Sie überhaupt fortgelassen haben. Bei Speedy hab' ich da so meine Bedenken«, fügte sie schelmisch hinzu. »Was ist, haben Sie ihn hinter den Negerinnen herlaufen sehen?«

Ich stellte Speedy ein untadeliges Zeugnis aus.

»Na ja, ein Schwerenöter deckt den anderen«, sagte sie kokett und schob mich in einen kahlen Raum, in dem Mamie hinter einer Schreibmaschine saß.

Ich war ob der Herzlichkeit ihrer Begrüßung sehr gerührt. Mit der hübschesten Geste der Welt reichte sie mir beide Hände; rollte einen Sessel her und holte aus einem Schrank eine Dose meines Lieblingstabaks und ein Heftchen meines exklusiven Zigarettenpapiers.

»Hier!« rief sie, »wie Sie sehen, Mr. Loudon, waren wir bestens auf Sie vorbereitet; diese Dinge wurden am Tage Ihrer Abreise gekauft.«

Ich glaube, es war immer ihre Absicht gewesen, mich herzlich zu empfangen; doch eine gewisse aufrichtige Glut, die ich nicht umhin konnte zu bemerken, floß aus unerwarteter Quelle. Kapitän Nares, wie immer schwer beschäftigt, hatte mit einer Liebenswürdigkeit, für die ich ihm nie genug danken kann, ein paar Momente von seiner Zeit erübrigt, um Mamie aufzusuchen und ihr ein leuchtendes Bild von meiner heldenhaften Aufführung auf dem Wrack zu zeichnen. Sie war aber sorgsam darauf bedacht, auch nicht ein Wort über dieses Gespräch zu verlieren, bevor sie mich dazu gebracht hatte, selbst von meinen Abenteuern zu erzählen.

»Ah! Kapitän Nares war besser«, rief sie, als ich fertig war. »Aus Ihrer Erzählung habe ich nur eines neu erfahren, nämlich daß Sie ebenso bescheiden wie tapfer sind.«

Ich kann gar nicht sagen, wie sehr ich mich dagegen wehrte.

»Es hat keinen Zweck«, sagte Mamie. »Ich erkenne einen Helden, wenn ich einen sehe. Und als ich hörte, wie Sie den ganzen Tag wie ein gemeiner Arbeiter schufteten, mit blutenden Händen und gebrochenen Nägeln – und wie Sie den Kapitän aufforderten, im Sturme zuzulegen (ich glaube, dieses Wort gebrauchte er), als er doch selber Angst hatte – und die Gefahr dieser schrecklichen Meuterei« – (Nares, hilfsbereit wie immer, hatte den Pinsel in Erdbeben und Sonnenfinsternis getunkt) – »und wie das alles zumindest zum Teil für Jim und mich geschah – ich fühle, daß wir gar nie genug betonen können, wie sehr wir Sie bewundern und Ihnen danken.«

»Mamie«, rief ich, »sprechen Sie nicht von Dankbarkeit; das ist kein Wort für den Verkehr unter Freunden. Jim und ich waren gemeinsam reich; jetzt werden wir eben gemeinsam arm sein. Wir haben unser Bestes gegeben, und das ist alles, was dazu zu sagen ist. Als nächstes muß ich eine Stellung finden und Sie und Jim aufs Land schicken, auf einen langen Urlaub in die Redwoods – denn einen Urlaub hat Jim bitter nötig.«

»Jim kann Ihr Geld nicht annehmen, Mr. Loudon«, sagte Mamie.

»Jim?« rief ich. »Er muß. Hab' ich nicht auch seines angenommen?«

Kurz darauf kam Jim selbst, und noch bevor er sich den Schweiß von der Stirn gewischt hatte, sprach er mich auch schon auf das verwünschte Thema an. »Also, Loudon«, sagte er, »hier sind wir alle beisammen, das Tagwerk ist getan, der Abend liegt vor uns; beginne mit der Geschichte einfach ganz am Anfang.«

»Zuerst ein Wort zum Geschäft«, warf ich ein, wobei meine Lippen selbständig handelten, während ich (in den Privatgemächern meines Hirns) zum tausendsten Male versuchte, ein plausibles Arrangement für meine Geschichte zu finden. »Ich hätte gern gewußt, wie unser Bankrott denn so gelaufen ist.«

»Oh, das ist alles längst vorbei«, rief Jim. »Wir zahlten sieben Cent, und selbst das war noch ein Wunder. Der Konkursverwalter –« (ich hatte das Gefühl, daß er sich beim Namen dieser Amtsperson verkrampfte, und er stockte). »Aber das ist alles vergessen und vorbei; was ich hören möchte, sind alle Fakten über das Wrack. Mir kommt vor, ich versteh's nicht; ich habe das Gefühl, als müßte da noch mehr dahinter sein.«

»Auf jeden Fall war nichts *drin*«, sagte ich mit gezwungenem Lachen.

»Darüber möchte ich mir selbst ein Urteil bilden«, gab Jim zurück.

»Was zum Teufel ist es nur, daß du immer vom Bankrott abschweifst? Es sieht aus, als würdest du das Thema meiden«, sagte ich – für einen Mann in meiner Lage eine unverzeihliche Dummheit.

»Sieht es nicht ein bißchen so aus, als würdest du nicht übers Wrack sprechen wollen?« fragte Jim.

Das hatte ich mir selbst zuzuschreiben; jetzt gab's kein Ausweichen mehr. »Mein Lieber, wenn du darauf bestehst, na dann los!« sagte ich und warf mich mit vorgetäuschter Fröhlichkeit in den Strom der Geschichte. Ich erzählte sie pointiert und witzig; beschrieb die Insel und das Wrack, ahmte Anderson und den Chinesen nach, baute die Spannung auf... Meine Feder stolpert über das verhängnisvolle Wort. Ich hielt die Spannung so hervorragend aufrecht, daß sie sich nie löste; und als ich innehielt – ich wage nicht zu sagen schloß, wo es keinen Schluß gab –, blickten mich Jim und Mamie fragend an.

»Und?« sagte Jim.

»Nun, das ist alles«, erwiderte ich.

»Aber wie erklärst du dir das?« fragte er.

»Ich kann es nicht erklären«, sagte ich.

Mamie schüttelte bedeutungsvoll den Kopf.

»Aber beim Geiste des großen Cäsar! das Geld wurde doch geboten?« rief Jim. »Damit laß' ich mich nicht abspeisen, Loudon; daß das Unfug ist, das sieht doch jeder! Ich will nicht sagen, daß du und Nares nicht euer Bestes tatet; natürlich tatet ihr das, da bin ich sicher; aber ich behaupte, man hat euch reingelegt. Ich behaupte, das Zeug ist heute noch im Schiff, und ich sage dir, ich werde es mir holen.«

»In dem Schiff ist nichts mehr, sag' ich dir, außer altem Holz und Eisen!« gab ich zurück.

»Du wirst schon sehen«, meinte Jim. »Das nächste Mal fahre ich selbst hin. Ich nehme Mamie mit auf die Reise; Longhurst wird mir die Ausgaben für einen Schoner nicht abschlagen. Warte nur, bis ich die Brigg durchsucht habe.«

»Aber du kannst sie nicht durchsuchen!« rief ich. »Sie ist verbrannt.«

»Verbrannt!« rief Mamie, ein wenig aus der gelassenen Contenance fallend, in der sie bisher, die Hände im Schoß gefaltet, dagesessen hatte, um mir zuzuhören.

Es folgte eine spürbare Pause.

»Wie bitte, Loudon?« begann Jim schließlich, »aber warum zum Geier habt ihr sie verbrannt?«

»Es war Nares' Idee«, sagte ich.

»Das ist doch tatsächlich das Merkwürdigste von allem«, bemerkte Mamie.

»Ich muß schon sagen, Loudon, das kommt etwas unerwartet«, fügte Jim hinzu. »Es scheint mit geradezu verrückt. Was hast du – was hat Nares sich davon erhofft, daß ihr sie verbranntet?«

»Ich weiß nicht; es schien nicht von Belang; wir hatten alles herausgeholt, was zu holen war«, sagte ich.

»Das ist es ja gerade«, rief Jim. »Ganz offensichtlich hattet ihr das nicht.«

»Warum bist du so sicher?« fragte Mamie.

»Was soll ich noch sagen?« rief ich. »Wir hatten sie bis in den letzten Winkel durchsucht. Wir *waren* sicher; das ist alles, was ich sagen kann.«

»Langsam habe ich den Eindruck, daß Sie wirklich sicher waren«, gab sie mit bedeutungsvollem Nachdruck zurück.

Jim beeilte sich einzugreifen. »Was ich nicht so ganz verstehe, Loudon, ist, daß du die vielen Ungereimtheiten der ganzen Geschichte offensichtlich nicht wahrhaben willst«, sagte er. »Dir scheint das nicht so deutlich aufzufallen wie mir.«

»Pah! was soll das Ganze?« rief Mamie, plötzlich hochfahrend. »Mr. Dodd sagt uns weder, was er denkt, noch, was er weiß.«

»Mamie!« rief Jim.

»Du brauchst keine Rücksicht auf seine Gefühle zu nehmen, James; er nimmt auch auf deine keine Rücksicht«, verkündete die werte Frau Gemahlin. »Und er wagt's auch gar nicht zu bestreiten. Das ist ja auch nicht das erste Mal, daß er sich in Zurückhaltung übt. Hast du vergessen, daß er die Anschrift kannte und sie dir erst sagte, als der Mann verschwunden war?«

Jim wandte sich beschwörend an mich; wir waren alle aufgesprungen. »Loudon«, sagte er, »siehst du, Mamie bildet sich da etwas ein; und ich muß zugeben, es gibt dafür zumindest den Hauch einer Entschuldigung; denn die Geschichte *ist* verworren – selbst für mich, Loudon, mit meinem geübten Geschäftssinn. Um Gottes willen, kläre es auf.«

»Es geschieht mir recht«, sagte ich. »Ich hätte dich nicht im Dunkeln lassen dürfen. Ich hätte dir gleich sagen müssen, daß ich mich verpflichtete zu schweigen; ich hätte dich von Anfang an bitten müssen, mir zu vertrauen. Mehr kann ich auch jetzt nicht tun. An der Geschichte ist noch mehr dran, es geht aber keinen von uns was an, und meine Hände sind gebunden. Ich habe mein Ehrenwort gegeben. Du mußt mir vertrauen und versuchen, mir zu verzeihen.«

»Ich gebe natürlich zu, Mr. Dodd, daß ich sehr dumm bin«, begann Mamie mit alarmierender Liebenswürdigkeit, »doch ich dachte, Sie gingen als Beauftragter meines Gemahls und mit dem Geld meines Gemahls auf diese Reise? Sie erzählen uns nun, Sie wären zu Verschwiegenheit verpflichtet; aber in erster Linie sind Sie doch wohl James verpflichtet, denke ich. Sie sagen, es ginge uns nichts an; wir sind arm, mein Mann ist krank, und es geht uns durchaus was an, ob wir verstehen oder nicht, warum wir unser Geld verloren haben und warum unser Vertreter mit leeren Händen zu uns zurückkehrt. Sie bitten uns, Ihnen zu vertrauen; aber Sie verstehen offenbar nicht; die Frage, die wir uns jetzt selber stellen, ist, ob wir Ihnen nicht schon viel zu viel vertrauten.«

»Nicht Sie habe ich gebeten, mir zu vertrauen«, erwiderte ich, »sondern Jim. Er kennt mich.«

»Sie meinen, mit James können Sie machen, was Sie wollen; Sie verlassen sich auf seine Zuneigung, nicht? Und mich, nehme ich an, ziehen Sie gar nicht in Betracht«, sagte Mamie. »Doch vielleicht war es für Sie ein schwarzer Tag, als wir geheiratet haben, denn ich bin wenigstens nicht blind. Die Mannschaft macht sich davon, das Schiff wird um einen hohen Geldbetrag verkauft, Sie kennen die Anschrift dieses Mannes und verheimlichen sie, Sie finden nicht, wonach Sie suchen sollten, und dennoch verbrennen Sie das Schiff; und nun, da wir um Aufklärung bitten, sind Sie zur Verschwiegenheit verpflichtet! Doch ich bin zu nichts dergleichen verpflichtet; ich werde nicht untätig dastehen und zusehen, wie mein kranker und ruinierter Mann von seinem hochnäsigen Freund betrogen wird. Ich will Ihnen einmal die Wahrheit sagen. Mr. Dodd, Sie sind gekauft und benutzt worden.«

»Mamie«, rief Jim, »Schluß damit! Ich bin's, den du triffst! Ich bin's, den du verletzt. Du weißt von nichts, du kannst diese Dinge nicht verstehen. Wäre Loudon nicht gewesen, könnte ich dir heute nicht in die Augen sehen. Er rettete meine Ehre.«

»Das hab' ich schon oft genug gehört«, antwortete sie. »Du bist ein gutherziger Narr, und ich liebe dich dafür. Doch ich bin eine Frau mit einem klaren Kopf; meine Augen sind offen, und ich sehe, wie scheinheilig dieser Mann ist. Kam er denn nicht heute hierher, um vorzugeben, er würde eine Stellung annehmen – er würde seinen schwerverdienten Lohn mit uns teilen, bis du wieder gesund bist? Aber er tut doch nur so! Das macht mich rasend! Seinen Lohn! Einen Teil seines Lohnes! Das wäre ein Almosen für dich gewesen, dein Anteil an der *Flying Scud* – du, der du für ihn gearbeitet und dich geplagt hast, als er ein Bettler in den Straßen von Paris war. Aber wir verzichten auf Ihre Almosen; Gottlob kann ich selbst für meinen Gatten arbeiten! Da siehst du, was es bedeutet, einem Gentleman zu helfen. Ja, solange er ein Bettler war, da durftest du ihm unter die Arme greifen. Er stand einfach da und rührte keinen Finger, ließ dich seine Schuhe putzen und machte sich über dich lustig. Denn Sie haben sich über meinen James immer lustig gemacht; in Ihrem Innersten haben Sie immer auf ihn herabgeblickt, das wissen Sie selbst!« Sie wandte sich wieder an Jim. »Und nun, da er reich ist«, begann sie und fiel wieder über mich her; »denn Sie sind reich, wagen Sie es nur nicht zu bestreiten; ich fordere Sie auf, mir in die Augen zu sehen und zu behaupten, daß Sie nicht reich sind – reich von unserem Geld – vom Geld meines Mannes –«

Der Himmel weiß, zu welchen Höhen sie sich noch gesteigert hätte, zumal an diesem Punkt ihr eigener Orkan aus Worten sie körperlich mit sich wirbelte. Herzweh, schwärzeste Depression, Verständnis für meine Widersacherin, unsagbares Mitleid mit dem armen Jim erfüllten, spalteten und bedrückten bereits mein Inneres. Flucht schien der einzige Ausweg; und Jim ein heimliches Zeichen gebend, so als würde ich ihn um Erlaubnis bitten, zog ich mich still aus dieser ungleichen Schlacht zurück.

Ich war erst ein kurzes Stück die Straße hinuntergegangen, als mich der Klang nacheilender Schritte und Jims Stimme, die meinen Namen rief, aufhielten. Er war mir mit einem Brief gefolgt, der schon lange auf meine Rückkehr gewartet hatte.

Wie im Traum nahm ich ihn an mich. »Das war ein hartes Geschäft«, sagte ich.

»Denk nicht schlecht von Mamie«, flehte Jim mich an. »Sie ist nun einmal so; es ist ihre hochherzige Loyalität. Und natürlich weiß ich, daß alles in Ordnung ist. Ich kenne deinen lauteren Charakter; aber irgendwie hast du uns das Ganze nicht wirklich klargemacht, Loudon. Jeder hätte – also wirklich – ich meine –«

»Egal, was du meinst, mein armer Jim«, sagte ich. »Sie ist eine tapfere Frau und treue Gemahlin: und ich fand sie großartig. Meine Geschichte ist ja wirklich hinten und vorne unglaubwürdig. Ich werde deshalb weder sie noch dich weniger schätzen.«

»Ach, das geht schon vorüber, das muß es ja«, sagte er.

»Das kann es nicht«, erwiderte ich seufzend; »bemüh' dich ja nicht darum! Erwähne nie wieder meinen Namen, es sei denn mit einem Fluch. Und eile sofort wieder an ihre Seite. Leb wohl, bester aller Freunde. Leb wohl, und Gott segne dich. Wir werden uns nie wiedersehen.«

»Oh, Loudon, daß wir das erleben mußten!« rief er.

Mir hatte das Leben nichts mehr zu bieten bis auf den gelegentlichen Impuls, Selbstmord zu begehen oder mich vollaufen zu lassen, und so ließ ich mich willenlos durch die Straßen treiben, wie von Sinnen, wie auf Wolken schreitend, von Gram betäubt. Ich hatte Geld in meiner Tasche; ob meines oder das meiner Gläubiger, konnte ich nicht wissen. Und da das Poodle Dog auf meinem Weg lag, ging ich mechanisch hinein und setzte mich an einen Tisch. Ein Kellner fragte nach meinen Wünschen, und ich nehme an, ich gab eine Bestellung auf; denn im Nu fand ich mich, ganz plötzlich wieder bei hellem Bewußtsein, mitten im ersten Gang meines Dinners. Auf dem weißen

Tischtuch direkt neben meinem Ellenbogen lag der Brief, von geschulter Hand adressiert, mit englischer Marke, in Edinburgh gestempelt. Ein Teller Bouillon und ein Glas Wein weckten in einem Winkel meines Hirns (wo alles übrige Trauer trug, die Rolläden geschlossen waren wie für ein Begräbnis) eine leise Neugier; und während ich auf den nächsten Gang wartete und mich fragte, was ich wohl bestellt haben mochte, öffnete ich das epochemachende Schriftstück und fing zu lesen an:

»SEHR GEEHRTER HERR! Mir fällt die betrübliche Aufgabe zu, Sie vom Ableben Ihres vortrefflichen Großvaters, Mr. Alexander Loudon, am 17. des Monats in Kenntnis zu setzen. Am Sonntag, dem 13., ging er am Morgen wie üblich in die Kirche und blieb auf dem Heimweg an der Ecke der Princess Street stehen, um sich mit einem alten Freund zu unterhalten. Es wehte der für diese Jahreszeit bei uns typische scharfe Ostwind. Noch am selben Abend stellte sich eine akute Bronchitis ein; gleich von Anfang an rechnete Dr. M'Combie mit einem tödlichen Ausgang, und auch der alte Herr machte sich über seinen Zustand offenbar keine Illusionen. Wiederholt versicherte er mir, jetzt sei's mit ihm vorbei; höchste Zeit, fügte er einmal hinzu, schroff wie immer. Der nahende Tod bewirkte in ihm nicht die geringste Veränderung: nur von Ihnen (und ich bin sicher, dies ist tröstlich für Sie zu hören) sprach und dachte er mit noch mehr Zuneigung als sonst: er sprach von Ihnen als Jeannies Buben im Ton größter Hochschätzung. Der war der einzige von der ganzen Bande, den ich je leiden konnte, war eine seiner Aussagen; und es wird Sie auch freuen zu hören, daß er sich besonders gern an den pflichtschuldigen Respekt erinnerte, mit dem Sie ihm immer begegneten. Das kleine Kodizill zu seinem Testament, in dem er Ihnen seinen Molesworth und andere Fachbücher vermacht, wurde (wie Sie sehen) am Tag vor seinem Tode hinzugefügt; somit waren Sie bis zum Ende in seinen Gedanken. Ich darf sagen, daß er, obgleich ein recht schwieriger Patient, von Ihrem Onkel und Ihrer Cousine, Miss Euphemia, mit größter Hingabe gepflegt wurde. Ich lege eine Abschrift des Testaments bei, der Sie entnehmen können, daß Sie mit Mr. Adam zu gleichen Teilen bedacht sind und daß ich einen Betrag von annähernd siebzehntausend Pfund zu Ihrer Verfügung halte. Ich möchte Ihnen zu dieser ansehnlichen Erbschaft gratulieren und erwarte Ihre Anweisungen, die ich mit größter Aufmerksamkeit befolgen werde. In der Annahme, daß es vielleicht Ihr Wunsch ist, unverzüglich in dieses Land zurückzukehren, ich aber Ihre derzeitige Lage nicht kenne, lege ich diesem Schreiben eine Gutschrift über sechshundert Pfund bei. Unterzeichnen Sie bitte die beigelegte Quittung und senden Sie diese, sobald es Ihnen konveniert, an mich zurück.

In vorzüglicher Hochachtung,
W. RUTHERFORD GREGG.«

»Gott segne den alten Herrn!« dachte ich; »und, was das betrifft, segne auch Onkel Adam! und meine Kusine Euphemia! und Mr. Gregg!« Ich hatte eine Vision von jenem grauen alten Leben, das nun ein Ende gefunden hatte – »höchste Zeit« – eine Vision von jenen Sabbathstraßen, einmal wie leergefegt, dann wieder erfüllt von schweigenden Menschen; vom Gelärm der Glocken, dem langgezogenen liturgischen Gesang, dem schneidenden Ostwind, dem leeren, hallenden, düsteren Haus, in das »Ecky« zurückgekehrt war, die Hand des Todes schon auf der Schulter; eine Vision auch vom hochgewachsenen, ungehobelten Burschen vom Lande, der im Schutz der Hagedornhecken den Mädchen nachstellte und vielleicht sogar auf dem Dorfanger tanzte, damals, als er sich diesen rauhen Kosenamen zuerst verdiente und später darauf hörte. Und ich fragte mich, ob der arme Ecky im Leben im großen und ganzen eigentlich Erfolg gehabt hatte; ob der letzte Abschnitt im Leben des Mannes nicht eigentlich schlechter war als der erste; und das Haus in Randolph

Crescent nicht ein weniger schönes Heim als der Weiler, in dem er das Licht der Welt erblickt hatte und zum Manne herangewachsen war. Hierin lag ein tröstlicher Gedanke für einen, der selbst ein Versager war.

Ja, ich gebe zu, das Wort drängte sich auf; aber in einer anderen Kammer meines Hirns jubelte und jauchzte ich über meinen neu erlangten Reichtum. Der Berg von Goldstücken – viertausendzweihundertfünfzig Doublonen, siebzehntausend häßliche Sovereigns, einundzwanzigtausendzweihundertfünfzig Napoleons – tanzte und klingelte, floß schmelzend dahin und erhellte in meiner Phantasie das Leben mit seinem Glanz. Mit einemmal lag alles ganz klar und deutlich vor mir: Paradies – Paris, wollte ich sagen – wiedererobert, Carthew beschützt, Jim wieder auf die Beine gestellt, die Gläubiger...

»Die Gläubiger!« wiederholte ich und sank wie betäubt zusammen. Es gehörte alles ihnen, bis auf den letzten Penny: Mein Großvater war zu früh gestorben, um mich zu retten.

Irgendwo tief drin in mir muß eine hauchdünne Ader der Entschlußkraft schlummern. In diesem entscheidenden Augenblick war ich zu allem bereit bis auf das eine: ich war bereit, alles zu tun und überall hinzugehen, solange ich nur mein Geld retten konnte. Im schlimmsten Falle auch bereit zur Flucht, Flucht in eines dieser gesegneten Länder, in das das gefräßige Reptil Auslieferung noch nicht Eingang gefunden hat.

Es gibt keine Auslieferung
's ist heilige Überlieferung
in Callao!

– diese alten gesetzlosen Verse gingen mir nicht aus dem Sinn; und ich sah mich selbst, mein Gold fest umklammernd, in Gesellschaft jener Männer, die sie einst ausgedacht und gesungen hatten, in den rohen, bluttriefenden Hafenspelunken von Chile und Peru. Meine Pechsträhne, der Bruch meiner alten Freundschaft, die Seifenblase, die Fortuna mir einen Moment lang vorgegaukelt hatte und dann platzen ließ, hatten mich klein und häßlich gemacht (wie der passende Ausdruck lautet). Im Schein einer Kiefernfackel abscheulichen Branntwein in Gesellschaft abscheulicher Kumpane zu trinken, mit der Bürde meines heimlichen Schatzes im Gurt umherzuirren; mit dem Messer in der Hand um diesen Schatz zu kämpfen und sich dabei auf dem Lehmboden zu wälzen; ständig auf neuen Schiffen zu fliehen, von Insel zu Insel über den Ozean gejagt zu werden – das erschien mir in meinem damaligen Gemütszustand als willkommener Ablauf der Ereignisse.

Das war das denkbar schlimmste Szenario; doch langsam dämmerte mir, daß es möglicherweise ein besseres gäbe. Einmal entkommen, einmal sicher in Callao, könnte ich an meine Gläubiger doch in guter Haltung herantreten; und von einem schlauen Handlungsbevollmächtigten richtig präpariert, war es durchaus möglich, daß sie einen Vergleich akzeptieren würden. Diese Hoffnung brachte mich wieder auf den Bankrott. Es war seltsam, dachte ich: so oft ich Jim auch gefragt hatte, eine Antwort hatte ich nie erhalten. In seiner Begierde nach Neuigkeiten über das Wrack ging meine eigene, nicht weniger legitime Neugier leer aus. Ich mußte daher, so ungern ich's auch tat, auf der Stelle zurück und herausfinden, wo ich stand.

Sogleich erhob ich mich, mein Dinner war noch nicht beendet; zahlte aber natürlich für alles und warf dem Kellner ein Goldstück zu. Jetzt war mir alles gleich; ich wußte nicht, was mir gehörte, und es scherte mich auch nicht: Ich mußte eben nehmen, was sich bot, und geben, was ich konnte; rauben und verschwenden schienen die komplementären Seiten meines neuen Geschicks. Ich ging die Bush Street hinauf, pfeifend, mich wappnend, in erster Linie gegen die Konfrontation mit Mamie, in zweiter Linie gegen die Welt im allgemeinen und einen bestimmten, vor meinem inneren Auge Gestalt annehmenden Richter auf der Richterbank. Vor dem Haus machte ich kurz Halt und zündete mir eine Zigarre an, um mir mehr Contenance zu verleihen; und indes ich diese paffte und eine (da bin ich sicher) klägliche Version von Geckenhaftigkeit zur Schau stellte, betrat ich erneut den Schauplatz meiner Niederlage.

Mein Freund beendete mit seiner Gemahlin gerade eine ärmliche Mahlzeit – kärgliche Reste von kaltem Hammelfleisch, Überbleibsel vom Frühstückskuchen, ebenfalls kalt, und eine kümmerliche Kanne Kaffee.

»Verzeihen Sie, Mrs. Pinkerton«, sagte ich. »Ich bedaure, meine Gegenwart jemandem aufdrängen zu müssen, der sie nicht wünscht; doch es gibt eine geschäftliche Angelegenheit, die zu besprechen unumgänglich ist.«

»Ich bitte Sie, nehmen Sie auf mich keine Rücksicht«, erwiderte Mamie, stand auf und verschwand erhobenen Hauptes im angrenzenden Schlafzimmer.

Jim sah ihr nach und schüttelte den Kopf; er wirkte erbärmlich alt und krank.

»Was gibt es jetzt?« fragte er.

»Vielleicht weißt du noch, daß du keine meiner Fragen beantwortet hast«, sagte ich.

»Deine Fragen?« stammelte Jim.

»Genau das, Jim. Meine Fragen«, wiederholte ich. »Ich habe ebenso wie du Fragen gestellt; und so wenig ich auch Mamie mit meinen Antworten zufriedenstellte, so möchte ich dich doch daran erinnern, daß du mir überhaupt nicht geantwortet hast.«

»Du meinst wegen des Bankrotts?« fragte Jim.

Ich nickte.

Er wand sich auf seinem Stuhl. »Die nackte Wahrheit ist, daß ich mich schäme«, sagte er, »ich hab' versucht, dir auszuweichen. Loudon, ich hab' dich an der Nase rumgeführt. Ich habe dich von Anfang an hintergangen und schäme mich, dies zuzugeben. Und da kamst du nach Hause und stelltest mir genau jene Frage, die ich fürchtete. Warum sind wir so schnell bankrott gegangen? Dein wachsamer Geschäftsblick hat dich nicht getäuscht. Das ist es, das ist meine Schmach; das ist es, was mich diesen Nachmittag fast umbrachte, als Mamie dich so behandelte, und mein Gewissen sagte mir die ganze Zeit: Du bist der Mann.«

»Was war es, Jim?« fragte ich.

»Womit ich mich die ganze Zeit beschäftigt hatte, Loudon«, lamentierte er; »und ich weiß nicht, wie ich es dir sagen und dir dabei in die Augen sehen kann, nach allem, was ich dir vorgelogen habe. Es waren Aktien«, fügte er flüsternd hinzu.

»Und du hattest Angst davor, mir das zu sagen!« rief ich. »Du armer, alter, unglückseliger Träumer! Was spielt es schon für eine Rolle, was du getan oder nicht getan hast? Siehst du denn nicht, daß wir verloren sind? Und außerdem ist das gar nicht meine Frage. Wo ich stehe, möchte ich wissen. Das hat einen besonderen Grund. Drücke ich mich klar genug aus? Hab' ich eine gerichtliche Freistellung – oder was muß ich tun, um eine zu bekommen? Ab welchem Datum? Du machst dir keine Vorstellung, was alles davon abhängt!«

»Das ist ja überhaupt das Schlimmste«, erwiderte Jim, als spräche er im Schlaf, »ich weiß nicht, wie ich es ihm sagen kann.«

»Wovon sprichst du?« rief ich, und ein Stich des Entsetzens bohrte sich mir ins Herz.

»Ich fürchte, ich habe dich geopfert, Loudon«, sagte er und blickte mich flehend an.

»Mich geopfert?« wiederholte ich. »Wie? Was meinst du mit geopfert?«

»Ich weiß, es wird deine so empfindliche Selbstachtung erschüttern«, sagte er; »aber was konnte ich tun? Es sah alles so furchtbar aus. Der Konkursverwalter –« (Wie gewöhnlich blieb ihm der Name im Halse stecken, und er begann von neuem.) »Es wurde viel geredet; die Presseleute waren bereits hinter mir her; überall nur Schwierigkeiten, und dann die Geschichte mit dem Mexiko-Geschäft; ich verfiel in Panik, ich nehme an, ich hab' einfach den Kopf verloren. Siehst du, du warst nicht hier, und das führte mich eben in Versuchung.«

Ich wußte nicht, wie lange er noch mit derart furchterregenden Anspielungen um den heißen Brei herumreden würde, und war bereits völlig außer mir vor Angst. Was hatte er denn getan? Ich sah ein, daß er in Versuchung geraten war; ich wußte aus seinen Briefen, daß er nicht in der Verfassung gewesen war zu widerstehen. Wie hatte er den Abwesenden geopfert?

»Jim«, sagte ich, »du mußt es jetzt offen zugeben. Das Herumgerede halte ich nicht länger aus.«

»Schön«, erwiderte er, »ich weiß, ich habe mir was herausgenommen – ich habe es so hingestellt, als wärst du kein Geschäftsmann, sondern nur ein völlig abgebrannter Maler; hättest die halbe Zeit sowieso nicht Bescheid gewußt, besonders nicht bei Geld und Konten. Ich behauptete, du hättest überhaupt nie begriffen, wem was gehörte. Das mußte ich einfach sagen, da einige Eintragungen in den Büchern –«

»Um Himmels willen«, rief ich, »erlöse mich aus dieser Qual! Also wessen hast du mich bezichtigt?«

»Bezichtigt?« wiederholte Jim. »Dessen, was ich dir grad erzähle. Und da es keinen Partnerschaftsvertrag gibt, gab ich vor, du wärst nur eine Art Angestellter, den ich Partner nannte, nur um ihm zu schmeicheln; dadurch gelang es mir, dich als Gläubiger einstufen zu lassen, mit Anspruch auf deinen Lohn und das Geld, das du mir geliehen hast. Und –«

Mir schwankte der Boden unter den Füßen. »Als Gläubiger!« schrie ich; »als Gläubiger! Also bin ich am Bankrott überhaupt nicht beteiligt?«

»Nein«, erwiderte Jim. »Ich weiß, ich habe mir eine Freiheit herausgenommen –«

»Ach, zum Teufel mit deiner Freiheit! Lies das«, rief ich und warf den Brief vor ihn auf den Tisch, »ruf deine Frau herein und hör auf, diesen Müll hier zu essen« – mit diesen Worten schleuderte ich das kalte Hammelfleisch in den leeren Kamin – »und laß uns alle miteinander auf ein Champagner-Dinner gehen. Ich hab' schon gegessen – ich weiß nicht einmal mehr, was es war; aber an einem Abend wie diesem könnte ich noch zehnmal dinieren. Lies das, du Riesenesel! Ich bin nicht verrückt. Kommen Sie, Mamie«, fuhr ich fort, die Tür zum Schlafzimmer öffnend, »kommen Sie, schließen Sie Frieden mit mir und umarmen Sie Ihren Mann; und ich sage euch, nach dem Dinner gehen wir wohin, wo's eine Kapelle gibt, und dort tanzen wir bis Sonnenaufgang.«

»Was hat das alles zu bedeuten?« rief Jim.

»Es bedeutet, daß wir heute abend zu Champagner dinieren und morgen gemeinsam ins Napa Valley oder nach Monterey fahren«, gab ich zurück. »Mamie, gehen Sie und machen Sie sich fertig; und du, Jim, setz' dich dahin, wo du bist, nimm ein Blatt Papier und teile Franklin Dodge mit, er soll nach Texas gehen. Mamie, meine Liebe, Sie hatten recht; ich war die ganze Zeit reich und wußte es nicht.«

Kapitel XIX

Reisen mit einem Winkeladvokaten

Das anstrengende, unselige Abenteuer mit der *Flying Scud* war nun zu Ende; wir hatten uns in die tiefen Fluten gestürzt und waren ihnen nur entronnen, um zu darben, wir waren bankrott gewesen und waren jetzt gerettet, hatten gestritten und uns versöhnt; nun blieb mir nichts weiter zu tun als *Te Deum* zu singen, einen Schlußstrich zu ziehen und eine neue Seite meines ungeschriebenen Tagebuchs aufzuschlagen. Ich gebe nicht vor, mich in Mamies Augen voll rehabilitiert zu haben; das hätte ich auch gar nicht verdient; und ich war sicher wortkarger gewesen, als es dem

Partner oder Freunde ziemte. Aber sie fand sich in nobler Manier damit ab; und im Verlaufe jener Woche, die ich nun mit ihnen verbrachte, waren sowohl sie als auch Jim gütig genug, mich mit weiteren Fragen zu verschonen. Wir begaben uns nach Calistoga; man munkelte von einem starken Anziehen der Grundstückspreise in Napa, die Möglichkeit eines Booms zog Jim in ihren Bann, und er erklärte mir, es würde ihm das Zusehen eine gewisse Freude bereiten, so etwa wie Napoleon auf St. Helena sich mit Militärlektüre unterhielt. Sein Ehrgeiz sei ein für allemal tot; nie wieder wolle er selbst ewas unternehmen; er freue sich auf eine Ranch in einem Tal im Gebirge, ein kleines Feld, zwei Kühe, ein gemütliches, beschauliches Alter im Schatten grüner Wälder. »Warte nur, bis ich erst auf dem Rücken in einer Wiese liege«, sagte er, »dann wirst du sehen, daß in mir grad noch soviel Energie ist wie in einem Häufchen Kitt.«

Und tatsächlich ruhte dieses draufgängerische Wesen zwei volle Tage lang. Am dritten sah man ihn im Gespräch mit dem Herausgeber des Lokalblatts, und er gestand, daß er daran dachte, Blatt und Druckerei eventuell zu kaufen. »Als eine Art Hobby für einen sonst ganz untätigen Mann«, sagte er bittend; »und wenn hier der Aufschwung kommt, wie zu erwarten ist, könnten auch ein paar Dollar dabei herausschauen.« Am vierten Tage war er bis zum Dinner allein unterwegs; am fünften unternahmen wir eine ausgedehnte Landpartie zum neuen Betätigungsfeld; und den sechsten brachten wir zur Gänze mit der Ausarbeitung von Prospekten zu. Hier stand der Pionier von McBride City, aufrecht und selbstbewußt wie eh und je; das Feuer in seinen Augen loderte wieder, seine Stimme hatte wieder ihren alten Klang; ein Schlachtroß, das das Schlachtfeld wittert und zwischen den Lanzen triumphierend wiehert. Am Morgen des siebenten Tages unterzeichneten wir einen Partnerschaftsvertrag, da Jim anders keinen Dollar von mir annehmen wollte; und nachdem ich mich – oder jedenfalls, was sterblich ist an mir, nämlich meine Geldbörse – einmal mehr vom Räderwerk seiner Maschinerie hatte erfassen lassen, kehrte ich allein nach San Francisco zurück und bezog im Palace Hotel Quartier.

Am selben Abend kam Nares zum Dinner. Sein sonnverbranntes Gesicht, seine eigentümliche Redeweise riefen in mir die Erinnerung an Tage wach, die kaum vergangen waren und doch schon so ferne schienen. Durch die Musik der Kapelle draußen, das Klirren der Gläser und das Stimmengewirr des Speisesaals vermeinte ich das Rauschen der Brandung und das Kreischen der Seevögel über Midway zu vernehmen. Noch waren die Wunden auf unseren Händen nicht verheilt; und hier saßen wir nun, bedient von beflissenen Schwarzen, aßen *pompino* und tranken gekühlten Champagner.

»Denken Sie an unsere Mahlzeiten auf der *Norah*, Käpt'n, und dann tun Sie mir den Gefallen und schauen Sie sich als Kontrast diesen Raum hier an.«

Er ließ das Bild langsam auf sich einwirken. »Ja, es ist – wie ein Traum«, sagte er; »als wären diese Ober hier in Wirklichkeit so groß wie Zehn-Cent-Stücke; als würde sich jeden Moment eine riesige Luke öffnen und Johnson seinen riesigen Kopf und seine riesigen Schultern durchzwängen und Acht Glasen! rufen – und das Ganze mit einem Schlag verschwinden.«

»Also, verschwunden ist ja wohl eher die andere Sache«, erwiderte ich. »Aber das ist alles vorbei, tot und begraben. Amen! sag' ich.«

»Da bin ich nicht so sicher, Mr. Dodd; um ehrlich zu sein, ich glaub' nicht dran«, sagte Nares. »Die Sache mit der *Flying Scud* ist noch am köcheln; und der Koch heißt, schätze ich, Bellairs. Am Tag unserer Ankunft machte er sich an mich ran: wie das Leiden Christi – schäbig angezogen – frisch mit Pickeln ausgestattet: nach Ihrer Beschreibung erkannte ich ihn sofort. Ich ließ die Fragerei über mich ergehen, bis ich sein Spiel durchschaute. Er weiß eine Menge, was wir nicht wissen, vieles, was auch wir wissen, und den Rest vermutet er. Für irgend jemand braut sich da was zusammen.«

Ich war überrascht, daß ich nicht schon früher dran gedacht hatte. Bellairs hatte im Hintergrund gelauert; er hatte Dickson gekannt; er wußte von der Flucht der Mannschaft; es war sehr wahrscheinlich, daß er sich etwas zusammenreimte; und wenn er einen Verdacht hatte, so würde er daraus sicher einen Vorteil ziehen wollen. Und wirklich war ich am nächsten Morgen noch nicht ganz angekleidet, als der Anwalt schon an meine Türe klopfte. Ich bat ihn herein, denn ich war neugierig; und nach einigen mehrdeutigen Prolegomena schlug er rundheraus vor, ich sollte mit ihm halbe-halbe machen.

»Wovon halbe-halbe?« fragte ich.

»Wenn Sie gestatten, daß ich meinen Gedanken in etwas gewöhnliche Worte kleide«, sagte er, »so könnte ich Sie auch fragen: Sind Sie aus gesundheitlichen Gründen nach Midway gefahren?«

»Nicht daß ich wüßte«, erwiderte ich.

»Ebenso, Mr. Dodd, darf ich Ihnen versichern, daß ich für diesen meinen Schritt gewichtige Gründe habe«, fuhr der Anwalt fort. »Aufdringlichkeit ist meinem Wesen fremd. Doch Sie und ich, Sir, wir ziehen beide am gleichen Strang. Könnten wir fürderhin gemeinsam an der Sache arbeiten, so stünden Ihnen meine Kenntnis der Gesetze und eine umfangreiche Erfahrung bei heiklen Verhandlungen wie dieser zur Verfügung. Sollten Sie Ihre Zustimmung verweigern, so fänden Sie in mir einen ernstzunehmenden und« – er zögerte – »und, zu meinem eigenen Bedauern, vielleicht gefährlichen Widersacher.«

»Haben Sie das auswendig gelernt?« fragte ich jovial.

»Das würde ich *Ihnen* empfehlen!« erwiderte er mit plötzlich aufflackernder zorniger Drohung, die jedoch im nächsten Moment wieder in Kriecherei versickerte. »Ich versichere Ihnen, Sir, ich komme als Freund; und ich denke, Sie unterschätzen den Stand meines Wissens. So weiß ich, nur um Ihnen ein Beispiel zu geben, bis auf den letzten Cent, was Sie gewonnen (oder wohl eher verloren) haben, und ich weiß auch, daß Sie inzwischen einen ansehnlichen Wechsel auf London eingelöst haben.«

»Und was schließen Sie daraus?« fragte ich.

»Ich weiß, woher der Wechsel kam«, schrie er und zuckte zurück wie jemand, der viel gewagt hat und es sogleich wieder bereut.

»Und?« erwiderte ich.

»Sie vergessen, daß ich Mr. Dicksons vertraulicher Agent war«, erklärte er. »Sie kannten seine Anschrift, Mr. Dodd. Wir beiden waren die einzigen, mit denen er in San Francisco sprach. Sie sehen also, daß sich meine Schlußfolgerungen geradezu aufdrängen: Sie sehen, wie offen und ehrlich ich zu Ihnen bin; so wie ich auch mit jedem anderen Gentleman verfahren würde, mit dem mich ein gemeinsames Geschäft verbindet. Sie sehen, wieviel ich weiß; und Ihrem gesunden Menschenverstand kann schwerlich entgehen, um wieviel besser es wäre, wenn ich alles wüßte. Sie können nicht erwarten, mich zu diesem späten Zeitpunkt in der Geschichte noch loszuwerden, ich habe meinen Platz in der Affaire, man kann mich nicht einfach abschütteln; ich bin, wenn Sie mir diesen kleinen Ausflug ins Fachliche gestatten wollen, die Hypothek, die auf dem Besitze lastet. Welchen Schaden ich tatsächlich anrichten kann, das überlasse ich Ihrem eigenen Urteil. Aber auch ohne so weit zu gehen, Mr. Dodd, und ohne mich selbst zu kompromittieren, könnte ich sehr unangenehm werden. Zum Beispiel Mr. Pinkertons Bankrott. Wir beide wissen, Sir – und Sie wohl besser als ich –, auf welch enorme Mittel Sie zurückgreifen können. Weiß Mr. Pinkerton überhaupt davon? Sie allein kannten die Anschrift, und Sie hielten sie geheim. Nehmen wir an, ich würde mit Mr. Pinkerton in Verbindung treten –«

»Hören Sie!« unterbrach ich ihn. »Treten Sie doch (wenn Sie gestatten, daß ich nun meine Gedanken in etwas gewöhnlichere Worte kleide), bis Sie schwarz werden. Es gibt nur eine einzige Person, mit der weiter in Verbindung zu treten ich Ihnen untersage, und das bin ich. Guten Morgen.«

Er konnte Wut, Enttäuschung und Erstaunen nicht verbergen; und wurde im Korridor (da bin ich mir sicher) wieder von St. Veit gebeutelt.

Ich war von dieser Unterredung angewidert; es traf mich hart, von allen Seiten verdächtigt zu werden und von diesem Intriganten neuerlich zu hören, was mir bereits Jims Gemahlin gesagt hatte; und doch blieb als stärkster Eindruck ein anderes Gefühl zurück, das wohl eher als unbestimmte Angst zu beschreiben war. Dieses Mannes feige Unverschämtheit ging geradezu wider die Natur; es war, als hätte mich ein Lamm mit Hörnern gestoßen; wenn ein solcher Feigling eine derartige Kühnheit an den Tag legt, so deutet das auf unerschütterliche Entschlossenheit, drückende Zwangslage und gewaltige Mittel. Ich dachte an den mir unbekannten Carthew, und mir wurde übel, da ich dieses Frettchen auf seinen Spuren sah.

Meine Nachforschungen ergaben, daß man den Anwalt soeben wegen eines Vergehens aus der Kammer ausgeschlossen hatte; und diese Entdeckung verstärkte meine Besorgnis. Da war dieser Halunke – ohne Geld oder die Möglichkeit, welches zu verdienen, von seinen Standeskollegen vor die Tür gesetzt, öffentlich gedemütigt und daher zweifellos erfüllt von einer Mordswut auf das Universum. Und dann war da andererseits ein Mann mit einem Geheimnis; reich, verängstigt, praktisch untergetaucht; der bereit gewesen war, zehntausend Pfund für das Gerippe der *Flying Scud* zu bezahlen. Eigentlich ohne es zu wollen, schlug ich mich im Geiste auf die Seite des Opfers; die Angelegenheit belastete mich; den ganzen Tag über beschäftigte mich die Frage, wieviel der Anwalt wußte, wieviel er vermutete und wann er zum Angriff übergehen würde.

Einige dieser Fragen sind bis heute nicht geklärt; andere sollten sehr bald geklärt werden. Woher er Carthews Namen wußte, ist noch immer rätselhaft; mag sein, daß er dabei in einem Matrosen von der *Tempest*, vielleicht sogar in meinem eigenen alten Seebären ein williges Werkzeug fand; aber ich war ganz in seiner Nähe, als er die Anschrift erfuhr. Das geschah folgendermaßen. Eines Abends, ich hatte eine Verabredung und schlug die Zeit bis dahin tot, schlenderte ich zufällig über den Hof des Hotels, während die Kapelle spielte. Der Ort war von elektrischem Licht taghell erleuchtet; und in einiger Entfernung gewahrte ich inmitten der Umstehenden die Gestalt von Bellairs, ins Gespräch mit einem Gentleman vertieft, dessen Gesicht mir bekannt vorkam. Das war bestimmt jemand, den ich schon gesehen hatte, und zwar erst kürzlich; aber wer oder wo, das wußte ich nicht. Ein Hoteldiener, der direkt neben mir stand, gab mir den nötigen Hinweis. Der Fremde war ein Angehöriger der englischen Marine, aus Honolulu krankheitshalber heimgeschickt, und dort hatte er denn auch sein Schiff verlassen; und tatsächlich konnte ich es nur der anderen Kleidung und den Auswirkungen der Krankheit zuschreiben, daß ich meinen Freund und Briefpartner, Lieutenant Sebright, nicht sogleich erkannt hatte.

Das Zusammentreffen dieser beiden Gestirne schien mir unheilvoll, daher näherte ich mich unauffällig; doch anscheinend hatte Bellairs seine Angelegenheit bereits erledigt; er verschwand in der Menge, und ich fand meinen Offizier allein vor.

»Wissen Sie, mit wem Sie eben sprachen, Mr. Sebright?« begann ich.

»Nein«, erwiderte er. »Ich kenne den Mann überhaupt nicht. Stimmt was nicht?«

»Das ist ein übel beleumundeter Winkeladvokat, erst kürzlich aus der Kammer ausgeschlossen«, sagte ich. »Ich wünschte, ich hätte Sie rechtzeitig gesehen. Ich hoffe doch, Sie haben ihm nichts über Carthew erzählt?«

Er errötete bis über beide Ohren. »Es tut mir schrecklich leid«, sagte er. »Er hatte ganz ordentliche Manieren, und ich wollte ihn loswerden. Er fragte ja auch nur nach der Anschrift.«

»Und die haben Sie ihm gegeben?« rief ich.

»Es tut mir wirklich schrecklich leid«, sagte Sebright. »Leider ja.«

»Gott vergebe Ihnen!« war mein knapper Kommentar, und damit kehrte ich dem Tolpatsch den Rücken.

Jetzt war das Fett im Feuer: Bellairs hatte die Anschrift, und ich hätte mich schon gewaltig täuschen müssen, würde Carthew nicht bald von ihm hören. Dieser Eindruck war so stark und schmerzlich, daß ich am nächsten Morgen aus Neugier der Behausung des Anwalts einen Besuch abstattete. Eine alte Frau schrubbte die Treppe, und das Türschild war abmontiert.

»Rechtsanwalt Bellairs?« sagte die alte Frau. »Heute morgen nach Osten aufgebrochen. Rechtsanwalt Dean ist nur einen Block weiter.«

Ich bemühte Rechtsanwalt Dean nicht, sondern ging langsam zu meinem Hotel zurück, wobei mir die unterschiedlichsten Gedanken durch den Kopf schossen. Das Bild der alten Frau, die die beschmutzte Treppe aufwusch, ließ mich nicht mehr los; es schien, als würden der Wasservorrat der gesamten Stadt und alle im Staat verfügbare Seife nicht hinreichen, um eine Treppe reinzuwaschen, die so lang eine Durchgangsstelle für schmutzige Geheimnisse gewesen war, eine Fabrik für niederträchtigen Betrug. Und nun war dieser Winkel unbewohnt; irgendein Richter hatte wie eine gewissenhafte Hausfrau das Netz zerstört und die fette Spinne sich davongemacht, um woanders neuen Opfern nachzujagen. Ich hatte mich (wie ich schon sagte) allmählich auf die Seite Carthews geschlagen; nun, da sein Feind ihm auf den Fersen war, wurde meine Anteilnahme noch stärker; und ich begann mich zu fragen, ob ich ihm nicht helfen könne. Damit trat das Drama um die *Flying Scud* in eine neue Phase. Es war von Anfang an merkwürdig genug gewesen; es versprach ein außerordentliches Ende; und ich, der ich so viel dafür bezahlt hatte, um den Anfang zu erfahren, konnte nun wohl noch etwas drauflegen, um auch das Ende zu erfahren. In San

Francisco trödelte ich herum, erholte mich von den Strapazen unserer Reise, gab Geld aus, bereute es und nahm mir immer wieder vor, am nächsten Morgen abzureisen. Warum also nicht abfahren und Bellairs im Aug' behalten? Verfehlte ich ihn, so schadete es nichts, dann war ich Paris um ein Stück näher. Sollte ich aber seine Spur finden und ihr folgen, so mußte es schon mit dem Teufel zugehen, wenn ich ihm nicht Sand ins Getriebe werfen konnte, und im schlimmsten Fall hatte ich immer noch interessante Auftritte und Enthüllungen zu erwarten.

In derart unentschiedener Stimmung faßte ich den Entschluß, mich einmal mehr in die Geschichte von Carthew und der *Flying Scud* einzumischen. Am selben Abend schrieb ich einen Abschiedsbrief an Jim, und an Dr. Urquart sandte ich ein Schreiben, in dem ich ihn inständig bat, Carthew zu warnen; am Morgen war ich auf dem Fährboot; und zehn Tage später wandelte ich über das Promenadendeck der *City of Denver*. Zu diesem Zeitpunkt war von meiner Entschlossenheit nicht mehr allzuviel übrig, was ja meinem Naturzustand entsprach. Ich sagte mir, ich sei schließlich auf dem Weg nach Paris oder Fontainebleau, um das Studium der Künste wieder aufzunehmen; und wenn ich noch an Carthew oder Bellairs dachte, dann nur, um über meinen eigenen Spleen zu lächeln. Dem einen konnte ich nicht helfen, selbst wenn ich wollte; den anderen konnte ich nicht finden, und selbst wenn ich ihn gefunden hätte, nicht auf ihn einwirken.

Und doch war ich einem absurden Abenteuer dicht auf den Fersen. Mein Tischnachbar an diesem Abend war ein Mann aus San Francisco, den ich flüchtig kannte. Es stellte sich heraus, daß er die Plains zwei Tage vor mir durchquert hatte und dies seit seiner Ankunft der erste Dampfer war, der aus New York nach Europa auslief. Zwei Tage vor mir bedeutete einen Tag vor Bellairs; und das Dinner war kaum vorüber, als ich auch schon eine vertrauliche Besprechung mit dem Zahlmeister herbeiführte.

»Bellairs?« wiederholte er. »Nicht in der ersten Klasse,

da bin ich sicher. Er könnte zweiter Klasse reisen. Die Listen sind noch nicht fertig, aber – Ha! Harry D. Bellairs ? Ist das der Name? Ja, der ist hier.«

Am nächsten Morgen sah ich ihn am Vorderdeck, in einem Stuhl sitzend, ein Buch in der Hand, ein schäbiges Pumafell um seine Knie gewickelt: das Abbild ehrbaren Verfalls. Hin und wieder blickte ich zu ihm hin. Er las viel, stand oft nur da und blickte übers Meer, sprach gelegentlich mit seinen Nachbarn, und als einmal ein Kind hinfiel, hob er's auf und tröstete es. Ich verurteilte alles, was er tat: das Buch, von dem ich sicher war, daß er's nicht las – das Meer, das ihn, darauf hätte ich einen Eid geschworen, gänzlich kalt ließ – das Kind, das er bestimmt genauso gern über Bord geworfen hätte – das alles schien mir Teil einer schauspielerischen Darbietung; und ich hegte keinen Zweifel, daß er bereits den Geheimnissen seiner Mitreisenden hinterherschnüffelte. Ich unternahm nichts, mich zu verbergen, da meine Verachtung für die Kreatur ebenso stark war wie mein Abscheu. Aber er sah nie zu mir her, und es wurde Abend, ehe ich erfuhr, daß er mich bemerkt hatte.

Ich rauchte neben der Tür zum Maschinenraum, denn die Luft war etwas kühl, als ganz in meiner Nähe eine Stimme aus der Dunkelheit drang.

»Verzeihung – Mr. Dodd?« sagte sie.

»Sind Sie's, Bellairs?« gab ich zurück.

»Nur auf ein Wort, Sir. Ihre Anwesenheit auf diesem Schiff hat nichts mit unserem Gespräch zu tun?« fragte er. »Sie denken nicht etwa daran, Mr. Dodd, Ihren Entschluß zu revidieren?«

»Keineswegs«, sagte ich; und fügte dann, als er noch immer herumstand, ein höfliches »Guten Abend« hinzu; worauf er einen Seufzer ausstieß und ging.

Am nächsten Tag war er wieder da, mit dem Stuhl und dem Pumafell; las sein Buch und blickte übers Meer, mit derselben Beständigkeit; und obgleich kein Kind da war, das er aufheben konnte, so konnte ich doch beobachten, wie er sich wiederholt um eine kränkliche Frau bemühte. Nichts nährt den Verdacht so sehr wie das Beobachten; ein Mann, der bespitzelt wird, kann sich kaum die Nase putzen, ohne daß man ihm böse Absichten unterstellt; und so ergriff ich die nächste Gelegenheit, mir die Frau einmal selbst anzusehen. Sie war arm, ältlich und fast qualvoll unansehnlich; der Anblick beschämte mich, ich hatte das Gefühl, ich müsse Bellairs für meine ungerechten Verdächtigungen Abbitte leisten, und als ich ihn in seiner üblichen Betrachterpose an der Reling stehen sah, ging ich hin und redete ihn an.

»Sie scheinen die See sehr zu lieben«, sagte ich.

»Man kann es wirklich eine Leidenschaft nennen, Mr. Dodd«, erwiderte er. *»Und der hohe Katarakt verfolgte mich wie eine Leidenschaft«*, zitierte er. »Ich werde der See niemals müde, Sir. Das ist meine erste Ozeanreise. Es ist ein wunderbares Erlebnis.« Und noch einmal verlor sich mein Rechtsanwalt mit Berufsverbot in Poesie: *»Wälze dich, du tiefe und dunkelblaue See, wälze dich!«*

Obgleich ich den Vers aus dem Lesebuch meiner Schulzeit kannte, war ich einerseits etwas zu spät auf diese Welt gekommen – andererseits vielleicht auch etwas zu früh –, um Byron wirklich zu schätzen; und der klangvolle Vers, wunderbar vorgetragen, versetzte mich in Erstaunen.

»Ein Liebhaber der Poesie sind Sie auch?« fragte ich.

»Ich bin ein begeisterter Leser«, erwiderte er. »Früher einmal hatte ich begonnen, eine kleine, aber erlesene Bibliothek aufzubauen; und als ich mich davon trennen mußte, konnte ich immerhin einige wenige Bände retten – größtenteils mit Versen zum Rezitieren –, die zu meinen ständigen Reisebegleitern wurden.«

»Ist dies einer davon?« fragte ich und deutete auf das Buch in seiner Hand. »Nein, Sir«, erwiderte er und zeigte mir eine Übersetzung der *Leiden des jungen Werther*, »dies ist ein Roman, den ich vor einiger Zeit erstanden habe. Er hat mir großes Vergnügen bereitet, obgleich er unmoralisch ist.«

»Oh, unmoralisch!« rief ich, entrüstet wie immer, wenn jemand Kunst mit Ethik in Verbindung brachte.

»Das können Sie sicher nicht bestreiten, Sir – wenn Sie das Buch kennen«, sagte er. »Die Leidenschaft ist unschicklich, wenn auch sehr ergreifend dargestellt. Undenkbar, es einer Dame in die Hand zu geben; was in jedem Fall bedauerlich ist, wenn ich auch nicht weiß, was Sie dazu meinen; aber mir scheint es als – als Beschreibung eines Gefühls, wenn ich mich klar ausdrücke – weit über anderen Romanen zu stehen, selbst berühmten Werken überlegen. Selbst Scott, Dickens, Thackeray oder Hawthorne scheinen mir dem Gefühl der Liebe nicht derart gerecht zu werden.«

»Sie vertreten eine allgemeine Ansicht«, sagte ich.

»Tatsächlich, Sir?« rief er aus, sichtlich erregt. »Ist das Buch allgemein bekannt? Und wer war *Go-eath?* Das interessiert mich, denn auf der Titelseite fehlen die üblichen Initialen, und es heißt lediglich ›von *Go-eath*‹. War er ein Autor von Rang? Hat er noch andere Werke geschrieben?«

So verlief unser erstes Gespräch, das erste von vielen, und in allen zeigte er dieselben gewinnenden Vorzüge und Mängel. Sein Sinn für Literatur war echt und unverfälscht; seine gefühlvolle Art vielleicht übersteigert und etwas lächerlich, aber doch gewiß ganz aufrichtig. Ich war erstaunt über mein eigenes Staunen. Ich wußte, daß selbst Homer zuweilen schlummerte, daß Cäsar ein Buch mit Späßen verfaßt hatte, Turner am liebsten wie Puggy Booth lebte, Shelley gern Papierschiffchen faltete und Wordsworth grüne Brillen trug! Und trotz dieses überwältigenden Beweismaterials hatte ich Bellairs ganz aus einem Guß erwartet, in seiner Arbeit aufgehend, ein Spitzel durch und durch. So wie ich das Gewerbe dieses Mannes verabscheute, so hatte ich erwartet, auch den Mann selbst zu hassen; doch siehe da, ich mochte ihn. Armer Teufel! Im Grunde war er angespannt bis zum Zerreißen, ganz Empfindsamkeit und Angst, randvoll mit billiger

Poesie, nicht ohne Fähigkeiten, doch ohne jede Courage. Seine Kühnheit war Verzweiflung; der Abgrund in seinem Rücken trieb ihn vorwärts; er war einer von denen, die eher einen Mord begehen als den Diebstahl einer Briefmarke eingestehen würden. Ich war sicher, daß sein bevorstehendes Gespräch mit Carthew seine Gedanken beherrschte wie ein Alptraum; ich meinte es zu spüren, wenn ihm dieser Gedanke durch den Kopf schoß, und glaubte, die Skrupel deutlich in seinem Gesicht zu lesen. Und doch zauderte er nicht: die Not saß ihm im Nacken, der Hunger (sein alter Verfolger) flüsterte ihm ins Ohr; und ich fragte mich immer wieder, ob ich diesen zitternden Heldenmut im Dienste des Bösen nun eigentlich sehr bewunderte oder sehr verachtete. Der Eindruck damals nach seinem Besuch bei mir war durchaus zutreffend; ich war von einem Lamm gestoßen worden; und den Lebensabschnitt, den ich jetzt studierte, könnte man die Revolution eines Schafes nennen.

Man könnte von ihm sagen, daß er durch Leid gelernt hatte, was er an Recht – oder Unrecht – lehrte; und sein Leben glich dem seiner Opfer. Er war in einem entlegenen Winkel des Staates New York zur Welt gekommen; sein Vater ein Farmer, der später abwirtschaftete und in den Westen ging. Der Rechtsanwalt und Geldverleiher, der diese arme Familie ruiniert hatte, schien zuletzt doch sein Gewissen zu entdecken; er setzte zwar den Vater vor die Tür, versprach aber, sich dafür um einen der Söhne zu kümmern: und Harry, das fünfte Kind und schon etwas kränklich, wurde zurückgelassen. Er machte sich in der Kanzlei nützlich; schnappte Rudimente einer Ausbildung auf; las, was ihm in die Hände fiel; ging zu den Treffen des Christlichen Vereins Junger Männer, um zu debattieren; und hätte in seiner frühen Jugend in einem Erbauungsbuch auftreten können. Doch die Tochter seiner Hauswirtin war sein Verderben. Er zeigte mir ihre Photographie; sie war eine kräftige, hübsche, temperamentvolle, übertrieben zurechtgemachte freche Göre, ohne Charakter, ohne Zärtlichkeit, ohne Hirn und (wie das Ergebnis zeigte) ohne Tugend. Der kränkliche, schüchterne Junge war im Hause; er war verfügbar; wenn sie sonst nichts zu tun hatte, benützte sie ihn und spielte mit ihm Romeo und Cressida, bis sie im öden Provinzstadtdasein dieses armen Jungen der Lichtblick seiner Tage und der Inhalt seiner Träume wurde. Er schuftete wie Jakob um ein Weib; übertraf seinen Förderer in Gaunerei; wurde zum Kanzleivorsteher befördert; und noch am selben Abend, ermutigt von hundert Vertraulichkeiten, bedrückt vom Bewußtsein seiner Jugend und Gebrechlichkeit, hielt er um ihre Hand an und ward unter Gelächter abgewiesen. Es verging kein Jahr, als sein Lehrmeister ihn angesichts der eigenen zunehmenden Gebrechlichkeit zum Partner machte; er wiederholte seinen Antrag und wurde erhört; durchlebte zwei zermürbende Ehejahre; erwachte eines Morgens und sah, daß seine Frau mit einem verführerischen Handlungsreisenden durchgebrannt war und ihm nichts hinterlassen hatte als einen riesigen Schuldenberg. Die Schulden und nicht der Handlungsreisende waren wohl der eigentliche Grund ihres Gangs von Mekka nach Medina; sie hatte ihre Verbindlichkeiten lang verheimlicht, doch nun war der Punkt erreicht, wo alles platzen mußte, sie hatte genug von Bellairs; und sie nahm den Handlungsreisenden, wie sie eine Droschke hätte nehmen können. Dieser Schlag lähmte ihren Gemahl; sein Partner war tot; er war jetzt allein im Geschäft, das zu führen er nicht mehr fähig war; die Schulden hingen ihm wie ein Klotz am Bein; der Bankrott folgte; und er floh von einer Stadt zur anderen und verstrickte sich täglich in schlimmere Machenschaften. Man muß sich nun vor Augen halten, daß man ihn gelehrt hatte, und er's als freudige Pflicht betrachtete, eine Art von Geschäft auszuüben, dessen höchster Erfolg darin besteht, den Sprüchen der Richter auf der Bank zu entkommen: das Geschäft des Rechtsanwalts und Wucherers in der Provinz. Mit dieser Ausbildung fand er, der mittellose Fremde, sich nun im Dickicht der Städte wieder; wer wollte sich da über die Folgen wundern?

»Haben Sie je wieder von Ihrer Gemahlin gehört?« fragte ich.

Mitleiderregende Nervosität befiel ihn. »Ich fürchte, Sie werden schlecht von mir denken«, sagte er.

»Haben Sie sie wieder aufgenommen?« fragte ich.

»Nein, Sir. Ich denke, das verbietet mir meine Selbstachtung«, antwortete er, »zumindest trat die Versuchung nicht an mich heran. Sie ist es, die nicht zu mir kommt, die mich nicht will, die anscheinend eine heftige Abneigung gegen mich entwickelt hat, obwohl man mich als nachsichtigen Gemahl betrachtete.«

»So stehen Sie also noch in Verbindung?« fragte ich.

»Ich begebe mich in Ihre Hände, Mr. Dodd«, erwiderte er. »Die Welt ist sehr hart; auch zu mir war sie hart – sehr, sehr hart. Wieviel härter noch für eine Frau, und erst recht für eine, die sich selbst (durch ihr eigenes Fehlverhalten, das will ich nicht im mindesten bestreiten) in eine so unglückliche Lage brachte!«

»Kurz, Sie unterstützen sie?« fragte ich.

»Ich kann's nicht leugnen. Praktisch ist es so«, gab er zu. »Es ist wie ein Mühlstein um meinen Hals. Doch ich glaube, sie ist dankbar. Sie können sich selbst davon überzeugen.«

Er reichte mir einen Brief, von ungelenker, ungebildeter Hand, jedoch in violetter Tinte auf feinem rosa Papier mit Monogramm geschrieben. Die Ausdrucksweise war sehr ungeschickt, und mir schien der Brief (bis auf einige offensichtliche Schmeicheleien) roh, herzlos, und der Inhalt diktiert von Habgier. Die Schreiberin behauptete, sie sei krank gewesen, was ich stark bezweifelte; erklärte, die letzte Geldsendung sei gänzlich für Arztrechnungen draufgegangen, welche ich mir die Freiheit nahm durch Kleider, Alkohol und Monogramme zu ersetzen; und bat inständig um eine Erhöhung, von der ich nur hoffen konnte, daß man sie ihr nicht gewährte.

»Ich glaube doch, sie ist wirklich dankbar?« fragte er begierig, als ich den Brief zurückgab.

»Kann sein«, sagte ich. »Hat sie irgendwelche Ansprüche gegen Sie?«

»O nein, Sir. Ich ließ mich scheiden«, erwiderte er. »Ich habe eine äußerst ausgeprägte Selbstachtung in diesen Dingen, daher ließ ich mich sofort von ihr scheiden.«

»Was für ein Leben führt sie jetzt?« wollte ich wissen.

»Ich werde Sie nicht täuschen, Mr. Dodd. Ich weiß es nicht, und ich will es auch nicht wissen; das scheint mir angemessener. Man hat mir das alles sehr übelgenommen«, fügte er mit einem Seufzer hinzu.

Man sieht, daß ich eine unappetitliche Intimität zu jenem Mann entwickelte, dessen Pläne zu vereiteln ich doch ausgezogen war. Mein Mitgefühl für dieses Geschöpf, die Bewunderung, die er mir entgegenbrachte, das Gefallen, welches er an meiner Gesellschaft fand und das ganz sicher ehrlich war, das waren die Fesseln, die mich banden; vielleicht sollte ich mein eigenes etwas ausuferndes Interesse an Lebensläufen und menschlichen Charakteren hinzufügen. Tatsache ist (zumindest), daß wir täglich viele Stunden gemeinsam verbrachten und ich mich beinahe so viel auf dem Vorderdeck aufhielt wie in der ersten Klasse. Und doch konnte ich in der ganzen Zeit niemals vergessen, daß er ein schäbiger kleiner Schwindler war, beschäftigt mit der Ausführung eines schmutzigen Geschäfts. Anfangs pflegte ich mir einzureden, unsere Bekanntschaft sei ein listiger Schachzug, und ich festige damit irgendwie Carthews Stellung. Das versuchte ich mir einzureden, sage ich; aber selbst damals war ich kein solcher Narr, daran zu glauben. In dieser Lage zeigten sich meine beiden hervorstechendsten Charakterzüge – Unentschlossenheit und instinktive Neigung zum Hinausschieben – in ihrem vollen Umfang, und ich verlegte mich auf eine Handlungsweise, die so lächerlich war, daß ich noch heute erröte, wenn ich daran denke.

Wir erreichten Liverpool am Vormittag, der Regen fiel

dicht und tückisch auf die schmutzige Stadt. Ich hatte keine besonderen Pläne, nur wollte ich meinen Schurken nicht entkommen lassen; und so ging ich ins gleiche Wirtshaus wie er, speiste mit ihm zu Abend, wanderte mit ihm durch nasse Straßen und sah mir mit ihm in einem billigen Varieté das altehrwürdige Stück *The Ticket-of-Leave Man* an. Es war einer seiner ersten Besuche in einem Theater, einer Vergnügungsstätte, gegen die er starke Vorurteile hegte; und sein unschuldig bombastisches Gerede, seine naiven, altmodischen Sprichwörter, seine naive Ehrfurcht für die Figur des Hawkshaw erheiterten mich über die Maßen. Wenn ich diese Erheiterung so sehr betone und vielleicht sogar übertreibe, dann aus Nachsicht gegen mich selbst, deren ich in jeder vorstellbaren Form bedarf, wenn ich gestehe, daß ich zu Bett ging, ohne Carthew auch nur mit einem Worte zu erwähnen, jedoch nicht ohne mit meinem Schurken für morgen einen Ausflug nach Chester zu vereinbaren. In Chester besuchten wir die Kathedrale, flanierten auf den Mauern, unterhielten uns über Shakespeare und die Glasharmonika – und verabredeten uns für den nächsten Tag erneut. Ich weiß nicht mehr, und ich bin froh, daß ich's vergessen habe, wie lange wir diese Ausflüge fortsetzten. Einem sonderbaren Zickzackkurs folgend, besuchten wir zumindest Stratford, Warwick, Coventry, Gloucester, Bristol, Bath und Wells. An jedem dieser Orte unterhielten wir uns pflichtgetreu über Landschaft und dazugehörige Assoziationen; ich machte Skizzen, der Winkeladvokat deklamierte Verse und kopierte Grabinschriften. Wer konnte bezweifeln, daß wir die üblichen, zu Bildungszwecken reisenden Amerikaner waren? Wer sollte erraten, daß der eine ein Erpresser war, voller Angst, zur Tat zu schreiten – der andere ein hilfloser Amateurdetektiv, der auf diese Taten wartete? Überflüssig zu erwähnen, daß nichts geschah, oder wenigstens nichts, was auch nur im geringsten zu meiner Absicht paßte, Carthew zu beschützen. Zwei unbedeutende Ereignisse bekräftigten den Eindruck eher, den ich von dem Winkeladvokaten hatte, als etwas daran zu ändern. Das erste trug sich in Gloucester zu, wo wir den Sonntag verbrachten und auf meinen Vorschlag hin in der Kathedrale die Messe hören sollten. Zu meiner Überraschung hing das Geschöpf einem eignen *Ismus* an, dem es treu blieb; es verließ mich also, damit ich allein – oder vielleicht auch gar nicht – in die Kathedrale ginge, und stahl sich durch eine Hintergasse, um sein Bethel oder Ebenezer in der gewünschten Schattierung aufzusuchen. Als wir uns zum Lunch wieder trafen, hielt ich ihn deswegen zum besten, was ihn reizte.

»Sie dürfen ohne Umschweife mit mir sprechen, Mr. Dodd«, sagte er unvermittelt. »Sie scheinen mein Verhalten in einem harschen Lichte zu betrachten: Sie halten mich, wie ich fürchte, für einen Heuchler.«

Der Angriff brachte mich etwas aus der Fassung. »Sie wissen ja, was ich von Ihrem Gewerbe halte«, gab ich lahm und nicht sehr höflich zurück.

»Verzeihen Sie, wenn ich nicht lockerlasse«, fuhr er fort, »aber auch wenn Sie mein Leben für abwegig halten, warum sollte nicht auch ich auf Gnade hoffen dürfen? Nur weil Sie mich in einem Punkt im Unrecht sehen, muß ich mich deshalb in allem ins Unrecht setzen? Die Kirche ist doch sicherlich für den Sünder da.«

»Haben Sie um Segen für Ihr gegenwärtiges Unternehmen gebetet?« höhnte ich.

Er bekam einen bösen Anfall von Veitstanz, sein Gesicht veränderte sich, seine Augen blitzten. »Ich werde Ihnen sagen, was ich gemacht habe!« schrie er. »Ich habe für einen unglücklichen Mann gebetet und für ein elendes Weib, das er zu unterstützen sucht.«

Ich kann nicht behaupten, daß ich darauf eine Antwort wußte. Der zweite Vorfall ereignete sich in Bristol, wo ich meinen Gentleman für einige Stunden aus den Augen verlor. Als er aus dieser Versenkung zu mir zurückkehrte, waren seine Sprache undeutlich, seine Schritte unsicher und sein Rücken weiß von Gips. Halb hatte ich damit gerechnet, und doch hätte ich bei diesem Anblick weinen mögen. Alle Unzulänglichkeiten waren diesem schwachen Rücken aufgebürdet – häusliches Unglück, Nervenkrankheit, ein abstoßendes Äußeres, leere Taschen und die Versklavung durch das Laster.

Ich werde nie bestreiten, daß beiderseitige Feigheit unsere Verbindung verlängerte. Jeder hatte Angst davor, den anderen zu verlassen, jeder fürchtete sich, den Mund aufzumachen, oder aber er wußte nicht, was er sagen sollte. Bis auf meine unüberlegte Anspielung in Gloucester wurde jenes Thema, das unser beider Gedanken zuvörderst beschäftigte, nie erwähnt. Carthew, Stallbridge-le-Carthew, Stallbridge-Minster – das wir schon seit langem (und jeder für sich) als nächstgelegenen Bahnhof ausgemacht hatten –, selbst der Name Dorsetshire wurde geflissentlich vermieden. Und dennoch waren wir andauernd unterwegs, kreuzten durch das weite England wie ein leegieriger Segler hart am Winde; steuerten auf unser Ziel zu, nicht direkt, sondern in einem großen, unauffälligen Bogen. Und endlich, ich kann kaum sagen, wie es kam, wurden wir vom letzten Waggon eines Bummelzugs auf dem menschenleeren Bahnhof von Stallbridge-Minster abgesetzt.

Die Stadt war alt und kompakt: ein Domino aus ziegelgedeckten Häusern und ummauerten Gärten, erdrückt von der unverhältnismäßigen Größe seiner Kirche. Von der Mitte der Hauptstraße, die die Stadt in zwei Hälften teilte, konnte man zu beiden Enden Felder und Bäume sehen; und durch die Ausfallpforten der Seitenstraßen brach vom Lande die stumme Invasion grünen Grases herein. Die Stadt schien hauptsächlich von Bienen und Vögeln bewohnt; in jedem Garten stand eine Reihe von Bienenstöcken, an den Traufen jedes Hauses hingen zahllose Schwalbennester, die Kirchturmspitze wurde den ganzen Tag von einer Vielzahl von Flügelpaaren umflattert. Die Stadt war eine römische Gründung; und als ich an diesem Nachmittag aus den niedrigen Fenstern der Herberge blickte, hätte es mich kaum überrascht, einen Zenturio mit einem Arbeitstrupp von Legionären die Straße heraufmarschieren zu sehen. Kurz gesagt, Stallbridge-Minster war eine jener Städte, die England offenbar ausschließlich zu Bildung und Entzücken reisender Amerikaner unterhält; zu denen diese von einem Instinkt geleitet werden, der nicht weniger erstaunlich ist als der des Setters; und die sie mit ebensolchem Enthusiasmus betreten, wie sie sie verlassen.

Ich fühlte mich nicht im geringsten wie ein Tourist. Ich hatte Wochen verstreichen lassen und nichts erreicht; die große Schlacht stand unmittelbar bevor, und ich hatte weder Pläne noch Verbündete; hatte mich in der Rolle der privaten Vorsehung und des Amateurdetektivs versucht; mein Geld mit vollen Händen ausgegeben und nur Schande dafür geerntet. Dabei hatte ich mir die ganze Zeit über gesagt, daß ich doch wenigstens den Mund aufmachen müsse; daß ich dieses elende Schweigen schon längst brechen hätte müssen und nun aber wirklich brechen mußte. Ich hätte es bei seinem ersten Vorschlag der Reise nach Stallbridge-Minster brechen sollen; hätte es im Zug brechen sollen; hier und jetzt, auf den Stufen der Herberge, da der Bummelzug davonrollte. Mit diesem Gedanken wandte ich mich an ihn; er schien zusammenzuzucken, die Worte erstarben mir auf den Lippen, und ich schlug stattdessen vor, das Münster zu besuchen. Während wir uns dieser Aufgabe hingaben, begann ein geradezu tropischer Regen niederzuprasseln. Im Gewölbe hallte es, aus allen Wasserspeiern sprudelten Sturzbäche; wir wateten zur Herberge zurück, knöcheltief durchs Wasser plötzlich aufgesprungener Bäche; und den Rest des Nachmittags saßen wir, vom Wetter ans Haus gefesselt, und lauschten dem Prasseln dieser Sintflut. Zwei Stunden lang sprach ich von unwichtigen Dingen, bemüht, die Unterhaltung nicht ersterben zu lassen; zwei Stunden lang war ich fest entschlossen, meiner Pflicht nun augenblicklich nachzukommen – und bei jeder einzelnen

Gelegenheit verschob ich mein Vorhaben auf die nächste. Um meinen sinkenden Mut zu stärken, verlangte ich beim Dinner Schaumwein. Was man uns kredenzte, schmeckte abscheulich; ich konnte es nicht über die Lippen bringen; und so blieb es Bellairs, der von Wein nicht mehr verstand als ein Rüsselkäfer, vorbehalten, die Flasche allein zu leeren. Zweifellos stieg ihm der Wein zu Kopfe; zweifellos hatte er meine Verlegenheit am Nachmittag bemerkt; zweifellos erkannte er, daß wir auf eine Krise zusteuerten, daß ich mich an diesem Abend, falls ich mich nicht mit ihm verbündete, zum offenen Feind erklären mußte. Jedenfalls ergriff er die Flucht. Das Dinner war vorbei; dies war der Zeitpunkt, zu dem ich mir geschworen hatte, mein Schweigen zu brechen; kein weiterer Aufschub würde gewährt, keine Ausflucht mehr geduldet. Ich ging nach oben, um Tabak zu holen, den ich unter den gegebenen Umständen einfach für notwendig hielt; als ich zurückkam, war der Mann verschwunden. Der Kellner sagte mir, daß er das Haus verlassen habe.

Der Regen prasselte noch immer schwer wie eine riesige Brause auf die menschenleere Stadt. Die Nacht war dunkel und schwül; die Straße glitzerte von einem Ende bis zum anderen, wozu Laternen, Hausfenster und Spiegelungen in den Regenpfützen das Ihre beitrugen. Aus einer Kneipe auf der gegenüberliegenden Seite drang Harfenklang und eine klagende Stimme, die *Larboard Watch, The Anchor's Weighed* und andere Seemannslieder zum besten gab. Wohin war mein Winkeladvokat gewandert? Aller Wahrscheinlichkeit nach in diese sangesfreudige Taverne; es gab nicht viele Möglichkeiten der Unterhaltung; im Vergleich mit Stallbridge-Minster in einer verregneten Nacht erschien mir ein Schafspferch als Inbegriff der Fröhlichkeit.

Wieder ging ich prüfend die einzelnen Punkte meiner Vorhaltungen durch, zu denen ich fest entschlossen war, solang mein Widersacher sich nicht zeigte: und wieder schienen sie mir ungenügend. Von dieser deprimierenden

Übung wandte ich mich den einheimischen Vergnügungen in der Kaffeestube unserer Herberge zu und studierte eine Weile die düster von den Wänden blickenden Mezzotintos. Nachdem das Kursbuch mich darüber aufgeklärt hatte, auf welche Weise ich Stallbridge verlassen und wie schnell ich Paris erreichen konnte, vermochte es meine Aufmerksamkeit nicht länger zu fesseln. Ein illustriertes Buch mit Hotelreklamen ließ meine Stimmung auf den Tiefpunkt sinken; und als ich bei der lokalen Zeitung angelangt war, hätte ich am liebsten laut geheult. An diesem Punkt fand ich vorübergehend Trost in einem Whitaker-Almanach und eignete mir in fünfzig Minuten mehr Wissen an, als ich bis heute je verwenden konnte.

Da befiel mich eine neuerliche Befürchtung. Was, wenn Bellairs mir entwischte? wenn er gerade jetzt auf der Straße nach Stallbridge-le-Carthew unterwegs war? oder gar schon angekommen, und einem kreidebleichen Zuhörer seine Drohungen und Vorschläge unterbreitete? Eine unbesonnene Person wäre ihm wohl auf der Stelle nachgerannt. Doch was ich auch sein mag, unbesonnen bin ich nicht; ich war mir dreier schwerwiegender Einwände bewußt. Zum ersten konnte ich ja nicht sicher sein, daß Bellairs wirklich fort war. Zum zweiten konnte ich einer langen Fahrt zu dieser nächtlichen Stunde und in diesem unbarmherzigen Regen ganz und gar nichts abgewinnen. Zum dritten hatte ich keine Ahnung, wie ich Einlaß finden könnte, wenn ich ginge, und keine Ahnung, was ich sagen sollte, wenn ich Einlaß fände. »Kurz gesagt«, schloß ich, »die ganze Situation ist eine reine Farce. Du hast dich auf eine Sache eingelassen, die dich nichts angeht und in der du nichts ausrichten kannst. In San Francisco wärest du von ebensolchem Nutzen; weitaus glücklicher in Paris; doch da du schon (durch Gottes Zorn) in Stallbridge-Minster bist, so gehst du am besten still und leise zu Bett.« Auf dem Weg in mein Zimmer wurde mir (blitzartig) klar, was ich schon längst hätte tun sollen und wofür es nun zu spät war – nämlich an Carthew schreiben, ihm alle Fakten anführen und Bellairs beschreiben, damit er, falls er dazu imstande war, sich selbst verteidigen konnte; wenn aber nicht, ihm Zeit zur Flucht zu verschaffen. Das war der letzte Schlag gegen meine Selbstachtung; von Scham erfüllt, warf ich mich auf mein Bett.

Ich kann nicht sagen, wie spät es war, als ich durch das Eintreten von Bellairs, eine Kerze in der Hand, geweckt wurde. Er war betrunken gewesen, denn er war von Kopf bis Fuß mit Schlamm beschmiert; jetzt aber war er nüchtern und unterm Einfluß einer heftigen Erregung, die er mit Mühe im Zaume hielt. Er zitterte merklich; und während des nun folgenden Gesprächs liefen ihm mehr als einmal Tränen plötzlich und leise über die Wangen.

»Ich muß Sie um Vergebung bitten, Sir, für meinen Besuch zu dieser ungelegenen Stunde«, sagte er. »Ich verteidige mich nicht, ich rechtfertige mich nicht, ich habe mich selbst entehrt, ich empfange die gerechte Strafe; ich komme zu Ihnen, um Sie in Ihrer Güte um jede noch so geringe Unterstützung anzuflehen, oder, Gott steh' mir bei! ich fürchte, ich werde verrückt.«

»Was in aller Welt ist denn los?« fragte ich.

»Ich wurde beraubt«, sagte er. »Ich habe nichts zu meiner Verteidigung vorzubringen; es war meine eigene Schuld, und das ist die gerechte Strafe.«

»Aber, du lieber Himmel!« rief ich, »wer sollte Sie an einem solchen Orte denn berauben?«

»Ich weiß es nicht«, erwiderte er. »Ich habe keine Ahnung. Ich lag leblos in einem Graben. Ich schäme mich, es zu gestehen, Sir; ich kann zu meiner Verteidigung nur sagen, daß vielleicht Sie selbst (in Ihrer Güte) sich zum Teil an meiner Schande schuldig machten. Ich bin diese schweren Weine nicht gewöhnt.«

»In welcher Form trugen Sie Ihr Geld bei sich? Vielleicht kann man seine Spur verfolgen«, schlug ich vor.

»Es war in englischen Sovereigns. Ich habe es in New York gewechselt; ich bekam es zu einem sehr vorteilhaften Kurs«, sagte er, und dann, für einen Augenblick die

Beherrschung verlierend, schrie er: »Gott im Himmel, wie hab' ich mich dafür abgerackert!«

»Das klingt nicht sehr ermutigend«, sagte ich. »Es könnte der Mühe wert sein, sich an die Polizei zu wenden, aber die Sache klingt nicht sehr hoffnungsvoll.«

»Und ich erwarte mir von einem solchen Vorgehen gar nichts«, sagte Bellairs. »Meine Hoffnung, Mr. Dodd, ruht einzig und allein auf Ihnen. Es fiele mir nicht schwer, Sie davon zu überzeugen, daß ein kleines, ein sehr kleines Darlehen sich als ausgezeichnete Investition erweisen könnte; doch vertraue ich lieber auf Ihre Menschlichkeit. Unsere Bekanntschaft begann aus einem ungewöhnlichen Anlaß; doch kennen Sie mich nun schon längere Zeit, wir sind uns seit längerer Zeit – ich wollte sagen, wir sind uns eigentlich nahegekommen. Getrieben von einer instinktiven Sympathie habe ich Ihnen mein Herz geöffnet, Mr. Dodd, wie wenigen bisher; und ich glaube – ich vertraue – ich darf sagen, ich bin sicher –, Sie hörten mir wohlwollend zu. Das ist es, was mich zu dieser völlig unentschuldbaren Stunde an Ihre Seite treibt. Doch versetzen Sie sich in meine Lage – wie könnte ich schlafen – wie könnte ich auch nur von Schlaf träumen, in diesem Abgrund von Reue und Verzweiflung? Ein Freund war zur Stelle – als solchen wagte ich an Sie zu denken; es geschah instinktiv; ich floh an Ihre Seite wie ein Ertrinkender, der sich an einen Strohhalm klammert. Meine Worte sind keineswegs übertrieben, sie reichen kaum aus, um die Erregung meines Inneren wiederzugeben. Und denken Sie nur, Sir, wie leicht Sie mir die Hoffnung, ja den Verstand wiedergeben können. Ein kleines Darlehen, das gewissenhaft zurückerstattet wird. Fünfhundert Dollar würden vollauf genügen.« Er beobachtete mich mit brennenden Augen. »Vierhundert würden reichen. Ich denke, Mr. Dodd, daß ich bei größter Sparsamkeit mit zweihundert auskommen könnte.«

»Und dann werden Sie Ihre Schuld aus Carthews Tasche begleichen?« fragte ich. »Vielen herzlichen Dank!

Aber ich sage Ihnen, was ich vorhabe: Ich werde Sie an Bord eines Dampfers bringen, Ihre Überfahrt nach San Francisco bezahlen und dem Zahlmeister fünfzig Dollar geben, die er Ihnen in New York aushändigen soll.«

Er sog meine Worte gierig in sich auf; in seinem Gesicht spiegelte sich ein wahrer Reigen listiger Gedanken. Ich konnte darin wie in einem offenen Buche lesen, daß er nur darauf aus war, mich zu übervorteilen.

»Und was soll ich dann in San Francisco anfangen?«, fragte er. »Ich wurde aus der Kammer ausgeschlossen, ich habe keinen Beruf, ich kann nicht mit der Schaufel umgehen, und betteln –« Er hielt in seiner Aufzählung inne. »Und Sie wissen, daß ich nicht allein bin«, fügte er hinzu, »andere sind auf mich angewiesen.«

»Ich werde an Pinkerton schreiben«, gab ich zurück. »Ich bin sicher, er kann Ihnen zu einer Anstellung verhelfen, und in der Zwischenzeit, drei Monate lang nach Ihrer Ankunft, wird er Ihnen persönlich an jedem Ersten und Fünfzehnten fünfundzwanzig Dollar aushändigen.«

»Mr. Dodd, ich kann nicht glauben, daß Sie dieses Angebot ernst meinen«, erwiderte er. »Haben Sie die Umstände des Falles vergessen? Wissen Sie, daß diese Leute die Magnaten dieser Gegend sind? Man sprach heute abend in der Kneipe von ihnen; ihr Reichtum muß sich, allein was den Grundbesitz angeht, auf viele Millionen Dollar belaufen; ihr Haus ist eine der Sehenswürdigkeiten dieser Gegend, und Sie wollen mich mit ein paar Hundertern bestechen!«

»Ich will Sie nicht bestechen, Mr. Bellairs, das ist ein Almosen«, gab ich zurück. »Ich werde nichts tun, um Sie bei Ihrem abscheulichen Geschäft zu unterstützen; andererseits möchte ich Sie auch nicht verhungern lassen.«

»So geben Sie mir hundert Dollar, und vergessen Sie die ganze Sache«, rief er.

»Ich werde tun, was ich gesagt habe, nicht mehr und nicht weniger«, sagte ich.

»Sehen Sie sich vor«, rief er. »Sie treiben ein gewagtes

Spiel; Sie schaffen sich grundlos einen Feind; Sie werden damit nichts erreichen, ich warne Sie!« Und dann, in einem seiner abrupten Stimmungsumschwünge: »Siebzig Dollar – nur siebzig – haben Sie Erbarmen, Mr. Dodd, einfach aus Nächstenliebe. Reißen Sie mir doch nicht den Becher von den Lippen! Sie haben ein gütiges Herz. Denken Sie an meine Lage, denken Sie an mein unglückliches Weib.«

»Sie hätten früher an sie denken sollen«, sagte ich. »Ich habe Ihnen ein Angebot gemacht, und jetzt möchte ich schlafen.«

»Ist das Ihr letztes Wort, Sir? Bitte überlegen Sie; wägen Sie beide Seiten: mein Elend, Ihre eigene Gefahr. Ich warne Sie – ich beschwöre Sie; überlegen Sie genau, bevor Sie antworten«, rief er, halb flehend, halb drohend, mit gefalteten Händen.

»Mein erstes Wort bleibt mein letztes«, sagte ich.

Die Veränderung, die an dem Manne daraufhin vorging, war schockierend. Der Orkan der Wut, der ihn schüttelte, brachte den Bodensatz seiner Trunkenheit wieder an die Oberfläche; sein Gesicht verzerrte sich, seine Worte waren toll von Raserei; sein Gebärdenspiel, an sich schon übertrieben, steigerte sich durch einen Anfall von Veitstanz ins Maßlose.

»Sie werden mir vielleicht gestatten, Ihnen meine eiskalte Überzeugung darzulegen«, begann er, dem Anschein nach gelassen, in Wahrheit jedoch kochend vor Wut: »Ich werde dereinst als Heiliger in meiner Glorie Sie nach einem Tropfen Wasser lechzen sehen und mich darüber freuen. Das ist Ihr letztes Wort! Ersticken sollen Sie, Sie Spitzel, Sie falscher Freund, Sie fetter Heuchler! Ich verlache Sie, verachte Sie, spucke auf Sie! Ich habe die Fährte aufgenommen, seine Fährte oder Ihre, ich rieche Blut, ich werde ihr auf Händen und Knien folgen, und wenn ich dabei hungern muß! Ich bringe Sie zur Strecke, zur Strecke, zur Strecke! Wäre ich stark genug, ich würde Ihnen die Eingeweide aus dem Leibe reißen, hier in diesem

Zimmer – herausreißen – ich würde sie herausreißen! Verdammt, verdammt, verdammt! Glauben Sie, ich bin schwach? Ich kann beißen bis aufs Blut, beißen, verletzen, ... die Ehre abschneiden ...«

So tobte er weiter, wirres Zeug von sich gebend, als die Szene durch das Hinzutreten des Wirtes und einiger Herbergsbediensteter in unterschiedlichen Stadien der Entkleidung unterbrochen wurde, deren Obhut ich meinen vorübergehend Umnachteten anvertraute.

»Bringen Sie ihn auf sein Zimmer«, sagte ich, »er ist nur betrunken.«

Das waren meine Worte; doch ich wußte es besser. Nachdem ich Mr. Bellairs so sorgfältig studiert hatte, war eine Entdeckung dem letzten Augenblick vorbehalten geblieben: die seines latenten, aber unbezweifelbaren Wahnsinns.

Kapitel XX

Stallbridge-le-Carthew

Lange bevor ich aufwachte, hatte sich der Winkeladvokat bereits davongemacht, seine Rechnung unbeglichen. Ich mußte keine Nachforschungen darüber anstellen, wohin er gegangen war; ich wußte es nur zu gut; ich wußte auch, daß mir nichts übrigblieb, als ihm zu folgen; und gegen zehn Uhr morgens machte ich mich in einem Gig auf den Weg nach Stallbridge-le-Carthew.

Die Straße verläßt auf dem ersten Viertel des Weges das Flußtal und überquert den Gipfel eines Kreidehügels, von grasenden Schafherden übersät, von zahllosen Lerchen umschwirrt; eine liebliche und dennoch leere Landschaft, die die Aufmerksamkeit zwar auf sich ziehen, aber nicht halten konnte; und meine Gedanken kehrten zu der heftigen Auseinandersetzung von gestern nacht zurück. Meine Meinung über den Mann, den ich verfolgte, hatte sich dramatisch geändert. Ich stellte ihn mir vor, da irgendwo vor mir, auf seiner gefährlichen Mission, weder durch Furcht noch durch Vernunft davon abzubringen noch aufzuhalten. Ich hatte ihn ein Frettchen genannt; jetzt sah ich in ihm eher einen tollwütigen Hund. Mir schien, er ging nicht, sondern rannte; mir schien, er würde im Rennen bellen und Schaum vor den Lippen haben; mir schien, wenn sich die große Chinesische Mauer ihm in den Weg stellte, so würde er mit seinen Fingernägeln darauf losgehen.

Bald verließ die Straße die Stadt, führte in steilen Kurven in das Tal des Stall und verlief dann zwischen eingefriedeten Feldern im Schatten der Bäume. Ich erfuhr, daß wir uns nunmehr auf dem Grund und Boden der Carthews befanden. Nach und nach wurde linker Hand eine mit Zinnen bewehrte Mauer sichtbar, und kurz darauf warf ich einen ersten Blick auf das Herrenhaus. Es stand in einer Mulde eines waldreichen Parks, der in einem Maße von riesigen Bäumen und dichtem Buschwerk aus Lorbeer und Rhododendron überwuchert war, das mich überraschte und befremdete. Selbst von diesem tiefgelegenen Punkt aus und durch die dicht gedrängten Bäume hindurch ragte das Gebäude wie eine Kathedrale in den Himmel. Unseren Weg entlang der Parkmauer fortsetzend, bemerkte ich eine verstreute Ansiedlung von Wirtschaftsgebäuden, die sich an der Rückseite mit den Gebäuden des Meierhofs vereinigten. Zur Linken war ein künstlich angelegter Weiher, auf dem viele Schwäne dahinglitten, zur Rechten dehnte sich ein in traditionellen Formen angelegter Blumengarten, der in dieser Jahreszeit leuchtete wie bemalte Glasfenster. Die Vorderfront des Hauses bot sich als Fassade mit mehr als sechzig Fenstern dar, gekrönt von einem streng symmetrischen Giebel, errichtet auf dem Fundament einer Terrasse. Eine breite Allee, teils Kies, teils Rasen, gesäumt von je drei Baumreihen, führte zu dem großen Doppelportal. Es war unmöglich, vom Anblick eines Ortes nicht überrumpelt zu sein, den so viele Generationen gestaltet hatten, der so viele Tonnen gemünztes Gold gekostet hatte und von einer so großen Schar eifriger Diener in Ordnung gehalten wurde. Und doch gab es von diesen kein anderes Lebenszeichen als ihr vollkommenes Werk. Das ganze Reich war so perfekt angeordnet und gepflegt wie der Vorgarten eines Hobbygärtners in der Vorstadt; vergeblich hielt ich Ausschau nach einem verspäteten Gärtner, vergeblich spitzte ich nach irgendwelchen Arbeitsgeräuschen die Ohren. Nur das Muhen von Kühen und das Gezwitscher unzähliger Vögel durchbrach die Stille, und selbst die Handvoll Häuser vor den Toren schien den Atem aus Ehrfurcht vor dem großen Nachbarn anzuhalten, wie eine Gruppe von Kindern, die sich ins königliche Vorzimmer verirrt hat.

Das *Carthew Arms*, eine kleine, aber sehr komfortable Herberge, war bloßes Anhängsel und Vorposten der Familie, deren Namen sie trug. Stiche mit Porträts längst verstorbener Carthews schmückten die Wände; Fielding Carthew, Stadtrichter von London; Generalmajor John Carthew in Uniform, irgendwelche militärischen Operationen kommandierend; der Sehr Ehrenwerte Bailley Carthew, Parlamentsabgeordneter für Stallbridge, an einem Tische stehend und eine Urkunde schwenkend; Singleton Carthew, Esquire, vor einer Rinderherde dargestellt – zweifellos auf Wunsch seiner Pächter, die ihm mit diesem Kunstwerk die Ehre erwiesen; und Hochwürden Archidiakon Carthew, D.D., LL.D., A.M., eine Hand in gespreizter, ziemlich lächerlicher Manier auf dem Haupte eines kleinen Kindes. Wenn mich die Erinnerung nicht täuscht, gab es in dieser exklusiven Herberge keine weiteren Gemälde; und ich war nicht überrascht, als ich erfuhr, daß der Wirt ein ehemaliger Butler und die Wirtin eine ehemalige Zofe der Lady des großen Hauses waren und die Führung der Schankstube so etwas wie ein Privileg ehemaliger Hausbediensteter.

Für einen Amerikaner war die Herrschaft dieser einen Familie über ein so großes Gebiet irgendwie bedrückend; und angesichts ihrer bescheidenen Geschichte, abzulesen aus den Legenden der Bilder, mischte sich in meinen Ärger langsam ein Gefühl der Verwunderung. Der »Herr Stadtrichter« hatte zweifellos eine ehrenhafte Stellung inne; ich hätte aber angenommen, daß im Verlauf so vieler Generationen es doch zumindest ein Carthew zu etwas Höherem gebracht hätte. Der Soldat beendete seine Laufbahn als Generalmajor; der Kirchenmann wirkte unbemerkt in einem Archidiakonat; und obgleich sich der Sehr Ehrenwerte Bailley anscheinend bis in den Kronrat vorwühlte, ist mir bis heute nicht bekannt, was er tat, als er so weit gekommen war. Derart umfangreiche Mittel, ein derart langer Anlauf und derart bescheidene Ergebnisse vermittelten mir den unabweisbaren Eindruck, daß diese Familie sehr langweilig war.

Ich entdeckte, daß es als Beleidigung betrachtet würde, wenn man ins Dorf kam, ohne das Herrenhaus zu besuchen. Die Schwäne füttern, die Pfauen und die Raffaels bestaunen – diese so gewöhnlichen Leute besaßen doch tatsächlich zwei Raffaels –, inmitten Rinderherden einer berühmten Rasse, den Carthew Chillinghams, Kopf und Kragen wagen und dem (noch lebenden) Sire von Donibristle, einem prominenten Gewinner des Rennens von Oaks, die Ehre erweisen: dies waren offenbar die unvermeidlichen Stationen der Pilgerfahrt. Ich war nicht so töricht, mich dem zu widersetzen, denn das allgemeine Wohlwollen kam mir möglicherweise noch zustatten; und durch zwei Nachrichten verwandelte sich meine Resignation schnell in Eifer. Erstens stellte sich heraus, daß Mr. Norris von zu Hause fort und »auf Reisen« war; und zweitens, daß heute vor mir schon ein Besucher hier gewesen war und die Tour der Carthew-Kuriositäten hinter sich gebracht hatte. Ich glaubte zu wissen, wer das war; ich war begierig zu erfahren, was er getan und gesehen hatte; und Fortuna war mir insofern hold, als sie mir als

Führer jenen Hilfsgärtner schickte, der in derselben Funktion meinem Vorgänger gedient hatte.

»Ja, Sir«, sagte er, »ein amerikanischer Gentleman, ganz ohne Zweifel. Nun, kein echter Gentleman vielleicht, aber sonst wirklich recht nett und höflich.«

Höflich genug jedenfalls, sich von den Carthew Chillinghams begeistert zu zeigen, die ganze Pilgerfahrt mit wachsender Bewunderung mitzumachen und sich vor dem Schrein des Sire von Donibristle vor Ehrfurcht beinahe zu Boden zu werfen.

»Er sagte mir, Sir«, fuhr der erfreute Hilfsgärtner fort, »er habe schon viel über englische Herrenhäuser gelesen, unseres sei jedoch das erste, das er je besuchte. Dort unten am Ende der langen Allee, da hat er doch nach Luft geschnappt. Ja, das ist wirklich ein hochherrschaftlicher Besitz! hat er gerufen. Und es war nur natürlich, daß er sich für diesen Ort interessiert, wo doch Mr. Carthew in den Staaten so gütig zu ihm war. Ja, der Herr war offenbar ein sehr dankbarer Mensch und ein großer Blumenfreund noch obendrein.«

Ich vernahm's mit Erstaunen. Die zitierten Aussagen sprachen für sich; sie stammten eindeutig aus der Münze des Winkeladvokaten. Wenige Stunden zuvor hatte ich ihn noch als reinsten Tollhäusler erlebt, reif für die Zwangsjacke; er befand sich ohne einen Penny in einem fremden Land; es war sehr wahrscheinlich, daß er ohne Frühstück aufgebrochen war; die Abwesenheit von Norris war doch wohl ein niederschmetternder Schlag für ihn; der Mann sollte (nach allen Regeln der Logik) am Boden zerstört sein. Und nun beschrieb man ihn mir als anständig gekleidet und bei Verstand, umsichtig, gewinnend, Aussichten bewundernd, an Blumen schnuppernd, wortgewandt wie ein Buch. Die daraus ersichtliche Charakterstärke erstaunte und erschreckte mich.

»Höchst merkwürdig«, sagte ich zum Hilfsgärtner. »Ich hatte selbst das Vergnügen einer näheren Bekanntschaft mit Mr. Carthew; aber ich glaube, keiner unserer

Freunde aus dem Westen war jemals in England. Wer kann das nur sein? Es kann doch nicht – nein, das ist unmöglich, das würde er nie wagen. Sein Name war nicht etwa Bellairs?«

»Ich hab' den Namen nicht gehört, Sir. Wissen Sie was gegen ihn?« rief mein Führer.

»Nun«, erwiderte ich, »er ist gewiß nicht die Person, die Carthew in seiner Abwesenheit gern hier sähe.«

»Ach, du meine Güte!« rief der Gärtner. »Dabei hatte er doch eine so feine Art zu reden; ich hielt ihn für eine Art Schulmeister. Vielleicht, Sir, sollten Sie gleich hinauf zu Mr. Denman. Ich hab' ihn zu Mr. Denman geschickt, sobald wir mit dem Park hier fertig waren. Mr. Denman ist unser Butler, Sir«, fügte er hinzu.

Dieser Vorschlag war mir sehr willkommen, inbesondere weil er mir einen ehrenvollen Rückzug aus der Nähe der Carthew Chillinghams erlaubte; unseren geplanten Rundgang abbrechend, nahmen wir eine Abkürzung durch das Unterholz und über den Bowls-Rasen zum hinteren Teil des Herrenhauses.

Der Bowls-Rasen war von einer riesigen Eibenhecke umzäunt und wurde durch einen in die Hecke geschnittenen Bogengang betreten. Als wir daraus auftauchten, hielt mein Begleiter mich zurück.

»Die Ehrenwerte Lady Ann Carthew«, bemerkte er mit ehrfurchtersticktem Flüstern. Über seine Schulter blikkend, sah ich eine alte Dame an einem Stock, die ziemlich flott den Gartenpfad entlanghumpelte. Sie mußte in ihrer Jugend auffallend schön gewesen sein; selbst ihr hinkender Gang konnte ihr nicht eine ungewöhnliche, ja fast bedrohlich würdevolle Haltung rauben. Melancholie sprach aus ihren Zügen; sie blickte starr geradeaus, mit Augen, die auf Unglück und Unheil gerichtet schienen.

»Sie scheint traurig«, sagte ich, als sie vorbeigehinkt war und wir uns wieder auf den Weg machten.

»Es hat sie aber auch schlimm erwischt, Sir«, antwortete der Hilfsgärtner. »Mr. Carthew – ich meine den alten

Gentleman – starb vor weniger als einem Jahr; Lord Tillibody, der Bruder ihrer Ladyschaft, zwei Monate darauf; und dann die traurige Geschichte mit dem jungen Herrn. Bei der Jagd umgekommen, Sir; und das Ein und Alles ihrer Ladyschaft. Der jetzige Mr. Norris hat ihm in dieser Hinsicht nie das Wasser reichen können.«

»Ja, das habe ich auch gehört«, sagte ich mit Nachdruck und (wie ich glaube) taktvoll meine Erkundigungen fortsetzend und meine Position als Freund der Familie festigend. »Ach ja, ach ja, wie traurig! Und hat diese Änderung – die Rückkehr des armen Carthew und so weiter – nicht wieder alles ins Lot gebracht?«

»Nun, Sir, nein, nicht im geringsten«, war die Antwort. »Wir glauben, es ist schlimmer als je zuvor.«

»Nein, nein, wie bedauerlich«, sagte ich.

»Als Mr. Norris ankam, sah's so aus, als würde sie sich freuen«, fuhr er fort; »und wir waren alle froh, das können Sie mir glauben; denn wer den jungen Herrn kennt, der hat ihn einfach gern. Aber, Sir, das dauerte nicht lang! Noch am selben Abend hatten sie ein Gespräch und zerstritten sich, so sah's jedenfalls aus; ihre Ladyschaft regte sich furchtbar auf; es war wie in alten Zeiten, nur noch schlimmer. Und schon am nächsten Morgen fuhr Mr. Norris wieder fort. ›Denman‹, sagte er zu Mr. Denman, ›Denman, ich kehre nie wieder‹, sagte er und schüttelte ihm die Hand. Einem Fremden würde ich das alles nie erzählen, Sir«, fügte mein Informant hinzu, von plötzlicher Angst überkommen, er sei vielleicht doch zu weit gegangen.

Er hatte mir tatsächlich viel erzählt, und viel, wovon er selbst nichts ahnte. In der stürmischen Nacht seiner Rückkehr hatte Carthew seine Geschichte erzählt; auf dem Herzen der alten Lady lasteten mehr als nur die schmerzlichen Verluste; und unter den Bildern, die sie auf ihrem Weg den Gartenpfad entlang vor ihrem inneren Auge sah, befand sich eines von der Insel Midway und der *Flying Scud*.

Mr. Denman hörte sich meine Fragen sichtlich beunruhigt an, teilte mir jedoch mit, daß der Winkeladvokat schon fort war.

»Schon fort?« rief ich. »Weswegen ist er dann gekommen? Eines kann ich Ihnen sagen; es war nicht, um das Haus zu sehen.«

»Ich kann mir nicht vorstellen, was es sonst sein könnte«, antwortete der Butler.

»Doch, doch, verlassen Sie sich drauf«, sagte ich. »Und was immer er wollte, er hat es jedenfalls bekommen. Übrigens, wo hält sich Mr. Carthew zur Zeit auf? Ich habe es sehr bedauert, ihn nicht hier zu finden.«

»Er ist auf Reisen, Sir«, gab der Butler trocken zurück.

»Ah, bravo!« rief ich. »Ich stellte Ihnen eine Falle, Mr. Denman. Nun brauche ich Sie nicht zu fragen; ich bin sicher, daß Sie es diesem schnüffelnden Fremden auch nicht sagten.«

»Selbstverständlich nicht, Sir«, erwiderte der Butler.

Ich schüttelte ihm – leutselig wie Mr. Norris selbst – die Hand, es kam mir aber nicht von Herzen, denn beim Versuch, ihm die Anschrift zu entlocken, hatte ich schmählich versagt und war überzeugt, daß Bellairs seine Sache besser gemacht hatte, sonst wäre er noch immer hier und würde nicht von Mr. Denmans Seite weichen.

Den Anlagen und dem Vieh war ich entkommen, das Haus selbst blieb mir nicht erspart. Eine Dame mit Silberhaar, schwacher Silberstimme und einem Strom von überflüssigen Informationen, denen ich mich nicht entziehen konnte, führte mich durch die Ahnengalerie, das Musikzimmer, den großen Speisesaal, den langen Salon, das indische Zimmer, das Theater und jeden Winkel (wie mir schien) dieses nicht endenwollenden Herrenhauses. Nur ein Ort war tabu; der Wintergarten, in den sich Lady Ann nunmehr zurückgezogen hatte. Ich blieb einen Moment an der Türe stehen und lächelte. Die Situation war wirklich komisch; nur diese dünnen Bretter hier trennten mich vom Geheimnis der *Flying Scud*.

Während der ganzen Zeit, in der ich so hin und her

irrte, ging mir Bellairs' Besuch und rascher Aufbruch nicht aus dem Sinn. Ich war mir sicher, daß er die Anschrift bekommen hatte; und zwar nicht durch direkte Fragen – irgendeine Eingebung, ein glücklicher Zufall hatte ihm geholfen. Ein ähnlicher Zufall, eine ähnliche Eingebung war jetzt vonnöten; sonst war ich hilflos, sonst brachte das Frettchen seine Beute zur Strecke, fielen die riesigen Eichen, kamen die Raffaels unter den Hammer, fiel das Haus an einen neureichen Börsenmakler, verblaßte der Name, der jetzt noch im Munde von fünf oder sechs Pfarrgemeinden war, zu einer bloßen Erinnerung. Seltsam, daß der Fortbestand so großer Dinge, eines so alten Herrenhauses, einer so alten, langweiligen Familie nun plötzlich von Intelligenz, Umsicht und Schläue eines Studenten aus dem Quartier Latin abhängen sollten! Was Bellairs getan hatte, das mußte doch auch ich zuwege bringen. Zufall oder Eingebung, Eingebung oder Zufall – so kreisten meine Gedanken, während ich mich durch die Allee vom Haus entfernte, gelegentliche Blicke auf die rote Ziegelfassade und die aufblitzenden Fenster zurückwerfend. Wie konnte ich dem Zufall befehlen? Woher sollte ich die Eingebung nehmen?

Diese Überlegungen brachten mich an die Tür der Herberge. Und hier, in Verfolgung meiner Politik, mich mit allen Menschen gutzustellen, glättete ich unverzüglich meine Stirn, nahm (als einziger Gast im Hause) die Einladung zum gemeinsamen Abendessen mit der Familie in der Schankstube an und setzte mich mit Mr. Higgs, dem ehemaligen Butler, Mrs. Higgs, der ehemaligen Zofe der Lady, und Miss Agnes Higgs, ihrer kleinen Tochter mit dem schmuddeligen Haar, dem am wenigsten einladenden und (wie sich herausstellen sollte) nützlichsten Mitglied der Runde, zu Tisch. Das Gespräch drehte sich endlos um das herrschaftliche Haus und die herrschaftliche Familie; Roastbeef, Yorkshire-Pudding, Konfitürebrötchen und Cheddar-Käse wurden auf- und wieder abgetragen, und noch immer strömte der Redefluß; fast vier Generationen Carthews wurden gestreift, ohne auch nur ein Detail von Interesse zutage zu fördern; und wir hatten bereits Mr. Henry auf der Jagd umgebracht, mit ausführlichster Beleuchtung aller schmerzhaften Umstände, und ihn im Kreise einer ganzen trauernden Grafschaft zur letzten Ruhe getragen, bevor es mir mit Müh' und Not gelang, meinen Busenfreund, Mr. Norris, aufs Tapet zu bringen. Bei diesem Namen wurde der ehemalige Butler diplomatisch und die ehemalige Zofe der Lady weich. Er war die einzige Person dieser ganzen gesichtslosen Galerie, die anscheinend etwas zustande gebracht hatte, was der Erwähnung wert war; nur waren seine Leistungen – armer Kerl – darauf beschränkt, daß er vor die Hunde ging und man ihn deswegen bedauerte. Er war das Abbild des Sehr Ehrenwerten Bailley gewesen, einer der Lichtblicke in diesem düsteren Haus, und man hatte ihm demzufolge fast von der Wiege an eine bedeutende Karriere prophezeit. Doch kaum den Windeln recht entwachsen, zeigte sich auch schon der Pferdefuß; er stellte sich an, als wäre er kein Carthew, entwickelte Geschmack für niedere Freuden und schlechte Gesellschaft, plünderte gemeinsam mit dem Stalljungen Vogelnester, bevor er noch elf war, und als er auf die zwanzig zuging und man doch zumindest Ansätze von Familienernst erwarten durfte, durchstreifte er das Land mit einem Ranzen, machte Skizzen und verkehrte in Wirtshäusern am Wegesrand. Er hatte überhaupt keinen Stolz, wie man mir sagte, setzte sich zu jedem, wer's auch war; und meine eigene Bekanntschaft mit dem Helden hatte ich, wie man nicht sehr taktvoll durchblicken ließ, wohl auch dieser seiner Eigenart zu verdanken. Unglücklicherweise war Mr. Norris nicht nur exzentrisch, er war auch leichtsinnig. Man erinnerte sich noch gut an seine Schulden an der Universität; und noch besser, so schien es, an die komischen Umstände bei seinem Ausschluß. »Ja, ja, für einen Streich hatte er immer was übrig«, erklärte Mrs. Higgs.

»Das stimmt!« bemerkte ihr Gebieter.

Doch nach seinem Eintritt in den diplomatischen Dienst fingen die wahren Probleme erst an.

»Es scheint, Sir, daß er sich's ziemlich gutgehen ließ«, sagte der ehemalige Butler mit genüßlichem Ernst.

»Seine Schulden waren einfach schrecklich«, meinte die Zofe der Lady. »Und dabei der netteste Herr, den man sich vorstellen kann!«

»Als Mr. Carthew das zu Ohren kam, gab's einen schrecklichen Krach«, fuhr Mr. Higgs fort. »Ich weiß es noch, als wär es gestern. Die Glocke läutete, nachdem ihre Ladyschaft gegangen war. Drum bin ich selbst gegangen, weil ich dachte, es wär' wegen dem Kaffee. Da stand Mr. Carthew ganz aufgeregt vor mir. ›Higgs‹, sagt er, mit seinem Stock auf mich zeigend, denn er hatte gerade wieder einen Gichtanfall, ›lassen Sie sofort den Dogcart für diesen meinen Sohn anspannen. Er hat Schande über sich gebracht.‹ Mr. Norris sagt kein Wort: er sitzt nur da, mit gesenktem Kopf, und tut, als würde er eine Walnuß begutachten. Sie hätten mich mit einem Strohhalm umstoßen können«, sagte Mr. Higgs.

»Hat er etwas sehr Böses angestellt?« fragte ich.

»Nein, der doch nicht, Mr. Dodsley!« rief die Frau – so hatte sie sich meinen Namen zurechtgelegt. »Er hat in seinem armen Leben nie etwas getan, was man wirklich böse nennen könnte. Die ganze Geschichte war ein Skandal. Das war die reinste Günstlingswirtschaft.«

»Mrs. Higgs! Mrs. Higgs!« rief der Butler warnend.

»Na, was schert mich das?« gab die Frau zurück und schüttelte ihren Lockenkopf. »Du weißt doch selber, daß das stimmt, Mr. Higgs, und das ganze Personal wußte es genauso.«

Während man mich mit diesen Fakten und Meinungen fütterte, vernachlässigte ich keineswegs das Kind. Sie war nicht hübsch; doch zum Glück hatte sie das korrupte Alter von sieben Jahren schon erreicht, in dem eine halbe Krone so groß scheint wie eine Untertasse und so selten ist wie der Dodo. Für einen Schilling bar auf die Hand, sechs

Pence in ihre Geldbüchse und einen amerikanischen Golddollar, den ich zufällig in meiner Tasche fand, hatte ich das Geschöpf mit Leib und Seele gekauft. Sie erklärte ihre Absicht, mich bis ans Ende der Welt zu begleiten; und mußte von ihrem Erzeuger getadelt werden, da sie Vergleiche zwischen mir und ihrem Onkel William anstellte, wobei letzterer gar nicht gut wegkam.

Das Dinner war kaum beendet, das Tischtuch noch nicht entfernt, als Miss Agnes auch schon mit ihrem Briefmarkenalbum, einem Beweis für Onkel Williams Großzügigkeit, auf meinen Schoß kletterte. Es gibt nur wenige Dinge, die ich geringer schätze als alte Briefmarken, es sei denn vielleicht Wappen; gegenüber Rindvieh hingegen (von den Carthew Chillinghams bis hinunter zur Milchkuh vor dem Haus des alten Pförtners) ist Verachtung keineswegs das erste Gefühl, das sich mir aufdrängt. Doch es schien, als wäre ich dazu verurteilt, diesen Tag mit der Begutachtung von Kuriositäten zu verbringen; ich unterdrückte also ein Gähnen und gab mich erneut für die wohlbekannte Führung her. Ich nehme an, Onkel William hatte die Sammlung selbst begonnen und war ihrer schließlich überdrüssig geworden, denn das Album war (zu meinem Erstaunen) recht ordentlich gefüllt. Da waren die verschiedenen Schattierungen des englischen Penny, Russen mit dem kolorierten Herz, alte, unleserliche Thurn-und-Taxis, seltene dreieckige Kaps der Guten Hoffnung, Swan Rivers mit dem Schwan und Guayanas mit dem Segelschiff. Sie alle betrachtete ich mit den Augen eines Fisches und dem Geist eines Schafes; ich glaube, daß ich zwischendurch sogar einnickte; und wahrscheinlich geschah es in einem dieser Augenblicke, daß das Album meinen Händen entglitt, wobei hinten aus dem Album eine beachtliche Anzahl von »Tauschmarken« – so nennt man sie wohl – zu Boden fiel.

Und hier bot sich mir entgegen aller Wahrscheinlichkeit doch noch eine Chance; denn als ich sie pflichtschuldigst wieder aufhob, fiel mir die unverhältnismäßig große

Anzahl französischer Fünf-Sous-Marken auf. Irgend jemand, so folgerte ich, mußte wohl regelmäßig von Frankreich in die Gegend von Stallbridge-le-Carthew schreiben. Könnte es Norris sein? Auf einer Marke fand ich den Anfangsbuchstaben C; auf einer zweiten kam ich bis CH; über diese Stelle hinaus war der verwendete Poststempel in keinem einzigen Fall zu entziffern. Wenn man bedenkt, daß fast ein Viertel aller Städte in Frankreich mit »Château« beginnen, war CH ein unzulänglicher Hinweis; rasch eignete ich mir also die am deutlichsten gestempelte Marke der Sammlung an, um auf dem Postamt Nachforschungen anzustellen.

Jedoch der kleine Teufelsbraten ertappte mich auf frischer Tat. »Böser Mann, 'tiehlt meine Marke!« schluchzte sie; und als ich es gerade schamlos leugnen wollte, hatte sie den entwendeten Gegenstand auch schon zurückgestohlen und öffentlich zur Schau gestellt.

Meine Lage war nun ziemlich peinlich: und ich glaube, es geschah aus reinem Mitleid, daß Mrs. Higgs mir mit einem höchst willkommenen Vorschlag zu Hilfe eilte. Wenn sich der Gentleman tatsächlich für Briefmarken interessiere, sagte sie, mich in diesem Punkt höchstwahrscheinlich für einen Monomanen haltend, so sollte er sich Mr. Denmans Album ansehen. Mr. Denman war bereits seit vierzig Jahren Sammler und seine Sammlung angeblich eine schöne Stange Geldes wert. »Agnes«, fuhr sie fort, »wenn du ein liebes kleines Mädchen bist, dann läufst du schnell zum Herrenhaus rüber und sagst Mr. Denman, daß wir einen Kenner im Haus haben, und fragst ihn, ob nicht einer von den jungen Männern das Album runterbringen könnte.«

»Ich würde auch seine Tauschmarken gern sehen«, rief ich, die Gelegenheit beim Schopfe packend. »Vielleicht hab' ich sogar ein paar von meinen in der Brieftasche, dann könnten wir tauschen.«

Eine halbe Stunde später traf Mr. Denman höchstpersönlich ein, mit einem enormen Album unterm Arm.

»Ah, Sir«, rief er, »als ich hörte, daß Sie ein Sammler sind, da ließ ich alles liegen und stehen. Ich sage immer, Mr. Dodsley, daß das Sammeln von Briefmarken alle Sammler zu Brüdern macht. Es ist ein echtes Band, Sir; das schafft ein echtes Band.«

Ob das stimmt, kann ich nicht sagen; kein Zweifel besteht jedoch daran, daß der Versuch, sich fälschlicherweise selbst als Sammler auszugeben, eine ziemlich prekäre Situation schafft.

»Ah, hier ist die zweite Ausgabe!« sagte ich etwa, nachdem ich die Legende an der Seite gelesen hatte. »Die rosarote – nein, ich meine die mauvefarbene – ja, das ist die schönste dieser Serie. Obgleich natürlich, wie Sie sagen«, beeilte ich mich etwa hinzuzufügen, »diese gelbe auf dem dünnen Papier viel seltener ist.«

Ich wäre sicherlich entlarvt worden, hätte ich Mr. Denman nicht aus Selbstschutz mit seinem Lieblingsgetränk versorgt – einem so köstlichen Portwein, daß er niemals im Keller des *Carthew Arms* gereift sein konnte, sondern wohl im Schutze der Nacht von den angrenzenden Kellergewölben des großen Hauses herübergebracht wurde. Bei jeder Gefahr der Aufdeckung, und vor allem immer dann, wenn man mich direkt um meine Meinung fragte, beeilte ich mich, das Glas des Butlers neu zu füllen, und als wir bei den Tauschmarken angelangt waren, befand er sich bereits in einem Zustand, in dem kein Briefmarkensammler mehr eine Gefahr darstellt. Damit will ich um Gottes willen nicht andeuten, daß er betrunken war; dazu schien es ihm an der nötigen Lebhaftigkeit zu fehlen; sein Blick war starr, und solange ich ihn nur ohne Unterbrechung reden ließ, schien's ihm egal zu sein, ob ich nun zuhörte oder nicht.

Bei Mr. Denmans Tauschmarken zeigte sich dieselbe Eigentümlichkeit wie bei jenen der kleinen Agnes, nämlich eine unverhältnismäßig große Zahl dieser jämmerlich gewöhnlichen Marken, der französischen Fünfundzwanzig-Centimes. Und hier fand ich, verstohlen prüfend, zuerst das C und das CH; dann, unmittelbar darauf, fügte sich so etwas wie ein A und dann ein abschließendes Y. Hier hatte ich nun fast den vollständigen Namen vor mir; er schien mir auch vertraut; und doch gelang es mir nicht gleich, die Lücke zu füllen. Da stieß ich auf eine weitere Marke, auf der ein L vor dem Y lesbar war, und mit einem Schlag hatte ich das komplette Wort vor Augen. Chailly, das war der Name; Chailly-en-Bière, das Postamt für Barbizon – ah! das war genau der richtige Ort für jemanden, der sich verstecken möchte – das war genau der richtige Ort für Mr. Norris, der England durchstreift und dabei Skizzen gemacht hatte – genau der richtige Ort für Goddedaal, der ein Palettenmesser an Bord der *Flying Scud* zurückgelassen hatte. Das war nun wirklich außergewöhnlich: während ich mich mit dem Winkeladvokaten quer durch England treiben ließ, erwartete mich der Mann, den wir suchten, an meinem eigenen letztendlichen Ziel.

Ob Mr. Denman sein Album auch Bellairs gezeigt hatte, ob Bellairs tatsächlich (wie ich) in der Lage war, den Hinweis des verwischten Poststempels zu verstehen, werde ich wohl nie erfahren, und es spielte auch keine Rolle. Nun waren wir quitt; meine Aufgabe in Stallbridge-le-Carthew erfüllt; mein Interesse an Briefmarken sank spurlos in sich zusammen; der erstaunte Denman wurde hinauskomplimentiert; und nachdem ich den Auftrag gegeben hatte, das Pferd einzuspannen, versenkte ich mich ins Studium des Fahrplans.

Kapitel XXI

Von Angesicht zu Angesicht

An einem Septembernachmittag gegen zwei Uhr fiel ich vom Himmel herab auf Barbizon. Es ist die stillste Zeit des Tages; alle haben sich in die Wälder oder Wiesen zurückgezogen, die Fleißigen zum Malen, die Faulen zum Spazierengehen; die gewundene Chaussee ist menschenleer, das Wirtshaus verlassen. Um so erfreuter war ich, einen meiner alten Kumpane im Speisezimmer anzutreffen; seine Stadtkleider verrieten mir, daß er im Aufbruch begriffen war; und wirklich lag sein Portemanteau neben ihm auf dem Boden.

»Also nein, Stennis«, rief ich, »Sie sind der letzte, den ich hier erwartet hätte.«

»Das Vergnügen wird nicht mehr lange währen«, erwiderte er. »*König Pandion ist tot – 's ist arg; die Freunde all' in Blei im Sarg*. Männer unseres hohen Alters haben in dem alten Laden hier nichts mehr verloren.«

»*Ich hatte Gespielen, ich hatte Kameraden*«, zitierte ich nun meinerseits. Wir waren beide gerührt, denke ich, einander so unerwartet an diesem Schauplatz unserer vergnügten Gesellschaften von einst wiederzutreffen, nach so langer Zeit, in der wir beide uns so sehr verändert hatten.

»Ja, das ist in etwa die Gefühlslage«, erwiderte er. »*Alle, alle sind sie dahin, die alten, vertrauten Gesichter.*« Ich bin seit einer Woche hier, und das einzige lebendige Wesen, das sich an mich zu erinnern schien, war der Pharao. Außer den Sirons natürlich und dem immerwährenden Bodmer.«

»Gibt es denn keinen Überlebenden?« erkundigte ich mich.

»Aus unserem geologischen Zeitalter? Nicht einen«, erwiderte er. »Dies ist die Stadt Petra in Edom.«

»Und welcher Beduinenstamm lagert nun in den Ruinen?« fragte ich.

»Jugend, Dodd, Jugend; blühende, selbstbewußte Jugend«, gab er zurück. »So eine Bande, solche Kriechtiere! Wenn man sich vorstellt, daß wir auch so waren! Ein Wunder, daß uns Siron nicht aus dem Haus gescheucht hat.«

»Vielleicht waren wir nicht so arg«, meinte ich.

»Ich möchte Sie nicht deprimieren«, sagte er. »Immerhin waren wir beide Angelsachsen, und der einzige, der uns heute erlösen könnte, ist auch einer.«

Der Gedanke an meine Suche, von dieser Begegnung einen Augenblick aus meinem Inneren verdrängt, lebte wieder auf. »Wer ist es?« rief ich. »Erzählen Sie mir von ihm.«

»Was, von dem Potentiellen Erlöser?« sagte er. »Nun, er ist ein sehr netter Mensch, nicht sehr hell, ein bißchen langweilig, vornehm, aber wirklich nett. Allerdings sehr britisch, ein unverfälschter Brite von schlichtem Geist! Vielleicht sogar zu britisch für Ihre transatlantischen Nerven. Aber wenn ich's mir andererseits recht überlege, sollten Sie eigentlich glänzend miteinander auskommen. Er ist ein Bewunderer Ihrer großen Republik in einer ihrer (Verzeihung) minderwertigsten Erscheinungsformen; er kauft und liest emsig eine Menge amerikanischer Zeitungen. Ich hab' Ihnen ja gesagt, er ist wirklich von schlichtem Geiste.«

»Was sind das für Zeitungen?« rief ich.

»Zeitungen aus San Francisco«, sagte er. »Ungefähr zweimal pro Woche bekommt er ein ganzes Bündel davon und studiert sie wie die Bibel. Das ist eine seiner Schwächen; eine andere ist, daß er unvorstellbar reich ist. Er hat Massons altes Studio gemietet – Sie erinnern sich? – dort unten an der Ecke; hat es ohne Rücksicht auf die Kosten eingerichtet und lebt umgeben von *vins fins* und Kunstwerken. Wenn die heutige Jugend hinauf zur Caverne des Brigands geht, um Punsch zu machen – sie tun alles, was auch wir getan haben, wie irgendwelche widerlichen Affen (nie zuvor war mir bewußt, was der Mensch doch für ein Gewohnheitstier ist) –, dann trippelt dieser Madden mit einem Korb voll Champagner hinter ihnen her. Ich sagte ihnen, er hätte unrecht, und der Punsch sei besser; doch seiner Meinung ist es für die Jungen nur eine Frage des Stils, und damit hat er wahrscheinlich wieder recht. Er ist ein gutmütiger Bursche, sehr melancholisch und ziemlich unbeholfen. Oh, und er hat noch eine dritte Schwäche, die ich fast vergessen hätte. Er malt. Er hat nie Unterricht genommen, und er ist über dreißig, aber er malt.«

»Wie?« fragte ich.

»Recht gut, finde ich«, war die Antwort. »Das ist ja das Verdrießliche daran. Sehen Sie doch selbst. Dieses Bild ist von ihm.«

Ich trat ans Fenster. Es war der altbekannte Raum, mit den in Form eines griechischen Π angeordneten Tischen und der Anrichte und dem stimmlosen Piano und den Bildern an der Wand. Da waren Romeo und Julia, Antwerpen vom Fluß aus gesehen, Enfields Schiffe mitten im Eis, der riesige Jäger, auf seinem riesigen Horn blasend; ein paar neue Werke mischten sich darunter, die bescheidene Ernte einer nachfolgenden Generation, nicht besser und nicht schlechter als die unsere. Es war eines von diesen Werken, auf das man mich hinwies; recht einfach, aber mit Witz ausgeführt, in der Hauptsache mit dem Palettmesser, die Farbe an manchen Stellen vorzüglich, an anderen war die Leinwand nur mit Lehm bedeckt. Doch es war der Gegenstand, und nicht die Kunst oder ihr Fehlen, was meine Aufmerksamkeit fesselte. Im Vordergrund waren Sand und Gestrüpp und Wrackteile; in mittlerer Entfernung eine in vielen Farben schillernde, ruhige Lagune, umschlossen von einem Wall aus Brechern; dahinter ein blauer Streifen Ozean. Der Himmel war wolkenlos, und ich konnte die Brandung hören. Denn das war die Insel Midway; der Blickpunkt genau jene Stelle, an der ich zum ersten Mal mit dem Kapitän gelandet war und wo ich am

Tag, bevor wir absegelten, wieder ins Boot stieg. Ich hatte bereits einige Sekunden lang darauf gestarrt, als ein undeutlicher Klecks am Horizont meine Aufmerksamkeit erregte; ich beugte mich nach vorn und erkannte die Rauchfahne eines Dampfers.

»Ja«, sagte ich, zu Stennis gewandt. »Es ist gut. Was stellt es dar?«

»Eine Phantasielandschaft«, erwiderte er. »Das gefällt mir eben so daran. Die meisten heutigen Burschen haben doch kaum die Vorstellungskraft einer Schnecke.«

»Madden, sagen Sie, ist sein Name?« forschte ich weiter.

»Ja, Madden«, wiederholte er.

»Ist er viel herumgekommen?« wollte ich wissen.

»Ich habe keine Ahnung. Er ist alles andere als ein Autobiograph. Er sitzt da, raucht, lacht, läßt manchmal eine witzige Bemerkung fallen; doch seine Beiträge zur Kunst des Gefallens beschränken sich im allgemeinen darauf, wie ein Gentleman auszusehen und einer zu sein. Nein«, fügte Stennis hinzu, »er ist nichts für Sie, Dodd; Sie haben gern etwas Schaum auf Ihrem Bier. Sie werden ihn stinklangweilig finden.«

»Hat er einen langen, blonden Backenbart, wie Stoßzähne?« fragte ich, die Photographie von Goddedaal vor Augen.

»Sicher nicht; warum sollte er?« lautete die Antwort.

»Schreibt er viele Briefe?« fuhr ich fort.

»Das weiß Gott allein«, erwiderte Stennis. »Was ist los mit Ihnen? Ich hab' Sie noch nie so aufgeregt gesehen.«

»Es ist nämlich so, daß ich glaube, den Mann zu kennen«, sagte ich. »Ich glaube, ich bin hinter ihm her. Ich glaube fast, es ist mein lang verschollener Bruder.«

»Jedenfalls kein Zwillingsbruder«, versetzte Stennis.

Etwa um diese Zeit fuhr ein Wagen vor dem Wirtshaus vor, worauf Stennis sich verabschiedete.

Bis zum Abendessen ging ich in den Feldern der Ebene spazieren, denn instinktiv lag mir daran, daß mich niemand beobachtete; ich wurde von widersprüchlichen, ungeduldigen Gefühlen hin- und hergerissen. Hier war ein Mann, dessen Stimme ich schon gehört, dessen Handlungen so viele Tage meines Lebens mit Interesse und Aufregung gefüllt hatten, von dem ich in schlaflosen Nächten geträumt hatte wie ein Liebhaber; nun lag seine Hand auf dem Türknauf; nun würden wir einander begegnen; nun würde sich mir endlich das Rätsel der ausgetauschten Mannschaft lösen. Die Sonne senkte sich über der vom Angelusgeläut erfüllten Ebene, und je näher die Stunde rückte, desto tiefer sank mein Mut. Ich ließ die auf dem Heimweg trödelnden Bauern an mir vorüberziehen. Die Lichter brannten, die Suppe war aufgetragen, die Gesellschaft vollzählig am Tisch versammelt und der Raum bereits von vielstimmigem Gespräch erfüllt, als ich eintrat. Ich nahm Platz und sah, daß ich Madden gegenübersaß. Über sechs Fuß groß und gut gebaut, das dunkle Haar durchsetzt mit Silberfäden, die Augen dunkel und freundlich, der Mund gutmütig, die Zähne prachtvoll; Hemd und Hände von erlesener Qualität; englische Kleider, englische Stimme, englische Haltung: der Mann hob sich deutlich von der übrigen Gesellschaft ab. Und doch hatte er sich hier eingelebt und schien eine gewisse stille Popularität unter den geräuschvollen Jungen an der *table d'hôte* zu genießen. Sein Lachen glich einem sonderbaren, silbernen Glucksen, das selbst dann nervös klang, wenn er sich ehrlich amüsierte, und das sich schlecht mit seiner großen Statur und seinem männlich melancholischen Gesicht vertrug. Dieses Lachen war während des gesamten Dinners immer wieder zu vernehmen, wie der Klang des Triangels in einem modernen französischen Musikstück; und gelegentlich zeigte er eine Art von Lustigkeit, mehr im Verhalten als mit Worten, mit der er Erheiterung auslöste oder jedenfalls aufrechterhielt. Er beteiligte sich an der Unterhaltung nicht so sehr wie ein Mann in gehobener Stimmung, sondern wie einer von anerkannter Gutmütigkeit, immerzu selbstvergessen, gewöhnt, anderen gefällig zu sein und zu folgen. An altgedienten Soldaten habe ich die gleiche lächelnde Traurigkeit und umgängliche Zurückhaltung beobachtet.

Ich hatte Angst, ihn anzusehen und womöglich durch meine Blicke meine tiefe Erregung zu verraten; aber der Zufall meinte es so gut mit mir, daß die Suppe kaum abgeräumt war, ehe wir uns ganz von selbst bekanntmachten. Mein erster Schluck Château Siron, ein Tropfen, den ich lang nicht mehr getrunken hatte, ließ mich mein Schweigen brechen.

»Nein – also das geht einfach nicht!« rief ich auf englisch.

»Ein abscheuliches Gesöff, nicht wahr?« sagte Madden in derselben Sprache. »Erlauben Sie mir, Sie zu meiner Flasche einzuladen. Sie nennen das Chambertin, obwohl es keiner ist; aber er ist immerhin trinkbar, und in diesem Haus gibt's ja sonst nichts, was man einem Mann zumuten könnte.«

Ich nahm an; alles war mir recht, was den Weg zu mehr Wissen ebnete.

»Ihr Name ist Madden, nehme ich an«, sagte ich. »Mein alter Freund Stennis erzählte mir von Ihnen, als ich ankam.«

»Ja; es tut mir leid, daß er abgereist ist; allein unter diesen jungen Burschen fühle ich mich wie Methusalem«, erwiderte er.

»Mein Name ist Dodd«, redete ich weiter.

»Ja«, sagte er, »das hat mir Madame Siron mitgeteilt.«

»Dodd, aus San Francisco«, fuhr ich fort. »Vormals Pinkerton und Dodd.«

»Montana Block, glaube ich«, sagte er.

»Genau«, sagte ich.

Keiner von uns beiden sah den anderen an; aber mir entging nicht, daß seine Hände Brotkügelchen formten.

»Das ist eine feine Arbeit von Ihnen«, fuhr ich fort, »dieses Bild dort. Der Vordergrund vielleicht etwas lehmig, aber die Lagune ist hervorragend.«

»Sie müssen es wissen«, sagte er.

»Ja«, erwiderte ich, »dieses – Bild kann ich sicher recht gut beurteilen.«

Es folgte eine beträchtliche Pause.

»Sie kennen einen Mann namens Bellairs, nicht wahr?« fuhr er fort.

»Ah!« rief ich, »Sie haben von Dr. Urquart gehört?«

»Erst heute morgen«, erwiderte er.

»Nun, wegen Bellairs besteht kein Grund zur Eile«, sagte ich. »Das ist eine ziemlich lange und recht verrückte Geschichte. Ich nehme an, daß wir einander eine ganze Menge zu erzählen haben; aber vielleicht sollten wir damit warten, bis wir unter uns sind.«

»Ja, das finde ich auch«, sagte er. »Nicht, daß einer dieser Burschen hier Englisch verstünde, aber wir haben es gemütlicher drüben bei mir. Auf Ihre Gesundheit, Dodd.«

Und wir tranken uns über den Tisch hinweg zu.

So war diese außergewöhnliche Begegnung also unbemerkt vonstatten gegangen, inmitten von mehr als dreißig Personen, Kunststudenten, Damen im Negligé mit gepuderten Gesichtern, einem sechs Fuß hohen Siron, der die Teller über unseren Köpfen sausen ließ, und seinen geräuschvollen Söhnen, die unter viel Geklapper mit frischem Nachschub herein- und hinauseilten.

»Nur noch eine Frage«, sagte ich. »Haben Sie meine Stimme erkannt?«

»Ihre Stimme?« wiederholte er. »Wie sollte ich? Ich habe sie nie zuvor gehört – wir sind uns nie begegnet.«

»Und doch haben wir schon früher miteinander gesprochen«, sagte ich, »und ich stellte Ihnen eine Frage, die Sie nie beantwortet haben, und die mir selbst zu stellen ich seither noch vieltausendmal bessere Gründe fand.«

Er wurde plötzlich bleich. »Guter Gott!« rief er. »Sind Sie der Mann am Telephon?«

Ich nickte.

»Das ist doch!« sagte er. »Da braucht es schon eine gehörige Portion Großmut, um Ihnen das zu vergeben. Was für Nächte habe ich durchgemacht! Dieses leise Flüstern klingt mir seit damals unablässig in den Ohren, wie der Wind in einem Schlüsselloch. Wer konnte es sein? Was konnte es bedeuten? Ich habe darunter viel und furchtbar gelitten.« Er hielt inne und sah gequält drein. »Obwohl es auch sonst noch allerhand gab, was mich beunruhigte, oder beunruhigen hätte sollen«, fügte er hinzu und leerte langsam sein Glas.

»Es scheint, als wären wir geboren, um einander mit Rätseln verrückt zu machen«, sagte ich. »Ich hatte oft das Gefühl, mein Kopf würde zerspringen.«

Carthew brach in sein albernes Gelächter aus. »Und doch hatten weder Sie noch ich den schwierigsten Teil des Puzzles«, rief er. »Da gab es andere, die es schlimmer erwischt hat.«

»Und wer war das?« fragte ich.

»Die Versicherer«, sagte er.

»Hören Sie«, rief ich. »Daran habe ich nie gedacht. Welchen Reim haben die sich denn auf die ganze Angelegenheit gemacht?«

»Gar keinen«, erwiderte Carthew. »Es war nicht zu erklären. Sie waren eine Gruppe von kleinen Händlern bei Lloyd's, die das alles als Syndikat übernommen hatten; einer von ihnen fährt jetzt eine Equipage; und die Leute munkeln, er sei mit allen Wassern gewaschen und habe das Zeug zum großen Financier. Ein anderer richtete sich mit dem Profit eine kleine Villa ein. Aber sie sind alle hoffnungslos verwirrt; und wenn sie einander begegnen, wissen sie nicht, wohin sie schauen sollen, wie die Auguren.«

Das Dinner war kaum beendet, da führte er mich schon über die Straße in Massons altes Studio. Es war seltsam verändert. An den Wänden hingen Tapisserien, ein paar gute Kupferstiche und einige erstaunliche Bilder – ein Rousseau, ein Corot, ein wirklich prachtvoller alter Crome, ein Whistler und ein Gemälde, von dem mein Gastgeber (wie ich meine, mit Recht) behauptete, es sei ein Tizian. Der Raum war mit bequemen Stühlen im Stile eines englischen Rauchsalons, einigen amerikanischen Schaukelstühlen und einem kunstvoll gearbeiteten Sekretär möbliert; Spirituosen und Sodawasser (der Marke Schweppes, billiger tat er's nicht) standen auf einem Servierwagen bereit, und in einer Ecke erspähte ich hinter einem halb zugezogenen Vorhang ein Feldbett und eine geräumige Badewanne. Ein solcher Raum in Barbizon mußte den Betrachter erstaunen wie der Prunk der Höhle von Monte Cristo.

»Also«, sagte er, »hier haben wir Ruhe. Nehmen Sie doch Platz, und erzählen Sie mir Ihre Geschichte vom Anfang bis zum Ende.«

Ich tat, worum er mich gebeten hatte, begann mit dem Tag, an dem mir Jim die Passage im *Daily Occidental* zeigte, und endete mit dem Markenalbum und dem Poststempel aus Chailly. Es war eine lange Geschichte; und Carthew zog sie noch weiter in die Länge, denn er war unersättlich nach Details; und die alte Acht-Tage-Uhr in der Ecke hatte Mitternacht geschlagen, ehe ich zum Ende kam.

»Und nun«, sagte er, »die andere Seite: ich muß Ihnen die Geschichte aus meiner Sicht erzählen, so sehr ich es auch verabscheue. Meine Geschichte ist scheußlich. Sie werden sich fragen, wie ich schlafen kann. Ich habe sie schon einmal erzählt, Mr. Dodd.«

»Lady Ann?« fragte ich.

»Richtig«, antwortete er; »und um die Wahrheit zu sagen, habe ich geschworen, sie nie wieder zu erzählen. Aber Sie scheinen doch irgendwie ein Anrecht darauf zu haben; Sie haben weiß Gott teuer genug dafür bezahlt; und, weiß Gott, ich hoffe, Ihnen gefällt, was Sie nun bekommen!«

Damit begann er seine abenteuerliche Geschichte. Ein neuer Tag war angebrochen, im Dorf krähten die Hähne, und die ersten Holzfäller waren schon auf den Beinen, als er sie beendete.

Kapitel XXII

Der Wechselempfänger

Singleton Carthew, der Vater von Norris, war von kräftiger Statur und schwacher Vitalität, feinfühlig wie ein Musiker, einfältig wie ein Schaf und gewissenhaft wie ein Hund. Er füllte seine Position mit Ernsthaftigkeit aus, ja sogar mit Pomp; die langen Räume, die lautlosen Diener schienen in seinen Augen wie die Rituale einer Religion, deren sterblicher Gott er selbst war. Er besaß die Intoleranz des Dummen gegenüber der Dummheit; die stets wache Angst des Eitlen, man könne sie an ihm selbst entdecken. Und in beider Hinsicht irritierte und beleidigte ihn Norris. Er hielt seinen Sohn für einen Dummkopf, hatte aber den Verdacht, daß dieser ihm das Kompliment mit Zinsen zurückgab. Die Geschichte ihrer Beziehung war einfach; sie sahen sich selten, sie stritten sich oft. Für seine Mutter, eine temperamentvolle, sarkastische, praktisch veranlagte Frau, ohnehin schon von ihrem Gemahl und ihrem älteren Sohn enttäuscht, war Norris nur eine neuerliche Enttäuschung.

Dennoch waren die Fehler des Jungen kein großes Aufhebens wert; er war schüchtern, nachgiebig, passiv, ohne Ehrgeiz, ohne Unternehmungsgeist; konnte dem Leben nicht viel abgewinnen; betrachtete es als kuriose langweilige Veranstaltung, die ihn nicht sehr amüsierte und nicht im geringsten in Versuchung brachte, daran teilzunehmen. Er sah, wie sein Vater bedeutungsvoll Sand zermahlte, seine Mutter temperamentvoll Schmetterlinge zerriß, sein Bruder mit dem Eifer des Soldaten in einer zweifelhaften Schlacht sich in die Daseinsfreuden des Bauernlümmels stürzte; und der Lebensüberdrüssige sah voll Verwunderung zu. Sie sorgten und ängstigten sich um viele Dinge; ihm erschien auch nicht eines davon nützlich. Er war ohne Illusionen geboren, die Versprechungen der

Welt weckten kein Echo in seiner Brust, die Aktivitäten der Welt und die Auszeichnungen der Welt schienen ihm gleichermaßen ohne reelle Grundlage. Er schätzte das Leben im Freien; er schätzte Kameradschaft, es spielte keine Rolle, mit wem, seine Kameraden waren nur ein Mittel gegen die Einsamkeit. Und er zeigte Interesse für Malerei. Eine Reihe von erlesenen Gemälden blickte auf seine Kindheit herab, und diese vielen Meter kostbarer Leinwand blieben ihm unauslöschlich im Gedächtnis. Die Galerie in Stallbridge zeugte von Generationen von Bilderliebhabern; Norris war vielleicht der erste aus seiner Familie, der selbst den Pinsel hielt. Die Neigung war echt, sie wuchs und wurde mit seinem Heranwachsen immer stärker; und dennoch duldete er fast kampflos, daß sie unterdrückt wurde. Als die Zeit für ihn kam, nach Oxford zu gehen, da leistete er nur schwachen Widerstand. Er sei dumm, sagte er; es habe keinen Sinn, ihn durch die Mühle zu treiben; Maler wolle er werden. Diese Worte trafen seinen Vater wie ein Donnerkeil, und Norris beeilte sich nachzugeben. »Ich hielt's nicht für wichtig, wissen Sie«, sagte er. »Und es schien mir ungehörig, den alten Knaben so zu ärgern.«

So ging er nach Oxford, folgsam und ohne Hoffnung, und wurde dort zum Helden eines bestimmten Kreises. Er war aktiv und geschickt; wenn er in der rechten Laune war, brillierte er in vielen Sportarten; und seine seltsame melancholische Gleichgültigkeit verschaffte ihm eine besondere Stellung. In seiner Clique gab er den Ton an; neidische Jungstudenten suchten seinen ungekünstelten Mangel an Furcht und Eifer nachzuahmen; es war eine Art neuer Byronismus, mit mehr Haltung und Würde. »Nichts ist wirklich von Belang« – dieser Leitspruch bezog sich auch auf die Professoren; und obgleich er eigentlich immer höflich sein wollte, war sein Auftreten im College von bestürzender Grobheit. Seine Gleichgültigkeit wurde als Unverschämtheit gewertet; und anläßlich einer Art Ausbruch veranlagungsbedingter Leichtfertigkeit (einer Komplementärerscheinung seiner Melancholie) wurde er mitten im zweiten Jahr relegiert.

Dieses Ereignis war in den Annalen der Carthews ganz neu, und Singleton zögerte nicht, es für sich auszunutzen. Seit langem schon pflegte er seinem zweiten Sohn eine Karriere von Ruin und Schande zu prophezeien. Es liegt ein Vorteil in diesem schlichten elterlichen Brauch. Zweifellos hat der Vater ein Interesse an seinem Sohne; doch ebenso zweifellos wächst auch das Interesse des Propheten an seiner eigenen Prophezeiung. Geht das eine schief, so bewahrheitet sich wenigstens das andere. Der alte Carthew bezog aus dieser Quelle esoterischen Trost; verbreitete sich endlos über seine eigene Voraussicht; ersann noch nie dagewesene Variationen über das alte Thema »das hab' ich dir ja gleich gesagt«, brachte den Namen seines Sohnes mit Galgen und Arrest in Verbindung und sprach von seiner kleinen Handvoll College-Schulden, als müsse er eine Hypothek aufnehmen, um sie zu begleichen.

»Ich glaube nicht, daß das fair ist, Sir«, sagte Norris. »Ich lebte auf dem College genau so, wie Sie es mir rieten. Es tut mir leid, daß ich relegiert wurde, und es ist Ihr gutes Recht, mich dafür zu tadeln; aber Sie haben kein Recht, mich wegen dieser Schulden so zu drangsalieren.«

Die Wirkung dieser Worte auf einen dummen, nicht zu Unrecht erzürnten Mann braucht man wohl kaum zu beschreiben. Singleton tobte eine Weile.

»Ich sage Ihnen etwas, Vater«, erklärte Norris schließlich, »ich glaube nicht, daß das viel Sinn hat. Ich finde, Sie sollten mir lieber die Malerei erlauben. Es ist das einzige, was mich auch nur eine Spur interessiert. Aus mir wird nie etwas, solange ich andere Sachen am Hals habe.«

»Wie Sie hier vor mir stehen, Sir, bis zum Hals in Schande«, erwiderte der Vater, »hätte ich doch gehofft, daß Sie genug Takt besäßen, um diesen Unsinn nie mehr aufs Tapet zu bringen.«

Norris ließ es sich gesagt sein; der Unsinn wurde dem Vater nie mehr zu Gehör gebracht, und Norris wurde gnadenlos auf eine rückwärtsgerichtete Reise geschickt. Er ging ins Ausland, um Fremdsprachen zu lernen, was er auch tat, allerdings zu einem sehr hohen Tarif; und ein neuer Haufen Schulden war alsbald zu zahlen, unter ähnlichen Lamentationen, die in diesem Falle absolut gerechtfertigt waren, die Norris aber überhaupt nicht beachtete. Man hatte ihn wegen der Oxford-Geschichte ungerecht behandelt; und mit einem Anflug von Bosheit, die bei einem so Versöhnlichen überraschte, und einem Starrsinn, bemerkenswert bei einem derart Schwachen, weigerte er sich von Stund an, sich bei seinen Ausgaben auch nur die geringste Zurückhaltung aufzuerlegen. Er verschwendete, was er konnte; erlaubte seinen Dienern, ihn nach Gutdünken auszuplündern; er säte Insolvenz; und als die Frucht reif war, benachrichtigte er mit unerträglicher Gelassenheit seinen Vater. Also übergab man ihm sein eigenes Kapital, steckte ihn in den diplomatischen Dienst und sagte ihm, er habe fortan für sich selbst zu sorgen.

Dies gelang ihm, bis er fünfundzwanzig war; zu diesem Zeitpunkt hatte er sein Geld ausgegeben, ein ansehnliches Sortiment an Schulden angehäuft und war (wie so viele andere melancholische, interesselose Menschen) zum gewohnheitsmäßigen Spieler geworden. Ein österreichischer Oberst – derselbe, der sich später in Monte Carlo erhängte – gab ihm eine Lektion, die zweiundzwanzig Stunden dauerte und ihn als hilfloses Wrack zurückließ. Noch einmal kaufte der alte Singleton die Ehre seines Namens zurück, dieses Mal für eine phantastische Summe; und noch einmal wurde Norris unter strengsten Bedingungen auf die Beine gestellt. Ein Wechsel von dreihundert Pfund im Jahr sollte ihm vierteljährlich von einem Anwalt in Sydney, Neusüdwales, ausbezahlt werden. Schreiben war ihm verboten. Sollte er an einem Zahltag nicht in Sydney erscheinen, würde er für tot gehalten und der Wechsel stillschweigend eingestellt. Sollte er nach Europa zurückkehren, würde man in jede angesehene Zeitung eine Anzeige geben und sich öffentlich von ihm distanzieren.

Es war eine seiner ärgerlichsten Eigenschaften als Sohn, daß er immer höflich war, immer gerecht, und in jeglichem Wirbel häuslicher Aufregungen stets besonnen. Er rechnete mit Unannehmlichkeiten; wenn sie auftauchten, blieb er ungerührt; er hätte mit Singleton sagen können: *»Das hab' ich dir ja gleich gesagt«*, begnügte sich jedoch damit zu denken: *»Genau wie erwartet.«* Als diese letzten Blitzschläge auf ihn niedersausten, verhielt er sich wie einer, der nur entfernt daran interessiert ist; steckte Geld und Vorwürfe ein und befolgte pünktlich alle Anweisungen; nahm ein Schiff und fuhr nach Sydney. Manche Männer sind noch mit fünfundzwanzig kleine Jungen, und so war's bei Norris. Achtzehn Tage nach der Landung war der Wechsel für ein Quartal schon aufgebraucht; und mit der unbeschwerten Zuversicht des Fremden in einem sogenannten neuen Land begann er, Amtszimmer zu belagern und sich um die unmöglichsten Stellungen zu bewerben. Überall wurde er hinauskomplimentiert, zu guter Letzt auch noch aus seiner Unterkunft; und war gezwungen, in seinem eleganten Anzug aus Sommertweed mit den heruntergekommenen Ausgestoßenen der Stadt zu leben und zu kampieren.

In dieser Not suchte er Hilfe bei dem Anwalt, der ihm seinen Wechsel ausbezahlte.

»Vergessen Sie bitte nicht, daß meine Zeit kostbar ist, Mr. Carthew«, sagte der Anwalt. »Es ist völlig unnötig, daß Sie mir die spezielle Lage, in der Sie sich befinden, ausführlich beschreiben. *Wechselmänner*, wie wir sie hier nennen, sind nach meiner Erfahrung keine Seltenheit; ich gehe in solchen Fällen nach einem bestimmten Schema vor. Ich schenke Ihnen einen Sovereign; hier ist er. Jeden Tag, an dem Sie hier vorsprechen, streckt mein Kanzlist Ihnen einen Shilling vor; am Samstag, weil meine Kanzlei am Sonntag geschlossen ist, eine halbe Krone. Meine Bedingungen sind folgende: Sie kommen nicht zu mir, sondern zu meinem Kanzlisten; Sie erscheinen hier nicht in betrunkenem Zustand; und Sie verlassen diese Kanzlei, sobald Sie das Geld erhalten und eine Quittung unterzeichnet haben. Ich wünsche Ihnen einen guten Tag.«

»Ich nehme an, ich sollte Ihnen dankbar sein«, sagte Carthew. »Meine Situation ist so elend, daß ich nicht einmal dieses Hungergeld ablehnen kann.«

»Hunger!« erwiderte der Anwalt lächelnd. »Mit einem Shilling pro Tag leidet man hier keinen Hunger. Ich hatte einmal einen anderen jungen Gentleman am Hals, der mit demselben Betrag sechs Jahre lang nicht nüchtern wurde.« Und damit wandte er sich wieder seinen Papieren zu.

In der nächsten Zeit verfolgte Carthew das Bild des lächelnden Anwaltes auf Schritt und Tritt. »Dieses dreiminütige Gespräch war die einzige Erziehung, die ich je genoß und die diesen Namen verdiente«, sagte er. »Es war das ganze Leben in einer Nußschale. Zum Henker! dachte ich, bin ich denn schon so weit, daß ich dieses alte Fossil beneide?«

In den nächsten zwei oder drei Wochen fand sich Norris jeden Morgen Punkt zehn ungekämmt und abgezehrt vor der Tür des Anwalts ein. Den langen Tag und die noch längere Nacht verbrachte er in der Domain, bald auf einer Bank, bald im Grase unter einer Norfolktanne, jenem Gefährten der vielleicht niedrigsten Klasse auf dieser Erde, der *Larrikins* von Sydney. Morgen für Morgen weckte ihn die Dämmerung hinterm Leuchtturm aus dem Schlummer; dann stand er da und schaute in den sich aufhellenden Osten, die verblassenden Sterne, die rauchlose Stadt und den vielarmigen, vielmastigen Hafen, der unter seinen Augen langsam immer klarere Form annahm. Seine Bettgenossen (wenn man sie so nennen will) waren nicht so aktiv; sie lagen ausgestreckt im Gras und auf den Bänken, abgerissene Männer, verwahrloste Frauen, und schliefen bis in den späten Morgen; und Carthew wanderte allein zwischen den Schläfern und verfluchte die unheilbare Dummheit seines Verhaltens. Der Tag brachte eine neue Gesellschaft von Kindermädchen samt Kindern, frisch gekleideten und eng geschnürten Fräulein, fröhlichen Menschen in prächtigen Einspännern, um deren Reifröcke Carthew und »das restliche Gesindel« – sein eigener bitterer Ausdruck – herumschlichen, glotzend und Gras kauend. Der Tag ging zu Ende, das Licht verlosch, das grüne, dicht belaubte Revier funkelte im Schein von Lampen oder lag im Dunkeln, und wieder begann der Kreislauf der Nacht: herumlungernde Frauen, auf der Lauer liegende Männer, plötzliche Schreie, das Geräusch fliehender Schritte. »Sie werden es vielleicht nicht glauben«, sagt Carthew, »aber ich kam so weit, daß mir alles völlig gleichgültig war. Ich wachte auf, weil eine Frau schrie, und drehte mich einfach auf die andere Seite. Ja, es ist schon ein seltsamer Ort, wo tagsüber Witwen und Kinder spazieren und man in der Nacht Menschen um Hilfe kreischen hört wie im Wald von Bondy, rundherum die Lichter einer großen Stadt, und in Droschken fahren Herrschaften vorbei, die vom Government House und einem Dinner mit Mylord kommen!«

Es war Norris' Zeitvertreib, nachdem er keinen anderen hatte, Bekanntschaft zu schließen, wo, wie und mit wem er nur konnte. Manch langes, trübsinniges Gespräch führte er auf den Bänken oder im Gras; lernte manch sonderbaren Kauz kennen; hörte merkwürdige Geschichten, sah abscheuliche Dinge. Es war eines der letzteren, dem er seine Errettung aus der Domain verdankte. Schon seit längerem hatte es erbarmungslos geregnet; eine Nacht nach der anderen war er gezwungen, vier Pence für ein Bett auszugeben und damit seinen Unterhalt auf acht Pence zu reduzieren. Und so saß er eines Morgens in der Nähe der Einfahrt zur Macquarrie Street hungrig da, ohne Frühstück, durchnäßt wie schon seit mehreren Tagen, als die Schreie eines Tieres in Not seine Aufmerksamkeit erregten. Etwa fünfzig Yards von ihm entfernt, im äußersten Winkel der Wiese, hatte sich eine Gruppe chronisch Arbeitsloser eines Hundes bemächtigt, den sie auf nicht zu beschreibende Weise quälten. Norris' Herz, abgestumpft gegenüber den Schreien menschlicher Wut und Verzweiflung, erwachte beim Schrei der sprachlosen Kreatur. Er drängte sich zwischen die Larrikins, verjagte sie, rettete den Hund und stellte sich seinen Feinden. Es waren torkelnde Galgenvögel, sechs an der Zahl; doch dieses eine Mal bewahrheitete sich das Sprichwort, daß Grausamkeit mit Feigheit Hand in Hand geht; die Schufte verfluchten ihn und machten sich davon. Zufällig blieb diese Heldentat nicht unbeobachtet. Auf einer Bank in der Nähe saß ein arbeitsloser Handlungsgehilfe, ein kleines, freundliches, rothaariges Geschöpf namens Hemstead. Er selbst war der letzte, der sich eingemischt hätte, denn seine Vorsicht überstieg seine Tapferkeit bei weitem; doch beeilte er sich, Carthew zu gratulieren und ihn zu warnen, daß er vielleicht nicht immer so glimpflich davonkommen würde.

»Das ist eine gefährliche Brut, die Leute in diesem Park. Mein Wort drauf. Mit denen ist nicht zu spaßen«, warnte er vor dem Gesindel in jenem eigentümlichen australischen Englisch, das (nachdem Mr. Froude ihm das Imprimatur erteilt hat) von uns allen tunlichst imitiert werden sollte.

»Nun, ich gehöre selbst zu diesem Gesindel«, gab Carthew zurück.

Hemstead lachte und bemerkte, er wisse schon, wann er einen Gentleman vor sich habe.

»Trotzdem bin ich selbst nichts anderes als ein Arbeitsloser«, sagte Carthew und ließ sich an der Seite seines neuen Bekannten nieder, wie schon (seit Beginn dieses Abenteuers) neben so vielen Dutzend anderen.

»Auch ich habe keine Stellung«, sagte Hemstead.

»Da schlagen Sie mich immer noch um Längen«, erwiderte Carthew. »Mein Problem ist, daß ich nie eine hatte.«

»Haben Sie denn keinen Beruf?« fragte Hemstead.

»Ich weiß, wie man Geld ausgibt«, antwortete Carthew, »und ich verstehe wirklich etwas von Pferden und ein wenig auch von der See. Aber die Gewerkschaften lassen mich nicht ran; wenn sie nicht wären, hätte ich schon ein Dutzend verschiedene Stellungen.«

»Nein, so etwas!« rief der mitfühlende Zuhörer. »Haben Sie's schon bei der berittenen Polizei versucht?« wollte er wissen.

»Ja, das habe ich, und wurde abgelehnt«, kam die Antwort; »ich kam an den Doktoren nicht vorbei.«

»Na, und was halten Sie von der Eisenbahn?« fragte Hemstead.

»Wenn Sie mich schon so fragen – was halten Sie denn davon?« fragte Carthew.

»Oh, *ich*? Gar nichts; körperliche Arbeit ist nichts für mich«, sagte der kleine Mann stolz. »Aber wenn einem das nichts ausmacht, dann bekommt man dort ziemlich sicher einen Job.«

»Bei George, Sie zeigen mir den richtigen Weg!« rief Carthew, sich erhebend.

Die schweren Regenfälle nahmen kein Ende, das Land war schon von Hochwassern überflutet; die Eisenbahngesellschaft benötigte täglich mehr Arbeiter, täglich schrieb der Oberaufseher die Stellen aus; doch die »Arbeitslosen« zogen die Unterstützung durch Wohlfahrt oder Plünderung vor, und ein Streckenarbeiter, selbst ein ungelernter Streckenarbeiter, stand auf dem Markte daher hoch im Kurs. Noch in der gleichen Nacht, nach einer langwierigen Reise, auf der er einmal umsteigen mußte, um einem Erdrutsch auszuweichen, fand sich Norris in einem schlammigen Einschnitt hinter South Clifton wieder und nahm seine erste Schicht körperlicher Schwerstarbeit in Angriff.

Viele Wochen lang ließ der Regen kaum nach. Die ganze dem Meer zugewandte Seite des Berges drohte abzurutschen, Lawinen von Schlamm, Geröll und entwurzelten Bäumen donnerten über die Klippen und ergossen sich auf den Strand oder in die Brandung. Ganze Häuser wurden mitgerissen und wie Nüsse zermalmt; andere waren gefährdet und verlassen, die Türen versperrt, der Kamin erloschen, die Bewohner geflohen an einen sicheren Ort. Tag und Nacht brannte das Feuer im Lager; Tag und Nacht wurde den erschöpften Schichtarbeitern Kaffee serviert; Tag und Nacht machte der Streckeningenieur seine Runden mit ermunternden Worten, rauh und herzlich, wie die Männer sie gern hörten. Tag und Nacht tickte der Telegraph schreckliche Nachrichten und ängstliche Anfragen. Auf der terrassenförmig angelegten Strecke krochen die seltenen Züge, Signale pfeifend, voran; und hielten an der gefährdeten Biegung, Lebewesen gleich, die sich der Gefahr bewußt sind. Der Postenkommandant gab dann, nach einem hastigen Blick auf den Stand der Arbeiten, mit trockenem Munde das Signal zur Weiterfahrt; und der ganze Arbeitstrupp säumte die Strecke, wie gelähmt schweigend, oder brach in einen kurzen Jubelruf aus, wenn der Zug die Gefahrenstelle passiert hatte und davonschoß, vielleicht in ein fahles Sonnenlicht zwischen bedrohlichen Wolken, vielleicht mit blinkenden Lichtern in die einfallende verregnete Dämmerung.

Eine solche Szene wird Carthew wohl bis zu seinem Tode in Erinnerung bleiben. Orkanartige Windböen fegten von der See herein; eine gewaltige Brandung donnerte fünfhundert Fuß unter ihm gegen die Steilküste; dicht an den Felsen ein Schiff in Seenot, das mit Schüssen aus einer Schrotflinte um Hilfe rief. Das sah und hörte er, bevor der Zug auftauchte und anhielt, einen babylonischen Turm von Rauch in den Regen paffend, und mit dem Schrillen seiner Pfeife die Herzen der Männer fast zum Stillstand brachte. Der Ingenieur war selbst auf der Strecke; erbleichend gab er das Signal. Die Lokomotive näherte sich im Schrittempo; doch die gesamte Masse des Berges bebte und schien sich seewärts zu neigen, und die zuschauenden Streckenarbeiter klammerten sich instinktiv an Sträucher und Bäume: sinnlose Gesten, sinnlos wie die Schüsse der armen Matrosen. Und wieder einmal wurde die Angst enttäuscht; unversehrt passierte der Zug; und Norris, tief aufatmend, erinnerte sich an das schlingernde Schiff und blickte nach unten. Es war verschwunden.

So vergingen die Tage und Nächte: homerische Arbeit unter homerischen Bedingungen. Carthew war krank vor Müdigkeit und dem vielen Kaffee; seine Hände von der Nässe völlig aufgeweicht, bis auf die Knochen zerschunden; dennoch empfand er einen inneren Frieden und ein körperliches Wohlbefinden wie nie zuvor. Frische Luft und körperliche Bewegung, die ständige Dringlichkeit schwerster Arbeit: hier war alles, woran es in diesem irregeleiteten Leben bisher gefehlt hatte, das wahre Heilmittel für Lebensüberdruß. Den Zug durchzubringen, das war das immer wiederkehrende Problem; da blieb keine Zeit für die Frage, ob's notwendig war. Carthew, der Müßiggänger, der Verschwender, der dahintreibende Dilettant, fiel bald auf, wurde gelobt und befördert. Der Ingenieur schwor auf ihn und stellte ihn als Beispiel hin. »Ich habe hier oben einen neuen Kumpel«, hörte Norris ihn sagen, »einen Stutzer aus gutem Hause. Der ist so viel wert wie zwei aus diesem Trupp.« Diese Worte klangen wie Musik in den Ohren des verstoßenen Sohnes; und von dem Moment an fand er nicht nur Interesse an seinen plebejischen Aufgaben, er war sogar stolz darauf.

Die Arbeit war noch immer unvermindert dringlich, als der Zahltag näherrückte. Norris bekleidete nun bereits eine Vertrauensstellung; nach seinem Ermessen wurden Züge an dem gefährlichen Felsüberhang in der Nähe von North Clifton angehalten oder weitergewunken; und seine Verantwortung machte ihm sowohl Angst als auch Freude. Der Gedanke an die fünfundsiebzig Pfund, die ihn bald in der Kanzlei des Anwalts erwarteten, und seine eigene Verpflichtung, jeden Zahltag in Sydney anwesend zu sein, ließen ihn kurze Zeit unentschieden schwanken. Schließlich traf er eine Entscheidung, begab sich während einer Arbeitspause in das Wirtshaus bei Clifton, ließ sich ein Blatt Papier und eine Flasche Bier bringen und schrieb einen Brief, in dem er erklärte, daß er eine gute Stellung habe, die er verlieren würde, käme er nach Sydney, und den Anwalt ersuchte, dieses Schreiben als Beweis für seine Anwesenheit in der Kolonie zu werten und ihm das Geld bis zum nächsten Zahltag aufzuheben. Die Antwort erreichte ihn auf dem Postwege; und sie war nicht nur positiv, sondern sogar herzlich. »Obgleich Ihr Vorschlag meinen Instruktionen zuwiderläuft«, hieß es darin, »übernehme ich gerne die Verantwortung dafür, Ihrem Wunsche zu willfahren. Ich muß sagen, ich bin von Ihrem Verhalten angenehm enttäuscht. Meine Erfahrung hat mich gelehrt, keine allzu großen Erwartungen in Herrschaften in Ihrer Situation zu setzen.«

Die Regenfälle ließen nach, die vorübergehend eingestellten Arbeitskräfte wurden wieder entlassen; nicht so Norris, an den sich der Ingenieur klammerte wie an gefundenes Geld; nicht so Norris, der inzwischen zum Vorarbeiter des regulären Streckenpersonals avanciert war. Sein Lager stand in einer grauen Wildnis aus Felsen und Wäldern, weit entfernt von jedem Haus. Wenn er mit seinen Arbeitskameraden um das abendliche Feuer saß, waren die auf dem Gleis vorüberfahrenden Züge ihre nächsten und wirklich einzigen Nachbarn, ausgenommen die wilden Tiere des Waldes. Herrliches Wetter, leichte und monotone Arbeit, lange Stunden einschläfernder Gespräche am Lagerfeuer, lange, schlaflose Nächte, in denen er über sein törichtes, fruchtloses Leben nachdachte, während er sich von seinem Lager erhob und durch den in Mondlicht getauchten Wald spazierte, hie und da eine Zeitung, die er von vorn bis hinten durchlas, die Anzeigen mit ebensolcher Begierde wie den Text: das war der Tenor eines Daseins, dessen er bald müde und überdrüssig wurde. Er vermißte die Erschöpfung, die rasende Eile, die Spannung, die Feuer, den mitternächtlichen Kaffee, die rauhe, schlammige Poesie der ersten harten Wochen. Aus der Stille seiner Umgebung erhob sich eine Stimme, die ihn von diesem Nebenschauplatz seines Lebens wegrief, und gegen Mitte Oktober legte er seine Arbeit nieder und verabschiedete sich vom Zeltlager und der Felsschulter des Bald Mountain.

In grobe Gewänder gekleidet, ein Bündel auf der Schulter, den ersparten Lohn in der Tasche, betrat er Sydney nun zum zweiten Mal und ging vergnügt und leicht verwirrt durch die belebten Straßen, einem Manne gleich, der von einer Reise heimkehrt. Der Anblick der Menschen trieb ihn weiter. Er vergaß die Angelegenheiten, die er hier zu erledigen hatte, er vergaß zu essen. Er ließ sich von der wogenden Menschenmenge treiben wie ein Stock im Fluß. Schließlich verschlug es ihn in die Domain, und dort wanderte er umher, erinnerte sich an sein Elend und seine Leiden und beobachtete seine Nachfolger mit intensiver Neugier. Er sah Hemstead, der nicht viel schäbiger und nicht bedrückter wirkte als zuvor, und begrüßte ihn wie einen alten Freund.

»Sie haben mir einen wirklich guten Dienst erwiesen«, sagte er. »Die Eisenbahn hat mir Glück gebracht. Ich hoffe, auch Sie hatten Glück.«

»Du meine Güte, nein!« erwiderte der kleine Mann. »Ich sitze nur hier 'rum und lese den *Dead Bird*. Wissen Sie, es ist die schlechte Wirtschaftslage. Es gibt keine Stellungen, die für einen Mann wie mich in Frage kommen.« Und damit zeigte er Norris seine Zeugnisse und Empfehlungsschreiben, eines von einem Lebensmittelhändler in Wooloomooloo, eins von einem Eisenwarenhändler und ein drittes von einem Billardsaloon. »Ja«, meinte er, »ich hab' mich als Markör versucht. Aber es hat keinen Zweck; bis spät in die Nacht zu arbeiten, das ist nicht gut für die Gesundheit. Ich will keines Menschen Sklave sein«, fügte er energisch hinzu.

Dem Grundsatz folgend, daß jemand, der zu stolz ist, um ein Sklave zu sein, für gewöhnlich nicht zu bescheiden ist, ein Pensionär zu werden, gab ihm Carthew einen halben Sovereign und schlug, plötzlich von Hunger gepackt, den Weg in Richtung Paris House ein. Als er dieses Stadtviertel erreicht hatte, beobachtete er, sein Bündel auf der

Schulter, wie Anwälte in ihren Perücken und Talaren durch die Straßen eilten, und seltsame Erinnerungen an die Vergangenheit wurden in ihm wach.

»Nein, so was!« ertönte eine Stimme, »wenn das nicht Mr. Carthew ist!«

Und als er sich umdrehte, sah er sich einem adretten, sonnengebräunten jungen Mann gegenüber, etwas korpulent, feinstens herausstaffiert, mit einer Blumenpracht in seinem Knopfloch, die mindestens einen Sovereign gekostet hatte. Norris hatte ihn in seinen ersten Tagen in Sydney bei einem Abschiedsdinner kennengelernt; ihn sogar an Bord eines Schoners voller Küchenschaben und schwarzer Matrosen begleitet, der ihn sechs Monate lang von Insel zu Insel bringen sollte; und ihn seither in angenehmster Erinnerung behalten. Tom Hadden (in Sydney gemeinhin als *Tommy* bekannt) hatte ein beträchtliches Vermögen geerbt, von einem weitblickenden Vater in die Hände gestrenger Treuhänder gelegt. Das Einkommen erlaubte Mr. Hadden ein glanzvolles Leben für jeweils drei von zwölf Monaten; den Rest des Jahres verbrachte er zurückgezogen auf den Inseln. Im Moment war er seit einer Woche aus der Versenkung aufgetaucht, machte Sydney in einer Hansom-Kutsche unsicher und trug seine sechs nagelneuen Anzüge zur Schau; und dennoch begrüßte dieser gänzlich ungekünstelte Mensch Carthew in seinen Arbeitsjeans und mit dem verräterischen Bündel auf der Schulter mit großem Hallo, als feierte er seine Bekanntschaft mit einem Herzog.

»Kommen Sie, gehen wir was trinken!« rief er fröhlich.

»Ich wollte gerade zum Lunch ins Paris House«, erwiderte Carthew. »Es ist schon lange her, daß ich was Anständiges zu essen hatte.«

»Toller Plan!« meinte Hadden. »Ich habe zwar erst vor einer halben Stunde gefrühstückt; aber wir nehmen uns ein Séparée, und eine Kleinigkeit krieg' ich schon noch hinunter. Das wird mir guttun. Ich war gestern auf einer gewaltigen Zechtour und habe heute morgen schon wieder jede Menge Kerle getroffen.« Einen Kerl zu treffen und mit ihm ein Gläschen zu heben, das bedeutete für Tom ein und dasselbe.

Bald saßen sie im Eckzimmer im ersten Stock bei Tisch und zollten der besten Kost in Sydney gebührende Aufmerksamkeit. Die sonderbare Ähnlichkeit ihrer Situation brachte sie einander näher, und schon bald schütteten sie einander ihre Herzen aus. Carthew erzählte von seinen Entbehrungen in der Domain und von seiner Plackerei als Streckenarbeiter; Hadden darüber, wie er sich in der Südsee als Amateur-Koprahändler versucht hatte, und er zeichnete ein humorvolles Bild vom Leben auf einer Koralleninsel. Von diesen beiden Rückzugs-Strategien schien Carthew seine eigene die bei weitem lukrativere gewesen zu sein; Haddens Handelsgut hatte hauptsächlich aus Stout in Flaschen und dunklem Sherry für den eigenen Konsum bestanden.

»Ich hatte auch Champagner«, sagte Hadden, »den hob ich für den Fall auf, daß ich krank würde; doch als es dann so aussah, als würde ich nicht krank, öffnete ich jeden Sonntag eine Flasche. Ich schlief immer bis spät in den Vormittag, frühstückte dann mit meiner Flasche Schampus, legte mich in eine Hängematte und vertiefte mich in Hallams *Mittelalter*. Haben Sie dieses Buch gelesen? Ich nehme mir auf die Inseln immer etwas Handfestes mit. Ich bin an die Sache zweifellos mit Stil herangegangen; aber wenn man nur ein bißchen sparsamer wäre, oder aber die Ausgaben zu zweit tragen würde, so müßte sich dabei richtig Geld scheffeln lassen. Wissen Sie, den nötigen Einfluß habe ich ja. Ich bin jetzt ein Häuptling und sitze im Sprech-Haus unter meinem eigenen Streifen Dach. Das möcht' ich sehen, daß mich jemand mit Tabu belegt! Das wagen sie nicht; ich hab' eine starke Truppe, das können Sie mir glauben. Bei mir auf der Veranda saßen bis zu dreißig Cowtops und aßen Lachs in Dosen.«

»Cowtops?« fragte Carthew. »Was sind Cowtops?«

»Hallam würde sie feudale Lehensmänner nennen«, erklärte Hadden nicht ohne Stolz. »Sie sind mein Gefolge. Sie gehören zu meiner Familie. Sie kommen mich allerdings ziemlich teuer; man kann ihre Mägen nicht umsonst mit Dosenlachs füllen; aber wenn ich ihn bekommen konnte, gab ich ihnen Tintenfisch. Tintenfisch ist gut für Eingeborene, nur ich mach' mir nichts draus, Sie vielleicht? – Aus Haifisch auch nicht. Es ist wie mit der Arbeiterklasse zu Hause. Beim derzeitigen Preis von Kopra sollten sie bereit sein, ihren Anteil am Verlust zu tragen; und das hab' ich ihnen immer wieder gesagt. Man hat doch die Pflicht, ihren Horizont zu erweitern, und ich versuch's auch, aber man kann ihnen die Grundsätze der Volkswirtschaft nicht klarmachen; es geht einfach nicht in ihre Schädel.«

Da war ein Ausdruck, der Carthew nicht mehr aus dem Kopf ging; lächelnd kam er darauf zurück. »Apropos Volkswirtschaft«, sagte er, »Sie meinten, wenn wir zu zweit die Ausgaben trügen, dann würden die Profite steigen. Wie kommen Sie darauf?«

»Ich zeig es Ihnen! Ich rechne es Ihnen vor!« rief Hadden und machte sich daran, auf der Rückseite der Speisekarte mit einem Bleistift wahre Wunder vorzurechnen. Er war ein Mann, oder sagen wir lieber ein Bursche, mit ungeheurer Planungsphantasie. Es brauchte nur die entfernteste Andeutung einer Spekulation, und schon sprudelten kolonnenweise Zahlen aus ihm heraus. Eine lebhafte Phantasie und ein gutes, wenn auch ungenaues Gedächtnis lieferten ihm die Daten; sein Vortrag war von unnachahmlichem Feuer, das ihn als Inbild von Kampfeslust erscheinen ließ; er widersprach aufs heftigste; fand Worte, mit oder ohne Bedeutung, auf jede Form von Kritik; und der Beobachter lächelte über seine Naivität und Inbrunst, oder staunte über seinen unerwarteten Scharfsinn. Er war eine Art verspielter Pinkerton. Jim's Geschäftsgebaren schien mir einem Abenteuerroman entsprungen; das hier war Tausendundeine Nacht.

»Haben Sie eine Vorstellung, was das kosten würde?« fragte er, bei einem Posten innehaltend.

»Keine Ahnung«, erwiderte Carthew.

»Zehn Pfund müßten reichen«, schloß der Planer.

»Unsinn!« rief Carthew. »Fünfzig sind das mindeste.«

»Eben haben Sie doch selbst gesagt, Sie hätten keine Ahnung!« rief Tommy. »Wie kann ich eine Kalkulation machen, wenn Sie ständig Ihre Meinung ändern? Sie sind offenbar nicht imstande, die Sache ernst zu nehmen!«

Immerhin war er bereit, seine Schätzung auf zwanzig zu erhöhen; und etwas später, als die Kalkulation ein Defizit ergab, reduzierte er sie wieder auf fünf Pfund zehn, mit der Bemerkung: »Ich hab' Ihnen doch gesagt, daß das Unsinn ist. So etwas muß man peinlich genau machen; was hätte es sonst für Sinn?«

Einige dieser Rechenoperationen kamen Carthew nicht sehr solide vor; und hin und wieder verwirrten ihn die launischen Einfälle des Propheten restlos. Diese Kapriolen schienen nur zur Übung und wie nebenbei, wie die Kurbetten eines feurigen Pferdchens. Langsam nahm der Plan Gestalt an; das schillernde, wenn auch fundamentlose Bauwerk wuchs und wuchs, der Hase war noch nicht erlegt, da servierte man die Suppe bereits in einem silbernen Teller. Carthew konnte innerhalb von wenigen Tagen einhundertfünfzig Pfund auftreiben; Hadden hatte fünfhundert zur Verfügung; warum sollten sie nicht einen oder zwei weitere Kerle anheuern, ein altes Schiff chartern und auf eigene Rechnung in See stechen? Carthew war ein erfahrener Yachtsegler; Hadden behauptete, er könne ihm das Wasser reichen. Geld war auf diese Weise doch offenbar zu verdienen, warum segelten denn sonst so viele Schiffe zwischen den Inseln? Und wer auf seinem eigenen Schiff segelte, hatte gewiß einen noch höheren Profit zu erwarten.

»Und sehen Sie, was auch sonst dabei herauskommt«, rief Hadden, »unser Lebensunterhalt kostet uns gar nichts. Ein paar neue Klamotten kaufen, das ist natürlich das erste, was zu tun ist; dann nehmen wir eine Hansom-Kutsche und fahren zum *Currency Lass.*«

»Mir genügen die Klamotten, die ich habe«, sagte Norris.

»Wirklich?« rief Hadden. »Also ich muß schon sagen, ich bewundere Sie. Sie sind ein richtiger Philosoph, der reinste Pythagoräer, nicht wahr? falls ich mich recht an meine Philosophie erinnere.«

»Nun, ich nenne es Sparsamkeit«, erwiderte Carthew. »Wenn wir uns auf diese Sache wirklich einlassen, dann brauche ich jeden Sixpence.«

»Und ob wir uns einlassen!« rief Tommy und stand strahlend vom Tisch auf. »Nur, wohlgemerkt, Carthew, es muß alles in Ihrem Namen geschehen. Sehen Sie, ich habe Kapital; aber Ihnen kann nichts passieren. Sie können den *vacuus viator* spielen, wenn die Sache schiefgeht.«

»Ich dachte, wir hätten gerade bewiesen, daß es sich um ein sicheres Geschäft handelt«, sagte Carthew.

»Nichts ist sicher im Geschäftsleben, mein Lieber«, erwiderte der Weise; »nicht einmal die Buchmacherei.«

Das Wirtshaus mit Teegarten namens *Currency Lass* stellte ein mittleres Vermögen dar, das sein Eigentümer, Kapitän Bostock, im Laufe einer langen, aktiven und zuweilen geschichtsträchtigen Laufbahn auf den Inseln angesammelt hatte. Von Tonga bis zu den Admiralitätsinseln kannte er sämtliche Schliche und konnte sich im Eingeborenendialekt herausreden. Er hatte das Ende des Handels mit Sandelholz, das Ende des Öls und den Beginn mit Kopra erlebt und war selbst ein Handelspionier, der erste, der jemals Menschenzähne auf die Gilbertinseln brachte. Zu Sir Arthur Gordons Zeiten wurde er auf den Fidschis zum Tode verurteilt; und wenn er überhaupt je betete, vergaß er den Namen von Sir Arthur dabei sicher nicht. In Neuirland wurde er an sieben Stellen von Speeren getroffen – zur gleichen Zeit wurde sein Maat getötet –, das war das berüchtigte »Verbrechen auf der Brigg *Jolly Roger*«; aber die verräterischen Wilden erreichten nicht viel mit ihrer Bosheit, und Bostock gelang es ihrem Widerstand zum Trotz, fünfundsiebzig Arbeiter freiwillig an Bord zu holen, von denen nicht mehr als ein Dutzend an Verletzungen starb. Seine Hand hatte er auch bei jenem lustigen Streich im Spiel, der Patteson das Leben kostete; und als der falsche Bischof landete, betete und die Eingeborenen segnete, stand Bostock, gekleidet in ein Frauenhemd aus dem Warenlager, an seiner rechten Seite und rief mit wohltönender Stimme sein Amen. Das war, wenn er unter lauter guten Freunden war, sein Lieblingsgarn. »Zweihundert tüchtige Arbeiter für eine Handvoll Amen«, pflegte er die Geschichte zu nennen; und ihre Fortsetzung, nämlich der Tod des echten Bischofs, erschien ihm als ein Umstand von außerordentlicher Komik.

Viele dieser Details wurden zu Carthews Erstaunen in der Hansom-Kutsche mitgeteilt.

»Und was haben wir bei diesem alten Grobian zu suchen?« fragte er.

»Warten Sie nur, bis Sie ihn hören«, erwiderte Tommy. »Dieser Mann weiß alles.«

Beim Verlassen der Hansom-Kutsche vor dem *Currency Lass* zögerte Hadden, als er den Droschkenkutscher sah, einen derben, durchtrieben wirkenden Mann von etwa vierzig Jahren mit rotem Gesicht, blauen Augen, kurzen Händen und kurzem Atem.

»Kenne ich Sie nicht?« fragte er. »Haben Sie mich schon gefahren?«

»Schon oft, Mr. Hadden«, gab der Kutscher zurück. »Das letzte Mal, als Sie von den Inseln zurückkamen, war ich es, der Sie zu den Rennen fuhr, Sir.«

»Nun denn: springen Sie runter und trinken Sie was«, sagte Tom, drehte sich um und ging voran in den Garten.

Kapitän Bostock gesellte sich zu den Männern: ein langsamer, mürrischer alter Mann mit Augen wie ein Fisch; er begrüßte Tommy äußerst knapp und blinzelte (wie man sich später erinnerte) dem Kutscher zu.

»Eine Flasche Bier für den Kutscher zu dem Tisch dort drüben«, sagte Tom. »Und an unseren, was Sie möchten, von Ingwerbier bis Champagner; und setzen Sie sich zu uns. Ich möchte Sie mit meinem Freund Mr. Carthew bekannt machen. Ich bin geschäftlich hier, Billy; ich brauche Ihren Rat als Freund; ich steige auf eigene Rechnung in den Inselhandel ein.«

Zweifellos war der Kapitän eine unerschöpfliche Quelle guter Ratschläge, doch bot man ihm dazu keine Gelegenheit. Er konnte sich an keine Aussage wagen, es ward ihm kaum gestattet, einen Satz zu beenden, ohne daß ihn Hadden mit einem Hagel von Protesten und Richtigstellungen vom Felde fegte. Unser Planer, vor Inspiration glühend, unterbreitete ihm zuerst weitläufig eine Frage und sprang ihm, sobald er versuchte, darauf zu antworten, an die Gurgel, stellte seine Fakten in Frage, verhöhnte seine Taktik, ließ manchmal sogar von den Höhen moralischer Entrüstung seinen Donner auf ihn herab.

»Ich bitte um Verzeihung«, sagte er einmal. »Ich bin ein Gentleman, Mr. Carthew hier ist ein Gentleman, und wir beabsichtigen nicht, diese Art von Geschäften zu machen. Sehen Sie denn nicht, mit wem Sie sprechen? Können Sie nicht vernünftig reden? Können Sie uns nicht wenigstens einen todsicheren Tip für ein gutes Warenlager geben?«

»Nein, ich glaube nicht, daß ich das kann«, gab der alte Bostock zurück; »nicht, wenn ich meine eigene Stimme keine zwei Sekunden lang hören kann. Es waren Gin und Gewehre, womit ich gehandelt habe.«

»Gehen Sie mit Ihrem Gin und Ihren Gewehren dahin, wo der Pfeffer wächst«, rief Hadden. »Das war vielleicht zu Ihrer Zeit das Richtige, das mag schon stimmen; aber Sie sind jetzt alt, und dieses Spiel ist zu Ende. Ich werde Ihnen sagen, was heutzutage gefragt ist, Bill Bostock«, sagte er; und tat 's, und brauchte dafür zehn Minuten.

Carthew konnte nicht umhin zu lächeln. Er dachte nicht mehr so ernsthaft an das Projekt, denn Hadden erschien ihm als ein zu unverantwortlicher Führer; andererseits unterhielt er sich dabei so gut wie schon lange nicht mehr. Für Kapitän Bostock galt das ganz und gar nicht.

»Sie wissen eine ganze Menge, nicht ?« bemerkte dieser Gentleman bitter, als Tommy einmal Pause machte.

»Ich weiß eine ganze Menge mehr als Sie, wenn es das ist, was Sie meinen«, erwiderte Tom. »Das ist doch ganz klar. Sie besitzen keine Bildung; haben Ihr ganzes Leben auf See oder den Inseln zugebracht; Sie nehmen doch nicht an, daß Sie einem Mann wie mir etwas zu sagen hätten?«

»Auf Ihr Wohl, Tommy«, gab Bostock zurück. »Sie geben sicher noch einmal einen erstklassigen Happen auf den Neuen Hebriden ab.«

»Das nenne ich ein Wort«, rief Tom, den Sinn dieses zweifelhaften Kompliments vielleicht nicht ganz erfassend. »Darf ich jetzt um Ihre geschätzte Aufmerksamkeit bitten. Wir haben das Geld und den Unternehmungsgeist, und ich habe die Erfahrung: Was wir wollen, ist ein billiges, flottes Schiff, einen guten Kapitän und eine Empfehlung an ein Haus, das uns Kredit für die Waren gibt.«

»Nun, ich werd' Ihnen was sagen«, sagte Kapitän Bostock, »ich habe Männer wie Sie schon gekocht und gegessen gesehen, und anschließend haben die Leute sich beschwert. Einige waren nämlich zäh, und andere hatten keinen Geschmack«, fügte er grimmig hinzu.

»Was meinen Sie damit?« rief Tom.

»Ich meine, es schert mich nicht«, sagte Bostock. »Es geht mich überhaupt nichts an. Ich hab' Ihr Leben nicht versichert. Aber der Kannibale, der sich an Ihrem Kopf die Zähne ausbeißt, der tut mir heut' schon leid. Was ich Ihnen empfehle, ist ein billiger, flotter Sarg und ein guter Leichenbestatter. Sehen Sie lieber zu, daß Sie ein Haus finden, das Ihnen einen Kredit für einen Sarg gibt! Schauen Sie sich Ihren Freund da an; *der* ist vernünftig; der lacht so über Sie, daß er nicht mehr gerade stehen kann.«

Das präzise Ausmaß von Mr. Bostocks Bosheit war schwer einzuschätzen; vielleicht war da nicht viel, vielleicht betrachtete er seine Bemerkungen als eine Art höfischen Geplänkels. Doch besteht wenig Zweifel daran, daß Hadden sie ihm übelnahm. Er hatte sich sogar von seinem Platz erhoben, und die Konferenz drohte ein jähes Ende zu nehmen, als sich plötzlich eine neue Stimme in die Unterhaltung mischte.

Der Kutscher saß mit dem Rücken zur Gesellschaft, eine Meerschaumpfeife rauchend. Nicht ein Wort von Tommys Redeschwall war ihm entgangen, und nun drehte er sich plötzlich mit diesen erstaunlichen Worten um: »Verzeihen Sie, meine Herren; wenn Sie mir das Schiff kaufen, das ich möchte, verschaff' ich Ihnen die Waren auf Kredit.«

Es folgte eine Pause.

»Was wollen *Sie* denn damit sagen?« stieß Tommy schließlich hervor.

»Besser, Sie sagen ihnen, wer ich bin, Billy«, sagte der Kutscher.

»Das wollen Sie riskieren, Joe?« fragte Mr. Bostock.

»Ich nehm's auf mich«, erwiderte der Kutscher.

»Meine Herren«, erklärte Bostock, sich feierlich erhebend, »darf ich Sie mit Kapitän Wicks von der *Grace Darling* bekannt machen.«

»Ja, meine Herren, das bin ich«, sagte der Kutscher. »Wie Sie wissen, war ich in Schwierigkeiten; und ich streite auch nicht ab, daß ich wirklich zugeschlagen habe, und wo sollte ich den Beweis für die Provokation hernehmen? Also spuckte ich in die Hände und kaufte eine Droschke, und die fahre ich nun schon seit drei Jahren, ohne daß einer was davon weiß.«

»Ich bitte um Verzeihung«, sagte Carthew und meldete sich damit eigentlich zum ersten Male zu Wort; »ich bin hier neu. Wie lautete die Anklage?«

»Mord«, erwiderte Kapitän Wicks, »und ich bestreite ja nicht, daß ich zugeschlagen habe. Und ich will auch gar nicht leugnen, daß ich Angst vor der Verhandlung hatte, warum wäre ich denn sonst wohl hier? Aber Tatsache ist, daß es Meuterei war. Fragen Sie Billy hier. Er ist im Bilde.«

Carthew atmete tief durch; er hatte das eigenartige, durchaus angenehme Gefühl, immer tiefer in den Strom des Lebens hineinzuwaten. »Nun?« sagte er. »Was wollten Sie uns sagen?«

»Ich wollte folgendes sagen«, sagte der Kapitän entschlossen. »Ich habe mitgehört, was Mr. Hadden gesagt hat, und halte es für vernünftig. Ein paar von seinen Ideen sind erste Klasse. Er kennt sich gut mit Warenlagern aus; über Warenlager kann man ihm nichts erzählen; und ich sehe, daß er und ich gut zusammenpassen würden. Dann sind beide Gentlemen, und auch das gefällt mir«, stellte Kapitän Wicks fest. »Ich hab' die Herumfahrerei mit der Droschke schon satt, das sag' ich Ihnen, ich möchte wieder arbeiten. Hier mein Angebot. Etwas Geld kann ich selbst aufbringen – hundert sind es jedenfalls. Meine alte Firma gibt mir garantiert Aufträge, ohne lange zu überlegen; denen hab' ich nur Gewinn gebracht; die wissen, was ich als Aufseher wert bin. Und Sie suchen doch einen guten Kapitän, der Ihr Schiff für Sie segelt. Nun, hier bin ich. Ich bin zehn Jahre lang auf Schonern gefahren. Fragen Sie Billy, ob ich mit einem Schoner umgehen kann.«

»Keiner ist besser«, sagte Billy.

»Und was meinen Charakter als Bordkamerad betrifft«, schloß Wicks, »so gehen Sie und fragen Sie meine alte Firma.«

»Aber hören Sie!« rief Hadden. »Wie wollen Sie das anstellen? Sie können in einem Hansom herumkutschieren, ohne daß Ihnen jemand eine Frage stellt. Doch wenn Sie versuchen, ein Achterdeck zu betreten, mein Lieber, dann wird man Sie schnappen.«

»Ich müßte mich bis zum Schluß im Hintergrund halten«, antwortete Wicks, »und einen anderen Namen annehmen.«

»Aber was ist mit der Ausklarierung? Welchen anderen Namen?« fragte Tommy leicht verwirrt.

»Weiß ich noch nicht«, erwiderte der Kapitän mit einem Grinsen. »Ich werd' ja sehen, wie der Name auf meinem neuen Patent lautet, und mit dem bin ich dann schon einverstanden. Wenn ich keins kaufen kann, obwohl ich das so noch nie gehört hab', gibt's da noch den alten Kirkup, der unten in Bondi so was wie ein Farmer geworden sein soll; er wird mir seines leihen.«

»Das hört sich an, als hätten Sie ein Schiff im Auge«, sagte Carthew.

»Hab' ich, hab' ich«, sagte Kapitän Wicks, »und was für eine Schönheit. Schoneryacht *Dream* – die hat Linien, das haben Sie noch nicht gesehen; und läuft wie eine Hexe. Sie überholte mich einmal bei Thursday Island, machte zwei Knoten zu unserem einen und lag um eineinhalb Strich besser; dabei war die *Grace Darling* ein Schiff, auf das ich stolz war. Ich hätte mir am liebsten die Haare ausgerauft. Seit damals war die *Dream* mein Traum. Das war in ihren alten Tagen, als sie unter blauer Flagge fuhr. Grant Sanderson war der Eigner; er war reich und verrückt, holte sich schließlich irgendwo in der Nähe des Fly River ein Fieber, wurde krank und starb. Der Kapitän brachte den Leichnam zurück nach Sydney und heuerte ab. Nun, es stellte sich heraus, daß Grant Sanderson eine ganze Menge Testamente und eine ganze Menge Witwen hinterlassen hatte, und niemand konnte herausfinden, was wirklich Sache war. Alle Witwen reichten Klage gegen alle anderen ein, und jedes Testament hatte Rechtsanwälte auf dem Achterdeck, eine Liste so lang wie Ihr Arm. Angeblich war's eines der größten Gerangel aller Zeiten, Tichborne ausgenommen; Lord Chamberlain höchstpersönlich wurde angerufen, und ebenso der Lord Chancellor; und die ganze Zeit über lag die *Dream* vor Glebe Point und verfiel schön langsam. Nun, jetzt ist die Sache erledigt; sie haben sich für eine Witwe und ein Testament entschieden, wahrscheinlich durch Münzenwerfen, nehme ich an; und die *Dream* steht zum Verkauf. Sie ist sicher billig zu haben; sie hat doch sehr lange vor sich hin gefault.«

»Wie groß ist sie?«

»Auf jeden Fall groß genug. Wir brauchen nichts Größeres. Einhundertneunzig bis zweihundert«, erwiderte der Kapitän. »Das ist ganz schön groß für uns drei; es wäre besser, wir hätten noch einen Mann dabei, obwohl es natürlich ein Jammer wäre, wo man Eingeborene doch für ein Butterbrot bekommt. Dann brauchen wir noch einen Koch. Aus unerfahrenen Matrosen kann ich etwas machen, aber mit einem Neuling als Smutje sticht man nicht in See. Ich habe da genau den richtigen Mann für uns: ein Junge aus Highway, ein alter Schiffskamerad von mir, mit Namen Amalu. Kocht wirklich hervorragend, und ein Eingeborener ist immer besser; er ist nicht besonders schlau, man kann ihm anschaffen, was man will, und er weiß nicht genug, um für seine Rechte kämpfen zu können.«

Von dem Augenblick an, als Kapitän Wicks sich in das Gespräch einmischte, kehrten Carthews Interesse und Zuversicht zurück; der Mann (was immer er auch getan haben mochte) war offensichtlich tüchtig und offensichtlich anständig; wenn er etwas von dem Unternehmen hielt, anbot, Geld beizusteuern, Erfahrung mitbrachte und das Problem mit der Ware lösen konnte, dann war Carthew jedenfalls dabei. Was Hadden betraf, so war er außer sich vor Begeisterung; er und Bostock vergaben einander mit Champagner; Toast folgte auf Toast; es wurde vorgeschlagen und unter Beifall beschlossen, den Namen des Schoners (wenn man ihn kaufen sollte) auf *Currency Lass* zu ändern; und die *Currency Lass Island Trading Company* war noch vor Einbruch der Dunkelheit so gut wie gegründet.

Drei Tage später stand Carthew vor dem Rechtsanwalt, immer noch in seinem Jeansanzug, nahm seine hundertfünfzig Pfund entgegen und bat ziemlich schüchtern um eine weitere Gefälligkeit.

»Ich habe die Möglichkeit, in der Welt voranzukommen«, sagte er. »Bis morgen abend bin ich wahrscheinlich schon Miteigner eines Schiffes.«

»Gefährlicher Besitz, Mr. Carthew«, sagte der Anwalt.

»Nicht, wenn die Partner selbst Hand anlegen und im schlimmsten Fall selbst mit untergehen«, war die Antwort.

»Schon möglich, daß Sie auf diese Art etwas daraus machen«, erwiderte der andere. »Aber sind Sie denn ein Seemann? Ich dachte, Sie wären im diplomatischen Dienst gewesen.«

»Ich bin ein alter Yachtsegler«, sagte Norris. »Und ich muß das tun, was ich eben tun kann. In Neusüdwales kann man nicht von der Diplomatie leben. Doch der Punkt, um den ich Sie bitten möchte, ist der folgende. Es wird mir unmöglich sein, am nächsten Zahltag hier zu erscheinen; wir planen eine sechsmonatige Kreuzfahrt durch die Inseln.«

»Tut mir leid, Mr. Carthew: darauf kann ich mich nicht einlassen«, erwiderte der Anwalt.

»Ich meine, zu den gleichen Bedingungen wie letztes Mal«, sagte Carthew.

»Die Bedingungen sind genau entgegengesetzt«, sagte der Anwalt. »Letztes Mal hatte ich Grund zur Annahme, daß Sie in der Kolonie waren; und selbst da mußte ich ein Auge zudrücken. Doch diesmal geben Sie selbst zu, die Vereinbarung brechen zu wollen; und ich warne Sie: Wenn Sie Ihren Plan ausführen und ich einen Beweis dafür erhalte (denn ich bin bereit, diese Unterhaltung als vertraulich zu betrachten), bleibt mir nichts anderes übrig, als meine Pflicht zu tun. Seien Sie am Zahltag hier, oder mit Ihren Wechseln ist's vorbei.«

»Das ist sehr hart und, wie ich glaube, ziemlich unsinnig«, gab Carthew zurück.

»Es ist nicht meine Schuld. Ich habe meine Instruktionen«, sagte der Anwalt.

»Und Sie legen diese Instruktionen so aus, daß ich daran gehindert werden soll, mir ehrlich meinen Lebensunterhalt zu verdienen?« fragte Carthew.

»Reden wir offen miteinander«, sagte der Anwalt. »Ich

finde in diesen Instruktionen nichts von einem ehrlichen Lebensunterhalt. Ich habe keinen Grund zur Annahme, meinen Klienten sei auch nur im geringsten daran gelegen. Ich habe nur zu der einen Annahme Grund – daß ihnen daran liegt, daß Sie in dieser Kolonie hier bleiben, und zu einer Vermutung, Mr. Carthew. Zu einer Vermutung.«

»Was meinen Sie damit?« fragte Norris.

»Ich meine, daß ich aus triftigem Grunde vermute, Ihre Familie wünsche Sie nicht mehr zu sehen«, sagte der Anwalt. »Oh, das ist vielleicht ganz ungerechtfertigt; aber es ist jedenfalls der Eindruck, der sich aufdrängt, dafür werde ich offenbar bezahlt, und mir bleibt nichts zu tun als zu versuchen, mir mein Honorar zu verdienen.«

»Ich würde Sie nie belügen wollen«, sagte Norris, stark errötend. »Sie vermuten ganz richtig. Meine Familie weigert sich, mich zu sehen; aber ich fahre nicht nach England, ich fahre auf die Inseln. Was haben die Inseln denn damit zu tun?«

»Ich weiß doch aber nicht, ob Sie auf die Inseln fahren«, sagte der Anwalt, indem er den Blick senkte und das Löschpapier mit einem Stift durchbohrte.

»Ich bitte um Vergebung. Ich habe das Vergnügen, Sie davon in Kenntnis zu setzen«, sagte Norris.

»Ich bedaure, Mr. Carthew, daß ich diese Mitteilung nicht als offiziell ansehen kann«, war die bedächtige Antwort.

»Ich bin es nicht gewöhnt, daß man mein Wort in Zweifel zieht!« fuhr Norris hoch.

»Still! Ich gestatte niemandem, in meiner Kanzlei die Stimme zu erheben«, sagte der Anwalt. »Und im übrigen – Sie scheinen mir doch ein junger Herr mit Vernunft zu sein – überlegen Sie, was ich von Ihnen weiß. Sie sind ein verstoßener Sohn; Ihre Familie bezahlt dafür, von Ihnen nicht belästigt zu werden. Was haben Sie getan? Ich weiß es nicht. Aber sehen Sie nicht selbst, wie töricht es von mir wäre, mein geschäftliches Ansehen aufs Spiel zu setzen gegen die Sicherheit der Ehre eines Gentleman, von dem ich gerade so viel weiß und nicht mehr? Diese Unterredung ist mir sehr peinlich. Warum sie in die Länge ziehen? Schreiben Sie nach Hause, sorgen Sie dafür, daß meine Instruktionen geändert werden, und ich werde mein Verhalten ändern. Sonst nicht.«

»Mir gefallen die Dreihundert im Jahr«, sagte Norris, »aber ich kann den geforderten Preis nicht zahlen. Daher werde ich nicht das Vergnügen haben, Sie wiederzusehen.«

»Sie müssen tun, was Sie für richtig halten«, sagte der Anwalt. »Versäumen Sie es, am nächsten Zahltag hier zu sein, dann ist die Sache zu Ende. Doch ich warne Sie, und diese Warnung ist freundlich gemeint. Drei Monate später werden Sie zu mir betteln kommen, aber ich werde dann keine andere Wahl haben, als Ihnen die Tür zu weisen.«

»Ich wünsche Ihnen einen guten Abend«, sagte Norris.

»Ich Ihnen ebenfalls, Mr. Carthew«, erwiderte der Anwalt und läutete nach seinem Kanzlisten.

Und so kam es, daß Norris während der betriebsamen Tage, die ihm in Sydney noch verblieben, seinen Rechtsberater nicht mehr wiedersah; und er befand sich schon auf See, und kein Land war mehr in Sicht, als Hadden mit einer Zeitung aus Sydney zu ihm kam, über der er im Schatten der Kombüse gedöst hatte, und ihn auf eine Anzeige aufmerksam machte.

»Mr. Norris Carthew wird dringend gebeten, umgehend in der Kanzlei von Mr. – vorzusprechen, wo eine wichtige Mitteilung auf ihn wartet.«

»Die wird eben sechs Monate auf mich warten müssen«, sagte Norris leichthin, konnte sich aber einer gewissen Neugier nicht erwehren.

Kapitel XXIII

Das Budget der »Currency Lass«

Am 26. November vor Mittag klarierte aus dem Hafen Sydney der Schoner *Currency Lass*. Norris Carthew, der Eigner, befand sich an Bord, und zwar in der nicht gerade üblichen Position eines Maats; der Kapitän gab als seinen Namen William Kirkup an; Koch war ein Boy aus Hawaii namens Joseph Amalu; und dann waren da noch zwei Mann vor dem Mast, nämlich Thomas Hadden und Richard Hemstead, letzterer aufgenommen zum Teil wegen seines bescheidenen Charakters, zum Teil aber auch wegen seiner handwerklichen Geschicklichkeit. Die *Currency Lass* war unterwegs auf die Südseeinseln, zunächst mit Registrierbrief für Butaritari auf den Gilbert-Inseln; aber im ganzen Hafen war man sich darüber einig, daß diese Reise eigentlich mehr als zur Hälfte als Vergnügungs-Kreuzfahrt gedacht war. Freunde des verstorbenen Grant Sanderson (von Auchentroon und Kilclarty) hätten in dem hochmastigen Schiff leicht die umgebaute, umgetaufte *Dream* erkannt; und ein Sachverständiger von Lloyd's, hätte man seine Dienste in Anspruch genommen, würde sicher eine Menge Anlässe für Bemerkungen gefunden haben.

Denn während ihrer dreijährigen Untätigkeit hatte der Zahn der Zeit die *Dream* und ihre Ausstattung heftigst angenagt; sie war infolgedessen um gerade einen Hauch über ihrem Wert als Altmaterial verkauft worden; und unsere drei Abenteurer hatten sich selbst die lebensnotwendigsten Reparaturen kaum leisten können. Die Takelage war allerdings zum Teil erneuert, der Rest überholt; Grant Sandersons gesamte alte Leinwand zu einem kompletten brauchbaren Satz Segel zusammengeflickt; Grant Sandersons Masten standen noch und wunderten sich vielleicht über sich selbst. »Ich hab' nicht das Herz, auch nur hinzuklopfen«, pflegte Kapitän Wicks zu bemerken, wenn er an ihnen hochblinzelte oder ihre Rundungen tätschelte; und »so verrottet wie unser Fockmast« war eine bei der Schiffscrew beliebte Metapher. Aus späteren Ereignissen ließe sich vielleicht schließen, daß er stabiler war, als man dachte; aber das konnte man nicht wissen, so wie auch keiner außer dem Kapitän die Gefahren dieser Kreuzfahrt richtig einschätzte. Der Kapitän allerdings sah klar und äußerte sich ohne Zurückhaltung; und obgleich ein Mann von erstaunlich heißblütiger Courage, der das Leben und seine Gefahren so nahm wie ein Hund auf heißer Spur, bestand er doch auf einem großen Walboot. »Ihr könnt wählen«, hatte er erklärt; »entweder neue Masten und Takelage, oder dieses Boot. Ohne das eine oder das andere steche ich nicht in See. Hühnerkäfige sind sicher gut, ein kleines Beiboot auch; aber nicht für Joe.« Seine Partner waren gezwungen einzulenken und mußten zusehen, wie sechsunddreißig Pfund von ihrem kleinen Kapital im Handumdrehen verschwanden.

Alle vier hatten sich fast sechs Wochen lang auf dem Schoner abgerackert; und obwohl Kapitän Wicks natürlich weder zu sehen noch zu hören war, half ihnen da noch ein fünfter, ein Kerl mit einem buschigen roten Bart, den er manchmal, wenn er unten war, abnahm. Der Mann sah Kapitän Wicks in Stimme und Charakter täuschend ähnlich. Kapitän Kirkup erschien allerdings erst im letzten Moment und erwies sich als ein stämmiger Seemann, bärtig wie Abou Ben Adhem. Auf der Fahrt durch den Hafen und die Heads wehte sein milchweißer Schnurrbart im Wind und war selbst von der Küste aus zu sehen; aber kaum kehrte die *Currency Lass* dem Leuchtturm den Rükken, eilte er hinunter und kam in weniger als fünf Sekunden wieder glatt rasiert herauf. So viele Kniffe und Winkelzüge waren nötig, um ein nicht seetüchtiges Schiff und einen Kapitän, der »gesucht« war, hinaus aufs Meer zu bringen. Und nicht einmal das hätte genügt, wäre Hadden nicht so bekannt gewesen wie ein bunter Hund und die ganze Kreuzfahrt im milden Licht betrachtet worden als ein weiterer von Tommys verrückten Einfällen. Das Schiff war zuvor außerdem eine Yacht gewesen; und da war es nur natürlich, ihr ein paar der gefährlichen Freiheiten ihres alten Metiers zu lassen.

Ein merkwürdiges Schiff hatten sie daraus gemacht; die hohen Spieren mit geflicktem Segeltuch verunstaltet, die holzgetäfelte Kabine mit ungehobelten Brettern zum Lagerraum umgebaut. Und das Leben, das sie in diesem anomalen Schoner führten, war nicht weniger merkwürdig als der Schoner selbst. Nur Amalu schlief vor dem Mast; der Rest residierte in Passagierkabinen, kampierte auf satinbezogenen Diwans, setzte sich in Grant Sandersons parkettiertem Rauchsalon zu Tisch, jedoch zu Mahlzeiten aus Resten und Kartoffeln, Mahlzeiten, die nach nichts schmeckten und auch von der Menge her nicht reichten. Hemstead grummelte; Tommy lehnte sich manchmal auf und erweiterte den Speiseplan um ein paar zufällig ausgewählte Dosen oder eine Flasche seines eigenen braunen Sherrys. Aber Hemstead grummelte aus Gewohnheit, Tommy lehnte sich nur einen Augenblick lang auf, und im Grunde gab es ein echtes und grundsätzliches Einverständnis mit allen diesen Härten. Denn abgesehen von Zwiebeln und Kartoffeln kann man sagen, daß die Currency Lass ohne Vorräte in See gestochen war. Sie führte vermischte Waren im Wert von zweitausend Pfund mit sich, die auf Kredit gekauft waren und ihre ganze Hoffnung und Fortüne darstellten. Die Crew nährte sich von ihrem zukünftigen Profit, wie Mäuse im Getreidespeicher; und jede knappe Mahlzeit war daher ein Plus fürs Sparbuch.

So republikanisch ihre Manieren auch waren, so gab's doch keinen wirklichen, wenigstens keinen gefährlichen Mangel an Disziplin. Wicks war der einzige Seemann an Bord, daher war niemand da, der ihn kritisieren konnte; und er war ein so gut gelaunter, leicht zufriedenzustellender Chef, daß keiner es über sich brachte, ihn zu enttäuschen. Carthew tat sein Bestes, zum Teil aus Freude an der Sache, zum Teil aus Zuneigung zum Kapitän; Amalu ließ sich jede Arbeit willig anschaffen, und selbst Hemstead und Hadden packten, wenn nötig, überall herzhaft mit an. Tommys Bereich waren die Waren und der Lagerraum; dort unten legte er sich ins Zeug, bis der Dandy aus Sydney nicht mehr zu erkennen war; kam er dann endlich an Deck, zog er einen Eimer Seewasser herauf, badete, zog sich um und legte sich auf einem großen Blatt aus dem *Sydney Herald* oder *Dead Birds* in die Sonne, vielleicht auch mit einem Band von Buckles *Geschichte der Zivilisation*, dem für diese Kreuzfahrt ausgewählten Standardwerk. Im letzteren Falle ging ein Lächeln durch das Schiff, denn Buckle schlug seinen Leser unweigerlich k.o., und wenn Tom erwachte, hatte er fast immer Lust auf einen braunen Sherry. Die Verbindung war so fest verankert, daß »ein Glas Buckle« oder »eine Flasche Zivilisation« sich zu festen Begriffen an Bord der *Currency Lass* entwickelten.

Hemsteads Aufgabenbereich waren die Reparaturen, und damit hatte er alle Hände voll zu tun. Es gab nichts an Bord, was nicht bis zu einem gewissen Grad baufällig war; die Lampen leckten; die Decks ebenso; Türknäufe blieben einem in der Hand, Leisten trennten sich von der Vertäfelung, die Pumpen weigerten sich zu pumpen und die schadhafte Toilette hätte einmal beinah das ganze Schiff überschwemmt. Wicks behauptete, die Nägel hätten sich schon lange alle aufgelöst und das Schiff würde nur noch vom Rost zusammengehalten. »Tommy, bring mich bitte nicht so zum Lachen«, sagte er gern. »Ich hab' Angst, daß ich noch den Achtersteven rausbeutle.« Und wenn Hemstead mit seiner Werkzeugkiste seine endlosen Flickrunden drehte, versäumte Wicks keine Gelegenheit, ihn wegen seiner Arbeit aufzuziehen. »Ja, wenn du segeln lernen oder anstreichen würdest, oder sonst eine nützliche Arbeit leisten«, sagte er dann, »das könnte ich ja noch einsehen. Aber Dinge zu reparieren, die innen ohnehin schon gänzlich zerfallen sind, das erscheint mir doch als Gipfel der Verrücktheit.« Aber diese dauernden Scherze schienen die Landratten zu beruhigen, die ungerührt auf dem Schiff hin- und herwanderten, und das unter Umständen, die selbst Nelson den Mut geraubt hätten.

Das Wetter war von Anfang an phantastisch, der Wind gleichmäßig und günstig. Das Schiff lief wie eine Hexe. »Diese *Currency Lass* ist ein kräftiges altes Mädchen, dabei hat sie mehr Leiden, als ich überhaupt nennen könnte«, sagte der Kapitän, über die Karte gebeugt; »aber sie zeigt jedem Fahrzeug ihrer Größe im ganzen Westlichen Pazifik ihre hübschen Fersen.« Decks waschen, das Ruder drehen, nach dem Abendessen auf dem Tisch des Rauchsalons die Tagesarbeit erledigen und in der Nacht die leichten Toppsegel einholen – das war die einfache Routine ihres Lebens. Am Abend – besonders, wenn Tommy etwas von seiner Zivilisation kredenzte – waren Geschichten und Musik die Regel. Amalu hatte eine angenehme hawaiianische Stimme; und Hemstead, ein wahrer Künstler auf dem Banjo, begleitete seinen eigenen schluchzenden Tenor mit guter Wirkung. Auf eine gewisse, ganz eigene Weise konnte der kleine Mann gut singen. Es war eine Wucht, ihm bei einer Darbietung von *My Boy Tammie* auf »Austrylian« zu lauschen; und die Worte (der ungehobelte MacNeill hatte kaum Schlimmeres verbrochen) erregten unauslöschliche Heiterkeit.

»Wo bist du heut gewesen?«

fragte er, und gab sich selbst die Antwort:

»Ich war an Bächen und blühenden Hecken,
Auf grünen Wiesen und grauen Bergen,
Hab dieses junge Ding hofiert,
Gerade fort von ihrer Mutter.«

Es hatte sich eingebürgert, daß die gesamte Mannschaft das Ende dieses Lieds mit dem gleichzeitigen Aufschrei: »Auf mein Wort!« begrüßte und so den Pfeil der Lächerlichkeit mit einer Feder aus des Sängers Flügel bestückte.

Aber er rächte sich mit *Home, Sweet Home* und *Where is my Wandering Boy To-night?* – in deren Vortrag er das unerträglichste Pathos legte. Es stellte sich heraus, daß er kein Heim besaß noch je eins gehabt hatte, auch nicht die kleinste Spur einer Familie, ausgenommen einen aufsässigen Onkel, einen Bäcker in Newcastle, N.S.W. Seine familiären Gefühle hingen daher gänzlich in der Luft und brachten ein nie verwirklichtes Ideal zum Ausdruck. Vielleicht auch kam von allem, was er je erlebt hatte, die *Currency Lass* mit ihrer gemütlichen, verspielten, toleranten Bordgesellschaft diesem Ideal noch am nächsten.

Es mag daher rühren, daß ich die Fortsetzung kenne; aber ich kann an diese Reise nie ohne ein tiefes Gefühl des Mitleids und des Geheimnisvollen denken; an dieses Schiff (einst das Herzblatt eines reichen Lumpen) mit seinem übel zugerichteten Luxus, wie es in seiner simplen Mission den weiten Ozean durchpflügte, vor dem prachtvollen Hintergrund von Morgendämmerung und Abendröte; und an die Schiffsgesellschaft, so bunt zusammengewürfelt, so britisch leichtsinnig, die ihre Tage mit Neckereien statt mit Gesprächen füllte; kein vernünftiges Buch an Bord mit Ausnahme von Haddens Buckle, und kein menschliches Wesen imstande, ihn zu lesen oder zu verstehen; die einzige Spur von zivilisiertem Interesse nur bei Carthew, wenn er seine freien Stunden mit Pinsel und mit Bleistift verbrachte: eine vollkommen ahnungslose Crew, die auf ein derart tragisches Unglück zusteuerte.

Am Weihnachtsabend, achtundzwanzig Tage von Sydney entfernt, hielten sie vor der Einfahrt zur Lagune; kreuzten die ganze Nacht davor herum und hielten ihre Position nach den Lichtern der Fischer auf dem Riff und den Umrissen der Palmen vor dem bewölkten Himmel. Mit Tagesanbruch drehten sie bei und zogen das Signal für einen Lotsen auf. Es war klar, daß die eingeborenen Fischer ihre Lichter schon in der Dunkelheit bemerkt und die Ansiedlung verständigt hatten, denn ein Boot war bereits unterwegs. Es schoß unter vollen Segeln über die Lagune auf sie zu, krängte gefährlich, so daß die Besatzung bei einigen stärkeren Böen schon dachte, es würde kentern; legte die Entfernung in bestem Stil zurück, schoß elegant längsseits auf und spie einen hageren weißen Mann in Pyjamas aus.

»Morgen, Käpt'n«, sagte dieser, kaum daß er an Bord war. »Ich hielt Sie schon für ein Kriegsschiff von den Fidschis, mit Ihren Glattdecks und mit diesen Spieren. Na schön, Gentlemen, euch allen Frohe Weihnachten und ein Glückliches Neues Jahr«, fügte er hinzu und sackte gegen ein Stag.

»Was, sind Sie vielleicht der Lotse?« rief Wicks und betrachtete ihn voll abgrundtiefem Abscheu. »Sie haben doch noch kein Schiff reingelotst – erzählen Sie mir nichts!«

»Na, das schätze ich aber schon«, gab der Lotse zurück. »Ich bin Käpt'n Dobbs, das bin ich; und wenn ich übernehme, dann kann der Käpt'n dieses Schiffs hinuntergehen und sich rasieren.«

»Aber, Mensch! Sie sind doch betrunken, Mann!« rief der Kapitän.

»Betrunken!« wiederholte Dobbs. »Sie haben aber noch nicht viel vom Leben gesehen, wenn Sie mich betrunken nennen. Ich fang doch grad erst an. Wenn's dann Abend wird, ja, dann will ich nichts sagen, ich schätze, dann bin ich richtig voll. Aber jetzt bin ich der nüchternste Mensch in ganz Big Muggin.«

»Nein, das geht nicht«, gab Wicks zurück. »Nicht um Josephs willen, Sir. Ich kann mir meinen Schoner nicht auf Grund segeln lassen.«

»Okay«, sagte Dobbs, »dann bleiben Sie und verfaulen Sie, wo Sie sind, oder legen Sie los und fahren Sie ihn selbst auf Grund, wie der Kapitän der *Leslie*. Tja, das war seine Auffassung von Geschäft; wollte mir zwanzig Dollar Lotsengebühr nicht gönnen und verlor dafür zwanzigtausend an Fracht und einen funkelnagelneuen Schoner. Es hat ihr den Kiel buchstäblich weggerissen; in weniger als vier Minuten ging sie unter und liegt jetzt in zwanzig Faden Tiefe, samt Fracht und allem.«

»Was soll das heißen?« rief Wicks. »Fracht? Was war diese *Leslie* überhaupt für ein Schiff?«

»Konsigniert an Cohen & Co., von Frisco«, gab der Lotse zurück, »und sehnsüchtigst erwartet. Es liegt eine Bark im Hafen, die für Hamburg lädt – Sie sehen da drüben ihre Masten; und zwei weitere Schiffe sollen den weiten Weg von Deutschland kommen, eins angeblich in zwei Monaten, das andere in drei; und der Agent von Cohen & Co. (das ist Mr. Topelius) hat sich vor Aufregung mit Gelbsucht zu Bett gelegt. Ich schätze, das hätten an seiner Stelle die meisten getan; keine Waren, keine Kopra, und zweitausend Tonnen Schiffsraum in Erwartung. Falls Sie Kopra an Bord haben, Käpt'n, dann ist das Ihre Chance. Topelius wird kaufen, Gold auf die Hand, und drei Cents geben. So wie die Dinge liegen, ist das für ihn gefundenes Geld, egal, wieviel er dafür zahlt. Ja ja, das kommt davon, wenn man am Lotsen spart.«

»Entschuldigen Sie mich einen Augenblick, Käpt'n Dobbs. Ich möchte mit dem Maat sprechen«, sagte der Kapitän, dessen Gesicht zu leuchten und dessen Augen zu funkeln begonnen hatten.

»Ganz wie Sie wünschen«, antwortete der Lotse. »Sie möchten mir nicht vielleicht einen Schluck anbieten, oder? Nur als kleine Stärkung. Ansonsten sieht das nämlich verdammt unhöflich aus und verschafft einem Schoner einen schlechten Ruf.«

»Darüber sprechen wir, sobald der Anker unten ist«, gab Wicks zurück und zog Carthew nach vorne. »Hören Sie«, flüsterte er, »hier liegt ein Vermögen auf der Straße.«

»Wieviel, würden Sie sagen?« fragte Carthew.

»Ich möchte mich auf keine Ziffer festlegen – ich wag's noch nicht!« sagte der Kapitän. »Aber wir könnten zwanzig Jahre lang das Meer befahren und nichts Ähnliches finden. Und was, wenn heut' nacht ein weiteres Schiff hereinkommt? Alles ist möglich! Und das Problem ist dieser Dobbs. Der ist voll wie eine Strandhaubitze. Wie können wir ihm trauen? Zum Unglück sind wir nicht einmal versichert!«

»Was ist, wenn Sie mit ihm hochklettern und sich von ihm den Fahrkanal zeigen lassen?« schlug Carthew vor. »Wenn der ungefähr zur Karte paßt und Dobbs nicht aus den Salings fällt, dann könnten wir's vielleicht riskieren.«

»Ja, ein Risiko ist hier alles«, gab der Kapitän zurück. »Gehen Sie selbst ans Ruder, und passen Sie gut auf. Wenn's zwei verschiedene Ordern gibt, dann hören Sie auf mich und nicht auf ihn. Schicken Sie den Koch nach vorne zu den Vorsegeln, die beiden anderen an die Großschot, und achten Sie darauf, daß die sich nicht draufsetzen.« Damit rief er den Lotsen; sie kletterten hinauf in den Fockmast, und kurz darauf ertönte der willkommene Befehl, die Schoten aufzufieren und abzufallen.

Am Weihnachtsmorgen um Viertel vor neun wurde das Schiff vor Anker gelegt.

Und so endete die erste Fahrt der *Currency Lass* mit einem gänzlich unverhofften Glückstreffer. Sie brachte Waren im Wert von zweitausend Pfund zielsicher wie eine Brieftaube genau an jenen Ort, wo der größte Bedarf danach bestand. Und Kapitän Wicks (oder vielmehr Kapitän Kirkup) erwies sich als der Mann, der die Gunst des Augenblicks zu nutzen wußte. Denn fast zwei volle Tage lang schritt er mit Topelius auf der Veranda auf und ab; fast zwei volle Tage lang beobachteten seine Partner vom Wirtshaus nebenan das Schlachtfeld; und die Lampen waren am Abend des zweiten Tags noch nicht entzündet, als sich der Feind ergab. Wicks kam herüber ins *Sans Souci*, wie die Bar sich nannte, das Gesicht beinahe schwarz, die Augen verquollen und blutunterlaufen und dennoch strahlend wie brennende Streichhölzer.

»Kommt mit raus, Burschen«, sagte er; und als sie ein paar Schritte weiter unter den Palmen waren, fügte er hinzu: »Ich halte vierundzwanzig«, mit einer Stimme, die kaum zu erkennen war, offenbar in Anspielung auf das altehrwürdige Spiel Cribbage.

»Was wollen Sie damit sagen?« fragte Tommy.

»Ich hab' die Fracht verkauft«, antwortete Wicks; »oder vielmehr einen Teil, denn das Rindfleisch für die Messe und die Hälfte von Mehl und Zwieback hab' ich noch behalten; und dabei haben wir noch Vorräte für vier Monate. Bei Gott, das ist so gut wie gestohlen!«

»Auf mein Wort!« rief Hemstead.

»Aber um wieviel haben Sie's verkauft?« keuchte Carthew, von der fast schon irren Aufregung des Kapitäns angesteckt.

»Wartet, ich erzähl's euch auf meine Art«, rief Wicks und lockerte sich den Hemdausschnitt. »Ich muß es der Reihe nach erzählen, sonst explodiere ich. Ich hab's nicht nur verkauft, Burschen, ich hab' auch zu meinen Bedingungen eine Charter nach Frisco und zurück herausgeschlagen; zu meinen eigenen Bedingungen. Darauf hab' ich bestanden. Zuerst führte ich ihn an der Nase 'rum, indem ich so tat, als wollte ich Kopra, wovon er natürlich nichts hören wollte – nicht konnte, wie wir wissen; und sobald er den Kragen aufstellte, ließ ich wieder die Kopra aus dem Sack, und der Mann duckte sich! Was anderes als Kopra wollte ich unter keinen Umständen nehmen, müßt ihr wissen; und auf diese Weise bekam ich den ganzen vermaledeiten Zasterhaufen in Münze – alles, bis auf zwei kurzsichtige Wechsel auf Frisco. Und die Summe? Also, dieses ganze Unternehmen, einschließlich zweitausend Pfund Kredit, hat uns bisher zweitausendsiebenhundert und ein bißchen was gekostet. Das ist alles beglichen; in dreißig Tagen Fahrt haben wir für den Schoner und die Ware bezahlt! Hat man so etwas schon je gehört? Und das ist noch nicht alles! Denn zusätzlich dazu«, sagte der Kapitän, seine Worte heraushämmernd, »haben wir *dreizehn nasse Hunderter Profit* unter uns zu verteilen. Ich hab' ihn um vier Tausender zur Ader gelassen!« rief er, mit einer Stimme, die sich überschlug wie die eines Schuljungen.

Einen Augenblick betrachteten die Partner ihren Chief verdattert und empfanden nichts als ungläubiges Erstaunen. Tommy war der erste, der erfaßte, was das bedeutete.

»Hört!« sagte er in hartem Geschäftston. »Kommt zurück in die Saloonbar. Ich muß mich vollaufen lassen.«

»Kinderlein, ihr müßt mich entschuldigen«, erwiderte der Kapitän darauf ernst. »Ich trau' mich heute nichts zu trinken. Wenn ich nur ein Glas Bier hinunterschütte, dann trifft mich der Schlag, das weiß ich. Dieser letzte Kampf und dann mein sagenhafter Triumph haben mich fast um den Verstand gebracht.«

»Na, dann, ein Hoch auf den Kapitän!« schlug Tommy vor.

Aber Wicks hielt eine zitternde Hand hoch. »Nein, Kinder, auch das nicht«, bat er. »Denkt an den Besiegten und macht's ihm nicht zu schwer. Wenn schon ich so beisammen bin, dann malt euch doch aus, wie's Topelius geht! Wenn er euch so drauflos singen hört, dann kriegt er noch das Zipperlein!«

In Wirklichkeit nahm Topelius seine Niederlage mit Anstand und Gleichmut hin; aber die Crew der gestrandeten *Leslie*, im gleichen Geschäft unterwegs und ihrer Firma loyal verbunden, nahm das Ganze nicht so leicht. Scharfe Worte und böse Blicke gab's in Fülle. Einmal pfiffen sie sogar Kapitän Wicks von der Saloonveranda aus; die Crew der *Currency Lass* verließ das Haus durch einen anderen Eingang; ein paar Minuten lang sah es nach einer Schlacht auf Butaritari aus; und obgleich die Krise vorbeiging, ohne daß es zur Prügelei kam, blieb auf beiden Seiten böses Blut.

Derartige Kleinigkeiten konnten das Glück unserer erfolgreichen Händler nicht beeinträchtigen. Fünf Tage lag das Schiff noch in der Lagune, mit wenig Arbeit für alle außer Tommy und dem Kapitän – denn Topelius' Eingeborene luden die Ware ab und Ballast ein; die Zeit verging wie ein angenehmer Traum; die Abenteurer blieben die halbe Nacht auf und besprachen und priesen ihr unverschämtes Glück, liefen bei Tag auf der schmalen Insel herum und glotzten wie Cockney-Touristen; und am ersten Tag des neuen Jahres lichtete die *Currency Lass* zum zweiten Mal den Anker und nahm Kurs auf Frisco, wie bisher begünstigt von Glück und gutem Wetter. Mit nur wenig Aufenthalt durchquerte sie den Kalmengürtel; mit ein bißchen Wind und einem Ballast, der aus gebrochener Koralle bestand, übertraf sie alle Erwartungen; und die Zufriedenheit der Mannschaft wurde durch den Umstand gesteigert, daß das ohnehin bescheidene Arbeitsausmaß, das ihrer wartete, jetzt durch die Anwesenheit eines weiteren Matrosen noch verringert wurde. Es war dies der Bootsmann von der *Leslie*; der hatte sich mit seinem eigenen Kapitän nicht gut verstanden, dafür seine Heuer bereits in den Saloons von Butaritari ausgegeben, der Ort hing ihm zum Hals heraus, und während seine sämtlichen Schiffsgenossen sich entschieden weigerten, auch nur einen Fuß an Bord der *Currency Lass* zu setzen, hatte er gefragt, ob er nicht die Passage abarbeiten könne. Er stammte aus Nordirland, war eine Mischung aus Schotte und Ire, grob, laut, lustig und gefühlvoll, nicht ohne gediegene Charaktereigenschaften, und ein erfahrener und umsichtiger Seemann. Daß seine Stimmung eine gänzlich andere war als die seiner neuen Schiffsgenossen, das war klar; denn anstatt ganz unerwartet einen Batzen Geld zu machen, hatte er seine Heuer ausgegeben; außerdem war er unzufrieden mit den Rationen und wirklich entsetzt über den Zustand des Schoners. An seinem ersten Tag auf See klemmte eine Kabinentür, und als Mac (wie sie ihn nannten) sich dagegen stemmte, löste sie sich gänzlich aus den Angeln.

»Heiland!« sagte er. »Dieses Schiff ist durch und durch verrottet.«

»Mein Junge, ich glaube dir«, versetzte Kapitän Wicks.

Am nächsten Tage wurde Mac dabei beobachtet, wie er die Nase in die Höhe streckte.

»Starren Sie nur diese Spieren nicht zu heftig an«, sagte der Kapitän, »sonst bekommen die einen Anfall und fallen über Bord.«

Mac richtete zwei weit aufgerissene Augen auf den Sprecher. »Aber da, da oben, da sehe ich etwas, das aussieht wie Trockenfäule, so groß, daß ich meine Faust 'reinstecken könnte, das wette ich«, sagte er.

»Sieht eher aus, als könnte ein Mann seinen Kopf reinstecken, nicht?« gab Wicks zurück. »Aber man soll sich nicht mit Dingen abgeben, die man ohnehin nicht ändern kann.«

»Ich glaube, ich war ein *Currency Ass*, daß ich an Bord gekommen bin!« dachte Mac laut.

»Also, daß die *Currency Lass* seetüchtig ist, das hab' ich nie behauptet«, erwiderte der Kapitän; »ich sagte nur, sie könne allem, was schwimmt, ihre hübschen Fersen zeigen. Und außerdem bin ich nicht sicher, ob das wirklich Trockenfäule ist; manchmal male ich mir aus, es ist vielleicht was anderes. Hier; fassen Sie an und holen Sie das Log ein; das wird Sie aufheitern.«

»Na, daß Sie ein begnadeter Kapitän sind, das läßt sich wirklich nicht bestreiten«, sagte Mac.

Und von dem Tag an gestattete er sich nur eine einzige Bemerkung in bezug auf den Zustand ihres Schiffs; und zwar immer, wenn Tommy Nachschub aus seinem Keller holte. »Auf den Altwarenhandel!« sagte er dann und hob prostend seinen Sherrybecher hoch.

»Warum sagen Sie das immer?« fragte Tommy.

»Ich hatte einen Onkel in dieser Profession«, erwiderte Mac und stürzte sich sofort in eine unglaubliche Geschichte, in der eine unglaubliche Anzahl von Figuren »auf Deck gelegt wurde, daß es eine Freude war«, und die Flüche etwa zwei Fünftel jedes Dialogs ausmachten.

Nur einmal gab er ihnen eine Kostprobe seiner Gewalttätigkeit; gesprochen hatte er oft davon. »Ich bin ein ziemlich gewalttätiger Mensch«, sagte er nicht ohne Stolz; aber das war das einzige Beispiel. Ganz plötzlich fiel er auf dem

Mitteldeck über Hemstead her, knallte ihn gegen den Focksegelbaum, dann darunter, zog ihn hoch und schlug ihn noch einmal nieder, bevor noch jemand Atem holen konnte.

»He! Schluß damit!« brüllte Wicks und sprang auf die Beine. »So was gibt's bei mir nicht!«

Mac wandte sich mit bereitwilliger Höflichkeit dem Kapitän zu. »Ich möchte ihm nur Manieren beibringen«, sagte er. »Der geht doch her und nennt mich Ire.«

»So, das hat er?« sagte Wicks. »Na, das ist natürlich eine andere Geschichte! Wie kommst du denn dazu, du Tölpel? Du bist nicht groß genug, um irgendeinen Mann so zu nennen.«

»Ich hab' ihn doch nicht so genannt«, spuckte Hemstead durch Blut und Tränen. »Ich erwähnte nur, daß er eben einer ist.«

»Na gut, nichts mehr davon«, sagte Wicks.

»Aber Sie sind doch Ire, oder nicht?« fragte Carthew etwas später seinen neuen Schiffsgefährten.

»Kann sein«, erwiderte Mac, »aber ich lasse mich von keiner Sydney-Ente so nennen. Nein«, fuhr er fort, mit plötzlich erhitztem Gesicht, »und auch nicht von einem zweibeinigen Briten! Hören Sie«, sagte er, »Sie selbst sind doch ein junger Stutzer, oder nicht? Stellen Sie sich vor, ich nenne Sie so! Dem zeig ich's, würden Sie sagen, und dann sofort zur Tat schreiten.«

Am 28. Januar auf 27° 20' N, 177° W schlug der Wind plötzlich in einen West um, kam nicht sehr stark, aber böig und mit strichweise Regen. Der Kapitän, der unbedingt Ost machen wollte, machte das Beste daraus und ging mit ausgebaumten Segeln platt vor den Wind. Es war gerade Tommys Ruderwache, und da er nur mehr eine halbe Stunde hatte (es war 7 Uhr 30 morgens), fand der Kapitän, es lohne sich nicht, ihn abzulösen.

Die Böen kamen stark, aber kurz; es gab nichts, was man hätte Sturm nennen können, keine Gefahr für das Schiff, und kaum mehr als die übliche für die zweifelhaften Spieren. Die Mannschaft stand im Ölzeug an Deck und wartete auf das Frühstück; die Kombüse rauchte, das Schiff duftete nach Kaffee, alle freuten sich, daß sie mit vollen neun Knoten ostwärts liefen; als das marode Focksegel plötzlich zwischen zwei Bahnen Tuch einriß und dann gänzlich in zwei Teile flog. Es war um alles in der Welt, als hätte ein Erzengel mit einem riesigen Schwert es in Gestalt eines Kreuzes durchgehauen; alle rannten hin, um das klatschende Segeltuch festzumachen; und in der plötzlichen Aufregung und dem Durcheinander verlor Tommy Hadden den Kopf. Er hat seither viele Tage damit verbracht, daß er zu erklären suchte, wie's geschah; über diese Erklärungen genügt es zu sagen, daß jede anders ist und keine ausreichend; und es bleibt die nackte Tatsache, daß der Großbaum plötzlich überkam, die Talje ausriß, der Großmast etwa drei Fuß überm Deck durchbrach und über Bord ging. Eine geschlagene Minute leistete der viel verdächtigte Fockmast tapfer Widerstand; dann folgte er seinem Gefährten; und als der Schaden klariert war, standen von der ganzen wunderschönen Anlage, die sie über die Meere getragen hatte, nur noch zwei abgebrochene Stumpen.

In diesen unendlichen, einsamen Gewässern die Masten zu verlieren ist vielleicht der allergrößte Schicksalsschlag. Laß das Schiff durchkentern und untergehen, so ist's doch wenigstens aus und vorbei. Aber Männer, die an einen Schiffsrumpf gefesselt sind, verbringen vielleicht Monate damit, den leeren Horizont abzusuchen und die Schritte zu zählen, mit denen sich der Tod unsichtbar nähert. Es gibt keinen anderen Ausweg als die Boote, und was für ein Ausweg ist das schon! Da trieb zum Beispiel jetzt die *Currency Lass*, ein flügelloser Klumpen, und die nächste von Menschen bewohnte Küste (jene der Insel Kauai von den Sandwich-Inseln) lag etwa tausend Meilen weit südöstlich. Auf dem Weg dahin lauerte – für Männer, die eine Reise im offenen Boot ins Auge fassen mußten – Elend aller Art und die Furcht vor Tod und Wahnsinn.

Eine ernste Gesellschaft setzte sich zum Frühstück; aber der Kapitän munterte seine Nachbarn mit einem Lächeln auf.

»Na, Jungens«, sagte er nach einem Schluck heißem Kaffee, »mit der *Currency Lass* ist's vorbei, da gibt's keinen Zweifel. Ein Gutes hat die Sache: sie brachte uns Profit, solang sie währte, und zwar erstklassigen; und falls wir's noch einmal versuchen wollen, dann können wir's mit Stil. Und noch ein Vorteil: wir haben ein anständiges, flottes, geräumiges Boot, und ihr wißt, wem ihr das zu verdanken habt. Wir haben sechs Leben zu erhalten und außerdem noch einen Topf voll Geld; und die Frage ist: wohin wollen wir das bringen?«

»Bis zur nächsten Sandwich-Insel sind's gut und gern zweitausend Meilen, schätz' ich«, bemerkte Mac.

»Nein, nicht ganz so schlimm«, gab der Kapitän zurück. »Aber schlimm genug: etwas über tausend.«

»Ich kenne einen Mann, der einmal zwölfhundert in einem offenen Boot geschafft hat«, sagte Mac, »aber dann hatte er die Nase voll. Er ging auf den Marquesas an Land und setzte vom damaligen Tag bis heute keinen Fuß mehr auf etwas, das im Wasser schwimmt. Er sagt, dann würde er sich lieber gleich eine Pistole an die Schläfe setzen und das Gehirn wegpusten.«

»Ay, ay!« sagte Wicks. »Und ich erinnere mich noch gut an eine Bootsmannschaft, die eben diese Insel Kauai ansteuerte, und zwar von ungefähr da, wo wir liegen, oder noch ein bißchen weiter. Als sie Land rochen, schnappten sie einfach über. Da war eine felsige Steilküste und eine mordsmäßige Brandung, und die Eingeborenen riefen ihnen von ihren Fischerbooten zu und schrien, sie sollten's bleibenlassen, es ginge nicht um alles Geld der Welt. Aber was scherte sie das! Dort war Land, das war alles, was sie begriffen, und sie gingen's an und trieben das Boot mitten hinein und ersoffen alle bis auf einen. Nein; Bootsreisen sind Unsinn«, schloß der Kapitän ziemlich bedrückt.

Der Ton war überraschend für einen Mann von seinem unbezähmbaren Charakter. »Kommen Sie, Käpt'n«, sagte Carthew, »Sie haben sicher noch was anderes im Talon; heraus damit.«

»Das stimmt«, gab Wicks zu. »Seht, hier gibt's einen Ring von lächerlichen kleinen Riffs, sieht auf der Karte aus wie Windpocken. Also, ich hab' sie alle nachgeschlagen, und da ist eines – Midway oder Brooks heißt es, keine vierzig Meilen von unserer errechneten Position –, worüber ich was erfahren habe. Wie es scheint, befindet sich hier eine Kohlestation der Pacific Mail«, sagte er ohne weiteres Aufhebens.

»Und ich weiß, daß kein Wort davon wahr ist«, warf Mac ein. »Ich war selbst Quartiermeister auf dieser Linie.«

»Bitte sehr«, gab Wicks zurück. »Hier ist das Buch. Lesen Sie, was Hoyt sagt – und zwar laut, damit es auch die anderen hören.«

Hoyts Unwahrheit (wie der Leser weiß) war eindeutig; Zweifel ausgeschlossen und die Information selbst über alle Hoffnung wunderbar. Jeder sah vor seinem inneren Auge das Boot auf einer hübschen Insel landen mit einer Werft, Kohleschuppen, Gärten, den Stars & Stripes und dem weißen Wärterhäuschen; sah sich selbst ein paar Wochen bei erträglicher Kost und Logis verträumen und vertrödeln und dann an Bord des China-Postschiffs gehen, romantische Schiffbrüchige, jedoch mit Taschen voller Geld, die nach Champagner riefen und sich von Haufen von Stewards bedienen ließen. Das Frühstück, das so trüb begonnen hatte, endete unter nüchternen Freudenrufen, und alle spuckten in die Hände, um das Boot fertig zu machen.

Nun, da alle Masten weg waren, war's nicht so einfach, es zu Wasser zu lassen. Zuerst verlud man einen Teil der notwendigen Fracht; die Münzen vor allem, verpackt in einer festen Kiste, die – für den Fall des Kenterns – fest an die hintere Ruderbank gebunden wurde. Dann wurde ein

Teil der Schiffswand bis auf das Niveau des Decks abgebrochen, das Boot außenbords geschwungen und mit Leinen, die um die beiden Maststumpen liefen, mit Erfolg zu Wasser gelassen. Für eine Reise über vierzig Meilen in ein gastfreundliches Quartier braucht man nicht viel Wasser oder Proviant; doch nahm man beides im Überflusse mit. Amalu und Mac, die beiden waschechten Matrosen, besaßen Kisten, die die Hauptquartiere ihres Lebens waren; die anderen steuerten zwei weitere Kisten mit Tragetaschen, Ölzeug und Decken bei; Hadden lud unter allgemeinem Applaus die letzte Kiste seines braunen Sherrys ein; der Kapitän brachte Logbuch, Instrumente und Chronometer; und Hemstead vergaß nicht sein Banjo und ein geknüpftes Taschentuch voller Butaritari-Muscheln.

Es war gegen drei Uhr nachmittags, als sie abstießen und sich (da der Wind immer noch aus Westen kam) in die Ruder legten. »Na, aus dir haben wir alles rausgeholt, was zu holen war!« lautete der Abschiedsgruß des Kapitäns an den Rumpf der *Currency Lass*, die schnell kleiner wurde und im Meer verschwand. Bald darauf trat Windstille ein, gefolgt von einem Regenguß; die erste Mahlzeit wurde eingenommen, und unten legte sich die Wache unter einem trommelnden Brausebad auf der Bilge zu unruhigem Schlummer hin. Der Neunundzwanzigste dämmerte aus zerrissenen Wolkenfetzen über ihren Köpfen; es gibt keinen Augenblick, da ein Boot auf dem weiten Meer so schneidend schwarz und so auffallend klein aussieht; und die Crew sah sich um nach Himmel und Wasser und bebte vor Einsamkeit und Furcht. Doch mit dem Sonnenaufgang kam auch der Passat, kräftig und in richtiger Richtung; Segel wurden gesetzt; das Boot schoß dahin; und etwa gegen vier Uhr nachmittag waren sie gut querab vom geschlossenen Teil des Riffs, und der Kapitän stand mittschiffs, hielt sich am Mast fest und studierte durchs Fernglas die Insel.

»Na, und wo ist Ihre Station?« rief Mac.

»Irgendwie krieg' ich sie nicht ins Blickfeld«, antwortete der Kapitän.

»Nein, und das werden Sie auch nie!« gab Mac zurück, und in seiner Stimme mischten sich Verzweiflung und Triumph.

Die Wahrheit war bald allen klar. Keine Bojen, keine Seezeichen, keine Lichter, keine Kohle, keine Station; die Schiffbrüchigen ruderten durch eine Lagune und landeten auf einer Insel, wo die einzige Spur des Menschen Treibholz war und kein anderer Laut zu vernehmen als das Geräusch des Meeres. Denn die Seevögel, die zur Zeit meines Besuches hier brüteten und hausten, waren damals über den ganzen Ozean verteilt und hatten von ihrem Aufenthalt nichts hinterlassen als abgefallene Federn und verfaulte Eier. Das also war der Ort, an den man unsere Schiffbrüchigen gesandt hatte, dafür hatten sie sich die ganze Nacht über triefende Ruder gebeugt, sich stündlich weiter von jeder Hilfe entfernt. Das Boot, so klein es auch war, sprach immerhin noch vom Werk menschlicher Hände, ein einsam' Ding zwar auf dem weiten Meer, doch in sich selbst ganz menschlich; aber die Insel, für die sie's vertauscht, war ruhmlos wild, ein Ort von Verzweiflung, Einsamkeit und unstillbarem Hunger. Über allem lag ein starkes Leuchten und abendliche Schatten; und da saßen oder lagerten sie, sagten nichts, dachten nicht einmal ans Essen – Männer, von einem lügenhaften Buch um Leben und Reichtum betrogen. Aus grenzenloser Gutmütigkeit heraus hatte die Gesellschaft an Hadden, den Urheber des ganzen Unglücks, kein Wort des Vorwurfs gerichtet. Doch der neuerliche Schlag wurde nicht mehr so großmütig getragen, und viele zornige Blicke richteten sich auf den Kapitän.

Und doch war er es selbst, der sie aus ihrer Lethargie riß. Murrend gehorchten sie, zogen das Boot über die Flutmarke hinaus und folgten ihm zum höchsten Punkt der armseligen Insel, von wo sich ein Ausblick über das Rund des Horizontes bot, auf einer Seite schon von der kommenden Nacht verdunkelt, auf der anderen in die Farben des Sonnenuntergangs getaucht, belebt vom Sonnenuntergangsgewölk. Hier schlug man das Lager auf und errichtete ein Zelt aus Rudern, Segeln und Mast. Und hier machte Amalu, ganz unaufgefordert, einfach aus dem Instinkt gewohnheitsmäßiger Dienstbarkeit, ein Feuer und kochte eine Mahlzeit. Die Nacht brach ein, die Sterne und die Silbersichel des neuen Mondes leuchteten am Himmel, bevor das Essen fertig war. Die kalte See glänzte rund um sie, das Feuer schien ihnen beim Essen ins Gesicht. Tommy hatte seine Kiste aufgemacht, und der braune Sherry ging im Kreis herum; aber es dauerte lange, bis sie wieder sprachen.

»Na, dann wird's also doch Kauai?« fragte Mac plötzlich.

»Mir reicht's auch hier«, sagte Tommy. »Bleiben wir lieber, wo wir sind.«

»Eins kann ich euch sagen«, sagte Mac, »wenn ihr es hören wollt. Als ich bei der China-Post war, legten wir einmal hier an. Die Insel liegt am Kurs von Honolulu.«

»Verflixt, das tut sie!« rief Carthew. »Damit ist die Sache geklärt. Wir bleiben. Wir müssen das Feuer am Brennen halten; Treibholz gibt's ja genug.«

»Treibholz zuhauf!« sagte der Ire. »Nichts als Wracks und Sargbretter.«

»Aber wir müssen ein ordentliches Feuer machen«, warf Hemstead ein. »Ein Feuer wie das hier kann man nicht sehen, jedenfalls nicht sehr weit, glaube ich.«

»Ach nein?« sagte Carthew. »Sehen Sie sich doch um.«

Das taten sie alle und erblickten die Kuppel der Nacht, das nackte, glänzende Gesicht der See und die Sterne, die sie betrachteten; und bei diesem Anblick erstarb ihnen die Stimme. In dieser ungeheuren Einsamkeit schien es, als müßten sie von China auf der einen und von Kalifornien auf der anderen Seite aus zu sehen sein.

»Mein Gott, wie öd!« flüsterte Hemstead.

»Öd?« rief Mac und verstummte plötzlich.

»Jedenfalls besser als ein Boot«, sagte Hadden. »Ich hab' genug von Booten.«

»Was mich umbringt, sind die Münzen!« brach es aus dem Kapitän heraus. »Denkt doch nur an diesen Reichtum – viertausend in Gold, Silber und kurzsichtigen Wechseln – und alles ist uns so zugefallen! – und es nützt uns nicht mehr, als wär's nur viel Mist!«

»Ich sag euch eines«, erklärte Tommy. »Mich stört's, daß es im Boot ist – das ist mir zu weit weg.«

»Aber wer soll's denn stehlen?« rief Mac und erstickte fast an einem boshaften Lachanfall.

Aber das war keineswegs die Meinung der Partner, die nun alle aufstanden, zum Strand hinunterkletterten, die unschätzbare Schatzkiste auf zwei Rudern herauftrugen und sie so stellten, daß sie im Schein des Feuers aufleuchtete.

»Da ist sie ja, meine Schöne!« rief Wicks und betrachtete sie mit schief geneigtem Kopf. »Das ist besser als das schönste Feuer. Was! Wir haben eine Kiste hier und Wechsel für zirka zweitausend Pfund; das sieht man nicht – das kann man in die Westentasche stecken – aber der Rest, über vierzig Pfund gemünztes Gold und fast zwei Zentner Chile-Silber! Was! Reicht das denn nicht, um eine Flotte herzulocken? Wollt ihr behaupten, daß das einem Schiffskompaß nicht den Kopf verdreht? Wird denn nicht der Ausguck seinen Kopf herwenden und so viel Zaster *riechen?*« rief er.

Mac, der weder Anteil noch Interesse an den Wechseln, den vierzig Pfund Gold, den zwei Zentnern Silber hatte, lauschte ungeduldig und verfiel wieder in sein bitteres ersticktes Lachen. »Ihr werdet schon sehen!« sagte er heiser. »Ihr werdet diese Wechsel noch mit Genuß ins Feuer werfen, bevor wir hier fertig sind!« Und er wandte sich um, verließ allein den Kreis rund um den Feuerschein und blickte hinaus auf die See.

Seine Worte und sein Fortgehen brachten die paar Funken guter Laune, die das Abendessen und die Schatzkiste entzündet hatten, sofort zum Erlöschen. Die Gruppe verfiel wieder in düsteres Schweigen, und Hemstead fing an, seiner abendlichen Gewohnheit folgend auf dem Banjo zu klimpern. Sein Repertoire war klein: die Akkorde von *Home, Sweet Home* erklangen unter seinen Fingern; und als das Vorspiel beendet war, hob er instinktiv seine Stimme. »Und sei's noch so bescheiden, 's ist nirgends wie daheim«, sang er. Aber die letzten Worte waren noch auf seinen Lippen, da wurde ihm das Instrument entrissen und ins Feuer geschleudert; mit einem Schrei wandte er sich um und blickte in Macs wutverzerrtes Gesicht.

»Ich will verdammt sein, wenn ich mir das gefallen lasse!« rief der Kapitän und sprang auf, zum Kampf bereit.

»Ich hab's euch ja gesagt, ich bin ein gewalttätiger Mensch«, sagte Mac mit reumütiger Gebärde, die bei einem Mann von seinem Charakter sehr überraschend wirkte. »Warum gibt er mir denn keine Chance, he? Haben wir nicht ohnehin schon genug auszuhalten?« Und zu Überraschung und Schrecken aller unterdrückte Mac plötzlich ein Schluchzen. »Nein wirklich, ich muß mich für mich selber schämen«, brach es aus ihm heraus, mit zwanzigfach verstärktem irischem Akzent. »Bitt' euch alle um Entschuldigung für meinen Wutanfall; und den Kleinen da ganz besonders, wo der doch so ein harmloser Mensch ist, und hier meine Hand, wenn er sich herabläßt, sie mir zu geben.«

Und so endete diese barbarische und sentimentale Szene und hinterließ merkwürdige, widerstreitende Eindrücke. Zugegeben, möglicherweise waren alle froh, daß auf die allzu passende Musik jetzt Schweigen folgte; zugegeben, Macs Entschuldigung und weiteres Verhalten hob ihn in den Augen seiner Mit-Schiffbrüchigen. Aber die Note der Zwietracht war erklungen, ihre Harmonien tönten durch die Köpfe. Auf dieser wilden, unbehausten Insel waren, und sei's auch nur für einen Augenblick, die menschlichen Leidenschaften aufgebrochen, und alle zitterten vor ihren schrecklichen Möglichkeiten.

Man beschloß, Wachen aufzustellen, die nach vorbeifahrenden Schiffen Ausschau halten sollten; und Tommy, Feuer und Flamme für die Idee, meldete sich freiwillig für die erste Wache. Die übrigen krochen in das Zelt und genossen bald das behagliche Geschenk des Schlafes, das überall und zu allen Menschen kommt, Sorgen vergessen und die Zeit vergehen läßt. Und kaum hatten sich alle zur Ruh gelegt, kaum hatte das Dröhnen vieler Schnarcher begonnen, sich mit der Brandung zu vermischen, ja diese zu übertönen, da schlich sich Tommy schon mit seiner Sherry-Kiste fort und versenkte sie in einer stillen Bucht einen Faden Wasser tief. Aber die stürmische Unberechenbarkeit von Macs Benehmen hatte mit dem einen oder anderen Schluck Wein nichts zu tun; seine Ausbrüche, wütend oder sonstwie, waren von anderem Zuschnitt als die seiner Nachbarn; in dem übersteigerten Kelten schlummerten Möglichkeiten von Gut und Böse, die die anderen nicht einmal ahnen konnten.

Gegen zwei Uhr morgens brach aus dem klaren Sternenhimmel – oder so schien es jedenfalls, denn der schläfrige Wächter hatte von aufziehender Bewölkung nichts bemerkt – plötzlich sintflutartiger Regen; und drei Tage schüttete es ohne Unterlaß. Die Insel war ein Schwamm, die Schiffbrüchigen durchweicht; die Aussicht verschwunden, selbst das Riff hinter dem Vorhang der herabstürzenden Wassermengen verborgen. Das Feuer war bald gelöscht; und nachdem man zwei Schachteln Zündhölzer vergeblich aufgebraucht hatte, beschloß man, auf besseres Wetter zu warten. Die Mannschaft lebte elendiglich von rohen Dosen und einer Ration hartes Brot.

Am zweiten Februar in den finsteren Stunden der Morgenwache waren alle Wolken fortgeblasen; herrlich ging die Sonne auf; und endlich saßen die Schiffbrüchigen wieder um ein munteres Feuer und tranken mit tierischer, erschöpfter Gier heißen Kaffee. Von nun an vergingen die Tage in Routine. Ein Feuer wurde ständig unterhalten; damit hatte ein Mann vollauf zu tun, und auch die anderen täglich etwa eine Stunde. Zweimal täglich badeten alle in der Lagune, das war ihr größtes, ja eigentlich einziges Vergnügen. Oft fischten sie auch in der Lagune, und das mit gutem Erfolg. Die übrige Zeit verging mit Herumliegen, Spazierengehen, Geschichtenerzählen und Debattieren. Die Zeit für den China-Dampfer wurde bis aufs I-Tüpfelchen errechnet; dann aber jeder Gedanke daran fallengelassen und ignoriert. An Derartiges durfte man einfach nicht denken. Die Bootsfahrt hatte man sich stillschweigend aus dem Kopf geschlagen, sich für die verzweifelte Möglichkeit entschieden, hierzubleiben und zu warten, entweder auf Hilfe oder auf den Tod durch Verhungern; aber keiner hatte den Mut, diesem Handel ins Gesicht zu schauen, noch viel weniger, ihn mit den anderen zu besprechen. Aber der unausgesprochene Schrecken raubte ihnen die Ruhe; in jeder müßigen Stunde, in jedem Augenblick des Schweigens kehrte er zurück, Eiseskälte senkte sich auf ihren Kreis, und jeder blickte auf den Horizont. Doch dann trieb panische Selbstverteidigung sie sofort zu irgendeinem anderen Thema. Und was ließe sich an diesem einsamen Orte anderes finden als der Schatz?

Das war in der Tat der merkwürdigste Zug, das eine Thema, das ihr Inselleben auszeichnete: die Gegenwart dieser Kiste voller Wechsel und Münzen beherrschte den Geist wie eine Kathedrale; und außerdem verbanden sich damit bestimmte verwickelte Probleme, die sich gut eigneten als Beschäftigung der Müßigen. Zweitausend Pfund schuldete man der Firma in Sydney: zweitausend waren Reingewinn und nun zu unterschiedlichen Teilen unter fünfen aufzuteilen. Man war übereingekommen, wie die Partner gereiht werden sollten; jedes Pfund des eingezahlten Kapitals, ebenso jedes Pfund, das an Heuer fällig war, sollte als ein »Gewinnanteil« zählen. Davon beanspruchte Tommy fünfhundertundzehn, Carthew einhundertundsiebzig, Wicks einhundertundvierzig und Hemstead und Amalu jeder zehn: achthundertundvierzig Anteile alles in allem. Was aber war der Wert eines Anteils? Das wurde zuerst lautstark debattiert, gestützt hauptsächlich auf die Kraft von Tommys Lungen. Dann folgte eine Reihe unpräziser Berechnungen, aus welchen schließlich – arithmetisch nicht genau, doch aus Erschöpfung akzeptiert – der ungefähre Wert von 2 Pfund 7 Shilling und 7 1/4 Pence hervorging. Die Zahl stimmte nicht ganz: die Summe der Gewinnanteile belief sich damit nicht auf 2000 Pfund, sondern auf 1996 Pfund und 6 Shilling. 3 Pfund 14 Shilling blieben dabei herrenlos. Aber das war jedenfalls der Wert, der am nächsten kam, zugleich auch der höchste, so daß angesichts ihrer phantastischen Dividende jegliche Kritik der Partner verstummte. Wicks hatte 100 Pfund beigetragen und außerdem Anspruch auf zwei Monate Kapitänsheuer; sein Anteil betrug also 333 Pfund Sterling 3 Shilling 6 3/4 Pence. Carthew hatte £ 150 beigetragen: sein Anteil betrug 401 Pfund Sterling 18 Shilling 6 1/2 Pence. Tommys £ 500 waren auf 1213 Pfund 12 Shilling 9 3/4 Pence angewachsen; und Amalu und Hemstead, denen nur die Heuer gebührte, hatten pro Mann und Nase Anspruch auf 22 Pfund 16 Shilling 1/2 Penny.

Vom Reden und Brüten über diesen Zahlen war's nur ein Schritt zum Öffnen der Kiste; und sobald die Kiste offen war, erwies sich der Glanz der Münzen als unwiderstehlich. Jeder fühlte, er müsse seinen eigenen Schatz separat und mit eigenen Augen betrachten, in den harten Münzen wühlen, sich zu ihm bekennen, sich als anerkannter Eigentümer zeigen. Und hier versperrte eine unüberwindliche Schwierigkeit den Weg. Nur siebzehn Shilling waren in englischem Silber, der Rest in Silber aus Chile; und der Chile-Dollar, zu einem Kurs von sechs auf das Pfund Sterling, war praktisch ihre kleinste Münze. Also beschloß man, nur die Pfunde zu dividieren und die Shilling, Pence und Bruchteile von Pence in einen Gemeinschaftstopf zu werfen. Zusammen mit den drei Pfund vierzehn, die sich bereits im Talon befanden, ergab das eine Summe von sieben Pfund und einem Shilling.

»Ich sag euch was«, erklärte Wicks. »Carthew und

Tommy und ich nehmen je ein Pfund, und Hemstead und Amalu sollen sich die restlichen vier Pfund teilen und um die paar übrigen Shilling Münzen werfen.«

»Ach was!« warf Carthew ein. »Tommy und ich platzen doch ohnehin schon. Wir können jeder einen halben Sovereign nehmen und den drei anderen je vierzig Shilling überlassen.«

»Hört mir zu – aufteilen lohnt sich nicht«, mischte sich Mac ein. »Ich hab' Spielkarten in meiner Kiste. Warum spielen wir nicht um die ganze Summe?«

An diesem öden Orte wurde der Vorschlag mit Begeisterung aufgenommen. Mac als Besitzer der Karten erhielt einen Einsatz zugesprochen; man wollte in fünf Partien Cribbage um die Summe spielen; und als Amalu, der letzte Überlebende des Turniers, von Mac geschlagen wurde, stellte sich heraus, daß die Stunde des Mittagessens schon vorüber war. Nach einer hastigen Mahlzeit stürzten sie sich wieder auf die Karten, diesmal (auf Carthews Vorschlag) hin auf Van John. Es war jetzt gegen 2 Uhr nachmittag des neunten Februar; und sie spielten mit wechselndem Glück geschlagene zwölf Stunden, sanken in bleischweren Schlaf und erhoben sich am späten Morgen zu neuerlichem Spiel. Den ganzen Tag des zehnten Februar spielten sie verbissen weiter, mit unwilligen Essenspausen, nur einmal war Tommy längere Zeit abwesend und brachte schließlich, tropfnaß, eine Kiste Sherry mit. Die Nacht fiel ein: sie rückten nur näher an das Feuer. Es war vielleicht zwei Uhr am Morgen, Tommy versteigerte gerade – wie üblich für einen so zaghaften Spieler – sein Blatt; als Carthew, der nicht vorhatte mitzubieten, in einer freien Minute um sich blickte. Er sah das Licht des Mondes über dem Meer, die Münzen in kleinen Türmen oder verstreut an diesem unwahrscheinlichen Ort, die verstörten Gesichter der Spieler; er spürte in seiner eigenen Brust die altvertraute Aufregung; und ihm schien, als dringe der Klang von Musik an sein Ohr, und der Mond schien noch immer über dem Meer, doch das

Meer war verändert, das Casino ragte aus erleuchteten Gärten und das Geld rollte über den grünen Filz. »Guter Gott!« dachte er, »spiele ich schon wieder?« Kopfschüttelnd blickte er auf den sandigen Tisch. Er und Mac hatten wie Spieler gespielt und gewonnen; Gold und Silber lagen durcheinander in einem Haufen vor ihren Plätzen. Amalu und Hemstead hatten sich gut gehalten; doch Tommy war grausam nach Lee abgetrieben worden, und dem Kapitän blieben nur mehr ungefähr fünfzig Pfund.

»Hören wir auf«, sagte Carthew.

»Gebt dem Mann ein Glas Buckle«, kam darauf die Antwort, man öffnete eine neue Flasche, und das Spiel ging gnadenlos weiter.

Carthew selbst hatte eine solche Glückssträhne, daß er nichts mehr sagen und nicht aufhören konnte; und den ganzen Rest der Nacht machte er bei diesem Unsinn weiter mit und machte immer wieder tapfere Versuche zu verlieren, mit dem nicht ungewöhnlichen Ergebnis, daß er immer mehr gewann. Im Morgengrauen des elften Februar war er der Verzweiflung nahe. Zufällig war gerade er am Geben und gewann noch immer. Er hatte gerade eine Runde von vielen Zehnern gegeben; alle hatten hoch gesetzt; der Kapitän alles, was ihm noch verblieben war, zwölf Pfund in Gold und ein paar Dollar; und Carthew warf einen Blick in seine Karten, bevor er sie auflegte, und stellte fest, daß er ein Blatt mit allen Assen hielt.

»Hört her, Burschen«, brach es aus ihm, »die Sache macht mich krank, und ich hab' jedenfalls genug davon.« Mit diesen Worten zeigte er sein Blatt, warf es hin, und stand auf.

Die Gesellschaft starrte und murmelte verblüfft; doch Mac stellte sich beherzt an seine Seite.

»Ja, ich glaube auch, wir haben genug davon«, sagte er. »Aber es war natürlich alles nur im Spaß, und hier ist mein Gewinn zurück. Alles zurückgeben, Burschen!« Und damit leerte er seinen Gewinn in die Kiste, die zum Glück gleich in der Nähe stand.

Carthew trat zu ihm und schüttelte ihm die Hand. »Das werde ich Ihnen nie vergessen«, sagte er.

»Und was ist mit dem Highway-Jungen und dem Pfuscher?« fragte Mac leise. »Schauen Sie, die haben doch beide gewonnen!«

»Das stimmt!« sagte Carthew laut. »Amalu und Hemstead, zählt euren Gewinn; Tommy und ich zahlen das.«

Dem folgte wortlose Zustimmung; das Paar freute sich über den Gewinn, woher er kam, war ihnen gleich; und Tommy, der an die fünfhundert Pfund verloren hatte, war hocherfreut über den Kompromiß.

»Und was ist mit Mac?« fragte Hemstead. »Soll der alles verlieren?«

»Ich bitte um Vergebung, Pfuscher. Ich bin überzeugt, daß du's gut meinst«, gab der Ire zuück, »aber du solltest deinen Brotladen besser halten, denn ich bin nicht diese Art von Mann. Wenn ich das Gefühl hätte, dieses Geld wäre auf faire Weise gewonnen, dann gäb's hier keine Seele, die's mir nehmen könnte. Aber ich hab's so aufgefaßt, daß das alles nur zum Spaß war; das war mein Irrtum, siehst du; aber auf der Insel hier gibt's keinen, der groß genug wäre, um meiner Mutter Sohn etwas zu schenken. Also da hast du meine Meinung dazu, Pfuscher, und du kannst sie in die Tasche stecken, bis sie verlangt wird.«

»Ich muß schon sagen, Mac, Sie sind ein Gentleman«, sagte Carthew, während er ihm half, seinen Gewinn in die Schatzkiste zu schaufeln.

»Davor braucht sich kein Teufel fürchten, Sir! Nur ein versoffener Matrose«, erwiderte Mac.

Der Kapitän war eine Weile mit dem Gesicht in den Händen dagesessen; jetzt erhob er sich mechanisch, bebend und stolpernd wie ein Trinker nach einer Sauftour. Doch noch im Aufstehen veränderte sich sein Gesichtsausdruck, und seine Stimme schallte über die Insel: »Segel ahoi!«

Alle wandten sich bei dem Ruf um, und was da im wilden Licht des Morgens direkt auf das Riff von Midway zuhielt, war die Brigg *Flying Scud* aus Hull.

Kapitel XXIV

Ein harter Handel

Das Schiff, das nun also vor den Schiffbrüchigen erschien, war lang über den Ozean »getrampt«, von einem Hafen zum anderen gewandert je nach der angebotenen Fracht. Vor zwei Jahren hatte es London verlassen, über das Kap der Guten Hoffnung, Indien und den Archipel; und war jetzt unterwegs nach San Francisco in der Hoffnung, sich rund ums Kap Horn heimwärts zu arbeiten. Der Kapitän war ein gewisser Jacob Trent. Vor zirka fünf Jahren hatte er sich zur Ruhe gesetzt, mit einem Häuschen in der Vorstadt, einem kleinen Gemüsegarten, einem Einspänner und für den Zeitvertreib etwas, das er eine Bank nannte. Der Name war offenbar irreführend. Wer borgen wollte, pflegte im vorderen Teil des Geschäftes Kunst- oder Gebrauchsgegenstände zu wählen; Zuckerhüte und Ballen von feinem Wollstoff blieben hier als Pfand; und zu den Aufgaben des Managers gehörte es unter anderem, daß er an Samstagabenden in seinem Einspänner von einem Kleinhändler zum anderen fuhr und überall den Großteil der wöchentlichen Gewinne abkassierte. Es war also ein aktives Leben, das er führte, und für einen Mann vom Typus einer Ratte erfüllt von verborgnen Freuden. Doch ein unerwarteter Verlust, eine Gerichtsverhandlung und der unintelligente Kommentar eines Richters trugen alle dazu bei, ihm dieses Geschäft zu vermiesen. Ein außergewöhnlicher Zufall bescherte mir das Glück, in einer alten Zeitung einen Bericht über den Prozeß *Lyall* gegen *The Cardiff Mutual Accomodation Banking Co.* zu finden. »Ich gestehe, daß ich die Natur dieses Unternehmens nicht im geringsten begreife«, hatte der Richter bemerkt, während er Trent als Hauptbeschuldigten verhörte; und etwas später, nach weiteren Informationen: »Sie nennen es eine Bank«, hatte er geäußert, »aber mir kommt es eher wie eine nicht genehmigte Pfandleihe vor«; und er endete mit der beleidigenden Behauptung: »Mr. Trent, ich muß Sie warnen; wenn Sie nicht sehr vorsichtig sind, dann sehen wir uns bald wieder.« Der Kapitän brauchte weniger als eine Woche, um nicht nur seine Bank abzustoßen, sondern auch Häuschen, Kutsche und Pferd; und ging darauf wieder zur See, mit der *Flying Scud*, wo er mit Erfolg und zur höchsten Zufriedenheit der Eigner werkte. Aber der Ruhm hing ihm nach; er sei nur ein einfacher Seemann, sagte er, erlaubte aber keinem lange zu vergessen, daß er einmal auch Bankier gewesen war.

Elias Goddedaal, sein Maat, war ein riesiger Wikinger von Mann, sechs Fuß drei Zoll und entsprechend massig, stark, nüchtern, fleißig, musikalisch und sentimental. Ohne Unterbrechung quollen schwedische Melodien aus ihm hervor, hauptsächlich in Moll. Er hatte neun Dollar gezahlt, um Patti zu hören; für Nilsson ein Schiff und Heuer für zwei Monate stehenlassen; und war jederzeit bereit, für ein gutes Konzert zehn Meilen, für ein einigermaßen vernünftiges Stück sieben Meilen weit zu gehen. An Bord hatte er drei Schätze: einen Kanarienvogel, eine Conzertina und eine fast unleserliche Ausgabe von Shakespeares Werken. Er hatte die besondere skandinavische Gabe, sich auf den ersten Blick Freunde zu machen; eine elementare Unschuld empfahl ihn; er war ohne Furcht, ohne Tadel und ohne Geld oder die Hoffnung, welches zu erwerben.

Holdorsen war zweiter Maat und schlief achtern, aß aber meistens vorne mit der Mannschaft.

Ein weiteres Mitglied der Crew bleibt in Erinnerung. Es war dies ein Matrose vom Clyde mit Namen Brown; ein kurzer, dunkler, stämmiger Typ mit Hundeaugen, außerordentlich sanft und gutmütig, der sich ohne zu murren von einem einzigen Laster über Ozeane und durch Städte treiben ließ. »Der Suff ist mein Problem, wissen Sie«, sagte er schüchtern zu Carthew; »und um so mehr muß ich mich schämen, als ich doch aus einer sehr anständigen Familie komme, aus Bowling, unten am Wasser.« Der Brief, der Nares so gerührt hatte, falls der Leser sich daran erinnert – dieser Brief war an Brown gerichtet.

Das also war das Schiff, das Freude in der Brust unserer Schiffbrüchigen hervorrief. Nach ihrer Erschöpfung und den viehischen Aufregungen der durchspielten Nacht raubte ihnen die nahende Rettung jetzt jegliche Fassung. Ihre Hände zitterten, ihre Augen glänzten, sie lachten und schrien wie Kinder, während sie ihr Lager räumten; und als einer *Marching through Georgia* zu pfeifen anfing, da wurde der Rest, mit tausend Unterbrechungen, zu diesen martialischen Klängen fertig gepackt. Aber Wicks' harter Kopf war nur zum Teil verdreht.

»Kinder«, rief er, »nur nicht den Kopf verlieren! Wir gehen an Bord eines Schiffs, von dem wir überhaupt nichts wissen; wir haben eine Kiste voller Münzgeld, und bei dem Gewicht können wir's nicht verleugnen. Nehmen wir einmal an, da ist was faul; nehmen wir an, es steckt eine Art von Bully Hayes dahinter! Ich bin der Auffassung, daß wir unsere Pistolen zur Hand haben sollten.«

Außer Hemstead besaß jeder in unserer Mannschaft irgendein Schießeisen; diese wurden nun demgemäß geladen und an der eigenen Person verstaut, und dann fuhr man mit ungebrochener Begeisterung mit dem Packen fort. Die Sonne stand noch keine zehn Grad über der östlichen See, die Brigg war nahe heran und beigedreht; und schon ließen sie ein Boot zu Wasser und ruderten schnell und unter lauten Rufen auf die Durchfahrt zu.

Draußen blies ein frischer Wind auf einer bewegten See. Die Gischt sprühte den Ruderern ins Gesicht. Über der *Flying Scud* sahen sie jetzt den Union Jack wehen, die Crew drängte sich an der Reling, der Koch stand in der Kombüsentür, der Kapitän mit Tropenhelm und Fernglas auf seinem Achterdeck. Und die ganze vertraute Atmosphäre, Komfort, Gesellschaft und Sicherheit des Schiffs, das mit jedem Ruderschlag näherrückte, brachte sie vor Freude fast um den Verstand.

Wicks war der erste, der die Leine erwischte und damit an Bord hochkletterte; helfende Hände packten ihn, als er auftauchte, und zogen ihn über die Reling.

»Kapitän, Sir, wie ich annehme?« sagte er, zu dem harten alten Mann im Tropenhelm gewandt.

»Kapitän Trent, Sir«, gab der alte Herr zurück.

»Schön, ich bin Kapitän Kirkup, und das ist die Mannschaft der *Currency Lass*, Schoner aus Sydney, am 28. Januar auf See entmastet.«

»Ay, ay«, erwiderte Trent. »Na, jetzt sind Sie in Sicherheit. Ihr Glück, daß ich Ihr Signal sah. Ich hatte keine Ahnung, daß wir so nah an dieser scheußlichen Insel waren, da muß es irgendwo eine südliche Strömung geben; und als ich heut' morgen um acht Glasen an Deck hochkam, da dachte ich, ein Schiff stünde in Flammen.«

Man war übereingekommen, daß die anderen, während Wicks an Bord des Schiffs ging und seine Aufwartung machte, im Walboot bleiben und auf den Schatz aufpassen sollten. Eine Talje wurde zu ihnen hinuntergelassen und die unschätzbare Kiste daran befestigt, und darauf kam der Befehl zum Hieven. Doch das unerwartete Gewicht ließ den Mann an der Talje innehalten; zwei weitere rannten hin, um sich dranzuhängen und ihm zu helfen; und jetzt stach die Sache Trent ins Auge.

»Volle Kraft!« rief er scharf; und dann zu Wicks: »Was ist denn das? Ich kann mich nicht erinnern, daß eine Kiste je so viel gewogen hätte.«

»Das ist Geld«, sagte Wicks.

»Das ist was?« schrie Trent.

»Münzgeld«, rief Wicks, »aus dem Wrack gerettet.«

Trent sah ihm scharf ins Gesicht. »Hier, lassen Sie die Kiste wieder runter, Mr. Goddedaal«, befahl er, »stoßen Sie das Boot ab und machen Sie es mit einer Leine achtern fest.«

»Ay, ay, Sir«, kam es von Goddedaal.

»Was zum Teufel stimmt denn nicht?« fragte Wicks.

»Nichts, hoffe ich«, gab Trent zurück. »Aber Sie müssen zugeben, es ist irgendwie merkwürdig, wenn mitten im weiten Ozean ein Boot mit einer halben Tonne Münzgeld auftaucht – und alle Mann bewaffnet«, fügte er hinzu, auf Wicks' Taschen deutend. »Ihr Boot bleibt gemütlich achtern liegen, während Sie mit mir runterkommen und sich ordnungsgemäß ausweisen.«

»Na, wenn's nur das ist!« sagte Wicks. »Mein Logbuch und die Papiere sind vollkommen in Ordnung; bei uns ist nichts faul.« Und seinen Freunden im Boot zurufend, sie möchten sich nur etwas gedulden, wandte er sich um und folgte Kapitän Trent.

»Hier lang, Kapitän Kirkup«, sagte letzterer. »Und nehmen Sie mir meine Vorsicht nicht übel; es ist nicht bös' gemeint; aber diese chinesischen Flüsse zehren an den Nerven. Ich will nichts anderes als mich überzeugen, daß Sie der sind, der Sie zu sein behaupten; das ist nur meine Pflicht, Sir, und nichts anderes würden Sie unter den Umständen tun. Ich war nicht immer Kapitän: ich war einmal Bankier, und ich sag' Ihnen, das ist ein Beruf, wo man die Vorsicht lernt. Da heißt's auf Wind und Wetter achten, bis zum Samstagabend.« Und mit trokkener, geschäftsmäßiger Jovialität brachte er eine Flasche Gin zum Vorschein.

Die Kapitäne prosteten einander zu; die Papiere wurden überprüft; die Geschichte von Topelius und der Fracht fand offene Ohren und festigte ihre Bekanntschaft. Auf Trents Mißtrauen, endlich besänftigt, folgte ein Anfall tiefer Nachdenklichkeit, währenddessen er lethargisch und mit strengem Blick dasaß und auf den Tisch trommelte.

»Noch was?« fragte Wicks.

»Wie sieht's denn drinnen aus?« erkundigte sich darauf Trent, so plötzlich, als hätte Wicks eine Springfeder berührt.

»Die Lagune ist ganz ordentlich – ein paar Untiefen, aber nicht der Rede wert«, antwortete Wicks.

»Ich würde eigentlich ganz gern hineinfahren«, sagte Trent. »In China wurde ich frisch aufgetakelt; das hat schlimm nachgereckt, ich fürchte schon für meine Spieren. Das könnten wir in einem Tag so gut wie neu hinkriegen. Ich nehme doch an, Ihre Crew würde uns dabei helfen?«

»Na, wir zeigen Ihnen, was wir können!« sagte Wicks.

»Gut, dann also los«, schloß Trent. »Was du heute kannst besorgen, das verschiebe nicht auf morgen.«

Sie kehrten an Deck zurück; Wicks rief seiner Mannschaft die Neuigkeiten hinunter; das Vormarssegel wurde wieder gefüllt, die Brigg lief flott in die Lagune, das tanzende Walboot in ihrem Kielwasser, und ließ noch vor acht Uhr vor Middle Brooks Island einen Anker fallen. Darauf kamen die Schiffbrüchigen an Bord, Frühstück wurde serviert, das Gepäck an Bord gehievt und im Mitteldeck verstaut, und alle Mann machten sich an die Arbeit in der Takelage. Die Arbeit dauerte den ganzen Tag, und die beiden Mannschaften suchten einander an Arbeitseinsatz zu übertrumpfen. Das Mittagessen wurde wieder an Deck serviert, den Offizieren im Schatten des Besansegels, die Mannschaften verbrüderten sich auf dem Vorschiff. Trent schien bei allerbester Laune, ließ der ganzen Besatzung Grog ausschenken, öffnete eine Flasche Kap-Wein für den Achtertisch und unterhielt seine Gäste mit vielen Schnurren aus dem Leben eines Financiers in Cardiff. Er war vierzig Jahre lang zur See gefahren, hatte fünfmal Schiffbruch erlitten, war einmal neun Monate lang Gefangener eines Pfeffer-Rajahs gewesen, hatte an Feuergefechten in chinesischen Flüssen teilgenommen; doch das einzige, wovon er wirklich gern erzählte, das einzige, worauf er stolz war oder mit dem er Fremde unterhalten zu können glaubte, war seine Laufbahn als Geldverleiher in den Slums einer englischen Hafenstadt.

Die Nachmittagsschicht war der Besatzung der *Currency Lass* schon fast zuviel. Von Schlaflosigkeit und Aufregung vollkommen erschöpft, lagen in den letzten Stunden dieser anstrengenden Beschäftigung ihre Nerven bereits bloß, und als Trent endlich mit dem Zustand seiner Takelage zufrieden war, warteten sie begierig auf den Befehl zur Abfahrt. Doch der Kapitän schien nicht in Eile. In tiefes Nachdenken versunken, schritt er bedächtig auf und ab. Dann rief er Wicks zu sich.

»Sie sind doch eine Art Firma, nicht, Kapitän Kirkup?« erkundigte er sich.

»Ja, jeder an Bord hat Anteile«, war die Antwort.

»Also dann hätten Sie wohl nichts dagegen, wenn ich Sie alle zusammen zu mir in die Kabine zum Tee bitte?« fragte Trent.

Wicks war verblüfft, konnte aber natürlich nichts einwenden; und etwas später setzten sich die sechs Currency Lass-Männer mit Trent und Goddedaal zu Tisch, zu einer Brotzeit mit Orangenmarmelade, Butter, Toast, Sardinen, Zunge in Dosen und dampfendem Tee. Das Essen war nicht besonders, und ich zweifle nicht, daß Nares darüber geschimpft hätte, aber den Schiffbrüchigen schien es wie Manna. Goddedaal bediente sie mit einer Freundlichkeit, die noch weit über Höflichkeit hinausging, einer Freundlichkeit wie die einer alten ehrlichen Bäuerin auf ihrem Bauernhof. Später erinnerten sie sich, daß Trent sich kaum beteiligt hatte, sondern in Gedanken versunken dasaß und die Anwesenheit seiner Gäste anfallsweise zu bemerken und dann wieder zu vergessen schien.

Jetzt richtete er das Wort an den Chinesen.

»Raus mit dir!« sagte er und sah ihm nach, bis er im Niedergang verschwunden war. »Also, meine Herren«, fuhr er fort, »soviel ich begriffen habe, sind Sie als Crew eine Art Aktiengesellschaft, deshalb habe ich Sie alle heruntergebeten; denn es gibt einen Punkt, den ich geklärt haben möchte. Sie sehen, was für eine Art von Schiff das ist – ein gutes Schiff, auch wenn ich's selbst sage; und Sie sehen auch, was das für Rationen sind – gut genug jedenfalls für Matrosen.«

Reihum zustimmendes Gemurmel; aber die Neugier auf das, was noch kommen sollte, verhinderte die Formulierung einer Antwort.

»Also«, fuhr Trent fort, machte dabei Brotkügelchen und starrte auf die Mitte des Tisches, »ich bin natürlich froh, daß ich Ihnen die Passage nach Frisco anbieten kann; ein Seemann muß dem andern helfen, das ist mein Motto. Aber umsonst ist nur der Tod, und der kostet das Leben.« Er stieß ein kurzes, freudloses Lachen aus. »Ich habe nicht vor, durch mein Entgegenkommen zu verlieren.«

»Das ist auch unsere Ansicht, Kapitän«, sagte Wicks.

»Wir zahlen selbstverständlich jeden vernünftigen Preis«, fügte Carthew hinzu.

Bei diesen Worten stieß ihn Goddedaal, der neben ihm saß, mit dem Ellbogen an, und die beiden Maate wechselten einen bedeutungsvollen Blick. In dieser lautlosen Sekunde wurde der Charakter Kapitän Trents signalisiert und das Signal verstanden.

»Vernünftig?« wiederholte der Kapitän der Brigg. »Ja, darauf hab' ich gewartet. Vernunft ist eine Sache zwischen zweien, hier aber ist nur einer. Ich bin der Richter; ich bin die Vernunft. Wenn Sie einen Vorschuß möchten, müssen Sie dafür zahlen« – hastig verbesserte er sich selbst – »wenn Sie eine Passage in meinem Schiff möchten, müssen Sie meinen Preis zahlen«, sagte er statt dessen. »Das, glaube ich, nennt man Geschäft. Nicht ich brauche Sie – Sie brauchen mich.«

»Gut, Sir«, sagte Carthew, »und was ist Ihr Preis?«

Der Kapitän rollte Brotkügelchen. »Wenn ich wäre wie ihr«, sagte er, »als euch der Händler auf den Gilberts in die Hände fiel, da würde ich euch vielleicht überraschen. Dort hattet ihr eure Chance; mir scheint, jetzt hab' ich meine. Einmal der eine, einmal der andere, das ist nur fair. Ihr hattet ja auch kein Erbarmen mit dem Gilberts-Händler!« rief er plötzlich laut und schneidend. »Nicht daß ich's euch vorwerfe. In der Liebe und im Geschäft ist alles erlaubt«, und wieder lachte er sein kurzes, frostiges Lachen.

»Nun, Sir?« fragte Carthew ernst.

»Nun, das Schiff ist meines, oder nicht?« fragte er scharf.

»Nun, das hätt' ich auch gedacht«, bemerkte Mac.

»Ich sage, es ist meines, Sir!« wiederholte Trent, wie jemand, der sich gern in Zorn reden möchte. »Und ich sage euch allen, wenn ich so habgierig wäre wie ihr, dann würde ich alles nehmen. Aber da sind zweitausend Pfund, die euch nicht gehören, und ich bin schließlich ein ehrlicher Mann. Gebt mir eure zweitausend, dann bringe ich euch an die Küste und setze jeden Mann in Frisco mit fünfzehn Pfund in der Tasche an Land, und den Kapitän mit fünfundzwanzig.«

Goddedaal legte seinen Kopf auf den Tisch wie ein Mann, der sich schämt.

»Sie scherzen«, rief Wicks, purpurrot im Gesicht.

»Soo?« sagte Trent. »Bitte, wie Sie wollen. Sie müssen ja nicht. Dieses Schiff gehört mir, aber dort ist Brooks Island, was mir nicht gehört, und dort können Sie von mir aus liegenbleiben, bis Sie hin sind.«

»Das ist mehr, als Ihre ganze besch- Brigg wert ist!« rief Wicks.

»Das ist jedenfalls mein Preis«, gab Trent zurück.

»Und Sie würden uns wirklich an Land setzen, damit wir dort verhungern?« rief Tommy.

Kapitän Trent lachte zum dritten Mal. »Verhungern? Das möchte ich sehen«, sagte er. »Ich verkaufe Ihnen so viel Proviant, wie Sie wollen, aber mit anständigem Profit.«

»Bitte um Vergebung, Sir«, sagte Mac, »aber mein Fall ist ganz apart. Ich arbeite für die Überfahrt; ich hab' keinen Anteil an den zweitausend Pfund und auch nichts in meiner Tasche; und so würde ich denn gern wissen, was Sie mir zu sagen haben?«

»Ich bin kein harter Mann«, erwiderte Trent. »Von mir aus macht das keinen Unterschied. Ich nehme Sie mit den anderen, nur bekommen Sie natürlich keine fünfzehn Pfund.«

Die Unverschämtheit war so unfaßbar, so unerhört, daß alle tief Atem holten und Goddedaal das Gesicht hob und seinem Vorgesetzten streng ins Auge blickte.

Aber Mac war nicht auf den Mund gefallen. »Und Sie nennen sich wahrscheinlich einen britischen Seemann, was? Die Pest in Ihre Gedärme!« rief er.

»Noch so ein Wort, und ich lasse Sie in Eisen schließen!« sagte Trent, dem dieser Widerstand höchst gelegen kam.

»Und wie vertreibe ich mir derweil die Zeit?« fragte Mac. »Und das noch dazu nach der Arbeit an Ihrer Takelage! Sie alter Mops, Sie haben nicht so viel Manieren wie ein Mistkäfer, ich muß Sie Mores lehren.«

Bei dieser Drohung hob er nicht einmal die Stimme; keiner der Anwesenden, Trent wohl als allerletzter, erwartete das, was folgte. Der Ire zog seine Hand plötzlich unter dem Tisch hervor, auf der Handfläche ein aufgeklapptes Taschenmesser balancierend; das war eine Bewegung, so schnell wie die eines Zauberkünstlers; Trent sprang halb auf die Füße, drehte sich dabei ein wenig, um dem Tisch auszuweichen, und diese Bewegung war sein Unglück. Das Wurfgeschoß traf ihn in die Halsschlagader: er fiel vornüber, und sein Blut spritzte zwischen dem Geschirr aufs Tischtuch.

Die Plötzlichkeit von Attacke und Katastrophe, der sekundenschnelle Wechsel vom Frieden zum Krieg und vom Leben zum Tod hielt alle Mann wie gebannt. Doch nur einen Augenblick saßen alle rund um den Tisch und starrten offenen Mundes auf den hingestreckten Kapitän und das ausfließende Blut. Im nächsten Moment sprang Goddedaal auf die Füße, packte den Stuhl, auf dem er gesessen war, schwang ihn hoch in der Luft, als wäre er vollkommen von Sinnen, und röhrte dabei, daß den Männern die Ohren dröhnten. Bei den Currency Lass-Männern war kein Gedanke an Kampf; keiner zog seine Waffe; alle drängten sich hilflos vor dem skandinavischen Berserker zusammen. Sein erster Schlag sandte Mac mit einem gebrochenen Arm zu Boden. Sein zweiter schlug Hemstead das Gehirn zu Brei. Er wandte sich von einem zum anderen, drohend, trompetend wie ein verwundeter Elefant, in rasendem Zorn triumphierend. Aber in der Ekstase seiner Kampfeswut fehlte es ihm an Überlegung, an Vernunft; und er verzichtete auf die Vervollkommnung seines Sieges und ließ statt dessen neue Schläge auf den leblosen Hemstead niederprasseln, bis der Stuhl zerbrach und die Kabine von diesem Lärm widerhallte. Der Anblick dieser post-mortalen Grausamkeit erweckte in Carthew den Überlebenswillen, und sein Revolver war in seiner Hand, er hatte gezielt und gefeuert, bevor er's überhaupt wußte. Der ohrenbetäubende Knall des Rückschlags wurde von einem Schmerzensschrei begleitet; der Koloß hielt inne, schwankte, taumelte und fiel der Länge nach auf die Leiche seines Opfers.

In dem schlagartigen Schweigen, das darauf folgte, drang das Geräusch von laufenden Füßen ans Ohr, auf dem Deck und durch den Niedergang; und ein Gesicht, das des Matrosen Holdorsen, erschien unterhalb der Schotten in der Kabinentür. Carthew zertrümmerte es mit einem zweiten Schuß, denn er war ein Scharfschütze.

»Pistolen!« rief er und rannte durch den Niedergang, gefolgt von Wicks, Tommy und Amalu. Sie trampelten über die Leiche von Holdorsen und flogen die Stiegen hinauf in den dämmerigen Brand eines Sonnenuntergangs, so rot wie Blut. Zahlenmäßig waren sie einander ebenbürtig, aber die Flying Scuds dachten nicht an Verteidigung, sondern flohen wie ein Mann zur Backluke,

Brown als erster; er verschwand unverletzt im Laderaum; der Chinese folgte Kopf voran mit einer Kugel in der Seite; und die anderen kletterten in die Takelage.

In grimmiger Gelassenheit planten Wicks und Carthew die Fortsetzung des Kampfes. Sie postierten Tommy am Fockmast und Amalu am Großmast, wo sie Masten und Wanten bewachen sollten, gingen selbst aufs Mitteldeck, leerten eine Schachtel mit Patronen und füllten die Kammern. Die armen Teufel oben im Gestänge jammerten laut um Erbarmen. Aber die Stunde des Erbarmens war vorüber; der Kelch war gebraut und mußte bis zum bitteren Ende geleert werden; da so viele schon gefallen waren, mußten alle fallen. Das Licht war schlecht, die billigen Revolver versagten immer wieder oder trafen weit daneben, die schreienden Jammergestalten drückten sich flach gegen die Masten und Rahen oder versteckten sich in den hängenden Segeln. Das furchtbare Werk dauerte lange, doch endlich war's getan. Hardy der Londoner wurde in der Fock-Oberbramrah erschossen und hing gräßlich verzerrt im Geitau. Wallen, der zweite, brach sich das Kinn an der Saling des Großbramsegels und baumelte brüllend, bis ihn ein zweiter Schuß auf Deck holte.

Das war schlimm genug, doch es kam noch schlimmer. Da war immer noch Brown in der Vorpiek. Tommy bekam einen Heulanfall und bettelte um dessen Leben. »Ein Mann kann uns doch nicht gefährlich werden«, schluchzte er. »Wir können nicht so weitermachen. Ich sprach mit ihm beim Essen. Er ist so ein netter kleiner Kerl. Das kann man nicht tun. Niemand kann dort hinein und ihn umbringen. Das ist zu verdammt böse.«

Tommys Bitten konnte der Unselige unten im Laderaum wahrscheinlich mithören.

»Wenn nur einer überlebt, müssen wir alle hängen«, sagte Wicks. »Brown geht denselben Weg.« Der große Mann war totenblaß und zitterte wie Espenlaub; und kaum hatte er das gesagt, beugte er sich über die Schiffsseite und erbrach sich.

»Wenn wir warten, bringen wir es nie fertig«, sagte Carthew. »Jetzt oder nie«, und damit ging er zur Luke.

»Nein, nein, nein!« heulte Tommy und klammerte sich an seine Jacke.

Aber Carthew schleuderte ihn fort und kletterte die Leiter hinunter, und vor Ekel und Scham wurde ihm ganz übel. Der Chinese lag am Boden, noch immer stöhnend; in dem Raum war es stockfinster.

»Brown!« rief Carthew, »Brown, wo bist du?«

Das Herz schmerzte ihn wegen dieser falschen heimtückischen Anrede, aber es kam keine Antwort.

Er tastete in den Kojen herum: sie waren alle leer. Dann stolperte er vorwärts in die Vorpiek, die mit Taurollen und anderem Krimskrams vollgeräumt war.

»Brown!« sagte er noch einmal.

»Hier, Sir«, antwortete eine zitternde Stimme; und der arme unsichtbare Kerl rief ihn beim Namen und sprudelte aus der pechschwarzen Finsternis eine endlose, wortreiche Bitte um Erbarmen. Nur aus einem Gefühl der Gefahr heraus hatte Carthew es gewagt, das Vorschiff zu betreten; und hier war der Feind und jammerte und flehte wie ein verschrecktes Kind. Sein demütiges »Hier, Sir«, seine schrecklich geschwätzige Beschwörung machte den Mord noch zehnmal abstoßender. Zweimal hob Carthew die Pistole, einmal drückte er mit ganzer Kraft (oder glaubte es zu tun) den Abzug, aber keine Explosion folgte; doch damit war's mit seiner Courage endgültig vorbei, und er wandte sich und floh vor seinem Opfer.

Wicks hockte an der vorderen Luke, wandte ihm das Gesicht eines Siebzigjährigen zu, in seinen Augen stand eine unausgesprochene Frage. Carthew schüttelte den Kopf. Mit der Haltung eines zum Galgen Schreitenden erhob sich Wicks, ging zur Luke und stieg hinunter. Brown dachte, das sei Carthew, der zurückkäme, kroch aus seinem Versteck und brach in eine weitere unzusammenhängende flehentliche Bitte aus. Wicks leerte seinen Revolver in Richtung der Stimme, die darauf in mausartiges Wimmern und Stöhnen überging. Dann folgte Schweigen, und der Mörder rannte wie ein Besessener auf Deck.

Die anderen drei waren jetzt an der Luke versammelt, und Wicks nahm neben ihnen Platz, ohne daß Fragen gestellt oder Antworten gegeben wurden. Sie saßen eng nebeneinander, wie Kinder in der Dunkelheit, und schüttelten einander mit ihrem Zittern. Es wurde immer dunkler; und nichts war zu hören außer dem Schlagen der Brandung und dem gelegentlichen Schluckauf eines Schluchzers von Tommy Hadden.

»Gott, wenn ein anderes Schiff käme!« rief Carthew plötzlich.

Wicks fuhr hoch, blickte in die Takelage, wie das jeder Seemann tut, und schauderte, als er die an der Oberbramrah hängende Gestalt erblickte.

»Wenn ich raufklettere, fall' ich runter«, sagte er einfach. »Ich bin fertig.«

Amalu meldete sich freiwillig, kletterte hinauf bis an die Spitze, suchte den kaum noch erkennbaren Horizont ab und verkündete, es sei nichts zu sehen.

»Nur kein Risiko«, sagte Wicks. »Wir können nicht schlafen...«

»Schlafen!« echote Carthew; und es schien, als würde Shakespeares gesamter Macbeth im Galopp durch sein Bewußtsein rasen.

»Schön, wir können hier nicht sitzen und tratschen«, sagte Wicks, »bevor wir nicht das Schiff geputzt haben; und ich kann nicht anfangen, wenn ich keinen Gin bekomme, und der Gin ist in der Kabine, und wer wird ihn holen?«

»Ich«, sagte Carthew, »falls jemand von euch Streichhölzer hat.«

Amalu reichte ihm eine Schachtel, und damit ging er nach achtern, den Niedergang hinunter in die Kabine, und stolperte dabei über Leichen. Dann zündete er ein Streichholz an, und sein Blick fiel in zwei lebendige Augen.

»Na?« fragte Mac; er war's, der unter den Trümmern der Kabine überlebt hatte.

»Es ist vorbei; alle sind tot«, antwortete Carthew.

»Jesus!« sagte der Ire und verlor das Bewußtsein.

Der Gin fand sich in der Kabine des toten Kapitäns, wurde an Deck gebracht, wo jedermann einen tiefen Zug tat und dann an seine Aufgabe ging. Die Nacht war da, der Mond würde erst in einigen Stunden aufgehen; an der Hauptluke wurde ein Licht aufgestellt, in dessen Schein Amalu die Decks abwusch; Holdorsen, Hemstead, Trent und Goddedaal wurden zuerst weggeräumt, letzterer atmete noch, als er über Bord kollerte; Wallen folgte; und dann kletterte Wicks, vom Gin gefestigt, mit einem Bootshaken in die Rahen und machte damit Hardy los. Der Chinese war als letzter dran; er schien verwirrt, redete laut in seiner unbekannten Sprache, als sie ihn heraufbrachten, und erst mit dem Aufplatschen des schnell versinkenden Körpers hörte das Geschnatter auf. Brown ließ man in Ruhe, da waren sich alle einig. Das konnte man von keinem mehr verlangen.

Die ganze Zeit hindurch hatten sie unverdünnten Gin wie Wasser getrunken; drei Flaschen standen an verschiedenen Stellen offen da, an keiner ging man ohne einen Schluck vorüber. Tommy sank am Großmast zusammen; Wicks fiel an der Heckleiter aufs Gesicht und rührte sich nicht mehr; Amalu war unbemerkt verschwunden. Carthew war der letzte auf den Beinen: schwankend stand er am Heck, und die Laterne, die er noch immer hielt, schwankte mit ihm. Sein Kopf dröhnte; Gedankenfetzen durchschwärmten ihn; Erinnerungen an die Verbrechen dieses Tages flackerten in ihm auf und erstarben wieder, wie das Licht einer Lampe in starker Zugluft. Und dann hatte er die Eingebung eines Betrunkenen.

»So etwas darf nicht mehr vorkommen«, dachte er und stolperte noch einmal hinunter.

Die Abwesenheit der Leiche Holdorsens ließ ihn erstarren, er blieb stehen und starrte auf den leeren Boden, doch dann erinnerte er sich und lächelte. Aus dem Raum des Kapitäns holte er die offene Kiste mit einem Dutzend und drei Flaschen Gin, stellte die Laterne hinein und schritt vorsichtig voran. Mac war wieder bei Bewußtsein; sein Blick verstört, sein Gesicht vor Schmerz verzerrt und von Fieber gerötet; und Carthew fiel ein, daß niemand sich um ihn gekümmert hatte, daß er hier hilflos lag und die ganze Nacht liegen würde, verletzt, vielleicht sterbend. Doch jetzt war's zu spät; die Vernunft hatte dieses schweigende Schiff verlassen. Wieder an Deck zu gelangen, das war alles, worauf Carthew hoffen konnte; der tragische Betrunkene warf dem Unglücklichen einen mitleidigen Blick zu, nahm seinen Weg den Niedergang hinauf in Angriff, ließ die Kiste über Bord plumpsen und fiel selbst hilflos in die Speigatten.

Kapitel XXV

Ein schlechter Handel

Mit der ersten Farbe im Osten erwachte Carthew und setzte sich auf. Eine Weile starrte er auf die rollenförmige Morgenbank und die Spieren und das hängende Segeltuch der Brigg wie jemand, der in einem fremden Bett erwacht, mit der einfachen Verwunderung eines Kindes. Vor allem begriff er nicht, wie ihm geschah, was er verloren hatte, welche Unbill ihm zugefügt worden war; irgend etwas hätte er übelnehmen sollen, das wußte er, doch er hatte es vergessen. Und dann rollte wie ein Fluß, der durch einen Damm brach, die Wahrheit in ihrer Ungeheuerlichkeit auf ihn zu: in seinem Gedächtnis wimmelte es von Worten und von Bildern, die er nie mehr vergessen sollte; und er sprang auf die Beine, stand einen Moment mit der Hand an der Stirne da und fing an, am

Niedergang hektisch auf und ab zu gehen. Im Gehen rang er die Hände. »Gott – Gott – Gott«, sagte er immer wieder, ohne Gedanken an Gebet, nur als Ausdruck höchster Qual.

Die Zeit mochte lang gewesen sein oder kurz, es waren vielleicht Minuten, vielleicht nur Sekunden, bevor er spürte, daß ihn jemand beobachtete, und er den Kapitän aufrecht dasitzen und ihn über das Heck hinweg anstarren sah; in seinen Augen eine merkwürdige Blindheit wie von Fieber, die Stirne in verstörten Runzeln verknotet. Kain sah sich selbst im Spiegel. Blitzschnell sahen sie einander an und blickten dann schuldbewußt zur Seite; und Carthew floh vor dem Auge des Komplizen und lehnte sich an die Heckreling.

Eine Stunde verging, der Tag wurde heller und die Sonne stieg empor und trank die Wolken fort: eine Stunde der Stille im Schiff, eine Stunde unbeschreiblicher Qual für die Leidenden. Browns flehendes Gestammel, die Schreie der Matrosen in der Takelage, Fetzen von Hemsteads Sangeskunst liefen in Carthews Vorstellung mit quälender Insistenz zusammen. Er verurteilte sich nicht, noch sprach er sich frei: er dachte nicht, er litt. In dem klaren Wasser, in das er starrte, wechselten die Bilder und wiederholten sich: Goddedaals berserkerhafte Wut; der blutrote Schein des Sonnenuntergangs, in dem sie ein Ende gemacht hatten; das Gesicht des brabbelnden Chinesen, als sie ihn über Bord warfen; das Gesicht des Kapitäns, vor ein paar Minuten erst aufgenommen, wie er von Trunkenheit zu Reu' erwachte. Und die Zeit verging, und die Sonne schwamm höher, und seine Seelenfolter ließ nicht nach.

Dann wurden viele Weissagungen erfüllt, und der Geringste der Verdammten brachte den anderen Linderung und Heilung. Amalu, ihr demütiger Kuli, erwachte (wie die anderen) mit Übelkeit im Körper und Verzweiflung in der Seele; doch in diesem simplen Geiste herrschte die Gewohnheit des Gehorsams; entsetzt über seine Verspätung begab er sich in die Kombüse, heizte ein und fing an, das Frühstück zu bereiten. Mit dem Scheppern des Geschirrs, dem Knistern des Feuers und der dünnen Rauchsäule, die gerade in die Luft stieg, ward der Bann gebrochen. Die Verdammten spürten unter ihren Füßen wieder das gute, trockene Land der Gewohnheit; begaben sich wieder ins altbekannte Schlepptau des Verstandes; fanden wieder zurück zu einem Gefühl des gesegneten Kreislaufs, der Wiederkehr alles Irdischen. Der Kapitän schöpfte einen Eimer Wasser und fing an, sich zu waschen. Tommy setzte sich auf, sah ihm eine Weile zu und folgte dann langsam seinem Beispiel; und Carthew erinnerte sich an die letzten Gedanken der vergangenen Nacht und eilte in die Kabine.

Mac war wach; hatte vielleicht nicht geschlafen. Über seinem Kopf zwitscherte Goddedaals Kanarienvogel schrill aus seinem Käfig.

»Wie geht's?« fragte Carthew.

»Mein Arm ist gebrochen«, gab Mac zurück; »aber das kann ich ertragen. Es ist dieser Ort, der mir zuviel wird. Ich wollte jetzt sowieso an Deck.«

»Bleiben Sie lieber, wo Sie sind«, sagte Carthew. »Oben ist es tödlich heiß, und kein Wind. Ich will hier wegwaschen, was –« Er hielt inne, suchte ein Wort für die grauenhafte Scheußlichkeit der Kabine, fand aber keines.

»Meiner Treu, da wär' ich Ihnen aber dankbar«, erwiderte der Ire. Er sprach demütig und sanft, wie ein krankes Kind mit seiner Mutter. Es war jetzt keine Gewalttätigkeit in dem gewalttätigen Mann; und als Carthew Eimer und Scheuerlappen und den Schwamm des Stewards holte und damit das Schlachtfeld zu säubern anfing, da sah Mac ihm zu, dann schloß er wieder die Augen und seufzte wie jemand, der einer Ohnmacht nahe ist. »Ich muß euch alle um Vergebung bitten«, fing er wieder an, »und am meisten bedrückt mich, daß ich euch ins Unglück brachte und dann nichts dazutun konnte, als es soweit war. Sie haben mir das Leben gerettet, Sir; Sie sind ein trefflicher Schütze.«

»Um Gottes willen, sprechen Sie nicht davon!« rief Carthew. »Darüber kann man nicht reden; Sie wissen nicht, wie es war. Hier unten, das war gar nichts; die haben doch gekämpft. An Deck – o mein Gott!« Und Carthew, den blutigen Schwamm ans Gesicht gepreßt, rang einen Augenblick mit einem Schreikrampf.

»Nur die Ruhe, Mr. Carthew. Jetzt ist's geschehen«, sagte Mac; »und Sie können Gott danken, daß Sie keine Schmerzen haben und nicht noch hilflos sind obendrein.«

Weder der eine noch der andere hatte dazu noch etwas zu sagen, und die Kabine war einigermaßen sauber, als die Schiffsglocke Carthew zum Frühstück rief. Tommy war inzwischen auch nicht faul gewesen; er hatte das Walboot längsseits gezogen und schon ein kleines Faß mit Rindfleisch hinuntergelassen, das er fertig angezapft an der Kombüsentüre fand; es war offensichtlich, daß er nur eins im Auge hatte – Flucht.

»Wir haben ein ganzes Schiff voll Proviant für uns«, sagte er. »Also wozu bleiben wir noch hier? Los, auf nach Hawaii. Ich bin schon bei den Vorbereitungen.«

»Mac hat einen gebrochenen Arm«, bemerkte Carthew; »wie soll er die Reise überstehen?«

»Ein gebrochener Arm?« wiederholte der Kapitän. »Das ist alles? Den richte ich ihm nach dem Frühstück ein. Ich dachte, er wäre tot wie die anderen. Der Wahnsinnige holte aus wie –« Und da, bei der Beschwörung ihres Kampfes, erstarb ihm die Stimme, und das Gespräch erstarb gleichfalls.

Nach dem Frühstück begaben sich die drei Weißen hinunter in die Kabine.

»Ich komme, um Ihren Arm einzurichten«, sagte der Kapitän.

»Bitte um Vergebung, Kapitän«, versetzte Mac; »aber das erste, was Sie tun müssen, ist, dieses Schiff auf See zu führen. Über meinen Arm sprechen wir nachher.«

»Oh, das hat keine Eile«, gab Wicks zurück.

»Wenn das nächste Schiff hereinsegelt, reden Sie anders!« erwiderte Mac.

»Aber es gibt doch auf der ganzen Welt nichts Unwahrscheinlicheres«, warf Carthew ein.

»Täuschen Sie sich nur nicht«, sagte Mac. »Wenn Sie ein Schiff brauchen, dann kommt sechs Jahre lang keines in Ihre Nähe; aber wenn nicht, dann können Sie Gift drauf nehmen, daß bald ein ganzes Geschwader hier erscheint.«

»Ja, das sage ich auch«, rief Tommy; »das nenne ich Vernunft! Richten wir das Walboot her, und fort mit uns!«

»Und was hält denn Kapitän Wicks von diesem Walboot?« fragte der Ire.

»Nichts, überhaupt nichts«, erklärte Wicks. »Wir haben unsere Füße auf einer smarten Brigg; das ist das einzige Walboot, das ich brauche.«

»Entschuldigung!« rief Tommy. »So etwas ist kindisch. Sicher, Sie haben eine Brigg, und was haben Sie davon? Sie können damit doch nirgendwohin fahren. In welchen Hafen möchten Sie denn einlaufen?«

»In den Hafen von Davy Jones's Locker, mein Sohn«, erwiderte der Kapitän. »Diese Brigg wird auf hoher See Schiffbruch erleiden. Ich kann Ihnen auch schon sagen, wo, und zwar etwa vierzig Meilen luvwärts von Kauai. Wir harren bei ihr aus, bis sie hinunter ist; und sobald die Masten unter Wasser sind, ist sie nicht mehr die *Flying Scud*, und wir haben nie von einer solchen Brigg gehört; es ist die Crew des Schoners *Currency Lass*, die dort im Boot an die Küste kommt und bei der ersten Gelegenheit zurück nach Sydney geht.«

»Guter Kapitän, das ist das erste Christenwort, das ich darüber höre!« rief Mac. »Und jetzt laßt meinen Arm Arm sein, mein Teurer, und schafft die Brigg hinaus.«

»Mac, ich hab's genauso eilig wie Sie selbst«, gab Wicks zurück; »aber es gibt nicht einmal genug Wind zum Fluchen. Also, her mit Ihrem Arm, und kein Wort mehr.«

Der Arm wurde eingerichtet und geschient; Browns

Leiche aus der Vorpiek geholt, wo sie steif und kalt lag, und den Wassern der Lagune übergeben; und eine grobe Säuberung der Kabine beendet. Das alles war bis Mittag erledigt; und es war drei vorbei, als wie auf Katzenpfoten ein leichtes Lüftchen die Lagune kräuselte; der Wind kam in trockenen Böen, die sich bald zu einer gleichmäßigen Brise entwickelten.

Die Wartezeit durchlitten alle in fieberhafter Ungeduld, einer der Gesellschaft aber in heimlicher, außerordentlicher Besorgnis. Kapitän Wicks liebte die Schratsegel des Schoners; mit einem Schoner konnte er einen schottischen Reel tanzen, er spürte sein Maul und ging auf seine Stimmung ein wie ein Reiter auf sein Pferd; der Schoner wiederum erkannte seinen Herrn und Meister und folgte seinen Wünschen wie ein Hund. Aber durch eine gar nicht so seltene Verkettung von Umständen war dieses Mannes Geschicklichkeit einseitig und begrenzt. An Deck eines Schoners war er Rembrandt oder (zumindest) Mr. Whistler; an Bord einer Brigg war er Pierre Grassou. Im Laufe dieses Vormittags hatte er sich immer wieder seine Taktik überlegt und seine Befehle durchgespielt; doch immer mit der gleichen Bedrücktheit und Verstimmung. Es war ein Ratespiel; alles hing vom Zufall ab; vielleicht verhielt das Schiff sich wie erwartet, vielleicht nicht: und wenn nicht, so stand er hilflos da, abgeschnitten von allen erprobten Zufluchtsmitteln, die er aus Erfahrung kannte. Wäre die ganze Mannschaft nicht so müde gewesen und hätte er nicht gefürchtet, seine Bedenken mitzuteilen, dann hätte er die Brigg aus der Lagune schleppen lassen können. Doch diese Gründe genügten, und er konnte also nichts anderes tun als alle möglichen Vorsichtsmaßnahmen ergreifen. Deshalb holte er Carthew nach achtern, erklärte voll ängstlicher Geduld, was hier zu tun war, und ging mit ihm zusammen die verschiedenen Schoten und Brassen durch.

»Ich hoffe, daß ich mir alles merke«, sagte Carthew. »Es kommt mir ziemlich verworren vor.«

»Es ist die blödeste Art von Takelung«, gab der Kapitän zu, »lauter verflixte Taschenschneuztücher! Und kein einziger Seemann an Deck! Ach, wenn es nur eine Brigantine wäre! Aber zum Glück ist die Durchfahrt ziemlich einfach; das Manövrieren kaum der Rede wert. Wir fahren vor dem Wind los und segeln so weiter, bis uns die Insel ins Gehege kommt; dann gehen wir an den Wind und machen so hart Südost wie möglich, bis wir auf Kurs sind; wenden dann und segeln auf Backbordbug 'raus. Haben Sie das begriffen?«

»Ja ja, ich sehe, worauf Sie hinauswollen«, erwiderte Carthew ziemlich bedrückt, worauf die beiden Unfähigen lange Zeit schweigend die komplizierten Anlagen über ihren Köpfen studierten.

Aber es kam die Zeit, da diese Vorübungen in die Praxis umzusetzen waren. Die Segel wurden gefiert, und alle Mann hievten den Anker kurzstag. Darauf wurde das Walboot klar gemacht, die oberen Marssegel und der Besan gesetzt, die Rahen angebraßt und das Besansegel nach Steuerbord geholt.

»Anker lichten, Mr. Carthew.«

»Anker ist los, Sir.«

»Klüver setzen.«

Das geschah, aber noch immer hing die Brigg fest wie unter einem Bann. Wicks, den Kopf voll vom Großsegel des Schoners, wandte sich jetzt dem Besan zu. Zuerst holte er das Segel dicht, dann gab er es wieder los, doch ohne Ergebnis.

»Geit das verdammte Zeug auf!« brüllte er schließlich mit rotem Gesicht. »Das hat ja überhaupt keinen Sinn!«

Und es war das allerletzte, was der arme Kapitän erwartet hätte, daß die Brigg, kaum hatte er den Besan aufgegeit, jetzt vor den Wind kam. Die Naturgesetze schienen ihm aufgehoben; er kam sich vor wie in einer Welt der Pantomimentricks; was die Ursache einer Erscheinung war, blieb ihm ebenso verborgen wie das wahrscheinliche Ergebnis irgendeiner Handlung. Um so mehr achtete er jedoch darauf, nicht auch noch die Nerven seiner Amateurgehilfen zu erschüttern. Er stand da mit einem Gesicht, das wie eine Fackel leuchtete, gab seine Befehle jedoch mit Gelassenheit; und meinte überhaupt, daß nun, da das Schiff in Fahrt war, auch seine Schwierigkeiten ein Ende hätten.

Die unteren Mars- und die Untersegel wurden gesetzt, worauf die Brigg übers Wasser zu laufen begann wie ein lebendiges Wesen; die Bugwelle schien zu singen und die Vögel flogen schreiend über ihre Spieren. Stück für Stück öffnete sich die Passage, zwischen den Brechern links und rechts auf dem Riff zeigte sich die blaue See; Stück für Stück rückte steuerbords der flache Ausläufer der Insel näher heran. Die Rahen wurden angebraßt, die Besanschot wieder angeholt; die Brigg war jetzt am Wind, legte sich ins Zeug, als würde es ernst, und lief bald so vorteilhaften Kurs, daß sie ihn beibehalten und mit einem einzigen Schlag aus der Lagune hätte segeln können.

Wicks nahm jetzt selbst das Ruder, stolzgeschwellt. Er schonte die Brigg nicht, gab ihr die Sporen und fing an, seine Kommandos zu bellen: »Klar zum Wenden! Helm in Lee. Los Vorschoten! Hol das Großsegel!« Und dann die fatalen Worte: »Das genügt mit dem Großsegel. Los, nach vorn, und Fockrahen herumholen!«

Einen Rahsegler zu wenden, dazu braucht es viel Können und ein schnelles Auge; und wer an die präzisen Reaktionen eines Schoners gewöhnt ist, geht mit einer Brigg fast immer viel zu hastig um. So war's auch jetzt. Der Befehl kam zu früh; die Marssegel standen plötzlich back; das Schiff war festgesegelt. Selbst jetzt hätten sie es durch ein Zurückdrehen des Steuers noch retten können. Doch schon der Gedanke an eine Rückwärtsbewegung, geschweige denn die Vorstellung, davon zu profitieren, lag dem Bewußtsein eines Schoner-Seemanns gänzlich fern. Statt dessen wollte Wicks schnell halsen, ein Manöver, zu dem es an Raum mangelte, und so fuhr die *Flying*

Scud um zirka zwanzig Minuten vor fünf auf einer Bank aus Sand und Korallen auf Grund.

Wicks konnte mit einem Rahsegler nicht umgehen, das hatte er jetzt bewiesen. Aber er war ein Seemann und geborener Menschenführer für alle praktischen Zwecke, dort wo kein Intellekt notwendig ist, sondern Augen im Kopf und ein Herz unter der Jacke ausreichen. Bevor die anderen das Unglück überhaupt erfaßten, bellte er bereits neuerliche Ordern, ließ die Segel aufgeien und nahm rund um das Schiff Lotungen vor.

»Sie liegt wunderbar«, bemerkte er und ließ ein Boot mit dem Steuerbordanker aussetzen.

»He! Warten Sie!« rief Tommy. »Sie werden uns doch nicht dazu bringen wollen, sie jetzt flottzumachen?«

»Aber sicher«, erwiderte Wicks.

»Auf mich können Sie bei einer solchen Narretei nicht zählen«, versetzte Tommy. »Ich bin vollkommen erschöpft.« Damit ging er und setzte sich verdrossen auf die Backluke. »Sie haben uns das eingebrockt; jetzt löffeln Sie das auch wieder aus«, fügte er hinzu.

Carthew und Wicks blickten einander an.

»Ihnen ist vielleicht nicht klar, wie müde wir sind«, sagte Carthew.

»Die Flut steigt!« rief der Kapitän. »Ihr wollt doch nicht, daß wir eine steigende Flut versäumen?«

»Humbug! Morgen gibt's auch eine Flut!« erklärte Tommy.

»Und ich sage Ihnen was«, fügte Carthew hinzu, »die Brise läßt stark nach, und die Sonne ist bald hinunter. In der Finsternis, mit höchstens ein paar matten Lüftchen, kommen wir vielleicht erst recht in die Bredouille.«

»Das bestreite ich nicht«, antwortete Wicks und stand eine Weile wie in Gedanken versunken. »Aber was ich nicht begreifen kann«, fing er dann wieder mit Erregung an, »was mir überhaupt nicht eingeht, das ist, was ihr für Menschen seid! An diesem Ort zu bleiben, das ertrage ich nicht. Seht, da geht die blutrote Sonne unter – und hier bleiben, das ertrage ich nicht!«

Die anderen betrachteten ihn voll Überraschung und Entsetzen. Dieser Zusammenbruch ihrer wichtigsten Stütze – diese irrationale Leidenschaft in dem praktischen Mann, der plötzlich wie vertrieben wirkte aus seiner ureigensten Sphäre, der Sphäre der Aktion – schockierte und entmutigte sie. Doch das gab einem anderen, unsichtbaren Zuhörer die Gelegenheit, auf die er gewartet hatte. Als die Brigg festfuhr, war Mac den Niedergang hinaufgekrochen, und jetzt zeigte er sich und machte den Mund auf.

»Kapitän Wicks«, sagte er, »ich bin's, der euch alle in dieses Elend gebracht hat. Es tut mir leid, ich bitt' euch alle um Vergebung, und wenn es einer von euch übers Herz bringt, mir zu sagen, ich vergebe dir, dann wär's meiner Seele eine Erleichterung.«

Wicks starrrte den Mann verblüfft an; dann fand er seine Selbstbeherrschung wieder. »Wir sitzen alle selbst im Glashaus«, sagte er; »wir können's uns nicht leisten, mit Steinen zu werfen. Klar, ich vergebe dir; ich hoffe nur, daß Sie auch was davon haben!«

Die anderen äußerten sich im selben Sinne.

»Ich danke euch dafür, das heißt wie Gentlemen gehandelt«, sagte Mac. »Aber da ist noch was, das mir auf der Seele liegt. Ich hoffe, wir alle hier sind Protestanten?«

Es zeigte sich, daß dem so war; woran die protestantische Religion eigentlich nur mäßige Freude haben konnte!

»Ja, so soll's auch sein«, fuhr Mac fort. »Und warum sollen wir nicht zusammen das Vaterunser beten? Das kann doch nicht schaden.«

Er sprach auf dieselbe ruhige, flehende, kindliche Art wie schon den ganzen Morgen; und die anderen nahmen seinen Vorschlag an und knieten ohne ein Wort nieder.

»Kniet, wenn ihr wollt!« sagte er. »Ich stehe.« Und er bedeckte seine Augen.

So ward das Gebet gesprochen zur Begleitmusik von

Brandung und Vogelgeschrei, und alle erhoben sich erfrischt und fühlten sich von einer schweren Last befreit. Bisher hatten sie ihre schuldbewußten Erinnerungen für sich allein getragen oder nur in der Hitze eines Augenblicks davon gesprochen und waren dann sofort wieder in Schweigen verfallen. Nun, da sie ihrer Reue gemeinsam ins Auge blickten, schien das Ärgste schon vorbei. Und das war nicht alles. Die Bitte »Vergib uns unsere Schuld« nämlich, so passend, nachdem sie gerade dem unmittelbaren Schöpfer ihres Unglücks selbst vergeben hatten, klang wie eine Absolution.

Bei Sonnenuntergang wurde auf Deck das Abendessen eingenommen, und bald darauf legten sich die fünf Schiffbrüchigen – zum zweiten Mal schiffbrüchig – zum Schlafen nieder.

Der Morgen graute windlos und heiß. Ihr Schlaf war zu tief gewesen, um sie zu erfrischen, sie erwachten schlaff und matt, setzten sich auf und starrten mit trüben Augen in die Runde. Nur Wicks, der einen harten Arbeitstag roch, war etwas munterer. Er ging zuerst zum Pumpensod, machte eine Lotung, dann eine zweite, und stand mit grimmigem Gesichtsausdruck da, so daß alle sehen konnten, daß ihm irgend etwas nicht gefiel. Dann schüttelte er sich, zog sich bis auf die Haut aus, kletterte auf die Reling, zog sich hoch und hob die Arme zum Sprung. Doch dazu sollte es nicht kommen. Statt dessen blieb er wie erstarrt stehen, die Augen auf den Horizont geheftet.

»Reicht mir das Glas herauf«, sagte er dann.

Im Nu schwärmten alle hinauf in die Takelage, geführt vom nackten Kapitän mit seinem Glas.

Am nördlichen Horizont erhob sich ein Finger aus grauem Rauch, kerzengerade in der windstillen Luft wie ein Aussichtsturm.

»Was halten Sie davon?« fragten sie Wicks.

»Man sieht den Masttopp nicht«, erwiderte er; »da kann man noch nichts sagen. Nach der Art, wie der Rauch sich aufbaut, steuern sie geradewegs auf uns zu.«

»Was für ein Schiff kann das sein?«

»Vielleicht das China-Postschiff«, gab Wicks zurück, »vielleicht auch so ein blödes Kriegsschiff, das nach Schiffbrüchigen Ausschau hält. He! Zum Herumstehen und Glotzen haben wir keine Zeit. Auf Deck – Jungs!«

Er war der erste an Deck, so wie er der erste in der Takelage gewesen war, reichte die Flagge herunter, befestigte sie wieder an den Signalleinen und zog sie mit dem Union Jack nach unten als Notsignal wieder auf.

»Jetzt hört mir zu«, sagte er und fuhr in die Hosen, »und alles, was ich sage, schreibt euch hinter die Ohren. Wenn das ein Kriegsschiff ist, dann sind die in höllischer Eile; wie alle Schiffe, die nichts zu tun haben und ihre Spesen bezahlt bekommen. Das ist unsere Chance; denn wir gehen mit ihnen, und die nehmen sich sicher nicht die Zeit, zweimal zu schauen oder dumme Fragen zu stellen. Ich bin Kapitän Trent; Carthew, Sie sind Goddedaal; Tommy, Sie sind Hardy; Mac ist Brown; Amalu – hoppla! wir können keinen Chinesen aus ihm machen! Ah Wing muß desertiert sein; Amalu war blinder Passagier; und ich ließ ihn als Koch arbeiten und machte mir nicht die Mühe, ihn einzutragen. Habt ihr verstanden? Sagt eure Namen.«

Und eine bleiche Gesellschaft betete ernst ihre Lektion herunter.

»Wie waren die Namen der beiden anderen?« fragte Wicks. »Der, den Carthew im Niedergang erschoß, und der andere, den ich im Großbramsegel am Kinn erwischte?«

»Holdorsen und Wallen«, sagte jemand.

»Gut, die sind ersoffen«, fuhr Wicks fort; »längsseits ersoffen beim Versuch, ein Boot zu Wasser zu lassen. Wir hatten eine ziemliche Bö; deshalb stecken wir ja auch fest.« Er rannte hin und schielte auf den Kompaß. »Bö aus Nordnordwest zu West; harte Sache; alles durcheinander, Leinen vertörnt, und Holdorsen und Wallen über Bord gespült. Klar? Setzt eure blöden Schädel in Betrieb!« Er war jetzt schon in seiner Jacke und sprach mit einer fieberhaften Ungeduld und Gereiztheit, die sich wie Zorn anhörte.

»Aber ist das denn sicher?« fragte Tommy.

»Sicher?« brüllte der Kapitän. »Sie Mondkalb, wir stehen direkt am Abgrund! Wenn dieses Schiff nach China geht (sieht mir aber nicht so aus), dann sind wir erledigt, sobald wir ankommen; wenn es in die andere Richtung geht, dann kommt es von China, oder? Also, wenn dann nur ein Mann an Bord ist, der jemals Trent oder einen anderen von dieser Brigg zu Gesicht bekam, dann sind wir in weniger als zwei Stunden in Eisen. Sicher? Nein, es ist nicht sicher; es ist eine elende letzte Chance, dem Galgen zu entgehen, sonst gar nichts.«

Bei diesem überzeugend gemalten Bild ergriff die Furcht von allen Besitz.

»Sollten wir dann nicht hundertmal lieber auf der Brigg bleiben?« rief Carthew. »Die helfen uns doch sicher, sie wieder flottzumachen.«

»Um Ihretwillen werde ich noch diesen ganzen heiligen Tag mit Gequassel verbringen!« schrie Wicks. »Hören Sie, als ich heut' morgen den Pumpensod auslotete, da waren dort zwei Fuß Wasser, und gestern nacht waren's noch acht Zoll. Was ist los? Ich weiß es nicht; vielleicht nichts; vielleicht der ärgste Schaden. Und dann haben wir die tausend Meilen im offenen Boot vor uns, falls das nach Ihrem Geschmack ist!«

»Aber vielleicht ist es nichts, und außerdem helfen uns ihre Tischler doch sicher bei der Reparatur!« warf Carthew ein.

»Moses Murphy!« schrie der Kapitän. »Wie lief sie fest? Bug voraus, wie ich glaube. Und jetzt steckt sie Bug voraus im Sand. Wenn ein Tischler hier zu tischlern anfängt, wohin geht er zuerst? Hinunter in die Vorpiek, wie ich annehme! Und was sagt er dort zu dem Blut über all dem Schiffskram? Man könnte glauben, ihr wärt ein paar Parlamentsabgeordnete, die über Schiffslademarken debattieren; dabei seid ihr aber nur ein Haufen Mörder mit der Schlinge um den Hals. Möchte ein weiterer Esel hier noch mehr Zeit vertratschen? Nein? Dafür sei Gott gedankt! Dann, alle Mann! Ich geh hinunter und lasse euch hier an Deck. Nehmt die Abdeckung runter vom Boot; dann seht, daß ihr die Münzkiste öffnet. Wir sind fünf; nehmt fünf Kisten und teilt die Münzen gleichmäßig auf alle fünf Kisten auf – schüttet sie auf den Boden – und legt euch ins Zeug wie Tiger. Nehmt Decken oder Segeltuch oder Kleidung, damit es nicht scheppert. Das wird fünf ziemlich schwere Kisten ergeben, aber dagegen ist nichts zu machen. Sie, Carthew – Teufel noch mal! Sie, Mr. Goddedaal, kommen Sie mit runter. Wir haben noch allerhand zu tun.«

Er warf noch einen Blick auf den Rauch, dann eilte er unter Deck, Carthew ihm auf den Fersen.

Die Logbücher fanden sich in der Hauptkabine hinter dem Kanarienkäfig; es waren zwei, eins von Trent geführt, eins von Goddedaal. Wicks blickte zuerst ins eine, dann ins andere und schürzte die Lippen.

»Können Sie Geschriebenes fälschen?« fragte er.

»Nein«, antwortete Carthew.

»So ein Pech – ich auch nicht!« rief der Kapitän. »Hallo! Es kommt noch schlimmer! Goddedaals Logbuch ist auf dem laufenden; der muß noch vor dem Mittagessen eingetragen haben. Sehen Sie selbst: Rauch beobachtet. – Kapitän Kirkup und fünf Mann vom Schoner *Currency Lass*. Ah! Das ist besser«, fügte er hinzu, nachdem er ins andere Logbuch geblickt hatte. »Der Alte hat ganze zwei Wochen lang nichts geschrieben. Dann werden wir wohl auf Ihr Logbuch ganz verzichten, Mr. Goddedaal, und bei dem des Alten bleiben – bei meinem, will ich sagen; nur kann ich's nicht nachschreiben, aus ganz bestimmten Gründen. Das müssen Sie tun. Sie setzen sich jetzt hin und schreiben nach, so wie ich's Ihnen sage.«

»Und wie kann man den Verlust meines Buchs erklären?« fragte Carthew.

»Sie haben nie eins geführt«, erwiderte der Kapitän. »Eine grobe Pflichtverletzung. Dafür werden Sie das nachholen.«

»Und die andere Schrift?« fuhr Carthew fort. »Sie haben doch begonnen; warum hören Sie auf, und warum führe ich das Buch fort? Und unterschreiben müssen Sie doch ohnehin.«

»Oh! Ich hatte einen Unfall und kann nicht schreiben«, erklärte Wicks.

»Einen Unfall?« wiederholte Carthew. »Das klingt aber nicht glaubwürdig. Was denn für einen Unfall?«

Wicks legte seine Hand offen auf den Tisch und stach mit einem Messer durch die Handfläche.

»So einen«, sagte er. »Wenn man nur einen Kopf auf den Schultern sitzen hat, dann kommt man eigentlich an den meisten Schwierigkeiten in Luv vorbei.« Während er sich die Hand mit einem Taschentuch verband, studierte er Goddedaals Logbuch. »Hallo!« sagte er. »Nein, das paßt einfach nicht für uns – das ist ein unmögliches Garn. Hier, so fängt's schon an, da versucht dieser Kapitän Trent einen verrückten Kurs – zumindest befindet er sich da tausend Meilen südlich vom Hauptkreis. Und hier sieht's so aus, daß er schon am sechsten knapp bei dieser Insel war, dann segelt er tagelang und kommt bei Tagesanbruch des elften wieder in die Nähe.«

»Goddedaal sagte, sie hatten ganz verflixtes Pech!«, bemerkte Carthew.

»Aber es sieht nicht nach wirklichem Leben aus – das ist alles, was ich dazu sagen kann«, gab Wicks zurück.

»So war es aber«, entgegnete Carthew.

»Schön und gut; und was haben wir davon, wenn es nicht so aussieht?« rief der Kapitän und brachte damit ganz ungeahnte Tiefen der Kunstkritik zum Ausdruck. »Hier! Sehen Sie, ob Sie diesen Verband nicht fester binden können; ich blute wie ein Schwein.«

Während Carthew sich mit dem Taschentuch abmühte, schien sein Patient in tiefes Sinnen versunken, den Blick verschleiert, den Mund halb offen. Doch kaum war Carthew fertig, sprang Wicks auf die Beine.

»Ich hab's«, rief er und lief auf Deck. »Hört her, Boys!« rief er. »Wir kamen nicht am elften her; wir kamen am Morgen des sechsten her und liegen hier seither in der Flaute. Sobald ihr mit diesen Kisten fertig seid«, fügte er hinzu, »spuckt in die Hände und rollt Rindfleisch- und Wasserfässer raus; das sieht viel plausibler aus – so als hätten wir grad alles für die Bootsfahrt vorbereitet.«

Im nächsten Moment war er wieder unten, um das neue Logbuch auszukochen. Goddedaals Buch wurde dann sorgfältig zerstört, und jetzt begann die Suche nach den Schiffspapieren. Von allen Folterqualen dieses Vormittags war das vielleicht die schlimmste. Hier und dort suchten die beiden, fluchend, ineinanderprallend, von Schweiß überströmt, vor Schrecken zitternd. Die Nachricht dröhnte zu ihnen herunter, daß das Schiff tatsächlich ein Kriegsschiff war, daß es ganz nahe war, daß es ein Boot herunterließ, und noch immer suchten sie vergeblich. Durch welchen Zufall sie die eiserne Kiste mit dem Geld und den Papieren übersahen, ist schwer vorzustellen; doch so war's. Aber die wichtigsten Dokumente fanden sie endlich doch in den Taschen von Trents Landjacke, wo er sie steckengelassen hatte, als er zuletzt an Bord kam.

Wicks lächelte zum ersten Mal an diesem Morgen. »Nicht zu früh«, sagte er. »Und jetzt nichts wie los! Nehmen Sie diese anderen für mich; ich habe Angst, daß ich alles durcheinanderbringe, wenn ich sie beide behalte.«

»Und was ist das?« fragte Carthew.

»Das sind die Kirkup- und *Currency Lass*-Papiere«, erwiderte er. »Ich flehe zu Gott, daß wir sie noch einmal brauchen!«

»Boot in der Lagune, Sir«, rief Mac herunter, der am Oberlicht Wache schob, während die anderen arbeiteten.

»Zeit, an Deck zu gehen, Mr. Goddedaal«, sagte Wicks.

Als sie sich umdrehten, um die Kabine zu verlassen, brach der Kanarienvogel in durchdringenden Gesang aus.

»Mein Gott!« rief Carthew und schluckte. »Wir können den elenden Vogel doch nicht hier verhungern lassen. Der gehörte dem armen Goddedaal.«

»So nehmen Sie das Vieh doch mit!« rief der Kapitän.

Damit gingen sie an Deck.

Ein scheußliches Gebilde von einem modernen Kriegsschiff lag knapp außerhalb des Riffs, einmal ganz reglos, dann wieder machte die Schiffsschraube den einen oder anderen Schlag. Doch näher, schon innerhalb der Lagune, sah man ein großes weißes Boot mit Ruderkraft heranschießen, und am Heck wehte seine Flagge.

»Noch ein Wort«, sagte Wicks, nachdem er das Bild in sich aufgenommen hatte. »Mac, Sie waren schon in chinesischen Häfen? Gut; dann wissen Sie, was Sie zu sagen haben. Euch andere ließ ich in Hongkong nicht von Bord, in der Hoffnung, ihr würdet desertieren; aber ihr hieltet mich zum Narren und bliebt auf der Brigg. Auf diese Weise tut ihr euch mit dem Lügen leichter.«

Das Boot war jetzt ganz nah; ein Junge in den Heckschotten war der einzige Offizier, und offensichtlich kein guter, denn die Männer unterhielten sich beim Rudern.

»Gott sei's gedankt, die haben nur eine Art Fähnrich geschickt«, rief Wicks aus. »Hier, Sie, Hardy, raus aufs Vorschiff! Ich brauche keine Matrosen auf meinem Achterdeck!« brüllte er, und die Zurechtweisung wirkte auf die ganze Crew wie eine kalte Dusche.

Das Boot schwang sich elegant längsseits, und der jugendliche Offizier trat an Bord, wo er von Wicks respektvoll begrüßt wurde.

»Sie sind der Kapitän dieses Schiffs?« fragte der Junge.

»Ja, Sir«, erwiderte Wicks. »Trent ist mein Name, und das ist die *Flying Scud* aus Hull.«

»Sie sitzen hier offenbar in der Tinte«, bemerkte der Offizier.

»Wenn Sie mit mir nach achtern kommen wollen, berichte ich Ihnen, was es zu berichten gibt«, sagte Wicks.

»Aber Mann, Sie zittern ja!« rief der Offizier.

»Das würden Sie vielleicht auch, wenn Sie in der gleichen Lage wären«, gab Wicks zurück; und erzählte die ganze Geschichte vom verfaulten Wasser, der langen Windstille, der Bö, den ertrunkenen Matrosen; geschickt und feurig; er redete, mit dem Kopf im Rachen des Löwen, wie einer auf der Anklagebank. Ich hörte dieselbe Geschichte ja dann vom selben Erzähler im Saloon in San Francisco; und selbst da machte mich sein Verhalten mißtrauisch. Aber der Offizier war kein guter Beobachter.

»Also, unser Kapitän ist in wahnsinniger Eile«, sagte er; »aber ich habe Instruktion, Ihnen alle nötige Hilfe zu leisten und um ein zweites Boot zu signalisieren, falls mehr Männer gebraucht werden. Was kann ich für Sie tun?«

»Oh, wir werden Sie nicht lang aufhalten«, erwiderte Wicks in bester Laune. »Wir sind bereit – Matrosenkisten, Chronometer, Papiere und alles.«

»Ah, Sie wollen Ihre Brigg verlassen?« rief der Offizier. »Ich hätte gedacht, sie liegt nicht schlecht; können wir sie nicht flottmachen?«

»Das könnten wir sicher, ohne Zweifel; aber wie wir sie dann über Wasser halten, ist eine andere Frage. Ihr Bug ist zertrümmert«, versetzte Wicks.

Der Offizier lief bis zum Haaransatz rot an. Er war unfähig und wußte es selbst; meinte, man wäre schon dahintergekommen, und fürchtete, sich noch einmal zu blamieren. Nichts lag ihm ferner als der Verdacht, der Kapitän könnte ihn betrügen; wenn es dem Kapitän so recht war, na gut, dann ihm natürlich auch. »In Ordnung«, sagte er. »Sagen Sie Ihren Männern, sie sollen ihre Kisten an Bord bringen.«

»Mr. Goddedaal, lassen Sie die Männer ihre Kisten an Bord bringen«, sagte Wicks.

Die vier Currency Lasses hatten inzwischen wie auf glühenden Kohlen gesessen. Diese willkommene Aufforderung erschien ihnen wie die Sonne um Mitternacht; und Hadden brach in einen Strom von Tränen aus, laut schluchzend hievte er an der Talje. Aber die Arbeit ging nichtsdestoweniger flott vonstatten; Kisten, Männer und Bündel wurden mit Eifer von Bord geschafft; das Boot legte ab; bewegte sich aus dem langen Schatten der *Flying Scud* heraus, den Bug in Richtung Durchfahrt.

So viel hatten sie also schon erreicht. Das angebliche Wrack hatte die Musterung bestanden; sie hatten es zurückgelassen, waren in sicherer Entfernung; und der Wasserstreifen zwischen ihnen und dem Wrack mit seinem vernichtenden Beweismaterial wurden immer breiter. Andererseits näherten sie sich jetzt diesem Kriegsschiff, das sich leicht als ihr Gefängnis, als Henkerswagen herausstellen konnte, der sie zum Galgen fuhr – noch wußten sie nicht, woher es kam und wohin es fuhr; und der Zweifel drückte auf ihre Herzen wie ein Gebirge.

Wicks war's, der die Unterhaltung führte. Ganz leise nur drang sie an Carthews Ohren, wie Menschenstimmen aus meilenweiter Entfernung, aber die Bedeutung eines jeden Wortes traf ihn wie eine Kugel. »Wie, sagten Sie, war der Name Ihres Schiffs?« erkundigte sich Wicks.

»*Tempest*, wußten Sie das nicht?« gab der Offizier zurück.

Wußten Sie das nicht? Was konnte das bedeuten? Vielleicht nichts; vielleicht, daß die Schiffe einander schon begegnet waren. Wicks nahm seinen Mut in beide Hände. »Wohin geht die Fahrt?« fragte er.

»Oh, wir müssen alle diese elenden Inseln hier abklappern«, sagte der Offizier. »Dann auf nach San Francisco.«

»Und Sie kommen von China, so wie wir?« bohrte Wicks weiter.

»Hongkong«, erwiderte der Offizier und spuckte über die Seite.

Hongkong. Dann war das Spiel zu Ende; sobald sie den Fuß an Deck setzten, würde man sie ergreifen; das Wrack untersuchen, das Blut finden, die Lagune vielleicht mit dem Schleppnetz durchkämmen, und die Leichen der Toten würden wieder auferstehen und Zeugnis ablegen. Carthew verspürte den fast unwiderstehlichen Drang, von der Ruderbank aufzustehen, laut aufzuschreien und über Bord zu springen; es schien so sinnlos, sich noch länger zu verstellen, gegen das Unvermeidliche anzurennen, noch ein paar hundert Sekunden länger diese quälende Unsicherheit hinauszuzögern, wo doch Tod und Schande so sichtbar näherrückten. Aber Wicks, der Unverzagte, ließ nicht locker. Sein Gesicht war wie ein Totenschädel, seine Stimme kaum zu erkennen; und noch dem stumpfesten Matrosen oder Offizier (so schien's ihm) hätte doch dieses verräterische Gesicht und die holprige Redeweise irgendwie auffallen müssen. Und trotzdem machte Wicks weiter; er wollte Gewißheit.

»Ein netter Ort, Hongkong?« fragte er.

»Leider hab' ich keine Ahnung«, antwortete der Offizier. »Wir waren nur eineinhalb Tage dort; holten uns unsere Order und fuhren dann geradewegs hierher. So eine viehische Kreuzfahrt hab' ich noch nie erlebt.« Und dann fuhr er fort, über die Pechsträhne der *Tempest* zu reden und zu lamentieren.

Doch Wicks und Carthew beachteten ihn nicht länger. An den Dollbord gelehnt, holten sie tief Atem und versanken in eine Art körperlicher Erstarrung. Doch drinnen war das Bewußtsein flink und heiter an der Arbeit, maß die vergangenen Gefahren, erfreute sich der gegenwärtigen Erleichterung, zählte ekstatisch die Chancen ihrer Rettung. Während der Reise an Bord des Kriegsschiffs waren sie zunächst in Sicherheit; dann noch ein paar Tage voll Gefahr, Aktivität und Geistesgegenwart in San Francisco, dann war die ganze grauenhafte Geschichte vorbei; und Wicks wurde wieder Kirkup, und Goddedaal Carthew – Männer, über jeden Verdacht erhaben, Männer, die nie von der *Flying Scud* gehört, das Riff Midway nie gesehen hatten.

So kamen sie längsseits, unterhalb vieler verrenkter

Matrosenköpfe und vorstehender Geschützmündungen; wie Schlafwandler kletterten sie an Bord, blickten sich wie Blinde nach den hohen Masten um, den weißen Decks, der ganzen versammelten Schiffsbesatzung, und hörten Männer wie von weitem und antworteten, was ihnen gerade einfiel.

Und dann fiel eine Hand ganz leicht auf Carthews Schulter.

»Hallo, Norrie, alter Junge, wo kommst du denn plötzlich her? Auf der ganzen Welt hat man nach dir gesucht. Weißt du denn nicht, daß zu Haus ein Königreich deiner harrt?«

Er wandte sich um, erblickte das Gesicht seines alten Schulkameraden Sebright und fiel ihm ohnmächtig zu Füßen.

Der Doktor kümmerte sich um ihn, als er etwas später in Sebrights Kabine wieder zu sich kam. Er öffnete die Augen, blickte scharf in das fremde Gesicht und sprach mit einer Art feierlicher Entschlossenheit.

»Brown muß denselben Weg gehen«, sagte er; »jetzt oder nie.« Und dann hielt er inne, sein Verstand erwachte zu etwas mehr Klarheit, und er sagte: »Was hab' ich da gesagt? Wo bin ich? Wer sind Sie?«

»Ich bin der Arzt der *Tempest*«, war die Antwort. »Sie befinden sich in der Kabine von Lieutenant Sebright, und Sie brauchen sich keine Sorgen mehr zu machen. Ihre Schwierigkeiten sind zu Ende, Mr. Carthew.«

»Wieso nennen Sie mich so?« fragte dieser. »Ah, ich erinnere mich – Sebright hat mich erkannt! Oh!« Und er begann zu zittern und zu stöhnen. »Schicken Sie Wicks zu mir; ich muß Wicks sofort sehen!« rief er und packte den Arzt mit unwillkürlicher Gewalt am Handgelenk.

»Schön«, sagte der Arzt. »Ich schlage Ihnen einen Handel vor. Sie schlucken diese Medizin, und ich gehe und hole Wicks.«

Und damit gab er dem Unseligen ein Opiat, das ihn in

zehn Minuten einschlafen ließ und aller Wahrscheinlichkeit nach seinen Verstand rettete.

Als nächstes mußte sich der Arzt um Mac kümmern; und während er sich mit dessen Arm befaßte, ließ er sich von ihm die Namen der geretteten Schiffsmannschaft wiederholen. Dann war der Kapitän an der Reihe; und es besteht kein Zweifel, daß dieser nicht länger der Mann war, den wir gerade noch gesehen haben; die plötzliche Errettung, das Gefühl vollkommener Sicherheit, eine anständige Mahlzeit und ein gutes Glas Grog trugen allesamt dazu bei, seine Wachsamkeit zu dämpfen und seine Energie zu entschärfen.

»Wann ist das passiert?« fragte der Arzt und blickte auf die Wunde.

»Vor über einer Woche«, antwortete Wicks, tief in Gedanken an sein Logbuch.

»He?« rief der Arzt, hob den Kopf und blickte dem Kapitän in die Augen.

»Ich weiß nicht mehr genau«, stammelte Wicks.

Und diese auffällige Lüge vervierfachte mit einem Schlag das Mißtrauen des Arztes.

»Übrigens, welcher von euch heißt Wicks?« fragte er beiläufig.

»Was ist das?« schnappte der Kapitän und wurde so weiß wie Papier.

»Wicks«, wiederholte der Arzt; »wer von euch ist das? Das ist doch sicher eine einfache Frage.«

Wicks starrte den Fragenden in dumpfem Schweigen an.

»Und welcher ist dann Brown?« fragte der Arzt weiter.

»Wovon reden Sie? Was wollen Sie damit sagen?« rief Wicks und riß seine halb bandagierte Hand weg, daß dem Arzt das Blut ins Gesicht spritzte.

Der machte sich nicht die Mühe, es wegzuwischen. Seinem Opfer gerade ins Gesicht blickend, fuhr er mit seinen Fragen fort. »Warum muß Brown denselben Weg gehen?« fragte er.

Wicks fiel zitternd gegen einen Schrank. »Carthews hat geredet«, schrie er.

»Nein«, erwiderte der Arzt, »das hat er nicht. Aber Sie und er, ihr beide habt mich mißtrauisch gemacht, und ich glaube, da stimmt was nicht.«

»Geben Sie mir einen Grog«, sagte Wicks. »Ich erzähle es Ihnen lieber, bevor Sie's selbst herausfinden. Ich will verdammt sein, wenn's nur halb so schlimm ist, wie Sie vielleicht denken.«

Und mit Unterstützung von einigen steifen Grogs ward die Tragödie der *Flying Scud* nunmehr zum ersten Mal erzählt.

Es war eine glückliche Verkettung von Zufällen, die die Geschichte ausgerechnet zu dem Arzt brachte. Er verstand und bedauerte die Lage dieser Unglücklichen und kam ihnen aus ganzem Herzen zu Hilfe. Er und Wicks und Carthew (sobald er wiederhergestellt war) hielten hundertfachen Kriegsrat ab und bereiteten eine Taktik für San Francisco vor. Er war's, der »Goddedaal« für transportunfähig erklärte und Carthew im Schutz der Dunkelheit an Land schmuggelte; er war's, der Wicks' Wunde offen hielt, so daß er nur mit der linken Hand unterschreiben konnte; er übernahm ihr gesamtes chilenisches Silber und ließ es (noch im Verlauf des ersten Tages) in Münzgold umwechseln. Er nutzte seinen Einfluß in der Offiziersmesse, um die Zungen der jungen Offiziere im Zaum zu halten, so daß Carthews Identität nicht in den Papieren zu stehen kam. Und er erwies ihnen einen vielleicht noch wertvolleren Dienst. Er hatte in San Francisco einen Freund, einen Millionär; diesem Manne stellte er, ganz privat, Carthew als einen jungen Gentleman vor, dem erst jüngst ein großes Erbe zugefallen war, der allerdings bei Juden drängende Schulden hatte, die er lieber ohne großes Aufsehen liquidieren wollte. Gern kam ihm der Millionär zu Hilfe; und mit seinem Geld wollte man gegen die Gang der Ausschlachter antreten. Wie war sein Name, aus vielen Tausenden von Möglichkeiten? Es war Douglas Longhurst.

Hätten die Currency Lasses alle unter neuen Namen verschwinden können, so wäre nicht sehr viel daran gelegen, ob die Brigg gekauft oder irgendwelche kleinen Unstimmigkeiten am Wrack gefunden wurden. Doch dadurch, daß man einen aus ihrer Mitte nun erkannt hatte, war alles anders geworden. Der kleinste Skandal mußte nun die Aufmerksamkeit auf Norris lenken. Man würde sich fragen, wie er, der Sydney in einem Schoner verlassen hatte, so kurz darauf in einer Brigg aus Hongkong auftauchen konnte; und von einer Frage zur anderen würden bald wohl alle seine ursprünglichen Schiffsgenossen darin verwickelt sein. Daraus entsprang ganz natürlich die Idee, der Gefahr vorzubeugen, indem man unter Ausnutzung von Carthews neu gefundenem Reichtum die Brigg unter einem *alias* erstand; und sofort ging man mit Energie und Vorsicht ans Werk. Carthew quartierte sich unter einem falschen Namen ein, verfiel durch Zufall auf Bellairs und gab ihm den Auftrag, das Wrack für ihn zu kaufen.

»Welche Summe, wenn ich bitten darf?« fragte der Anwalt.

»Ich will es kaufen«, erwiderte Carthew. »Auf den Preis kommt es mir nicht an.«

»Jeder Preis ist so gut wie gar kein Preis«, sagte Bellairs. »Geben Sie ihm einen Namen.«

»Nennen wir's zehntausend Pfund, wenn Sie so wollen!« sagte Carthew.

Aber der Kapitän mußte durch die Straßen gehen, auf dem Konsulat erscheinen, sich von Lloyd's Vertreter ins Kreuzverhör nehmen lassen, sich wegen der verlorenen Bücher einiges anhören, Papiere mit der Linken unterzeichnen und jedem Skipper in ganz San Francisco seine Märchen auftischen; und wußte dabei nicht, ob er nicht über kurz oder lang irgendeinem alten Freund in die Arme laufen würde, der ihn mit dem Namen Wicks anspräche, oder irgendeinem neuen Feind, der in der Lage wäre, ihm den Namen Trent abzusprechen. Und letzteres geschah tatsächlich, doch Wicks bewahrte seine Fassung und verstand es daher, das Ereignis zu seinen Gunsten umzuwandeln. Es war ausgerechnet und unseligerweise auf dem Konsulat, wo er plötzlich eine mächtige Stimme sich nach Kapitän Trent erkundigen hörte. Er wandte sich mit dem bereits gewohnten Stich im Herzen um.

»Sie sind nicht Kapitän Trent!« sagte der Fremde, zurückprallend. »He, was soll das heißen? Ich höre, daß Sie sich als Kapitän Trent ausgeben – Kapitän Jacob Trent –, ein Mann, den ich seit Kindesbeinen kenne.«

»Oh, Sie meinen wahrscheinlich meinen Onkel, der eine Bank in Cardiff hatte«, erwiderte Wicks mit dem Mut der Verzweiflung.

»Also mir hat er von einem Neffen nie erzählt!« rief der Fremde.

»Nun, wie Sie sehen, hat er einen!« versetzte Wicks.

»Und wie geht's dem alten Herrn?« fragte der andere.

»Glänzend, könnte gar nicht besser gehen«, antwortete Wicks und wurde in diesem Moment zum Glück vom Angestellten gerufen.

Doch das blieb der einzige Zwischenfall bis zum Morgen der Versteigerung, als sein Gespräch mit Jim ihn aus der Ruhe brachte; und er ging mit einiger Unruhe zur Versteigerung. Er wußte zwar, daß Carthew sich vertreten lassen wollte, aber nicht, durch wen und mit welchem Auftrag. Ich nehme an, Kapitän Wicks hat eine gute Konstitution. Trotz seines Aussehens und trotz seiner bekannten Nervosität ist er offenbar nicht durch Schlaganfall gefährdet, denn sonst hätte ihn wohl an Ort und Stelle der Schlag getroffen, als er nach den verschiedenen Stadien dieser irrwitzigen Versteigerung vor seinen eigenen Augen die alte Brigg und ihre nicht sehr wertvolle Fracht zu guter Letzt um zehntausend Pfund an einen völlig Fremden gehen sah.

Man war übereingekommen, daß er Carthew und vor allem Carthews Quartier aus dem Wege gehen sollte, damit zwischen der Besatzung und dem anonymen Käufer keinerlei Verbindung hergestellt würde. Doch die Stunde der Vorsicht war vorbei, er bestieg eine Tramway und begab sich in größter Eile in die Mission Street.

Dort öffnete Carthew ihm die Tür.

»Gehen Sie fort, gehen Sie fort von hier«, sagte Carthew; und als sie sich vom Haus entfernt hatten, fügte er hinzu: »Alles ist aus!«

»Ah, haben Sie denn schon von der Versteigerung gehört?« fragte Wicks.

»Die Versteigerung!« rief Carthew. »Die habe ich wirklich ganz vergessen.« Und er berichtete von der Stimme am Telephon mit der Frage, die ihm seither die Haare zu Berge stehen ließ: Warum wollten Sie die *Flying Scud* kaufen?

Dieser Umstand, in Verbindung mit den monströsen Unwahrscheinlichkeiten der Versteigerung, hätte bereits ausgereicht, um die Vernunft von Immanuel Kant zu erschüttern. Die Erde schien sich gegen sie zu verbünden; die Straßenjungen, ja selbst die Pflastersteine im Besitz ihres mörderischen Geheimnisses zu sein. Flucht war ihr einziger Gedanke. Den Schatz der *Currency Lass* packten sie in ihre Gürteltaschen, verschickten ihre Kisten an eine imaginäre Adresse in Britisch-Kolumbien und verließen San Francisco noch am selben Nachmittag in Richtung Los Angeles.

Am nächsten Tag setzten sie ihren Rückzug auf der südlichen Pazifikroute fort, der Carthew bis nach England folgte. Aber die drei anderen verzogen sich nach Mexiko.

EPILOG

An Will H. Low

Lieber Low, neulich hatte ich (und das ausgerechnet in Manihiki) das Vergnügen, Dodd zu treffen. Wir blieben gute zwei Stunden in der hübschen kleinen Spielzeug-Kirche sitzen, mit ihren Kirchenbänken ganz im europäischen Stil und ihren Perlmutt-Einlegearbeiten im Stil (so stelle ich mir vor) des Neuen Jerusalem. Die Eingeborenen, ganz eindeutig die bezauberndsten Bewohner dieses Planeten, drängten sich um uns in unserer Kirchenbank und lachten uns an und tätschelten uns; und hier war's, daß ich meine Fragen stellte und Dodd mir Rede und Antwort stand.

Zuerst führte ich ihn zurück zu jenem Abend in Barbizon, da Carthew seine Geschichte erzählte, und fragte ihn, was mit Bellairs geschah. Auch er hatte seinen Freund offenbar sofort darauf angesprochen, aber Carthew nahm die Sache völlig auf die leichte Schulter. »Er ist arm, und ich bin reich«, hatte er gesagt. »Ich kann's mir leisten, über ihn zu lächeln. Ich gehe einfach woanders hin, und das ist alles – irgendwo weit weg und nur mit viel Geld zu erreichen. Persien wäre doch sehr gut geeignet, finde ich. Eine phantastische Gegend, dieses Persien. Warum kommen Sie nicht mit?« Und so waren sie am nächsten Nachmittag nach Konstantinopel aufgebrochen, mit dem Endziel Teheran. Von dem Winkeladvokaten ist nur bekannt (aus einem Zeitungsartikel), daß er irgendwie zurück nach San Francisco gelangte und dort in einem Hospital verstarb.

»Dann ist da ein weiterer Punkt«, sagte ich. »Sie gehen

also mit einem Millionär nach Persien, sind außerdem selber reich. Was tun Sie dann hier in der Südsee auf einem Handelsschiff?«

Er antwortete mit einem Lächeln, ich hätte wohl noch nicht von Jims letztem Bankrott gehört. »Ich wurde wieder einmal zur Ader gelassen«, sagte er; »und dann ließ Carthew diesen Schoner bauen und stellte mich als Aufseher an. Es ist seine Yacht, aber mein Geschäft; und da fast alle Ausgaben auf die Yacht gehen, komme ich ganz gut durch. Jim ist übrigens wieder auf den Beinen: hat eins der blühendsten Unternehmen im ganzen Westen, heißt es, Südfrüchte und Immobilien; und außerdem einen Tataren von einem Partner – keinen Geringeren als Nares. Nares hat einen schlauen Kopf, mit Nares kommt er nicht auf die schiefe Bahn. Sie haben beide ihre Landsitze nebeneinander in Saucelito, ich wohnte eine ganze Weile bei ihnen, als ich das letzte Mal in Kalifornien war. Jim hat ein eigenes Blatt – ich glaube, er hat vor, noch einmal Senator zu werden –, und er wollte, daß ich den Schoner aufgebe und zu ihm komme und für ihn Kommentare schreibe. Er engagiert sich stark in Sachen Staatsverfassung, Mamie übrigens ebenso.«

»Und was wurde aus den drei anderen Currency Lasses, nachdem sie Carthew verlassen hatten?« wollte ich wissen.

»Also, die stellten offenbar zunächst einmal die Stadt Mexiko auf den Kopf«, erwiderte Dodd; »und dann interessierten sich Hadden und der Ire für die Goldfelder in Venezuela, und Wicks ging allein nach Valparaiso. In der chilenischen Marine gibt's bis zum heutigen Tag einen Kirkup; ich sah den Namen in den Artikeln über den Balmaceda-Krieg. Hadden hatte von den Bergwerken bald genug, ich traf ihn vor kurzem in Sydney. Das letzte, was er aus Venezuela hörte, war, daß Mac bei einem Angriff auf den Goldzug eins über den Schädel bekam. So sind also nur noch drei von ihnen übrig, denn Amalu zählt ja eigentlich nicht. Er lebt auf seinem eigenen Land in

Maui, am Hang des Hale-a-ka-la, und hat Goddedaals Kanarienvogel bei sich; und man hört, er sitzt auf seinen Dollars, bei einem Kanaken ein wahres Wunder. Er bekam schließlich einen recht ordentlichen Haufen, denn nicht nur Hemsteads Anteil, sondern auch Carthews wurde gerecht unter den anderen verteilt – Mac mitgezählt.«

»Wieviel bekam er dann tatsächlich heraus?« konnte ich nicht umhin zu fragen, denn die vielen Summen und Zahlen in dieser Geschichte hatten mich sehr erheitert.

»Einhundertundachtundzwanzig Pfund Sterling neunzehn Shilling und elfeinhalb Pence«, erwiderte Dodd gelassen. »Ohne das bißchen, das er beim Van John gewann. Wissen Sie, das ist schon einiges für einen Kanaken.«

Etwa an diesem Punkt waren wir gezwungen, dem Drängen unserer eingeborenen Bewunderer nachzugeben und zum Haus des Pastors zu gehen, um ein Getränk von grünen Kokosnüssen zu nehmen. Mein Schiff sollte noch am selben Abend segeln, denn Dodd war vor uns gekommen und hatte das gesamte Perlmutt der ganzen Insel aufgekauft; und obwohl er sehr in mich drang, ich sollte doch desertieren und mit ihm nach Auckland fahren (wohin er segelte, um Carthew an Bord zu nehmen), blieb ich standhaft bei meiner Weigerung.

Die Wahrheit ist nämlich die, daß ich, seit ich mich mit Havens und Dodd verbündet habe mit dem Ziel, des letzteren Geschichte zu veröffentlichen, kein besonderes Bedürfnis nach Carthews Gesellschaft mehr empfinde. Natürlich bin ich selbst in meinen Gefühlen durch und durch modern und halte nichts für edler, als die Privatangelegenheiten anderer Leute um soundsoviel pro Zeile öffentlich bekannt zu machen. Sie haben's gern – und wenn nicht, dann sollten sie's. Aber eine ganz leise innere Stimme sagt mir, daß sie's vielleicht nicht immer gern haben werden, vielleicht sogar nicht immer tolerieren. In meiner Erinnerung steigt überdies das Antlitz eines Pressemenschen auf, der einem seiner Nachbarn doch allzu modern war und

Qui nunc it per iter tenebricosum
– nos praecedens –

uns sozusagen einen Weg bahnte. Mir eilt es nicht, dieses Mannes Nachfolger zu werden. Carthew gilt als vortrefflicher Schütze, und Samoa bleibt sicher noch einige Jahre lang groß genug für mich.

Also kamen wir überein, uns zu trennen; aber er nahm mich noch mit an Bord seines eigenen Schiffs mit den Hartholz-Beschlägen und unterhielt mich unterwegs mit einem Bericht über seinen jüngsten Besuch in Butaritari, wohin er im Auftrag Carthews gefahren war, um sich zu erkundigen, wie es denn Topelius so ging und ihm, wenn nötig, eine helfende Hand zu reichen. Doch Topelius blühte und gedieh, hatte Dodd gönnerhaft behandelt und – leider – aufs Kreuz gelegt.

»Carthew wird sich freuen«, sagte Dodd; »denn es besteht kein Zweifel, daß sie den Mann damals mit der *Currency Lass* ganz schrecklich ausnahmen. Aber jetzt schneidet der Diamant den Diamanten.«

Ich glaube, das war so ziemlich alles, was ich an Nachrichten von meinem Freund Loudon erfuhr; und ich hoffe, ich war gut in Form und stellte alle Fragen, auf deren Beantwortung du neugierig bist.

Aber da ist eine, die du mir wahrscheinlich brennend gern selber stellen würdest; und zwar die, was wohl dein eigener Name hier verloren hat, so unvermutet am Heck unserer armen Erzählung? Wenn du schon nicht in Arkadien zur Welt kamst, so verweilst du doch in deiner Phantasie an seinen Rändern – in Gedanken beschäftigt mit dem Flötenspiel des Altertums, mit Narzissen, der klassischen Pappel, den Fußspuren der Nymphen, der eleganten, berührenden Nüchternheit der Alten Kunst. Warum gerade dir eine derart moderne Geschichte widmen; – voller Details über unsere barbarischen Manieren und schwankende Moral; – voller Gier und Lust nach Geld, so daß sich kaum eine Seite findet, auf der nicht die Dollars klingeln; voll mit der Unruhe und Beweglichkeit unseres Jahrhunderts, so daß der Leser von Ort zu Ort und von Meer zu Meer gejagt wird und das Buch weniger ein Roman ist als vielmehr ein Panorama; – und am Ende so mit Blut bespritzt wie ein Epos?

Nun, du bist ein Mann, der sich für alle Probleme der Kunst interessiert, selbst die gewöhnlichsten; und es amüsiert dich vielleicht, etwas über das Wachsen und Gedeihen des *Ausschlachters* zu hören. An Bord des Schoners *Equator*, fast schon in Sichtweite der Johnstone-Inseln (falls irgend jemand wissen sollte, wo die sind), in einer mondhellen Nacht, da es eine Freude war zu leben, unterhielten sich die Autoren mit verschiedenen Geschichten über den Verkauf von Wracks. Das Sujet lockte sie; und sie setzten sich allein in den Durchgang, um die verschiedenen Möglichkeiten zu besprechen. »Was wäre das doch für eine schöne Verwicklung«, schlug der eine vor, »wenn wir die falsche Crew an Bord hätten. Aber wie bekommen wir sie dahin?« – »Ich hab's!« rief der andere. »Die So-und-So-Affäre!« Denn erst vor wenigen Monaten, und nur ein paar hundert Meilen von unserem Standort entfernt, hatte ein britischer Skipper britischen Schiffbrüchigen ein Angebot gemacht, das dem von Kapitän Trent aufs Haar glich.

Bevor wir zu Bett gingen, stand das Gerüst der Erzählung fix und fertig da. Doch die Frage der Ausführung war, wie üblich, nicht so einfach zu beantworten. Wir fühlten uns seit langem angezogen und abgestoßen zugleich von der sehr modernen Form des Polizei- oder Kriminalromans, die darin besteht, daß man die Geschichte überall beginnen läßt, nur nicht am Anfang, und sie irgendwo beendet, nur nicht am Ende; angezogen waren wir von der besonderen Spannung des fertigen Produkts und den besonderen Problemen bei seiner Ausführung; abgestoßen von einer gewissen Unaufrichtigkeit und Seichtheit des Tons, die dabei ein unvermeidlicher Nachteil scheint. Denn der Leser, stets darum bemüht, nur ja keine Hinweise zu verpassen, erhält so nicht den Eindruck von prallem Leben, sondern nur von einem luftleeren, ausgeklügelten Mechanismus, und das Buch bleibt spannend, aber bedeutungslos, wie eine Partie Schach, nicht ein Werk menschlicher Kunst. Uns schien, die Ursache dafür könnte vielleicht zum Teil in dem abrupten Anfang liegen; man müßte sich der eigentlichen Fabel langsam, Schritt für Schritt nähern, einige Charaktere sozusagen schon vorher einführen und das Buch im Ton eines Sittenromans oder Entwicklungsromans in Kurzform beginnen – dann könnte man diesen Fehler vielleicht abschwächen und das »Geheimnis« im richtigen Leben wurzeln lassen. Der Stil der Zeit, das Schnelle, die Vermischung der Typen und Klassen bei der Jagd nach dem Dollar, der leidenschaftliche, nicht sehr romantische Existenzkampf in den unterschiedlichen Berufen und Milieus und zwei Typen im besonderen, nämlich der amerikanische Geschäftsmann für alle Gelegenheiten und der Yankee-Matrose von der Handelsmarine – darauf wollten wir uns vor allem konzentrieren, das sollte der Schuß zur Kette in unserem nicht sehr kostbaren Gewebe sein. Daher Dodds Vater und Pinkerton und Nares und die Dromedar-Picknicks und die Arbeit an der Eisenbahn in Neusüdwales – letztere ein unverhofftes Geschenk der Behörden, denn die Erzählung war schon halb geschrieben, als ich Carthews Truppe in dem verregneten Einstich in South Clifton sich abrackern sah oder den Ingenieur von seinem »jungen Stutzer« reden hörte. Nachdem wir mit nicht geringem Zeiteinsatz diese Methode der Einleitung und Unterfütterung unseres Kriminalromans entwickelt hatten, wurde uns plötzlich klar, daß sie vor uns schon ein anderer erfunden hatte, und zwar ist dies – so schmerzlich der Unterschied in den Ergebnissen auch sein mag – die Methode von Charles Dickens in seinen späteren Werken.

Ich sehe dich vor mir mit weit aufgerissenen Augen. Das hier, wirst du sagen, ist eine phantastische Menge

Theorie für unseren Groschenroman; und dabei nicht die Spur einer Antwort auf deine Frage.

Nun, manche von uns mögen Theorie. Nach so einem langen Stück Praxis darf man sich wohl ein paar Seiten Theorie gestatten. Und die Antwort liegt auf der Hand. Es war, was Kontraste und Bequemlichkeit betrifft, in jeder Hinsicht wünschenswert, daß unser Held und Erzähler von den Menschen, mit denen er zu tun hat, etwas abseits stünde und sich nicht ganz aus eigenem Willen an der Dollarjagd beteiligte. Und so wurde Loudon Dodd zum Studenten der gestaltenden Künste, und so streifte unsere globetrottende Geschichte Paris, und kurz auch Barbizon. Und so kommt es, lieber Low, daß dein Name in der Anrede dieses Epiloges erscheint.

Denn wenn es einen Menschen gibt, der alle Anspielungen verstehen und zwischen den Zeilen lesen kann, dann bist du's. Mit deinem besseren Wissen wirst du alle Dominosteine zusammenfügen können; der Vertrag über die Statuen ist für dich nichts als ein alter Hut aus der Geschichte; und nicht zum ersten Male hörst du hier von den Gefahren des Weines aus dem Roussillon. Tote Blätter aus dem Bas Breau, Echos von Lavenue und aus der Rue Racine, Erinnerungen aus der gemeinsamen Vergangenheit, das mögen deine Lesezeichen sein. Und wenn dir sonst schon nichts in dem Roman gefallen sollte, so freu dich doch, noch einmal ein paar Augenblicke lang die Luft unserer Jugend zu atmen.

Einleitende Bemerkung
von Mrs. R. L. Stevenson

Am Weihnachtstag des Jahres 1888 verließen wir Tahiti mit der Yacht *Casco* und erreichten nach einer stürmischen Reise von dreißig Tagen Honolulu, mit der Absicht, nach kurzer Erholung über Amerika nach England heimzukehren. »Nächste Woche fahren wir«, sagten wir; »nächsten Monat fahren wir« – und nutzten jede Ausrede, um unsere Abfahrt zu verschieben, denn wir wußten: einmal zurück in England, war es mit unserem Vagabundieren in der Südsee ein für allemal vorbei. Unsere Herzen folgten jedem Handelsschiff, das Honolulu verließ. Als das Missionsschiff *The Morning Star* sich reisefertig machte, hielten wir es nicht mehr aus und suchten um Passage zu den Kingsmills an. Es war uns klar, daß das anstrengender sein würde als alles, was wir bis jetzt erlebt hatten, und da außerdem meine Schwiegermutter sich offensichtlich nach der Heimat sehnte und von der Änderung unserer Pläne enttäuscht war, wurde beschlossen, daß sie allein nach Schottland zurückkehren und dort unsere endgültige Heimkehr erwarten sollte.

Während mein Mann die Sache mit *The Morning Star* zu regeln suchte – man legte uns viele Hindernisse in den Weg –, hörte er von einem Handelsschoner, der zu den Kingsmills aufbrechen sollte, nämlich der *Equator*. Je mehr wir über die *Equator* hörten, um so mehr brannten wir darauf, mit ihr zu reisen. Der Eigner, Mr. Wightman aus San Francisco, erwies sich als großzügig und entgegenkommend, und so wurden wir bald handelseinig: wir charterten die *Equator* zu ungewöhnlich günstigen Bedingungen.

Mein Mann plante, die Kingsmills zu besuchen, dann Ponape, danach Manila und China, und von dort wollten wir nach England segeln. Die normale Handelsroute der *Equator* würde uns nach Butaritari in den Kingsmills bringen, dann vielleicht nach Ponape. Wir konnten, so dachten wir, in irgendeinem dieser Häfen damit rechnen, ein Schiff nach China oder nach Manila ausfindig zu machen. Durch den »Chartervertrag« der *Equator* verpflichteten wir uns zur Bezahlung einer bestimmten Summe für die Fahrt von Honolulu nach Butaritari und durch die Kingsmills-Gruppe, mit der Klausel, daß mein Mann, sobald der Anker der *Equator* auch nur für fünf Minuten niederging, das Recht hatte, das Schiff ohne weitere Kosten für drei Tage an diesem Orte festzuhalten. Aber wir zogen immer auch die Interessen des Eigners in Betracht und verfolgten die unsrigen nicht im Gegensatz zu den seinen.

Während wir noch in den Vorbereitungen für unseren Aufbruch steckten, erregte sich ganz Honolulu über die Landung einiger Schiffbrüchiger, die ein zufällig vorbeikommendes Schiff auf der Insel Midway aufgenommen hatte. Die Tatsache an sich war nichts Besonderes, aber die Umstände ungewöhnlich und mysteriös. Die – alles andere als überzeugende – Geschichte, die der Kapitän des gestrandeten Schiffs, einer Barke namens *Wandering Minstrel*, zum besten gab, lautete dahingehend, er habe sein Schiff in Hongkong für den Haifang ausrüsten lassen. Er habe, so sagte er, geplant, aus den Hailebern Dorschlebertran-Ersatz zu machen und die getrockneten Finnen den Chinesen zu verkaufen. Es gab in seiner Erzählung viele Widersprüche und Ausflüchte, an die ich mich nicht mehr erinnere; aber es lag auf der Hand, daß das Fangen von Haien nicht das einzige Ziel der *Wandering Minstrel* war. Dafür war schon einmal die Heuer der Matrosen viel zu hoch im Vergleich zu dem, was sonst bezahlt wurde.

Von den Vorräten der *Wandering Minstrel* war so gut wie nichts gerettet; die Schiffbrüchigen befanden sich bald in verzweifelter Lage und waren daher nicht imstande, mit einem Schiff, das ihre SOS-Rufe erwiderte, zu handeln. Der Kapitän dieses Schiffes fand zuerst heraus, wieviel Geld sie aus dem Wrack gerettet hatten, und verlangte dann genau diese Summe, nämlich mehrere tausend Dollar – d. h. die gesamte Mannschaftsheuer sowie die gesamte Barschaft des Kapitäns –, um die Unseligen in den nächsten bewohnten Hafen zu bringen, wo er sie ohne einen Cent an der Werft absetzte. Mein Mann bemühte sich vergeblich, das Geheimnis der *Wandering Minstrel* aufzuklären; es beschäftigte ihn jedenfalls noch immer, als wir in See stachen.

Die *Equator* mit ihren nur vierundsechzig Tonnen war auf offener See wie eine Nußschale; aber gut gebaut, und Denny Reid, der Kapitän, ein hervorragender Seemann. Eben kam mir ein überraschender Artikel zu Gesicht, von einem Lieutenant Frank L. G. Harden, »Supercargo der *Equator*«, am 22. Februar 1895 im *Westminster Budget* veröffentlicht, betitelt: »Die Dynastie der Haie: persönliche Erinnerungen an Robert Louis Stevenson.« Ich habe nie zuvor von Lieut. Frank F. G. Harden gehört, und er war sicher nicht Supercargo auf der *Equator* zu der Zeit, als wir darauf segelten. Der Kapitän war ganz allein für alles zuständig, er verkaufte auch seine Waren in eigener Person hinter einer Theke im Warenlager.

Aus Honolulu nahmen wir einen Chinesen namens Ah Fu mit uns, den wir auf den Marquesas gefunden hatten. Ah Fu wollte nach Hause, und das traf sich günstig, da auch wir unsere Reise in China zu beenden dachten. Wir glaubten auch, er könnte uns von Nutzen sein, und das war er tatsächlich – er allein rettete in einer stürmischen Nacht das Schiff und damit jede Menschenseele an Bord. Koch auf der *Equator* war ein durchgebrannter Student namens McDonald, der griechisch sprach, aber mit Töpfen und Pfannen nicht gerade eine glückliche Hand hatte. Nach einer Woche McDonald mußte dieser Ah Fu weichen. Aber nach einer Woche Ah Fu, dessen wirklich ausgezeichnete französische Kochkunst dem Kapitän nicht zusagte, war McDonald wieder in Amt und Würden. Für den Rest der Reise, die ungefähr drei Monate dauerte, herrschten McDonald und Ah Fu abwechselnd in der Kombüse. Der künstlerische Wettkampf, den die beiden sich bald lieferten, bescherte uns einige wilde Erfindungen in Gestalt neuer Speisen.

Am Anfang herrschte echtes Pazifikwetter – vollkommene Tage und herrliche Nächte –, das uns mühelos Kurs halten ließ. Der kleine Schoner, der so tief im Wasser lag, verschaffte uns das Erlebnis einer intimen Nähe zum Meer, wie das auf großen Schiffen, besonders Dampfern, niemals möglich ist. Bald hatten wir das Gefühl, daß die See uns gehörte und wir der See; und erinnerten uns in unserem Glück mit leisem Selbstvorwurf an die beiden aufdringlichen Belgier und den anämischen jungen Engländer, die uns beschworen hatten, sie in welcher Funktion auch immer auf die Reise mitzunehmen. Jahre später begegnete ich dem Engländer in London, wo er in der Regent Street eine gutgehende Confiserie betrieb. Über die Belgier erfuhren wir später, daß sie nicht besser als Piraten waren. Sie buchten auf irgendeinem Schoner die Überfahrt von einer Insel zur anderen, vergifteten kurz vor Einfahrt in den Hafen alle Mann an Bord, verkauften dort den Schoner und wiederholten dann die Prozedur. Zu ihrem Pech blieb der Koch eines französischen Schiffes einmal lang genug am Leben, um gegen sie auszusagen. Nachdem sie in Manila vor Gericht gestellt und zum Tode verurteilt worden waren, entgingen sie irgendwie der Hinrichtung, sind aber jetzt hinter den Gittern eines französischen Gefängnisses in sicherem Gewahrsam.

Nach zehn himmlisch schönen Tagen beschloß mein Mann, ein für allemal auf diesen Inseln zu bleiben und plante zu diesem Zweck den Ankauf eines Schoners; er sollte halb Yacht, halb Handelsschiff sein, zur Gänze Selbstversorger, und unter dem Befehl von Kapitän Reid stehen. Es war nicht unsere Absicht, für alle Zeiten nur an Bord des Schiffes zu leben, vielmehr wollten wir in Abständen darauf zurückkehren wie auf eine Art schwimmendes Heim. Unter der begeisterten Mitarbeit des Kapitäns wurden genaue Pläne für einen Marssegelschoner von neunzig Tonnen ausgeheckt; er sollte *Northern Light* heißen. Alle Einzelheiten wurden bedacht, bis hin zum Gewehrstand, den Hebekränen, der Dampfbarkasse, der Bibliothek und dem Preis – fünfzehntausend Dollar.

Mein Mann und mein Sohn waren in ihren Gesprächen immer wieder auf das Geheimnis der *Wandering Minstrel* zurückgekommen; nun fiel ihnen ein, daß sie gemeinsam einen Roman verfassen könnten, der auf der Episode mit dem Wrack beruhte und die nötige Summe einbrächte. In einer schönen mondhellen Nacht, der Passat blies ihnen frisch ins Gesicht, saßen die beiden Männer lang an Deck beisammen und erfanden die Handlung des *Ausschlachters*. Mein Mann, erfüllt von dieser neuen aufregenden Aufgabe, änderte seine Pläne, beschloß, die beabsichtigte Kreuzfahrt mit der *Equator* in den Kingsmills zu beenden und von dort den Schoner nach Samoa zu chartern. Samoa wählte man deshalb, weil es regelmäßig von Postdampfern angelaufen wurde, was eine Veröffentlichung des *Ausschlachters* in Fortsetzungen möglich machte. Wir sollten also so lang auf Samoa bleiben, bis die fünfzehntausend Dollar verdient und der Schoner gekauft war.

Unser erster Hafen in den Kingsmills war Butaritari. Wir blieben etwa sechs Wochen dort, während die *Equator* die Inseln der Gruppe aufsuchte und Copra kaufte. Kapitän Reid hatte von Mr. Wightman Instruktion, uns die Reise so angenehm wie möglich zu machen; aber sein eigener großzügiger, herzlicher, charmanter Charakter brauchte keinen offiziellen Befehl von seinem Eigner. Kapitän Reid war klein und temperamentvoll, von schottisch-irischer Herkunft, voll amüsanter Eigenheiten, und ein immer herzlicher und witziger Reisegefährte. Jeden Abend wurde Muggeree Bowyer, unser kleiner eingeborener Schiffsjunge, nach achtern gerufen, wo er »Schsch, Fliege, zwack mich nicht« singen mußte, einen Löffel des Universal-Hausmittels Kennedy's White Discovery verpaßt erhielt, vom Kapitän mit feierlich-komischer Verstellung übers Knie gelegt und dann zu Bett geschickt wurde. Oft kam es auch vor, daß alle Mann sich aufstellen mußten, um einen Löffel von Kennedy's Discovery oder Mother Siegel's Syrup in den Mund zu bekommen, und dann mußte einer nach dem anderen eine Frage des Kapitäns beantworten und damit beweisen, daß er das Mittel auf natürlichem Weg beseitigt und nicht etwa im Mund behalten hatte, um es vielleicht später auf Deck wieder auszuspucken.

Eines Abends verkündete der Kapitän, ohne Zweifel inspiriert von der vorherrschenden literarischen Atmosphäre, daß auch er daran ginge, einen Roman zu schreiben. Abend für Abend las er sein Kapitel dann laut vor. Wenn es uns gefiel, freute er sich wie ein Schneekönig. Wenn wir lachen mußten – was wir uns manchmal einfach nicht verkneifen konnten –, dann lachte er mit uns. Ich bin nie einem Menschen begegnet – ausgenommen vielleicht »Tommy Hadden« –, der so entwaffnend war. Zwar war er uns völlig ergeben, aber wir bemerkten doch auch, daß im Konflikt der Interessen die seines Eigners für ihn immer Vorrang hatten. Da mein Mann ihn zum Kapitän der *Northern Light* ausersehen hatte, beobachteten wir ihn ziemlich genau; und vom Standpunkt des Eigners bestand er den Test mit fliegenden Fahnen. Daß er ein hervorragender Seemann war, stand gänzlich außer Frage; er hatte, wie wir wußten, die kleine *Equator* sicher durch den großen Hurrikan vom 12. März 1889 geführt und war ohne Verlust von Mast und Segel in Apia gelandet – mit Ausnahme der *H.M.S. Calliope* das einzige Schiff in einem Umkreis von zweihundert Meilen, das noch auf dem Wasser schwamm.

Es fällt mir schwer zu glauben, daß Denny Reid jetzt in Levuka im Gefängnis sitzen soll, verurteilt wegen des betrügerischen Verkaufs eines Schiffes. So ist von der Schiffsbesatzung, die damals mit uns von Honolulu aufbrach, der Kapitän, wie gesagt, jetzt ein Sträfling auf den Fidschi-Inseln. Der Maat Anderson, Schwede, ein schweigsamer Mann mit einem Wolfsrachen, und noch ein paar andere von der Mannschaft, darunter auch der kleine Muggeree Bowyer, starben auf der Heimfahrt nach San Francisco an Influenza; etwa zur gleichen Zeit wurde La, ein junger, gutaussehender eingeborener Matrose, bei einem Sturm über Bord geschwemmt. Nur einer von der ganzen Mannschaft blieb von Unglück verschont, nämlich Sir Charles Self, Sohn einer Kolonialfamilie, der unter Kapitän Reid Navigation studierte. Sir Charles war nicht etwa stolzer Träger eines Adelstitels, sondern auf diesen absurden Namen getauft.

Gleich nach unserer Ankunft in Butaritari hob der König, ein törichter, beschränkter, korpulenter Mann, das Tabu von hochprozentigen Getränken auf, worauf die gesamte Bevölkerung in einer trunkenen Orgie versank. Wer von den Eingeborenen Geld hatte, drängte sich an der Bar in einem der beiden Saloons, dem »Sans Souci« oder dem »Land We Live In«; während der Rest sich mit dem aus Kokosblütensaft hergestellten Feuerwasser begnügte. Dieses Gesöff, von den Händlern »sour toddy« genannt, hat die Wirkung, daß der Betrunkene davon »rot sieht«. Gräßliche Gewalttaten waren bald allgemein üblich, wir fürchteten für unsere Sicherheit. Von Maka, einem Missionar aus Hawaii, hatten wir ein kleines Holzhaus gemietet und Ah Fu als Koch mit uns an Land genommen, in der Hoffnung, an diesem freundlichen, ruhigen Ort literarisch arbeiten zu können. Doch da Makas kleines Haus gleich neben dem »Sans Souci« stand, konnten sich unsere Hoffnungen in dieser Hinsicht kaum erfüllen. Mr. Rick, Mr. Crawfords Agent in Butaritari, schloß schließlich das »Sans Souci«; doch das machte alles nur noch schlimmer, was den Lärm betraf, denn jetzt drängte sich die Menge vor dem Eingang, prügelte sich und verlangte brüllend nach Alkohol.

In den sechs Wochen auf Butaritari kam man daher nicht viel weiter; aber mein Mann nutzte die Gelegenheit, um die Methoden der Südseehändler, von denen sich mehrere auf der Insel aufhielten, gründlich zu studieren. Langsam wurde ihm klar, daß er die *Northern Light* nur dann zu einem Erfolg machen und von seiner Geldanlage profitieren konnte, wenn er nicht mehr auf die Stimme seines Gewissens hörte. Den Südseehandel durfte man nicht aus allzu großer Nähe betrachten. Auch wenn man nicht geradezu von Betrug sprechen konnte, so waren die Grenzen doch allzu verwischt, als daß wir uns dabei noch wohlgefühlt hätten. Unser schöner Plan fing an, sich in Nichts aufzulösen, und bis wir die ganze Inselgruppe befahren hatten, war nicht mehr davon die Rede; aber am *Ausschlachter* hatte mein Mann jetzt Feuer gefangen und wollte ihn daher dennoch schreiben. Inzwischen hatten wir so viel über Samoa nachgedacht und gesprochen, daß es uns als der naturgegebene Endpunkt unserer Reise erscheinen mußte. Mein Mann beschloß, daß wir noch auf einer Insel Station machen und dann die *Equator* für die Fahrt nach Samoa chartern wollten. In Butaritari war die Arbeit kaum vom Fleck gekommen, so daß er nun vorschlug, wir sollten in Apemama warten, bis die *Equator* ihre letzte Reise durch die Inseln beendet hatte.

Kapitän Reid wollte etwa drei Wochen fort bleiben; aber Stürme und ungünstige Winde brachten ihn vom Kurs ab, so daß bis zu seiner Rückkehr mehr als sechs Wochen vergingen und die Saison der Hurrikans schon begonnen hatte. Tembinoka, absoluter Herrscher über die drei Inseln Apemama, Kurai und Araukai, ließ inzwischen vier Häuser von einem anderen Teil der Insel für unseren Gebrauch an einem Ort aufstellen, wo etwas brackiges Wasser durch die Korallenwände des Strandes in einen trüben Teich sickerte, der mit den Gezeiten stieg und fiel. Jeden Abend brachte uns ein alter Mann, den wir seiner bellenden Stimme wegen Onkel Bello nannten, grüne Kokosnüsse frisch vom Baum zum Trinken, so daß wir das Wasser aus dem Teich nur zum Waschen und zum Baden nutzten. Außer Onkel Bello wurden uns noch einige Sklaven zugeteilt, darunter auch drei stämmige junge Fräulein, die ihre Zeit fast ausschließlich mit Planschen in diesem Teich verbrachten. Unsere kleine Ansiedlung war mit einer Tabulinie umgeben, die zu überschreiten für jeden gewöhnlichen Eingeborenen, der nichts mit unserer Familie zu tun hatte, den Tod bedeutete.

Hier lebten wir über drei Wochen in Ruhe und Zufriedenheit. Hier wurde endlich der *Ausschlachter* ernsthaft in Angriff genommen und einige Gedichte und viele Briefe geschrieben. Unsere Häuser waren reizende kleine Körbe, wie Vogelkäfige, auf etwa vier Fuß hohen Stelzen über der Erde, mit hängenden Klappen als Türen und Fenster; sie waren sauber, luftig und für unsere Bedürfnisse durchaus groß genug. Ah Fu, der wie gewöhnlich bei uns war, buk Brot, Kuchen und Pasteten, briet die wilden Hühner, die er mit des Königs Flinte schoß, und das alles in einem flachen Bratentopf, auf dessen Deckel man glühende Kohlen häuft. Der König erwies sich als einer der interessantesten Männer, die uns je begegneten, und bemühte sich wie wahrscheinlich nie zuvor in seinem Leben, damit sich seine unerwarteten Gäste wohlfühlten.

Woche auf Woche verging, doch noch immer keine Spur von der *Equator*. Um das Maß unserer Sorgen voll zu machen, gingen jetzt auch unsere Vorräte zu Ende, und die fortgesetzte Verköstigung mit wilden Hühnern widerte uns bald so an, wie man sich's kaum vorstellen kann. Am Ende der fünften Woche fingen die königlichen Fischer ein paar große Schildkröten aus der Familie der Echten Karettschildkröten, deren Panzer verarbeitet werden kann. Nichts war uns je willkommener als die frischen Schildkrötensteaks, die uns vom Palast geschickt wurden. Eben als wir damit fertig waren, traf zum Glück Kapitän Sachs mit der *H.L. Tiernan* ein, und wir konnten ihm zwei Fässer mit Corned Beef und einige andere Kleinigkeiten abkaufen.

Die *Equator* gaben wir jetzt schon für verloren, und mein Mann hätte beinahe auf der *Tiernan* die Überfahrt nach Samoa gebucht. Aber der verlangte Preis schien uns zu hoch; außerdem war die *Equator* vielleicht doch noch unterwegs, und wir mochten uns nicht Kapitän Reids

Enttäuschung ausmalen, falls er zurückkam und uns nicht mehr antraf. Kurz nach ihrer Abfahrt von Apemama, mitten in einer völligen Flaute, da alle Mann an Bord schliefen, kenterte die *Tiernan* in einem urplötzlich aufspringenden Sturm und verlor siebzehn Mann. Edwin Lauterbach, der Maat, schwamm zu einem kieloben treibenden Boot, richtete es auf, kletterte mit siebzehn Überlebenden hinein, und mit Hilfe einer von Hand hochgehaltenen Matte als Segel und Spreizplatten als Ruder gelang es ihnen, nach mehreren Tagen größter Strapazen Land zu erreichen.

Unsere Besorgnis um das Schicksal der *Equator* ließ uns jetzt keine Ruhe mehr. Tagelang suchten wir mit unseren Fernrohren den Horizont ab, während der König mit seinen Medizinmännern eine Orakelbefragung durchführte, deren Ergebnis man uns nicht sagte. Doch als sechs Wochen um waren, und wir alle Hoffnung aufgegeben hatten, erschien am Horizont ein Segel; das Schiff kam näher und warf den Anker aus – endlich, endlich die *Equator*! In dieser Nacht brannten wir zu Ehren der sicheren Ankunft unseres Kapitäns ein Feuerwerk ab, was Tembinoka aber sehr beunruhigte, denn in kleinen Häusern unweit des Palastes, in dessen Nähe wir unser Fest feierten, hatte er viele Pulverfässer gelagert.

Unter Tränen sagten wir dem König Lebewohl. »Ich denke«, erklärte er mit rührender Würde, »Sie haben noch nie einen König weinen sehen.« In seinem Reich aus Kokosnuß und Korallen hatte Tembinoka sich nach und nach eine bestimmtes Bild der Welt zurechtgelegt. Weiße Männer nannte er seine »Bücher«; forschte begierig nach den Triebfedern menschlicher Handlungen; war Philosoph, Zyniker und Poet. In seinem kleinen Winkel hatte er gelernt, die Welt zu verstehen, im Guten wie im Bösen, und sein scharfer, fähiger Verstand gierte unersättlich nach Tatsachen und zog meist die richtigen Schlüsse. »Einmal hielt ich mir ein Jahr lang einen Missionar«, sagte er, in seinem seltsam stammelnden, ungeschliffenen Englisch, das ich gar nicht wiederzugeben versuche. »Ich ließ mir alles erklären, was er wußte, und schickte ihn dann mit einem ordentlichen Geschenk fort. Von jedem Weißen kann ich etwas lernen; und wenn ich es gelernt habe – hier ist dein Geschenk, mein Freund, und Auf Wiedersehen!« Ich bin froh, sagen zu dürfen, daß wir nicht zu dieser Kategorie von fortgeschickten Gästen gehörten. Der König hatte eine echte Zuneigung zu uns gefaßt, und seine Gunst und Herzlichkeit waren grenzenlos.

Eine Kette von Stürmen verfolgte uns nach Samoa, wo wir Anfang Dezember eintrafen, nachdem wir in einer Bö, die uns beinah auf den Meeresgrund sandte, Stagsegel und Vormarsstenge einbüßten. Hätte die *Equator* nicht eine Fracht von an die fünfzig Tonnen Copra geladen gehabt, die sie im Gleichgewicht hielt, so hätte nichts uns gerettet. Weitere Kapitel des *Ausschlachters* wurden in Apia geschrieben, im Haus des Händlers Mr. Harry Moors, meist auf der Veranda ein paar Schritte weit vom Meer. Dann reiste das Werk nach Sydney, wo mein Mann die Bekanntschaft von »Tommy Hadden« machte (Jack Buckland). Der arme Jack verlor vor einigen Jahren durch einen betrügerischen Testamentsvollstrecker das kleine Vermögen, das sein Großvater ihm hinterlassen hatte, und beging darauf aus Verzweiflung Selbstmord. Ich denke oft an Jacks letzten Besuch in Vailima, wo er in Begleitung unzähliger »kautops« auftrat (eingeborener Gefolgsleute), beladen mit den seltsamsten Geschenken für unsere Familie. Meinem Mann brachte er einen teuren weißen Filzhut, »der letzte Schrei, ganz frisch aus London«; meiner Tochter verehrte er den Schädel eines gewaltigen Hais, dazu eine Photographie von sich selbst, die, so schlug er vor, in blauen Samt gerahmt und dem Hai ins Maul gesteckt werden sollte. Mein Sohn erhielt einen Amboß, ich vier kleine Silberpfannen, eine gewaltige Pfanne aus Stahl und einen Ziegel mit einer Pilzkultur.

In seiner bezaubernd unschuldigen Eitelkeit hatte Jack die Gewohnheit, allen und jedem, den er kannte, seine Photographie zu überreichen. Als Lauterbach, der Maat der *H.L. Tiernan*, nach dem Untergang seines Schiffes nachsah, was ihm noch geblieben war, da hatte er eine Kiste Wein, das Schiffsschwein, eine alte Matte und Jack Bucklands Photographie.

Von Sydney kehrte das weitgereiste Manuskript zurück nach Samoa, wo mein Mann das Land um Vailima kaufte und sein »großes, schönes, luftiges Haus« errichtete. Hier wurde der *Ausschlachter* nach vielen Abenteuern im Herbst des Jahres 1891 endlich vollendet.

Stevenson mit Vierzig
von Lloyd Osbourne

Ein Apemama-Haus von der Art, die man bei uns als »attraktives, gemütliches Schmuckkästchen« bezeichnen würde, sieht wie ein riesiger Wäschekorb aus, auch in Farbe und Flechtwerk, mit einem spitzen Dach, auf hohen Stelzen von etwa einem Yard. Mit einem Dutzend menschlicher Beine darunter kann man es an jedem gewünschten Orte aufstellen – solange er nur eben ist – und ohne weitere Umschweife die Führung eines bescheidenen Haushaltes in Angriff nehmen.

Wir nahmen den unsrigen in Apemama mit vier solchen Häusern in Angriff; der König, eine Winchester in der Hand, dirigierte achtundvierzig Beinpaare und feuerte auf jeden – aber über den Kopf hinweg –, der ein bißchen zurückblieb. Es war zuerst recht nervenzermürbend, wenn das geladene Gewehr hierhin und dorthin zeigte und gelegentlich mit gewaltigem Rückschlag losfuhr; aber da niemand verletzt wurde und die Arbeit in fieberhafter Schnelligkeit vonstatten ging, waren wir bald von der Nützlichkeit dieser Methode überzeugt.

Unter gelegentlichen Schüssen und viel aufgeregten Besprechungen und Beratungen war unsere kleine Siedlung schließlich so aufgestellt, wie's uns gefiel; und nahe – aber nicht zu nahe – einem Palmenhain. »Zu nahe« hätte uns in Reichweite fallender Kokosnüsse gebracht, die in einem Sturm nicht selten Menschen erschlagen. Dann kam ein größerer Korb hereingestolpert, der als Speisezimmer dienen sollte; ein kleiner als Küche; und dann schritt der König, nachlässig sein Gewehr einem zitternden Gefolgsmann reichend und alle Eingeborenen in einige Entfernung scheuchend, in einem Kreis rund um die ganze Siedlung und belegte sie für die Dauer unseres Aufenthalts mit Tabu.

Das Überschreiten dieser unsichtbaren Linie bedeutete

den Tod – ob durch das Gewehr oder die erzürnten Götter, wurde nie ganz klar; aber das Wichtigste war, daß tatsächlich niemand sie je überschritt außer dem König, den das Tabu nicht betraf; ebensowenig einen äußerst zeremoniösen alten Knaben in einer Matte, der uns jeden Morgen ein Dutzend große Muscheln mit Kokosnußsaft brachte, der wie Sirup mit Wasser schmeckte; und auch nicht drei kichernde, lachende, fast nackte junge Frauen, die uns mit frischem Wasser in Paraffin-Dosen versorgten, deren wichtigste Funktion aber darin bestand, daß sie den Sirup tranken, den wir nicht besonders schätzten, aber nicht abzubestellen wagten.

Wir hatten der *Equator*, die in eigenen Angelegenheiten für drei Wochen fortgesegelt war, Lebewohl gesagt, und waren jetzt ganz allein auf diesem selten besuchten Koralleneiland, mit der Aussicht – sollte unser Schiff untergehen – auf einen monatelangen Aufenthalt, bis ein zufälliger Wanderer der Meere vielleicht seine Nase in unsere Lagune steckte. Eines wußten wir allerdings mit Sicherheit – dieser Wanderer wäre gewiß nicht das Missionsschiff *Morning Star*. König Tembinoka war ein Heide durch und durch, der hinterlistig einen Missionar einmal so lange hierbehielt, bis er von ihm Englisch gelernt hatte, und ihn dann fortschickte mit der nachdrücklichen Warnung, sich niemals wieder hier zu zeigen. Tembinok', wozu sein Name meist verkürzt wurde, war der Napoleon dieser Weltengegend und mußte durch ein Kriegsschiff davon abgehalten werden, die ganze Gilbert-Gruppe zu erobern. Wenn er jemanden warnte, dann hatte das etwas zu bedeuten; in den weiten Falten seines Gewandes verbargen sich immer ein oder zwei Pistolen; er galt weithin als furchtloser, rabiater Wilder, den zu reizen Lebensgefahr bedeutete.

Er war an die fünfundvierzig, von mittlerer Größe, ungeheuer fett, mit einer kräftigen Adlernase und einem Gesichtsausdruck, der beachtliche Intelligenz und Schlauheit verriet; nicht ohne Ähnlichkeit mit einem mittelalterlichen italienischen Condottiere, sowohl der Gesichtsfarbe nach – er war kaum dunkler als ein Sizilianer – als auch der Rolle, die er im Leben spielte. Er war Richter und Gesetz, General und unumstrittener Herr über drei volkreiche Inseln und ein Meister in der Kunst des Herrschens, sowohl in bezug auf Lug und Trug wie in seiner öffentlichen Gesinnung. Im Christentum sah er eine Gefahr für seine Autorität und tat es daher als »gut für Könige, aber schlecht für's Volk« ab; und im gleichen Geist des Bildungshungers, mit dem er den Missionar aufnahm, hieß er auch Stevenson willkommen, nachdem geklärt war, daß der Aufenthalt des letzteren nur ein vorübergehender sein sollte.

Wir waren sehr glücklich in unserem kleinen Camp, das in jeder Hinsicht entzückend war, nur nicht in Hinsicht auf die Fliegen. Nirgends sonst gab es so viele Fliegen; Fliegen, Fliegen, Fliegen zu Tausenden, ja Millionen; und kein Ort, wo man ihnen entging außerhalb des Moskitonetzes. In ihrer Verzweiflung schuf meine Mutter ein ungeheuer geräumiges Netz, ein richtiges Maschenhaus, das wir im Speisekorb aufhängten und dort nicht nur alle unsere Mahlzeiten einnahmen, sondern auch unsere gesamte Schreibarbeit verrichteten. Um Stevenson, der den Tisch benutzte, nicht zu stören, baute ich mir aus Kamera-Schachteln einen kleineren Tisch zusammen und hockte daran recht ungemütlich in einer Ecke. Hier wurde ein großer Teil des *Ausschlachters* geschrieben, und bei dieser Zusammenarbeit verbrachte ich, des Krampfes in meinen Beinen ungeachtet, viele der schönsten Stunden meines Lebens.

Mit Stevenson zu arbeiten war ein Vergnügen; er war so voll Verständnis und Humor – brachte so viel Heiterkeit, Kameraderie, Lust an der Arbeit zu unserer gemeinsamen Aufgabe. Nie hatten wir auch nur eine einzige Meinungsverschiedenheit: es war nicht Arbeit, sondern Vergnügen, und ich bin überzeugt, daß kein Leser das Buch so genießen kann, wie wir beide dies taten. Ich kann mich noch gut an seinen Ausspruch erinnern: »Es ist großartig, wenn der Boden schon gepflügt ist und man sich bequem zurücklehnen und dem frönen kann, was am Schreiben am allerbesten ist – dem Umschreiben!« Am Abend, wenn Billionen Fliegen Billionen Moskitos gewichen waren und wir, innerhalb unseres Netzes in Sicherheit, rauchend um unsere Lampe saßen, besprach er, was ich gemacht hatte, las vor, was er umgeschrieben hatte, und plante voller Hingabe das nächste Kapitel. Irre ich mich in der Annahme, daß etwas von dieser Begeisterung im *Ausschlachter* zu spüren ist? Der Roman entstand inmitten von Begeisterung, Lachen und Unterhaltung. Jede Seite war ein Vergnügen – für uns.

Unsere Nahrung ließ viele Wünsche offen. Apemama war die einzige Koralleninsel, die ich je kannte, wo Fisch eine Rarität war. Warum, weiß ich nicht, aber es gab fast keinen – wenigstens nicht während unseres Aufenthalts; und von Dosennahrung hatten wir schon so genug, daß wir immer wieder auf Pökelfleisch zurückgriffen, Rind oder Schwein, welches Ah Fu, ein unermüdlicher Jägersmann, mit wilden Hühnern streckte – zahmen Hühnern, die verwildert waren –, die er an zahllosen Nachmittagen mit einem Eifer, den wir oft bedauerten, zur Strecke brachte.

Etwas Geschmackloseres als diese Hühner kann man sich gar nicht vorstellen, aber vielleicht war das nicht so verwunderlich angesichts ihrer Nahrung, die hauptsächlich aus den langen, schleimigen Nacktschnecken am Strand bestand, bzw. aus allem, was das Meer ausspie, vom toten Hai bis zur zerdrückten Qualle. Ah Fu briet sie, grillte sie, hackte sie, machte Currys daraus, Wildpastete, und der Himmel weiß, was sonst noch alles – aber der immer gleiche Geschmack nach Seemöwen ließ sich nicht verleugnen. Unser Mehl war voller Rüsselkäfer, und trotz sorgfältigen Siebens fanden sich immer Dutzende kleiner schwarzer Fäden in unserem Brot, das frisch unsere größte Delikatesse war und das wir mit Butter aus der Flasche verfeinerten. In dieser Hitze war die Butter natürlich flüssig. Der Reis war genauso durchwurmt wie das Mehl und ähnlich gesprenkelt. Aber wir besaßen einen großen Vorrat an gutem kalifornischem Claret, und zu besonderen Anlässen gab es köstliche Mahlzeiten aus Schildkrötensteak und Suppe. An frischem Gemüse fanden sich irgendwelche riesengroßen eßbaren Wurzeln, Mitglieder der deprimierenden Yam-Familie, die zwischen zwanzig und vierzig Pfund pro Stück wogen. Gekocht, zu einer Paste gerührt und freigebig gewürzt, war dieses Gemüse nicht gänzlich ungenießbar. Und dann hatten wir natürlich noch frische Kokosnüsse, deren Milch nicht nur köstlich schmeckte, sondern uns wahrscheinlich auch gesund erhielt.

Wir gingen selten irgendwohin außer in Richtung Meer, das etwa eine halbe Meile entfernt war. Der Strand war äußerst wild und einsam; niemand schien dort jemals hinzugehen außer unseren Sklaven-Mädchen, die uns immer in großem Abstand begleiteten und dabei herumtollten wie junge Hunde. Vielleicht hatten sie den Auftrag, jeden von uns, der das Camp verließ, zu beschatten. Aber Auftrag oder nicht, sie taten es jedenfalls; und ihr größtes Vergnügen bestand offenbar darin, sich splitterfasernackt auszuziehen und zu dritt in jede noch so kleine Frischwasserpfütze zu stürzen, die sich unterwegs zeigte; und dort unter viel Gelächter etwas zu nehmen, was sie für ein Bad hielten.

Der Strand gegen das offene Meer hin war immer kühl und hatte außerdem noch den Vorzug, daß es dort weder Fliegen noch Moskitos gab; man konnte dort stundenlang spazierengehen oder einfach im Sand liegen, die Herden der Schäfchenwolken zählen und sich von der Brise befächeln lassen. Es mußte ein Tabu darauf liegen; anders konnte man sich diese Einsamkeit nicht erklären; wahrscheinlich auf Befehl irgendeines toten und verflossenen Königs, auf Betreiben eines Medizinmannes. Die eingeborenen Medizinmänner neigten ganz wie die unsrigen stark dazu, in allem Angenehmen etwas zu erblicken, das den Göttern zuwider war. Es gibt im Pazifik viele ähnlich unerklärliche Tabus; Tabus ohne jeden Sinn, die aber trotzdem respektiert werden. Aber uns war es jedenfalls sehr angenehm, den Strand ganz für uns allein zu haben, denn die Eingeborenen auf Apemama waren im allgemeinen ein finsterer Menschenschlag, die uns drohend anstarrten und nie von sich aus anredeten. Wenn man ein Kind streichelte – auf fast allen Inseln die beste Methode, um Bekanntschaften zu knüpfen –, dann schossen sie einem hier besonders finstere Blicke zu. Ich habe den Verdacht, daß sie unter der Herrschaft des Königs stöhnten und nur einen Funken brauchten, um zu explodieren.

Ich schreibe deshalb über Apemama, weil Stevenson hier zwei wichtige Entscheidungen traf. Die erste war der Verzicht auf den Plan, einen eigenen Schoner zu kaufen – wofür das *Ausschlachter*-Honorar ursprünglich gedacht war; und die zweite die Erkenntnis, daß er, sollte er seine Zelte endgültig im Pazifik aufschlagen, dies in Reichweite der Postverbindungen und inmitten einer gewissen Zivilisation tun sollte. Unsere Wochen als Händler auf der *Equator* hatten ihm die weniger schönen Seiten dieser Art von Leben vorgeführt – die Tricks, die gefälschten Waagen, die Schwindeleien und Schikanen im Umgang mit den Eingeborenen, die selbst von aufreizender Unehrlichkeit waren. Und so schmolz die *Northern Light*, unser flotter, neckischer Handelsschoner, hinweg ins Traumland der verflossenen Möglichkeiten; und mit ihm unser romantisches Hauptquartier – diese »eigene Insel« – mit allen seinen unvorhersehbaren Unannehmlichkeiten. Im Lichte seines neu erworbenen Wissens zog R.L.S. nun nur mehr Suva, Honolulu, Papiete und Apia (Samoa), die alle in regelmäßiger Verbindung mit der Außenwelt standen, in die engere Wahl; und da Samoa die einzige noch unabhängige Inselgruppe im ganzen Pazifik war, außerdem für seine bezaubernden, unverdorbenen Menschen bekannt, war es nur natürlich, daß eben diese Gruppe sich uns als unsere zukünftige Heimat aufdrängte. Bald befaßten wir uns mit der Grammatik von Samoa und bauten neue Luftschlösser.

Inzwischen machten wir uns immer mehr Sorgen um die *Equator*. Aus den drei Wochen waren sechs geworden, und noch immer kein Zeichen von ihr. Unsere Vorräte waren beinah aufgezehrt. Jeden Tag sagte Ah Fu: »Ich denke sel bald el ist ganz aus« – in bezug auf einen weiteren lebenswichtigen Stoff, der sich rapide gegen Null zu neigte. War die *Equator* verloren? Hatte sie in einer dieser gefährlichen Lagunen einen Felsen gerammt und sich den Rumpf aufgeschlitzt? Die Unsicherheit war quälend, und wir wurden alle ziemlich ernst – bis auf Ah Fu, der diesen gräßlichen Hühnern mit noch mehr Eifer nachstellte und es offenbar genoß, daß wir bald vielleicht ganz von seiner Flinte abhängig waren.

Zögernd erklärte R.L.S. die Angelegenheit dem König. Hatte er vielleicht irgendwelche Vorräte, die er uns zur Verfügung stellen könnte? Der König erstrahlte ob der Anfrage; das Erbitten einer solchen Gunst schien ihm ganz ungemein zu schmeicheln. Mit einer wahrhaft königlichen Geste öffnete er uns seine Lager. Ah Fu und ich sollten aussuchen, was wir brauchten, und standen vor einem außerordentlichen Anblick: Hier gab es nicht nur Rind und Schwein, Mehl und Reis, Zucker, Tee, Kaffee und andere Grundnahrungsmittel in konfuser Menge, sondern auch Kisten voller Spiegel, ein großes Schaukelpferd, französische Standuhren mit vergoldeten Amoretten, Kinderwagen, böhmische Gläser und Vasen, Hand-Kultivatoren, versilberte Kandelaber, Seidenparasole, gerahmte Farblithographien, Spielzeuglokomotiven, reich verzierte Lampen, chirurgische Bestecke, Tee-Körbe, Nähmaschinen – mit einem Wort, alles, was je im Verladeraum eines Schiffes Tembinoks flüchtiges Wohlgefallen erregt hatte; und alles irgendwie übereinander gestapelt, einiges nur zur Hälfte ausgepackt, als hätte er es gekauft und dann hierhergebracht und dann nie wieder daran gedacht. Falls alle diese Objekte irgend etwas gemeinsam hatten, dann

Glanz und Farbenpracht. Offenbar hatte der König auf alles gezeigt, was glitzerte, und gesagt: »Das nehme ich.«

Ein paar Tage später brachte uns eine Botschaft von ihm alle in hechelnder Eile zu seiner Ansiedlung. Ein Schiff segelte herein, wir waren natürlich sicher, es wäre die *Equator*, und entsprechend außer uns. Doch als es über den Horizont der weiten Lagune aufstieg, enthüllte es sich unseren Ferngläsern als ein gänzlich fremdes. Welche Enttäuschung! Für uns fast unerträglich; aber es war trotzdem aufregend, diesen großen, unbekannten Schoner hereinsegeln zu sehen und das heisere Rasseln der Ankerkette zu hören, während wir das Schiff in einem Boot erwarteten.

»Schiff ahoi!«

»Ahoi da unten!«

»Was ist Ihr Name, und woher kommen Sie?«

»*H.L. Tiernan*, Crawford & Co., Kapitän Sachs – von Jaluit und Big Muggin. Wer sind Sie?«

»Stevenson von der *Equator*, drei Wochen überfällig von Süden. Haben Sie Nachrichten für uns, Kapitän?«

»Nicht die geringsten. Kommen Sie an Bord.«

Die *Tiernan* stürzte uns in eine neue Verlegenheit – sollten wir versuchen, sie nach Samoa zu chartern, oder auf die Rückkehr der *Equator* setzen? War sie wirklich verloren, dann waren wir vielleicht für ein halbes Jahr oder noch länger auf unserem Korallenfelsen gefangen. Über Gläsern mit warmem Bier kam R. L. S. sofort zur Sache; wieviel würde er dafür verlangen – dieser energische, kleine, schnauzbärtige Kapitän in Pyjamas –, um uns nach Samoa zu bringen?

Zum Glück für uns war der Preis zu hoch, obgleich R. L. S. lange unschlüssig war, bevor er schließlich ablehnte. Aber wenn wir schon nicht mit der *Tiernan* segelten, bedienten wir uns doch großzügig in ihrem gut gefüllten Warenlager, kauften unter anderen Dingen ein Dutzend Kisten eines köstlichen Pontet-Canet und mehrere winzige, bauchige Fässer des appetitlichsten Corned Beef, das ich je gegessen habe. Auch dem König ersetzten wir großzügig alles, was wir von ihm geborgt hatten, und beteiligten uns an zwei köstlichen Dinners, wo die Champagnerkorken flogen – unserem Dinner für die *Tiernan* und dem Dinner der *Tiernan* für uns –, unter viel Gesang und Fröhlichkeit und jener herzlichen Kameraderie, wie es zum Leben in der Südsee gehörte.

Dann segelte der Schoner fort, um in einem Sturm zu kentern, wobei der größte Teil der Ladung unterging; und die Überlebenden Furchtbares durchmachten und fast an Hunger und Durst zugrunde gingen, bevor sie in ihrem Walboot Land erreichten. Wir beglückwünschten einander später immer wieder, daß Kapitän Sachs so viel von uns verlangte; hätte er weniger verlangt, wären wir vielleicht alle ertrunken.

Nicht lang darauf erfreute uns der Anblick der *Equator*, die auf dem Rückweg von der Insel Arorai durch leichte Winde und Kalmen aufgehalten worden war. Mit welcher Begeisterung schüttelten wir unseren Schiffsgenossen die Hände und drängten uns um den Tisch der stickigen kleinen Kabine! Für uns war das die Heimat, und wir betrachteten die vertraute Einrichtung, so klein und bescheiden sie wohl auch war, mit ekstatischer Zufriedenheit. Daheim ist daheim, ganz gleich wo, und unsere Herzen weiteten sich, daß wir die unsere wieder hatten.

Am nächsten Tag waren wir fertig gepackt und an Bord und bereit, mit der steigenden Flut abzusegeln.

Beim Abschied nahm der König Stevensons Hand in seine beiden Hände und sagte: »Stevenson, Sie sind ein sehr gut Mann. Ich glaube, der beste, den ich je kenne«, und erklärte mit einem Pathos, das uns nicht wenig rührte, daß er immer an ihn denken und seinen Besuch bis an sein Lebensende nicht vergessen würde.

Good bye, Apemama!

Nachwort

Robert Louis Stevenson kennt man einfach, denn mindestens zwei seiner Bücher hat man als Kind schon gelesen. Aber daß er der Autor der *Schatzinsel* ist und Dr. Jekyll und Mr. Hyde erfunden hat, hat sein Bild in der Literatur eher verwischt. Auf dem Kontinent sind seine anderen Bücher breiteren Leserschichten nicht bekannt geworden, daher gilt er vielen als Jugendbuchautor; in der angelsächsischen Welt schwankte sein Ansehen, und nach seinem Tod verdrängte den Autor die – zugegeben: dramatische – Biographie.

Wenn wir ihn als Produkt der Umstände sehen, dann fallen drei besonders ins Auge: Schottland, Krankheit, Reisen. R. L. S., wie ihn Freunde nannten, kam im Jahr 1850 in Edinburgh zur Welt, als Sohn einer wohlhabenden Ingenieursfamilie. Der Vater war bereits der fünfte jener Leuchtturm-Stevensons, die die schottischen Küsten mit Licht erschlossen. Es liegt auf der Hand, daß der einzige Sohn die Familientradition hätte fortsetzen sollen, aber R. L. S. kam gar nicht dazu, sich gegen diese Pläne aufzulehnen, seine Kränklichkeit machte schon von vornherein einen Strich durch diese Rechnung. Bereits als Kleinkind war er so anfällig, daß er nie mit Gleichaltrigen spielen und erst spät – und mit äußerst mäßigem Erfolg – Schulen besuchen konnte, die ihm nicht gefielen und die er häufig wechselte. Seine Kränklichkeit bezog sich vor allem auf die Luftwege, was nicht wunder nimmt bei dem schottischen Wetter, dem häufigen Regen, dem eiskalten Wind in den hohen Straßenschluchten des alten Edinburgh. Tuberkulose war es anfangs offenbar nicht, was den Jungen immer wieder mit Fieberanfällen ans Bett fesselte und ihn in der Nacht nicht schlafen ließ, so daß er schon früh getrieben wurde, sich seine eigene Welt der Phantasie aufzubauen – denn es ist eher unwahrscheinlich, daß er mit dieser Krankheit so lange überlebt hätte.

Auch die Mutter kränkelte oft – ein Zustand, dem sich viele Damen der gehobenen viktorianischen Gesellschaft gern hingaben; im Falle von Stevensons Mutter darf man sich die Ironie deshalb gestatten, weil sie nach dem Tod ihres Mannes, der sie auf Händen trug, plötzlich alle Kränklichkeit abwarf und mit ihrem Sohn und dessen Familie auf abenteuerlichste Weise die Südsee bereiste. Zunächst jedoch konnte sie sich der Erziehung ihres einzigen Kindes nicht recht widmen, es wurde also eine Nurse eingestellt: Alison Cunningham, genannt Cummy. Cummy, nach allen Berichten eine starke Persönlichkeit, hatte den kleinen Jungen ganz für sich allein und beeindruckte ihn mit ihrer Frömmigkeit, ihrer abweisenden Einstellung gegenüber allem, was ihr un-englisch erschien, ihrem lebhaften Interesse an schottischer Geschichte – und an Groschenromanen. Jeden Samstag pflegten sich die beiden an den Zeitungskiosken auf die jüngste Fortsetzung von Werken zu stürzen mit Titeln wie: *Der Baron ohne Maske, Die Entdeckung der Leiche im Blue Marl Pit, Dr. Vargas und die schöne Lilias.* Der erwachsene Autor beherrschte die Erzeugung von Spannung in einer Weise, die ihn in den Augen der ernsten Literaturkritiker gelegentlich verdächtig machte – vielleicht hat er es bei dieser frühen Lektüre gelernt.

1863 reiste die Familie in den Süden. Man blieb zwei Monate an der Riviera in Menton und bereiste dann weitere drei Monate lang Italien, Österreich und Deutschland. Stevenson erschien der Süden als Ort der Freiheit und der Gesundheit. Ein Skelett blieb er sein Leben lang – der Arzt, der seinen Tod feststellte, schüttelte den Kopf darüber, daß man mit so dünnen Händen überhaupt schreiben konnte. Aber diese Spannung blieb sein ganzes weiteres Leben bestehen: Schottland, die Heimat, die ihn fesselte, deren Geschichte, Landschaft, Charaktere einen großen Teil seines Werks bestimmten, konnte er in der Realität nicht ertragen – er mußte fort, er mußte reisen, und er hatte ja auch die besten Gründe dafür, denn die Heimat wollte ihn offenbar umbringen.

Die üblichen pubertären Auseinandersetzungen mit dem Elternhaus, d. h. mit dem Vater, arteten nie in Haß und gegenseitige Ablehnung aus. Der junge Mann wollte schreiben, und der Vater setzte seinem Wunsch den sicher realistischen Einwand entgegen, daß man davon meist nicht leben konnte – gewährte seinem Sohn aber dennoch bei einer Lebensweise, die er nicht billigte, bis weit über dessen dreißigstes Jahr finanzielle Unterstützung. Das Ingenieursstudium wurde bald abgebrochen und gegen Jura eingetauscht. Stevenson machte auch tatsächlich alle Prüfungen, praktizierte aber nie. Die Vorlesungssäle der Universität Edinburgh sahen ihn nicht allzu häufig, er interessierte sich eher für das tägliche – und mehr noch das nächtliche – Treiben in der Altstadt. Es hieß, er sei dünn wie ein Wüstling und führe auch das Leben eines solchen. Die Fülle der praktischen Lebenskenntnis, die von allen seinen Werken der *Ausschlachter* am intensivsten zeigt, hat Stevenson sich nicht aus den Fingern gesogen.

Unter seinen rund 50 Cousins und Cousinen machte einer auf R. L. S. besonderen Eindruck: Bob Stevenson, drei Jahre älter, Künstler, Maler, Bohèmien … in Edinburgh gab es keine Bohème. Frankreich war das Land der Bohème. Wieder kennt Stevenson ganz genau, was er im *Ausschlachter* beschreibt. Cousin Bob nahm ihn mit in die Malerkolonie Barbizon außerhalb von Paris, und Louis fühlte sich dort sofort zu Hause.

Mit fünfundzwanzig war R. L. S. groß, unvorstellbar dünn, von feurigem Temperament und einem gespannten Nervensystem, charmant, witzig, sprach perfekt Französisch (und recht gut Deutsch). Verschiedene Liebesbindungen hatte er bereits hinter sich. In der Künstlerkolonie Barbizon lernte er jetzt die Frau seines Lebens kennen: Fanny. Die Amerikanerin Frances Matilda Vandegrift war zehn Jahre älter, verheiratet, hatte drei Kinder. Die Beziehung zu Samuel Osbourne, ihrem Mann, der sich offenbar nicht zur Monogamie bekehren lassen wollte, hatte einen derartigen Tiefpunkt erreicht, daß Fanny einen Ausweg suchte – und ihn darin fand, daß sie sich allein mit ihren drei Kindern von San Francisco nach Frankreich begab, um sich dort dem Studium der Kunst zu widmen; eine ungewöhnliche Entscheidung für eine Frau am Ende des neunzehnten Jahrhunderts, aber Fanny war eine höchst ungewöhnliche Frau. Klein, zart, mit schwarzem Haar und ebensolchen Augen, stellte sie im Alter von sechsunddreißig Jahren, nach einem Leben voller Abenteuer, ihre ungeheure Vitalität ganz in den Dienst von R. L. S. Sie verliebte sich in einen Todkranken, denn Stevenson fiel ihr praktisch mit einem Blutsturz in die Arme. Er schrieb zwar, hingegeben und intensiv, aber von Erfolg konnte man noch lange nicht sprechen. Fanny reiste nach Kalifornien, um die Familienverhältnisse zu klären; nach langer Trennung reiste Stevenson ihr nach. Im Mai 1880 wurde geheiratet. Stevenson bekam damit nicht nur eine Frau, sondern auch den Stiefsohn Lloyd, mit dem er später drei Werke gemeinsam schreiben sollte, und die Stieftochter Belle, die ihm nach anfänglicher Distanziertheit in seinen letzten Jahren eine treue Freundin und Sekretärin wurde.

Die um zehn Jahre ältere Fanny überlebte ihren Mann um fast zwanzig Jahre. Sie glaubte von Anfang an an das Genie ihres Mannes, und zwar zu einem Zeitpunkt, da sie damit ziemlich allein stand, und verbrachte auch die letzten zwanzig Jahre als seine Anwältin und Verteidigerin. Die Rolle der Autoren- und Komponisten-Witwe ist keine dankbare; Stevenson-Biographen lieben Fanny nicht, sie werfen ihr vor, sie hätte immer wieder versucht, sich in seinen Schaffensprozeß einzumischen, Kritik zu äußern, die ihr nicht zugestanden habe, usw. Tatsache ist aber, daß Stevenson erst nach der Heirat mit Fanny als Autor zu sich selbst – und zum Erfolg fand. Vom Essay über Kurzgeschichte und Tagebuch wagte er sich erst jetzt an die längere Form: das Ergebnis war *Die Schatzinsel*.

Der Roman erschien im Oktober 1881, zuerst, wie üblich, in Fortsetzungen im *Young Folks' Magazine*. Der große, überwältigende Erfolg kam erst mit der Veröffentlichung in Buchform. Louis, Fanny und Lloyd hielten sich inzwischen krankheitshalber in Davos auf, das sie alle haßten. Louis vollendete dort ein eigenartiges, kleines, kaum bekanntes, auch nie übersetztes Buch: *Prince Otto*, märchenhaftes Psychogramm eines deutschen Duodez-Fürsten – ein bezauberndes kleines Werk, hoffnungslos romantisch, veraltet, unmodern –, tatsächlich wie ein Werk der deutschen Romantik; 1883 und später war natürlich anderes gefragt. Interessant ist es als die einzige Frucht seiner Deutschkenntnisse und Deutschland-Reisen; und vielleicht auch als äußerster Gegenpol zu dem realistischen, modernen, gänzlich unromantischen *Ausschlachter*.

Ende 1885 erschien *Die seltsame Geschichte von Dr. Jekyll und Mr. Hyde* und katapultierte Stevenson in die literarischen Schlagzeilen. Beschreiben muß man diese Geschichte einer unheimlichen Persönlichkeitsspaltung nicht mehr, sie ist in den Olymp der Volksmythologie eingegangen wie Don Giovanni und Don Quijote. 1886 starb der Vater. Nun hielt Stevenson nichts mehr in Schottland, wo er sich bisher immer wieder, wenn auch nur vorübergehend, aufgehalten hatte. Nach einem triumphalen Abstecher nach Amerika, das dem berühmten Schriftsteller huldigte, wie er es nie erwartet hätte, wurde er aber auch schon wieder von Blutstürzen gequält. Deren Heilung erhoffte er sich nur von Reisen, und es ergab sich, mehr durch Zufall, als Reiseziel die Südsee – Louis ließ sich nicht lang drängen.

Einer der amerikanischen Verleger, die alle den berühmten Schriftsteller um Material bedrängten – und zwar gegen phantastische Honorare –, schlug ihm Reiseberichte aus der Südsee vor. Fanny fuhr voraus nach San Francisco und trieb tatsächlich eine passende Yacht auf, und so begann 1888 der Aufenthalt in der Südsee, der erst mit Stevensons Tod endete. Er verließ diesen Teil der Welt nie wieder; kaufte sich schließlich, ein moderner Aussteiger, nach längerem Suchen auf der Insel Apia in Samoa Land, ließ darauf ein Haus errichten, lernte die Sprache der Einheimischen, mischte sich voll Leidenschaft und nicht immer zur Begeisterung seiner Regierung in die Verwicklungen der Kolonialpolitik zwischen England, Deutschland und Amerika und starb dort am 3. Dezember 1894 an einer Gehirnblutung.

Es scheint ein Wunder, daß er überhaupt so alt wurde. Vielleicht hielt ihn die Südsee so lang am Leben. Sein Leben, in ständigem Kampf gegen und auf der Flucht vor Krankheit verbracht, lieferte das Material für eine Verklärung als Held und Märtyrer nach seinem Tod. Mitreißend und beispielhaft war die Art seines Reisens: nie blieb er unbeteiligter Tourist, der Sehenswürdigkeiten sammelt; immer tauchte er vollkommen ein in das Leben der Einheimischen, lernte ihre Sprache und verarbeitete das alles in seinen Büchern.

Von diesen ist *Der Ausschlachter* vielleicht das bemerkenswerteste – Jorge Luis Borges hielt es für das beste. 1891 vollendet und gegen ein Honorar von 15000 Dollar in Fortsetzungen veröffentlicht – die näheren Umstände sind den Nachworten seines Stiefsohns und seiner Frau zu entnehmen –, wurde es zunächst zwiespältig aufgenommen und erst 1924 in Buchform gebracht. Auf deutsch liegt es mit dieser Ausgabe zum ersten Mal vollständig vor. Der Roman ist für Stevensons Verhältnisse sehr lang, »zerfällt« aber, wie die ernste Literaturkritik zu sagen pflegt, in drei Teile: Loudon Dodds Vie de Bohème, die eigentliche Geschichte des Schiffbruchs und das Leben von Norris Carthew. Wenn es »zerfällt«, so findet es auch wieder zusammen – was den viktorianischen Leser vielleicht störte, empfindet der heutige als Freiheit, Offenheit, Vitalität. Wie wir aus seiner Biographie wissen, hat R. L. S. hier Materialien verwendet, die er sein Leben lang gesammelt hat; und er war ein aktiver Sammler, der nicht hinter dem Ofen hockte. Auch während der letzten sechs Jahre in der Südsee kam er literarisch immer wieder auf Schottland zurück, auf ein historisches Schottland, doch viel lebendiger als etwa bei Walter Scott. Aber gerade jene Werke, die vom Leben in der Südsee handeln, wie *The Ebb-Tide, The Beach of Falesa* und *The Wrecker*, erstrahlen, leuchten in einem Realismus, wie er nur auf den Gipfeln der Kunst zu finden ist. Es ist dies kein Realismus, der zum Handlanger irgendeiner Theorie, sei sie politisch, sozial oder ästhetisch gemeint, degradiert wird – kein Sozialrealismus, kein Neoverismo; sondern eine Darstellung der merkwürdigsten Charaktere und Umstände, die von Liebe und Verständnis durchtränkt ist, im Inhalt wie im Stil. Das sind vielleicht keine literarischen Kategorien – aber es ist dieser Geist der Klarheit und leidenschaftlichen Welt- und Menschenliebe, die, wie mir scheint, die Beschäftigung mit diesem Buch zum Erlebnis macht.

Hanna Neves

INHALT